2 0 2 1 散 文

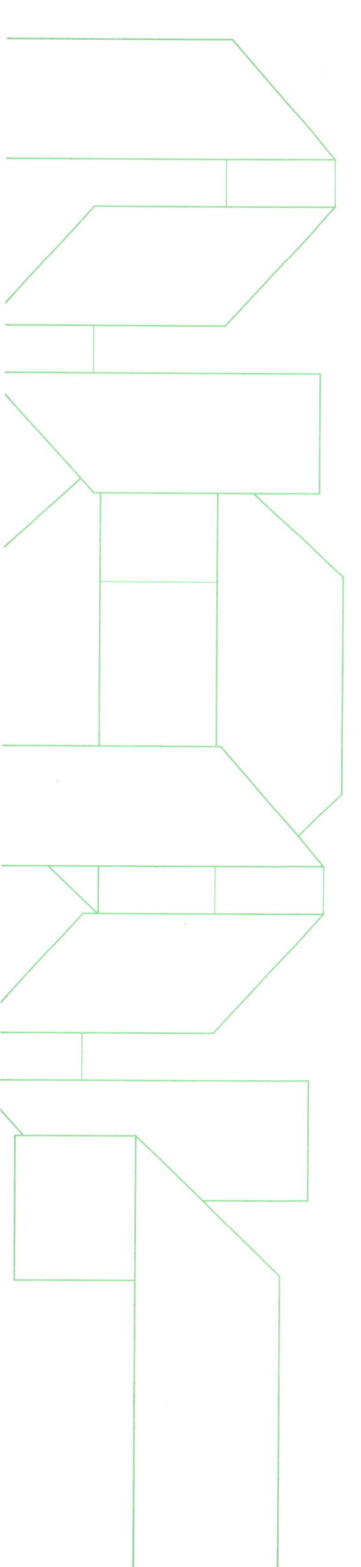

2021 散文

21世纪年度散文选

人民文学出版社编辑部 编

人民文学出版社

图书在版编目（CIP）数据

2021散文／人民文学出版社编辑部编．—北京：人民文学出版社，2022
（21世纪年度散文选）
ISBN 978-7-02-015989-5

Ⅰ.①2… Ⅱ.①人… Ⅲ.①散文集—中国—当代 Ⅳ.①I267

中国版本图书馆 CIP 数据核字（2022）第033812号

责任编辑	杜　丽　温　淳
装帧设计	李思安
责任印制	宋佳月

出版发行	人民文学出版社
社　　址	北京市朝内大街166号
邮政编码	100705
印　　刷	河北环京美印刷有限公司
经　　销	全国新华书店等
字　　数	480千字
开　　本	880毫米×1230毫米　1/32
印　　张	20.125　插页3
版　　次	2022年4月北京第1版
印　　次	2022年4月第1次印刷
书　　号	978-7-02-015989-5
定　　价	68.00元

如有印装质量问题，请与本社图书销售中心调换。电话：010-65233595

出版说明

我社自1980年起,曾经编选和出版过《1980—1984年散文选》《1985—1987年散文选》《1988—1990年散文选》和《1991—1993年散文选》,受到文学界和广大读者的好评。1994年后,这项工作一度中断。进入21世纪,散文创作仍然欣欣向荣、气象万千,成为文学园地一道亮丽的风景。为了及时总结年度散文创作的实绩,向读者集中推荐优秀的散文作品,进而为新世纪的文学积累做出我们的贡献,我社决定恢复年度散文的编选和出版工作。

恢复出版的散文年选总冠名为"21世纪年度散文选",每年编选一册。编选范围为当年全国各报刊上发表的散文作品,入选篇目以发表时间顺序排列。此项工作得到了许多著名文学评论家和编辑家的支持和帮助,并且提出了很好的编选意见,我们在广泛阅读的基础上,充分参考专家们的意见,严格进行编选。在此,谨向诸位专家深表谢忱。

我们希望读者通过这个选本,不仅能了解本年度散文创作的总体概貌,而且能集中欣赏和阅读这一年里出现的最优秀的散文作品。我们的努力是否达到了这样的效果,真诚地期望得到文学界和读者的批评和建议。

人民文学出版社编辑部

目录

·001· 永不完成，雪芹终极之梦　李敬泽
　　　——《红楼梦》，由手抄本到现代正典，之二

·024· 抹　去　王安忆
　　　——读埃莱娜·费兰特"那不勒斯四部曲"

·040· 枫林渡　傅菲

·056· 船　娘　苏沧桑

·087· 时间里的母亲　胡学文

·101· 亲爱的"泥水妹"　彤子

·162· 对　岸　孙莳麦

·183· 赞美课　李修文

·195· 带灯的人　草白

·209· 在中土　杜学文
　　　——虞弘与他的世界

·225· 暂居者　李晓君

- 238・远路上的新疆饭　刘亮程
- 249・世上最长的大街　陈　河
- 264・有罪的人　江　子
- 285・少年诗神　孙　郁
- 294・草本乡村（节选）　温新阶（土家族）
- 306・生生之木　叶浅韵
- 330・缓缓归途　塞　壬
- 359・世人皆以东坡为仙　潘向黎
- 374・在那个湿漉漉的平原上　庞余亮
- 385・青稞肖像画　祁建青
- 404・藏一只蟋蟀在耳朵里　法蒂玛・白羽（回族）
- 418・无尽烟火　杜怀超
- 429・又到伊犁　单三娅
- 435・传统中国，何为真实？　赵冬梅
- 448・另一种自然　李青松
- 478・上　香　赵荔红
- 493・故道之上　沈　念
- 514・张骞的道路：从西安到敦煌　杨献平
- 524・十里江山　罗张琴

- ·539· 古琴记　韩　玉
- ·552· 投　帖　徐晓华（土家族）
- ·567· 深厚的解说　黄德海
  　　——金克木的文化神游
- ·585· 九死南荒　孔　见

永不完成,雪芹终极之梦

—— 《红楼梦》,由手抄本到现代正典,之二

李敬泽

1

大荒山在何方?青埂峰在哪儿?无稽崖在哪儿?崖下那一块补天所遗之石有多大?多么高多么宽的一块石载得下七十万、八十万、一百万字?

——皆为愚蠢的问题。不会有人真的相信《红楼梦》是创生于一块石头。石头里能蹦出猴子,石头上不长小说。但曹雪芹不管你信不信,《圣经》记创世,神说,要有光,就有了光,这是神的自我显现自言自语,至于这话是谁听见是谁记下,你问神去。胆大包天,无中生有,曹雪芹循环虚设的天才恍如创世。在《红楼梦》的世界内部,石上这部书并非出自外在的作者之手,石头就是本源是主体,《石头记》是石头

之"我"的自叙、自写、自成一世界。

现代小说的根基正在于这种"我"的僭越，齐天而为神，以"我"的光照亮和创生"我"的世界。指着自己讲"我"的故事，在如今小说里不过是家常日用，但回到18世纪，在中国小说中，这是前无古人。

那一日，雪芹忽然想起，这一部书原来是一块大石一枚宝玉自叙身世，他猝然发明了、打开了一个"我"，当其时也，昆山玉碎凤凰叫，石破天惊逗秋雨，雪芹决然而飞，抟扶摇而上九万里，按下云头，四顾茫茫，却见那边走来一人，矮而瘦，上唇的胡须成"一"字，原来这已是1918年，来者乃会稽周树人先生，别号鲁迅。

鲁迅先生正在北京城里S会馆寂寞钞碑——石头上有字，有人钞石头上的字。忽有金心异来访，说："你钞了这个有什么用？"

"没用。"

"那么，你钞他是什么意思呢？"

"没有什么意思。"

"我想，你可以做点文章……"（《呐喊·自序》）

送走金心异，鲁迅有所思，翻出旧友日记二册，"语颇错杂无伦次，又多荒唐之言;亦不著月日"，遂"撮录一篇，以供医家研究"，此为《狂人日记》，正是：

无材可去补苍天，枉入红尘若许年。
此系身前身后事，倩谁记去作奇传？

后有《狂人日记》，前有《石头记》，当胡适等人认定《红楼梦》是"自叙传"时，这绝非寻常判断，而是草蛇灰线，千里结穴，为现代寻一个源头。

看官想必记得，1927年胡适得了甲戌本，喜不自禁给钱玄同写信报喜，而钱玄同正是那位金心异。新文化运动高潮中，林琴南别调独弹，挺身卫道，发一篇小说题为《荆生》，不肖种种大承笞挞，秋水共屁股一色，落霞与板子齐飞，把《新青年》各位编者起了诨名暴打一通。陈独秀、胡适自然跑不了，另有一个挨打的金心异，那便是钱玄同。此人来寻鲁迅，也正是为了给《新青年》约稿，文学革命，同去同去。此时钱玄同三十一岁，立在时代的风口浪尖，手把旌旗岂不湿，时有吓人一大跳的激进高论，比如要废除汉字代之以罗马字母，比如"四十岁以上的人都应该枪毙"。这位"新青年"，贾宝玉附了体，认为四十以上，不论男女，皆不免油腻，皆为世间污泥浊水。"四十萧然太瘦生"，四十岁时，曹雪芹都死了，你不枪毙还等什么。贾宝玉没有枪毙人的豪情，只在大观园里守着一个反成长的青春乌托邦，而钱玄同和他的伙伴们要改造世界，要创造一往无前、不断更新的青春中国——贾宝玉注定悲剧，钱玄同他们大获成功。这件事唯一不太完美的是，玄同先生在四十岁时并未被毙或者自毙，食言而肥发了福，设摆筵席庆寿诞，远在上海的鲁迅闻听，作诗嘲之："作法不自毙，悠然过四十。"（《教授杂咏》）

鲁迅先生眼毒、记性又好，惯会提不合时宜煞风景的问题，比如娜拉出走以后怎样？比如玄同先生四十以后如何？……依此类推，其实还有一个鲁迅式的问题，就是贾宝玉长大以后怎样？贾宝玉四十、五十以后怎样？——这个问题鲁迅没顾上提，我的朋友李应物好像不知在哪儿阴阴地有此一问。

其实，不待应物兄有此一问，曹雪芹早为此深自烦恼。《石头记》早期抄本中，第三回凤姐初见黛玉，"问妹妹几岁了。黛玉答道'十三岁了'"。宝玉比黛玉大一岁，应是十四岁。十三十四，一见倾心，现在看是早了，在古人却是郎骑竹马来，绕床弄青梅，刚刚正好。青春是现代建构，现代人寿命普遍提高，时间宽裕路还长，不得不有青春期，古人路短，如果婚嫁等到二十岁，很多人已经没了，所以不得不提速，必须跑得快，成家立业诸事趁早。但问题是，按十三十四写下去，越写越不对了，披阅增删，架构不断调整，规模不断扩展，写着写着小说内部的时间已经过去了七八年，贾宝玉都二十多了，还在大观园里混着。乾隆盛世，平均寿命大概等不到枪毙，顶多也就三十几，二十多的人早就该娶妻生子赶考中进士，怎么好仍守在园子里和姐姐妹妹厮混，就算他是个幸运的呆子，姐姐妹妹们也不能这么陪着。没奈何，贾宝玉的年龄不得不掉过头去往下减，初见黛玉时从十四岁减到七八岁，这样算来，到了八十回应该是十五六岁。

一个小说家，写一部长篇，其过程好比乱世当皇帝，按下葫芦起了瓢，东边平了西边反，他要平定天下，把无数相互冲突的力量调和在一个严密的秩序里。大多数人是昏君，小说写完就可以登景山，留下一句"诸臣误朕"，怪只怪批评家和读者。另有少数人干得好，严丝合缝，海晏河清，比如福楼拜，他把《包法利夫人》治理得如一台精密运转的机器；还有另一种极少数，他是秦皇汉武，虎视何雄哉，野心如万里长风，成就一番伟业为万世法，但规模太大，想法太多，终不免种种顾此失彼、种种补救不及。如此这般的小说家，史上不多，曹雪芹肯定算一个。而且他和别人不同，他的前边没有《资治通鉴》没有多少经验可资借鉴，全靠他天纵之才，是汪洋恣肆，也是在黑暗中瞎摸，所以《石头记》注定写得难写得苦，披阅十载、增删五次，那是取其整数，其实何止十何止五。革命，再革命，再革自己的命，撒手而去时，革命尚未完成。

比如眼下一个小小的年龄问题，真要下手整顿，却原来也是抽换一块砖、塌了一座房。雪芹的命意是"木石前盟",神瑛侍者、绛珠仙子,必是不讲道理、一见倾心,必是"这个妹妹我曾见过的","今日只作远别重逢,未为不可",这是两个饱满具足的青春生命的践约。现在,不得不变成七八岁的孩子,天真未凿慢慢凿,合理倒是合理了,有道是,天地转、光阴迫,一万年太久,只争朝夕,一腔滚烫的青春热血如何耐得住这份四平八稳的合理。

雪芹是18世纪中国的一个现代人,他开辟了青春的桃花源,成立了青春的乌托邦。"青春"一词古已有之,"青春作伴好还乡",但此处的青春仅仅是生命的自然节律。孔子曰,三十而立,四十而不惑,五十而知天命,六十而耳顺,七十而从心所欲不逾矩。人老去,渐渐活成了真理。但是,在现代逻辑中,此事根本逆转,青春不再自愧于岁月和经验,它体现着几乎所有根本性的现代价值:活力、更新、进步、未来和对传统的反抗超越。"五四"发端于《新青年》绝非偶然,而贾宝玉那拒不妥协的青春乌托邦,上承晚明李贽"童心"说,下开现代之先河。旧时文学中,固然不乏才子佳人,卿卿我我,但是,还从来没有人如此全面彻底地把青春确立为一种自足的对抗性价值。

先锋青年曹雪芹,他遥指20世纪文化政治的一个基本方向,直到此时,我们仍在他的延长线上。作为深思熟虑的小说家,他当然力图在18世纪暮气沉沉的社会条件下为他的乌托邦壮举搭建起现实的合理性,但同时,他必是直觉地感受到某种巨大的革命能量,他不能退却,不能放弃他所痴迷的构想:这将是一个自觉主体的坚守,这是一个人面向他的世界构筑起不屈的堡垒,这份革命激情很多很多年后被一位伟大的革命者引为知音。知我者,二三子,曹雪芹就为了这世间二三子而写,他不能把贾宝玉合理化为一个天真未凿的孩子,给他时间让他慢慢成长,雪芹在根本上反成长,他完全不信与他同时代的卢梭那一套，他知道，所谓合理的成长肯定无法推导出我们后来熟知的这个宝玉、肯定会融入大观园外那个世界。怎么办呢？左右为难之间，他只好如现在这般"烟云模糊"，七八岁含糊过去，然后，按快进键，到第六回初试云雨情，已经十二三了。

而20世纪初的钱玄同生当天地翻覆，按了快进键的不是小说家，而是整个时代。此人才分二流，运气一流，他在他的时代狂飙突进，虽说难免车祸，但总能在恰当的时间冲到不朽的节点。比如他正好见证了中国文学和文化两个重要的现代事件：鲁迅把一个封禁于无声中的"我"打开、放出，现代的、启蒙的逻辑由此获得了一个阿基米德式的支点；然后，胡适等人发现和认定，那个"我"已在大荒山无稽崖下那块废弃的石头中孕育和显影。两件事，皆为大事，胡适先生苦口婆心，反复吁请海内文豪，多谈问题，少谈主义，但没有主义，何来问题，此时大喜之下，也是作法不自毙，忍不住就"主义"起来，手忙脚乱中奉送《红楼梦》一顶大帽子，正是彼时日本转口原产法国的时髦货，合适不合适先扣上，就叫作"自然主义"。

从胡适到玄同，是弄潮儿，却也是老实人，老实人的标准配备就是一根筋、一条线，整理国故，就是要把国故分拣一番，看能不能挂在西方文学（别号"世界文学"）的那条线上，流水线很忙，合适不合适来不及想，在中国是否存在不同于西方现代性的现代性，那根本没想到，不同于西方的现代就不是现代，于是，胡适对《红楼梦》的评价是：

《红楼梦》只是老老实实的描写一个"坐吃山空""树倒猢狲散"的自然趋势。因为如此，所以《红楼梦》是一部自然主义的杰作。（《红楼梦考证〔改定稿〕》）

这个说法显然不合"自然主义"的本义，胡适的自然主义其实就是现在所说的写实主义——还没到现实主义。读古今第一不老实书，最后从字缝里看出"老老实实"，此人可真是老实。"坐吃山空""树倒猢狲散"等等，雪芹自己说，脂砚斋等几位《石头记》批者也反复申说，这是雪芹和他生前寥寥几个读者的共识，但由此你就真的以为雪芹之心不过如此，这就老实得近乎于呆。

同样的意思，胡门弟子俞平伯说得比乃师更有风致：《红楼梦》本旨是"由盛而衰，由富而贫，由绮腻而凄凉，由娇贵而潦倒，即是梦，即是幻，即是此书本旨，即以此提醒阅者"。它"和一切中国文学——诗、词、曲——在一个平面上"，其"性质亦与中国式的闲书相似"，"其用亦不过破闷醒目，避世消愁而已"，"不得入于近代文学之林"，"在世界文学中的位置是不很高的"。（《红楼梦辨》）

俞先生是好学生，顺着老师的意思一路发挥，但照此说来，胡适先生于文学革命中鼓噪揄扬《红楼梦》是为了什么呢？他们几位于自叙传中于石头上发现了那个"我"，过年一样欢喜，结果，那个"我"仅仅是与古典诗词中的抒情主人公"在一个平面上"，那他们喜从何来？

雪芹何等人也，石头里蹦出的猴子，岂是胡博士的帽子扣得住。一曲《红楼梦》、一部《石头记》，从18世纪读到21世纪，一代一代读者都在它这里证明了自己的有限。当你指认它是什么时，它就偏偏不是什么，它是也不是，它不是也是，它永远在路上，永远在非此非彼、亦此亦彼的中间状态。眼前这块石头，它与大观园里那个贾宝玉重合却又并不重合，它指涉着、映照着贾宝玉的"我"，但同时，它又超出了这一有限的"我"，它是"超级我"——在卢梭式的现代图景中，只存在纯粹独一的"我"与社会的理性"大我"，而这块石头，它不仅指向独一的个人之"我",也指向了在卢梭式图景中被忽略的中间地带,那是千姿百态、无限差异的复数的"我"。这块石头,它是人,它又是物,它超出此生此世,指向石头所在的无始无终的永恒大荒,由此,它也逃逸出它所在的有限的历史时间。

此石何其重,此石何其实,但它又何其轻何其虚,轻到了、虚到了可以补空无之天。天之苍苍,其正色邪,天之茫茫,其为石哉?雪芹痴迷于此石,直到他死,他写的并非《红楼梦》,他写的是《脂砚斋重评石头记》。

2

可能一切都起于一次决定性的回望。

我第一次造访黄叶村是在上世纪80年代,那里据说是雪芹在西山所居之地。1987年,李国文先生就任《小说选刊》主编,编辑部在香山饭店请一群作家开会,我一个小编辑,只记得如雷贯耳耳欲聋,如今竟想不起与会者都是哪位——应该有张洁,她写了《爱,是不能忘记的》,后来还写了一部《无字》,武则天的无字碑,石头上空无一字。会后参观所谓的雪芹故居,一院子青砖瓦房,俨然岁月静好。当然,我确信此处是虚构是幻境,围绕雪芹此人,一切坚固的事物皆不可信,雪芹乃日暮西山一行者,他早把自己从有走到了无。

很多年过去了,然后,有八年时间,因为工作,一年一度盛夏暂住西山。不听人劝,每日爬山,生命不磨损会永生么?膝盖不磨损留着当传家宝么?那一日,行至半山,忽逢大雨,一个人在山里,那就不是雨,那是山要翻身是天要塌,这狂风这暴雨就是冲着你来的就是要弄死你,天地间的愤怒和敌意对着你一个人倾泻,只有在山里、在如此的风雨中，你才能感到古人的脆弱和畏惧，你无可选择你只有狂奔，你不能在树下停留，雷会瞄准了劈你，你不能站在路边，山上随时有洪水泻下有泥石滚落，就是为了淹你埋你，天地于你无情，你就是一匹兽，凭着本能喘息狂奔。终于，你奔到了山顶，看见守林人的小屋，恰这时，雨停了，这无常的天地之怒，一霎就收了。

现在，雪芹站在这儿，向东向南望去，一往无前，浩浩荡荡，极目便是那茫茫大城，乌云如风樯阵马，奔腾而去，天光在云层的缝隙间下泻，让那大城闪耀着幽亮、静谧的光，似乎在那一刻，大城深陷于遥远的梦，海中有巨鱼，鱼之大如大城，静静地浮出背脊。他望着，在这一瞬间，他悲从中来，不可断绝，他忽然意识到，没有过去，没有未来，他看见，在大城的千门万户和天上星月云彩之间，飘浮着永恒大观之园。

3

大观园到底在哪里？北京，南京，苏州，杭州，甚至还有人说在西安。

大观园当然在《石头记》里，也只在《石头记》里。而当人们在地球上四面八方地定位大观园时，这一地鸡毛啊，鼓荡着民间学术旺盛的荷尔蒙与多巴胺，也得到现代小说观念的强力支持。从胡适的自然主义——写实主义，到现实主义，都几乎不言自明地认定，小说必须和我们共享一张地图，小说的空间应该在实存的地理空间中得到印证。早期小说的空间是想象性的，未经合理化，从《水浒》到《西游记》，如果绘制一张它们自己的地图，现代人看来必是错谬疯狂，《堂吉诃德》中的漫游和历险也无法落实于一条可行的路线。在那时，并不存在一种普遍的地理空间，进入了现代世界，人才必须在经过精密勘探、整理和命名的普遍、客观的空间中确知自己的位置。这种位置不仅是一个地理的坐标点，而且是一个现代主体的构成要素，资本主义逻辑不仅将人收编在时间里，更将人定位在空间中，我在哪儿界定着我是谁。一个哪儿都不在的人是不真实的，不配拥有身份，也不配进入世界和小说。亮出你的行踪或空空荡荡，空空荡荡是可疑的虚假的，必须有行程码以顺利通过验证。于是，骆驼祥子在北京，沈从文的翠翠在湘西，吴荪甫和曹七巧在上海……阿Q这流氓无产者拒绝定位，他在地图上不存在的末庄，但是，他休想逃掉，最终我们还是把他定在了鲁迅的故乡绍兴。

在画地图这件事上，现代主义有时比写实主义、现实主义还要认真偏执，《尤利西斯》可以作为都柏林导游图，每一条街道的空间方位皆有精确展示，福克纳说一句"我的邮票大小的故乡"，在80年代以来的中国文学中几成金科玉律，在它的中国阐释中，地理的、空间的定位和重建被标定为故乡认同，不仅关涉真实，而且关涉意义。于是，如我这般自幼跟着父母在社会主义计划体制下流动迁徙，并没有什么故乡认同或故乡感，就只有自卑，世界虽大，自己并不拥有一张邮票，没有高密没有延津没有铁西区，此身无处投递，简直就不配搞文学，除了写闲文谈《红楼》还能有什么出息？

而曹雪芹，此人亦是无故乡、在他乡。曹家从河北丰润流落关外，变成宇宙尽头的铁岭人，加入汉军八旗，从龙入关，在北京停留若干年，然后下江南，在江宁（南京）、苏州织造任上前后六十余年，最终山空了楼塌了，一大家子被解回京师。这个家族在历史大变中流徙不定，他乡即是故乡、故乡反是他乡。

雪芹应是生于南京，死于1763年乾隆二十七年除夕，而雍正六年，

1728年6月，曹家回京。照此说来，他在北京居停超过三十四年，敦诚那句悼诗，"四十萧然太瘦生"，假定四十为实数，那么由此倒推，离开南京时雪芹只有五岁。如此一来，胡适先生就麻烦了，如果鲜花着锦、烈火烹油的好日子雪芹生下来只过了五年，那又何来"自叙传"之说？胡适当然看出了问题，胡先生必须拯救"自叙传"，这是新红学的招牌，没奈何，只有给曹雪芹长岁数，相应拉长他在南京的时间，"四十萧然太瘦生"，如果是四十五呢，那不就十年了？但胡先生的弓也顶多拉到四十五，古人以老为尊，若是四十六七，肯定四舍五入到五十去，那就该"五十萧然太瘦生了"，断没有往小算的道理。周汝昌先生也是信自叙传的，大概觉得胡先生的办法十步笑五步，解决不了问题，索性再起北京自传一说，雪芹所叙所忆的不是南京那段，是北京那段，曹家百足之虫，在北京还是有些年死而不僵，直到1739年，乾隆四年，由于至今不明但周先生确信必有的原因，才真正败了个干干净净，这一年，雪芹十六岁。这个岁数应该也可以自传了。

——甚好，先生们高兴就好。

总之，北有北京，南有南京，雪芹一生，尽在此南北双城。没有证据表明他还去过别的地方。但对他来说，或许是，双城皆空。

4

南京，金陵，又名石头城。当年孙权垒石为城，从此后，此城是雄图大略，虎踞龙盘，此城是折戟沉沙，霸业成空。

雪芹一生，必定无数次地遥望金陵、梦回金陵。哭向金陵事更哀，这是他对王熙凤的预言，想起金陵，雪芹何尝不哀，就在这座城中，曹家历经四世，赫赫扬扬，起高楼、宴宾客，忽喇喇大厦倾。

五岁或十岁，金陵应在他的记忆和经验中留下了痕迹。到了北京，他的家人长辈所说的必是南京话，《石头记》早期稿本中无疑有南京口音。后来，在漫长的修改过程中，雪芹着意洗去这个声音，他要让金陵消音、让金陵不在场，让金陵成为一个被遥望的空无的名字。

于是，晚清时有索隐派胡猜，曹雪芹遥望金陵，意在反清复明，他们真是想多了，曹家世代从清，就算混得不好走投无路也绝想不到要复明。中国人一家一世便是一朝一江山，于雪芹，金陵是身世之悲，更是天地之悲，用一个王国维特别爱用的词，雪芹之于金陵是有"宇宙"之悲凉。

雪芹如果是王，他或许就是失去金陵的李后主。王国维曾极赞后主：

> 尼采谓："一切文学，余爱以血书者。"后主之词，真所谓以血书者也。宋道君皇帝《燕山亭》词亦略似之，然道君不过自道身世之戚，后主则俨有释迦、基督担荷人类罪恶之意，其大小固不同也。（《人间词话》）

道君皇帝，宋徽宗也。《燕山亭》词，徽宗为金兵所掳，北至燕山而作。固然是凄怆婉转，读之却无法与之同情共感，身为君王，担荷天下，如今天下陆沉，君王想不起天下、想不到万民，作小儿女态兀自自怜，小如芥子尘埃。后主大于徽宗的，是超拔于个人身世之痛而有江山岁月之悲慨。但后主之大也绝没有大到"释迦、基督"，观堂先生早年，读了康德叔本华，霜刃未曾试，提刀心茫然，抬眼望见后主，不免以屠龙刀杀小动物。而雪芹，他与后主不同，他所失去的，是他不曾拥有的。胡适以降，都在极力证明他曾经有，他们是老实人，他们确信，只有从有中才能生出小说。他们至今不知，宇宙可以生于有，亦可生于无，小说可以生于有，亦可生于无。对雪芹来说，对未有而永失的一切的遥望和回想，使他本能地、直觉地超越个人身世之悲，超拔于"一切中国文学 —— 诗、词、曲"的平面，而达到一种世界性的洞见。中国文学中，或许只有杜甫与他遥相对峙，杜甫担荷唐宋之变，下开近世之心，而雪芹，他竟遥知天地消息，直指三千年未有之变局 ——

"落花流水春去也，天上人间。"宝玉的姐妹以春字排行，冷子兴演说荣国府，特意解释为何这诗书之家起个名竟落此俗套："只因现今大小姐是正月初一日所生，故名元春；余者方从了春字。"但雪芹心中所思，其实是三春过后，春去也，诸芳尽。我们常常以为，雪芹古人也，我们忘了，雪芹若生于1721年，他比卢梭还年轻十岁，他们是同代人；程甲本《红楼梦》出版于1791年，法国大革命爆发已经两年；程乙本1792年出版，次年，马戛尔尼使团来访大清。这无边大地、这小小寰球，总有一二人能从青萍之末见出将起的狂风，从花之坠落听见远方的惊雷，他感受着环球大气的流动，感受着无名的大悲和大力，他难以命名他之所思所感，他艰难地为他心中模糊的景象赋形，他就像罗丹的某一座雕塑一样，从无始无终的石头中生长出来、挣扎出来，奋力成为一个"我"，但在路上、在中途，猝然停住了、定住了，他是未完成的，这是不幸这是大幸，对中国人来说，他的未完成，构成了一个本源性的现代之问。

要等到很多年后，才有另一个伟大读者把雪芹这部书深刻地嵌入了中国的现代进程："我国过去是殖民地、半殖民地，不是帝国主义，历来受人欺负。工农业不发达，科学水平低，除了地大物博，人口众多，历史悠久，以及文学上有部《红楼梦》外，很多地方不如人家，骄傲不起来。"(《论十大关系》),《红楼梦》被视为构成中国现代境遇的一个要素,同时也就成为20世纪中国革命的重要想象性资源。

5

1728年,雍正六年,继任江宁织造的隋赫德向皇帝禀报查抄曹家的成果:

> 细查其房屋并家人住房十三处,共计四百八十三间,地八处,共十九顷零六十七亩,家人大小男女共一百十四口,余则桌椅床机旧衣零星等件及当票百余张外,并无别项。

此外,还有在外放债本利共计三万二千余两。总之,这如果是个企业,现金流已近枯竭,离破产不远。《永宪录续编》所述更为凄凉,抄了个底朝天,"止银数两,钱数千,质票值千金而已,上闻之恻然",曹家当了几辈子肥差,居然内囊净尽,一穷如洗,雍正皇帝倒未必恻然,但肯定扫兴。

然后一家几十口发回北京,皇上开恩,在崇文门一带拨给几十间房屋安置。在雍正年间的北京,这恐怕也算不上富贵人家。

所以,周汝昌先生的北京自传说,反正我是不信。百足之虫,或许死而不僵,从五岁或十岁进京到十六岁彻底败了,雪芹的日子有可能衣食无忧,但必定是暗淡惶恐。这个孩子、这个少年,他人在北京,生活在他的亲族、一群南京人中间,漫长的时间里,他们无事可做,除了像一切破落户一样堕落下去之外,他们只是等待,天旱盼下雨,失意待皇恩。这钟鸣鼎食之家、诗礼簪缨之族,他们同时又是世代的包衣奴才，他们时时窥伺着紫禁城的风吹草动，梦想着有朝一日重获圣宠。这个家族的命运完全系于他们与皇帝私人的主奴关系，雪芹的曾祖母就曾是康熙的奶妈——不知是出于什么样的记忆之伤，《石头记》里的奶妈形象竟一概都是老厌物，贾宝玉十多岁时，他的奶妈居然已是老妪。

人还在，心不死。这群人，他们注定也只能活在过去，一天天、一年年，昔日的好时光在追忆中重新生长、重新绽放，目光越拉越长，往昔被修改被创造，每一个人都在篡改自己的命，每一个人都在回望回响中一遍一遍地重新活着。

雪芹在北京，雪芹更在昔日金陵。少年雪芹必定生活在一个记忆、想象的共同体之中，这是一个由近亲、宗族、故旧构成的小世界，其中有些人，成为他最初的、仅有的读者和批评家：脂砚斋，可能是他的从兄弟或堂兄弟，甚至可能是被他写成史湘云的女人，可能是他后来的妻子；畸笏叟，可能是他的叔叔或堂叔，在脂砚斋死后，他成为《石头记》早期抄本整理和流传的关键人物。

这个小世界塑造着雪芹，它让他生活在别处，生活在不是此地的地方。雪芹是否爱这个小世界，后人永远不知。但作为《石头记》三遍、五遍的读者，我确信，当黄叶凋尽，当水落石出，当雪芹一个人走向茫茫群山，那时他悲欣交集，他失去了一切，他终于解放了，竹杖芒鞋轻胜马，一蓑烟雨任平生。

6

然后，他开始写他的书。他并不知道这将是一部什么样的书，他只是要在书写中重新活一遍。

再活一遍何其艰难。甲戌本第一回,在"东鲁孔梅溪题曰《风月宝鉴》"一页上有很可能是出自脂砚斋的朱笔眉批:"雪芹旧有《风月宝鉴》之书,乃其弟棠村序也。今棠村已逝,余睹新怀旧,故仍因之。"在早期,在决意写《石头记》这样的巨构之前,雪芹很可能写过若干小规模作品,其中就有《风月宝鉴》,此书很可能以宁府、秦可卿及凤姐贾瑞事为线索,后来被并入《石头记》。雪芹号芹溪,梅溪很可能是棠村别号,显然他也是围绕雪芹的那个小小共同体的一个早期重要成员,该老弟大概是个老实的君子,对饱含道德训诫的《风月宝鉴》情有独钟,雪芹将他放于东鲁,送一个姓曰孔,或许是学了鲁迅之于金心异,是亲昵的嘲讽。

—— 可能、很可能、或许。谈《红楼梦》、谈曹雪芹,老实谨慎如我,在可能与不可能之间沉吟犹疑。而曹雪芹,他于世间万事偏喜可能与不可能,破落户大家族里活出来,他深谙人之可能,他更喜人之不可能,为什么不可能?把故事讲下去让人在不可能中活下去安知不就是可能?贾宝玉是"假"吗?所谓"假",作为经验和艺术的判断不就是不可能吗?贾宝玉不正是偏让这假这不可能变成了真变成了可能?

鲁迅嘲钱玄同诗,头两句是"作法不自毙,悠然过四十",下边还有两句:"何妨赌肥头,抵挡辩证法。"是何典故,实在不知。知网上搜索一遍,无所获,在朋友群里向几个鲁迅研究学者请教,没人理我。只好按百度的说法:钱先生他老人家曾在北大发狠:头可断,辩证法的课不可开!以此人之一根筋说狠话东鲁孔梅溪的性子,不喜辩证法并不奇怪,辩证法爱好者有时纯出天性,比如曹雪芹。庚辰本第二十一回总批开首,录"有客题《红楼梦》一律",首联是:"自执金矛又执戈,自相戕戮自张罗。"—— 此联直指雪芹根底,所谓"假作真时真亦假,无为有处有还无",亦作如是观。雪芹若在今日,必从苏格拉底读到马克思,从马克思读到《矛盾论》,从《矛盾论》狂奔而向德里达,他是"肥头"抵挡不住的辩证法艺术家。

7

一部《石头记》,两件事难言矣,一件真与假,贾宝玉与甄宝玉;另一件此与彼,此地之北京与彼处之金陵。

《石头记》中始终遥指金陵,但金陵,这石头城,其实是一座空屋,一个空无而封闭的能指,拒绝进入。只有一瞬间,有人到金陵,那是第二回《冷子兴演说荣国府》:

> 雨村道:"去岁我到金陵地界,因欲游览六朝胜迹,那日进了石头城,从他老宅门前经过。街东是宁国府,街西是荣国府,二宅相连,竟将大半条街占了。大门前虽冷落无人,隔着围墙一望,里面厅殿楼阁也还都峥嵘轩峻;就是后一带花园子里,树木山石也都还有蓊蔚洇润之气。哪里像个衰败之家?"

只此一回,依然空屋,冷落无人,且是回忆是转述。

而对此时此地,这大观园所在之城,雪芹竟连能指、连名字都含糊其词。他告诉我们此为天子之邦、天下之中,但他回避指认和命名,他从不曾把这里叫作北京。甲戌本《凡例》中,脂砚斋郑重其事地就此说明:

> 书中凡写"长安",在文人笔墨之间,则从古之称;凡愚夫妇

儿女子家常口角,则曰"中京",是不欲着迹于方向也。盖天子之邦,亦当以中为尊,特避其"东"、"南"、"西"、"北"四字样也。

脂砚斋究竟是想澄清规则还是要进一步制造混乱? 既然"以中为尊",那其实也不该写"长安"。而书中行文,实际上并非全照《凡例》。张爱玲晚年,深陷于《红楼》,这写了香港—上海双城记的人,面对雪芹的空无所指或随手乱指,大感茫然:

> 书中京城从来没称"中京",总是"都""都中""京都"。只有第七十八回贾政讲述林四娘故事:"后来报至中都",也仍旧不是"中京",……唯一的一次称"长安",是第五十六回宝玉梦中甄宝玉说:"我听见老太太说,长安都中也有个宝玉。"(《红楼梦魇》)

揣一座大城东躲西藏,偏不肯说这是北京。为什么? 仅仅是为了政治上的避讳吗? 此种避讳难道不是掩耳盗铃吗? 无论乾隆朝还是21世纪的读者,除了想把大观园搬到家乡去的,几乎无人被他绕晕瞒过,都能够直接、确切地推定这就是北京。为什么雪芹偏要近乎自欺地拒绝给出确切的指认和命名?

读遍《石头记》,除了荣宁二府,除了大观园,你完全无法指认这座大城的形貌和地理,雪芹手里,根本就没有一张城市地图,他的手机丢了地图丢了。贾宝玉经常出门,我们完全不知他从哪儿去了哪儿,完全无法给他定位。林黛玉千里来京,18世纪中国,来一趟北京何其难,来过北京的何其少,这难道不是大做文章的好机会吗? 难道不该借黛玉那江南的、姑苏的眼好好看一看天下之中、帝都形胜吗? 难道不该像雪芹的同时代人吴敬梓写南京那样一口长气浩浩荡荡气象万千吗？难道不该让林黛玉从通县到崇文门，进了城一路向着前门楼子走一趟吗？

然而，雪芹竟只是淡淡地写道："自那日弃舟登岸时，便有荣国府打发了轿子并拉行李的车辆久候了。……自上了轿，进入城中，便从纱窗向外瞧了一瞧，其街市之繁华，人烟之阜盛，自与别处不同。"

"向外瞧了一瞧"，"自与别处不同"。如此而已，似乎那只是一座抽象、普遍的城。然后，就到了。就看见宁国府的门，进了荣国府的门。进门之后，心蓦然打开，眼蓦然睁开，手机掏出来，导航定位摄像拍照功能全开，你感到，门里是他的世界，门外是漠然大荒。

这座大城，雪芹是真的不肯写，不是为了避讳，他把此在的一座城尽付于不在。

这也不在，那也不在，两间余一卒，荷戟独彷徨。

8

雪芹死时，《红楼》未完。创业未半，中道崩殂，星落秋风五丈原，自然向他亮出了冷酷、绝对的限度：休道是永远在路上，其实是人死路边埋。

世间事不了了之，但《红楼梦》岂可不圆，《石头记》怎能不全。作者死，作者生，半部《红楼梦》，以有限的有敞开了无限的无，海妖的歌声诱惑着水手，《石头记》召唤着后来的人们蹈于空无。从雪芹死后不久，一直到21世纪，总有人从雪芹停下的地方继续走，每个人都坚信自己知雪芹之心，执雪芹之笔。天何言哉，雪芹无语，眼看他一个个疯魔了，起高楼、转眼楼塌了。续写《红楼梦》，屹立不倒的就只有高鹗，但那一日，看到人文社新版《红楼梦》，封面上高鹗竟然变成了无名氏：曹雪芹著，无名氏续。据说学者公论，通行一百二十回本的后四十回可以断定不是高鹗所作。很好，楼未塌，人没了。

所谓"红学"，有关《红楼梦》的学问，祠庙林立，香火旺盛，但这门学问唯一靠得住的其实就是"否定"，你要论证高鹗是续作者千难万难终究是证据不足，但你如果证明高鹗不是，那只需要一点常识。甚至，论证曹雪芹不存在，其实也远比论证他是《红楼梦》的作者容易得多。也许终有一日，人文社再出一版《红楼梦》，无名氏著，无名氏续。雪芹闻听大笑，正该如此，此人、此书本就在有与无、在与不在之间，再有一日，可以署名：一块石头著、另一块还是石头续，如此方是好了。

《红楼梦》《石头记》，这是否定之书，它必要自我爆炸自我否定，因为是否定之书，它才成其为肯定之书。书中那个最大、最终的否定性就是《石头记》确实没有完。——学习辩证法，这其中隐含肯定：为什么要完？为什么要团圆？圆了不就寂了吗？圆圈画圆不就枪毙了吗？莽莽大荒，石头长在，物质不灭，为什么时间、空间、世间，万事一定有一个开头，有一个结尾？不了了之不行吗？悬而未决不行吗？打雷无雨不行吗？敞一座帝国坟场引无数英雄折戟沉沙留一座桃花源引无数渔夫不复得路不行吗？

曹雪芹千百次地想过《石头记》如何结束如何完成。他当然有整体构想，第六回《开生面梦演红楼梦　立新场情传幻境情》中，金陵十二钗正册、副册、又副册和《红楼梦》曲，预言了众人命运，遥指最终境界："好一似食尽鸟投林，落了片白茫茫大地真干净！"但是，这其中唯一被雪芹秘而不宣的、委决不下的是宝玉自己的下落。盛衰兴亡，他在其中，又不在其中。所有人的命都是属于世界的，只有宝玉，这块石头的命在一定程度上是自己选的，是他要自己经历、自己创造的，白茫茫大地真干净，真干净的大地上理应剩下那块废弃的石头，他否定着现世的时间、社会和地理的空间，他决然自废，但这种否定和自废同时就设定着一种自我肯定，一种向着巨大无垠的时间和空间的炫耀和自证。他的身上有着无用而坚硬的"石头性"。

偏是这种"石头性"最难安放。高鹗或者无名氏的续书之所以立得住，原因之一，就在于续作者充分意识到这种桀骜不驯的"石头性"，不解决之，天下不得太平、此书不能完成，于是从哪儿来回哪去，把宝玉放回大荒。王国维最喜后四十回，前文说到，他从康德、叔本华那里得了屠龙刀，从此王公好龙，看什么都像一条龙，现在看见《红楼梦》，甚至说前八十回是龙，后四十回方是点睛，"全书之有意义，全在高鹗之一点"，宝玉还"玉"，"不过生活之欲之代表而已矣"，于是乎中国文学也有了悲剧，《红楼梦》诚为"宇宙之大著述"也。（《红楼梦评论》）

——宝玉还玉，石头重归大荒山，这在一开始就已经设定。令雪芹千回百转、委决不下，终不能像高鹗或无名氏那般明快爽利的，其实是，回到大荒山前，宝玉如何把人世的路、为人的路走完，走过鲜花着锦，又如何走过白茫茫大地。

《石头记》，古今一大悬案，说到底，悬着的是宝玉的路、宝玉的心。古今好事者谈宝玉长大后怎样，说的便是，宝玉在"失乐园"之后怎样，娶妻生子，科举高中，披大红猩猩毡望父一拜，从此遁向大荒山，高鹗或无名氏所续的每一件事都是老马识途，都在18世纪中国现实的和伦理的视野之中，如果这便是雪芹所想，他何至于想了那么多年还想不出、完不成。

雪芹必是千万次地想过，他怎么想的，后人永远不知了。周汝昌先生《红楼梦新证》中，钩沉索隐，列出了可能存在、也可能不存在的《石头记》"原本"的种种结局，我们无从谈论哪一个更接近雪芹原意，很可能雪芹自己，直到死时，也并没有确定的构想。但是，这所有未曾实现的可能性都指向一个根本方向：宝玉在任何意义上都没有圆满没有"还玉"（欲），他在荒原上，在绝对的、绝望的破败、萧条、枯竭、贫困中继续走下去。张爱玲十四五岁时读《胡适文存》中的红楼梦考证，发现："传说有个'旧时真本'，写湘云为丐，宝玉做更夫，雪夜重逢，结为夫妇，看了真是石破天惊，云垂海立，永远不能忘记。"（《红楼梦魇》）

——石破天惊，云垂海立。雪芹也必是被自己惊呆了，在18世纪、在古中国的黄昏，他纵心骋目，面前竟是一个莽苍苍全然陌生的现代空间。这样的小说必不讨喜，不讨时人喜欢，甚至现代人也不喜欢。死是容易的，遁世是容易的，最难的是活着，他要把贾宝玉放进日常的、根基性的生活，曾是桃花源中人，现在就在污泥浊水中活着，就要在无意义中有意义地活着，这样一个宝玉向曹雪芹提出的难题是，他怎么活？他怎么作为"我"活着，他的活过去一定程度上是出于因缘，但现在，在白茫茫大地上，如果他不是无意义的苟活，那就必须选择、决断，必须发明和坚持一种内在生活。

雪芹如果真的写出来、写完了，他就写出了一部真正的"宇宙之大著述"，一部关于乐园与失乐园、天堂与地狱的书。但是，他写不出来，他真的写不出来，当时的曹雪芹写不出来，现在的中国作家大概也写不出来。很可能，雪芹死前，在无休无止的删改中，他已经意识到这部书是写不完了，他看见了宝玉的方向，但事情的吊诡之处在于，大观园里，宝玉或许在，大观园外，宝玉并不在。一部《石头记》，注定不能完。这种未完成，深刻地起源于雪芹与他的时代、他的世界之间现实的规定性条件：当他反抗时间，切割出一个拒绝成长的青春乌托邦时，当他如此这般地拒绝了此在的地理和空间，除了最终的和解或不了了之，他其实无法让宝玉的选择和精神在此时此地的围困局限中进一步展开，他可能已经穿越到20世纪、21世纪，但他无法带着宝玉挤上飞机一起飞。

雪芹不是一个现代文化机制下的作者，必须完成一个作品或产品、投入传播和流通；他也不是像司马迁那样的传统作者，立志藏之名山、传诸后世。这个空前绝后的作者，或许有一天他终于想明白了，这部书的命运就是未完成，就是永远在路上，永远处于中间态，他甚至发现，未完成才是他的真意本心，他是永远的革命者，他不相信世间有完成了的革命，他必须让贾宝玉成为永远的局外人，如果这不能在生活和书写中实现，那么，这部书的命就是永远写不完。

终于，他自己死了，撒手了，让《石头记》敞开着，在他最后的终极之梦里，宝玉、那块石头独自走向漫漫长路，走向未来……

2020年10月22日定稿
2021年8月15日再改
8月21日，补写最后一节

（原载《十月》微信公众号2021年8月27日）

抹 去

—— 读埃莱娜·费兰特"那不勒斯四部曲"

王安忆

弗吉尼亚·伍尔夫写《〈简·爱〉与〈呼啸山庄〉》，说到艾米莉·勃朗特——"她向外面望去，看到一个四分五裂、混乱不堪的世界"。这个带有修辞性的意象，在莉拉，却是具体地发生着，近似一种疾病，她向"我"，莱农说的是"界限消失"。

莉拉第一次出现症状是在"那不勒斯四部曲"的第一部《我的天才女友》里，1958年12月31日。推算起来，她应该出生于1944年，那么，就是十四岁的年龄。可以解释为青春期发育的内分泌失衡导致，但我更倾向解释为人物的特质。科学的支持是必要的，它提供现实依据，让叙事沿合理途径开辟超验空间，达到预设的目标。

我注意到莉拉向莱农讲述这一异常状态的时间，是在"1980年11月的某天夜里——我们当时都三十六岁了"，过去二十二年，发生太多的事情，别的不说，只说教育。"界限消失"的说法显然来自意大利语，而非那不勒斯本地话。作为译文的读者，我们很难判断两者的差异，大约是书面语和方言的关系吧！"界限消失"，无论在措辞还是哲学概念，都已超出日常交流的范畴，所以，我们大概有理由将这二十二年视作认识形成的过程。之前的1958年12月31日，跨年之夜，老城街区的年轻人在楼顶天台燃放烟花，甲方乙方的对决很快失控，演变成热兵器战争。老城区的地方和人都有一种野蛮劲，不完全出自原始本能，还是经过阶级分化，社会性的暴戾。莉拉说，过去她时有发作，一秒钟内，熟悉的存在失去外形，变得不认识，而这一次，变形却是具体的——我想，三十六岁的她，掌握了意大利语，经历了生活，终于能够命名这种现象，并且加以描绘："我们发育得真糟糕，真不完美：宽肩膀、手臂、腿、耳朵、鼻子和眼睛——在她眼里都宛如鬼怪，好像是从漆黑天空中的某个地方掉下来的一样。"

这种恐慌症常是在不期然间发作，读莱农的哲学课本，忽就厌烦起来，将课本抛开，因为——"在小东西里面，还会冒出一些更小的东西。在大的东西外面，还有更大的东西束缚着它"。事实上，她说的正是事物的内涵和外延，被她具象化了，真是有点瘆人。那些读书人未必参得透，比如莱农，比如尼诺，还比如尼诺的朋友布鲁诺。他们四个躺在沙滩上看星空，赞叹造物的宏伟瑰丽，她，莉拉，却感到胆寒："夜晚的天空让她害怕，她看不到任何上帝的杰作，只能看到一块块玻璃碎片在一潭沥青里闪烁。"那时候，她步入婚姻不久，十八岁年龄，小学教育程度，父亲是个鞋匠，凭手艺吃饭，却有着与艾米莉·勃朗特相等的潜能，就是"看到一个四分五裂，混乱不堪的世界"，也许归于天赋。

这天赋，在"我"，莱农的看法，就是"她很坏"。"莉拉很坏"，"我"

时不时提醒道。她的破坏性很强，小的时候，不过向众人四溅墨水，把莱农的布娃娃扔进黑暗的地下室，又策划莱农逃学，好叫她升不了学。随着长大，手笔扩大，恶意越来越彰显，后果也变得严重：爱情、婚姻、家庭，都遭她践踏。在她的肆意妄为中，很可怕地保持着一种冷静，或者说是世故，比如学校组织班级和班级之间的知识比赛，她独对阿方索手下留情，控制在不输给他，却也决不胜过他，因为阿方索是有钱有势的卡拉奇家的人，和所有街区里大人孩子一样，莉拉知道阿方索得罪不起。当另一富豪索拉拉家的长子马尔切洛追求她，许诺推出她家手工皮鞋品牌时，她的抵抗策略是投向卡拉奇家的斯特凡诺，皮鞋作坊换一个金主，继续发展。这就是前面说的，进化的丛林原则下的联合纵横，事实上非常危险。

后来，索拉拉和卡拉奇联手经营，在市中心马尔蒂里广场开出莉拉创意品牌的鞋店，用她的大幅婚纱照做店招，条件是由她自作处理，结果呢，她用剪刀、胶水、纸片、颜料，将照片切割成一幅破碎的图画。她喜欢这种游戏，就像小孩子拆解玩具，改变内部装置，使之变成另一件。索拉拉兄弟里的米凯莱说："真的很棒！"显然是从先锋艺术出发的评价，先锋艺术不就是一种颠覆行为吗？米凯莱是莉拉所有拥趸中比较接近她，并且坚持到最后的两个人中的一个，另一个是恩佐，暂且搁下，放以后再说。米凯莱说"抹去"，莉拉试图"抹去所有痕迹"——小说的引子就用的这标题。这时候，莉拉还没有获得"界限消失"的说法，只是听凭一股盲动的力量，从照片入手，用现代哲学的概念，就是"镜像"，有些热身的意思。在我看来，这一幕相当心惊，它预告着接下来的情节，更加剧烈紧张。

莉拉让人想起《呼啸山庄》里的卡瑟琳，一个粗野的"小蛮子"——家中保姆耐莉这么称呼她，这其实是一个古典的形象。《圣经》新约马太福音里，向希律王索取施洗约翰头颅的莎乐美；古希腊神话里的梅杜莎，妖娆的蛇是她的头发，凡看见她眼睛者都会石化……是历代艺术家创作的母本。这大约就是小说的经学，在同一模式里注入不同的内容，将抽象演绎成具象。中国小说则更接近史学，是个别的叙事体。

我不能断言莉拉脱胎于卡瑟琳，卡瑟琳脱胎于莎乐美、梅杜莎，但她们的关联性仅仅视作巧合又不足以解释，我更倾向将她们排列谱系，纳入同组基因。这种古老的人格，越过漫长的驯化，豁免普遍规律筛选，保持特殊性，非具有平均值以上的活力。文明进步却是趋同的过程，社会组织越来越严密，就像卯榫结构，挤压和排斥异质成分，这些"史前物种"，生存环境一日比一日艰难，几近灭顶。维多利亚时代的艾米莉·勃朗特的"呼啸山庄"，带有遗世孑立的孤绝面貌，为野性的戏剧提供舞台。莉拉的世界却是敞开的，空间以那不勒斯为核心向四周辐射，时间自20世纪40年代向两千年延伸，人物众多，情节更生，需要处理的关系无数倍增加，叙事的规模堪称巨大。这也证明有限的格式里，是可繁衍无限的故事，似乎暗藏机杼。几百年来，小说写作一直继续，没有断流，总有新鲜的内容加入这虚构的活动，原因就在这里。

小说是在"我"，莱农的叙述中进行的。看起来，莱农和莉拉有一个分工，相对于莉拉破坏的使命，莱农负责的是组合，组合的方法是语言文字。这种从后天教育获取的工具，失学的莉拉却比莱农更得要领。莱农初进中学，即在拉丁语课上败下阵，是莉拉教她，"你先把整个句子看一遍，找出动词，根据动词的人称，你就能明白主语是什么。找到主语之后，你开始寻找宾语"。于是，难题迎刃而解，百试不爽，莱农从此一跃而为优等生。靠一本文法书即入不二法门，让人相信，文字这东西原本天工开物，人力所做的只是发现。

方才说过，那不勒斯老城旧街区是个现代丛林，实行阶级化的强食弱肉，莉拉这鞋匠的女儿，可说处在生物链最低端，贫穷、愚昧、野蛮，男人是和劳作签订终身的奴工，女人且是男人的奴工，但莉拉自有修行的途径。社区图书馆仿佛是古代经院，她呢，则是僧侣。她用父亲母亲哥哥以及自己的名义登记注册，突破每人每周借阅一本书的限制，于是，囊括阅读奖的前四名。你不能简单解释为自学成才，这里隐藏了一种古老的能量，类似尼伯龙根指环的神力，一旦在握，便指向哪里，战胜哪里。

莱农的作文《狄多女王悲剧的不同阶段》，得到满分，主题思想是受莉拉的启发。莉拉的启发则来自本街区的绯闻，寡妇梅丽娜和有妇之夫萨拉托雷的婚外恋，结论是："假如没有爱情，不仅人们的生活会变得枯燥，整个城市的生活也会变得无聊。"可以见得，莉拉的知识源不止于图书馆，还来自生活。莱农显然不具备莉拉的天才，大约有一半归因学校教育的误导，狄多女王的爱情之解到加利亚尼老师那里，被泛化成国家、民族、人类之爱。好处在莱农被引入大世界，害处是脱出概念的认识又回进另一个概念，也预示众人物将面临错综复杂的局势。性格的命题不是在寓言中演绎，而是进到历史社会的写实里，神祇有了世相。

蔓生的事端之下，基本的对峙始终没有松弛，表面繁复叠加，内里却有一种紧张度，仿佛水底的深潜，收纳了流量，直向前方奔腾。

莱农继续用书写将溃散的生活组织成形，依然向莉拉汲取资源。她的处女作大获成功，但重读莉拉儿童时代的创作《蓝色仙女》却让人沮丧："到最后我不得不承认我看了几行就明白的事情——莉拉那时候写的这几页文字是我那本书的秘密核心。"微妙的是，小说的情节主体，来自作者亲身经历，发生在《蓝色仙女》之后，成年的日子里，就这样，莉拉成了先知。这就是她的"坏"，暗中支配他人的命运。莉拉把装有八本日记本的铁盒子，交给莱农保管。看上去是信任，事实上，更像是一个嘲弄。铁盒子就像魔盒，魅惑着莱农，且让她害怕，终于，她将盒子扔进桥下的河水里，因为，"我再也受不了莉拉对我的影响了"。她无论跑出多远，都在莉拉的覆盖之下。语言文字是这样，生活也是，顶荒唐的是，莉拉横刀夺爱，莉拉与尼诺金风玉露的夜晚，莱农则在海滩与尼诺的父亲苟且，这男人和寡妇梅丽娜有一腿，中途滑脚又返回头奉上一本诗集，早就对莱农存不轨之想，此时此刻终于上了手。莱农以自甘堕落来抗议莉拉的侵略，可是有什么用呢？无损对方毫厘。如莉拉这样的天才女友，只有自己才毁得了自己，就像在鞋店里，恶作剧地切割照片，用米凯莱的说法，抹去。然而，"抹去"谈何容易，人一旦降生于世就可说是做了人质。小时候竞赛学习，她不能占卡拉奇家阿方索的风头，木匠佩卢索就是前车之鉴，因反对卡拉奇，被当街打个半死。在卡拉奇和索拉拉两大家族间的周旋也是夹缝中求生存。这种受钳制的处境，在小说第三卷《离开的，留下的》，突破原生街区的范围，扩展到整个那不勒斯，直至意大利南部，风起云涌的1968年。单亲母亲莉拉，居住在工人区里，成为无产者队伍中的一员。与生俱来的破坏力合上革命潮流，被赋予时代精神，反过来看，个体的欲望被历史消解，变成社会命题。我以为，这一卷诠释的难度就在这里，小角色和大舞台，"那不勒斯四部曲"也正是在这一卷，最大限度启用叙事艺术原始模型，向现实主义谋取资料。在我看来，现实主义是19、20世纪，资本主义对文学的贡献。从此小说摆脱传奇浪漫史的传统，向人类社会史靠拢。

那不勒斯是个奇异的地方，无论经济崛起、青年起义、从巴黎输入的红色五月，即便是现代化发展，在它总是表现为一种克莫拉黑社会式的暴力延续——"我们的世界就是这样，充满了致命的词汇：哮喘，破伤风，毒气，战争，机床，废墟，工作，轰炸，炸弹，肺结核和传染。"战后在意大利南部开发基金刺激下，整个城区生机勃勃，"空气中散发着沥青的味道，蒸汽压路机扑哧扑哧从散着热气的柏油马路上缓缓开过"。四处都是工地，旧貌换新颜。生活物质按照比例增长，同时拓宽贫富差距。卡拉奇家的生意在扩张，发放高利贷之外开出肉食店；木匠的儿子帕斯卡莱走索拉拉兄弟的路子得到工作，显然索拉拉家势力强大；恩佐子承父业，在街头摆果蔬摊子；寡妇梅丽娜的两个孩子，儿子安东尼奥受雇的老板产业更新，他升为技工，小的则在新开的肉食店做店员，昔日的劳资体系向下一代继续，20世纪60年代工人运动就在繁荣昌盛中埋下引线。

莱农从比萨高等师范学校获得学位，第一部小说出版，钓得金龟婿，回到那不勒斯，探望旧时闺蜜莉拉。其时，莉拉从斯特凡诺的豪宅搬出，住到圣约翰·特杜奇奥。生长在老街区，早已领教粗鄙的市井生活，还是被这工人区的悍气吓着了。拥挤的公车，肮脏的咸猪手从四面八方伸来，车底下的街景更加凄惨，垃圾，残砖破瓦，黑漆漆的门洞，楼道里传出浓烈的大蒜味，孩子的叫喊……一幅早期工业社会的图景。与此相对，新兴资产阶级富人区波西利波，索拉拉家的米凯莱夫妇居住的风景地纪念版公寓，从阳台望出去，"天空是铅色的，海湾像巨大的熔炉，从边上挤压着天空，浓密的乌云翻滚着，向我们涌来"。很壮观，又很忧伤，而且，还危险，不是吗？"在大海和乌云中间，天空中有一道长长的、铅白色的、非常耀眼的裂痕，映衬着维苏威火山的紫色影子。"似乎，随时随地，海天就要崩开，碎成齑粉。事实上，华屋香车美食的生活已经在颓圮，米凯莱四处留情，"最关键的"，妻子吉耀拉说，他无可救药地爱着莉拉——莉拉就像梅杜莎，凡看她一眼，瞬间石化。她插足每一对恋人和夫妇，颠覆每个人的生活，连最好的朋友莱农都不放过。在她身后，留下一连串的废墟，而她不回头，兀自向前。在这里，时代的宏大叙事又回到个人，而此人非彼人，她仿佛来源于一股更强劲的力量，由造物选择来交付使命。

弗吉尼亚·伍尔夫评介《呼啸山庄》，说艾米莉·勃朗特"看到一个四分五裂、混乱不堪的世界"，接着还有一句："于是她觉得她的内心有一股力量，要在一部作品中把那分裂的世界重新合为一体。"这大可以借来解释莉拉的"抹去"，当她切割完照片之后，不就呈现出另一幅："那张照片已经看不出来是她了，而是一张非常可怕、诱人的图像，是一个独眼女神，正把她穿着漂亮鞋子的脚伸向大厅的中间。"原本的时装艳照，就此成为不驯的挑衅。

在莉拉从小到大的成长中，有几度把世界"合为一体"的实践，我以为写作《蓝色仙女》是一桩，设计皮鞋是一桩，爱上尼诺是一个大项，参加工人运动亦算得一次，女儿出生似乎预示着事情出现希望，女儿失踪则是希望破产，新世界又回到旧世界……很微妙的，失踪事件发生于邂逅尼诺的时间点，这不像是出于随机，更可能有意为之，里面不定隐匿着某种关联。在她一无所有、青春遁去的五十岁的年龄，且又回到写作，但不是仙女童话，而是那不勒斯的历史。

《蓝色仙女》写作应该具有开启意义，她头一次着手"合为一体"，所用材料是文字语言。这部漫长的小说——虚构文类到两千年甚至更早，已经将体量让渡畅销书，严肃的题材似乎多匮乏故事资源，铺排不开阵势，篇幅越来越短小，理解也越来越艰深，难得有如此酣畅淋漓的阅读。在这里，"语言"的一个重要角色，既作为叙事的主体，同时又为客体。莱农受教育的过程，充斥着意大利语和那不勒斯方言的博弈。学校里，她为自己的口音害羞，可紧要时候，却不得不仗着粗犷的那不勒斯方言取胜。比如，在比萨高等师范学校，被室友诬陷偷钱包，还比如往工人区途中被骚扰。她发现"那不勒斯教给我的东西，在比萨可以用得上，但我在比萨学到的东西，在那不勒斯却用不上"。这种孱弱的语言，是用于精神的建设。《蓝色仙女》用它，莱农的小说用它，莉拉的日记用它，我们现在正在读的"四部曲"也是用它。强大的莉拉，在加利亚尼老师家的聚会中，不是被它击垮，在讨论的高潮退场，刻意用方言说，"她一辈子从来都没有那么腻味过"。事实上，却是心生妒意，因为不能加入交谈。就像小时候引诱莱农逃课，破坏她的升学计划。她确实很坏，自己得不到，人家，尤其莱农也得不到。她的祖先，《呼啸山庄》的卡瑟琳先是放弃希克厉，后是百般破坏希克厉和伊莎蓓拉的婚姻。小学生知识竞赛，阅读《小妇人》，写作《蓝色仙女》，都显现她深谙文字和文学的内涵。她力争继续学业，也得到哥哥里诺的声援，当她被父亲从窗口摔出去的那一刻，她便知道不是想要什么就能有什么。于是，她开始实验另一种材料的功能，那就是皮革。

　　皮革以及操纵皮革的手艺，堪称又一意大利语系。到今天，罗马市中心，繁华大街两边，岔出去的深长巷道里，还嵌着狭小的门面，幽深的店堂，坐着歌剧人物似的俊朗的店主，案上陈列大小工具，卡尺、卡剪、打孔机、螺丝刀，一摞一摞样品册子，如此排阵，其实，也许，只是装配腕表的皮带。鞋子这个物件，却颇具隐喻，它是衣着佩戴中最为具象的人体部位。中国故事里，幽灵是不穿鞋的，西方解梦，鞋又常常代表爱情，我们也不能过度诠释，意大利的皮鞋工业确是一个事实，莉拉只是随机选择。总之，有一度，莱农早起上学，莉拉正去鞋铺子开门，两人有一段同路，然后分道扬镳。余下的路程总是让莱农沮丧，身前身后挤满了肮脏的男孩和女孩，空气浑浊，"脑子里疯狂冒出的那些陌生的语言，和我们城区通用的语言完全不同"。而莉拉的鞋铺子，则散发着人类璀璨的手工业时代的光芒。莉拉的后半程是由木匠的儿子帕斯卡莱陪伴，他是遍布街区的追逐者之一，受莉拉钦点，得此殊荣。

可是，做鞋这门子买卖并不能顺着莉拉的想象进行。画在纸上的美丽图样，只能挂在墙上，应了一句中国俗谚：画饼充饥。于是，莉拉的设计，以娘家姓"塞鲁罗"为品牌，由斯特凡诺投资生产，再进入索拉拉兄弟的销售渠道，在市中心马尔蒂里广场开出专卖店，就这样，资本竟然调和了情场争端。在古希腊，为一个海伦可酿成十年特洛伊战争。最后，"赛鲁诺"被"索拉拉"取代冠名，莉拉对此漠不关心，甚至为自己摆脱这场绑架而感到轻松，也意味着新一轮实验失败了。她已经预感到会有这一天，早在之前就拒绝设计新款，消极怠工，而那现代风格的鞋店，则成了她和尼诺偷情的淫窝。

和尼诺的爱情，即是莉拉切割现存秩序，同时又是拼接碎片的黏合剂，也许，还是向莱农单挑的武器。她从来没有放过莱农。小时候，她把莱农心爱的布娃娃扔进地窖，当然，莱农以牙还牙，也扔了她的，因此就成了对手。看着莱农越走越远，进入一个完全不同于过往的世界，这个世界在莱农看来很简单，她说："也许，上学对于我的用处就是这个：让我学会平静下来。"但这不就是理性吗？让人脱离野蛮。可以想象莉拉的愤怒不平，这个人为什么不是她，而是她！如果是她，会比莱农更懂得也更乐在其中。

尼诺是他们中间持续受教育的孩子。萨拉托雷一家，也许是为了摆脱寡妇梅丽娜的纠缠，及早搬离旧城区，直到莱农上中学，少年伙伴方才邂逅。尽管只两三岁的差异，可在那个年龄段，几乎算得两代人。那些高年级的男生，初有成人模样，故意做出落拓不羁的风度，尼诺则更多一种知识分子式的懒散的倜傥。很显然，他规避了原生环境里的野蛮暴力，没有染上戾气。尤其是，他正和加利亚尼老师的女儿、优雅的娜迪雅做朋友。加利亚尼老师的家，是配备电梯的公寓，高高的天花板上绘着花卉图案的壁画，整面墙的书籍，宾主都说文雅的意大利语，谈论世界各国的事情，仿佛邻居家的是非。尼诺是这里的常客，沉着地发表意见，受到人们的赏识。新人莱农虽然初次涉足，看起来，大家都喜欢她。莉拉则是局外人。这一晚上，大部分时间，她一个人待在书房里，浏览着满墙的书脊。我以为，就在此时此刻，尼诺被她瞄准了。等到夏天来临，他们一伙人在海滩碰头，收服的计划开始实施。莉拉向莱农索来书籍恶补，酝酿和尼诺的谈资。事情又回到语言文字，名字不叫"蓝色仙女"，叫"尼诺"。这一招很灵，谁让她是天才女友？尼诺惯常逢场作戏，但多少流露些实情。他说自小就渴望加入莉拉和莱农结党，成为三人组，也许是真的；说爱莱农是为接近莉拉也有几分真；他约莱农写文章，因妒忌扔进废纸篓，可能就是从中看到莉拉的笔触，"写得太好了"！莉拉一旦出手，如囊中取物，尼诺就是她的了。两人同居的日子，一个短暂的蜜月期，他们一同给报纸写文章，参加读书会，听政治讲座，讨论国际问题——仿佛把加利亚尼老师家的沙龙拷贝到这简陋的蜗居。所以，我们不能将莉拉当作尼诺四处留情中的一个，虽然，语言文字之后，接下来的还是情欲，还是性。弗吉尼亚·伍尔夫在《〈简·爱〉与〈呼啸山庄〉》里还写道，卡瑟琳和希克厉的爱情是"我们，整个人类"和"你们，永恒的力量……"爱情担负着人和造化对抗的任务。莉拉在叫板，可是尼诺却不像希克厉发出"呼啸"，不是说他不爱，而是量级不够与莉拉匹配，临危之际滑脚，于是，恩佐出场了。

恩佐不是莉拉的对手，并不适合扮演英雄救美的角色，紧要时刻，就要向莱农求援,但他有足够的忠诚为莉拉托底。所以,我们也不能简单以为莉拉跟恩佐走是返璞归真。莉拉不是失足少女,而是天才,作者不打算给天才以平庸的结局,莉拉的故事远没有结束,还有的一搏。恩佐将莉拉带出尼诺留下的烂摊子,重开一局,就是革命。

革命有着和爱情同样的破旧立新的假象,动力也同出一源,荷尔蒙和美学。莉拉搬入圣约翰·特杜奇奥工业区,到布鲁诺的香肠厂做女工,海滩上的度假伙伴换成劳资关系,分属两个社会阵营。香肠厂正走在资本原始积累的野蛮阶段,好比马克思剩余价值理论的活标本,同时,仿佛是《资本论》中另一项预言的印证,无产阶级积蓄着仇恨和反抗的能量,即将承当资产阶级掘墓人。莉拉,似乎早已经做好准备,幼年时候,街区里的贫富差异是最初的教育;在卡拉奇与索拉拉两大家族之间的纵横捭阖,可视作朴素的斗争哲学;随莱农参加老师家的聚会,既是启蒙,又在某种程度暗示了国际工人运动中的分裂……然而,儿童游戏的成人版却严峻残酷,高利贷者卡拉奇死了,共产党佩卢索在狱中死了,索拉拉的女人死了,佩卢索的女人也死了,好像是为了保持平衡,这边死一个,那边也死一个。事情超出了正义和非正义的原则,而是被一股厄运驱使,这种对称的死亡格式,延续到下一代小伙伴,工厂主布鲁诺死了,反叛者阿方索死了,索拉拉家的马尔切洛死了,糕点师傅的女儿吉耀拉死了,就像一片中世纪的古战场,尸横遍野。

其时,莱农走在她的人生途中,铁血洪流之外,仿佛一个真空地带。她写作、出版、宣传新书、忙着结婚成家,要嫁的那人出身热内亚一个知识分子家庭——小时候,奥利维耶罗老师,就是她,帮助莱农升学,晋升高等教育,招来母亲的妒恨,老师问她,什么是"庶民"?这个书面语的内涵,莱农过了很久才会明白,它意味着贫穷、低贱、愚昧,她们生长的街区蔓延的暴力,没有能力使自己"平静"下来。现在,她要走出"庶民"的命运了。可是,脱胎换骨哪里这么简单!

2005年冬天 —— 这部小说有个奇特的地方,它有着具体的编年,是为强调事情真实发生,或者即便是虚构,也要让它看起来是真的。叙事艺术在后现代遭遇解构,写实性被揭秘,裸露出后天的真相,而它逆向而行。你可以说它复古,但是,不也是回归小说的伦理。2005年,她们应该过了六十,进入中国人说的花甲之年,莱农和莉拉都回到那不勒斯,一起散步,在教堂边的花坛看见吉耀拉的尸体,此时,她们已经习惯死亡。所有的激荡尘埃落定,接近收尾,莉拉说要侵入莱农的电脑文档 —— 你看,电脑都出来了,莉拉"邪恶地"笑道:"但你防不住我。"是的,莉拉的"坏",就像病毒,稍有不备,就乘虚而入。

尼诺再次介入莱农的生活,是长久以来没有泯灭的爱欲,还是向莉拉报复。好比当年你扔了我的布娃娃,我也扔了你的。也好比你和尼诺共度良宵,我就和他老爸睡。旧街区里一同成长的小伙伴们不都是这么混乱,互相插足,再始乱终弃?原始的杂居时代的根性终于没有因为教育而进化,从某些方面说,受教育的同时也是祛魅的过程,知识生活的神圣性降低了,令莱农仰视的老教授借了酒意轻薄她,很可能,学术界里其实隐藏着一个旧街区。尼诺的再次出场依然以教育的名义,莱农的读者见面会上,有人提出质疑时,尼诺公然站出来辩护。转眼间,他就成了莱农未婚夫彼得罗一家的朋友。和多年前加利亚尼老师家的沙龙一样,谈话无所不及,"间谍、希腊问题、秘密审判和酷刑、越南问题,还有意大利、欧洲甚至是全世界的学生运动的不成熟性……"结果呢,不还是回到性!当年对莉拉的侵入,此时对着莱农来了,照旧是向这一个说那一个的不堪,褒这一个,贬那一个,挑动起闺蜜间微妙的妒意和虚荣心。如果说尼诺的进攻方式缺乏想象力，有失于单调，莱农呢？多半出自模仿，好像她的小说从《蓝色仙女》攫取资源，她总是跑不出莉拉的手掌心，用莉拉的话："你防不住我。"最后，莱农的婚姻家庭也落得莉拉的下场，解体了，可莉拉有恩佐。她就有这个本事，"四分五裂、混乱不堪"的残局里，总能留有一线生机。

那一次，莱农在香肠厂找到莉拉，问起她和恩佐的生活，她骄傲地说，他们一起学习计算机语言。"他"——恩佐，"他说计算机是一种语言，"又解释道，"不是我们写小说的语言。"《巴黎圣母院》，克洛德副主教向夜间来客、权柄等同法兰西国王的杜韩若长老宣布："这个要消灭那个！"所谓"这个"是指案上的纸质书，"那个"是圣母院，意思是"印刷术要消灭建筑艺术"。再坚固的建筑也抵不过战争、动乱，甚至只是一场大火，而印刷术以无穷复制的方式将事物永久保存和传播。

二战以后，科学技术爆炸式大飞跃，缓解生产力和生产关系的矛盾，社会革命未竟的事业进行下去，瓦解了资本主义行将灭亡的推演。莉拉和恩佐可说领得先机，开创计算机公司，事业成功，获利颇丰，扫兴的是，投资来自索拉拉兄弟。莱农一家，也被收编。先是小妹妹嫁给了索拉拉家的马尔切洛，然后母亲在女婿出钱的私人医院辞世。想想当年，索拉拉兄弟拦下莱农，莉拉用裁皮子的刀横在马尔切洛脖子上，现在，不谓不是一种归顺。倘不问究竟，这算得上是平静的时期，凡事都回到原点，莱农和莉拉重续童年友谊，再度成为闺蜜。两人在同一年里娩下小女儿，就像小时候各有一个布娃娃。奇异的是，两个孩子继承了母亲禀赋的差异，似乎是，上一代的故事将在下一代继续，直到莉拉的女儿失踪，适时截断这绵延的宿命。

按中国人否认道德哲学，当属因果报应；以实证的眼光看，则是教育的后果。混乱的情欲造成的生命，成长难免偏离正常的轨迹。莉拉的大儿子，读书不成，做工也不成，却收获莱农两个大女儿的青睐，酿成荒唐事故。最小的伊玛，生性平淡，在莉拉的女儿蒂娜的衬托下，更显得黯然，而且乖戾。摄影记者采访小说家母亲——总是有照片登场，照片这物件，究竟隐喻什么：真我，假我？本相，镜相？正和负？虚和实？摄影师要拍一张作家母女的生活照，拍的不是伊玛，而是蒂娜——"她的脸蛋看起来太神气了"。后来，蒂娜销声匿迹，遍搜无果，莉拉推测，被绑架的原本应该是莱农的女儿伊玛，却让照片误导了。伤透心的母亲的妄念，却也许透露出某些天机。莉拉总是入侵莱农的人生，她得意地说：你防不住我！好了，这就是结果。

蒂娜失踪可视作莉拉最后的失败，经历这么多反抗，终也敌不过这个坚硬的世界。艾米莉·勃朗特的"呼啸山庄"带有童话寓言中魔屋的意思，这一个则是自20世纪40年代到两千年时间的那不勒斯现实。莉拉对莱农说："你在上面放上教堂、修道院、书本——这些东西看起来是那么重要……但罪恶会顶破地板，从你意想不到的地方冒出来。"她还说只有在那些糟糕的小说里，局面才会翻转。那些"糟糕的小说"，我想其中包括莱农的，以他们街区里卡拉奇被杀的事件为素材的那一部。莉拉曾经激烈地批评它，又为自己攻击莱农哭起来，因为看上去很像是妒忌。"有些事情，要么你就讲清楚，要么你就别讲，但你正好停在中间。"她说。文字语言显现出狡黠的特性，它按某一种自私的需要补缀着世界的裂隙。莉拉大约就是要纠正文字的谬误，开始了她对那不勒斯的实地研究，历史和现在，她的世界只有那不勒斯，可是谁又能说，那不勒斯不代表世界呢？莱农猜想："也许她和我一样，也在写东西。"可是，我们在书中找不到任何实据，证明莉拉在写东西，我认为她已经放弃了书写，她只是在说，说，说，随风而逝。

这时候，我不禁生出一个奇怪的念头，莉拉，毋庸置疑，是呼啸山庄里的卡瑟琳，莱农是伊莎蓓拉，尼诺呢，是希克厉，一个孱弱的希克厉。可是，即便是赫勒克斯式的希克厉，面对年轻的儿女们，也不得不承认意志力消失了，"连掀起两座宅子的一片瓦都办不成了"！卡瑟琳和林敦的女儿，小卡瑟琳，希克厉和伊莎蓓拉的儿子小林敦，两对仇家的孩子，却结成亲密的姐弟。仿佛一种遥相照映，莉拉彻底"抹去"之后，莱农收到一个邮包，里面是幼年时候，两人丢在地下室里的布娃娃。时间的蝉蜕，或者幽灵，从"呼啸山庄"的坟墓出来，吓着小牧羊人，千禧年里，则是儿童玩具，通过现代邮政的通道，邂逅了。

（原载《书城》杂志2021年第1期）

枫林渡

傅 菲

> 你没有如期归来
> 而这正是离别的意义
> ——北岛《白日梦》

河面白茫茫。旷野白茫茫。深冬,大雪一层层覆盖下来。雪花旋转而下,飘飘忽忽。天空低矮,仅仅比山梁略高一些。雪花在空中,如炭灰,大把大把扑撒。也看不出雪花在哪儿形成的,从深邃的空中,越下越大朵,绒毛球一样飞旋。从山梁往下白,白了山头白了山腰,白了旷野。

屋顶白了。树梢白了。坟头白了。菜地白了。

行人的头白了。

渡口白了。

搁浅在渡口的木船白了。木船是一条空船,被一根麻绳系在大柳树下。河水吞噬着雪花，如须鲸吞咽磷虾。饶北河从彭家坞弯过来，直流，到洋槐茂密的河滩，又弯成一个半弧，直流南出。在半弧的湾口，五条方形的长黑石条，砌成了向上的台阶，通往岸边的枫林村。台阶被一株大柳树遮掩。两岸的人，在这里上船下船，在这里握手言别。

一阵阵的大雪，使得天空荒凉，把天下空了，空得只剩下雪无声飘落。枫林渡也被下得荒凉，没有一个人。柳树洋槐，落尽了叶子，空空的枝丫积了雪。三两只寒鸦站在枝头，哑，哑，哑，叫得短促阴寒，叫得让人觉得无比孤单。寒鸦也叫慈乌、慈鸦、麦鸦燕乌，颈后羽毛呈灰白色，胸腹部灰白色，其余部分黑色，双眼似两颗珍珠。高高的洋槐，有树洞，寒鸦在树洞里筑巢繁衍。寒鸦蜷缩着身子，随着枝头摇晃。

十五年之后，满福仍记得那场大雪。雪花像黄昏时分乱飞的蝙蝠。他在渡口砍香椿树。他每砍一刀，圆帽斗笠上的雪，扑簌簌地抖落。香椿树有两棵，是满福母亲在六十年前栽下的。在满福十五岁的时候，他母亲告诉他：我死了之后，用渡口香椿树打棺木，香椿树埋在土里不烂。这几句话，他母亲说过很多次。临落气，他母亲靠在床沿，眼睛睁开一会儿，又闭上一会儿，油灯忽闪忽闪，炭火在火钵里红亮，眼角流出黄浊的水，泛白的嘴唇轻轻抖动，说：你去把刀磨亮，磨亮。满福嗯嗯地应答，不断地垂泪。他守在他母亲身边，握着渐渐凉下去的手，忍不住号啕大哭。

皲裂的树皮，斜横的树丫，清脆的刀声。河岸旷芜。树身圆直粗壮。傍晚的河水流得呜咽。大地一层层交出内心所有的白。

树最终倒在渡口的台阶上。满福坐在香椿树上，抖抖索索，从裤兜里摸出一支烟，啪嗒啪嗒，打打火机。打了十几次，打火机也打不亮。他把烟揉碎，咀嚼在嘴巴里。雪花密集地落在河面，被河水卷走。河水白白亮亮，咕咕咕响，推搡着，绕过河滩，消失在下一个湾口。满福盯着河面，眼睛发花，似乎河里漂着人影。数不清的人影，随河水波动。

栽香椿树时，满福才一岁，他母亲才十九岁。这个新婚不久的妇人叫念慈，在渡口送别她丈夫。她丈夫出身富裕人家，在茶山祠读书，二十出头，风华正茂。严寒渐退，春天架着白鹭的翅膀，快速来到饶北河。白茅长出了芽白，紫云英结了紫红的花。柳枝披了绦绿，悠然摇曳。白鹭的幼雏在河边戏水，呱呱呱叫。开冻的河水引来追逐的河鱼。她丈夫对她说：动荡的年代，我不能白白活一辈子，我要去寻找自己的理想。她知道他是刚烈的人。她为丈夫收拾了包裹，送他到渡口。她抱着孩子，孩子在甜甜地酣睡。她忍不住流眼泪，跟在他身后，说："你记得回来，等你回来了，孩子会叫你爹了。""我会回来的，我的鞋子沾了这里的土，我的血脉在这里。"

木船离岸而去，顺水而下。念慈站在台阶上，看着站在船头挥手的人，穿一件白色长衫，围青蓝的围巾，戴一副黑框眼镜，端一把油布伞。稀稀的雨，斜斜地飘。河面荡起雨珠溅起的波纹，密密麻麻，一圈圈。这时，孩子突然醒来，啊啊啊地哭。念慈把孩子抱直了身子，说：你叫爹，快叫爹，你爹听得见。孩子哭得更凶。

孩子三岁，她便教孩子识字。她用一根木炭，在门前的青石台阶石板上写：叶从理。她在竹溪书院读过五年私塾，会写会画。每天傍晚，她带着孩子，去渡口。她知道，她等的人，若回来，必从上饶渡口坐木船，溯河而上。太阳上山，人上船；太阳下山，人到了枫林渡。生活在郑坊盆地的人，饶北河是唯一外出的路。她走过这条水路。她还没结婚。她给他送冬衣去。她背一个布条包扎的棉包裹，坐船去上饶。阴冷的风，从船底掀上来，船篷呜呜作响。她裹着蓝布头巾，坐在船舱里。窄小的船舱，有一个木炭火炉，火光照着她霞红的脸。在上饶渡口下了船，经过宝泽楼，沿溪而上，走一盏茶的时间，到了茶山祠。八百年前，陆羽隐居于此，种茶，研茶，写《茶经》。叶从理在茶山祠读书。晚上，叶从理带她去仙乐斯听戏。仙乐斯在信江河畔，西临护城河。这是一条百年老街，酒肆林立，茶馆相连。仙乐斯有大戏台，客人一边喝茶吃甜品，一边看信河戏。临老了，念慈还记得《西厢记》里的那句台词：

碧云天，黄花地，西风紧，北雁南飞。晓来谁染霜林醉？总是离人泪。

饶北河流得不紧不慢。四季之中，饶北河有时是少年，有时是老年。它西出灵山北部，在高南峰的峡谷奔泻，在盆地弯转。圆南瓜一样的盆地，在暮春有群鸟飞来。寿带驾着东南风，从灵山盘旋直下，栖落在洋槐林。它体色带有金属闪光的蓝黑色，头顶伸出一簇冠羽，体羽为背栗腹白，翅亦为栗色。雄鸟有着非常长的两条中央尾羽，像绶带一样。它以天蛾、松毛虫及其幼虫和卵为食。它尾巴赭黄色，也叫赭练鹊。在林中，它唧咕唧咕地叫，玲珑的脑袋像个松果。寿带老了，羽色褪化，全身发白，让白发苍苍的人无比感怀。家燕三两只一群，从厅堂飞出，飞向田野，飞向河边。厅堂的燕巢倒悬在横梁上，雏燕张开黄喙，唧唧，唧唧，等待母燕觅食归来。母燕斜着身子，投身飞射，捕食虫蛾。

站在渡口，念慈看见树上的白寿带，忍不住摸自己的头发。暮春的河边，多么爽朗。尤其在傍晚，溪水留了一抹残红，霞光在不远处的湾口颤动。油青的秧苗已经灌浆，暗白的稻花兀自低垂，又被风翻上来。孩子五岁那年的五月,饶北河上游瘟疫流行。

患病的人,全身酸痛,打寒战,发高热,头痛,乏力,过不了两天,淋巴结肿痛。淋巴肿大,迅速化脓,破溃。最后无力,眼皮也抬不起来,奄奄而死。第一个得瘟疫而死的人,是郑坊徐家的一个老人。老人饿得受不了,烤老鼠吃。吃了三条老鼠,挖了半块菜地,回家睡觉。第二天起床,手抬不了,手被卸了力一般,衣服也穿不起来,摸摸耳朵根下的淋巴,肿胀肿胀,像个核桃。熬药一样熬了两天,人说胡话,淋巴溃烂,死在躺椅上。

过了七天,送老人上山的四个棺夫,死了三个。老人三个儿子死了一个,三个媳妇死了两个。各个村,都有了相同死法的人——在饶北河,闻死惊骇——瘟疫暴发。

棺材铺卖空了。人死,用草席卷起来,塞进猪笼,投进石灰窑和石煤一起烧。叶从理的父亲也死于瘟疫,烧了窑。念慈扒了一钵煤灰,放在土瓮里,埋在自己的豆田,和叶从理的母亲合葬在一起。

丁酉年冬,雪落了两天,北风呼呼,把我窗户打得啪啪响。想起乡下的老母亲,我睡不着。老人怕冷,整天抱着一个火熜。每年冬,我早早买几麻袋的硬炭,给老人烘火。第三天,我搭上去华坛山的班车,回枫林。我坐在车上,望着沿途的积雪,白皑皑,鼻子发酸。

车沿着饶北河,在山边公路,东弯西扭地走。邻座的一个七十多岁的老人,见我出神的样子,问我:"你哪里人啊?"

"郑家坊人。"

"郑家坊好啊。前有饶北河,后有古城河,双河玉带。郑家坊是出宰相的地方。出任明世宗首辅的夏言,虽是贵溪人,外婆家却在郑家坊,他是在郑家坊长大的。"

"你怎么对郑家坊这么熟?"

"何止熟啊。广信南有上泸畈，北有郑坊畈，这是广信的两个大粮仓，有这两个畈，广信人不会挨饿。你是郑家坊哪里人啊。"

"枫林人，你知道枫林吗？"

"枫林的？枫林好啊，郑坊畈，占了一大半，不旱不涝，年年风调雨顺。红薯粉丝和油炸豆腐，是枫林的两个宝，你不知道吧？"

"知道的，年年都有人来收粉丝。"

"你是枫林哪里人啊？"

"中蓬人。底枫林的。"

"底枫林，怎么会不知道啊。有几棵老柿树，都有好几百年了。"

"那是湖塘坑，中蓬还要上去一华里路。"

"知道中蓬，有两条逼仄小弄。沿着村子有一条水渠，渠里鱼多，后来水渠塞了，浇了路，好可惜。你是中蓬哪户人家？"

"傅家。"

"元灯叔好，灯叔好。傅家有一棵大樟树，门前一畈田，对着古城山。"

"元灯是我公（爷爷），八十八岁过世，有廿二年了。大樟树十八年前砍了，你很多年没去枫林了。"

"我也是枫林人。老母亲走了之后，便很少回枫林了。"

"你这次也是去枫林？"

"去看看枫林渡。"

"枫林渡被芭茅盖了。芭茅比人还高。大柳树还在。"

"长条石还在，大柳树还在，枫林渡就在。"

"以前，不通公路的时候，枫林渡是迎来送往的地方。枫林人都是从这个渡口走出去的。"

"走出去的人，有的回来了，有的再也没回来。"

"从枫林渡出去的人,都是枫林人,回来和没回来,没什么差别。"

"怎么会没差别呢?回来的人,叫生根,没回来的人,叫漂泊。漂泊的人,一生都在河上。就像枫林渡口的那条木船。"

"老人家,怎么称呼你?"

"我母亲以前是在枫林渡摇船的。她一辈子都在摇那条木船。"

"我十几岁就认识她。她白头发,眼睛不怎么好,说话声很轻很温和,鼻梁上有一颗黑痣。她会唱信河戏。"

哦了一声,老人闭起眼睛不说话了。老人就是满福。摇船的人在渡口摇了几十年。摇船之前,她教过几年书。作为村里为数不多的识字人之一,解放后,她在小学教书。她的家,在河湾的樟树林里,河石砌的墙,木格的窗户,带篱笆的院子。樟树林有三五户人家,一条砂石路一直通到河滩。冬天,樟树林栖息很多白鹭,远远看去,像是树上开满了粉团的白花。

送别了的人,始终没有回来。谁也不知道叶从理去了哪儿,在哪儿生活。也不知道是死了,还是活着。满福的母亲,没有收到过任何音信。满福十岁了,她带着孩子,从渡口坐上木船,去了一次上饶,在渡口下船,去仙乐斯听戏。可惜仙乐斯的戏院解散了好几年。茶楼酒肆还在。孩子嚷嚷着,要吃马骨糖。仙乐斯高悬在屋顶上的木牌还在。黄漆鎏金的行书,有些夺目。她又带孩子去了茶山祠,在门口转来转去。

小学成立了没几年,又关闭了,改成了夜校。她成了一个摇船的人 —— 因为她识字,因为她老公去向不明,她被无休止地要求交检查。她戴着报纸折的高帽子,跪在小学的操场上。斗完了,去摇船。

船是木船,半边的梨瓜形,中间有一个"口"字形的船舱。船舱上拱起一个篾片雨篷。她摇不来船,摇桨的时候,船像葫芦瓢一样,晃得厉害,在河面打转。她几次跌坐在船头。

这是一个零落的渡口,过往的行人并不多。她把客人送到对岸去,把对岸的客人接过来。河面有百余米宽,河水一米多深,清澈见底。两岸的人,都认识她。她头上扎一条蓝头巾,小圆脸,腰上绑一条蓝围裙。雨天,她戴一顶尖帽斗笠,穿一件黄蓑衣。

欸乃声从清晨响起。把棕绳从柳树上解下来,推一把船,橹板插进水里,手拉直又屈起,橹板哗啦哗啦划动着水流。水在橹板上冒出白花,漩起水涡,船游动起来。渡客站在船头或坐在船舱,听着橹声。多年后,满福读宋代陆游《南定楼遇急雨》:"人语朱离逢峒獠,棹歌欸乃下吴舟。"情不自禁想起他饶北河上的母亲。有时,他和他母亲一起摇船。他已经十五六岁了。他已经是个强壮的劳力。无客人的时候,他母亲在船上,给他唱元代郑光祖的《倩女离魂》:"听长笛一声何处发,歌欸乃,橹咿哑。"

有一年,五月的暴雨侵袭了饶北河流域。雨水如注。天际乌黑黑的雨线,像一道网,把人罩得喘不过气来。横流的山涧从村沟从田垄,汇流到河里。河水涨上了河堤,岸边的水田成片倒塌。泥浆轰隆隆,塌在河里,抛起十几米高的水花。系在柳树上的木船,被水冲走了。他跟着他母亲,沿着岸边找木船。洋槐在水里,露出树梢。上游冲下来的浮木,在浊浪里,沉沉浮浮,滚动着,卷席一样盖过。他一直以为,饶北河是一条羸弱的河,河水轻浅,他第一次被洪水惊骇了。河边的十几栋泥土房,在雨水的浸泡下,膨胀,轰然倒塌。睡在屋里的人,来不及尖叫,被浪头扑进了水里。牛在奔跑,一直跑,跑得跪下去,被山洪冲进了河里。

每年农历二月十五日,念慈穿上红棉的短袄,盘一个发髻,在发边插三朵迎春花,在渡口坐上半天。叶从理在这一天离家。短袄是她做新娘时穿的。花是她送别时戴的花。二月十五日，也是花朝日。这一天，百花开始盛开，花神来到人间。村里有人抬花灯。

饶北河流域有抬灯的习俗。每年正月，村村抬龙灯。抬龙灯也叫板桥灯。龙灯由龙头、龙骨（也叫龙身）、龙尾三部分组成。龙头高大，用竹篾扎成海龙王的威武形象，纸糊的龙鳞，挂着红布的飘带，两个青壮汉子撑着竹架，边走边挥舞。龙尾像虾腰，可以随意摆动。龙骨一节一节连起来，每一节是一条长板凳，长板凳上绑着两盏红灯笼。"板"作动词用，翻舞转动的意思。每一节，代表一个成年男丁。大的村子，有两千多节，可延绵好几华里，蔚为壮观，像银河里的灯桥。龙灯每经过一个村子，村子里的人站在村口接灯，炮仗噼噼啪啪放几十分钟，土铳冲天鸣响，轰隆轰隆，震得耳膜发麻。给每一节灯披红布，摆茶，而后在晒谷场请吃汤面。吃了汤面，便在田野里板桥灯。桥灯一圈一圈地围起来，围成各种图案，有八卦阵，有长蛇阵，有方圆阵，有鹤翼阵，有雁形阵，有偃月阵。布阵法的师傅，叫带灯人，走在龙头前面，提一个大红灯笼。带灯人睿智，变换着阵法，让人眼花缭乱。假如带灯人突然神志迷糊了，阵法会大乱，人撞人，会造成人员踩踏事件。带灯人记不住阵法了，便朝天鸣铳，砰砰砰三枪，大家坐在原地休息，等另一个带灯人来，带领大家走出迷宫一样的灯阵。看板桥灯不站在地上看，而是站在屋顶上看，俯瞰而下，红灯簇拥，似繁花盛开，千树万树烟花如幕。如辛弃疾在《青玉案》所言："凤箫声动，玉壶光转，一夜鱼龙舞。"

花朝日抬花灯。晌午之后，村里人用红纸墨水化装，穿上明代桃红柳绿的服饰。各家各户从阁楼取下灯笼，给灯笼贴剪纸，挂璎珞。红纸抹唇粉脸，作胭脂；墨水画眉糊鼻，作黑油。枫林人以种田种地、伐木烧炭、采山货为生，村舍散落在两岸的山坳间。村子林木幽碧，溪流淙淙。晚饭后，街上锣鼓咚咚咚响。抬花灯的人去拜土地庙了。土地庙在村头，在一棵大樟树下。提灯的人跟在锣鼓手身后，摇晃着手上的灯，拜土地庙。拜土地庙，仪式并不怎么盛大但很庄重，上香作揖跳舞。拜了土地庙，又去拜社公庙。拜了庙再游花灯。游花灯在一个老祠堂，敲锣打鼓。花灯不舞动，也不相接，手提的。灯笼形状不一，有五角灯、鱼灯、莲花灯，样式有吊灯、座灯、壁灯、提灯。灯笼有灯帽和灯座，配以剪纸、书画、诗词，灯头是鱼，下面两个灯笼，写着条幅"三君司命"。提灯组成了灯街，灯街有四匹马（推车灯），两匹红马，两匹白马，红马是雄马，白马是雌马，每隔八盏灯一匹马。灯身藏着一个穿明代服饰的人，戴戏帽，踏戏靴，摇着扇子，唱古戏，神采飞扬。至于唱的戏词，大多数村民也会唱。

桥灯有阵法，如排兵布阵，像一支古代军队，灯形只有单一的球形，但气势恢宏，大气磅礴，如江河吞泻。游花灯更接近于地方戏曲，有乐手鼓队说唱，有表演，有宗教感。满福早早洗了灯，清扫了院子，去渡口接母亲回家。渡口离他家不远，过一片三角形的田野，过一个柳林，便到了。路上的野花，灯花一样胀开了。田埂上的莿蓬、野豌豆、雀舌草、翻白草，开得一浪一浪。柳树林的单叶铁线莲，绕上了柳梢，垂下玉白的粉槌。黑翅长脚鹬站在滩涂像一个孤独的牧师。他知道母亲想什么，虽然她从来不说。父亲，对他而言，只是一个想象中的人。父亲只留了一张相片，挂在厅堂上的镜框里。父亲站在枫林渡，围一条棉围巾，穿蓝色长衫，头发往两边梳，前额突出。柳树繁茂的叶子，有些婆娑。树上还站着一只浮鸥。渡口有十几米宽，水漫上一个台阶，父亲看着河面，水隆起波纹。

每年的这一天晚上，念慈都要蒸一笼馒头。她一个人在厨房里揉面粉，翻来覆去揉，揉出筋道。水一直在锅里翻腾。她看着一锅水翻腾出白泡泡，水汽在屋里绕来绕去。水慢慢浅下去，浅到了圆锅底，水嗞嗞嗞地叫，像呻吟。黑锅变白了，她加水下去，继续烧。揉好了馒头，放在笼子里蒸。蒸汽从笼子的细缝里，白白地回旋上来，罩住了整个灶台。她把木柴叉进灶膛，看着火苗舔着锅底旺上来，木柴慢慢变成灰烬。她能感觉到，馒头在笼子里，饱饱地吸了蒸汽，发胀，滚烫。

在叶从理背在身上的包裹里，有她揉的十二个馒头，和四个咸鸭蛋。

饶北河百余里长，蜿蜿蜒蜒，在上饶北部狭长的山谷里，不舍昼夜地流，流进信江，汇入鄱阳湖，注入长江。她没见过长江，她不知道长江有多长，江水最终流往哪里。饶北河只要一天，可以走完，无论是走山路，还是行船。为什么出去了的人，回来得这么艰难呢？她问过很多从枫林渡离开的人，打听叶从理的下落。在上个世纪三四十年代，村里有十几个人从枫林渡离开。离开的人，有两种：读书人和穷得没饭吃的人。读书人，往上海、广州跑，提一个藤条箱，打一把油布伞，坐上木船，到上饶火车站，坐上火车去了十里洋场的大都会。外出的读书人，有的成了家，有的还是没毕业的大学生。穷人一般是十五六岁的小青年，砍柴或挖地时，见路过的部队，扔下柴刀扔下锄头，跟着部队走了。走的时候，连家人也不知道，家人还以为孩子被老虎吃了。

跟部队走的人，只有一个人回来，但其他人都会有音信：×年×月×日，在××战役中，壮烈牺牲。有奖状和军功章。回来的这个人叫杨金俄，参加过解放战争和朝鲜战争。回来的时候，已经四十多岁了，腿受过严重枪伤。从枫林渡下船，念慈都不认识他了。

杨金俄戴一顶长耳朵的绒帽，背一个方角的背包，腰上挎着一个铁皮水壶，瘸着腿，踮起脚尖走路。他的父亲已死了十几年，他的母亲还在。他母亲抱着他的头，哭得全身瘫软。他有严重的耳背，据说是被炮弹震聋了的。有一段时间，念慈带着满福，三天两天往杨金俄家跑，问叶从理下落。杨金俄是战斗英雄，大队召开了庆功会，敲锣打鼓，放鞭炮，热闹了一天。因为腿有枪伤，杨金俄干不了重体力活，安排他守仓库。快五十岁了，他才和一个三十多岁的寡妇结婚，住在祖屋里。祖屋是一栋三家屋，房子有些破旧，下雨，瓦屋漏水，滴滴答答，漏在饭桌上。吃饭了，他端一个木脸盆，接瓦漏水。水珠溅在他脸上，他用手抹一下脸，继续吃。杨金俄活了九十三岁，是村里长寿老人之一。他生了两个儿子。他死在祖屋里，无疾无痛，无声无息，像一个不会醒来的人。

读书外出的人，有两个回来。一个叫李响，在上海一个大学教书，在上个世纪70年代初，回到枫林养病。他被批斗致残，也和儿子断绝了关系。他儿子揭发他，说他日记里有反动的思想。解放前，他曾做过《民锋报》的编辑，是个老地下党员。在枫林养了四年病，又返回了上海，继续教书。还有一个叫周绍程，在1988年，从台湾回来探亲，穿着西装，系着领带，皮鞋黑亮。他带来了电视机、照相机，给家里的三兄弟，一人发了一千块美金。三兄弟还是住在祖屋里，一人两间瓦房。四兄弟喜极而泣，没想到有生之年还可以坐下来吃一餐饭。周绍程住了三天，回台湾了。念慈拿着叶从理的照片，给周绍程看，托他去台湾问问，有没有这个人。念慈裹着一个厚厚的棉花袄，佝偻着身子，对周绍程说：我们都是同一个村子的，你应该还记得叶从理，他比你小两岁，属狗的。周绍程说：当然有印象，白白净净的人，很斯文，可我们在年轻时，也无从联系啊。

念慈确信自己的老公早死了，不然，他不会没个口信回家，没有只言片语寄回家。但她又确信自己的老公还活着，她相信她老公的话，他无论走多远，走多久，他会回来，回到有血脉的地方。有一次，她做了一个梦，梦见自己和叶从理坐一辆马车，沿着饶北河的河堤，往下游跑。天下着瓢泼大雨，马车颠簸得厉害。叶从理把她紧紧抱在怀里。马却跑得飞快，跑着跑着，马车翻下了堤岸，被河水冲走。念慈从梦中惊醒，浑身热汗。她十多年没有做梦了。她是一个无梦的人。年轻时，她三天两天梦见叶从理，她睡不着，倒一碗黄豆在地上，一粒粒捡起来，捡好了，又倒在地上，继续捡。

过了五十岁，她不再摇船了，不是因为她年龄大了，而是渡口上游的窄湾处，搭了一班（座）石桥。也不知道为什么，饶北河的水浅了许多，水仅仅过膝。石桥是一组麻石搭建的，一个踏步一个方块麻石，二十三个麻石连成一座桥。她把橹板收了，放在家里的木楼上，作古记。她摇了二十七块橹板，每个橹板的摇手处，都被她摇得油油发亮，摸出黄黄的包浆。有的橹板开裂了，有的橹板断了半截，有的橹板绳孔损毁了。

我在孩童时期，渡口已经没了。渡口成了埠头，早上，男人挑一副水桶，从河里舀水，挑到家中水缸里，挑三担，用一天。女人在埠头翘起圆墩墩的屁股，露出半截白腰，洗衣洗菜。我们也常爬上柳树，抓知了。夏天的知了，吱吱吱，叫得人烦躁。

事实上，她早可以不摇船的。小学恢复之后，她也可以去小学教书，但她不想了。可能她适应了船。摇啊摇，船到了对岸。心情爽了，她张开喉咙唱：

    啊呵呵呢，啊呵呵
    啊呵呵呢，啊呵呵

三月美景在饶北河呢

野花如锦云飞絮

细雨如酥柳垂烟

啊呵呵呢，啊呵呵

啊呵呵呢，啊呵呵

十年修得同船渡

百年修得共枕眠

愿得一人心

白首莫离分

啊呵呵呢，啊呵呵

啊呵呵呢，啊呵呵

  香椿树一年一年长，变粗，枝开叶散。三月，香椿发芽，三两片芽叶，一撮一撮地抽出树丫尖。满福出生时，念慈养了一条小黄狗。狗脖子上戴了一个铃铛，走路时，当当当。满福听到铃铛当当当响，便笑了，眯起珍珠一样的眼。满福十一岁，狗老得走不动路了，倒翻的毛黏结。冬天了，狗也换不了毛，临近年关，狗老死在渡口，身上盖了一层白雪。

  狗死了，她养了一对鸽子。她去摇船了，鸽子呼噜噜飞到船舱篷顶。她喜欢鸽子。鸽子咕噜咕噜，叫得她暖心。她也喜欢听鸽子起飞时，翅膀扑棱棱的拍打声。她是村里唯一养鸽子的人。鸽子多好啊，可以自由地飞，飞到树上，飞到稻田，飞到河岸，可以在天空里盘旋，在屋顶跳来跳去。她吹一下口哨，嘘嘘嘘，鸽子又飞到她身边。

  1962年，满福十九岁，大队部推荐他去部队当兵。他戴着大红花，被村里人送上木船。唢呐呜呜呜，一直在岸上欢送他。满福脖子上围一条毛巾，肩上挎一个水壶，站在船头，一边挥手，一边不停叫：妈，妈……

水翻出白浪。白浪，一卷一卷。

人散了，念慈还站在渡口。她突然觉得自己老了。她整个人空了，空得干瘪，空得只剩下牵挂。像一根油麻秆，油麻被收了，留下空秆子。初秋的夕阳，像一团旺烧的火。山梁从天边斜下来，有着黄昏时分的幽暗和明净。初熟的田野，像一块烤饼。饶北河漾起霞光。柔和的光从树的间隙，投射过来，突然让人伤感。山噪鹛乌压压的一群，从河滩飞起，嘘喔喔喔，掠过油榨坊，掠过村舍，飞向山边的灌木林。十八年前，她也是站在这棵柳树下，送别了再无音讯的人。有太阳上山，就有太阳落山。她看惯了落日，但这一天的落日下坠得特别慢，圆圆的，红红的，一漾一漾。

没有什么守了，除了渡口，和一条木船。

渡口的右边，有一个三角形的泥滩，秋季，泥滩上的红蓼结满米粒大的红花，一束一束。蓼花刺鼻的辣味，她喜欢。她喜欢的东西，已经不多了。

当了八年的志愿兵，满福转业，被安置在南昌一家拖拉机厂上班。恢复高考后，又读了大学。读大学的时候，他孩子已经六岁了。

在我初中毕业的暑假，我还见过满福的母亲。她六十出头，头发有些卷，一半的麻白。她中等个儿，腰板挺直，在河滩侧边的菜地种菜。她的脸有些皱，肉纹一层层。她的视力不怎么好，眯起眼睛看人。她一直一个人生活。她养了好多鸡鸭，生了好多蛋，她也舍不得吃，留着，等福满回家了，带到南昌去。有时，福满三个月也不来一次，蛋坏了，发臭。

饶北河的冬天，比别处来得更早。冬至之后，封冻两天，大雪在灵山山顶落一次，落个半天一夜。白白的雪，盖了山尖。再过十天半个月，下一次冷雨，封冻两天，北风呼呼叫，大雪无遮拦地盖下来。飞鸟没了觅食处，躲在树上，呀呀地叫。黄鼬跑进了农舍的鸡圈，叼走鸡鸭。

老人最难熬的是寒冬。

在最冷的一个寒冬，雪积满了门前的台阶。念慈卧了半个月的床，熬不住了。满福守在母亲身边。母亲蜷缩在床上，身体在收缩变小，变得干硬。她的眼睛看不见人了，即使睁得灯笼一样大。她曾经的圆脸，变得瘦削，颧骨凸了出来。她的两排白牙慢慢发黄。她的手上，始终抱着镶嵌了叶从理照片的相框。

渡口边上的两棵香椿树倒下了。他母亲没交代任何事。在清理遗物的时候，满福发现一个箱子里藏有满箱子的信件。信件是他母亲写给他父亲的。他和他母亲一样，始终不明白，他父亲所追寻的东西，到底是什么。

木船，一直系在柳树下。船板已经慢慢腐烂。

（原载《山西文学》2021年第2期）

船 娘

苏沧桑

"早春花时，舟从梅树下入，弥漫如雪。"

西溪如一个透明的结界，由水、空气、绿意构成。前往西溪，像前往另一个人间。

我一直在等一场雪。我曾与船娘虹美相约，乘她的摇橹船看雪落，梅开，吃火锅，喝酒。

普鲁斯特说，生命只是一连串孤立的片刻，靠着回忆和幻想，许多意义浮现了，然后消失，消失之后又浮现。此刻，雪停了，炭火的吱吱声、雪压梅枝的吱吱声，高低错落，水上的往事一一浮现。

酒酣的两个同龄女子坠入了时空深处，水天一色，人舟一体，"我"是沧桑，"我"亦是船娘，抑或是千百年来湮没在湖光山色里的她，他，还有它。

西溪静默，"我"开口说话。

一　酒窝囡囡

谁也不知道，船是什么时候漂走的。

一万道阳光盛满我左脸颊的酒窝，一万道油菜花的光芒盛满我右脸颊的酒窝，两万道金光结成一个梦魇，将九岁的我罩住，只留下耳蜗里的一些声音。

鱼跃。

枯叶碎裂。

白鹭惊起，芦苇被它蹬弯了腰，低声叫。

渔网撒在水面上。

船过的欸乃声。

捣衣声。

越剧。

老人轻轻咽下最后一口气。

太阳炉火般轰鸣。

每一个梦的拐弯处，都藏着一声声清脆的鸟鸣，娘声嘶力竭的呼喊被挡在梦的外面：

虹——美！虹——美！你在哪里啊？

"松木场入古荡，溪流浅狭，不容巨舟，自古荡以西，并称西溪。"与西湖一山之隔的西溪，是"芦锥几顷界为田，一曲溪流一曲烟"的江南水乡、城中湿地，自古和西湖、西泠并称"三西"。明清时，以十里香溪、百家庵堂、明月蒹葭著称于世，与灵峰、孤山并称杭州三大赏梅胜地，也是无数文人墨客和达官贵人隐居的世外桃源，留下过苏轼、秦观、唐寅、张岱、顾若璞、李渔、厉鹗、洪升、钱谦益、柳如是、康有为、郁达夫等无数名士的足迹和传奇。

深潭口，古往今来赛龙舟的地方，也是我祖祖辈辈的家。早春直至霜降，每天凌晨三四点，娘就把我们三姐妹喊起来，摇着小船从深潭口出发，去武林门或笕桥割草喂鱼喂羊。小船穿破曙色，穿过一座座拱桥，一个个芦苇荡，由古荡至松木场，停泊在京杭大运河北大桥。

娘静静摇着橹。橹在水里搅起一轮轮鱼尾形的波光，倒映在娘的脸上，如掠过一片一片羽毛。摇船的娘，比山山水水还要好看。

九岁的我坐在船头，将右手垂到水面。"溪鸟吾前身，溪花吾故人"，我用指尖轻轻弹拨着一轮轮波光，一一问候我的"前身"和"故人"。

先问候水花生、水葫芦、金铃花、梭鱼草、空心莲子草，还有香入肺腑的白姜花。岸边匍匐着一丛丛湿漉漉的蕨类，卷曲的、毛茸茸的芽上，露珠一明一暗眨着眼。

我也眨眨眼，一睁一闭间，就会看到无数双黑亮的眼睛，嗖的一下亮起，又嗖的一下全都藏进绿色深处。我跟妹妹说，那是西溪精灵们的眼睛。妹妹不信。

船出了深潭口，我问候了宋高宗赵构。南渡时，他见西溪"其地灵厚，欲都之，后得凤凰山，乃云'西溪且留下'"。这一留，就留了一千年。

船过杨圩时，我问候了宋代曾权倾朝野的杨统制。他"功成名遂身退"，说服兄弟一起在西溪各置一圩之产，晴耕雨读，直至九代同堂。

明清易代，导致了众多隐士隐居西溪。船过秋雪庵，我问候了第一个将西溪比作"桃花源"并题写"秋雪庵"的明代隐士吴本泰。明亡后，七十余岁的吴本泰卜居西溪蒹葭深处，"性淡泊，无嗜好，绳床棐几，朝虀暮盐"。秋雪庵附近有一个庄园叫泊庵，是明代三个邹姓兄弟建造的，他们耕读艇钓，最喜欢在梅树下置放蒲团，吟诗作画。

船过以梅花闻名的安乐山，我问候了明末清初"西溪二隐"孙蕉田和包太白。两个才华横溢、喜好吟咏的钱塘（杭州）人，常结伴登山临水，选胜探幽，著有《采薇子》和《蕉田集》。

船过一座古桥，小伙伴们玩倒栽葱跳水的地方，我问候了两位同名同龄的本地人"西溪两晴川"——经学家孙晴川和家有藏书楼的沈晴川。两家一河之隔、一桥相连，志趣相同，家朋常聚，著成《南漳子》，详细记载了西溪的一切，一个写书一个作序，人称"河渚陆地仙"。

清末太平军攻占杭州时，家有万卷藏书的丁氏兄弟携书避居西溪，为抢救《四库全书》呕心沥血。父母过世后，兄弟俩索性舍弃红尘，在西溪停放父母灵柩的家祠盖了一座风木庵，布衣草履，终于此庵。

……

这些人，这些事，都是精瘦精瘦的单爷爷告诉我的。单爷爷摇着橹，晃着看上去很轻的脑袋，说，虹美啊，这些人，这些花啊草啊鱼啊鸟啊，都是咱们的先人。你在心里时时念着，你的先人就不会死，西溪就不会死。

那时候，我不知道，他说的"你"是泛指。我当真了。

可是，那么多先人，哪一个是我们吴家的祖先呢？反正搞不清，就全都问候一遍吧。反正这里的山这里的水这里所有的一切，我都觉得亲。

娘一下一下摇着橹，橹是不是也在问候一个个祖先？娘用橹问候着祖先们，用橹延续着祖祖辈辈的生计，延续着早已注入一代代西溪人基因的深居淡泊、与世无争。

北大桥到了。晨曦中，排成一串的进香老太太们每人背着一个黄香袋，叽叽喳喳穿过油菜花田，前往一个个庙宇——她们的渡心之船。娘带着姐姐妹妹上岸割草，让我看船。

"君家何处住，妾住在横塘。停船暂借问，或恐是同乡。"

一位面目模糊的白衣少年，站在一条小船上迎面而来，船与船擦肩而过时，我脱口而出：

哥哥，把船停一停好吗？你家在何方？我家住在西溪深潭口，听你口音，我们是同乡呢！

两千年前《长干行》里摇船的女孩，一定像我——壮墩墩的小身板，黄喇喇的羊角辫，圆圆的脸，大大的黑眼仁，一笑两个酒窝，那么傻，那么天真。

可是，少年是谁？为什么他的面目如此模糊？

虹——美！虹——美！你个囡囡啊，吓杀我哉！

阳光刺痛了我猛然睁开的眼，一张大脸盘正对着我的鼻尖——娘泪水汗水横流、红通通、怒气冲冲的大脸盘。

起得太早，太困了，我躺在小船上睡着了，谁知船绳没有系好，小船随着微波沿着古运河，从北大桥一直漂到了武林门码头。娘急死了，一路狂奔一路呼喊，一路打听一路找，终于看到自家的小船，在两块油菜花地间的水面上打转转。

我说，娘不怕，我要是掉水里，闭着眼睛都淹不死，要是迷路了，闭着眼睛都能把船划回家！

二　龙舟伢儿

造物深藏着一个个伏笔。当小船载着我一次次从他家门前的河埠头经过时，我从未想过，那个低头默默刻着龙舟的少年，会是和我风雨同舟一生一世的那个人。

"桥门印水，幻影如月，舟行入月中矣。"

船走在开满紫色水浮莲花的水巷里，穿过一座又一座拱桥，仿佛从一个开满鲜花的月亮到另一个开满鲜花的月亮。月亮脚下窝着一座老屋，老屋门前的水波里，一个少年默默刻着龙舟的倒影，总让我想起西溪传说里的一个少年。

西溪是佛教圣地，明清时有曲水庵、秋雪庵、云溪庵等一百四十多座寺庙。传说清光绪年间，东天目山昭明寺的年轻居士惠仁奉方丈之命到西溪代为探望老友，遇见了一位在云溪庵竹林深处吹笛的素衣少女，一见如故。每日午后，两人一个在船上，一个在竹林，隔水相望，聊天，吹笛，听笛，整整四十一天。令惠仁不解的是，素衣少女的笛声依旧，话一天比一天少，话音一天比一天弱。

第四十二天，素衣少女再也没有出现。惠仁苦苦等待，等来了一个噩耗：少女早已身患重疾，家人送她来云溪庵静养，希望有奇迹发生，无奈红颜薄命，临终前，她对家人说，原以为就这样走了，却遇到了惠仁，给了我两个月最美的时光。

为了纪念她，惠仁打造了一口铜钟，送到了云溪庵。如今庵堂不再，据说有人在昭明寺里发现了一口古钟，静静悬挂于寺院正殿，夏日阳光透过枝叶洒在古钟上，散发着金色光芒。

我的惠仁是谁？在哪里？有一天，我会离开西溪远嫁他乡吗？

老屋河埠头前的那个少年，瘦瘦的，不高不矮，白白净净，他总是低着头，默默刻着龙舟上的部件，有时是龙尾，有时是龙头。村里人说，沈家的独生子玉法特别老实，不爱说话，要是他主动理你，太阳就从西边出来了。

他侧身刨着木头,刨花卷起来,替他说话。

他刻过的龙舟、花板,做过的八仙桌、藤椅、木桨、橹替他说话。

摆在西湖二码头展示的龙舟也经过他的手,也替他说话。

龙舟会上,他坐在最漂亮的龙舟上,使出全身力气敲锣打鼓,鼓点锣声替他说话。

都替他说好话。

媒人把十九岁的玉法带到十七岁的我面前,说,这小伙子一点儿都不像咱农村人,特别有涵养,到人家家里做木匠,有烟酒招待,他不吃不拿,不打牌,就只会干活。

他仍然不说话,干净的眉眼、指甲,指肚上厚厚的老茧替他说话,我听进去了。

从此,他天天来,一声不响地坐着,看见有什么活,就上前默默帮着干,不卑不亢,不管做什么事,好像心里早就打定主意。多年后,他说他早就看上了我——斗笠下油菜籽那么黑亮的短发,一笑,映山红那么红的嘴唇,河蚌里壳那么白的牙,旋涡那么圆的酒窝,蜜蜂那么纤巧又壮实的身材,脏得分不清颜色的粗布衣裳,天天摇着船从他家河埠头经过,那么好看,那么勤快,那么……通情达理。

好看吗? 单爷爷说过,张岱的《夜航船》里说天上有一颗小星星叫"始影",女人在夏至夜祭拜它,会变得美丽。与它并排的一颗星叫"琯朗",男人在冬至夜祭拜它,会变得智慧。我问他是哪颗星,我也要拜拜。他看看天,摇摇头,说他也不知道。过了一会儿他说,勤快的女子就是美的。

勤快倒是真的,村里人家里人都这么说我。有田要种,有猪羊鸡鸭鱼蚕要养,要没完没了地去割草喂它们,最远的,是走路一两个小时到桃源岭,翻过山到灵隐白乐桥的茶地割草,再挑着草翻过山回到家。半夜骑着三轮车，拖着鸡鸭鱼肉去菜场早市卖。

我问他怎么看得出我通情达理呢？他低头说不知道，就是感觉。

那一夜，二十岁的满是老茧的手，握住了十八岁的满是老茧的手，结着一层层硬痂的两只掌心贴在了一起，摩挲着，像小舟贴着西溪水走，无比熨帖。

眼前闪过无数双西溪精灵的眼睛，它们都弯成了月牙形，在笑，在祝福我。

我对它们说，这下好了，我不会离开西溪了。

谁能料到呢，多年以后，我会食言，会背井离乡，深潭口会成为最痛的伤口。

三　在西湖

二十岁，我成了玉法的新娘，也成了第一个西湖船娘。确切地说，是杭州新中国成立后至20世纪80年代末，西湖船队的第一个也是唯一的船娘。

朋友带我到西湖游船公司应征，说，你勤快，机灵，体力好，方向感好，应变能力强，当船娘自由，收入高。于是，我跟着住在岳庙旁的男师傅学看云识天气，学礼仪、救生、导游知识，还学英语、日语、韩语。从此，501号船、一顶斗笠、一身米色粗布斜襟上衣和咖啡色粗布裤子，陪着我在西湖风里来雨里去，整整二十五年。

老话说，人生有三苦：撑船、打铁、卖豆腐。更何况女人撑船。

西溪灵气，西湖大气，湖面宽，水深，摇橹船和手划船都比家里的小船大多了，摇橹船可坐十个人，手划船可坐六个人。摇橹船的枇杷橹有三四十斤重，加上水力，人要使出浑身力气，脚步也要跟着橹走，一天下来，不知不觉走了千千万万步。

我不怕花力气，就想趁年轻赚钱养家，孝敬老人，生儿育女，让儿女圆我们的大学梦。

坐船游西湖，是自古以来钱塘（杭州）人的最爱。《西湖志》载，"西湖巨丽，唐初未闻"，后因白居易、苏轼等名士才闻名遐迩，"南渡后，英俊丛集，昕夕流连，而西湖底蕴，表襮殆尽"。南宋遗民周密在《武林旧事》中详尽描写了"西湖游幸 都人游赏"的盛况。

无论春夏秋冬朝暮晴雨，杭州人无时不游湖。皇帝游湖，坐大龙舟。达官贵人和老百姓游湖，游船"皆华丽雅靓，夸奇竞好……龙舟十余，彩旗叠鼓，交午曼衍，粲如织锦……都人士女，两堤骈集，几无置足地。水面垂楫，栉比如鳞，亦无行舟之路……既而小泊断桥，千舫骈聚，歌管喧奏，粉黛罗列，最为繁盛"。

凡缔姻、赛社、会亲、送葬、经会、献神、仕宦、恩赏等，不管普通百姓还是达官贵人全都嗨翻了。千金买笑，豪赌百万，老小出游，私下约会，都喜欢来湖上，直到花影黯淡，明月东升，才点着大红的灯笼，乘着车骑着马争过城门。还没玩过瘾的，干脆点起绛纱笼烛继续浪。杭州甚至有"销金锅儿"的称号。

属于我的每一天，都是眼睛的天堂，身体的地狱。早晨六七点出门，傍晚收工，夏天有夜游，要到十点或更晚。最苦是夏天，衣服湿了又干干了又湿，如果突遇雷暴，湖上起大风，即使温度高达四十摄氏度，也要赶紧将篷拆掉，在二十分钟内顶着烈日拼尽全力将船靠岸。最累的是"十一"长假，当时我是唯一的船娘，生意特别好，每天累得腰酸背痛腿抽筋，脖子被衣领磨出血，脸和手臂晒得火辣辣的痛，一层层蜕皮，一块块晒斑，整个人又黑又瘦。例假来了也不休息，想上厕所，忍着。不敢多喝水，渴了，忍着，饿了，忍着。抽空扒拉几口冷饭冷菜,又急又快,常常犯胃痛。有时饿极了,觉得那嫩绿的、软软的西湖水,就像凉米糕一样,恨不得切几块下来吃。

有一次洗澡,突然发现右手臂比左手臂粗很多,腋下也大一点,吓死了。去医院检查,医生问我是做什么工作的,我说摇船的。他笑了,说,没问题。

大多客人都客客气气,欢欢喜喜的,也有的客人不可理喻,能把人气死。一个冬日,一位外地游客上船听我讲解了几分钟,就说你不要介绍了,然后就不理人了。过了一会儿,又说,你怎么不介绍了?过了一会儿又说,你带我去钱王祠。

有些航线摇橹船是规定不能去的。我耐心跟他解释,况且湖上起风了,得赶紧回去了。

他站起来冲我喊,我花了钱,要你去哪里就去哪里!

我连说着不好意思,顾自把船划了回来。我不跟他一般见识,就当他是心情不好吧。游客是我的衣食父母,我怎么能跟"父母"吵架呢?吵架伤元气,伤和气,伤财气,还伤美景。

他骂骂咧咧地上了岸,没付一分钱,说,你等着,我要投诉你!

我将船带回船坞,又饿又累,想想白划了两个小时没赚到一分钱,心里憋屈。夜色像一个家人,为西湖脱去了喧嚣的外套,给了她一个幽静的怀抱。此时的我也想要一个怀抱,而我咫尺之外的水面上,那个和我同龄的二十岁新娘,她也想要一个怀抱。

靖康之难后,赵构迁都临安建南宋。赵宋王朝延续的一个半世纪里,只有八位公主出生,且只有宋理宗和贾贵妃的女儿瑞国公主活到了出嫁的年纪。自然,为掌上明珠选婿成了极重要的事。宋理宗专门召集大臣开会,拟定将新科状元配给公主。一大臣看中来自安徽当涂的三十岁英俊男子周震炎,不惜私下给他透题,点为状元。然而,他年龄太大，公主不肯。

转眼公主已年满十八，拥立宋理宗为皇的杨太后选定了她的侄子、年轻武官杨镇为驸马。宋理宗明知这是一场政治联姻，他不敢说。瑞国公主明知这是一场政治联姻，可父亲是她唯一的亲人，有苦难言，她不能说。

景定三年春正月，瑞国公主晋封为周汉国公主，出降驸马杨镇，出游西湖，场面极为隆重，杭城万人空巷，没有人看到新娘眼里的凄凉。

为了时时见到女儿，宋理宗在宫苑旁为公主建造了豪华府第，他常乘坐布顶小辇，从公主府的后门进出。可没过多久，公主就病了。传说有一天飞来一只簸箕大的黑鸟，停在公主家的捣衣石上，啼声凄厉。秋天来临时，公主便去世了，未满二十二岁。年近花甲的宋理宗失去唯一的孩子后悲痛万分，不到三年也病死了，本已内忧外患的南宋王朝也慢慢迎来了最后的厄运。1279年3月19日，崖山海战，宋军惨败被围，左丞相陆秀夫背着年仅七岁的南宋末帝赵昺跳海而亡，十万军民也相继投海殉国，南宋覆灭。

惊涛巨浪里，又一次响起凄厉的鸟啼声。传说赵昺养的一只白鹇在笼中悲鸣奋跃，摇脱笼钩，坠入大海殉葬。

白鹇穿越时空化为一只白鹭，惊飞而起，刺破西湖越来越浓稠的夜色。我看见，那个集万千宠爱于一身的同龄女子已转过身，正目光灼灼地看向湖岸——一对夫妻携着三个孩子挤在湖堤之上伸长脖子眺望着她和驸马都尉，妇人极胖且容貌丑陋，夫君极瘦，却押着瘦弱的胳膊，死命挡在胖妇人身前，生怕她掉入湖里。

她灼灼的目光里，是艳羡。

一辆破三轮车穿过夜幕歪歪扭扭停到了我面前。玉法从车上搬下来一大堆东西，船舱、船板、矮凳，都是他亲手做的，涂着清漆，摸上去光滑，清爽。

我坐上三轮车，将冰冷的双手伸进他的胳肢窝里取暖，听见他闷闷地说：

我也来做船工吧，两个人有个照应。

水面上，她将灼灼的目光转向了我——一个累成狗的乡下丫头、一个满腹委屈的西湖船娘。

她灼灼的目光里，仍是艳羡。

我问她，我们俩换，你愿意吗？

她低头想了想，摇了摇头。

西湖不动声色，盛着人世间无数悲欢，从不会溢出来。西湖水日日融化着千千万万个过客丢给它的心事，融化不了的，就化成荷花、水鸟，漂浮在水面上。多少年前，西湖在，我在哪儿？多少年后，西湖还在，我在哪儿？西湖于我是永恒，我于西湖只是永恒之一瞬。这么一想，还有什么委屈是过不去的呢？

关于西湖，有的，我说给游客听，有的，我藏进心里。潜意识里，我一直在等一个人，一个从古代穿越而来的谦谦君子，懂西湖风月，也懂西湖风骨，懂湮没在时光深处的那一个个灵魂，岳飞、于谦、张苍水……我会带他进入西湖的更深处，仿佛把偶遇的故人领进家门坐一坐。

我相信，每一个来我船上的人，都曾是西湖的一朵荷、一只鸟、一片云、一滴雨、一缕月光、一支香、一叶柳、一句诗。

我是时空之间的摆渡人。我愿我的船，和那些庙宇一样，是渡心之船。

四　擦肩

湖面上远远过来一叶小舟，我望望摇橹人的姿势，就知道是他。两条船擦肩而过时，我朝他笑笑。他悄悄瞥我一眼，嘴角微微往上牵动一下，继续不疾不慢地摇着橹，给客人讲解着。

像九岁那年做的梦。

玉法不做木工了，做了西湖船夫。漂在偌大的西湖里，我不再感觉孤单无助了。

如果他没在讲解，我会问他去哪里？几个钟头？几点下班？他会面无表情一一作答，生怕客人看出来什么。

有时远远过来的不是他，却有他的口信，说几点下班，哪里等我。或者说，几点会起风，小心点。

像两只水鸟整日滑翔在水面上，日落时分或者更晚，在西湖某一个码头会合，有时他等我，有时我等他。有时风大，他帮我把船划回船坞，骑车带我回到西溪的家。

大儿子出生了。小儿子也出生了。除了我怀孕坐月子，三百六十五天有三百来天都出船，家里事全靠公公婆婆操心帮忙。天气好，干得勤，一年能赚不少。

心境不一样了，看西湖就更美了。春天的清晨，白雾慢慢升起来，太阳慢慢升起来，几只小互相追逐，拍打起一长串浪花。夏日空闲的午后，将船躲在阴凉的桥洞下打个盹，常被偷偷游泳者的跳水声惊醒。秋天叶落时，杨公堤旁的西里湖聚集着数不清的白鹭和夜鹭，光秃秃的树枝上全是黑乎乎的鸟巢和白乎乎的鸟屎。下雪的时候，船犁开薄薄的湖冰，湖冰碎成片片翡翠。

西湖也会突然变脸,如果风吹过来是阴的,就要注意了,船就要贴着岸走。浪特别大时,会卷上岸,甚至将岸边的船拍碎,如果在湖心来不及靠岸,会有快艇把客人接走,小船只能随风漂着,一路惊魂。每晚七点半的中央台气象预报,别人看的是晴雨气温,摇船人看的是风力。

一天傍晚,我把客人送到断桥边上岸后,刚把船划出去,天突然暗下来,风一下子大起来,把白堤上的柳树都吹斜了,声音呼啦啦很吓人。我赶紧掉头回岸,也就是两三分钟的时间,船却靠不上岸了,浪变成了白浪,船被浪推着走,一直往楼外楼方向漂,我两脚直立使劲想稳住船,船却在剧烈颠簸,好几次差点翻了。

所有的力气都使尽了,恐惧将我紧紧箍住,突然,不远处传来一个熟悉的声音:

别慌!我来了!

玉法看到西湖北高峰方向乌云骤集,感觉不对,赶紧将船靠岸往我这边赶,从郭庄一路跑到刘庄。刘庄的警卫不让他进,向来文静的他急赤白脸地跟他解释,警卫还是不让。谁也没想到,玉法突然一把推开警卫,一下子冲了进去,直冲到湖边,跳进水里,折腾了半小时,帮我把船拉回了岸边。

后来才知,西湖上翻了二十多条船,好多船互相挤压,一片狼藉。

一直忘了问他,那么黑的天,那么大的风,那么多小船,他是怎么认出我的?

五 樱花国来的人

满头白发的他上船时,我第一感觉他不是杭州人,也不是中国人。碰到外国人来坐船,我说得最多的英语是"多少钱""几小时",

几个小时一般比着手表画几个圈,或者拿出导游图,比画从哪里到哪里,要多少钱。他们很好玩,大多一上船就要求把船篷收起来,即使大夏天,也要在太阳底下晒着。

那时候坐船可以议价,我从不宰客,生意特别好时,价格稍微提高一点,生意差,就降低一点。西湖船娘少,我一笑两个酒窝很有亲和力,玉法沉稳礼貌,讲解得好,又守信用,预约的客人如果堵车了,也会等。绝大多数客人都喜欢我们,回头客很多,安缦、香格里拉等高档酒店的总监都来找我们夫妻俩为贵宾服务。当我把美景介绍给海内外游客,他们惊艳的眼神,兴奋的欢叫,一再的致谢,让我幸福指数爆棚。

日本老先生七十岁左右,满头白发,西服笔挺,整个人特别清瘦、干净。他微微哈着腰,用不太标准的汉语说:"您好!"

他想去三潭印月。我说,那儿人太多,不如我把船慢慢划到新西湖杨公堤,既幽静,又有味道,你一定会喜欢的。

我是真心的,我自己特别喜欢那儿,他的样子和那儿很搭。

他说好。

船沿着湖堤蜿蜒前行,穿过一个个桥洞,穿过一树树盈着新绿的柳枝,早春的微风将片片桃花拂落,漂满湖面。我说,苏堤也是情人堤,据说两个人如果还没找到恋爱的感觉,手牵手走完将近三公里的苏堤,一定会成为情侣的。

他微微一笑。

船沿着上香古道往茅家埠走,像进入幽深的湿地雨林。我说,为什么船夫船娘都背对着游客划船呢,是因为当年乾隆皇帝坐船经上香古道去灵隐,船夫知礼,避免和他面对面,就背对着他划,后来,所有的船夫船娘都背对着客人划了。

他哈哈一笑。上岸时，他给了我一张名片，地址是他在杭州开的一家公司。他微微哈着腰，说了声："多谢你！"

大约三个月后的夏日，我把船停在百合花饭店附近等生意，忽然看见一个眼熟的身影向我走来，还是那个清瘦干净的样子。我心想，真有缘分啊，居然在这里碰到。

他看到我，小跑着来到我面前说，我问了很多人，一路找过来，真的找到你了！

他的话、他眼里的惊喜让我心里一暖。

周密在《武林旧事》中这样描述杭州人避暑游湖的情景："六月六日，都人士女，骈集灶香，已而登舟泛湖。"人们带上奉化项里杨梅、聚景园的秀莲新藕、新荔枝、白醪凉水等冰雪爽口之物，戴着香囊、涎花、珠佩，女人们在头上戴簇茉莉花，多至七插，最为时髦。一艘艘游船停靠在蒲深柳密的宽凉之地，纳凉、喝茶、闲聊、钓鱼，直到月亮升起才回家。有些人还准备了凉席卧榻，又是洗头发又是洗澡，留宿在湖心，整夜不归，裸泳想必也是有的。

自然少不了酒肉，南宋各类吃食繁多，名字让人听了都要流口水。酒也有很多美妙的名字，比如蔷薇露、流香、宣赐碧香、凤泉、玉练槌、雪醅、真珠泉、琼花露、齐云清露、十洲春、清心堂、丰和春、清白堂、蓝桥风月等等。

中秋夜，人们还在湖里放"一点红"羊皮小水灯，数十万盏水灯浮满湖面，烂若繁星。

日本老先生和我一一细数着那些美食和美酒的名字，感叹无论中国还是日本，如今都找不到了那些实物和那份风雅了。他说，为什么没有人开一家"南宋酒肆"，把那些美食美酒，让如今的人们继续享用呢？

我答不上来。我想，无论从时间深处捞什么，捞上来都会变味吧。

他打电话约船，一开口就是"莫西莫西"，我就知道是谁了。他一般一个人来，静静坐着，看着远处，拍几张照片。偶尔，他会讲几句他自己的事情，像是给我听，像是自言自语。

有时他带两个日本朋友来，请我带他们去龙井买茶叶。我把船停靠在茅家埠，陪他们到茶农家喝茶买茶，他们非让我同桌吃饭，叫我"妹妹"。

他问我都去过哪儿，我说哪儿都没去过。可我常听世界各地的游客讲家乡的风土人情，听各种教授学者作家在船上聊西湖文化，就好像我自己走了很多地方，看了很多书一样。

他问我最想去哪儿，我说，北京，大草原。

他说，京都樱花开的时候，和西湖一样美，你去看看吧。我的妹妹也和你一样美。

我说好的，我不敢问他妹妹是否健在。至于出国，我从不敢想。

船至湖心，他每次都问我，我给你拍一张照片好吗？

时隔多年，我们已失去联系，我的相册里留着几张他给我拍的照片，是我唯一的摇船的照片。他专门洗好，坐船时给我带过来。

我爱美，爱打扮，在意皮肤好不好，皱纹多不多。新衣服很少有机会穿，两三年都不去买，穿的都是工作服，夏天一身汗，要换好几套。春节最忙，去烫个头发就算过年了。我喜欢穿裙子，摇船没机会穿，晚上穿出去逛街散步臭美一下。有一次娘住院，我在医院陪她，正巧穿着连衣裙，单位里来电话说排班排到我了，匆匆忙忙赶过去，裙子都来不及换就上船，不敢坐，怕走光，只好一直站着划船。从来没有一个西湖船娘穿着连衣裙划船，客人上岸后，同事们全都拿手机拍我，哄笑说，穿着连衣裙划船的，你是西湖船娘第一个！

我不羞不恼，说，我还要穿着旗袍划船呢！

最轻松的辰光，是收工后，裹着夕阳或星光月光慢悠悠划着船，划回郭庄码头。近处空无一人时，我会哼几句越剧：

"西湖山水还依旧，憔悴难对满眼秋……"

"夕阳西下晚霞红，骊歌声声催归鸿。劝君子，临行更尽酒一盅，愿与你再向人间陌路逢，重叙离衷……"

五音不全的我，不唱给别人听，也不唱给自己听，就是唱个高兴。

下雪时，真想生一盆炭火，请日本老先生喝一次酒，像张岱在《湖心亭看雪》里写的那样，"拿一小舟，拥毳衣炉火，独往湖心亭看雪"。请他再为我拍一张照片。他是真正懂西湖的人，也是最尊重船娘的人。

六　湖上的洞箫

古人说："西湖之胜，晴湖不如雨湖，雨湖不如月湖，月湖不如雪湖。"我觉得，月下的西湖最神秘，像藏着无数个不俗的、不安的、不甘的、不羁的灵魂。

当我一个人划着船，从白娘子的断桥，往白居易的白堤，绕林和靖的孤山，经苏小小和秋瑾的西泠桥，至苏轼的苏堤，定会遇见时光更深处的她——王朝云。

1071年的某个月夜，西湖的月光沁入了一颗黯然的心。被贬至杭州任通判的苏轼，坐一叶小舟游于月色之中。

《西湖志余》曾记："苏子瞻守杭州，春时，每遇休暇，必约客湖上，早食于山水佳处。饭毕，每客一舟，令队长一人，各领数妓，任其所之……至一二鼓，夜市犹未散，列烛以归，城中士女夹道云集而观止。"

当时风气，官宦名士的风流多情几乎都是公开的。"西湖船娘"与如今的概念也截然不同，旧时所指的"西湖船娘"和扬州瘦马、大同婆姨、泰山姑子是四大娼妓群体的暗喻，凝结着旧时代女子的血泪。据说，从白居易、元稹宦游杭州，"西湖船娘"便开始名闻天下，并盛极于宋，"歌妓舞鬟，严妆自炫，以待招呼者，谓之'水仙子'"，一直延续到明清、民国。她们娇小玲珑，秀丽温婉，擅琴棋书画，各有"花船"，一般分上下两层，供达官富商设宴、聚赌、抽鸦片、留宿，进行着军事、政治、经济诸方面的秘密交易。辛亥革命起至民国，"西湖船娘"渐渐淡出直至绝迹。如今的"西湖船娘"，是真正意义上的船娘。

一千年前的月色，与今夜的月色别无二致。湖上的月色像一曲幽渺的洞箫，带着竹的青涩和清香，哀婉，悠远……西湖的月色之美，如洞箫的难言，适合一个人在夜里静静听，耳朵是听不到的，心才能听到。当心听到时，明月清风就从天上来到了心间，两袖一甩，天地间再没有大不了的事了。

醉卧小舟的苏轼不由吟诵道："水枕能令山俯仰，风船解于月徘徊。"

一切恍若梦中……梦中，少女长袖徐舒，轻歌曼舞。一曲舞罢，少女来到了他身旁，一袭素衣，铅华洗净。

十二岁的王朝云，才华卓群，气质脱俗，瞬间打动了苏轼的心。也有人说王朝云并非歌舞伎，而是友人托孤。总之，王朝云仰慕苏轼已久，决意追随他，哪怕只做先生家的婢女。

从杭州到密州、徐州、湖州，再因"乌台诗案"被贬黄州，王朝云"一生辛勤，万里随从"。直至苏轼再贬惠州时，他已年老体衰，她却风华正茂。他曾作一诗，序中说："予家有数妾，四五年间相继辞去，独朝云随予南迁。"唯有她陪着他，长途跋涉，翻山越岭，来到蛮荒烟瘴之地，过着缺米少柴、躬身耕种、缝补浆洗的清苦生活。

较之王弗和王闰之，王朝云最懂苏轼"一肚子的不合时宜"，她常抚琴轻唱他的《蝶恋花》。一次唱到"枝上柳绵吹又少"时，想起他宦海浮沉，命运多舛，泪如雨下。他问何因，她答，妾所不能竟（唱完）者，"天涯何处无芳草"句也。

仿佛有某种预感，不到两年，她便病逝了，年仅三十三岁。苏轼写下了悼念朝云的诸多诗词，终生不再听《蝶恋花》。

最好的爱情是什么样的呢？在我看来，开始是男女之爱，慢慢兼友情亲情，而后风雨同舟，最后相濡以沫。

他俩是。我和玉法也是。

此时，我和玉法正沉浸在无比的辛劳和快乐中。我们做了一件大事：用摇船挣的所有钱加上公公婆婆的积蓄，在深潭口老宅基地上建一座五层楼房，将来给两个儿子娶媳妇用。我们白天摇船，晚上回家后，一船一船将建筑材料运到自家埠头，然后从埠头一点一点往上搬，每天忙到深夜。每一根钢筋每一块砖每一片瓦每一粒沙，都是我们在西湖一橹一橹摇来的，都是我们一块一块亲手搬上去的。

散乱的头发，困得睁不开的布满血丝的眼，手上裂开的血口子，痛得抬不起的胳膊，流成一道道沟的汗……太苦了，太累了，可是，多么幸福啊。

七 "哥哥"

假如161号船牌、搪瓷果盘、留言簿会说话，玉法为张国荣划船的故事，它们会讲得比我更好。

新千年的第一个秋天，杭州又进入了最美的季节。那天上午天气很好，玉法像往常一样，将船泊在杭州香格里拉饭店对面的码头等生意。奇怪的是，从八点一直到十点，没有一个游客，平时早就有五六条船出去了。

一位船工说，今天怎么回事啊？听说张国荣明天在杭州开演唱会，就住在这里，难不成他会来坐船？

玉法说，不可能，他那么忙，哪有空来坐船？

话音刚落，玉法看见码头上远远过来五个男人，其中一个是他在碟片里、电视里见过无数次的人，正径直朝自己走来。他没有戴墨镜，墨绿色上衣、白色长裤、黑色皮鞋，步子悠闲随意，穿过一树树秋天的梧桐，让玉法想起戏里的小生。

直到"哥哥"和两位摄影师跨上他的161号船，玉法还不敢相信。

先去了三潭印月。"哥哥"斜靠在背对船尾的靠背椅上，玉法只能看到他的侧面，浓密的头发、眉睫，长长的鬓角，真像戏里的英俊小生。一只胳膊随意搁在椅背上，拇指和食指轻轻揪着下巴短短的胡楂，凝神望着远处，不说话，也不喝茶，只静静地听讲解。有时笑笑，有时点点头，像一个乖乖听课的孩子；有时把两条腿都搁到长椅上，像一个神魂早已游离的顽童。

本想再去其他岛走走，"哥哥"虽戴上了墨镜，仍被认出来了，几十个游客一下子围了上来，他们只好匆匆回来上船。

两个小时很长，又很短。快上岸时，玉法鼓起勇气说，张先生，能不能冒昧请你把这几张三潭印月的门票送给我？

"哥哥"笑了，说，好啊。

玉法又说，那你能帮我签个名吗？

"哥哥"说，好的。随即伏在茶几上，在门票上签了个英文名，又签了个中文名，他很少签中文名。然后又在玉法给游客准备的留言簿上签了名，抬头对他笑了笑。他无比温柔、干净的目光，像雪后西湖上的暖阳。

两个萍水相逢的人，彬彬有礼地告别。

两年后的愚人节，传来了那个令世人震惊、令粉丝无法接受的噩耗。一位"荣迷"把玉法的手机号码贴到了张国荣百度贴吧里，从此，每年四月一日前后，玉法的游船就会被"荣迷"们订满，从七十多岁的老奶奶到"00后"，从世界各地赶来，就为了坐一坐"哥哥"坐过的船，走一走他走过的线路，听一听当年发生在161号船上的故事。

一位日本歌迷连着坐了两天船，一坐就是一整天，一路看，一路哭。

一位重庆小姑娘从码头一直跟到我们家，哭着求玉法送她一张"哥哥"游三潭印月的门票。我们都很不理解，架不住心软，留她吃了饭，把门票给了她。女孩流着泪走了，不一会儿又回来了，手里提着在街上买的芡实糕送我，回去后还寄来好多火锅调料。

"哥哥"刚去世那几年，他们一上船就会流泪，玉法就安慰他们。近些年，粉丝们不哭了，有时风大船不能出去，他们就在船上坐会儿，央他再讲讲2000年秋天的往事。大概是爱屋及乌吧，他们爱"哥哥"，也喜欢上了玉法，前两年，得知玉法快退休了，粉丝们急了，一个多月前就排队来坐他的船，每天都有人加他的微信，过年过节不忘问候他，举办纪念会时还邀请他去参加。玉法在船上用的保温杯，是美国张国荣歌迷协会为他特意定做的，上面用英文写着：谢谢你 沈先生。

玉法常在闲时打开船坞休息间的柜子，将那些物品一件件取出来看：161号旧船牌，六张"哥哥"游览西湖的照片，一张"哥哥"亲笔签名的三潭印月门票，那天用过的桌布、搪瓷果盘，还有四本厚厚的写满粉丝留言的纪念册。大多留言是写给"哥哥"的，也有写给玉法的，有中文英文日文韩文，感谢他善待那么多爱"哥哥"的人。

"哥哥，终于来到161号船，沈先生人真好。我坐在你坐过的地方，感受到椅子上的温度、你残留的气息。天人永隔,但思念能越过千山万水的阻隔,就像哥哥说的,分开也像同度过。"

"哥哥,今年高考成绩并不理想,但是今后我将成为一名警察,我会越来越好的,希望您在天堂一切安好。"

……

玉法最后一次在西湖划船,是2017年12月30日,天气很好,很冷。他将船从外西湖划回来,过桥洞时接到一个电话,一位武汉女粉丝说,我在火车上,马上到了,我来找你,让我坐最后一次,好不好?

玉法说,真抱歉,以后你到西溪来找我吧。我会把"哥哥"留下的东西都带到西溪的。

他把小船带到船坞,放下橹,陪着这条跟了他二十三年的船静静坐了一会儿。小船也老了,它见证了众生的欢愉悲凉,见证了玉法二十三年的苦乐年华,也见证了他与"哥哥"和"荣迷"的奇缘,让他此生有幸感受到另一种人间真情:哪怕素不相识,哪怕被你爱着的人根本不知道你的存在,哪怕那个人早已到了另一个世界。

哀愁是人生必中的毒,爱是唯一的解药。一抬头,玉法看见夕阳在云层中溺水般挣扎了一下,瞬间沉入西山。

给费玉清摇船,我也没有想到。

"一身琉璃白,透明着尘埃……"他唱到"埃"时,从炫目的舞台上走下来,跟在两个提着灯笼的女孩后面,跨上了我的小船,从容地继续唱。

灯光如瀑,万众瞩目,倾泻在我的小船上,倾泻在费玉清和我身上,世界好像只有我和他两个人 —— 和名字一样温润的他,和名字一样土气的我 —— 素颜,马尾辫,蓝花布衣裳,黑布鞋,双手紧握船橹,心怦怦乱跳,假如橹有知觉,定会感到窒息。

2007年秋天杭州西博会开幕式，费玉清站在船上演唱《千里之外》，我被选中为他摇船。排练时用的替身，我天天盼着正式演出能见着真人，又生怕自己出错，他唱到哪一句歌词，船就要停到哪个位置，一点都不能错。

　　我轻轻摇着橹，生怕船晃动吓着他。隔着船篷，看不到他全身，当他回过头来，唱到"我送你离开"的"你"时，我感觉他的目光和我对视了一秒，眼神那么熟悉！怎么会呢？

　　他唱完了，聚光灯骤然熄灭，黑暗中，他冲我微笑了一下，点了点头，转身上岸了。

　　自始至终，我们没有说过一句话。短短的几分钟，屈指可数的几句歌词，于他，转身便忘，于我，犹如梦境。在水上漂了那么多年，谁会注意斗笠下一张船娘的脸，谁会关心一个船娘的悲欢。竟然有那么几分钟，西湖上所有的灯光、所有的目光齐齐聚集在我的小船上，多么不可思议！

　　多年以后，在一个电视节目里，他唱了最后一首歌后宣布封麦，开玩笑似的说着告别词，观众们却流着泪。在世人淡忘他之前，他选择全身而退。我忽然明白当年为什么会感觉他的目光、气场那么熟悉，他与隐居西溪的祖先们多么相像，也许，溪鸟也是他的前身，溪花也是他的故人。

八　回西溪

　　小船行进在西溪，如小鸟飞翔在天空，橹是船的翅膀。九岁时，我曾潜入深潭口的最深处，仿佛潜回母亲的子宫，听到了另一个世界的嗡嗡声。此刻，搬离西溪十五年后，我回来了，回到了生命的来处。

白发已爬满双鬓，鱼尾纹已爬满眼角。

2003年起，西溪湿地综合保护工程开工，房子拆了，村民搬了，我们一家老小也搬到了城郊的回迁房。西溪从21世纪初主要由养猪造成的臭气熏天、污水横流，变回了我儿时的山清水秀。明清时，西溪有千顷蒹葭、十里桃树、十八里香溪，花开时笼罩水面，小舟行在其中，篷背碰落无数花瓣或花絮，芦花名"秋雪"，梅花名"香雪"，桃花名"绛雪"，并称"西溪三雪"。如今，这些极美的景致也都在慢慢恢复。

从西湖游船公司退休后，正逢西溪湿地招船工船娘，我和玉法又回到了心心念念的故园。正是深秋时节，小船进入万顷芦苇荡，芦花怒放，船篷轻轻一碰，顿时花飞如雪。

一对恋人上了我的船，女孩眼睛红红的，男孩气呼呼的，显然在吵架。船进入又一个芦苇荡时，他俩又吵了起来。

我笑着说，吵什么吵啊，我给你们讲一个故事吧。

他们似乎才想起船尾还坐着一个我，顿时住了口。

清朝的厉鹗是历代吟咏西溪诗词最多的文人。他一生清贫、清闲，常流连于西湖、西溪。一天，他和好友在西溪一处楼阁前喝茶，听见芦苇荡深处传来一阵哀婉的古琴声，便驾起小船循着琴声进入了芦苇荡深处。琴声忽然停了，传来一阵低低的抽泣声。只见一条小船上，一位年轻女子正趴在琴上抽泣。

朱满娘，从此走进了厉鹗的生命。她原是一大户人家的女儿，乳名"月上"。前两年一场大火致家境败落，误入青楼，决意卖艺不卖身，可最近一位地方官绅硬要纳她为妾，老鸨爱财答应了。

厉鹗人脉甚广，遂动用各方关系将此事圆满了结。满娘感恩，更感佩他的为人为文，成了他的红颜知己。两人或月夜泛舟，雨中漫步，或凭栏远眺，吟诗作画，成为西溪一段佳话。

所谓情深寿浅，没过几年，朱满娘便病重，厉鹗不惜典尽财物为她请医问药，却回天无力，第二年正月初三，她溘然长逝。

正是梅花将要绽放的时节，厉鹗将万千伤悼凝结在了十二首悼亡诗中。

"双桨来时人似玉，一夜空去月如烟。"

"十二碧栏重倚遍，那堪肠断数华年。"

"故扇也应尘漠漠，遗钿何在月苍苍。当时见惯惊鸿影，才隔重泉便渺茫。"

人去楼空，满娘用过的团扇仍搁置在原处，落满了灰尘。满娘戴过的首饰静静弃置一旁，在如烟月色中显得无比凄凉。无穷无尽的哀思缠绕着厉鹗，贫病交加蝼蚁般啃噬着半截朽木，没过几年，便追随她而去了。

茫茫人海中，相遇，相爱，相守，多么不易啊，所谓良辰美景奈何天，不好好珍惜，吵什么吵呢？

我自言自语着，已然忘了那对年轻恋人的存在。

不知道男孩说了句什么，女孩扑哧一声笑了。

没有人看到斗笠下我的眼里已噙满泪水——深潭口——不敢轻易触碰的那道伤口猝不及防地出现在了视野中。

九　深潭口

事隔多年，第一次重新踏上深潭口，感觉回到了三十年前的梦境里。

《南漳子》曾记："深潭口，非舟不渡；闻有龙，深潭不可测。"每年端午节，深潭口必人山人海，锣鼓喧天，浪花翻飞，龙舟竞渡。记忆深处，有一条最美的龙舟在"咚咚锵咚咚锵"的锣鼓声里劈波蹈浪向我驶来，停到了我家河埠头前。玉法伫立在龙舟上的大鼓前，双臂奋力舞动鼓槌，平日那么文静的一个人，此刻意气风发，气势如虹。

父亲喜气洋洋地端上一个礼盘。龙舟盛会传承着一套古老的仪式，有"喝龙船酒""请龙王""披红""赛龙舟""谢龙王"。龙舟上如有你的家人，便是你家无上的荣耀，龙舟会经停你家河埠，家人们就要捧上一个礼盘，礼盘里铺着米，米上放着红包、鞭炮、红绸布。龙舟后跟着的小船会下来一个人，接过礼盘，将红绸披到龙头上。只有三姐妹的我家，无人上得龙舟，儿时一到端午节，我总是又兴奋又羡慕嫉妒恨，恨不得自己飞上龙舟去和小伙子们一比高下！

我和玉法定亲后，他便是我的家人了。

船尾的艄公是总指挥，脚一蹬，头一抬，手一挥，顿时鼓声雷动，众桨齐出，所有的桨齐刷刷把龙舟龙头下的水瞬间掏空，艄公在船尾一蹲，水就从龙头哗哗吐了出来！赛龙舟不比速度，比花样，玉法的龙舟赢得了最多喝彩。

婆婆最爱看赛龙舟，年年都要看，搬离了西溪那么多年，每次都会赶过来，每次都带回家两行浊泪。

此时，曾经的家就在眼前。樟树蓬勃，白墙隐约，曾经的五层楼房像被活生生腰斩了，只剩了两层。门前的桂花树散发着熟悉的香味，已经不是我家的树了。

门厅外挂着一个生态研究中心的牌子，走出来一位工作人员，抬眼看了我一下，顾自走了。他哪里知道，他们天天走进走出的地方，是我的家，我的家！

靠在门厅前的柱子上，我感觉它微微颤抖了一下。这根柱子是我造的，白色的瓷砖是我用船一块块运回家、一块块亲手贴上去的。那道齐眉高的细缝里,还沁着我的汗,留着我右手拇指的血。

泪眼模糊中,又一次浮现了婆婆的泪眼。

西溪全面治理改造工程启动后,所有的原住户都要搬离祖祖辈辈生活的西溪。我家两代人呕心沥血建成的五层楼才住了两年就要被拆掉了,给两个儿子准备的新房,永远都不会迎来张灯结彩了。

我想不通啊!

我天天失眠。婆婆天天哭。我和玉法天天去找公家单位理论。

等来的,是三套城郊的拆迁房,还有十元一平方的超面积补贴,我赌气不去领。

静下心想想,公家也是好意,也不容易,我们为国家做点牺牲也是应该的,看到西溪变得这么美、这么干净,心里也是高兴的,自豪的。

住不惯离地百尺的楼房,夜深人静时,总有一个声音在我耳边嘀咕:如果有一天能回到西溪,像老屋那样安安静静趴着,像船那样像祖先那样,安安静静泊着,多好啊!

西溪的精灵们一定听到了我的愿望,年已半百的我真的回来了。舍不得船娘这份职业,更舍不得对故园的眷恋。

游人来来往往,永远不会知道,那个黝黑的西溪船娘,为什么会时时冲着那些水鸟浮萍点头,她的橹从两朵水浮莲中间划过时,为什么那么轻柔,像是怕碰痛它们。

十　雪霁

雪后的西溪,冷,幽,野,是一年里最宁静的时分。

玉法踩着积雪咯吱咯吱走到船坞,将他的船划出来,停到摇橹船码头,又踩着积雪咯吱咯吱走回船坞,将我的船划出来,也停到码头。

有时候他等我，有时候让我在家歇着，他顾着两条船。

天冷没有客人时，船夫船娘们聚在码头上聊国家大事、讲八卦笑话，黄段子也讲，一点都不难为情。大家基本上是原来同村的，关系好，说说笑笑，便不觉得累，没生意时也不会太心焦。

我们常把船划到芦苇荡深处吃午饭，用力把橹插进淤泥，让船停住，把保温桶摆到茶几上，我每天早晨五点多起来做的米饭和一荤一素两个炒菜，再从船篷和船梁的夹缝间取下饭勺。我把豆壳菜梗虾壳等食物残渣直接扔进水里，看鱼儿虾儿跳起来抢，像回到小时候。吃好饭，橹拔上来，能撸下一大把螺蛳，有时船走着走着，鱼自己会跳上船，抓了养在桶里，带回家吃。

回到家一有空，玉法做木工，我打毛线。

楼道下的杂物间里，堆满公婆从西溪带出来的农具，还有玉法做木工的工具，摆得整整齐齐，谁也不许动。家里的八仙桌、角几都是他纯手工做的。前几天他照着从文澜阁拍回来的照片，花了七天时间做了一张特别漂亮的角几，只用榫卯不用钉子，雕着四条小龙和朵朵祥云，说准备给当警察的大儿子结婚用，还要给正在读大学医科的小儿子也做一张。

他不会甜言蜜语，我穿新衣服给他看等于白看，从来不说好不好。冬天生意淡，他就说你不用划船了，去买几件新衣服穿穿吧。我给他买，他不要，说儿子穿剩下来的衣服鞋子够他穿了。

我上班自行车骑不动，他带我。我脚扭了，他每天背我爬六楼。

偶尔吵架了，船从对面过来，我不理他。一到家，他就主动问，今天做饭了没有啊？做的什么好吃的啊？

两人同一个工种，更知冷知热，也更默契。比如节假日太累了，我们一到家就闷头吃饭，倒头就睡，谁也不说话。

夕阳西下时，西溪逆光里的芦苇特别美。当船娘很苦，也很快乐，看看风景，和客人聊聊天，烦恼就忘了。如果身体吃得消，我想一直划下去。以前是为挣钱，现在是挣开心。别人健身要花钱，我又看风景又健身还有钱挣。况且，现在划船的年轻人越来越少了，西湖船娘越来越少，西溪也只有五个船娘了，可能是最后一代船娘了。

曾经有一位湖南客人问我，你知道小说《边城》吗？

我说不知道。

他说，沈从文描写的"优美，健康，自然，而又不悖于人性的人生形式"，就是你这个样子的。看起来你的行当很古老，可你走在大多数人前面了。你真幸福。

我说，我也觉得很幸福。咱俩换换，你愿意吗？

他有点愕然，想了想，说，呵呵呵，呵呵呵。

我说，我也不愿意。

沧桑，你冷吗？来，再喝口酒吧。西溪的冬天特别冷，游人都冻跑了。古人比我们风雅，一下雪就提着竹筐上船，一只放满酒菜、干粮、零食、水果，另一只放上被褥、枕头、靠垫。他们随风漂荡在开满梅花的十里西溪，有时候一天一夜，有时候十几天不归。

他们经过的每一条河道、每一个小岛、每一座亭子，都不一样了。西溪不一样了，世道人心也不一样了。

可我觉得，有的东西，它永远不会变。

像一场梦。

像一席梦话。

2020年小满，我在西溪的鸟鸣声中醒来。东边初阳已升，西边圆月已淡,日月如苍天两只温柔的眼睛俯瞰着人间。西溪千百个湖塘,如千百只清亮的眼睛齐齐睁开,与苍天两只眼睛温柔对视。想起《三体》大结局,刘慈欣送给两位主人公一个小宇宙,水珠般飘浮在正在坍缩的宇宙中。在那个透明的结界里,他们过着古人般诗意的田园生活,延续着人类最后的文明。

西溪如一个透明的结界。船娘微微弯曲着背,轻轻摇着橹,穿过晨雾和晨雾般浓稠的时光,驶向湖的更阔远处。她的生命形态,古老,柔韧,恣意,隐忍,美如雨中匍匐的蕨类。

(原载《十月》2021年第2期)

时间里的母亲

胡学文

1

庚子年二月二十八日,母亲离去了。近两年,我多次梦见母亲离我而去。一次抱着母亲号啕,另一次我和父亲祭扫,竟找不见母亲的墓地,无助大哭。均在半夜时分惊醒,我赶紧打开手机,虽然是梦,仍心惊胆战。三点、五点、六点,起床时,铃声没有响起,我这才敢确定那就是梦。我责备着自己,却又满心欢喜,母亲说,梦是反的。童年时代,我做了可怕的梦,母亲总是这样安慰我。我半信半疑。人到中年,我坚定地相信母亲的说法。既然是反的,就不用那么紧张。每天晚上,我要和母亲通话,那日,我没等到晚上便拨通了她的手机。我以为,这样幸福的通话会一直持续下去。

在那个早上,母亲离开了。

我没有哭。我不相信母亲离我而去,她只是如以往那样睡着了,那么安静,那么安详。在病重的日子,母亲经常从睡梦中惊醒,而醒着,她止不住地呻吟。现在,她香甜地睡了。原来她是高个子,原来她的腿这么直。我坐在她旁边,就那么坐着,就那么看着她。直到从老家返石,我好像都没流泪。

　　清明前夕,我开车回张。当穿过一个又一个隧道,到了蔚县地界时,我突然意识到母亲不在了,突然意识到母亲不在意味着什么。她不会再站在窗前,看着我停车,不会再叫我的名字,不会再问我几点走的,路上吃了什么东西。她不会再去厨房忙碌,不会再让我到床上展展腰。她不会再早早地搬出被褥,不会再偷偷检查我的洗漱包,看我是否吃药。她不会再坐在餐桌前,看着我吃饭。她不会再叮嘱我少喝点酒。她不会再嘱咐我安心写自己的,不用操心她。她不会再和我讲乡村往事。她不会再一遍又一遍地说开车要小心。夜里,我再听不到她从睡梦中惊醒的声音,再听不见她压抑的咳嗽声,再见不到她佝偻的身影。

　　心陡然被挖空,眼泪决堤般汹涌。视线受阻,放慢车速,抹一把,再抹一把。后来不得不把车停在路边。

2

　　我十二三岁时,母亲带着我和弟弟妹妹乘坐牛车去内蒙古地界的村庄照过一张合影照。没有父亲。父亲是木匠,总是忙碌。那是我第一次照相,既好奇又兴奋。十几里的路,走了两个多小时。没有我想象的那么有趣,站在用布做成的背景前,三分钟不到就结束了。待乘车前去的人都照完,便开始返程。刚过中午,日头毒辣,腹中饥饿,而那头老牛也疲困到极点,怎么抽都是四平八稳。出发前都是打扮过的，如登台演出般，也就是脸和脖子洗得更干净了些，女人们雪花膏抹得更厚了些。我们兄妹三人也抹了。待回到村庄，个个灰头土脸，嘟嘟，嘴里还有沙子。终于照相了，辛苦是值得的。

照片是黑白的，半个巴掌大小，我觉得把我照丑了，嘴唇那么厚。把我照丑也就罢了，母亲也不如她本人漂亮。母亲并非第一次照相，我见过她与同学的合影。虽然也是黑白照，但站在前排的她光芒四射，连她乌黑的长辫子都那么亮。我在堆放粮食杂物的小房无意翻到过父亲和母亲的结婚证，证上的母亲也是俊美的。我不知父母为何要把结婚照与杂物放在一起，而不是藏到柜子里。我像窥看了父母的秘密，甚是慌张，又放回原处。

那时，我不知道，照相的经历、老牛、尘土、毒日、西风，随着时光的行走会成为美好的记忆，在咀嚼中永恒。那时，我不知道，窥看在心里住久了，会生根、发芽，枝繁叶茂。每每念及，芬芳流溢。那时，我不知道，庸常日子里的数落、责备、疼护、牵挂会变成一样的颜色，一样的温度；而所有的烟火，所有的场景、声音、眼神，所有的画面会随同岁月一起发酵，甜如蜜糖。

3

在那个年代的乡村，母亲和父亲一样算是有文化的人，论起来，母亲文化更高一些。父亲因地主成分被迫中止读书，母亲退学则是外祖父的无用观念。我少年时，母亲常常和我说起。如果可以读下去，人生或是另一种色彩，但许多时候是没有选择的。待我读了师范，母亲再没说过。那个梦终如花瓣凋零。母亲俊俏，但乡村长得美的女人多的是，如果让子女评说，没有哪位儿女认为自己的母亲相貌丑陋，可即便这样,如果我当面夸母亲,母亲也该开心的。遗憾的是,我做过许多令母亲开心的事,但从未夸过她。在意识深处,似乎夸母亲貌美是不敬的。羞怯缝住了我的嘴巴。在一遍遍思念她时,我万分后悔,最轻易做到的,恰恰没做。为什么不夸夸她呢,哪怕只一次。除了羞,我想,可能是觉得我的夸并没那么重要,且那不是母亲特别的地方。母亲出众在于她的文化和才艺。

母亲做过生产队的出纳,若说出这一职务的职权,可能会引来哄笑。但彼时,是身份和能力的象征,是有光环的。当然,队里也实在难找这样的人才,不然也不会轮到母亲。待有人能接替了,母亲便被卸去职务。

母亲还代过课,那也相当了得。她代课的自然村距我们村有六七里的距离。没有自行车,来回步行。那段日子母亲心情极好,不要说六七里,就是十里二十里,她也不会累的。待有人能接替,母亲的任教生涯便结束了。没有几个人记得她当过出纳,但教过的学生都记得她。某年,我和母亲锄地时迎头遇上那个自然村的某某,那人停住,很恭敬地叫了声赵老师。母亲愣了一下,才应答。美好的记忆被唤起,母亲脸上浮现彩霞。边锄地边和我讲这个学生如何,那个学生又如何,好像他们都是叱咤风云的人物,其实不是。母亲兴奋得有些过,许多年后,我才明白她为何那么高兴,绝不仅仅是美好两字可以涵盖。

母亲擅长画、剪窗花,这不由公家定,没有谁从她手里夺去。

每年春节前一个月,家里便人来人往,络绎不绝。多是女人,也有男人,都夹着红纸,除了自家,有时还捎带邻居的。母亲直接问,画什么呀? 有的会让母亲看着画,什么都行;有的细心,说去年画的喜鹊登枝,今年画别的吧。急的,母亲当下就画了;不急的,母亲会留下慢慢画。我喜欢看母亲画,有时还按她的要求将红纸叠成方形或长方形。煤油灯昏暗，母亲头埋得很低，我想看得清楚些，脖子也伸得长长的，尽量不碰到母亲。但有时太出神了，超过了观众的领地，母亲画得专注，也未注意到，头与头碰在一起，母亲笑一笑，我赶紧退缩到原来的位置。

树木、花草、日月、星辰、百鸟、蝴蝶……在漆黑的乡村夜晚，在土炕上或生长或绽放或吟唱或飞翔或东升西落。母亲没正式学过绘画，除了个人喜好，我想也是逼出来的。如果乡村有会画的，她或许就不画了。所以她的技法是野路子，没章法，全凭感觉和悟性。她画登枝的喜鹊，是从脚画起，然后是身、双翅、头颈和尾巴，而画在空中飞翔的喜鹊，则从喙画起，喙上自然叼着花什么的；若画互相凝视的喜鹊，则从眼睛画起，然后是头、身、尾。如果说特点，我想就是自由随意。有一次，她问我想画什么，我想了想说画马，她说那不行，马蹄那么硬，还不把玻璃踢碎。我认为她不会画马，所以找出这样的借口，没料被她看破了。母亲说马就马，然后就画了。是长翅膀的、飞在空中的马。我惊得瞪大了眼，那是我第一次看到长翅膀的马。我以为母亲乱画，那窗花没给别人，贴在我家的窗户上。多年后，我意识到母亲信马由缰的观念，其实是前卫的。

村里会剪窗花的不少，所以，母亲既负责画又负责剪的，多是亲戚家的。剪窗花没什么意思，而且白日光线好才行，所以我不怎么看。

母亲画得最大的画是墙围图。土墙容易蹭掉皮，所以有条件的人家会把炕两侧用水泥打出一厘米左右厚的墙围，再请画匠画八仙过海或九女归家，有时只画风景，那既要看画匠的擅长，也要看主家之喜好。但请画匠要花钱，所以有的人家贴一些旧画，还有贴烟盒纸的，有的不搞任何装饰。20世纪80年代，我家的日子也好过了些，父亲打了水泥墙围，装饰自然是母亲的任务。母亲买了画笔和颜料，一天画一点，三个月才画完。她没画八仙过海，没画九女归家，也没画长翅膀的马，她画的是风景图，但又不是纯风景。风景里有连续性的故事，虽然一个图里只有一到两个人，但也能看出来，当然，也只有我这样慢慢品的人才能看出，更多的人夸赞，都是大而无当的，画得太好或太像了。

母亲另一幅作品是弟弟家的墙围画。弟弟成家前，母亲完成的。她有了经验，自然画得更好。

如果母亲能接连地画……我不止一次地想，也就想想，人生是不能假设的。她的画作一幅也没保存下来，但毕竟是有作品的，始终装在我的脑子里。

4

才艺不是母亲的饭碗，母亲的本职是农民，要下田劳动，而且，父亲因为是木匠，另有活计，帮不上她，母亲的负重要超过别的女人。母亲并非优秀劳力，不像我四姑，割地无论多长的垄，从头至尾不停顿不直腰，没人追得上她。四姑是村里的铁姑娘，母亲差得远呢。割地一般五至六人一组，领头的叫驾辕，最末的是捆腰，即把割倒的庄稼捆绑成形。若是四姑那样的好手驾辕，整个小组的速度都快，然若遇上母亲这样的慢手，也快不了哪儿去。驾辕的急，捆腰的也急，但更急的是母亲。她不愿拖后腿，又割不快，越急越乱，左手、包括脚踝伤痕累累。整个秋天，母亲的左手都缠着布，没等这个手指好利索，那个手指又割伤了。即便这样，母亲也不请假，不是请不出，而是不敢请。如此卖力，年终分红因赊欠，柜子、缸、水桶都被抵了债，若工分不够，被抵扣的东西将更多。

土地承包后，劳动自由了许多，可以快，也可以慢，但仍不轻松。而且单项技能不行了，耕、耧、锄、割、碾场、扬场、套车、赶车，样样都要会。但不是每项技能都能学会，比如捆腰，母亲就学不会。她倒是能捆住，但腰杆不紧，装不上车，拎起来便天女散花。许多次，母亲都得请亲戚捆腰，那还要看人家有无时间。每到秋天，母亲都愁眉不展。我学会捆腰是逼出来的。开始也捆不牢，后来终于掌握了窍门，无论小麦莜麦，还是胡麻黍子，都不在话下。

但我也不是什么都能学会，有些活须和母亲合作完成，比如套车，当然不是每次都能合作好。某年秋天，我和母亲赶牛车到后滩割地，赶车并非只是代替脚力，而是还有割草的任务，须用车拉。割了没一会儿，西边就阴了。我担心下雨，劝母亲回，母亲不肯。农村有个词叫抢收，即在暴雨、冰雹来前抢割庄稼。母亲是要抢收吧，然黑云行走的速度实在太快了，不到一小时，便吞噬了天空。狂风大作，沙尘扑脸。母亲这才急了，令我牵牛。牛平时是温驯的，那日耍起了脾气，怎么也不肯把身子倒进车辕。要么倒退了，却往另一个方向。我抽打了两下，它更不配合了。后来，我牵住缰绳不动，母亲拽车前行，好一番折腾，才将车辕鞴住它。那时，豆粒样的雨点已开始砸落。两人被浇了个透，我没少埋怨母亲。那晚，母亲烙了白面饼，作为对我的奖赏和补偿。数年后，我开始写作，方意识到淋雨的经历其实是财富，我无须为写暴雨而刻意体验，就算体验，也不会在狂风暴雨中行走一个多小时。

冬闲是个伪词，至少对乡村的女人们而言是这样。没有集体劳动，男人们可以吹牛聊天，打牌喝酒，但女人们不行，一家老小的鞋帽衣服，都在等着。这既是体力活又是技术活。其中做鞋最耗时。先是粘鞋帮，要用面熬糨糊，不能太稠，否则粘不匀，也不能太稀，那会粘不牢。然后把提前剪好的破布一层一层叠加粘在一起，用石头压在炕头，干透后再用针线缝。鞋底更难做：把剥下来的麻搓成绳，绕到用动物骨头或木头做成的绳棒上，鞋底的粘法与鞋帮相同，但比鞋帮厚许多，要分两次才能粘好，而且因为厚，缝纳的针脚须细密，否则鞋底不结实。纳鞋底极枯燥，因用劲儿勒，手背都要套个布套，否则几下手背就青了。冬日的夜晚，母亲纳鞋底的声音伴我入睡。一觉醒来，母亲在纳；又一觉醒来，母亲还在纳。我不知她几时睡的，又是几时起的。我于1984年考入张北师范，上师范的头一年，穿的还是母亲做的布鞋；而母亲做的棉裤，我一直穿到成家。

母亲嫁给父亲时，基本什么都不会，但一样又一样，或被动或主动，她都学会了。后来进城，她学会了做生意，学会了讨价还价。岁月染白了她的头，她亦在岁月中证明了自己。

5

来，尝尝！

某次坐火车，对面的妇女撕开小袋的面包让小孩吃。那小孩扭着不配合，妇女如是哄劝。我突然想起母亲。

蒸馒头放碱是很关键的步骤，碱大发黄，碱小则酸，母亲掌握不好，这和画画不同，想象派不上用场，母亲的窍门是烧碱蛋。待面揉好后揪一小块放在灶里烤，有点像烤面包。碱蛋上难免沾了柴火和灰，但拍打几下便光滑而干净。若是碱小，就再往面团加点儿碱；若是碱大，就让面团多饧一会儿。这是个笨办法，但有效，不怕麻烦，还可以烧两次碱蛋。

母亲每次烧碱蛋，我便虎视眈眈地守在旁边。那时，我总感到饿，好像胃里装了大铲子,吃进的东西都被铲跑了。母亲掰碱蛋察看过,便塞给我,仿佛怕馋嘴的我不好意思,每次都要说,来,尝尝碱大小!有时还问我,怎么样?似乎我的评价多么重要。我不说大,也不说小,香喷喷的碱蛋两口就被我吞进肚,哪顾得上品尝?含糊地唔一声,算是应答。

母亲擅长做莜面、推窝窝、长鱼、扁鱼、三下鱼、黑山药鱼、锅饼、纯面傀儡、山药傀儡、山药饼、山药饺子、行李卷、摩擦擦、压饸饹……坝上莜面有四十余种做法,母亲几乎都会做,在这方面,母亲无师自通,且有创新。比如她用熟土豆捣成泥团蘸汤料吃,我在他处从未吃过。莜麦耐寒抗旱,是口外种植最广的作物,被誉为口外三宝之一,一个又一个日子是靠莜面的喂养前行的。那时,我奢望着天天能吃上白面馒头,终于如愿了,却觉得还是莜面好吃。母亲更是这样,在县城居住的日子,隔天便要吃一顿莜面。

70年代末至80年代中期,玉米面是主粮。虽然种的是小麦和莜麦,但交完任务粮,所剩无几。在籴粮的同时,买回玉米面。对这个陌生的品种,母亲很快就学会了蒸玉米面窝。自然不乏创造,如玉米面傀儡、玉米面摊饼、玉米面糕、玉米面饺子。她的创造是逼出来的,因为我们兄妹三人都不喜欢吃。母亲当然也不喜欢吃,但每次她都装出香甜可口的样子,有时故意咂出声音,就像她吃的是山珍海味。有一次,弟弟吃了几口嫌难吃,便摔了筷子,母亲很生气,拍了弟弟一掌。她对食物心存敬畏,可以不吃,但不能说难吃,说难吃就是对粮食的大不敬,是对赐予食物的上苍的大不敬。

有了电视后,母亲的视野开阔了许多,常常跟我探讨一些问题,比如诈骗,比如天灾,比如命运,比如人心不古,其中探讨最多的是吃。我说起去什么地方开会,她便问我那个地方的人吃什么,我讲餐桌所见，母亲常常瞪大眼，问，那也敢吃？或，那也能吃？继而问我吃饱吃不饱，仿佛我每次出外必定要饿肚子。我说不是每样菜都吃得惯，但总有合口的。母亲便道，那就多吃点！似乎没有她的呵护，我不敢张嘴似的。母亲从不挑肥拣瘦，之所以把吃看得这么重要，实在是因为饿怕了。虽然后来不必为吃喝发愁了，但终其一生，饥饿的阴影从未远离。

6

第一次读《三国演义》，看到曹操所言"宁叫我负天下人，休叫天下人负我"，我甚是不屑，在日记本上写下"宁叫天下人负我，我不负天下人"。或许可笑，但那是我真实的想法，并不是突发奇想，而是从小耳濡目染所致。

如果饭桌上是白面，要么是节日，要么是来了客人。来客，哪怕家里没有，也要去邻家借。也可以说，来客就是节日，所以我盼着客人来，当然母亲就发愁了。父亲碍于面子，借面向来是母亲的事，除非两人正闹别扭，父亲才出马。

所借不会很多，所以客人优先，以免吃得锅见底儿。有了先后，自然就分开等级。比如烙饼，给客人吃的是纯油饼，而自家吃的几乎没油。有时，母亲为了让两样的一样湿润，先倒半碗水，再倒一点油，油水混合，可手艺再高，也不如纯油的香。有一次，父亲的同学来了，是县剧团团长，父亲特意买了瓶香槟酒，他以为香槟可以当白酒一样，不知酒量大的人喝几瓶都没问题的。后来明白到了，特意嘱咐母亲烙饼多放点油，似乎这样可以弥补亏欠。母亲确实很大方，油饼搁多了油，皮上满是泡，黄澄澄的，我在旁边烧火，看得直馋。母亲自然瞧出来，在让我将饼端进里屋时，极其严肃地说，送桌上就出来烧火。我哦哦着，意识到母亲豪奢了一把，余下的饼怕是连油星子也没有了。我端进屋，并没马上离开，油饼的味道勾住了双脚。吃不上，多看看也是好的。客人夹了一张，看看我，对父亲说，让孩子也吃吧。父亲说他还要烧火，一会儿再吃。同时给我使眼色。我没动，不是故意的，实在是被焊住了。客人便夹了一张放在碗里，推给我，先吃，吃了再烧。我没忍住，站在炕沿边，几口把一张饼吞进肚里。我担心母亲揪我出去，边吃边瞄门。客人让我再吃，我没敢，放下筷子就出去了。母亲只是看看我，没说话。我乖顺地蹲到灶坑。与我料想的一样，余下的饼是油水混合。我并没因吃了纯油饼而吃刁了嘴，觉得油水混合也非常好吃。母亲没怪责我，但再来客，她反复叮嘱我，而且上升到有无出息的高度。母亲对我寄予厚望，而我也发誓长大后有点出息，母亲提到人生的高度，我不能不重视。我不但做到了，而且还代替母亲监督弟妹。

如果从好面子入手研究中国历史，中国文化该是非常有趣的。近来读史，发现从秦汉到明清，历史里程和历史走向，有时竟因权重者的好面子而改变。

但母亲这么做不仅仅是好面子，这就是她的处世逻辑，甚至可以说，是人生信条。

7

某年夏天，我带母亲到301医院查病，做检查时，医生让母亲把裤子脱掉。母亲看了我一眼，我从她的目光中读出紧张。不是因为面对医生，而是因为我在场。她低声说，你出去吧，我一个人行。她那时已患有帕金森，手脚不怎么利索了。我没理她。她坐在凳子上，我帮她脱了裤了抱到怀里。她以为这样就可以了，待听到医生说脱光后，她一下慌了。她没马上脱，而是用近乎命令的口气让我出去。见她这样，我正想退出，医生说家属必须留下。我就留下了。脱掉内裤，母亲又慌又乱，双腿不停地抖，几乎难以站立，而她的脸有隐隐的红色，仿佛她正在当我的面干见不得人的事。终于检查完，但穿上衣服好一会儿，她还在发抖。我笑着劝导，我可是你生的呀。可她认为"不光彩"，离开医院时仍木木的。也就从那时，我发现母亲非常在意在我面前的言行举止。我很难过。我不知因何，不知母亲因何有了拘束。我检视自己，是否哪些地方做得不好，伤了母亲。我做得没那么好，但也没那么差，自认为。那么，究竟是什么？是母亲的性格更腼腆了，还是她的思维逻辑不同于前？我想不明白，可我真的想弄明白，想让她如我少年时那样敢斥责、数落我。自她花甲之后，几乎没有。除了各种嘱咐，她有的只是歉，有的只是愧，好像她负了自己的儿子，负了天下所有的人。

　　母亲不再训导我，而我却开始因她的错误责备她了。说不清从什么时候开始，也忘了具体是什么事件，总之，我自认站在了正确的一边。在她生命的最后两年，除了睡觉，她所有的时间都用来吃药和等待吃药。中间只隔一小时，甚至半小时。细心的父亲怕记不住，特意在纸片上记了，如课程表。没错，服药成了母亲的课程和任务。母亲吃怕了，和我们商量，能否不喝或少喝。我们说不行，少喝不行，不喝更不行。她患的不是一种病，哪种病都需要喝药。看她艰难喝药也不好受，但总觉得这是为她好，以这样的理由说服自己，心需狠下去。没有商量的余地，母亲终于逃课了，不是所有的课都逃，选择性的。有几天，母亲突然又咳嗽了，问她喝药了吗？她说喝了。她的声音不是很高，目光也躲闪着，我便沉下脸，问她到底喝没喝，觉得力度不够，补充道，老实说！我一副审讯的架势，母亲慌了。她承认没喝，并羞涩不安地笑了笑。我一副揭穿的得意，知道你就没喝，随即倒了药，监督她服下去。她很乖巧，服完还张了张嘴，用眼神说，她没作弊。她的样子像孩子，而我成了家长，我不由得笑了。然后，钻心的痛突然弥漫开，我不敢再看她，不敢看她花白的头发，不敢看她被时间犁出的皱纹，装作内急，溜到卫生间。

在她生命最后的日子，她自己已不能翻身，需家人帮忙。当她不那么疼的时候，就会用愧疚的语气说，把你们都连累了。为堵她的嘴，我有时装作生气，有时和她开玩笑，但不管我何种神态，她还是歉疚的。某日，母亲忽然说，你孝敬。我笑着问，谁说的？母亲说，人们都这么说。我知道她想起了村庄，想起了往事。我用手指理梳着她稀疏枯干的白发，叫她别乱想，闭眼休息，总觉得养精蓄锐重要，却不懂得陪她回忆，不懂得陪她拾觅幸福时光。她是想的，但我用自以为的正确堵了她的嘴。

又一日，我要给她翻身。她让我喊父亲。父亲正在休息，我不忍喊他。她说我一个人翻不了，我说试试嘛。随后，我跪在床上，抱起她，平放后，再转过来，头脸朝向我。我喘息重了些，母亲自是听到了，甚是不安地说，把你累草鸡了吧。草鸡是坝上方言，指厉害、过度。如果她用别的词，也许就是一个词。这个"草鸡"附着了太多的记忆，我鼻子突然发酸，进而夸张一笑，不累，一点儿也不累。母亲疼爱地看着我，就如过去那样，我却不敢再看她。母亲不止一次地用草鸡，在我的童年，在我的少年，在我的青年，那天，是母亲最后一次用这个词，不是她疼得受不了，而是担心她的儿子。

8

博尔赫斯在《小径分岔的花园》中制造了一座循环往复的时间迷宫，几乎包含了无限的可能。而托马斯品钦在鸿篇巨制《抵抗白昼》中，描述了多重宇宙，其笔下的人物在各个世界来回穿梭旅行，就像是穿行于各大洲之间，从一个反地球到另一个反地球。

关于时间，关于宇宙，人类的探索从未止步，我相信多重宇宙的存在，相信一个我在写字台前写字，而在另一重宇宙，另一个我也许干着海盗的勾当。

母亲离去后，我梦见她好几次。一次回村，她正从老屋出来，身体健壮，满面红光，我不由得叫出声，不知母亲的身体几时变得这么好。她和我说了几句话，匆匆下地了。我这才发现自己双手空空，竟没给她带任何东西。我往商店走，打算买些糕点，没等走到，梦再一次把我甩出来。我很失落，很不甘心，但母亲行走如飞，我甚是欣慰。另一次，家中盖房，我回去帮忙，见母亲在拌凉菜，土豆丝、菠菜。我想尝一口，结果就醒了。懊恼不已。

我再没做过她离开的梦，每个梦里，她都是康壮的，服了长生药般。我就想，母亲一定活在另一重宇宙，她还能自由穿梭于宇宙之外的宇宙。只是不知她是否还爱画画，是否还要纳鞋底，是否还给别人剪窗花。我知道的是，她从未离开。在另一重宇宙，在我的梦里，亦在我的记忆里。

（原载《北京文学》2021年第2期）

亲爱的"泥水妹"

彤 子

> 我们应记着,广厦万千不会自个长出来,我们能安居乐业是有人在默默成全。
>
> ——题记

序

我的出生地三水,别称淼城,是佛山市下属一个区。我于2007年进入了区建筑业协会,主要负责建筑工人技能培训和房屋建筑市政工程的安全生产检查,也因此能经常接触工地上的建筑工人。随着城市化扩张得越来越快,十三年间,淼城也因其地理优势,得到了飞速的发展,现已颇具都市气质。建筑业的突然发展,势必引起建筑工地用工荒,近年建筑工人工资上涨厉害,因此吸引了不少女性放下了相对"体面"的厂工,成为建筑工人。建筑工人,在本地俗称为"三行佬",

"佬"在粤语中是男人的统称。传统上，建筑工是属于男人的工作，女人在建筑工地上，基本只有杂工。但据我十三年来的观察，建筑女工在建筑工地上占的比例逐年增加，基本上，建筑工地的各特殊工种都有女工的存在。为此，我用了近四年时间，对淼城一个特大项目的建筑女工进行了跟踪了解，得出以下的文字。由于建筑是比较敏感的行业，文字也涉及某些企业或个人的隐私，因此，文中涉及的单位、项目及个人名称均用了化名，其他则遵从了生活本来的面目。

此文，致所有坚硬地活在建筑工地上的姐妹。

一、拿砖刀的蒋玉成

她叫蒋玉成，外号"炮火玉"，身材高大，穿着工地反光背心时，显得特健壮。她是保利项目上的砌筑工。一栋楼的楼层主体架构浇筑出来后，这层楼就成了蒋玉成和她的工友们的主场。蒋玉成要和她的工友们在这层楼层上，按设计图纸把整层楼依照主承梁的格局，再分割成一格一格，格分大小，经由蒋玉成他们将轻质砖砌起来，再配以门窗，便成了一个个功能各异的空间，这实际上就是我们热衷的房子，或被蒋玉成们砌成了一个客厅或一间房间又或者一格厨房——混凝土、钢筋、砂浆、轻质砖及水泥预制件组合成的合成品。

在工地上，砌筑工一般是男人的工种，女人天生对水平线、对垂直度不敏感，尽管现代砌筑已用红外线替代了墨斗和墨线，轻质砖替代了窑烧红砖，门框与窗框都是预制件，但找平仍是女人很难翻过去的坎。我便是顽例，我是拿着尺子也画不了一条直线的。除了找平是坎，重量也是坎。现在工地用的都是轻质砖，轻质砖一般规格是 $30 \times 60 \times 8 \mathrm{cm}$，重量大概是十公斤左右，很少女人能轻易地把十公斤的大砖块甩上比自个高的墙体上，更别说在墙体上弯腰下来抓。

蒋玉成是个例外，她麻利地将木模顺着红外线固定好，然后腰一弯，手一张，手就牢牢抓着一块轻质砖往上一提，砖便方方正正地码在木模里面。我认为蒋玉成是借了身材的优势，才成就这一身强蛮力气的。通常能憋出这么一股气力的女人，性格也是粗粝的，蒋玉成也不例外。在工地里，蒋玉成出名于她的骂功，一旦劳作起来，她的嘴巴便停歇不了，从她嘴里喷出来的，都是经典绝伦的汉骂，工地上的人和物，都被她"×"遍了，也弄不清她的怒火从何而来，总之，只要是上工干活，她便骂声不断，骂天气、骂重活、骂砖块、骂砂浆、骂开发商、骂工头、骂儿女、骂老公……因此，在蒋玉成工作的楼层里，经常会有笑声轰然传出。蒋玉成最爱骂的人，当然是她的老公汪广发，骂其他人要招架打的，蒋玉成虽然壮，但也熬不住揍，被揍多了，骂别人的声音自然便弱了下去。蒋玉成粗粝下面藏着精乖，汪广发也会和她干架，但他个头比她小，力气也没有她大，骂狠了也吃不了什么亏，即使把汪广发揍狠了，往往下班回宿舍后，钻板床上协调一下，便又啥事没有。

蒋玉成骂汪广发，最常骂的词语是"老子×你"、"×用没有的"和"死老×"，骂到十八代祖宗的很少。一般情况下，汪广发是很少回嘴的，被别的工友笑话，他便说："女人嘛！就是借个嘴狠呗，真要干起来，还不是男人骑上面撒？""老子×用没有，她能那么骚劲？给老子拉出五个娃！"工友们常逗他："广发、广发，炮火玉骂你没有用，你去旧街竖竖手指证明给她看看撒！"汪广发马上下来："莫敢莫敢！那泼婆娘的炮火还莫得烧了老子？那老子的×就真留莫得了撒！"

尿归尿，蒋玉成实在骂狠了，汪广发也是会回嘴的："老子是死老×，那你呢？你是撒？"一边回嘴一边还用力用砖刀敲砖块，轻质砖不比传统红砖结实，咔嚓一声，断成两截。

一般砌筑工，都是双双分组的，多是夫妻俩一组，丈夫拿砖刀砌筑为大工，妻子辅助拉线、制模、搓砂浆和递砖为小工。但蒋玉成与汪广发这一组是相反的，拿砖刀的大工是蒋玉成，递砖送砂浆的小工是汪广发，也因此，在夫妻关系中，蒋玉成占了绝对主导权，她在汪广发面前从来说一不二、要风得风要雨得雨。

蛮横惯了的蒋玉成如何容得下汪广发回嘴？她觉得汪广发的任何回嘴都是挑战她"炮火玉"的权威，汪广发竟然敢敲砖块发她脾气？这绝对不能容忍，为了保住权威，蒋玉成通常会虎眼一瞪，对着汪广发示威般扬起砖刀，手起刀落，巨大的轻质砖块断得无比清脆。

我见识过"权威"被挑战时蒋玉成的厉害，她的破坏力堪比战争中的大炮，轰隆一声，烟尘四起，满地狼藉，怪不得在建筑工地上能混上"炮火玉"的名号。

我听蒋玉成的工友说，本来那次蒋玉成开始是骂她砌着的墙的，哔哔嘀嘀地骂，骂这墙长，砌来砌去砌莫完，木模要钉两回才能钉到头，钉子也孬，钉三个坏了俩，剩下一个还钉手指头上；骂完墙就骂房子，一个房子满打满算莫就是住四五口人，100～120㎡，划个四房两厅怎么也够了撒，干么事还要搞超大户型？横躺竖躺也躺莫完！（这些天蒋玉成他们刚好在砌两百平方米以上的超大户型）；还骂城里人坏，人口少，还占房子，一套房没住过来，又占一套，钱凭啥来得这么容易？骂着骂着，不知怎的，就骂到汪广发身上了，骂他没×用，枉她跟他海里海外跑了几十年，砌了几十年砖，房子盖了不少，却仍还得窝工棚里闻他的脚臭，当年真白瞎了眼竟然跟他跑工地。

汪广发前天晚上跟工友们出去江边吃夜宵，回来后睡不着，早上上班前，为了刺激精神，偷偷喝了点小酒才上工地，但工作一直都不在状态，钉的木模都是歪的，害蒋玉成几次都把砖砌到红线外，敲了重砌，又把砖给敲断了。工地上干活，都是按量的，重砌一次，量自然是下去了，砖断了又要算进个人的账上的，夫妻俩一上午的劳作，几乎是废的。这天早上，汪广发的状态跟以往完全不一样，似乎很兴奋，但看到要返工的砖墙，很不爽，再加上肾上腺的一点酒精残余的作用，胆子便大了，这时蒋玉成骂他没用，他竟然脑门充血，回骂："老子当年要莫是听了你个女人唆摆，老子今天能混成这屌样么？"骂着，还一脚踹在前面一堵砌出了红线的墙上，刚粘上成品砂浆的轻质砖，来不及凝固，根本经不了踹，隆的一声便倒下了，断砖四处滚动。

这些损失都是要从他们夫妻的工资里扣的，墙倒的一刻，蒋玉成的眼睛便红了，她尖叫着："汪广发，你个人，老子跟你拼了撒！"她叫着，抱起滚在地上的断砖，狠狠地往汪广发身上砸去，吓得汪广发抱着脑袋跳开。蒋玉成一砸不中，更火爆了，举着砖块在后面追，汪广发抱着脑袋在一格格的主卧、次卧、客厅、厨房甚至洗手间里跳上跳下，钻来钻去。工人们都停了下来，哈哈笑着看热闹，有几个平日和汪广发夫妻关系好点的女工，伸手拦着蒋玉成，劝："算了撒！广发家里的，他也莫想把模钉歪的撒！"

蒋玉成哪能听得进去？汪广发竟然敢回嘴，还踹墙示威，这跟翻天有什么区别？蒋玉成的炮火已从星星之火变成燎原大火，烧得火红火绿，这恼火气似乎已经成形，围着蒋玉成健壮的身躯噼里啪啦地烧着，蒋玉成一截砖块没打中，又弯腰抱起一块更大的，骂骂咧咧地穷追汪广发不放，脚也不停，断了的碎砖块、砖渣给她踢得四处都是，尘土飞扬。

我其实早就站在楼梯口了，因不想影响工人们工作，就在边上看墙缝的饱和度。在汪广发把墙踹倒时，我吓了一跳，本想过去劝一下的，但战况发展得实在太快太激烈，我根本找不到冲进"战争现场"的缝隙，我纠结着不知道该不该大声把他们吼住时，一块灰扑扑的砖块向我飞了过来，我吓得马上往身后的楼梯退去。汪广发惊叫着，与我几乎同时跳进楼梯口。砖块落地，骨碌碌地往楼梯口滚了过来，汪广发像猴子般，扳着楼梯的防护栏杆，一下便跳了上去，猴子般蹲在栏杆上，手抓着栏杆，还很嚣张地回头对蒋玉成叫："砸，臭婆娘！看你砸撒，×婆娘！"

我身手没他灵活，眼看着砖块就要滚到我的脚背了，跟在我身后的项目经理何华冲了上来，一脚将滚向我的砖块定住，大喝一声："吵啥子撒吵啥子撒？想找死么？"

蒋玉成跳着脚，想是踢砖块时太用劲，把脚踢痛了，嘴里仍骂骂咧咧的，但见到上来的是何华，可不敢再继续抱砖打人了。汪广发看战火暂时缓和，便从防护栏杆上跳了下来，嘴里骂着蒋玉成活该，但仍上前抓起她的脚观察，蒋玉成甩着脚叫："莫用你看，老子莫事！"

她的个头比汪广发要高，体形也壮，蹲下来给她检查脚的汪广发愈发显得细小，但蒋玉成撒娇甩脚的样子，却甚像个小女人，典型的床头夫妻。我想笑，但职责不许我笑，我板着面庞训汪广发："这位大哥，你刚才这样跳栏杆上，多危险呀？要没拉稳或跳过了，还不得掉下去么？"

"呲！"楼面大概有十来个砌筑工，听我这样说，同时呼出一声语气词，然后又哈哈笑起来，一个满脸横肉的大哥拿着砖刀在砖面上敲着说："这妹崽说得多莫见识撒！广发是单杆高手，厄们这里的楼层防护扶手，广发哪个没跳过滴？水平比奥运会耍单杆的运动员还高，一抓一跳都精准很了嘞！"

他的话一下，其他人又哄地笑开了，我站在楼梯口，进退不是，反倒成了个"没见识"的，大家似乎都忘了，就在一分钟前，这里还是极度可怕的混战现场。我知道对付工人，还是要找工头，可谁是这个砌筑班的工头呢？我回头向何华求救，工人怕工头，工头忌项目负责人。何华聪明人，知道此时该他出头了，立刻干咳两声："咳咳！"

工人们都立马止了笑声，该钉木模的钉木模，该固定门窗的固定门窗，该砌筑的砌筑，蒋玉成一脚甩开汪广发，瞪他一眼，弯腰拿起砖刀，拐着脚去扶被汪广发踹倒的墙，汪广发马上溜上去帮忙，眼睛还贼贼地往我们这边睃着。

何华见工人们都回归常态干活，回头跟我说："这个……蔡姐，没啥事，厄们还是下去撒，这里多乱？"

"乱？乱吗？"我晓得何华心里的小九九，我是来检查工地的质量和安全的，这层楼刚好在砌筑，查质量最合适不过了，何华是这个项目的负责人，对每层楼的情况都了如指掌，他这么急着让我下去，那我就必须要仔细查看清楚了。

我笑笑，不理何华，走近汪广发夫妻。见我走近，蒋玉成不干了，放下砖刀，圆眼瞪着我，我几乎能感受得到她鼻子里呼出来的热气。我们互相瞪着眼睛看着对方半天，蒋玉成受不了，叽咕道："细皮嫩肉滴，手掌也莫见个茧，还专家了嘞！能看得懂个屁撒？"

不错不错，还认得我帽子上的"专家"两字，证明还认得字。我指指她刚拿起的砖块，说："大姐，您就这样砌？"

"莫是这样砌，还能咋样砌撒？"蒋玉成没安好气地回我，示威似的从灰桶里挖起一刀砂浆，唰，一道直线，麻利地抹在轻质砖上，手法娴熟，下浆精准，涂抹均匀，一看就知道是个砌砖的好手，一个女人能有这样的手艺，的确是非常难得，看来她嚣张还是有点资本的。

我回身跟何华说："整层楼都没见到有一根水管哟！"

何华眼睛扫了一下，白脸成黑脸，大声叫："汪广财！"

一堆轻质砖后面，伸出了一个和汪广发有着七分相似的脑袋，但气质却比汪广发显得精明。

"你个逼人，躲里面干么事撒！给老子出来，水管哩？水管哩？"

何华火冒三丈："平常老子是咋样要求你们的？当老子的话是屁撒？"

汪广财一伸一伸脑袋地走出来，赔笑着说："何经理，莫生气，厄们莫是才上这一层么，水电工还莫来得及装水管嘞！"

"放屁，你当老子是傻子撒？接根水管也要水电工！老子莫踹死你！"

我站一旁看着，只想看看他们怎样把戏演下去，奈何蒋玉成是个性格简单直接的，她可能看不习惯我挑毛病，忍不住说："得多大的事撒？大清早滴，要水管来干啥子用？厄们又莫用拌浆，才屁大的尘，扬莫得出去的撒！"

"嫂子，求您了，少说两句撒！"

汪广财倒挂着眉毛，差不多把腰弯成九十度了。

看来他们是一直都没有在砌筑之前，用水把轻质砖淋透的习惯的。我尝试着跟蒋玉成说，虽然现在大多数楼盘都用成品砂浆砌筑，成品砂浆是按精准的比例调配的，用于砌墙的一般是2.0成品砂浆，黏合度很高，砌出来的墙体缝隙很细，总体很好看，但如果他们在砌砖之前，先用水把砖淋透，那么，砖与成品砂浆的黏合度会更高，这样砌出来的墙体，墙缝饱和度高，不仅平整美观，还不易渗漏，增加墙体寿命。

可蒋玉成没听我说完，就不耐烦了，砖刀挖进砂浆桶里，狠狠挖起一大杯砂浆，甩在砖面上，嘶着嗓子说："吃饱了撑滴！这房子又莫是你住的,你管它渗漏莫渗漏?老子一天累死累活才砌多少方砖?要按你说的,每回用砖都浇水淋透啥的,这样那样滴,老子还用干么?"

我心知,这是秀才遇到兵,有理说不清。蒋玉成说的的确是工地的常态,不管哪个工种的工人,在工地上都是按量承包工程的,能缩短一天的进度,那么他们就多了一天的机会去接下一个项目。像蒋玉成夫妻这样的夫妻档,夫妻合作,从早上四点到晚上六点,中午不休息,一天最多砌二十平方,现在工地上的砌筑工,砌一平方大概是五十元工钱左右,就是说,如果蒋玉成夫妻一个月不停不休,没有任何意外发生的话,一个月大概是三万来块的收入,但工地都是动态生产,受天气受供应等各种因素的影响,很少可以每个月都是满工的,所以,对于工人来说,进度才是王道,才是他们追求的根本。而在这个城市化扩展的过程中,我们从上到下,不也都在追求着进度么?我们都知道,过度扩展和过度追求进度,质量和安全便很难保证,但这能怪他们么?他们只是整个城市建设的最底层的部分,不过是用自己的血汗,谋求活下去的基本,他们把身体当机器,努力适应着飞速发展的社会,挣扎着,透支身体,不想成为那个被历史车轮甩下来的人。可现实是,无论他们怎么努力,这"车轮"还是要扬尘而去,他们用尽所有力气,也还是在"车轮"下面艰难喘气。

每次巡查工地,我都很纠结,一方面,质量和安全是建筑生产的前提和根本;另一方面,建筑工人的生存和城市化的推进同样至关重要。而更现实的是,楼房开发商、施工承包商、材料供应商、包工头甚至建筑工人,都与利润紧密联系着,谁也离不开对"利"的追逐,包括我自己。很矛盾,但又那么理所当然、理直气壮地存在。

我转向何华,何华立马保证说:"蔡姐,您放心,这里厄马上就处理,保证按您的意思做好,不漏任何一个细节!"

我看了看眼里闪着精明的汪广财:"工人上班时间打闹得那么厉害,都放任不管么? 要真砸中了人,不就成事故了吗?"

"你说他莫用,他管莫得老子,他敢管老子,老子撕了他撒!"

蒋玉成果然"火炮",汪广财都还没说话,她便抢了过来。汪广财摊摊手说:"专家,嫂子就是嫂子,长嫂如母撒! 厄老母打厄,厄哥莫得出声,厄嫂子打厄哥,就是厄老母打厄哥,厄更莫得出声撒。"

我一瞪眼:"你家老母还抱这么大的砖块摔你哥?"

汪广财笑嘿嘿地还嘴:"这您得去阎王爷那里去问问厄老母了撒!"

"汪广财,说啥话呢你?"

何华喝止汪广财,汪广财嬉皮笑脸地收住嘴,但眼里的挑衅愈发明显,我知道,不严厉一点,他们是不会把我说的话当回事的,说不定,我还没下这层楼,又打起来了。我拿起手机,把现场的乱象都拍了下来,然后拿出暂时停工整改书。何华一看到暂时停工整改书,急了,按着我的手说:"蔡姐,厄的亲姐姐,手下留情啊! 这,这,厄马上让水电工上来装水管,汪广财,赶紧赶紧滴,你个逼人,笑啥哩? 叫你撒! 赶紧给老子把水管都接上,你、你,汪广发,发啥愣哩? 去,和二道杆一起把砖都给老子码好,赶紧赶紧的,都莫想干了是么?"

那个满脸横肉的高个工人,原来叫二道杆,嘟嘟囔囔地放下砖刀,不情愿地和汪广发一起收拾地上的乱砖,汪广财也拿起水管去接上了,何华又大声安排:"都给厄听好嘞,你们每天上来上班,第一时间就给老子浇砖块撒,莫浇透砖块,就莫得用来砌墙,要是给老子发现,你们莫按老子的要求来干,老子见一次扣一天的工资!"

一与工资挂钩,工人们都急了,马上自觉地过去拿水管浇自己要用的砖,汪广发和二道杆也很快把地上的乱砖收拾好了,我知道,这不过是何华为了不停工，在我面前演的一幕戏，戏是不错，但工人在施工现场，公然推墙砸砖打架，极易造成安全生产事故，是非常恶劣的事情，很明显是工地管理人员管理不力，该罚还得罚。

见我还是揪着打砸的事情不放，蒋玉成的火暴脾气一下就上来了："哎！你个女人，在这里指手画脚说三道四滴，还有完莫完撒？老子砸自家老公，关你个屁事？警察也管莫得老子，你少在老子面前啰里啰唆的！"

"这是上班时间，在工地上面，只要与工地有关我就有资格管。你要回家关上房门砸，我才懒得管你怎样砸！"

我也来气了，心里虽然知道，砌筑是个费神又费力的难活儿，一个女人每天都要对着这些不会说话、干绷绷的方块儿使力气，吸尘吐土，浑身水泥浆，脾气能好到哪里去？她的火暴除了来自对生活对工作的不满，更多的是宣泄的需要。

"火炮玉，你是想整个班组的兄弟都受你牵连了撒？"

何华一句话，吆喝进了蒋玉成的软肋，蒋玉成的气势马上弱了下来，嘟囔着说："厄跟厄家男人，是闹着玩滴，厄的砖，都是瞄着扔滴，厄砸他砸了三十多年，就莫砸中过一次撒！"

汪广发赶紧捋起裤腿给我看："专家，你看看，厄身上哪有伤撒！"

我忍不住笑了起来，能说她火暴恶劣吗？的确火暴恶劣，可她也是真的单纯可爱。何华马上抓着机会把我往下拉，我有点不甘心，但更多的是不忍心。

就这样和蒋玉成认识了。昊天城工地上的女工，多数与我认识，每回我下班时间不回家，坐在工地饭堂的最角落处吃饭堂主管佟四嫂炒的饭菜时，女工们几乎都知道我又闲得发慌，又要拉她们一起拉呱家常了。佟四嫂的饭菜越来越有大厨的水平了，特别是炖猪肘子，入口即化，肥而不腻，每口都是胶原蛋白，简直是人间美味。要知道，几年前，佟四嫂被佟四在众人面前剥光衣服打了后，她可是像行尸走肉般过了两年，我还担心她好不了呢，还好，最近这一年，佟四嫂像是回过神来了，每回看到我，又对我没心没肺地笑了，还亲自下厨给我炒菜。

饭堂女工成三姝告诉我，这段时间远远看见我过来，佟四嫂就不再呆呆地坐在椅子上，而是立马站起来，钻进厨房里找围裙，每回做菜前，先把手洗干净，把口罩给戴上，头发也包好，隆重得像接待什么贵宾。敢情佟四嫂是把我当成她的贵宾了。听成三姝这么说，我挺羞愧的，我何德何能？可成三姝不这样认为，她说，佟四把佟四嫂的青春糟蹋干净后，便把她像废物一样丢在工地上，不管死活。而我，把佟四嫂当姐妹，每次来昊天城工地检查时，无论多忙，都会过来看佟四嫂，偶尔还给她买两套衣服，送她些糕点水果，实在没话可说时，也陪她坐着发呆。

成三姝叨叨叨地夸我人好，说昊天城工地里认识我的人都喜欢我，我真惭愧，我之所以这么空闲，有事没事都往昊天城跑，主要原因是我除了安全生产专家的身份外，还有一个作家的身份，我要深入生活啊！除此之外，我无聊也是因素之一，自从闺女上中学住校后，我便一个人，反正在家坐着是发呆，出来陪佟四嫂坐着，还能不时说上两句，不至于太闷。刚好，昊天城位于市区中心，与我家隔得不远，我陪佟四嫂发完呆走回家，也就十来分钟的路程。成三姝说我陪佟四嫂，我倒觉得是佟四嫂在陪我。

我吃着佟四嫂炖的肘子，一边吃一边感叹，终于知道这一年来为什么突然之间身体止不住地发胖了，自从佟四嫂的精气神回来后，我的口福就到了，隔三岔五就吃一顿佟四嫂的大鱼大肉，能不胖吗？

工人吃饭都早,很多工人吃了晚饭又要上晚班的,广东长年雨水天气多,能赶上不下雨,工地就拼命加班。我到饭堂时,饭堂里已没有吃饭的工人,成三姝他们也把餐具刷洗干净,都戴着手套用刷子刷小龙虾。

佟四嫂最近把夜宵也开了,她进了些啤酒在冰柜冰着,还弄了些小龙虾和石螺回来,都是为那些加班到半夜收工时肚子饿了的工人准备的,成三姝抱怨说,这段时间总要上通宵班,饭堂工也不好干了。

可我看佟四嫂的气色,却是越来越好,通宵班对她来说,影响不是很大。佟四嫂笑眯眯地捧了盘通红的小龙虾出来,我看她眼睛里闪着光,脸色红润,跟小龙虾一样鲜亮。这就是我们工地女人了,无论生活多难,命运多苦,工作多累,都压不住她们勃勃的生命力。

佟四嫂放下小龙虾,又要去拿冰镇啤酒,我拉着她说:"别忙,我一会儿还有事,酒就不喝啦!"

佟四嫂笑着说:"莫喝点酒,蒋玉成是莫会跟你掏心窝滴。"

知我者,四嫂也!敢情我上午和蒋玉成冲突的事情,都传到佟四嫂这里来了,佟四嫂说,中午那班砌筑工过来吃饭时,不知因为什么事,好像是汪广发做了些什么事情,被二道杆他们曝了出来,"火炮玉"又跟汪广发在饭堂里干了一架,把饭堂里的菜盆都砸凹了。佟四嫂说,"火炮玉"夫妻俩这两天都白干了,赔完砖钱还要赔菜盆钱,听说何华还要处分他们。

我这几年常在昊天城工地转悠,却很少注意到蒋玉成,按理说,像她这样"突出"的人物,我不应该忽略才对的。佟四嫂和成三姝笑着说,汪广财的砌筑班,一直都在森城揽活的,但蒋玉成夫妻,却总是安不下心,喜欢走南闯北,前几年跟别人到赞比亚去了,可待不了几年,就撑不下去了,半年前又回国来了。

原来还劳务输出过的，怪不得上午听他们夫妻吵架时，蒋玉成说跟汪广发海里海外地瞎跑。

佟四嫂见我对蒋玉成的兴趣高涨起来，笑着揉揉我的辫子，说："莫急，厄的大作家，火炮玉今晚下九点，她九点十五分准过来。"

闲聊了一会儿，第一批下晚班的建筑工人果然下班过来了，夜宵一般都是炒粉、青菜和粥，当然还有炒辣子鸡、石螺和小龙虾，佟四嫂心情好时，还会弄点椒盐鸭下巴和炸鸡块。反正工人也不挑，夜宵就是为了填肚子的，能不饿，睡个饱满的、满足的觉，就心满意足了。

蒋玉成果然出现在工人堆里，因为身材高大，在人群里特扎眼，我一眼便认出二道杆和她了，他们似乎有什么不对头，骂骂咧咧的。蒋玉成还是那样急哄哄的，两手扳开人群，呼啦啦地往饭堂窗口挤过去，二道杆似乎很不服气她，专门快走两步挡在了她的面前，把她急得呱呱大叫，拳头举得老高的，我真害怕她又拿什么砸人，再砸去一天的工资就不太好了呀！还好，她没砸二道杆，手配合着咆哮挥动了一会儿，又奇迹般地收了下来，然后，回头看向我。佟四嫂告诉她，我要请她吃小龙虾。

蒋玉成噌噌噌地走到我面前，圆眼怒瞪着我，我似乎又感觉到了她鼻子喷出来的热气。我笑着站起来，给她拉开椅子，踮起脚来，把她的肩往下按，她顺从地坐了下来，开口就问："搞啥子事撒？"

"对，搞啥子事撒？"

我还没有坐回座位，汪广发就像幽灵般飘了过来，迅速地拉了个位置坐下，他的动作，又让我想起早上他的一抓一跃一跳一蹲。这夫妻俩，印证了我们一句广东老话"公不离婆，秤不离砣"。

我说："想请你老婆吃小龙虾喝啤酒，介意么？"

"莫介意，莫介意，厄等她。"汪广发很不客气地给自己倒了杯啤酒，然后又伸手抓了几个小龙虾放碗里。蒋玉成瞪着他嘶："哪个要你等撒？滚！"

我的脑袋又嗡嗡叫起来，这夫妻俩，怎么碰一起就干架啊？汪广发嬉皮笑脸说："你是厄婆娘，厄莫等你，还能等哪个撒？"

说话间，几个小龙虾已经给剥开了，红白的虾仁蘸上辣椒油，红晃晃地放在蒋玉成的饭碗里，要说疼爱老婆，我瞧着这个汪广发认第二，工地上没人敢认第一的。

"你滚滚滚，哪个稀罕你剥虾了撒？江边上好多竖手指滴在等你撒，还不去？"蒋玉成没安好气地用脚踢汪广发，汪广发把脚缩上塑胶椅子上，委屈地说："男人么，哪个莫事莫开开玩笑滴？你这心眼缝小得，水泥砂浆都抹莫进去了嘞！"

看来这夫妻俩之间，应该有个什么梗，让蒋玉成暴怒不已。我静静地看着夫妻俩顶嘴，思绪渐渐有点恍惚，或许，这样的斗嘴打闹，可以让他们枯燥压抑的工地生活，带来那么点生气吧！

吵闹了一会儿，无论汪广发怎么点头哈腰，怎么剥虾赔罪，蒋玉成就是不肯原谅他，而且，似乎汪广发越是低声下气地退让，蒋玉成的愤怒就越膨胀，都烧得冒烟了。我从蒋玉成的叫骂中，终于听出了一点儿门道，好像是汪广发在昨天晚上，跟几个砌筑的工友到江边吃夜宵了，还竖了手指呢。

本来，汪广发是没有准备去吃夜宵的，蒋玉成也不高兴他去，但奈何二道杆几个都取笑汪广发是"气管炎"，连夜宵也做不了自己的主，还当个啥男人？汪广发脑门一充血，便跟去了，蒋玉成也没再好意思拉着他不让去。

结果呢，二道杆几个小子说去吃夜宵不过是个幌子，到了目的地，汪广发才知道，原来二道杆他们带他出来是来"竖手指"的。汪广发饿着肚子，傻呆呆地跟着二道杆他们后面，在老街的位置溜来溜去，汪广发看见几家人头涌动的夜宵店，肉香、粉香、粥香和菜香一股脑儿地从里面涌出来，汪广发闻得口水直流，可二道杆几个根本就没有食欲，而是在横街小巷里兜来转去，专门往人少的、灯光暗的地方走，那些灯光暧昧的阴暗处，都坐着几个身材丰满的中年妇女，这些妇女穿着打扮跟大街上的普通妇女没什么两样，唯一不同的是，大街上的妇女很忙碌，她们却很闲。

二道杆几个，每碰上一组坐在阴暗中的妇女，都停下来，交头接耳研究一番，有的是研究过了就走，有的却不一样，汪广发看见他们研究完，二道杆就会向那几个妇女竖起手指，开始是三个手指，那几个妇女摇头；接着是四个手指，那几个妇女继续摇头；五个手指头竖过后，那几个妇女还是摇头，二道杆他们便继续往下走，直到找到下一组心仪的妇女。

汪广发再迟钝，也明白他们在干什么了，吓得赶快回头走，可二道杆他们怎可能放过他呢？一下把他拽住，不许他走，还嚷嚷着说汪广发在国外闷了那么久，除了一个比男人还凶悍的火炮玉，身边连只母鸡也没有。一个正常男人三年不闻女人味，那得多受罪（二道杆他们没当蒋玉成是女人）？哥们几个是好心给他开开荤，解解馋的，要是汪广发不领情，那他就是瞧不起兄弟们，不给兄弟们面子云云。

汪广发心里惧怕蒋玉成，怎样也不敢尝试逾越雷池，可二道杆他们连拉带拖，硬把他拖进了离阴暗处不远的一团橘红暧昧的灯光里，然后，又把他抬进了一个比他们砌的"格子"要小很多的格子里，一扇粉色的塑胶门砰地关上，汪广财跌倒在一张粉色的、面目可疑的小床上，塑胶门前面，站着一个衣着普通的丰满妇女，样子汪广发是记不得了，只记得那个女人奶子很大很饱满很白，那妇女衣服往上一掀，两个巨大的奶子便跳了出来，在汪广发面前抖着，抖得汪广发双腿发软，头昏脑涨。

在蒋玉成的步步逼问下，汪广发不得不投降，把昨晚的"风光无限"全盘托出，但汪广发是非常聪明的，无论蒋玉成怎么逼问怎么"用刑"，他都坚持一点——他绝对没跟那个大奶子的妇女行苟且之事。他说他虽然双腿没力，头昏脑涨的，但在那个大奶子向他走过来时，他一下清醒了，让大奶子把衣服穿上。大奶子说二道杆他们已经给了钱的，汪广发说现在出去不好，他们会笑他无能，那就坐一会儿，坐差不多时间再出去。大奶子乐得不用干活就有钱收，所以就配合着坐下来。汪广发说，为了演得逼真，坐到差不多要出去时，他还特地让大奶子在他的大腿上掐了两下，他痛得叫了几声。

"大奶子大奶子，叫得忒亲切撒！"蒋玉成听得头发参起，弯腰提着汪广发的裤腿一撕，汪广发的裤子应声而裂，饭堂的灯光很亮，汪广发的大腿内侧，真的有两块瘀青。蒋玉成尖叫起来："你个死逼人，还骗老子撒！手都捏到这个位置来了撒，你说你莫干，鬼才信你撒！"

叫声之下，又是一顿更猛烈的拳打脚踢，其他工人都围观着看笑话，笑声一浪接一浪，都叫："也就捏两把大奶子，掐两下大腿根而已，啥事也莫干撒！哈哈哈哈……"笑得最欢的应该是那个叫二道杆的，可怜汪广发抱着头，像受伤的刺猬一样蜷起来，哭着声音求饶："厄的好婆娘嘞，厄是真的冤嘞！"

蒋玉成是身在庐山中，根本看不到二道杆他们脸上得意的笑容，而且以她率直的个性，也不会联系到任何阴谋。我冷眼看着，很明显，这是一个局，是二道杆他们给他们夫妻设的一个局。我不知道这几个砌筑工为什么要这么做，但，有一种可能是几乎可以肯定的，蒋玉成真的不讨砌筑班的人喜欢，或许是，汪广发夫妻都不讨他们喜欢。

我招呼佟四嫂和成三姝过来，一起把蒋玉成拉开，然后让汪广发先走。我们把蒋玉成往厨房里拖，蒋玉成的力气可真大，几次把我们甩开了，要追出去，亏得刚好又一批工人下班过来，挡了一下饭堂门口，我们才得以再次把她拉住。好不容易把蒋玉成按在厨房的分菜台上，蒋玉成气得胸口一鼓一鼓的，我让她喝口冷水冷静一下，递上一杯冰水，没想她一杯冰水吞下去了，迎面向我喷了一句："厄的胸也莫见得小嘞，汪广发那个死老×，老子×他祖宗十八代！"

我差点笑出来了，唉！她还真是天真啊！男人要出轨，从来不是因为家里女人温不温柔、好不好看、胸大不大，而是因为，那个出轨的对象不是他的妻子，只要不是他的妻子，是头母猪他们都想试试的。

我不知道该怎么安慰蒋玉成，只能静静地等她完全冷静。

喝了两杯冰水，蒋玉成算是平静下来了，我和佟四嫂拉她出去吃香辣小龙虾，刚才汪广发给她剥的满满一碗小龙虾肉还好好地放在外面，在广东，小龙虾可是稀罕物，卖得不便宜，一般工地工人没几个舍得自己掏钱吃的，除非是万不得已地打肿脸充胖子。

我们回到饭桌前坐下，刚才佟四嫂送过来的冰镇啤酒东倒西歪在地上，佟四嫂收拾起来，又让成三姝再换了几瓶冰好的过来。我开了酒瓶，给蒋玉成倒了一杯，她一手抢过去，咕噜两口吞了下去，我还想再倒一杯，她干脆一手把我手中的酒瓶抢了过去，咕噜咕噜地几大口喝完。我看得目瞪口呆，这比林青霞演的东方不败还要豪情海量啊！我说慢点慢点，手紧紧握着还没有开的酒瓶，生怕她不管不顾地埋头闷酒，把自己喝醉。

蒋玉成似乎看出我的担心，笑着对我勾勾手指说："你个假专家，早上莫是很了不起的撒？对厄指手画脚滴！来，来，喝嘞！你怕厄么事撒？厄在非洲，每天把这啤酒当水喝滴！"

我再给她倒了杯酒，笑着说："早上我已经很给你面子了，没掀你的底，别人砌的墙缝饱和度都是够的，就你那些是凹下去的，'工'字缝也没对准，我放你一马，你反过来把我当假专家？"

蒋玉成按着酒杯盯着我："厄就莫见过几个像你这样检查的撒！一声不吭地上来，也莫怕工人拿抓砖刀砸你撒！"

我说我实事求是，身正不怕影子斜。蒋玉成嗤之以鼻，女人在工地本来就很危险，检查工地的女人更危险，你一个女人有文化又有知识，做什么不好？非要做这行？我说我喜欢啊！蒋玉成直接翻白眼，吃饱了撑的，厄看你是矫情，做作！好吧好吧，就是我的矫情做作。我笑着再把她的酒杯倒满，问："好好地在赞比亚，怎么就回来了呢？我听说，外劳的收入比在国内要高许多的。"

"你懂个屁！"蒋玉成借着酒意，瞪着红眼说，"是狗的，永远就是狗的命，并莫会因为你在狗窝或在人屋而改变！"

"这怎么说？"我的心颤痛了一下。

蒋玉成咧嘴一笑，却像在哭："狗在狗窝里，会被群狗咬；狗在人屋里，也会被人拿棍追着打，待你是条老狗，莫用了撒！群狗会把你撕了吞了，人也会把你丢了扔了，这就是狗的命！"

我有点恍惚，佟四嫂和成三姝默默地坐了下来，我一时间不知道怎么接蒋玉成的话，蒋玉成继续笑着说："都以为厄凶，都以为厄管汪广发严，都以为厄火暴，你以为厄想这么的撒？谁个莫想在家里待着做个温柔贤惠滴贤妻良母？厄他妈滴！哪个做工地的女人能温柔撒？温柔的莫是疯了就是死了撒！"

蒋玉成说她不想疯也不想死，她要活，她只有变成狼狗才能在群狗中活下去，她说母狗只有变成了狼狗才能在工地混下去，在淼城是这样，在赞比亚更是这样。我们喝了一晚上的啤酒吃了一晚上的小龙虾，无论我怎么套话，她都不肯透露她与汪广发在赞比亚那段日子的情况，问她为什么，她只说没什么可说的。我自然是不能勉强的。蒋玉成说她也不恨汪广发了，她知道他是疼她爱她敬她的，工地上的男人，哪个是干净的？有老婆跟在身边的还好点，没老婆在身边的，几乎个个都隔三岔五出去找女人，手指竖得熟门熟路，辛苦攒的钱，都花这些浪女人的身上了，他们还不察觉，回来上班时，还得意扬扬地炫耀，以为这是多了不起的谈资。

我问她，知道二道杆他们不喜欢她夫妻俩吗？一滴眼泪从蒋玉成的脸上滑了下来："知道，哪会莫知道呢？他们恨我干得比他们多，更恨厄家广发比他们干净撒！若莫是厄广发曾经救过汪广财的命，厄们恐怕也莫得在这砌筑班里待下去撒！"

原来她是知道的，那她明知道还继续打汪广发，就只有一种解释了，她想成全二道杆们故意下的套，要汪广发彻底成为一个"不干净"的"二道杆"。我苦笑一下，原以为蒋玉成憨、粗、火暴、简单，但她的简单下面，全是工地生活给她扭成的条条道道。

蒋玉成告诉我，汪广发身上凹了一个大窟窿疤，是一起墙体坍塌事故造成的，墙塌下来时，汪广发本可以第一时间逃跑的，但他第一时间的反应是把正蹲着低头和灰的弟弟拉起来往安全的位置推出去，他自己因为迟了那么两步，被压住了，好在身边是几个和灰用的水桶，帮他挡了一些砖块，但他的后背也被压断了几根骨头，所以，从此是干不了很重的活儿，只能打些下手的事儿。这就是为什么，别的夫妻都是丈夫做大工，妻子当小工，唯有他们夫妻是例外的。

我说可我看他力气不错啊！一脚把墙都踹倒了。蒋玉成居然脸红了："他的下半身莫事的，还有劲得很撒！"

我们哈哈大笑起来，这个又火暴又简单的"火炮玉"啊！

往后我再去昊天城工地，看到楼层里一堵堵砌好的墙体，就会想起蒋玉成，想起她怒目圆睁、鼻子喷着热气的样子，想起她含着酒气向我喷着说"厄的胸也莫见得小嘞"。偶尔遇到蒋玉成夫妻，依然是妻子当大工，丈夫当小工，妻子骂骂咧咧，丈夫骂不还嘴。唯一不同的是，蒋玉成砖刀下的墙体，"工"字缝都对整齐了，砖缝的饱和度也是满的。

楼房越盖越高，城市的扩展越来越宽，一切都在变化，可能变化不了的，仍然是蒋玉成她们的生活。

二、钉模板的林佩仪

下了施工升降机，再往上走两层，头顶支撑的是密密麻麻的钢管，钢管跟钢管之间全靠轮扣件连接着，连接起来的钢管，伸出的自由端如同热带雨林里的树干，密密森森的。构件上的模板，叮叮砰砰地响，模板工人正忙着钉模板。我顺着临时上下板往上爬，刚冒头，一把粗哑的女声就砍了过来："干啥嘞干啥嘞？莫看见厄们在忙着撒？板子钉子都莫眼滴，莫小心一板子甩你头顶了，可别怨厄们撒。"

哟！看来这组模板工里有女的。我继续往上爬了两步，心脏也跟着吊高了两寸，奶奶的，这临时上下板就是用现场的一块模板做的，比纸片厚，比木方薄，模板工在上面，用钉子钉了几块短木方，就算是上下的步级了，我对钉住木方的钉子极度怀疑，对这块模板的承载更是不信任。那个粗哑的女声已经冲到我面前了："哎哎哎！说你撒，还专家嘞？爬个梯子都爬莫稳滴，算啥子专家撒？"

我去，专家也怕死啊！工地上的生死见多了，我更怕死了。我一咬牙，闭上眼睛，鼓起气，拼力往上一蹬，一只糙糟糟的手，有力地握住了我往上伸的手，用力一提，我的身体顺着这道力，"嗖"地到了顶板上。我按一下帽子,勉强笑一下:"谢谢大姐!"

"别谢,谁是你大姐撒? 保莫准你比厄大嘞!"

那女工瞪我一眼,一边往手里套手套一边蹲下去,胳肢窝里夹个黑黝黝的锤子,脚下还有一堆钉子。我尴尬一笑:"那谢谢妹子!"

女工哼了一下:"厄是看到你是个女人,要是个男的,摔死厄也莫拉!"

"哎! 林佩仪,厄们男人跟你有仇撒?"

旁边的一个男工忍不住叫了起来,其他模板工跟着叫了起来:"莫得厄们男人,你们娘儿们夜里哪来的舒坦?"

"嗤!"这个叫林佩仪的女工一点也不害臊,鼻子一嗤,立马反击,"一根黄瓜都比你们强!"

"哎呀呀! 怪莫得老见你叫佟四嫂买黄瓜了,原来还有这用处撒!"

林佩仪旁边的男工阴阳怪气起来,其他模板工都哈哈笑起来,林佩仪抓起一块小木方,对着那男工的屁股一扔:"老娘就是跟黄瓜过也比跟你这种硬莫起来的臭男人过得舒坦!"

男工屁股被打了一下,夸张地摸着屁股哎哟哎哟地叫起来:"死娘儿们,老子硬莫硬得起,你试过撒? 要莫厄们晚上试试?"

天啊! 瞧我都惹出什么祸端来了? 虽然知道工地上的工人都很粗犷,可这么赤裸裸地飙粗飙黄,我还是第一次碰到,而且是一个女工引起的。我都有点后悔,应该把项目经理何华也拉着一起上来的,他们见到何华,肯定会收敛一点的。

我还想着,林佩仪那边已经炸开锅了,只见林佩仪竖起一块模板,挑衅地拍着板面叫:"来来来,现场表演给大伙瞧瞧,基佬胡你今天要能在这板上日出个洞来,老娘今晚就随你操!"

那个叫基佬胡的模板工，黑脸立马成紫脸，手中的锤子砰砰地打在模板上，震得整个板面都摇晃起来了。其他模板工也不嫌事多，都哈哈大笑起来，叫唤着："基佬胡，是个爷们就莫能认输撒！先日个洞出来，晚上就能爽了撒！"

基佬胡的脸越来越紫，我害怕他会跳起来打人，立马制止："行了行了，都不用干了是吗？你看看你们，这些模板都是怎样钉的？七歪八倒的，钉子都没钉紧，能撑得住几十吨的混凝土吗？你们现在做的可是样板工程，何华准备拿来评省优质项目的。"

我说着，往板层外围走了几步，心吊得更高了，脚底板痒痒的，这可是二十多层高的顶板层，才刚扎了钢筋钉模板，四周都是空空的，几面外架光秃秃的，一点围挡也没有，要是哪个不小心或打个架什么的，脚下一空就是万丈深渊，再壮的人都能摔成肉泥。阿弥陀佛，还是不要吵架了哟！那个叫林佩仪的女模板工，翻翻眼睛看我，挖苦说："那个谁？专家！怕了就赶快下去撒，这里哪是你们这些娇贵人来滴？"

我也急了："你们这是高处作业，怎么都不拴安全带呢？还有，还有这临边，安全网呢？防护栏杆呢？你们都是干吗呢？安全生产，安全生产，安全才是首要的，都不要命？领班呢？把你们领班叫来。"

在西边支柱旁蹲着的一个壮实的男人慢悠悠地放下手中的工具，挂在他身上的扳手和钉子带，碰撞一起，发出叮叮的声音。这男人也忒壮实了吧，走一下，工作服下面的肌肉抖一抖，脚踩在刚钉好的模板上，踩一步晃一下。我心里发怵，这工地，全是酸馊馊的男人汗味，女人本就不多，现在我一个女人这么样闯上人家工地最顶层也是最私密的位置，这不是找死吗？还好，这模板顶上还有个林佩仪在，否则，我还真是被熔掉也没人知道。

壮实男人伸出大手，说："专家，厄是牛有劲，大伙都叫厄牛魔王，这里木模班的组长！"

妈呀，还是个牛魔王，这手，大得簸箕般，手指比16mm钢筋还粗，指节肚全是鼓鼓的老茧，我若是狐狸精，还能眨巴眨巴眼睛迷惑一下他，可我，眼前再装再撑，顶多也就是个没有芭蕉扇的铁扇公主。他牛魔王高兴了，兴许还能相安无事，若他牛魔王不高兴了，那我可就惨了，他一巴掌下来，我估摸我的脑袋跟从这里摔下去是差不多的，不成肉泥也扁成片了。

我越想越心虚，脚都悄悄往临时上下梯的方向挪了。

牛魔王哈哈大笑："你这娘儿们，莫厄们小林带劲撒！"

废话，我怎么能跟天天在男人堆里混着活的林佩仪比呢？我这辈子，连粗话都没说过两句好不？我退到临时上下梯的位置时，瞥见几个戴着白色帽子的脑袋在脚下晃了，谢天谢地，专家组的其他人终于赶过来了，项目经理何华和几个工地的安全员、施工员都跟着过来了。见到他们，我感觉底气又足了，大声喊："那个牛魔王，你赶快让人把四周的临边防护起来，安全带都挂起来，否则，不能施工。"

牛魔王还不晓得板下面来人了，牛眼一瞪："厄说你一个女人，搬过模板敲过钉子莫有？你晓得这挂着安全带，能干屁活儿撒？你们这些管事滴，就知道这里要求那里规定滴，厄说你们哪个真正在这模板上蹲过？现在做工程，都是赶滴，甲方压总承包，总承包压项目部，项目部压厄们这些小工头，三天灌一层楼板，厄们是跑着钉板子都钉莫过来，还赶莫上进度活儿嘞！还挂安全带？那还干个锤子撒！"

"哎哎！牛魔王，你怎么说话滴你？你们你们，赶紧都给拴上安全带，赶紧赶紧滴，专家领导让你们保护好自己，有错吗？赶紧赶紧滴，把安全带挂上，谁不挂，就扣谁工资！"

何华手脚并用,一溜地爬上来,才刚冒头,就冲着牛魔王吼起来,牛魔王比何华高出一个头,可是在见到何华时,牛皮哄哄的气势立马没了,牛眼往下一耷拉,喉咙骨咕噜动了几下,回头对着基佬胡和林佩仪他们叫:"都挂上挂上。"

林佩仪白了我一眼,嘀咕说:"厄蹲中间,挂莫挂都莫碍事撒!"

"叫你挂就挂,哪那么多废话撒!"

何华一脚踢在林佩仪身后的安全带上,我指了指四周,说:"防护栏杆都要装上。"

"对,都要装上。牛魔王,限你们今天内都装上。"

"何经理,那莫是架子班的事情吗?"牛魔王一脸委屈。

"那就找架子班去,就说是厄叫滴。"

何华气得快跳起来了:"蔡姐,你瞧你瞧,这项目上的工人就是难管理撒!"

其他专家都上来了,我心也稳妥了,这才敢蹲下来细看,这承托梁和承托桁架绑扎的水平度不够垂直啊!若就这样在桁架上钉模板,肯定会漏浆的。我跟几个专家四周看了看,拉杆、拉条和斜撑也是不够的,板上几乎所有的承载都在传送扣件上。很快,我跟几个专家就争论起来了,我是建议先从安全角度考虑,重新调整模板施工方案再施工的,但有专家认为,可以一边施工一边优化改进。

我们蹲在刚撑起的模板上,四周空空,我们稍稍争论得声音大声一点,感觉模板都摇晃起来了。林佩仪在一旁钉着模板,不时回头瞥我们一眼。何华急得像猴子似的,不时在背后抓挠我一下,我晓得他想拉我下去,任何一个项目经理都不希望自己的项目被停工,即使我们只是想停项目模板支撑部分。

昊天城模板支撑施工方案如果一边施工一边优化改进的确是可以

进行的，考虑到项目正在赶着进度，我们最终还是决定下去让何华按照专家的整顿意见修改方案。刚走到临时上下口时，林佩仪突然追了上来，对着我问："女领导，厄知道你，你就是负责厄们考证的那个老师对吗？"

我对她点头，林佩仪把手上的手套摘了下来，粗短的手指绞着，欲言欲止的样子，我问："有事吗？妹子！"

她咬了下嘴唇，说："厄现在还是个中级工，厄想考高级工，可去年厄莫能考上。"

她不停绞手指的样子憨厚可爱，令人无法拒绝，我忍不住点头说："你是理论课不过还是实操课不过呢？"

林佩仪低下头，低声说："厄们实操都莫啥问题滴撒！"

眼前的林佩仪，跟刚才一把扯我上去，然后跟基佬胡互飙脏话的林佩仪判若两人，她眼中的羞涩和渴望，打动了我，我相信，工地上还有很多很多女工跟林佩仪一般，渴望着做更好的自己的。可是，我负责着区建筑技能工人的技能培训，却没能做到给她们更多的机会，帮助她们提升，的确是我失职。想到这里，我的心便堵住了，我说："回头你找何华，他那里有我的联系方式，哪天休假，你给电话我，我给你准备些复习资料。"

"你真的肯帮厄？"

林佩仪有点不相信的样子，我笑："当然了。"

"哎！母老虎你抽么儿筋偷么懒撒？"基佬胡在后面叫了起来，"厄们四只手都赶莫来活，你嘚啵嘚啵说个莫停撒，厄们还要莫要下班了嘞？"

"基佬胡，皮痒了你撒？"林佩仪一甩手套，估计是想起我们还在这里，又把手套套手上，对我尴尬一笑说，"那厄过两天放假来找你，

126

蔡老师。"

我说："行，但现在先挂上安全带，否则，你是高级模板工，我也不让你装模板的。"

"嘿嘿！"

林佩仪又笑了下，乖乖地挂上安全带。

林佩仪这次给我留下的印象还是不错的，工地上很少有那么自觉上进的女工的，做女模板工已经很难得，考高级模板工的女工就更了不起。

我等了林佩仪半个月，都没等到她来找我，那天她跟我说话时，是那么认真，我是真的相信她了。我回到单位，就立刻给她收拾了一些考高级技能工的必需资料，只要她能花时间去看，肯定能考上的。

到昊天城例行检查时，我转了整个工地都不见林佩仪，何华跟在我身后，还以为我又要挑他的毛病，当知道我是想找林佩仪时，才松了口气说："蔡姐，你莫要找嘞，林佩仪这段时间莫在厄们这里，她应该是过去天下广场那边帮忙撒。"

"她不是跟牛魔王他们一个班组的吗？刚才我还看见牛魔王啊！"

"她在厄们这边是牛魔王的班组滴，但在天下广场那边，也跟一个班组撒！这女人，拼命十三郎来滴，见缝插针地两边跑，每天睡几个小时，从莫休假。"

"这样身体哪能撑得住？"

我听得额头冒汗。

"想挣钱，那肯定要比别人辛苦的嘞！"

何华摇了摇头。

"她很缺钱？"

"工地上，哪个莫缺钱滴？厄也缺！"

何华整了整安全帽。我干脆转身到天下广场去了。

林佩仪真的在天下广场，原来天下广场这边有个人型高支模要赶着做。一般高支模是指搭设高度5 m及以上；搭设跨度10 m及以上；施工总荷载10 kN/m^{2}及以上；集中线荷载15 kN/m及以上；高度大于支撑水平投影宽度且相对独立无联系构件的混凝土模板支撑工程，在建筑施工中被列为危险性较大的分部分项工程。而现在林佩仪跟我的这个高支模，搭设高度已超8 m，搭设跨度也超了18 m，施工总荷载远超15 kN/m^2，集中线荷载也超了20 kN/m，已经可以算是超过一定规模的危险性较大的分部分项工程。

我站在林佩仪旁边，看了一会儿，有点质疑，问："你们是按方案施工的吗？"

林佩仪说："厄莫晓得嘞，组长让厄咋弄，厄就咋弄嘞！"

"不是说好了，考高级工的吗？"

"蔡老师，厄本也想着，弄完昊天城那里的模板，趁他们倒模灌浆时，就过来找你撒，莫想到，天下广场这边又着急找厄过来，这边人手莫够，班组愿意多出加班费，厄寻思着，等搞好这个高支模，再过来找你撒！"

我拍拍板下的杆件，问："怎么不见有监测的？"

一般高支模都要有位移、杆件倾角和立杆轴力的监测的，天下广场这个高支模还是超规模的，危险性更不容小觑。

林佩仪耸耸肩："厄做了那么多支模，莫见过啥监测撒！这能监测吗？"

高支模的位移、倾角和承重，都是可以监测着的，只要监测准确，当发生危险时，监测器就会发出危险警告，这样施工人员必须马上撤离。

我赶紧离开这个高支模的范围，虽然我还没有看到施工方案和图纸，但从已支撑起来的轮扣架看，这里的施工肯定没完全按方案进行，如今所有的承重都由一根立杆撑着，没有斜撑和防滑扣件，旁系的横杆根本起不了承重的作用。

我拉林佩仪出来，责怪她："这是个超规模的高支模，你们哪能这样随便地施工啊？这样弄，承载肯定不够的，这立杆一斜或一弯，你们就完蛋了。"

"哪会撒！蔡老师，你讲的都是课本上滴，跟厄们实际施工，莫一样的撒！"

林佩仪甩开我的手，很不高兴，认为我又用书呆子的酸来吓唬她。

我也气了："你还想考高级模板工？连这样基本的施工安全知识都没有，你以为你真行？"

"蔡老师，一事归一事嘞！"林佩仪还不服气，"厄的模板，钉得比好多男工都快滴！"

"谁说钉模板快就能考高级工的？意识、行为比能力重要，知道不？"

"厄莫晓得你说啥子撒！"

妈的，真是秀才遇到兵，有理说不清。

跟一个普通工人，说什么也没用。之前没有抽检到这个项目，不晓得这种情况，现在知道了，不管就是不负责任了。但去查方案看图纸前，我必须问清楚，这个高级模板工，她林佩仪还考不考？

"考，厄一定考，工资高好多滴嘞！"

林佩仪语气坚定，我提醒她，马上就有一期班，她最好抓紧，否则要等到下半年了。但她不乐意，说这里赶工程，工资比其他项目要高，得等她赶完这边的活儿。我气得只想转身走人，她现在工资再高，也比不上当一个高级模板工的工资高，这么简单的数，看她吵架时伶牙俐齿的，不像不会算的啊！

见我气呼呼地要走人，林佩仪似乎意识到自个儿过分了，毕竟我是为了她的事情，专门找过来的，低着头问："那厄只下午去上课行吗？"

我一口拒绝，必须全日上课四天，然后考试一天，她要放弃五天的工资。林佩仪的头埋得更低了，用蚊子般的声音回答："那好撒！"

我把准备好了的书本资料往她怀里一塞，说句好好复习，然后往项目办公室走去。

天下广场因高支模施工与施工方案不符，且存在危险性较大的危险源，必须马上停止该高支模的现场施工，待做出合理的施工保护方案后，才能继续施工。

停工通知发出后，我便着手高级技能工人培训班的事情。这几年我都把工作重心放在安全生产检查上，完全忽略了建筑工人技能培训，这次要不是林佩仪突然提出说要考高级模板工，我都几乎记不起来，技能培训曾经是我的主要工作。重新着手办技能培训班时，我向部分施工项目了解过，由于淼城前几年施工项目不多，各特种作业人员的需求量不高，所以，我们技能培训中心一年开不了两期班，没有办法，只能把报考人员集中到市的技能培训中心去培训。这三年，淼城的建筑事业飞速发展，在建项目每年都翻几倍地增加，建筑技能工人的需求量也翻数倍地增长。不知道有多少工人像林佩仪一样，渴望着我们开通更多的渠道，让他们获得提升。

但我又等了一个星期，都没等到林佩仪过来报名。我心里冒火，我组织这期班，多少都有点因她而起，是她提醒了我。我之前有失职我承认，但我重新组织开班，也不容易的啊！我要整合师资、要重取培训资格、要租借培训场所、要核算培训成本等。哪方哪面，我不是劳心劳力去做的？这个林佩仪一而再地食言，也实在是太不识好歹了吧？我这人性格犟，虽然高级技能工人班报名已经达到开班人数，但我还不死心，非得去天下广场把林佩仪揪出来问清楚，那几天的工资对她真的这么重要？她的前途还比不过五天的工资吗？

因为想好好聊，我选择下班后再过去找林佩仪，在天下广场工人宿舍，我找到了模板班的住处，那个带班的组长个子不高，皮肤黝黑，笑容不错，还镶了个金门牙。组长叫柴顺，我问他：林佩仪呢？他装糊涂说没有这个人。我说你班组只有一个女工，前几天我过来这里时，还见过她呢，她还说是柴组长把她从昊天城挖过来帮工的，你说不认得她？可能吗？柴顺装恍然大悟，说的确有个女工在这里做过几天，但叫什么名字他忘了，现在我这么说，他也想起来了，但林佩仪几天前已经离开天下广场项目，走了。

"走了？她去哪儿了？"我更恼火了，这林佩仪是跟我耍躲猫猫吗？岂有此理。

柴顺摊开手说："说莫清，莫知道她去哪里了，反正人工厄们是付足够给她滴，她这么大的人，有手有脚滴，谁还管得住她去哪儿撒？"

柴顺这样说也有道理。我找不到这个组长说假话的理由，而且，林佩仪也不至于因为不考高级工而专门躲着我吧？既然这里找不到人，那她十有八九会回昊天城。

于是，我又来到了昊天城。何华刚开车出工地，看到我来，急忙停了车子，跑下来问："蔡姐，这么晚了撒，还来厄们工地干啥子嘞？那个工人工资实名制，厄已经找了专业的服务公司帮忙接入滴，很快便能搞好！"

我说我不是来查实名制的，不是期限还没到吗？我是来找林佩仪的。

"啥？你来找林佩仪？"何华很意外，"哎！蔡姐，厄莫是跟你说过，林佩仪到天下广场那边支援了撒，可能都莫回厄们这边来了撒，厄听说，那边出的工资，比厄们这边要高好多嘞！"

"我刚从天下广场过来的！要是她在那边，我怎么会来你们这儿？"

"问牛魔王，牛魔王带她出来的。"

何华说着便领着我往前走，这时，他的电话响了，他拿起一看，笑着对我说："说曹操，曹操就到了嘞！蔡姐，牛魔王的电话撒！"

说完接通电话，电话里的牛魔王不知道跟何华说些什么，何华的脸色越来越凝重。我刚想问怎么撒？何华挂了电话，我问："你刚不是跟牛魔王通电话吗？为什么不告诉他，我想去找他呢？"

何华低头沉默，我也急了，我还没吃晚饭，家里孩子在等我回家一起吃的，想到孩子，忽然，一个不好的念头冒了出来，我几乎失声："何华，不会是天下广场的高支模出事了吧？林佩仪出事了，对吗？肯定是坍塌了，我为什么要停他们工来着？我……"

何华点头，说："蔡姐，你别急，这事情，也莫你想得那么严重。"

我哪能不急啊？自从负责了在建工地的安全生产检查，见到的生死事故多了后，我对万丈高楼下面埋藏的那些诡秘莫测的事情，已是不敢常态估计和判断了。牛魔王为什么会在我到昊天城的时段给何华电话？他怎么知道我来的？肯定是柴顺告诉他的。淼城就这么大的地方，他们同样工种的班组走动得密切，说不定都是同一个地方出来的，双方项目上出点屁大的事，都没有不知道的。被蒙在鼓里的，是我、我们这些所谓的专家和职能部门。

我说："何华，走，送我去天下广场。"

上了何华的车，我急忙给局里领导打电话，想来主管部门也是蒙在鼓里的。何华劝我："蔡姐，莫必要给领导们打电话了撒！只是一般意外受伤，林佩仪现在在中医院住院，莫生命危险嘞！"

我瞪一眼何华，在何华们的眼里，所有意外事故和意外伤害，都是必然存在的，我一惊一乍，小题大做，真是"不体恤民情"的硬骨头。

但，问题真的像何华所说的那么简单吗？我看未必。林佩仪是模板工，这些天，天下广场的高支模施工已经被停止施工了，她怎么可能受伤？我咬着嘴唇骂娘，只有一种可能，天下广场项目并没执行我们的停工通知，而是暗里加班干活儿，他们急赶急忙地施工，高支模下面的轮扣架肯定很多装得很随便，事故也因此出现了。这个林佩仪怎么那么笨呢？我发停工通知之前，是怎样跟她说的？

我心里疑点重重的，我记得刚见到林佩仪时，她跟基佬胡斗嘴，言语间可以听出来，林佩仪还是单身的。一个单身的姑娘，犯得着这样拼命地干活儿吗？每天加班加点的，根本没喘息的时间，更别说对于姑娘来说最重要的谈情说爱的时间。问何华，林佩仪家里兄弟姐妹很多吗？何华说，应该不多，印象里，好像就一个哥。既然兄弟姐妹不多，那就更说不过去了，是什么让她连命都不要了也要赚钱的？

在天下广场项目门口，项目部的管理人员都在等着了，我下车等了一会儿，住建部门的负责人和我们的高支模专家也都分别到位。

正如我的推测，天下广场是发生了高支模坍塌事故。经多个现场施工的人员口述，这个超规模支模项目坍塌事故基本得到了还原。

2019年3月27日，我把停止天下广场项目一座首层高支模施工的通知发给项目负责人后离开。在我离开后不到半小时，施工工人再次陆续上架施工。为了掩人耳目，施工单位要求工人连夜加班，工人为了能尽快完工睡觉，竟把支立杆的活儿与钉模板的活儿同时施工，并在立杆还没完全支撑起来时，就往模板上面灌浆。按规定，模板上面有人施工时，模板下面是不允许有人作业的，但天下广场项目的施工人员竟罔顾安全生产，强行在未完成的高支模上灌浆，导致模板和立杆无法荷载，突然倾斜坍塌。其时，模板面上有五个模板工人正在施工，模板下面有三个架子工正在施工，高支模发生坍塌时，五名模板工人和三名架子工同时被埋在混凝土里面。幸好当时灌浆的面还不大，坍塌面也不算大，工人被填埋得不深，附近也有工人在施工，被埋工人得到及时的抢救，才没造成人命事故，但八名工人都受到了不同程度的伤害。为了逃避责任，掩埋真相，天下广场项目的甲方和总承包，第一时间封锁了事故现场，并要求当晚参与加班施工的工人守口如瓶。

我想，若不是我坚持要找林佩仪，或许，这宗事故可能会永远被埋在这高高耸立的高楼大厦下面了。

我在淼城中医院9楼骨科37号床见到林佩仪，她的右腿被绑得厚厚的纱布吊了起来，脸上还有几处擦伤，涂着红色的药水，样子一点都不可爱了。

走进病房时，她还拿着书在看，是我给她的复习书本，这个臭脾气的女人，这个不爱命的坏女人，终于有时间看书充电了吧？我上前一把抢下书本："考级班都开完了，还看什么看？"

林佩仪见到我，一愣，随即嘴往下一弯，说："那厄等下半年撒！"

"你呀你！"我真不晓得该怎么骂她了，只要她能把我的话听进去一分，今天她的脚就不用被压骨折了，因小失大，何必呢？但也不能完全怪责她，她只是一个基层工人，受施工班组、劳务公司和项目总承包的控制，班组要求他们加班，他们不敢不加。

"你不晓得那是违规施工吗？"我坐下来，这个姑娘就算面目全非，我也仍对她无比有好感。林佩仪笑笑说："晓得嘞，但，厄们做了那么久，做过无数个这样的模板，都是这样搞的撒！"

"这是侥幸心理！"我真想揍她一顿，但还是忍住了，问，"难道你以前做过那么多个这样的模板，没出过事故？"

"有撒！"林佩仪挺老实的，也不避讳，说，"钉板子的哪能莫钉手指滴？"

"你做工地多少年了？大小事故大概经历过多少回？"

"厄做模板工，差不多十年了撒！之前在厂里打工，加班加死了，也莫得几千块，厄老爸在工地上当木工滴，工资比厄高多了嘞，厄就干脆莫干厂工，到工地跟厄老爸做木工了撒！经历过多少回事故？厄也数莫清了撒，砸到指头刺破脚板碰肿额头撅着腿这些，几乎天天都有撒，算莫过来了撒！"

怪不得，原来是家传木工，怪不得做得一手好模板。林佩仪继续说："厄的模板工证，还是你给厄考滴，十年前，你还很瘦撒，身材好、皮肤白、会打扮，戴着安全帽，特好看，厄身边的男工都盯着你看，哈喇子都流出来了撒！"

夸我漂亮，这话没毛病，我喜欢。没想到，她还是我的学生，十年前就有意识考技能工证，说明她还算是个求进步的人。既然这么求进步，为什么却在考高级技能工这关键点上卡住了呢？只要正常点的人都晓得，高级技能工的工资是普通技能工的翻倍，林佩仪不可能不会算这个账的呀！

"现在后悔了没有？"我伸手摸摸她的脸，又卷起她的袖子看，手臂既有瘀青又有擦伤，肌肉硬邦邦地凸起，这样的手臂，不属于女人，她还没结婚呢！我鼻子一酸，姑娘啊！你说你多傻啊！

"厄莫得后悔，厄哪还能选择撒？"林佩仪眼睛一晃，然后垂了下来。我环顾了房间，隔壁床是别的病号和家属，只有林佩仪这边的床没有家属在。

"你的家人呢?"

"柴组长给厄请了护工。"

"你没敢告诉你父母?不对,你父亲不是跟你一起做模板工的吗?他不可能不晓得你受伤了吧?"

"蔡老师!"林佩仪抬头看着我,眼中泪光点点,"厄老爸,瘫痪三年了撒!厄现在,要管五个人嘞!"

"五个人?"除了父母,她一个未婚女子,还要负责谁?

"还有厄姑妈姑父嘞!"林佩仪说着,捂起脸哭了起来。

这是两代建筑模板工人的命运。

二十岁的林佩仪当了建筑模板工,因小时候跟父亲林成林学过木工,有一定的木工基础,所以很快上手。林佩仪有个姑妈,快四十岁才生了个儿子,算是老来得子。林姑妈把这个儿子捧在手里怕摔了,含在嘴里怕化了,非常溺爱。但慈母多败儿,这个儿子越大越不争气,读书读不成,还在社会上撩拨是非,林姑妈夫妻隔三岔五就要去看守所领人。为了管住这个儿子,林姑妈求林成林父女,把这个儿子带工地上,让他体验体验生活。毕竟是亲外甥,林成林不忍拒绝老姐姐,便把他带在身边。可万没想到,这个不争气的儿子,还幼稚无知,自身一点用电常识也没有,更不懂工地临电的操作,在下雨天,居然不关电源,徒手去拉泡在水里的电缆,旁边躲雨的林佩仪,还来不及阻止,她的表弟就直挺挺倒下了。

白头人送黑头人,姑妈和姑父无法接受这个现实,都一病不起,林佩仪一家不得不负担起这两个老人。林佩仪的大哥大嫂受不了压力,闹着分了家,搬开另住了。林佩仪也因为要负担两个卧病的老人,所以才拖到三十岁了,还没能嫁人。都说女人势利,贪虚荣,可男人不也一样?背负着几个老人的林佩仪,尽管年华正好,貌美如花,照样是让追求者望而止步。

　　祸不单行的是,三年前,也是一宗支模坍塌事故,林成林被埋在混凝土模板下,虽然命被救回来了,但双腿因被压过久而坏死,永远失去了走路的能力。林佩仪的母亲在老家,一个照顾三个,累得腰酸背痛,不时会犯些毛病。

　　前段日子,林佩仪本想休息两天过来培训中心报考高级模板工的,没想,母亲打电话来说,姑妈的心脏病又犯了,必须住院,医生说,还要到大医院做支架。他们没有医保,做个支架最少要三四万,林佩仪没有办法,只能到天下广场项目找柴顺,让柴顺穿插着给她安排加班。

　　其实,我去昊天城找林佩仪时,林佩仪还在昊天城的,不过那段时间,她上昊天城的夜班,上天下广场的白班而已。

　　听完林佩仪的讲述,我问她:"那你现在有什么打算?"

　　"还能有啥打算撒? 见步走步嘞!"林佩仪强打笑容。

　　"见步走步?"

　　"对撒,医生说我,一个月后就能走路撒! 能走!"

　　"能走好! 高级模板工还考不?"

　　"要考的撒! 厄还要赚更多的钱撒!"

　　"那……还结婚吗?"

　　"结……婚? 结婚! 开啥子玩笑嘞,厄才莫拖累人!"

　　"那个基佬胡,不是对你不错吗?"

　　"切! 厄老爸是做工地的,厄也做工地,还找个做工地来添堵吗? 况且,工地男人,哪个靠得住撒? 吃喝嫖赌抽,样样都沾,混得很,基佬胡哪是对厄好呀? 他一心想占厄的身体,厄心里明白着嘞,要是厄给他操上了,莫出三个月,保准厌了厄,厄又莫是傻白甜,去年昊天城死了的刀小妹，你也晓得了撒？一辈子都是伺候男人的命，还让男人欺负死了，厄可莫想做第二个刀小妹嘞！"

林佩仪说完，伸手去拿书本，说："厄住进来了，也就柴组长来过看厄，看厄也是莫法子，谁让厄是在他这里出的事？厄啊！现在莫啥想法了撒，等熬到厄姑妈姑父和厄爸妈都走了，厄就存点钱，回老家过几天安心的日子。"

我站起来，心里五味杂陈。"安心"两字用得好啊！只求安心，不求舒心。这个女子本是奔着好日子才到工地上来当模板工的，但工地让她的日子越过越窘困，都已把她逼得无路可走了。我看着她的被吊带吊起来的右腿，这么直地绷着，就像她的人。她一直这么拼命地绷着，日夜不休地接活儿干，本是为了换一支心脏支架，哪承想，却换回来一支拐杖呢？

规划显示，淼城今年的建筑工地在建量，准备超过两千万平方米，今年大概会有四百个项目同时在建，建筑工地用工量预超四万人次。这四万人次里，有多少个林佩仪？全市的有多少？全省呢？全国呢？

数据还能计算出来吗？

离开中医院时，我的心情很低落，或者是，无地自容吧！

三、抹灰的乔艾艾

何华不止一次地告诉我，工地的工人是最难管最难缠的，特别是女工，特别是那个叫乔艾艾的抹灰女工，简直就是个怪物，胡搅蛮缠，她又是个女人，骂是骂不过，揍也揍不了。

我第一次领教乔艾艾的厉害，是在何华的办公室里。乔艾艾到项目经理办公室找何华，我刚好在看一个高支模方案，乔艾艾满身都是灰白色的腻子粉，脸上和安全帽上，都是厚厚的一层，像覆盖着雪，一双黑溜溜的眼睛，在"雪"下滴滴一转，声音就来了："何经理，才莫见三天，咋又长帅了撒？"

说着，屁股自来熟地往旁边的黑色皮沙发上跌下去。

坐在电脑前面做事的何华不由得翻眼："哎哎，艾艾！你、你莫坐撒！"但何华的制止还是慢了半拍，乔艾艾的屁股已经稳妥地"跌"在漂亮的黑皮沙发上，腾起一层灰雾。

"哎！你，乔艾艾，厄跟你有仇撒？"何华从电脑后面跳了起来，气急败坏地指着乔艾艾，手指气得直抖。

我才知道，眼前这个大大咧咧的女工，原来就是大名鼎鼎的乔艾艾啊！乔艾艾拿下安全帽，露出一头直爽的黑白两色的短发，帽子直接搁在茶几上，何华噌噌走前几步："都跟你说过多少次了撒？身上的灰拍干净了，再进来。"

乔艾艾拍开何华的手指，翻了下白眼说："矫情吧，你！哪个做抹灰的能拍得干净滴？你艾姐厄若是干干净净进来找你，你恐怕就得想，奶奶滴，这×女人今天又莫干×儿活了，请她过来有锤子用撒？"

乔艾艾模仿何华的语气说话的样子，滑稽可爱，我实在忍不住笑。听到我的笑声，乔艾艾才发觉办公室内还有人，目光重心转移到我的身上，我还想主动打招呼的，没想她就叫起来了："哎哟喂，厄说何经理，光天化日之下，你还金屋藏娇嘞！好家伙，怪莫得你贼紧张了撒！"

我立马感到脑门发涨，这是哪出跟哪出啊？何华更气得跳脚，大叫："乔艾艾，你给厄滚，立刻滚出去，有多远滚多远。"

我还是第一次见到何华这么生气的，佟四嫂饭堂出事故时，他都没这样气急败坏过。看来这女抹灰工是他的克星。

139

"真的撒？你确定？"乔艾艾腻子粉覆盖的脸上，眼睛黑白分明地瞪着何华，何华吼道："真的，厄确定！"

"好嘞，那厄滚撒。"

说完，乔艾艾真的拿起安全帽，抱着脑袋，要往地上滚了。

"哎！艾艾，莫要得！"还在暴跳的何华，看见乔艾艾真的要滚，态度立刻360度转变，拉着乔艾艾的手臂，声音温柔地说："别闹了撒，这样让蔡姐看笑话，莫好！"

"艾艾"二字叫得很亲切，敢情两个人的关系不一般嘛，我没想到剧情会是这样反转的，看一眼何华，再看一眼乔艾艾。乔艾艾已经再次跌在沙发上，何华从茶几的纸盒里，抽出几张纸巾，递了过去，说："蔡姐是区专家组的负责人，在帮厄看方案呢，你找厄啥子事撒？"

乔艾艾的眼睛往我身上转了转，她脸上的腻子粉实在太厚了，我看不到她脸上的肤色。

"莫好意思嘞，蔡工，厄刚才是跟你开玩笑滴！"乔艾艾说着，将纸巾往脸上胡乱擦了把。何华干脆从墙上取下一条干净的毛巾，放水盆里浸湿，然后扭干，递给乔艾艾，柔声说："赶紧擦干净，跟你说多少次了撒，戴好专用面罩再进去抹灰，你莫一次听滴。"

"厄戴了口罩的撒。"乔艾艾接过毛巾，擦完脸，还擦头发，三两下，何华给端过来的水盆，水面上就浮着一层白色。

"口罩顶个毛用！"何华很不满意。

白色的腻子粉被擦干净，一头干爽的短发下面，露出一张白皙的面孔，不算特别标致，但小巧玲珑，眼珠溜圆，非常可爱，像只兔子。我心里没来由地浮现"兔子"两字，特别是她笑起来，稍稍外突的门牙露了出来，更像了，活脱脱就是的。

好可爱的姑娘，这么白皙的皮肤在建筑工地上，是稀有的，转念

140

一想，也释然，抹灰工终日在室内施工，不经常晒到太阳，俗话说，一白遮三丑，何况这乔艾艾还这么活泼可爱，难怪何华会对她无可奈何的。

我对何华说你有事我就先走了，拿起方案，准备往外走，何华叫："哎，蔡姐，别走，这……这，乔艾艾，你莫事，赶快回去撒。"

乔艾艾一脸委屈地望着何华："何经理，能先给批点前期款吗？"

"你……"何华指着乔艾艾的鼻子，气得发抖。我看着搞笑，别看这个叫乔艾艾的，样子长得单纯可爱，可肚子里弯弯绕绕的肠子，却是不少的。我忍着笑，眼看着马上就要上演一出好戏，我怎可错过？我又坐下来，装模作样地看方案。何华看看我，又看看乔艾艾，样子着急无奈又滑稽可笑，我猜他肯定很后悔把我挽留下来吧。检查工地那么多年，我还是第一次看到威风凛凛统领千军的项目经理，居然被一个灰头灰脸的一线工人给急得不知如何是好。

这乔艾艾还真懂拿捏，攀着何华的手臂，可怜兮兮地说："您就给先批点嘛！厄是连买灰抹子的钱都没有了撒！"

哈哈，我在心里狂笑，笑容都藏不住，溢上嘴角了。这样子长得像个小丫头的乔艾艾，装得很委屈，理由也让人无法拒绝啊！你说，一个抹灰工，要是没有了抹灰的抹子，那还能好好地把工程进度完成吗？像昊天城这样的大楼盘，进度就是一切啊！如今楼价是一天一个点地涨的，迟交楼一天，红彤彤的钞票就是百万千万地飞啊飞，乔艾艾看似软弱无力，看似可怜兮兮的，却四两拨千斤地把"影响工程进度"的盆子，轻轻举起，重重扣在何华头上，任何华再多拖延的说辞，在这天大的盆子面前，都变得软弱无力了。

何华脸色憋得通红，我猜他现在是恨不得我识趣先走，可这么精彩的好戏，错过了，可就没机会再看了，我不走，就不走，就算领导来电话也不走。

"这……蔡姐，要不，你先……先把方案拿回去，厄……厄明天过来建协找你。"

何华不得不向我下逐客令，我才不上当，笑着回他："不妨事，我只今天有空，明天还有许多事呢，你先忙了这抹子的事，我们再研究方案也不迟。"说完，我特意向何华眨眨眼睛。

何华摊着往外请的双手，通红的脸都憋成猪肝紫色了，我是满同情何华的，自古以来，最难对付的是小人和女子，现在，还是两名女子，一个不能得罪，一个得罪不起。

"对对，就是抹子的事而已，小事，何经理，您大笔一签，厄马上走人，耽误莫了您的正经事滴。"

乔艾艾抓紧机会，变法戏般掏出一张皱巴巴的单子，一本正经地双手递到何华前面，那双兔眼睛般的眼珠子，定定地看着何华，仿佛一眨眼就能眨下水来，何华肯定是最受不了这随时能下的水吧，"唉"地叹了一口气，拿起笔，在那张单子上，唰唰唰地签上名。

"谢谢何经理，谢谢何经理。"乔艾艾飞快地把单子收进口袋，笑得快看不到眼睛了，何华剜了她一眼，又看了我一眼，压低声音说："赶快出去，记得戴抹灰专用面罩，那些一次性口罩莫滴用的撒。"

"那，再拨点买面罩的钱撒！"

"滚！……"

何华再也顾不得形象了，暴怒起来，将乔艾艾推到办公室外面，我猜，若不是我在这里，或乔艾艾是个男的，何华肯定会暴打她一顿。看来乔艾艾是把何华吃得死死的。

"那个，那个，蔡姐，让你看笑话了撒。"何华的样子真憋屈，我都快忍不住要大笑出声了。

"你这个外脚手架的方案没多大问题,只要把悬挑大梁的荷载计算补充上去就可以了。"我放下方案。何华差点跳起来:"原来你已经看完了的撒?"

何华跳着脚:"蔡姐,你,你,唉!蔡姐,你,怎能这样撒!"

何华着急的样子真好玩,他本来个子也不高,长的也是一张娃娃脸,皮肤白净,这么看着,跟乔艾艾还真有几分冤家相。我眨眨眼睛:"怎撒?姐我又怎样撒?"

何华一泄气,坐在项目经理的大班椅上,说:"蔡姐,你分明是在等看好戏的嘞!"

"真聪明。"我向何华竖竖手指头。何华又跳起来:"蔡姐,厄……厄和乔艾艾,没啥关系滴,真滴,半锤子关系也莫有撒!"

"嗯,我知道!"

"那个,哎!也莫能说半锤子关系也莫有,她嘛!是厄高中中的同学,厄们都是一个镇上滴。"

"哦,原来是同学啊!……"

"对对,就同学,就同学那么简单!"

我故意用比较暧昧的眼光看着何华,坚持不再说话。沉默,就是最佳的问话,我赌定何华肯定撑不了多久,就会把他和乔艾艾的故事一一和盘托出。

果然,沉默了不到两分钟,何华就开始讲他和乔艾艾的故事了。

何华说,他和乔艾艾是高中同学,当年高考,何华考上了,乔艾艾落榜了。本来就交集不多,上大学后就更没来往,只是偶尔在同学聚会时,听说乔艾艾去了南方打工,很快就嫁了个卖建材的。

多年后与乔艾艾的相遇,非常偶然。何华既是昊天建设华南项目的总负责人,也是淼城昊天城的项目经理,所以要经常到淼城来处理昊天城的事情。昊天城一期项目框体起来了,何华要物色一支有实力有技术的抹灰队伍,于是便到朋友李昌负责的保利项目去看一下。没想到,何华到了保利项目时,项目上刚好有纠纷,有个抹灰班组在闹前期款。李昌被这个抹灰班组闹得没有时间理会何华,何华听说是抹灰班组在闹,来了兴趣,便跟了过去,没想到,这班组带头闹的,竟然是一个女工,那女工灰头灰脸的,安全帽歪歪斜斜地戴着,拎着大抹子,叉腰撇腿,一副扈三娘的样子。才看到李昌,那女工就冲上来,大抹子挥着叫:"姓李滴,说好的前期款撒?"

李昌赶紧躲过那大抹子,说:"公司拨款也要按流程走滴,再过两天,再过两天!"

"啥?再过两天?你是第几次说再过两天了撒?莫十次也有八次了嘞!"那女工黑黑的眼珠一瞪,往地上吐一口唾沫,"长那么高的个子,还是个站着撒尿滴,咋说的话就一点尿性也没有撒?再过两天,老娘和兄弟们都得饿死了撒!"

好熟悉的乡音啊!何华莫名地对这个扈三娘一般的女人产生好感,他正想问女人是哪里人时,身旁的李昌喊:"乔艾艾,你说话注意点。莫就欠了你们几天钱而已,反正请款的申请厄已经做了上去,公司审批流程,莫是你们说急就能快滴,你们爱等莫等,莫愿意等就给老子滚犊子走人!"

"乔艾艾!"居然是乔艾艾!何华相信自己没有听错,李昌喊得非常清晰。

李昌处理完乔艾艾的事情,过来抱歉地说:"阿华,放心,厄介绍给你的抹灰班组,不是乔艾艾这一班滴,陈大抹子的班组,比这姓乔的技术要好,还老实得多!"

"你怎么会找一个女的抹灰工?"

何华心里一万个为什么，自从高考后，他便没跟乔艾艾联系过，只记得高中时的乔艾艾是个总红着脸、低着头、娇羞得像只兔子的小女生，羞涩得很，跟眼前扈三娘一般的女工根本搭不上。

"哎呀！老子莫就是一时心软嘛！看她一个女人莫容易，又是老乡，结果老子是搬石头砸自己脚了嘞！这女人，特能来事特能闹，她是个女滴，厄打她莫是，跟她争也莫是，真他妈的憋屈。"李昌说得咬牙切齿。

但何华却认为李昌是夸大了说法，不就一个被欠薪逼急了的女人么？有多难缠？当何华跟李昌要乔艾艾的电话时，李昌瞪大眼睛看着何华："等等，老子莫听错撒？你想让这×女人给你们昊天城做抹灰？你莫怕被她缠上了撒？"

何华笑笑，没接话，又是老乡又是同学的，都在异乡拼搏，能帮就帮一点吧，况且，乔艾艾的班组，抹灰的确抹得还不错，缠上就缠上呗。就这样，何华便将昊天城项目的抹灰工程给了乔艾艾做。

"那，你们……现在……"

听完何华讲他和乔艾艾的故事，我忍不住问，刚才看何华对乔艾艾的那种又爱又恨的表现，看来两人的关系已不像是同学那么简单了。何华挠挠头发，对我浮出一个意味深长的笑容，很有点男人那点事你懂的意思。我也不好再追问别人的私事，工地上这样的事情，也是多了去的，像何华这种长年在外跑的项目经理，钱是不缺了，就缺个能填补空床的女人。

怪不得刚才乔艾艾能这样有恃无恐了。

离开昊天城工地，我很快便将乔艾艾和何华的事情放下了，像这种各取所需的事情，本就没有对错之分，价值观不同，选择活着的方式不一样而已。

再次与乔艾艾见面，又是因乔艾艾向何华要工程款的事，这本是他们之间的私事，但何华向我打了求救电话，电话里，他的语气又气愤又无奈："蔡姐，帮帮忙，劝劝她，你们女人和女人之间好说话。那个女人，老子他妈的一步一步地退，她就一步一步地进，简直就是胡搅蛮缠，不可理喻！"

我挂下电话，出来混的，总要还的，敢去风流，就别怕风流账来缠。我心里嘲笑了何华一下，本是不想理会这种破事，但乔艾艾这个抹灰工，实在让我感兴趣，她现在在昊天城项目做抹灰，何华肯定是尽其所能，把可以拿到的好处都优先给她的，她还有什么不满足的？从何华的描述中，她应该是个明理温婉、聪明剔透的女子，不会不懂得见好就收的道理吧？

我直接到昊天城项目去找乔艾艾，何华说得对，女人和女人之间，应更好说话的。我在昊天城一期10座12层看到乔艾艾的，送我上12层的冯珠珠，还好心提醒我："那个做抹灰的女人，最能撒泼了撒，你找她要小心点，厄们何经理都给她用大抹子砸过几回了嘞！"

我心里颤颤，这么强悍的女人，怪不得何华招架不住的。

乔艾艾没有戴抹灰专用的面罩，只戴着一个普普通通的口罩，头上戴着蓝色的安全帽，只露出一双黑亮的眼睛，眼眉和眼睑全是粉白的腻子粉。我四周转了转，这一层正在做墙体找平，混凝土墙面在滚涂界面剂，手工还过得去，不算太好，也算不上歹，做完界面剂后，就要抹灰砂浆，昊天城是统一用薄层水泥基抗裂抹灰砂浆的，做出来的效果，平滑美观，现在很多楼盘都会选用这一类的薄抹灰砂浆。我这样巡来巡去的，很快就引起了乔艾艾的注意，她放下抹子，向着我一吼："哎！那个，那个谁！你这兜兜转，看啥嘞？看啥嘞？"

见我不搭理她，她干脆赶上来，骂："说你嘞！靠！装聋是莫是？

该莫是想偷东西滴撒？"

乔艾艾叫着，骂着三字经，很快就来到我身后了，我回头对她一笑："乔妹子声音好听，骂脏话也悦耳呀！怪不得何经理那么受用。"

"你？靠，好像挺眼熟滴，在这里逛啥子嘞？"乔艾艾瞪着眼睛。

我指指头上的安全帽，帽子正中印着"专家"两字。

乔艾艾看了一下，很不屑地哼哼鼻子："喊，这样的帽子，老娘宿舍里有一堆。"

"哦？"我来了兴趣，这女人可真够放肆的，乔艾艾双手抱胸，踮着脚，很得意地说："有啥奇怪滴？老娘做抹灰做了十几年，比你们这些专家莫知要专家多少倍撒！"

也是，我就是个没有任何实战经验的所谓专家，每天干的都是纸上谈兵的事情，从实际操作上，乔艾艾的确是比我专业很多，我也不敢拿书上的什么平整度啊厚薄度什么的跟她说了，抹灰讲究的是手工处理，真真正正的技术活儿，没有实打实的经验，灰是抹不上墙的。我只能笑着对乔艾艾做一个佩服的手势。

乔艾艾很嘚瑟："你莫话说了撒？快走快走，这里到处都是薄抹灰，不是你们这些娇滴滴的女人该来滴。"

我自然不愿意在这粉尘飞扬的地方待着，所以，邀请她跟我一起下去佟四嫂的饭堂去坐坐。乔艾艾马上拒绝："莫行莫行，厄还要干活儿嘞，工程赶得很。你们这些专家，净碍事儿，没事上来做锤子撒！"

我说："今天的工钱，何华会给你结算的。"

"你咋知道撒？"乔艾艾仔细看了我一会儿，突然一拍脑袋，"厄记起来了撒，你是那个姓蔡的专家。"

我点点头，本以为乔艾艾会开开心心地跟我下去饭堂的，没想她立刻变脸："怎么又是你？听说你经常过来我们工地滴，你到底跟何华是啥子关系撒？"

真没想到，这女人会质疑我跟何华的关系，她真以为每个女人都跟她一样吗？想到这里，我心里来气，可我也不可能跟她说，昊天城是我深入跟踪的项目，本职工作除外，我还在写建筑女工的题材啊！况且，跟她说了也是白说，她听得懂吗？能理解吗？会配合吗？我脑海里转了好几轮，最后还是决定不跟她挑明，毕竟她与何华的关系太敏感了，我若告诉她我要把她写到书上，她肯定不会再理会我的。

打定主意，我还是保持微笑："昊天城是我区中心城区最大的楼盘，我是区安全生产专家组的负责人，我常过来不是很正常的吗？"

乔艾艾挑挑眉毛："厄说你们这些专家撒，领导撒，什么的，能莫能少过来检查一些，每回你们过来，厄们项目部的人都要厄们这样那样地准备，还要这样改那样整滴，很耽误厄们做事滴。"

我也挑挑眉毛："我们不来检查，你们就可以放开手脚，胡抹乱来？要进度，那还要不要质量和安全呢？我们现在这样紧密地检查监管着，你们工地还出那么多的质量问题和安全事故，要是我们不检查不监管了，那还不天天有事故？恐怕这些房子，都不能住人了！"

说完，我走到一边墙壁，拿起地上的一块断木，在墙壁上轻轻一刮，薄抹灰随即掉了下来，我对乔艾艾再挑挑眉毛："砂浆的黏度不够。"我再捡起一根直的木方，往墙壁上一拍，墙壁与木方中间，露出了很大的缝隙，我指指缝隙："找平太马虎了，水平都没打好。要是你是这房子的业主，你乐意不乐意？"

乔艾艾双手抱在胸前，鼻子哼哼："关老娘屁事撒？反正老娘也买莫起这房子。"

我一扔手中的木方，拍拍手："这就是你的不对了，何华请你过来，是让你把房子抹灰做好、做合格了的，而不是许你乱刷几下就糊弄过去的。你既然接了这项目来做，就得为这项目的质量负责！"

乔艾艾翻翻白眼"喊"一声，说："你以为你是谁撒？敢来教训老娘了嘞？"

我也生气了，这个乔艾艾，简直就是恃宠而骄，我按下施工升降机的呼唤铃，让冯珠珠上来接我，临走时，我严肃地瞪了乔艾艾一眼："教训你，我当然是不敢的，但我话撂这里，你若总这种心态，你住不起这房子就不认真对待，那我也不会跟你客气的，只要是我带队来检查，你这里都必须停工，重新整改，不整改到达标，休想继续开工！"

走进升降机，冯珠珠看见我气鼓鼓的，问："被姓乔的气着了撒？这女人很跋扈滴，每天下班时间，总占着一台升降机，非要等她班组的人把所有工具都搬进来了，才许下去，别的班组都得等他们滴。"

我长长嘘了口气，实在没必要为这种女人动情绪，多行不义必自毙，她若再嚣张下去，迟早有一天，何华会受不了，一脚把她踢开的。

我还在思考怎么跟何华说，何华的电话就进来了。

"蔡姐，怎么你们闹起来了撒？艾艾说，你、你威胁她了！"

还恶人先告状了。我冷笑："你觉得乔艾艾的话，能信多少？"

"蔡姐，蔡姐，一切好说，一切好说。厄本以为，你们女人间好说话些滴，莫想到，会弄成这样子撒！"何华电话里赔着不是，并请我去他办公室坐坐。

刚走进何华的办公室，何华就端茶倒水过来："蔡姐，何必生气撒？她一个穷乡僻壤里出来的女人，出来就在工地上混了，莫啥见识，说话也莫知轻重。"

"你还怪我跟她一般见识了呀？"我气不过，把水杯一搁，"也不知道你看中了她哪点？这么蛮横无理的女人，也敢往自己工地里引，往后有你后悔的时候！"

"唉！"何华无奈地坐下来，耷拉着头，双手插进头发里，沮丧得很。他说他也没想到乔艾艾会这样难缠的，印象中，她就是个安静的不太爱说话的羞涩女生。

我冷冷一笑，在工地上混了十几年的女人，还能羞涩安静吗？何华说，乔艾艾班组进驻了昊天城工地后，他们的接触便多了，乔艾艾告诉他，她先嫁了个做建材的商人，但后来因为商人喜新厌旧，便离婚了。然后，乔艾艾就嫁了个做抹灰的，但她命不好，这个做抹灰的丈夫近两年得了尘肺病，可能是做抹灰时间长了，吸入的粉尘粒子过多造成的。乔艾艾为了养家，只能将丈夫的抹灰班组接了过来，那天何华在保利项目遇到乔艾艾，正是她刚当班组长不久，便被项目恶意拖欠进度款，所以她才被迫强悍起来的。

我想起刚才乔艾艾那副老娘天下为尊、不可一世的样子，这样的女人，怎么可能是才当班组长的？我想是何华一厢情愿地相信她说的每一句吧！

"那你现在准备怎么处理？"我看着何华，何华脸上的肌肉抽了抽，我知道，此时此刻，他很难做出决定。

"厄莫知道，她会如此贪得无厌的撒。"

何华低下头，一缕头发垂下来，挡住了他的眼睛。

"厄已经是全程给她按进度拨款，很多还隐瞒上面，提前给钱了的。但她还是莫知足，三天两天就来讨钱，蔡姐，你是知道的，厄们公司是大集团，批钱的程序复杂得很，审核很严格滴，稍有差池，厄便是牢狱之灾，厄总莫能拿自个儿的前程来开玩笑撒？"

我看着何华，他的头一直低着的，不肯抬起来看我。我特意笑了笑，调侃说："像你这样的级别，至少年薪几十万以上吧？拿那么十把万出来帮帮她，也不是不可以的呀，毕竟，她家里的确很困难，你知道洗一次肺要多少钱吗？"

"那个，那个，蔡姐，莫是厄莫想帮她，厄的工资卡在厄老婆那里，厄哪有那么多盈余的钱撒？厄总莫能回去问厄老婆要，对吗？"

我自然知道，何华是不可能拿他的家庭来换乔艾艾这个临时情人的，甚至稍多一点的金钱，他都不可能拿出来。男人在做一件事之前，最习惯的是，衡量利益。我心里叹气，也明白了何华为什么要找我来帮忙了，如若那天乔艾艾进办公室讨要工程款时，我不在场的话，他肯定不会找我的，这样的事情，当然是越少人知道越好。但既然我知道了，那么，若能通过同性的劝说，使得乔艾艾明白自身的处境，适可而止，那或许能双赢。何华尝试着利用我这个算盘，没想到我这个算盘没能利用起来，反而打散架了。

我甚至可以猜测得到，乔艾艾在我转身离开施工现场，给何华打电话时，说的内容了。这是个急功近利的女人，我说要查她做抹灰墙体的空鼓，测垂直度，量厚薄，每一样都是要费工时的，若真要她返工或停工，那还不是要了她的命？人之爱财，天经地义，可像她这样迫切地追逐金钱，还如此显露，是少有的。

我手指在茶几上轻敲了三下："乔艾艾！"

何华几乎跳起来，忙辩解道："蔡姐，那个，那个艾艾是有点任性，莫懂事，你千万别跟她计较，厄这人做项目你是知道的，最是谨慎守法滴，绝对莫有偷工减料，莫有忽略安全生产的事情的。"

我笑了笑，拿起安全帽，站起来说："可乔艾艾做的抹灰，要严格起来，问题还是很多的，你自己把握吧！"

我说完往外走，何华追出来："蔡姐，厄一定监督好，一定会重视起来滴，您放心撒。"

我回头看一眼何华。第一次见何华，是在住建局领导的办公室里，他来申请施工许可证，刚好我进去找领导定全年的检查计划，看见他坐在黑色的沙发上，穿黑色衣服，扬着一张白净的脸孔，很年轻，娃娃脸，根本看不出他是昊天城的项目总负责人。我莫名地对这个娃娃脸的年轻人产生了好感，刚好我想做一个专题，需要深入建筑工地内驻点，于是，我便把目标定在了昊天城。

"你去过乔艾艾家了吗？见过她的丈夫了吗？知道她老公姓什么叫什么吗？"

何华摇摇头："厄，厄哪能去撒？您说是莫？蔡姐。但厄知道她老公姓邬，重度尘肺了，恐怕熬莫得好久了嘞！"

嗯，对的，他哪能去呢？他是什么身份？有什么资格？又或者，他根本就没想过去，本来就是一场鱼水游戏，涉入太深，就不符合游戏规则了。我心里冷笑一下，乔艾艾啊乔艾艾，何华根本就没把你当根蒜，你还真以为自己能炒出一盆大菜来？

就是一出混账事，实在无谓干涉，我甚至有点后悔，那天故意留下来看何华的好戏了。

本以为，不理会，事情就过去了，就当乔艾艾是个失败的跟踪对象，写她，似乎偏离了大众对建筑女工的习惯认知，说不定会招来谩骂，这样的一身臊，我真不想惹。

可，不想理会，事情自找上门。

这是今年春节前最后一次安全生产检查，参加检查的专家都在区住建一楼集中，我正在给专家们签到和发放安全帽，忽然听见看守大门的保安大姐跟什么人在吵闹，平常这个保安大姐跟我关系不错，听她叫得很大声很着急，我害怕她出什么意外，便跟几个专家冲了出去。

五六个戴着破旧的蓝色安全帽、身材高大的农民工围着保安大姐，大姐拼命地喊："你们不能上去的，都在正常办公，你们先到那边坐一会儿，我马上给领导汇报，很快有领导下来给你们处理的了。"

有个细小的声音说："厄们莫是想闹事，大姐，厄们都是老老实实地卖力气干活的农民工，厄们实在是莫得办法了，才过来你们这里滴！"

声音有点熟悉，一时却想不起来，我走近一看，原来在五六个身材高大的民工里面，还围着一个身材娇小的女工，她也戴着蓝色的安全帽，帽子上还覆盖了一层薄薄的石灰。虽然她是背对着我，身材也被粗厚的灰扑扑的工作服掩盖着，但我仍能一眼看出是乔艾艾。我的心咯噔一下，脑海里第一时间闪过的念头是：以她与何华的关系，没可能追不到工程款的，这女人又在作了。这样想着，我便放慢了脚步，甚至还想赶快离开，这种胡搅蛮缠的女人，还是远离的好。

可我躲不了，乔艾艾已经发现我了，她尖叫一声："是你，就是你，蔡姐、蔡专家，救命撒！"

我的心像被尖锐的锉刀划过，冰凉刺痛的，该叫救命的是我啊！越是想躲，越是躲不过。已不容许我假装听不到了，乔艾艾拨开几个民工，几步冲上来，拉着我，像抓住了救命稻草一般，喊："蔡姐，您认得厄的，是莫是？厄是昊天城工地的抹灰工乔艾艾，厄们见过两回滴，对莫对？蔡姐，厄的好大姐，原来您是在这里上班滴，那就好了嘞，厄可算是找到了熟人了嘞！蔡姐，这回，您无论如何都要帮厄，帮帮厄们这些弱势群体撒！厄们辛辛苦苦干工地上干了一年，就只靠这年底项目给结算工程款回老家过年滴，可现在离过年莫剩下好多天了撒，可厄们的工钱却是看莫到影子滴！厄们是叫天天莫应，叫地地莫灵滴！您说，厄们咋活撒！"

乔艾艾嘴巴很灵活，一骨碌，嘚啵嘚啵说了一大串，条理清晰，内容明了，还感情到位，我心里骂了千百次，装、还装、还装。我知

153

道她这种人，你越理她她越得劲，便干脆不理她，随她说。

见我不出声，乔艾艾眼睛一转，立马就换了个表情，眼泪立刻从她的眼眶里转了下来："蔡姐，您是坐在这么高尚的青天大衙门里上班滴，莫晓得厄们农民工的艰辛，厄们上有老下有小，一年到头在工地上拼死拼活地干，生病了也莫敢到医院看，就是为了省几个血汗钱，过年回家给娃儿们买套新衣服，您是有文化有知识的高尚人，坐在办公室里享着凉丝丝滴空调，收入就是几十万滴，可厄们，日夜莫停地做事，到头来连一分钱也收莫得，您说厄们该咋活？厄们也莫是莫讲理滴人撒，厄们只是想要回厄们应得的那一部分，厄们完全莫有过分要求滴，求求您，发发慈悲，帮帮厄们撒！"

我看着她，她应该是刚干完活就过来的，脸上、眉毛上和刘海上都还沾着腻子粉，这样声泪俱下，眼泪和腻子粉糊了一脸，实在招人可怜。昊天城工地离区住建局不远，他们应该是守着局里上班的时间赶过来，这才上班，领导们还没有外出，他们绝对是有经过精细谋划才过来的，虽然我只和乔艾艾见过两次面，但也算是领教过她的犀利和彪悍，这次她这样踩着点带人到区住建局来闹，肯定是达不到目的不会罢休的。

可我并不在住建局上班，我只是个负责检查工地安全生产的专家组领队，每天领着专家们巡查工地，没有凉丝丝的空调，只有头顶的烈日，办公的地方也不高尚，更没有几十万的年薪。这个乔艾艾真的很会想当然地来事儿，我自然是不会跟她这种人解释什么的，这本来就不关我的事。我把她的手扳开，客气地说："我不是这里的负责人，我们只是在这里集中而已，您的事情，我真帮不上忙。"

这时，保安大姐也打电话通知了局里负责农民工工资纠纷的领导，走过来请乔艾艾："这个大姐，麻烦您跟我到接待室坐一下好吗？很快有领导下来处理您的事情了。"

住建局一楼有几格小房间，是专门接待各种纠纷用的，保安大姐因长期处理这些问题，已经很专业很称职也很有耐性。乔艾艾却根本不领情，她认定了我是那个能给她讨回工程款的人，无论保安大姐怎么劝，她都拉着我不肯放手，我已经几次用劲把她的手掰开了，她又拉着，还用另一只手抹鼻涕，说："厄哪知道你们是莫是联合起来骗厄滴？厄要是放手了，你们就莫管厄的事情了，厄还能找谁撒？厄们累死累活了一年，总莫能白干了撒！你得给厄们做主！"

我心里喊救命，真佩服何华，这么难缠的女人他也啃得下去？还敢欠这样的女人的工程款？他不怕这女人拿刀砍到他家去吗？

几个专家见我被乔艾艾缠得实在没辙，想上来解围，但那五六个抹灰工好像是受过专业训练般，很默契地围了个半圆，把几个专家隔开了，我才是那个叫天天不应，叫地地不灵的，我干吗这么好心啊！刚才不走出来，就什么事都没有了。我气急地给何华打电话，但电话的对面，传来了"嘟嘟嘟"的忙音，我脑子嗡地响了下，这几天都很忙，没去昊天城工地，我应有很长一段时间没跟何华联系了。

"你莫用给何华那个逼人电话了撒！要能找得到他，厄用得着跟兄弟们过来你们这里闹吗？厄也读过高中的，多少晓得点法律，知道些维权的途径，厄这是莫得办法了撒！"乔艾艾抽着鼻子说，眼里全是不甘、委屈和无助。

我的心又像被尖锐的锥子狠狠地划了一下，痛得酸麻。我也是一个女人，设身处地地为乔艾艾想一下，便理解她有多难。女人活在这世上本就不容易，工地女人更是艰难。乔艾艾是为了自己的班组，为了自己的家庭，为了自己的男人，把所有尊严都抛了出去的，若不是生活所逼，她用得着委屈自己，委身于何华吗？或许在普通人的眼里，这是不道德的，但当生活无法选择时，道德到底是什么？她不过是想活下去，和她的家人、她的班组活下去。尽管跟何华是这样的一层关系，她也没有过分要求，她仍努力干活，仍用血汗用劳动换取活下去的保障，她只要她该得的一部分而已啊！现在，她的尊严没了，她的劳动成果也眼看着追讨不成，无法保障，除了来政府主管部门闹，她还有什么途径呢？我相信，何华要躲她，肯定是有一千个一万个方法让她无法找到。

之前对乔艾艾的所有成见和鄙视，在这电话的忙音中，瞬间消失，对她，变成了苍凉和同情。

我带乔艾艾走进接待室，给她一杯温开水，她喝完了温开水后，头低着，盯着杯子，没说话。我轻声唤她："艾艾。"

她"哎"的一声，回答得很轻柔。

我说："别担心，现在政府对处理民工欠薪的手段是非常强硬的，你的问题肯定能得到解决的。"

乔艾艾抬头看着我，眼睛红红的，眼泪又在眼眶打着转，她强忍着不让眼泪掉下来，吸着鼻子说："厄、厄、厄没想到，厄都这样付出了，那个、那个逼人，还这样对厄！厄、厄、厄回乡里，要见着他，厄肯定拿刀砍死他！"

我心里叹气，何华恐怕早就搬离了乡下，一家人在大城市里生活了，他们怎么可能会在乡里碰见？

经历此事，即使这次乔艾艾讨薪成功，但她和她的班组再也很难在昊天城工地待下去了，而何华，照样能风风光光地当他的昊天建设华南总部负责人。乔艾艾绝对不敢拿刀冲进昊天城工地砍他，本来他们之间的交易，就是见不得光的，在道德问题上，女人永远都是弱势的一方，乔艾艾这么聪明，她不可能公开这事的。

我"唉"的一声叹气,乔艾艾一慌,扑通一下,跪在我面前:"蔡姐,蔡姐,厄知道您菩萨心肠,厄知道您肯定有办法帮厄的,对莫对?厄求您了,厄真的求您了撒!厄在乡下,有一对双胞胎儿子要养,他们才读小学,厄的男人,得了尘肺,每回洗肺的钱都是几万几万滴,厄是真的等着钱救命的。外面那些工人,跟了厄夫妻俩十几年,都有家庭要养,厄们都是老实本分的农民工,要是还有别滴办法,厄们是绝对莫会给政府添麻烦滴!"

我赶紧扶起她,用纸巾给她擦干净脸,她的头发已长长了,扎了条小马尾辫在安全帽下,脸上多了点女人的妩媚,多漂亮的女人啊!这样的女人,本不该属于工地的,更不该是站出来讨薪的那一个,要有更好的选择,她能受这样的苦,担这样的惊,忍这样的委屈,顶这样的压力吗?

处理农民工工资纠纷的领导终于下来了,我们是老熟人老朋友了,昨天晚上他也是因为处理欠薪的事情,一直被另外一批民工围着,晚上十点多都没能下班回家吃饭,我还给他叫了个外卖。领导眼睛浮肿地走进来,今年的经济情况不乐观,很多建设单位都欠了工程款,想必这些天,他也被各种欠薪纠缠得不能睡一个安稳觉。

领导进来见我在,问:"阿燕,什么情况?"

我说:"是昊天城的工人,找不到何华,所以过来闹了,但这大姐家里还有个尘肺病人,急需用钱,您看能不能先帮忙想想办法?"

按常规程序,民工欠薪问题都由属地管理部门过来领人回去处理的,听我这么说,领导马上就给昊天城项目的甲方打电话,让他们马上过来处理。

我松了一口气,乔艾艾和我找不到何华,但领导和甲方肯定能找到他的。年底是卖房子的最佳时段,甲方都急着向局里要预售,要是民工欠薪的问题得不到解决，那么甲方的预售就很难拿得到，所以，乔艾艾的问题，应很快能得到落实的。

我交代了乔艾艾几句，让她别闹，好好把班组情况给领导说清楚，然后准备好班组的出勤表和工程验收表、银行卡等。乔艾艾擦干眼泪说知道了，谢谢蔡姐。我说不用谢我，就算你没遇到我，政府也会给你们处理好的。

我们互留了电话加了微信后，我戴上专家帽，和专家们到工地去了。后来，我从领导那里知道，乔艾艾他们班组，在一周内便追讨到工薪。我尝试着再打何华电话，何华的电话接通了，电话那头，何华一声声蔡姐地喊着冤，他说他也没有办法，甲方不给他们工程款，他们拿什么给工人呢？工地上千个工人，每个人都等着钱回家过年，他的电话二十四小时都是被人打爆的，他不关机，那整晚都没得睡。何华说："蔡姐蔡姐，别看厄们被人何总何总地叫得光鲜，其实厄们连农民工都不如，厄们东躲西藏滴，活得像只老鼠撒，蔡姐，蔡姐！"

我竟一时语塞，无以为答。

四、后记

2020年的春节来得特别快，区建协在春节前组织慈善活动，我和同事们要到区救助站赠送物资。我们将救助站需要的碗面、八宝粥、饼干和水等物资送到救助站，看到站内坐着很多人，门口还蹲着几个衣着破旧的人，看到我们的车子过来，那些人都站了起来，无声地看着我们卸物资，并没有失控地围了上来。

救助站的同事小蓝出来帮忙搬物资，我对小蓝说，这些需要救助的人，挺守纪律的。小蓝撇撇嘴，说："你把这些换成现金试试？"我笑笑，不敢接话，小蓝在救助站工作了那么多年，什么形色的人和事都经历过了，自有她独到的看法。

我没想到，会在这个时候遇到乔艾艾。她穿着灰黑色的牛仔裤，灰色衬衣，外罩一件灰黑色的长外套，马尾辫扎得高高的。不穿工作服不戴安全帽的乔艾艾，清秀中带着几分文静，只是一身灰黑的打扮让她本来偏白的皮肤更加苍白。她似乎也没料到会在这样的场所碰到我，目光在我面上扫了一下，赶紧撇开脸。但她并没逃走，因为她的身边放着一个吸氧袋，她的肩上，靠着一个裹着厚厚棉衣的男人。吸氧管连着这个男人，男人的头发很长，几乎遮住了他的脸，我看不到他的脸色，广东的冬天从来不冷，这身厚厚的棉衣和这么温和的天气格格不入，这个男人肯定是乔艾艾得了尘肺病的丈夫邬先生了。

我本想上前问候几句的，奈何乔艾艾的脑袋一直往里面偏着，她不愿意在这里跟我打招呼，不想让别人知道我们是认识的。我抬起的脚步又收了回来，我们是熟人，她完全可以在我手上多拿两份慰问礼品的，但我理解她为何不愿意跟我打招呼。在几天前，乔艾艾已经全部追讨回她带的抹灰班的工程款，我了解过数额，属于乔艾艾夫妻的数额也不少，乔艾艾现在是有钱的，我猜她或许是在欠薪问题未解决前已经申请了救助。

我在交接物资时，顺口问小蓝知道乔艾艾夫妻的情况吗？小蓝顺着我手指的方向望过去，嘴一撇，翻一下白眼说："这夫妻俩么？这几年每年都来，有时候还一年来几回。我们哪敢不救助他们啊？这个女人厉害，稍不顺从她，她便闹，特会闹，动不动就说要上访。"

我说，她无理取闹，警察不管么？小蓝说，人家也不是无理取闹，你没看见吗？她的确是有个得病了的男人啊！我们都知道这个女人有钱的，连她身边的人都举报过她，但我们有什么办法？不救助她，她就把事情往大里闹，你知道现在的网络，我们处理不好，稍不慎，我们这地区都可能被连累成网红区的。小蓝很无奈地说，这女人也说过，她的所有钱都寄回老家去了，我们要不给他们安排救助，她和她老公就坐我们这里过年，我们哪敢让他们在这里坐过年啊？你看她的老公，还能待久吗？

我回头看看乔艾艾夫妻，那个穿着厚厚棉衣的男人无力地靠在她的肩上，我不知道这肩，要多坚强才能把这包裹着厚重又脆弱的生命扛下去。小蓝自有她的看法和道理，但乔艾艾夫妻何尝不是也有他们的道理和无奈？

我还是相信，在丈夫未患尘肺病之前，乔艾艾都是一个文静清秀的可爱女人。

我默默地从物资里，挑了几罐八宝粥和几包苏打饼干，用袋子装好，让同事帮我送过去给乔艾艾，同事走过去后，我又往乔艾艾的微信发了几百块，我在微信上跟她说，在回家的路上吃好一点，病人的营养一定要保障，淼城还欢迎你们回来的。

她很久才收了钱，回了我两个字——"谢谢"。

不久后，一场大疫情天降而来，本区建筑工地直到三月下旬才陆续开工，这几个月，我都在工地上继续安全生产检查工作，蒋玉成、林佩仪、尤三姐、佟四嫂她们都陆陆续续回来了，直到现在，我仍没在淼城的工地上，见过乔艾艾的身影。

在我的工人资料库内，有这样的记录：

参建火神山、雷神山医院的工人有蒋玉成夫妻和保利中荷项目的项目经理方成云。方成云还成了我们区里的最美逆行者，因此而出名。

而乔艾艾到底去哪了？她和邬先生都还好吗？我问过很多工人，他们都说不知道，甚至她带的抹灰班，也像被蒸发了一样，都没见着人,或许是彻底散伙了。我也发过微信问乔艾艾,她一直没回,而我,竟没有勇气打通她的电话。

杜甫写,安得广厦千万间。如今,广厦何止千万间,有谁住在广厦,会想到这些生活在高处的建筑女工呢?如果不是因为工作,我也不会了解她们。

不,是我们。

我是她们中的一员。我的笔,无法写尽所有建筑女工的故事。鲁迅先生说,他的写作,意在揭出病苦,引起疗救者的注意。沈从文先生说,他想建一所希腊的小庙,这庙里供奉的是人性。我是在揭出病苦,还是供奉人性?或者,我只是想记录下这些坚硬地活在建筑工地上的姐妹们,为她们的存在做证。

(原载《十月》2021年单月号第2期)

对 岸

孙莳麦

1

我说不清这一切是怎样发生的。前一秒还笑着，后一秒就哭起来了。她蜷缩在沙发的角落，抽噎着，面前堆满狼藉的杯盘。她必定同我一样想不明白，自己做错了什么，母女之间的关系又何以变成了这样。似乎先是在饭桌上，好好的，我提起了喜欢的男生，用小女孩般娇嗔的口气："他怎么还不来找我说话呀？他要再不来找我，那我也不喜欢他了。"本是个玩笑，谁知母亲却当了真，正色起来："人家男孩儿要不喜欢你，你也别上赶着去追，世界上好男孩那么多，哪里就缺他一个了。"

当然也是句善意的提醒。我的倔脾气却偏偏在这时候上来了，笑容僵在脸上，嘴边的空气开始冷却。一边怪她玩笑话何必那么认真，更多的还是埋怨她扫了自己的兴。于是抓住那些话里的细枝末节不

放 —— 有时越得不到什么越想要证明什么的 ——"他怎么就不喜欢我了？不知道情况就别乱讲。"过了一会儿觉得不解气，又追加道，"好好地说一件事，你老拿莫须有的事情泼人冷水，有意思吗？"遂搁下碗筷不吃了。

她必然没料到自己一句话能激起这么大的波澜，先是错愕，继而疑惑自己是不是说错了什么，接着几种复杂的情绪混杂在一起，在胸腔里酝酿出巨大的委屈 —— 临到嘴边又失了火力，嗫嚅道："我不过是提个醒，让你给自己留条后路。还不是怕你受伤，要不是你妈谁在意你怎么想？"

话单拿出来自是句句在理，无懈可击。却偏偏触到了我的"着火点"："为你好""留退路""我是你妈"。每一句都足以让我爆炸。要知道有时候爆发的根由并不在眼前的一事，而是几件事，乃至长久以来的情绪和生活共同作用的结果。于她如此，于我亦如此。先是一双袜子，再是一对没擦干净便穿出门去的鞋。从口红颜色到恋爱、学业，从不经意的提醒到拌嘴再到夺门而出，一团乱麻层层抽开，偃旗息鼓之时我们都忘了出发点是什么。

印象中上一次跟她吵架，是为着这个男人走入我的生活，她埋怨我不跟她说。我说，不是不说，而是觉得不是时候，时候到了我自然会说。

后来不知怎的吵了起来：

"和你有什么关系？是我结婚又不是你结婚！"

"好啊，你现在长本事了，妈妈管不了你了，你想和谁结婚就和谁结婚不用跟我汇报！"

"跟你汇报？不是你先来问我的吗？谁愿意给你说？"

"好，说了你不听，吃了亏别回来找我！"

"不找就不找！咱俩各过各的！"

……

事情早在情绪的推动下变了样子，说出口的话好像射出去就再难回头的箭。她像被布头塞住了嘴巴，半晌说不出一句话，扭头走进了屋里。我说不好她是不是哭了，她的眼眶是不是红了。她的嗓门大得好像能掀掉屋顶，哭起来却总是无声的。

这次还是一样。同在一个屋檐下二十二年，我早已熟练掌握此类场景的应对方法：沉默。

房间里突然响起我弹钢琴的声音。

——那是很久以前我拍成视频发给她的。

2

正月里的一天早晨，妈冲进房间，问我："昨晚你梦到你爸了吗？"我说，没啊，怎么了？

她显出有点儿着急的样子："坏了，这两天我连着几晚梦到你爸。以前你一回来我们就去看他，这回没去，你爸肯定急了，催我呢。"

于是，虽然嘴上说着"哪有那么玄乎"，我们还是在当天上午就去了墓地。许是来过许多次的缘故，路盲的我终于也能够轻车熟路地来到这里，像受着某种神秘的指引。

墓地坐落在离家很远的一座荒山上，我们只得驱车前往。一条几近枯竭的小河擦着公路溜过，过了桥便是山。山很大，很秃，直挺挺地立在路边。走近一看，树种了不老少，却生气全无，胡乱地堆在坡上，灰蒙蒙地覆着一层。远远地望见一座座枯冢，倒显得有些人气似的。也无妨，墓地这种地方，总归是不能太热闹的。

心头掠过一丝诡异的熟悉。我想起几年前,也正是路过离这儿不远的高速路口,父亲开车,接我回家。

拨开树丛,没走两步就看见了父亲的名字。是从哪儿开始的,鲜活的脸孔突然变成了石碑上的几个字?僵硬,冰冷,覆着灰尘。

用抹布拭净石碑。慈父,孝女,血红的大字。是高速路口的风将我们刮散了吗?还是说父亲的家原本在这里?如今,也轮到我送他回家了。

摆上鲜花。买花的时候母亲笑说:"要买的,你爸爱浪漫。"

父亲活得讲究,闲暇时爱侍弄些花草,养些小动物,爱在自己搭的"小花园"里读书饮茶。他曾幻想过退休之后回乡下,回到他出生的地方去,过闲云野鹤的生活。

他也有过另外的打算:"麦麦,以后你留北京吧。你妈给你做饭带娃,我就每天开车接外孙上下学,偶尔吃吃庆丰包子。"

我笑说:"想得倒长远得很。"

也许世事就是一场猜不对结局的游戏,费尽心机追求的梦想常不得兑现,偶然的谶语却总是一语中的。

后来,在他坐过的地方,母亲摆满了花。

点火,上香。一切进行得有条不紊。二月的寒风像一张隐形的大口,三番五次地吹灭烛火——像两年前那场席卷而来的大病,有预谋地带走父亲摇摇欲坠的生命。

从两年前那个寒冷的冬夜听到电话里父亲异常苍老的声音开始,我便开始着手准备面对他的死亡。于母亲或许更早:接二连三的应酬与晚归,疲惫的身躯与来不及脱下就散落在地的皮鞋,还有出现在寂静的夜里,那个清晰可辨的电梯开门声——"咔嗒"。

自我记事起的无数个日夜,我都能看到等待的母亲。母亲像灰姑娘一样等待着午夜十二点，等待着南瓜马车，等待着父亲，等待着那声象征父亲回家的"咔嗒"。

那个声音现在是不会再有了。

出于一种直觉，两年前的那个电话，我几乎是在一瞬间嗅出了父亲声音中的枯朽与衰败，问他怎么了。他当然不是告诉我病情，而是通知我手术成功的消息（若非如此，他甚至准备瞒我至死）：

"麦麦，悬在爸爸头顶的那把剑没啦！"

那时他还欣喜地将希望寄托在那次移植手术上，殊不知未清理干净的癌细胞已在他体内悄悄作祟。后来的日子里我总算渐渐搞明白了，任何事都绝非一朝一夕促成的。也许中途存在些许波动让你错觉事情有了转机，但只消把目光拉长一些就会发现，那不过是人生长河中一些微小的波流。命运还是会带着你浩浩荡荡地冲向终点，仿佛你之前所做的全部努力不过是为了最后能够坦然地赴死。

手术成功——那是一个顶点，接着事态以不可控制的速度走了下坡路：我回家，去了医院，见到了一夜老去的父亲。病房的环境让我感到陌生，但父亲在那里却显得毫不违和。

他和病房一样让我陌生了。

穿过狭窄的过道，撞进眼中的是一张带轮子的病床。床的两侧卡着吃饭专用的便携式小桌，床下是拖鞋、尿壶，还有印着"囍"字的脸盆。两张病床之间夹着个矮柜，放有水壶和一台不知名的仪器。床头挂有空白号牌，再往上可以看到高耸的天花板，拐角处已变了色。

消毒水的气味和仪器一样坚涩而疏离，父亲身处其中，自然如一个摆件。

一切仿佛生来就是为他准备好的：那高高的天花板是让他一天天看的，那空白的号码牌将写上他的名字，那矮柜上的仪器将和他的身体相连，后来一台不够又多了几台。床头柜被一样样东西挤满，不过他也渐渐学会了怎样把它们拾掇整齐，在满满当当的柜台上再见缝插针地放一本书。那狭窄的过道刚好可以容纳一位护士和一台装有各种药品及针管的小推车。护士和小推车一天来无数次，他和护士都烦了。而其他的时候，过道里刚好可以摆一把椅子，那是为母亲准备的。

某个夜晚，我突然看到了父亲的背影。坐在母亲身边，瘦弱如少年。他的双手直直地扳住床沿，颤巍巍地撑起上半身。病号服薄薄地覆在身上，清晰地勾勒出他背脊的轮廓。这件棉质的条纹衫变成了他最常穿的衣服，以往的西装已在他身上显出不合时宜的滑稽来，使他看起来像个偷穿了大人衣服的孩子。我时常感到恍惚，仿佛想让他由内而外融入这个环境似的，每日以"治疗"之名插入他身体的那根巨大的针管，一天天抽走我记忆里那个高大的父亲。而眼前这个轻飘飘的、小小的父亲，仿佛连跟他讲话，都要小声一些。

烧纸。花式各一、面额巨大的纸钱，一叠叠地丢进桶里。纸钱触到火苗迅速化为灰烬，像面对某种不可抗拒的命运。一天天过去，生命力从父亲身体里加速撤离，而我一无所知。

父亲临走前的最后一晚，我在病房陪他。他斜倚着枕头坐着，跷着脚。呼吸罩像矿工帽一样箍在头上，露出高高的、光秃秃的发际线。眼袋重重地从下眼睑拖拽下来，长长地耷拉在脸上。

我终于也有机会照顾他了。此前尚有丁点自理能力的时候，他都不许我动手，说医院的东西，脏。

癌细胞最终还是击垮了他作为父亲最后一点别扭的尊严。

听老人说，人临死前身体是会自我清洁的。凌晨时他开始拉稀，每隔十几分钟就要清理一次。我一手抬起他的屁股，一手迅速把尿不湿塞在他的腰下。在我生命的起点，那块曾经茂密的丛林不知什么时候脱落成了一块不毛之地，他的脸上闪过了一丝不易察觉的尴尬。我装作不经意地拿了张抽纸盖在上面，再替他掖好被子。他叹了口气，像是为了掩饰尴尬似的笑了笑，又好像仅仅是因为满足。

一时间我差点掉下泪来。父亲是那样注重仪表的一个人，以往出门时，衬衫要扣好，西装要熨平，皮鞋要锃亮。如果还有能力，他是不会允许自己这么狼狈的。

第二天一早，我听见他叫我名字。冲过去一看，他挺着身子，双手抓着床栏杆，大口地抽气。我赶紧叫大夫过来。大夫过来后，没有抢救的意思，只是扒开了他的眼皮，用手电照他的瞳孔。一共照了两次。第一次大夫说他的瞳孔扩散了，我还不信。第二次大夫说瞳孔又扩大了一些。父亲已说不出话，嘴大张着，呜呜哇哇地发出声音，只有出气没有进气了。

病房里骚乱起来。我怀着必死的决心，和置之死地而后生的侥幸，平静又不知所措地坐在床边，一边看着心电仪，一边看着父亲。

我问医生："我爸能不能挺过今天？"大夫摇了摇头说："这就是最后的样子了。"

我感到奇怪，又毫无情绪。我本能地继续低下头看着父亲，仿佛所有的困惑都只是针对医生口中这个怪异的词语——"最后"？什么最后？"最后的样子"是什么样子？我不明白。

父亲还是老样子，大口大口地抽气，仿佛毫无目的地重复一项单调的运动。他紧抓着栏杆的手好像没了力气，跌落在被单上。我握起他的手，慢慢地，机械地抚摸着。他的手很凉，苍白，肿得像个包子。因为待在病房，太久不见阳光，他的皮肤变得非常细嫩。但每天的输液却让他的手背没有一块好皮，他的血管太细，有时候一针扎不进去要扎好几针。我记得摩擦生热，我想把他的手搓热。我把他的手握在我的手心，朝他手上哈气，想让他逐渐冰冷的身体暖和过来。

可是无济于事。他瞪大了眼睛，盯着天花板。我想让他看看我，就欠起身，把脸凑到他的面前，用手在他眼前挥了挥。可他的目光并没有聚焦在我的脸上，仍然死死地盯着刚才那个位置。突然他一皱眉，使劲闭上了眼睛，然后咕咚一声咽了口气。我心里一沉，心想结束了。没想到他很快长长地倒抽了一口气，又睁开了眼睛，弱弱地喘着气。我更紧地握住了他的手，像要抓住什么似的。

病床边渐渐聚集起了人。医生、护士。有准备帮父亲清理、换寿衣的，还有帮忙料理丧事的。各司其职。他们都在床边站着，不说话，只看着父亲。似乎万事俱备，只等着他的死亡。

心率43。

他缓缓地呼出一口气，又长长地倒抽一口气，如此循环。他的眼睛变得焦黄而浑浊，一滴浓稠的眼泪堆积在他的眼角，但没有落下来。

血压30。

太低了。但我好像听谁说只要有压差就是好的。我安慰自己，有压差的有压差的，父亲还活着。

血氧26。

长时间的抽气运动让父亲的嘴歪在一边，接着一串一串的白沫源源不断地从他嘴里流出来。我赶紧抽出一张纸把流出呼吸罩的白沫擦掉。我不敢拔掉呼吸罩，罩里聚集起一团一团的白沫。

心率22，35，28，19……

我看一眼心电仪，再看一眼父亲。电波在一条直线上偶尔起伏，他在缓慢地死着。

慢慢地，他原本瞪大的眼睛有点睁不开了。我想他也许是累了。除了心电仪上的几个数字，没有什么能说明他还活着。丧事师傅显得有点不耐烦了,就冲床边的护士挥了挥手,说了句"走了走了,轻轻地走了",示意可以拔管子了。护士站在仪器后面不敢轻举妄动,征求意见似的看着我。

我说:"不,仪器上还有数值,波浪还会起伏的。我爸的心还在跳。你等它跳完,你等它跳完。"

"我跟你说,一会儿事情还多着呢。尸体硬了衣服都穿不上了。"师傅放大了嗓门对我说:"欸?你看看你看看,没数值了。"

我扭头一看,心率变成了两道短杠,呼吸15。

跳动的火焰渐渐熄了下去,消失在一层厚厚灰烬里。

父亲终于还是没能说出一句话。他对我说的最后一句话,是我的名字。

3

"孙莳麦"。父亲在给我起名字前,曾目睹一位男性给女孩饮料里下安眠药,为了达到某种不正当的目的。然后有了这个名字。莳,种植;麦,小麦。种小麦。即便种小麦也不要依靠男性生活的意思。

但他一定忘了,一朵温室里成长起来的花,可能幸福却不独立,或者独立却不幸福。在父亲离开后的那些时日里,我时常做一些无用的假设:如果父亲还在呢? 如果我做一个"好女儿",能不能换回他哪怕只有一天的活着? 如果他还活着,我又能否做一个"好女儿"? 为他做点什么,一些适时的关心,一些不停留在口头上的挂念,一些不从自己出发的考虑,少些任性的讲话以及无谓的索取,或者再退一步,至少是,自己的事情自己来。

他常说他什么都不要:"我只要我姑娘开心就好。"我也总是相信。当然这不过是个自私的借口,我长期沉溺于一种慵懒而温暖的快乐中,懒得问这一切背后的原因。直到他离开后我才开始考量我们之前的关系,我对父亲的感情,到底是"需要",还是"爱"?

按道理我应该是爱他的,哪有女儿不爱自己父亲的呢?只是这爱总要有付出,至少不单单是索取,我在自己身上可一点也没看到。我对外人慷慨大度,对父母却自私,以自我为中心。每年他过生日,我问他想要什么礼物。他总是说:"你把自己照顾好,别让我们操心就是最好的礼物了。"于是我知道了,这是一种不费吹灰之力就可以获得的高纯度的爱,而真诚地耍嘴皮子是应对他最好的办法。细数我以往送给爸妈的生日礼物,竟然都是"××大赛获奖""被老师夸奖""身体好多了"这类只和自己有关的名义上的"礼物"。而当收到这类礼物时,他总是比我还高兴,喜滋滋地拿出去炫耀,仿佛有了这女儿便别无他求。

一个笑话是这样讲的:一位妈妈想让女儿夸夸自己,女儿说:"妈妈,你的女儿可真漂亮啊!"这般笑料在我身上真实上演而我却以为理所当然,浑然不觉。也许是依赖之深蒙蔽了爱,也许是爱根本就不存在,总而言之一直到了今天,当一双无形的大手从我身后抽掉父亲这个靠山之后,我才真正感受到了一种难以遏制的落寞和虚空。而这虚空,到底是因为需要而不得,还是因为爱而不能,还是两者兼而有之,依旧是不得而知。

唯一能够确定的是,我感受到的所有情绪:痛苦、想念、后悔,以及更多时候萦绕在心头的难以名状的落寞都是真实的。即便知道无用,有时我仍然希望能给爸做顿饭,和爸逛菜市场的时候主动提菜,在他很累还强撑着教我完成作业的时候告诉他:"爸,你去休息吧,自己的事情我自己来。"

"后悔药"一词的存在,从来不是为了治愈和得救,它只是更加深刻地反映了挽回既定现实之不可能,是使后悔情绪更加刻骨铭心、使人一步步堕入深渊的毒药。

有时我仔细忖度,真正让人感到痛苦的,究竟是"最后一次"的事实,还是有关"最后一次"的意识?诚然,我们生活的每分每秒都充斥着"最后一次":你保不准这是不是你最后一次踏进这家牛肉面馆,是不是你最后一次与家门口的擦鞋匠擦肩而过,是不是你最后一次走进银行,还清了最后一份信用卡账单。但我们并不因此感到难过,一方面是因为这些事在我们的生活中并不必要,另一方面也更重要的是,我们深谙生活之道:运动是物质的本质,正如变化是生活的本质。正是由于变化无时无刻不在发生,每一个"第一次"都有可能是"最后一次",所以"最后一次"并不使我们感到痛苦。

那么,引起日后连绵不绝痛苦的到底是什么?那绝不该是痛苦的事物本身,而是有关"痛苦"的意识。也就是说,当我们切实经历某件事时不会感到痛苦,只是因为我们并不知道它即将是"最后一次"。这也是人们总说死亡是病人"歇了地上的劳苦"的原因。说实在的,死亡对被病痛折磨的病人来说并非不公平,甚至可以说是贴心到家。病人一旦撒手西去,尘世间的一切从此都与他无关。若一定要说痛苦,那恐怕是行将就木想活而不得活时最痛苦,是活下来独自面对往后日复一日熬煎的那位最痛苦。

总有这样的心理测试:如果人生只剩三天,你最想做什么?还有一些鸡汤:"把每一天当成人生的最后一天来过。"一群人持着生命终结的危机感玩得不亦乐乎,甚至感激涕零,但仔细想想,这类"如果有机会,我一定会……"的假设在逻辑上就不成立。有些事就是这样奇怪的，距离产生美感，亲近生出厌倦。有了陪伴就不会想念，产生想念是因为没了陪伴，想念和陪伴不可得兼，彻悟永远滞后于当下。

这必定是生活同我开的一个玩笑：一个赋予我名字"自力更生"含义的男人，却只有用自己的离开，才能换取我瓜熟蒂落的成熟。在二十岁的当口，我恍若一个一无所知的婴儿，父亲连同我过去二十年的人生一起带走了。

一起带走的还有母亲接下来几十年的人生。

4

人们用刻度将表盘划分为十二个部分，企图以空间来捉住时间。但实际上时间是一种流体，与感觉相连。时间从一个人流向另一个人，总量无增无减。这是我后来才发现的：父亲死于五十二岁，之后，他被掠走的那部分生命似乎以补偿的方式加在了我和母亲的生命里。从此日子被拉长，除了正常的工作和学习，每一个漫长的白日都被母女俩用来做同一件事：怀念那个逝去的人。

说不上为什么，对那个磕绊远多于恩爱的人，母亲如今的想念，却要更多一些。

夏季的一个傍晚，吃完饭，我和她出门散步。天已经完全黑下来，我们沿着一个土坡上了马路，深一脚浅一脚地走。身侧一丛灌木刺拉拉地长下去，最底下是火车轨道。火车驶过的时候一阵风刮过，她说："你爸要是在就好了。"

近两年她常说这话，吃饭的时候、打扫房间的时候。有回我忘了行李箱密码，待在家中手足无措。她下班回到家，一进门就嚷嚷着，听说你行李箱坏了，我以为你爸又闹着玩儿，赶紧回来念叨念叨让你爸给你开锁。接着,她又提起父亲走后一些亲戚不敢来家里住,坐在沙发上,绘声绘色地模仿人家的神态。

"我也不怪他们。我不怕,你爸对你那么好,不护着你还能害你咋地?"

我笑说是,不做亏心事不怕鬼敲门。

她又想起什么似的:"你爸对我不好吗?"

我说,也好也好,爸不会吓唬咱娘俩的。

她半晌不语,又说:"你爸要是在就好了。"

"你爸要是在就好了。"我一边走,一手拨拉着围栏,说了声嗯。察觉到气氛有点尴尬,她又嘿嘿了两声。不声不响地走进西北民大校园,融进黑暗走进人群,绕着操场,她又一圈圈翻来覆去地讲曾讲过无数遍的,爸从生病到离开那段日子里的事。说到动情处,我听到她急促的呼吸声,以及喉头呼之欲出的哽咽,像被人扼住了脖子。群山寂静,我分不清灯火和星星。天空没有边界,夜色大到好像可以容纳所有的心事。

她说:"你爸走的时候,来了几百号人,殡仪馆小厅装不下,我包了中厅。"

她说:"你爸也就是走了。但如果他还活着,再照顾多久我也能坚持。"

她说:"你妈不是不行。"

我说是,那时爸也说过。她忙问:"你爸说了什么?"为了避免尴尬,我推说忘了:"就说你行呗。"她显得有点失望,但话题一转,也就自顾自地忘了。

我没对她说的是,在医院的某个我和她剑拔弩张的时刻,她夺门而出。父亲走了出来,让我别跟她吵。

"今天你妈被大夫骂哭了。"

"我准备做检查,排了一上午队,拖着这俩管子,站都站不稳了。你妈有点着急,就找了大夫,让给催催。是个小大夫,估计人多挺不耐烦的,让她边儿上候着去。你妈一急,就哭了。"

"搁过去我能让人这样欺负你妈?可现在这样,唉。"

"你妈脾气是急了点儿,但能这样不离不弃地照顾一个人,除了你,我想谁也做不到。"

最后他说:"你妈是个伟大的女人。"

但,女人还是女人。

终归不是男人。

5

一个男人在女人生活中所占的分量到底是多少呢?

我并非独身主义者,我需要丈夫,也需要父亲。但是,如果作一假设,假设一个女人的生命里一辈子都不会出现一个男人,健身、读书、旅行……她选择了一切丰富自己生活的方式却独独绕开了爱情,那么她的生活,是否会被视为残缺的,甚至不正常的?

答案多半是会。"老处女"之类的词语已屡见不鲜。然而"正常"又是什么呢? 在同等情况下,对一位除了配偶拥有一切的男性的称呼则体面许多:"黄金单身汉"。而有关其私人生活的联想也要乐观得多:他可以拥有很多,暂时没有只是因为他不想。男性永远拥有更多选择权,而一个没有男性依靠的成年女性则常被认为是弱势的、不完整的、值得同情的,甚至,设若日后该女性身上表现出来异乎常人的特征,无论事实是否如此，都恰恰可以成为"缺乏男人而造成的生活失常"的证明。主动选择的结果尚且如此，更何况，被"抛下"的两个女人。

以关爱为由施加于人的同情仿佛温柔陷阱——这甚至更加残忍，因为它将你的生活状态固定在了关爱者的臆想里，根本不给你翻身的机会。从那之后，有真心的亲人和朋友，也有这样的一群人，他们站在你面前，代你设想了日后的生活场景，播撒下高高在上的爱，动情之处还不忘洒下几滴热泪。一番自我感动的表演过后，满意地咂咂舌，拍拍屁股，走了。除了这个节点，你之前和之后的生活都与他们无关。

而用来形容母女俩的，是那个温情却刺耳的前缀：相依为命。

6

后来，另一个男人走入了我的生活。

研究生录取结果出来，未来三年的生活尘埃落定。无所事事的春天，我整日在校园里游荡，心情像柳絮般飘忽不定。然后他出现了。一个小说中的漂亮男孩，会弹吉他，在足球场上驰骋的样子像匹健康的小马。说话像唱歌一样温柔动听，会看着你的眼睛，为你唱自己谱写的歌曲。

没有人会拒绝这样的一个男孩，遑论一个几无恋爱经验的女孩子。

谁又能将爱情说得清楚呢？当我们谈及"爱"，有多少指的是爱的对象，有多少指的是产生于特定情境的特殊情绪，而这"爱的对象"中，又有多少是真实的他本身？一段靠网络维系的恋爱关系，我像建筑师般从手机屏幕上撷取字句，又在脑海里为它们加上温柔的语气。我孜孜不倦地构建着，用想象勾画出未来的形状。真诚、善良、爱干净、有礼貌……我将自己认为的所有美好品质都投射到他的身上，然后无法自拔地爱上了那个脑海中的幻象。

于是当知道了他对我所说的所有言语都在和另外一位女孩分享后,我几近崩溃。一段靠言语搭建的"爱",言语的崩塌就意味着"爱"的崩塌。最最致命的是,我竟然把这份自以为是的"爱"当作信仰。所以,当过往的词句碎片一样从屏幕上脱落,他从社交网络上消失,我无法忘记也无法理解的还是那句:"我会保护你。"

我曾在一篇文章中这样写过:"后来的这几天,这对母女始终保持着心照不宣的默契:她们谁也没哭,甚至经常开玩笑。她们的心脏在一次次希望与失望的拉扯中变得越来越硬,也越来越脆弱。借用个她刚学来的词:纤维化。在这长达半年的心理战中,她和母亲的心都纤维化了:就像放了很久失去了水分的柚子,外表看起来和正常柚子毫无二致,但谁吃谁明白 —— 只消一碰,柚子瓣就会碎成一粒一粒干瘪的颗粒。她们像柚子一样干瘪了,这对柚子母女再也流不出一滴眼泪,取而代之的是扑面而来的虚空和荒芜。"

多年过去,我和母亲已经可以笑着谈及父亲。

有天闲聊时母亲突然说:"你爸要再活五年也好啊。"

我说:"有些东西是没办法的事。这样说起来,等五年过后又想再活五年,到时候可怎么办呢?"

"好歹那会儿你工作了。"

我说:"没事的,我也不指望我爸帮我安排工作啊。"想了想又补充,"不是不用找工作就可以让我爸去死的意思。"

母亲大笑。顿了顿又说:"有些东西的确是没办法的事。"

大抵是终于明白了许多事是"没办法也只好……",所以只好转向自身、建立,以便承受这重击。忘了从什么时候起,我们都坦然接受了这个事实,那个曾以为要用一辈子消化的事件似乎也变得举重若轻。开始的一段时间倒总是逞强，表演出强硬的样子以隔绝那无用的关心，甚或无谓的同情，仿佛无论何时，"坚强"总是个值得赞扬的美德。

但我了解自己，也了解我的母亲——我们都不是那么坚不可摧的人。

我开始意识到无论如何我的人生都需要一个支点。父亲去世后这种感觉变得尤为明显，从那以后，我清晰地感知到我身体的某个部分正在悄无声息地下陷。就像沙漏，又像我之前在父亲的悼文里曾写过的——"说不清具体哪里，到底怎样，我只是感到突然地手足无措，突然地茫然无助，像抽掉自己的两根肋骨，冷风嗖嗖地刮进来，心里有一个地方忽然觉得空。"那时我无意识地写下这句话，时至今日我才知道这句话有多么准确。只是空。两年了这个洞不仅没能修补，我反而愈来愈清晰地认识到它的存在——就在那儿，不可转移、不可改变、不可掩埋。

而这时候他出现了，告诉我："我会保护你。"

一个女人想要的究竟是什么呢？所谓"女性主义""女权主义"，我是不懂的。我从不排斥生育，不畏惧生育的苦痛，甚至向往一种传统意义上安稳和乐的家庭生活。一个未曾生育、没有过性经验，甚至与男性都接触甚少的女孩，"男性"对我则意味着，一个像父亲一样的人，一根顶梁柱、一把保护伞。

过去二十年里，"保护"于我，是男性存在的意义。我渴望建立一段相互交托的关系，试图找到一双手，在我坠落的时候，托住我。创口自愈是需要时间的，在那之前，我们下意识会先找创可贴。如果创可贴的出现，能够让生活一如既往地进行下去，创口的自愈还是否如之前那样重要而紧迫呢？

其实哪有那么多需要捍卫的东西，说要捍卫什么，也不过是让自己开心而已。

分手之后，我像发了疯似的寻找那片"创可贴"。在与另一个女孩的对比中，一种强烈的不被选择的焦虑攫住了我。不被选择，进而是不配被爱，由此引发的价值恐慌将我不断拖入自我否定的泥沼里：到底是哪里出了错，是我错了还是爱本身错了，如果我有错你告诉我我可以改，如果爱本身错了那我之前感受到的又是什么……我每日周旋在此类毫无意义的问题中，无暇顾及选择权凭什么可以被交到那个事先背离这段关系的人手里。

我试图找到能使破镜重圆的方法。

自我欺骗。承认自己是个普通人，于是一切懦弱与卑劣都有了前提。承认一切情绪存在的合理性，以及在不理智的情况下做出的不理智决定：包括为对方开脱和无底线的谅解。

迎合"标准"。高考作文的规则是，总分结构，虎头豹尾，语言流畅，论据充分。一种只看标准不看头脑的考试机制，纵使再才华横溢，因离题万里而被判死刑的试卷也不在少数。温良贤淑，知书达理，端庄大方，女人的标准。我笨手笨脚地拿那套子套在自己身上，以期获得高分（谁又是裁判呢？）——我哪里做得不好你告诉我我可以学。你忘了，我最擅长做好学生了。

甚至做自己。是的，是那个早已不鲜见的口号"女人要活出自我"。较之"迎合标准"更为体面的手段，然而它的动机却很可疑。当"女人味"不再被狭隘地定义为"温柔、端庄、莲步轻移的大家闺秀"，"做回自己"因其内含的自信、洒脱意味被大量营销号推崇为主流价值的一种，而那之前往往要再加上一句，"男人喜欢的是你本来的样子"——重点不在于"你本来的样子"，而在于"男人喜欢"。

其实哪有那么多需要捍卫的东西，说要捍卫什么，也不过是让自己开心而已。

"自我"，一种更为隐晦的迎合。一场以男性审美为标杆、以占有为目的的自我塑造，最终却造成了自我的陷落。

7

我时常回望自己的童年，企图按图索骥，找到这一切究竟是因为什么。小书包、马尾辫，家与学校两点一线，填塞着数学题、钢琴课与母亲严肃的脸。我看到自己像株温室里的树苗，在悉心的照料下抽了穗拔了节，又在一脚踏进二十岁的门槛时忽地失去了父亲。

很长一段时间，我反思自己过去的人生如何活过，以及未来的人生要如何去活，惊恐地发现自己脱离了父母几乎是个一无是处的废物，甚至打理不好基本的个人生活。父母全权安排下的前二十年人生，我由一系列标签组成：乖巧、懂事、成绩好。——典型的"别人家的孩子"。除此之外并没有一个真实的"我"存在在那儿——像被套上了一个漂亮壳子，然而生硬、死板、毫无弹性和蔓延。

"失去"或"未得到"是质疑存在的前提，否则不是不识好歹，便是无病呻吟。许多事情都是如此。当你深谙应试教育之道，在标准之中游刃有余，成为被标准规训的范本——甚至成为标准本身，又有谁会去质疑"标准"存在的必要，有谁会在意"标准"本身的对错呢？

其实哪有那么多需要捍卫的东西，说要捍卫什么，也不过是让自己开心而已。

只是，过去成就我的如今也能击溃我。

好女儿、好学生、好女友。我人生的前二十年里，所有"好孩子"

的标准构成了我,我的价值,以及价值实现的满足感全部来源于一张张试卷上的分数、各项考试的排名以及老师、家长的夸赞。在我不断从别人口中获得肯定评价的同时,这评价也塑造了我:这是对的,事情原本就应该是这样的。我长期沉溺于死水一般的满足和快乐中,看不到世界原本的样子。

或许我也从不曾在意答案究竟是什么,从不曾在一段感情中思索自己即时的感受,以及感受出现的原因。我想要的唯安定而已,像期末试卷顶端耀眼的分数,和家长会上被大声念出的名字。只是后来站在路的尽头,我却忍不住回头看,自尊、冲动、说不清道不明的喜欢、安全感,到底是哪里出了差错,让我明明白白感受到的"爱"变得面目全非?我总以为所有事只要努力就有回报,我总以为所有事像考试一样都可纠偏。我甚至试图想找到一样东西,证明并不是自己的"信仰"崩塌,而是另有原因。

"我哪里做得不好你告诉我,我可以学。你忘了,我最擅长做好学生了。"

跌跌撞撞、恍恍惚惚我才算搞明白了,成年男女的世界里,不是所有事都可以用成绩证明的。

"我不过是提个醒,让你给自己留条后路。还不是怕你受伤,要不是你妈谁在意你怎么想?"

我只是不明白,从什么时候起,女性开始不自觉地将评判自我价值的权利交到男性手里,使用一系列标准界定自己的价值,通过与这些刻板而生硬的标准的比照,确认自己被爱的权利?又到底是哪里出了问题,让女性勇敢求爱本身,都成为一种错误?

仿佛生来就要接受的一场考试。

我与母亲的矛盾,或许永远也无法达成完全的和解。我试图建立那根让我成为"我"的柱子且永远不会为此妥协，但母亲的那根柱子却是我。我终于意识到我们是不一样的了。我尚处在人生的前半段，注定是要有新生活的。我仍然可以信心十足地想象，描画出未来的形状。我可以十分有底气地说："我可以有……"而她却只能不断回头看，然后说"我姑娘怎样怎样"，以及那句，"你爸要是在就好了"。

8

"你为什么总想管着我呢？生活是我自己的，提意见可以，但决定我要自己来做。"

"你现在翅膀硬了，有自己的主意了，你想怎么着就怎么着，吃亏了别说，生病了也休想让我给你寄药！爱咋地咋地！"

"你要不天天问我愿意跟你说？药是我让你寄的？"

"好！以后再别让我管你了！"

"莫名其妙，我让你管了？"

"你瞎操的什么心，没有自己的生活吗？"

……

正月十五的月夜，在返校的列车上，我反复循环寺尾纱穗的《狂女》，想到了独守空房的母亲。火车疾驰着驶过平坦的原野，故乡逐渐远去，消失在我视线的末端。

我再也看不见她的背影。

父亲的离去死死地缚住了她的双脚，让她再也无法过到对岸去。

她停留在岸的这头张望我，而我只是海上漂浮的船。

（原载《天涯》2021年第2期）

赞 美 课

李修文

这天早晨，去学校的路上，他忍不住想要赞美整个世界：沿途的一棵棵枫树，全都在一夜之间变红，像巨大的火炬直插在田野上，又像母亲的心来到了身前，正伴随着他度过越来越寒凉的秋天；仍然是一夜之间，漫无边际的芦苇们也都开出了花，那些芦花，一簇簇被风吹动，却始终低着头，像姑妈，像刚刚死去的语文老师，像世上一切受了苦却不诉苦的人。通往学校的路在芦苇荡里继续向前延伸，因此，他还将在芦苇荡里看见几只正在学走路的白鹤，一只干涸了好几年的泉眼里重新涌出了泉水，所以，他一边往前走，一边开始回忆自己知道的、所有用来赞美的词，结果，他还是觉得，那些词配不上他在这个早晨经过和经历的一切。

那颗被赞美包围的心，甚至忘记了必然到来的危难——这一年，他十岁，被寄养在一个远离父母的村子里，他所栖身的这户人家，只是父母的远亲，反正他也没有被饿死，如此，在给他一碗饭吃之外，其他的他们也就一概不闻不问了。当然，他一直知道自己身处在什么样的境地中，所以，他完全可以当得起乖巧二字：因为无亲无故，打起架来也没有帮手，在学校里，他便隔三岔五地要挨上一顿打，挨打就挨打了吧，不过是毫不声张地钻进芦苇荡里，奔跑，哭，躺下，在湿漉漉的地上翻来覆去，最后，还是得乖乖站起来，将自己收拾好，再挂着一脸的笑，回到寄养的人家里去。是的，对于挨打之后毫不声张的好处，他比任何人都更加了解。

但是今天却不同于往常。今天挨的这顿打，几乎令他痛不欲生：他身上穿着一件母亲刚织完就寄来的毛衣，挨打的时候，因为急于挣脱，毛衣上的线头松开了，但他顾不上，只能拖着线头夺路而逃，这样，打他的人便不再追赶他，而是攥紧了线头，再嬉笑着看他跑远，而他，一边狂奔，一边却心疼得喘不过气来：他的确是越跑越远了，可是，他毛衣上的毛线也在被他们拉扯得越来越长，等他终于痛下决心，咬着牙将毛线扯断的时候，他的毛衣，已经缺了半截胳膊了。

所以，在虎口脱险之后的芦苇荡里，他怎能不怀抱着难以消除的怨愤呢？但又别无他法，他只好折断了一根芦苇后，再去折断另一根芦苇。然后，和以往一样，奔跑，哭，躺下，在湿漉漉的地上翻来覆去，无非是这些，让他觉得自己动了起来，陷入了虚妄的、根本不存在的还击，就好像，唯有如此，他才能将怯懦和耻辱一点点从身体里清除干净。可是，越是不停地动起来，他又越是觉得自己的身体开了一条口子，那些怯懦和耻辱，正像涌向大地的黄昏和夜幕一般涌进那条口子，更何况，还有不同于往日的心疼正在持续和加深 —— 一看见缺了半条胳膊的毛衣，他的心脏便狂跳着像是要离开他的身体，他只好紧紧捂住它，站也不是，坐也不是。当然，他知道自己不会死，他知道：自己只是在绝望。

好在，她来了。那时候，天色快要黑定了，隐隐约约地，月亮已经升上了天空，终于，怨愤和怯懦，心疼和羞耻，正如一天终将过去，他将它们全都接受了下来，转而拨开芦苇，踏上回到寄养人家的路。结果，他一转身便看见了她，不知道她是什么时候也进了这片芦苇荡的，只怕是已经来了好久，果真如此的话，他在芦苇与芦苇之间的那些行径自然全都被她看见了。一想到这里，他便愈发羞愧难当，吓了一跳之后，他一刻也不停地掉头就跑。见他要跑，她才终于嗯嗯呀呀地叫喊起来，她越叫喊，他越不敢停，可是，她的叫喊声竟然越来越大，直到他下意识地担心自己似乎对她也犯下了一桩什么过错，这过错又可能会给自己带来灭顶之灾，这才心惊胆战地止步，一会儿去看她，一会儿又不敢看她。

　　实际上，他早就认得她。跟他一样，她也三天两头都要挨上一顿打：她是个哑巴，四川人，最早，她是被自己的哥哥带过来的，一开始，兄妹二人在村子中的油坊里做工，后来，油坊垮了，开不下去了，哥哥就跑了，跑掉之前，把她卖给了本地最穷的一户人家做儿媳，因此，她虽说是被卖掉的，却也谈不上是拐卖。据说，她不但是个哑巴，脑子也不太好，做活计的时候免不了笨手笨脚，如此一来，挨婆家的打便成了家常便饭。他其实目睹过一次她挨她丈夫的打，那是个下雨天，她去放牛的时候把牛给丢了，那牛又是借来的，她丈夫气疯了，漫山遍野地呼叫和奔跑，终于找回了牛，接着再找她，她却像是预见到了即将到来的厄运，不知道躲在哪里，就是不出来。但显然，躲避是没用的，最终，她丈夫从柴火堆里找到了她，拳打脚踢之后，她丈夫的怒气仍然没有消，按着她的脑袋往墙上撞，很快，她的脸，她的眼睛和鼻子，全都肿胀了起来，这一切，被远处的他尽收眼底。就在他以为她丈夫快要结束殴打的时候，哪知道，她丈夫竟然拽着她的头发，来到了池塘边，又飞起一脚，将她踢倒在了池塘里。那池塘并不深，淹不死人，然而她的眼睛肿成了一条缝，又睁不开，便只好站在齐腰深的淤泥里，怎么也爬不起来。直到很久以后，他还一直记得她站在淤泥里挥着两只手一点点向前挪动的样子。

不仅她婆家的人打她，村子里别的人也打她。谁叫她是个哑巴，脑子还傻呢？有一回，是在割稻子的时节，她挑着一百多斤的稻子回家，一路上，不断有妇女们从她的稻子中抽出几束来放进自己的担子里，她当然未能反抗，只敢讪笑着加快步子往前走，却很快又被妇女们追上，渐渐地，妇女们愈加明目张胆，几近于硬抢，她的稻子越来越少。终于，她忍耐不住，停在原地，嘴巴里"嗯嗯呀呀"地冲她们比划着手势，这一切，都被走在放学路上的他远远看见了。即使是只有十岁的他也能看出来：她与其说是在发怒，不如说是在哀求，因为她的脸上一直都在讨好地笑着。也不知道是怎么了，他继续远远地看见：妇女们没再硬抢她的稻子，却对她动了手，她左躲右闪，又想护住稻子，于是，每一回，当她几乎已经躲过了推搡时，为了那些稻子，她只好又跑回来，趴在稻子上，然后再一次被推搡。

现在，芦苇荡里，她竟然来到了他身边。按理说，他不应该怕她，可是，经年累月的挨打早已让他吓破了胆子，万一，他想，她比自己大那么多，万一自己跑掉了，激怒了她，她也对他动起手来可如何是好呢？更何况，她还有一个几乎没有一天不暴怒的丈夫。这样，他便在原地站住，一会儿去看她，一会儿又不敢看她。这时候，夜幕真正降临了，但月亮大得很，芦苇荡里明晃晃的。终于，她朝他走近了几步，"嗯嗯呀呀"地比划起了手势。他盯着她，却看不懂她在比划着什么，她便只好变作往日里的她，讪笑，不停地讪笑。最后，她恐怕是明白过来他怎么也不会看懂她的手势了，这才离他更近，急切地伸手，先指了指自己身上那件油腻的毛衣，再去指他的胳膊，紧接着，"嗯嗯呀呀"的声音大起来，她一边含混不清地叫喊着，另一边，手势却变得激烈了，既像是在比划着穿针引线，又像是在威胁着他什么。

也不知道她比划了多久，他总算明白过来，她是在跟他说：她会织毛衣，而且，她自己身上那件油腻的毛衣，跟他缺了半截胳膊的毛衣颜色差不多，也是凑巧，她恰好还有一点毛线，所以，她想让他将毛衣脱下来，交给她，只要一个晚上，她就可以帮他把那半截胳膊补起来。他当然不信，也下定了决心不听她的，可是，芦苇荡之外，远远的地界里，她丈夫大声喊起了她的名字，而且，叫喊声还越来越近，那声音，于他而言，不是别的，是说到就到的灭顶之灾，所以，鬼使神差一般，他竟然乖乖听话，脱下自己的毛衣，递给她，然后发了疯一般跑远了。跑着跑着，他想起了母亲，想起了自己可能就此与母亲寄来的毛衣作别，不禁哽咽了起来。等他彻底将她抛在身后，跑出了芦苇荡，再看月光下变得更白的芦花们，还有那些红彤彤的枫树，禁不住恶狠狠地想：早晨，那些被他硬生生回忆起来用来赞美它们的词，他要一个不剩地全都收回来。

然而，事情并不像他想象的那样。第二天晚上，她便给他送来了补好的毛衣。白天里，他已经好多次看见了她，她也看见了他，但是，他们好似两个被圈禁又放弃了逃脱的奴隶，俯首于可能的恐吓，都没敢走向彼此的所在——学校正在新盖几间教室，为了挣上几个钱，村子里腾得出手的人大多都在这里帮工，她和她的丈夫也在帮工，难怪昨天他挨打的时候，她会看见他，而且还追到了芦苇荡里。上课的时候，他不停地向外张望，她走到哪里，他的眼神便跟到哪里，他看着她搬砖和拌石灰，又看着她挑担子和知趣地躲在一边吃午饭，可是，他就是没看见自己的那件毛衣。要命的是，课间的时候，老师递给他一封信，信是母亲写来的，母亲在信里问他，毛衣合不合身。他拿着信，有那么一刹那，他想不管不顾地冲出去，径直去找她，要回自己那件缺了半截胳膊的毛衣，但终究还是没敢。

放学的时候，天又快黑了，跟昨天一样，月亮早早升上了天空，天大的委屈一直跟随着他，他无法推开它，便又在芦苇荡里狂奔不止，那一根根芦苇，抽打着他的脸，生疼生疼。可是，唯有这疼，才能让他原谅自己，到了这时，他再也忍不住，哭了出来。好在，她又来了。而且，她不仅来了，手里还拿着他的那件毛衣，只一眼，他便看得清清楚楚：那件缺了半截胳膊的毛衣，竟然真的被她补上了。他停下了步子，愣怔着，喘息着，对眼前所见难以置信。反倒是她，应该是早早埋伏在这里等了他很久了，要是再耽误，丈夫的拳脚就又要等着她去自投罗网。所以，她并没有多跟他"嗯嗯呀呀"，而是麻利地将毛衣递给他，又笑着指了指毛衣的袖子，意思是，已经补好了。他刚想对她说几句话，还没想好，她却急促地跑开，转瞬之间便从芦苇荡里消失了。

芦苇荡里，那颗被赞美包围的心又回来了——他想赞美一根根芦苇，它们全都像壮士一般挺立，护卫住了他和她的接头之地；还有高高在上的月光，不明不暗，让它们看见彼此，却藏住了她朝向他的奔跑，又藏住了她朝向丈夫的奔跑。一想到她在跑，他也跑起来，一直跑到气都喘不过来，尽管她在跑向自己的丈夫，他在跑回寄养的人家，但他觉得，唯有跑得气都喘不过来，他才对得起她，而他仍然要赞美：一棵棵枫树，仍然像巨大的火炬直插在田野上，还有那些芦花，一簇簇被风吹动，却始终低着头，仍然像世上一切受了苦却不诉苦的人。不仅如此，一路上，风平浪静的池塘，让他想起母亲抱着他的时候；突然飞出的磷火，让他想起过年时灶膛里的火苗；还有，就连黑黢黢的竹林，也让他不断想起春天里持续涌出地面的笋尖。而这些远远不够，他仍将迷惑于更多的赞美：为什么，人人都说她是傻的，她却给他送来蜂蜜一般的好？为什么，月光和芦苇荡让她送来了她的好，又体贴地掩住了她的好？也许，它们都是好？既然如此，但凡他看得见的地方，是不是都有他看不见的好？

半夜里，他一直舍不得睡过去，就好像一旦睡着，那些赞美，那些蜂蜜一般的好，就会消失得再无影踪，而他实在舍不得它们。此刻，被褥是单薄和残破的，天气也在急速地转凉，但是，他的体内，他的身外，全都缭绕和充盈着巨大的暖意，他无须再像往日那样瑟缩和咬紧牙关。还有，这暖意，不光让他喜悦，甚至让他想入非非：也许，他和她，这两个在此处挨打和在彼处挨打的人，只要胆大包天，偷偷地，只是偷偷地，他朝她走过去，她再朝他走过来，他和她便也能像旁人一样活着，除了坏，还有好，除了逃避不开的沮丧，更有源源不断的赞美？一定是这样。这时候，夜幕里下起了雨，雨滴轻轻敲打着屋顶，他便在雨声里告诉自己：一定是这样。他一定要将那些好与赞美抓在手中，再牢牢装进自己的口袋。

他说到做到。打第二天起，看上去，他还是那个在拳脚之下忍气吞声的人，可是暗地里，他却变成了一只四处搜寻着她的气味的野狗——冬天里，她家里几乎断粮了，每天只能吃上一顿饭，所以，他每天都要花费好多心思寻找埋伏之地，那埋伏之地，既要不为人知，又要能让自己省下的口粮顺利地交到她手上；春天里，小河涨水，她去油菜地里施肥的路上，脚底下一滑，跌进了河中，幸亏他蹑手蹑脚地跟在她身边，不管不顾地大喊大叫，终于引来了一个好心人将她从河水里捞了上来。一开始，面对他的疯狂，她吓坏了，总是躲着他，而他依然故我，能见她，便要见她，能给她好，便要给她好。渐渐地，她也终于明白过来，在这村子里，唯有他和她才是匹配的，她当然从来没有幻想过任何匹配，可是，要是真正的匹配来了，她只怕也是不忍心推开的吧？就好像两个同时落水的人，除了伸出各自的手去触向对方，满世界，哪里还有第三个人向他们伸出手来呢？所以，并没有过多久，她就不再躲着他，甚至，有点工夫的时候，她也像他一样，躲藏在各种不为人知之处等着他：还是在那片芦苇荡里，她截住了放学后的他，递给他几只已经煮熟了的鹌鹑蛋。芦苇荡里没有石头，他找不到敲碎蛋壳的地方，还是她，一只一只用手轻轻地去捏，蛋壳被捏碎了，一只只蛋却都圆滚如初，她再像捧着宝贝疙瘩一般递给他，看着他吃，他知道，她并没有吃，但她愿意看着他吃。

　　这样一个她，怎么可能是傻子呢？她当然不是傻子。很快，他就看清了她，她其实是故意想让别人认为她傻——反正是个哑巴，那么，干脆再拿傻瓜当作借口，以此来逃避自己是个哑巴吧。是啊，在旁人眼中，一个傻瓜，总要比一个哑巴更要可怜，那么，莫不如让更可怜的自己罩住一个可怜的自己吧，果然如此的话，在彻底的被轻贱中，她反倒活得更像一个人了？可惜，他只有十岁，无法再往深里想，但是，再往后，一旦她打着手势告诉他说自己的脑子傻，他便立即止住，也胡乱打着手势对她说：你一点都不傻，你不过是想让身边的人放过你，就像你身上那件油腻的毛衣，它不过是让你自己相信，你活该受罪，实际上，你比谁都更爱干净，对不对？——每一回，只要他这么说，她便再也说不出话来，而他却没有停止，继续告诉她：和枫树一样，和芦苇荡一样，她配得上任何赞美。

　　赞美，这个手势可真难打给她啊。可她竟然非要问清楚，他所说的、经常在身体里横冲直撞的赞美究竟是什么？既然如此，他便下定了决心，从现在开始，他来给她上一堂赞美课，这课堂也不在他处，就在眼前的芦苇荡里。他指引着她，在一眼看不到头的芦苇荡里穿行，再对她说，你看，这些芦苇的根部，看起来平平常常，实际上却是一味中药。从前，和母亲住在一起的时候，他发烧了，嗓子痛了，母亲就会挖了芦根回去给他煮水喝。所以现在，他想母亲的时候，就会折一截芦根放在嘴巴里嚼，越嚼，母亲就离他越近；还有那些白色的芦花，你以为它们全都是白色的吗？不，它们其实什么颜色都有，淡青的，微微发红的……每一回，当他辨认清楚了每一种颜色，他便想，待他回到父母身边的时候，他又多了一桩可以让自己对他们炫耀起来的本事；你再看，前面还有一口泉眼，去年彻底干了，今年又活了过来，好多人都没注意到它活了过来，不过这样最好，这样，这口活过来的泉眼就成了他一个人的秘密，如此，他就和他看过的小说主人公一样，也变成了怀揣着秘密却守口如瓶的人了。是的，他指引给她看的这一切，在他的心底里，全都当得起任何赞美。可是，她却越走越慢，终于忍不住，打手势告诉他，在她的四川老家，也有一片看不到头的芦苇荡。所以，她其实害怕眼前的这片芦苇荡，一走进来，她就想家，想她父母还没死的时候。说着说着，她竟然嚎啕大哭了起来，他想上前去劝她，但她却推开手，捂着脸，压低哭声，踉跄着跑出了芦苇荡。

　　第二堂赞美课到来得实在太晚了一些。上课之前，有好多天，他故意避开芦苇荡，在村子里四处游荡，既磨刀霍霍，又小心翼翼，终于选定了课堂，但是，他却怎么也见不到她了——听人说，她被她丈夫带到邻县的小煤窑里挖煤去了。听到这个消息，他当然失魂落魄，只要放了学，就去她家附近远远地张望一阵子，自然，他一直都没有看见她。大概过了两个月，有天晚上，村子里有人结婚，去镇上请来放映队放了一场电影。他去看电影的时候，又挨了一顿打，所以，电影还没完，他就忍不住伤心，离开了放电影的地方，一个人，在刚刚下过雨的路上深一脚浅一脚朝前走。突然，他看见了她，她回来了，却不再是他认得的那个她了：她以前就瘦，现在更比以前瘦了许多，最让他受不了的是，以前，她的脸，她的手，都是那么白，是再脏再油腻的衣服都遮不住的白，而现在，她是那么黑，不是被煤灰暂时盖住了白的黑，而是实实在在的黑，是连月光也照不白的黑。尽管如此，一见到她，他还是忍不住扑了过去，扑上去了，又说不出话来，她却打着手势告诉她，她明天就要再回邻县的小煤窑，现在，她想让他抓紧时间，再给他上一堂赞美课。见他还愣怔着，她便又对他说：虽然她仍然不知道他所说的赞美到底是什么，但是，她也想跟他一样，哪怕远在小煤窑里，身上，心里，都有他所说的赞美。

　　好吧，那么，就让他们赶紧开始这一堂赞美课吧。说起来，这一堂课的课堂，根本不是什么隐秘的所在，它仅仅只是一本书，对，就是那本《安徒生童话》。满村子的一草一木都可以作证，为了找到一座合适的课堂，他的脚底都磨出了水泡，但是最终，他决定放弃那些隐秘的所在，转而给她好好讲完《安徒生童话》里的每一个故事。只因为，正是这本书，自他寄养之初就一直被他压在枕头底下。它是他的兄弟，让他知道在这世上，在更加广阔的地方，也有挨打、眼泪和四处流浪，却也有相逢、欢乐和迟早都要出现的偿报，比如他和她的亲近，于他便是偿报，便是《安徒生童话》里的故事搬到了他们活命的村子里。也因此，还有什么比这本书更适合当作课堂，还有什么比让她跟他一样读完这本书，无须再借助旁人，仅凭自己就能让自己的心脏被赞美包围，更令他放心呢？

　　好吧，赶紧开始吧，他拽着她，两个人一起朝前跑，一直跑到了她曾经跌进去的那条小河边，这才坐下，然后，他便开始了 —— 此后多年，他一直记得，并将终生记得，他给她讲的第一个故事，是《丑小鸭》。这一晚的月光，比往日里都要亮，亮得像白天，她看他的手势便毫不吃力，再加上，为了这堂课，他几乎茶饭不思，所有可能艰难的手势，他都已经仔细地排练过了，所以，他有十足的把握将那只最后变成天鹅的丑小鸭带到她的眼前来。事实上，她也和他想象的一样，无论他打出什么手势，她全都能看得明白，当他讲到丑小鸭在沼泽地里看见那两只调皮的公雁被猎人开枪打死时，她的身体禁不住颤抖了一下，他刚止住手势，她却催促他赶紧往下讲。然而，天上下起了雨，这场雨啊，早不来，晚不来，偏偏这时候来，而且，一下起来就再也收不住，一想到她明天早晨就要离开，他便不甘心，非要把故事讲完不可。他骗她，故事很短，他马上就能讲完，紧接着，也不管她同意不同意，冻得瑟瑟发抖的他继续往下讲，只有上天和他自己知道，他是多么想尽快地告诉她，那只丑小鸭，最后不仅变成了一只天鹅，而且，因为吃过的苦，它终生都有一颗赞美和不肯骄傲的心。只是，雨下得更大了，他没办法不停下来，看着她，讲也不是，不讲也不是，最终，还是她站起身来，拽着他，一起跑回了村子里。

第三堂赞美课，是在半个月后。前几天，他在挨打的时候逃进了一片竹林，哪知道，竹林里到处都是蜂窝，在误撞了蜂窝之后，哪怕他使出了吃奶的力气，野蜂们也没有放过他，他跑到哪里，野蜂们便追到哪里，最后，他的全身上下至少被蜇了几十处。等他跑回寄养的人家，眼前一黑，一头栽倒在地，好半天都没有力气从地上爬起来。一连好几天，他躺在床上，几乎奄奄一息，疼痛无休无止，有好多次，他都疑心自己已经不在这个世界上，所有的声音都忽远忽近：寄养人家说话的声音，赤脚医生前来出诊的声音，一切都在，一切又都不在，他还听见寄养人家的小孩子跑到了他的床前，但是很快就吓得赶紧跑了出去，也难怪，虽说他看不见自己，却也能猜出来，现在的他，大概和一个满身肿胀的鬼魂差不多。正是在这样的忽远忽近之中，他听见了她的死讯，对，就是她，远在邻县小煤窑里的她。前几天，在小煤窑里，她的丈夫喝多了酒，又追着她打，她开始逃，她的丈夫却一直追到了山岗上，刚一追上，就飞起一脚，将她从山岗上踹了下去，等到有人在山岗底下找到她时，她早已断了气。

　　而他竟然没有哭，一来是，他的眼睛还在肿胀中，就算泪水再多，也涌不出他的眼眶；二来是，当世界以骇人的模样告诉他，我们的生活到底可以坏到何种地步时，他反倒在闪电般稍纵即逝的震惊与怨愤中长大了。原来，当赞美开始，又或在赞美的尽头，等待着我们的，未见得只有欢乐、相逢和偿报，同样还有死亡、永无相逢和再也说不出话的沉默。但是，他已经做出了一个决定：越是如此，越是要赞美。对，在沉默中，他对自己一遍又一遍地说：要活下去，要赞美，只因为，在你的活下去中，还有她的活下去，在你的赞美之中，还有她从未得到过的赞美。从此以后，他又对自己说，无论什么时候，什么境地，都不要忘了继续上赞美课，无非是，从今以后，他既是讲课的人，也是听课的人。还等什么呢？第三堂赞美课，就从现在开始吧。也许，她还并未走远，而他的双手也刚刚可以动弹，她还能像在明晃晃的月光下一样看得毫不吃力，还等什么呢？开始吧。于是，他缓慢地、轻轻地挪动着左手和右手，让它们破镜重圆，让它们凑在了一起，然后，他开始讲课，这一课，仍然从《丑小鸭》讲起，从上一回中断的地方讲起："天快要暗的时候，四周才静下来。可是这只可怜的小鸭还不敢站起来。他等了好几个钟头，才敢向四周望一眼，于是他急忙跑出这块沼泽地，拼命地跑，向田野上跑，向牧场上跑……"

（原载《雨花》2021年第3期）

带灯的人

草 白

  祖母的一生致力于制造炊烟,即使在年老体衰、摇摇晃晃的暮年,还习惯像先人们那样生火做饭。古人用木和金燧火、用石头敲出火,祖母用的是火柴,那种涂着红色易燃物的火柴头,很方便制造出火花,也很容易因受潮而覆灭。当火柴逐渐退隐,打火机取而代之,祖母娴熟地用打火机点燃松针、麦秸秆、铁狼萁,或许还有烟蒂。她习惯在喂柴的时候吸烟,火光和烟雾在她脸上聚拢起来,又慢慢散逸开去。她对木柴、灶台和烟熏火燎的岁月的挚爱,是一个从小使用电炒锅、以吃外卖为主长大的人所无法体会的。她本能地弃绝电饭煲、燃气灶等一切可以使饭菜快速熟透的烹煮工具,并表现出顽固的对抗姿势。那张皱纹密布的苍灰色的脸因长期暴露在烟雾之中,而分辨不清到底属于哪朝哪代。偶然看到那张脸庞的陌生人,大概是要惊吓得狂奔而去;就连熟识之人也不忍细加打量,就像创作者不忍对一个可怜之人过于苛责,那将是双重的打击、加倍的残忍。

说什么都太晚了，祖母已至老境，耄耋之年，不能一口气说太多话，不能一下子走太久的路。我在不算遥远的童年时代所遇见的那个人，比眼下的她可要年轻得多，至少腿脚灵便，说话之声邦邦响，将山核桃和脆锅巴也咬得嘎嘣响，还没有到要人搀扶和庇护的地步。很快，她就到了这一步。不知从什么时候起，或许是当所有的时间都浓缩成一股风吹向她的脸庞和发梢，她便成了那副让人害怕的模样。

一阵轻飘的风或一片摇摇欲坠的树叶，都可能让她摔跤。即使没有风，她也能将自己绊倒在床沿前、井台边，哼哼唧唧，无法动弹。她齿牙脱落、肌腱受损、骨头断裂，最终一劳永逸地将自己送到病床之上。即使到了这一步，她还如此傲慢，不近人情，拒绝暴露自己的身体，拒绝以任何途径让自己获得他人关注，并将此视为奇耻大辱。最终，她只能将自己化作一道温热的火光、一阵轻盈的烟，飞往另一个世界。

整个过程迅疾、酷烈，让人不忍卒视。即使如此，她仍然是那间宅屋里待得最久的人。是上天选择了她，让她成为最后离开的人。在独子和丈夫相继过世后，她房门紧闭，独坐阁楼之上。她避人耳目，将自己藏匿起来。现在回想起来，无论多么长寿之人，人世的日子都是短的。人们要死那么久，却只能活短短几十年，甚至比不上木头里寄居的虫蚁，只要木头不腐，房梁不倒，便生生不息。

如果不是断骨，不是要将身体隐私毫无尊严地暴露在人前，她或许还能活得再久一些，哪怕只是苟延残喘，哪怕胸膛之内只有微弱的气息流淌，她也会活下去。她并不排斥活着的日子，她熟悉那种感觉，并多少拥有一些算不上宝贵的经验。她知道如何将樟脑丸包裹起来，放入衣柜的四个角落里，不让它们直接接触薄软、滑凉的衣物。她还知道最好的引火物是干燥的松针、质地松软的木柴以及所有含松脂的木料。至于如何救活一簇奄奄一息的火苗，如何在炎热难耐的长夏午后只以一柄蒲扇来对抗蚊虫和酷暑，如何在滴水成冰的日子给饭菜和自己的膝盖保暖……所有这些，她都有自己的一套。

只是，现在的冬天越来越仓促，往往是寒冷还没真正开始，便传来衰竭的信号。水缸被冻裂的辰光、屋檐下悬挂冰凌的时日，早已一去不复返。下雪的日子越来越少。即使是越来越稀薄的雪，像一条破毯子似的丝丝缕缕的雪，祖母也独自看了很多年。

从前，檐下有燕子呢喃，后院有哑巴学语。现在，家人、哑巴和燕子都离开了。窗户被垒起的木柴封住，只够漏进一些微光。光线落在陶罐、酒瓮、瓶子和碗钵上，也落在油腻腻的毛状灰尘上，它们板结成团，不轻易挪动位置，衰老的人早已学会与其和平共处。某次织网或诵经的间歇，祖母倚靠窗前休憩，将花白的脑袋无限靠近外面的声响和光，但绝不探出头去。她不想被注视、呼唤和谈论。

每次想起祖母，脑海里浮现的总是那个小小的身体在灰暗屋宅里踽踽独行的场景。一个头发灰白的老太太，在堆积着南瓜和土豆的角落里走来走去。丰收的果实充满她的小屋，时间的蛛网结在橡木与屋梁之上。一年四季，步履蹒跚地从她窗前爬过。青苔趴在石头缝，最终爬上高高的墙头。不远处是日夜奔走的溪流，永远在那里流着，不停地流着。生老病死、婚丧嫁娶，不过是枝上结出果子，又坠落了果子。她的世界破败却完整。那间屋子也是完整的，处于孤独的上升期的屋顶与阁楼，充满梦幻色彩的廊檐、天井、马头墙，还有楼梯和雕花门窗所通向的往昔的旖旎世界，不期而至的风雨、冰霜、闪电和月光也属于这间家宅的馈赠物。不能没有这些。这座有空间根基的宅屋，好像是大地之上长出的植物，是人心中的宇宙中心。无论从梦境还是现实的角度看，它都是完整的，一座房屋该有的它都有。

祖母在老家屋宅里安然入睡，我却在无法忍受的噪声里失眠。一开始是租来的房子，许多人共处一室，别人的脚顶着你的脑袋，说话之声嘈嘈切切，不绝如缕。这世上真有如此逼仄的空间，这空间里全是密密麻麻的人，交换着站立与躺倒的姿势。后来，情况好些了，可以找到离阳光近些、站在窗前能看见绿树的房子，幸运的话，还能看到河水。无疑，离家之人从来没有放弃过对家宅的寻找。很快，他们就找到了那样的地方，比鸽子笼更大一些的地方。那是由不同功能的房间所组合而成的套间，所有物品都可以找到它的摆放位置，沙发、床、书桌椅、台灯，还有书架，都在视线之内一览无余的地方。它类似于蜗牛的壳、虫蚁的洞穴、乌龟身上的硬质铠甲。即使小，也是宇宙的核心，各种力量的汇聚之地。你以为自己真的找到了那种地方——全宇宙最静谧的所在，但你很快发现，你的左边、右边、你的头顶和脚底下全是人，是深夜里的人声、下水声和油锅爆炒声，你们之间以管道相连，以电线相连，以深夜里的呼噜声和梦话相连。

当然，最重要的连接来自那种叫作"电视机"的家用电器。那些年，它们在无人的房间里代替人与观看者讲话、互诉衷肠，制造"高朋满座"的假象。祖母的房间也有电视机，起先是十四英寸，后来变成十七英寸、二十一英寸，由黑白换作彩色，电视节目更是换了一茬又一茬，老演员生下小演员，这个剧里的小女孩在另一个剧里当了小孩的妈，甚至还有年纪轻轻就死去的女演员，某著名主持人以及专门以逗乐为能事的小品演员也赫然列在死者名单上。当然，电视之外，这个屋宅里的人也在一个个离去，他们在体育解说员的慷慨陈词中、在保健品和汽车广告的轮番轰炸下进入弥留之际。祖母是家里唯一能把众多电视连续剧看到"剧终"的人，谁也没有她看的电视剧多，连广告也不放过。很多年后，祖母也进入弥留之际，她躺在那个没有电视机的临终的房间里，叫嚷着要把电视机关掉，说里面的人吵到她了；从前是那些从来没有见过面的人陪伴着她，到了最后关头，也是那些从来没有见过面的人打扰了她。

当她在电视里看见高楼、街道、红绿灯、穿梭往来的汽车以及从汽车里走下来的人时，大概也会想起我。我十六岁那年离家之后，便住到一个她从来没有去过，也永远不会去的地方。她知道，我就住在她在电视里经常看到的那种"鸽子笼"里，还会坐那种车身很长、车上设有广播装置的车子去上班，有空的时候去那种有一点点水的公园里划船。说是"船"，不过是改造成动物形状的小铁皮，大多是鸭子造型。岸边还有拍照的人，这样的照片在被塑封后大概不止一次寄回家里去——被祖母耻笑为旱鸭子戏水。电视让她见多识广，让她轻松识破骗子伎俩，也让她失去部分自己的生活。

很显然，那个伸着触须的黑匣子所提供的生活更加绚丽多彩。它可以提供任何地方、任何种类、任何维度的生活，古代的现代的、凄惨的欢乐的、虚假的真实的，应有尽有，但不负责提供具体的感受。当然，祖母老了，也不需要这种无用的东西。足不出户的她在编织渔网的同时，就能将整个世界一览无余，这在过去无论如何都无法办到。

祖母仰面凝望小匣子里的生活，目光在玻璃窗、水泥楼梯、曲曲折折的管道上攀爬，眼神投注在一个个长形或方形的格子上。某个时候，她忽然发出轻蔑的笑声。她环顾自己的家宅，再看看那些被整齐分割的、像抽屉一样的格子——它们还没有她家里的谷仓大，还不如她后院的兔子房大，反正它们看上去都好小。她全然沉浸在自己的世界里，认为屋宅之外的空间混乱不堪、一无是处。那个世界的老人好像不是自己的同类，居然住在那么高的地方——比她房前的楝树还要高，就像是住在高高的树杈上。总有一天，他们会像熟透的果子那样落下来，像树梢上的絮状物被风吹到深深浅浅的沟渠里。

从祖母的视角看世界，世界在一刻不停地滚动着、旋转着，风风火火，摧枯拉朽，却一无是处。那是别人的世界。她的世界在尘埃弥漫、蛛网遍布的角落里。她甘愿缩作一团，她的脸和身体也渐渐成皱缩状态，就像很多年前她曾饲养过的蚕茧。可她毫不在乎。

祖母睥睨众生的表情至今还清晰地印在我记忆的板壁上，不知是谁给了她那样一副骄矜自满、不可一世的神气，难道是来自电视的无上馈赠？一个蜷缩在犄角旮旯里的老人面对鲜乐缤纷、花香馥郁的世界应该感到羞愧才是，而浮现在祖母脸上的表情除了骄傲还是骄傲，这实在毫无道理可讲。

我曾萌发过带祖母到我生活的地方去见识一番的念头，坐白色的快车或绿色的慢车都可以。我还有时间给她讲讲未来人类可能经历的生活，那是我和她都没有办法抵达的生活。但是我终究没有这么做。每次从外面回到古老的屋宅里，满脸羞愧地站在她面前——我等着回答她的问询，哪怕是领受她的训斥，我为自己居然过上了与过去完全不同的生活而庆幸而自得而羞愧。如果这时候祖母提出什么要求，哪怕是让我难堪的要求，我也不会拒绝。很多老人千里迢迢跑到某个地方，只为了拍照，他们占有这个世界的方式就是不停地拍照，把世界缩影在一张白纸上，便于随身携带。这是一种很好的安慰心灵的方式，我以为祖母也需要这样的方式。

可她在观看了足够时长的电视节目之后，连对此也产生了厌倦。在此之前，她可不是这样的。她总是得意扬扬地说，这是东方明珠，这是天安门广场，这是万里长城！可它们看上去并不怎么样啊——后来，当她这么说的时候，我即刻打消了带她去远方"遨游"的念头，她只在自己的屋宅里"遨游"就够了。另有一些时候，相似的念头又会顽固地生起，她真的应该去外面看看，哪怕仅此一次，哪怕她实际感受到的只有喧嚣的噪声和肮脏的尾气。

毫无疑问，我不会真的鼓起勇气提出这样的建议，除非提出这个建议的人是她自己。但她永远不会这么做。祖母有一根竹制的"痒痒挠"，她对它的喜爱甚至超过任何一个儿孙。儿孙不可能时时刻刻在侧帮她解决难忍之痒，"痒痒挠"却可以。激动欢喜之余，她肉麻地称之为"我的宝贝""我的如意"。她总是说，我从不求人的！言下之意，如果真的要求，她求的也只是"痒痒挠"！不用说，这个长柄、一端有弯形梳齿的小物件帮助祖母解决了几乎所有难题。那些隐秘角落里的岁月，亲人离散的日子里，她唯一能倚靠的也只有它了。

既然有了这件"不求人"的器物，有了它可暗通款曲、互诉衷肠，既无限信赖于它，也将隐私向它无尽敞开，祖母怎么会与他人（哪怕是亲人）提及不切实际的要求呢？所以，她能铁骨铮铮地说，我从不求人！她只求己，求"痒痒挠"，求时间的馈赠与流逝，求手上的梭子穿越墨绿色的鱼线时最好不要发出任何声响，她不要听见大海的咆哮声、风暴中船只的触礁声，也没有深夜里双眼紧闭时所产生的声音幻觉。

祖母的一生依赖双手和嘴来劳作，她先是以双手编织渔网，后来则是不间断地诵经。她织网，编织着一个又一个充满漏洞的世界——这是她的祖母、祖母的祖母都可能涉足的营生。它不再是营生，而成了先人之间的对话方式。她们通过无数的网结、孔隙以及作为标志物的红绿布头，通过自相矛盾、无法被拆除的方式，彼此联结在一起。祖母不分昼夜，打下一个个、无数个结，那些纵横的结合、经纬的交点，既是现实世界存在的印证，也是对自身所属角落的心灵定位。

与先辈们不同的是，祖母生活的时代是所有时代的总和，也是它们的终结。她的编织生涯戛然而止，它被打断了，准确地说是被无情地取代了。渔网不再是古老的渔猎工具，它成了速成品，是流水线上的一环。相应地，它所对应的猎捕事业也成为杀戮和牟利的工具、商业时代的资本增值魔方，再也听不到来自深暗世界里的呐喊。

不多久，祖母以念经取代织网。她整日端坐阁楼之上，双眼微闭，好似在用另一种方式聆听。窗外，蜿蜒的青色山脉似回忆中的往昔，亲人故交慢慢进入那草木葳蕤的世界。头脑中的经文源源不断奔流而来，无须任何思索，便自动呈现。那些声音使楼阁上的空间变大，一切都在增大，好像她不是坐在宅屋的阁楼之上，而是在不断生长的树木与树木之间。她占据了中心地位。这么多年，她始终以为自己占据的是这个世界的中心。

祖母所在的屋宅属于海边山地一隅，在它四周常年演奏着风与大海的乐章，无穷尽的山林环绕着它，并从高处俯瞰着它。对这一切，祖母一无所知。她去过的最远的地方如今成了谜。有人说她去过上海，也有人认为她脚步所及最远之地不过是镇上混乱的街市。她织好的渔网就是送往那里。某一天黄昏，她从那里回来之后，再也没有在距离家宅五十米开外的地方活动。

那些年里，祖母好似成了远古时代的人物。当母亲告诉我她开始诵经并且以此为生时，我毫无障碍地接受了这个新形象，好像这就是祖母该走的路，她总有一天会走到这条道路上。颓败屋宅里的人从渔网的编织术中挣脱出来，开始致力于给远去之人送去最后的安慰。那些被反复念诵的经文，与当初打下的结一一对应，有多少网结便需要多少重复出现的诵经声，它们在祖母干枯的胸膛里涌动着，如汨汨不息的暗流。

一开始，那些找她购买经文的人，还会狐疑地望着她。怎么回事，难道这些堆积如山的东西，它们都是真……真的？真的有用吗？真的有神圣的经文附着其上？

他们对金黄色的、来自干燥大地的麦秸秆的质疑，惹怒了祖母。她不知道世道的衰微是从人们开始怀疑一颗土豆、一枚松果、一粒麦子的真实性开始的。他们从祖母手里接过东西便惊慌失措地逃走了。他们被她的怒气吓着了，暂时忘却了内心的质疑。

离家渐久，我逐渐忘记祖母的脸，甚至无法回想她怒气冲天的模样。但祖母阁楼之上诵经的形象却在不断放大，它逐渐脱离阁楼和她所置身的天地，成为我熟悉的书本里的形象。我常常将过去时间里的人与熟悉的书本里的人物进行比较，并将两者混为一谈。自十二岁离开祖母的屋宅，我在回忆中不断修订她的形象。它们不断增多、放大、逸出，一种不断变化的关于祖母的形象已经在我的脑海里扎下深根，死亡只能让这个形象进入更加迷离、惝恍的状态，而不是彻底消失。

祖母的一生几乎没有离开过自己的屋宅，只有在那里，她才可以随心所欲，可以骄傲蛮横，可以怒气冲冲。那里才是她的宇宙中心，生命能量的聚居之地。我应该用构建一个空间的方式来想象祖母形象的多变性与统一性。重要的是后者。时至今日，脑海里的祖母仍坐在一个封闭的空间里，或织网或念经，或编织竹篮或纺织棕榈线。她做着这些古老的营生，它们不仅是营生，还涵纳着她对这个变化莫测世界的所有想象。

有时候，我甚至认为她随时可以抛下它们，去做别的事，去过另外的人生。她可以轻松地把自己放入另一个世界，如元宵之夜，人们把河灯放在黑暗的河床之上，让它顺水流走。

祖母停灵的日子，他们要我回屋宅里去取一盏灯。在那个屋子里，祖母给自己留了一盏灯，现在，她要走了，必须带着那盏灯上路。我不知道那是一盏什么模样的灯，除了祖母本人，谁也没有亲眼见过它，但所有人都异口同声地肯定它的存在，特别是母亲。当我忐忑不安地打开祖母生前的宅屋，发现那里早已成了堆积如山的旧物陈列馆，十几二十年前使用过的物品层层叠叠堆放在一起，散发出一股古怪的、属于另一个世界的气味。最多的是经文，以红纸覆裹的经文、各种形状的经文，在幽深、静谧的角落里给人一种火光跳跃的悸动感。没有灯。我脑海里浮现的是纸灯笼，元宵夜的纸灯笼，烛光在青石板上跳跃和闪烁。

母亲知道那盏灯，说祖母一定准备好了，她可以忘记别的，唯独不可能忘掉灯。不知从哪个夜晚起，母亲也开始和她那个年纪的老人们围坐在一起通宵达旦地念经。她这么做，据说也是为了得到那盏灯，为了在离开尘世之时将它带在身边，照亮黑暗的路。这是我没有想到的。连母亲也在做这样的事，她是怎么忽然想起做这样的事？

关于那盏灯，母亲并没有告诉我更多。她只是说在某些夜里，她要丢下家务和放弃一整夜的睡眠，去某个地方——大概是去一个信仰虔诚的村民家里，她和她们在那里度过了一个个不眠之夜。说起这些，母亲的神情是坦然的。她已经是这个家里年纪最大的人了，那盏灯也应该属于她。她总有一天会用得着它，这是迟早的事。

最终，我找到了祖母的灯。它就挂在板壁上。它不是纸灯笼，而是一盏小小的、可以收起来的布做的灯笼；它看上去甚至不像是灯笼，而像两块可以折叠的、看不出明确颜色的布。其实，它一直在那里，在整个屋宅最干燥、最孤独的角落里，从祖母获得它并安放它的那一刻起，再也没有挪动过位置。

在我的家乡，所有六十岁以上的人都要有一盏属于自己的灯——这里所说的是女性，好像男人并不需要那种东西。我从来没有听说过谁家的祖父或外祖父带着这种东西上路。他们总是骂骂咧咧或唉声叹气，脚脖子一伸，眼睛一闭，便去了那个世界。只有祖母和外祖母们才带灯。对她们来说，余生没有比准备一盏灯更重要的事。

童年里，停电的时刻，祖母的屋宅里点着油灯。棉线做的灯芯浸在煤油里，豆大的火苗获得了灯油的滋润，但并不发展壮大，它的光影在墙壁上和屋梁上颤抖、闪动、跳跃，试图照亮更多的角落。

油灯之前是蜡烛，那是更为微弱的火焰，随着时间流逝随时可能终止的火焰。它们放射出的微光只在事物表面打转，这给人一种恍惚感，好像这个屋宅里的时间永不会终结，它是循环的 —— 因为黑夜也是循环的。

祖母很少打开那盏十五瓦的卡口灯泡，她宁愿在黑暗里进食、织网，或者念经，做所有这些事都不需要太过明亮的光线。她讨厌浪费，不需要弥布整个空间的光。她喜欢的可能是火苗，垂直向上的火苗由古老的油灯、蜡烛释放而出，灶膛里也有它的踪影 —— 伴随着木质纤维的断裂发出噼啪响声。

晚年的祖母，越来越少发出声响。她直挺挺地摔倒在水缸边，不呼喊求救，不大声嚷嚷，甚至不让自己发出难听的哼哼声。隔壁宅屋里就住着一对夫妻，两家可以听见彼此油锅的爆炒声、胸膛里的咳嗽声。祖母完全可以大声求救于他们，想必对方绝不会袖手旁观。但祖母一声不吭。她惯于把自己伪装成一个没有困难的人，这样做的后果是，当真的困难来临，她便只能沉默以对了。

离家之后，我搬过无数次家，短暂的寄居之地终将成为遗忘的对象，唯有老家昏暗的宅屋及祖母弓腰驼背的形象时常在脑海里闪现。直到有一天，我发现自己的人生居然与祖母之间存在某种程度的耦合，惊诧不已。我从未想过去学习祖母的生活，尽管我也会织网，对《心经》

早已耳熟能详。我以为自己过的是另一种生活。毕竟，我早已离开祖先的宅屋，不断学习外面世界的生存技能，住在电视机里的人们所居的屋舍里，过着大多数人都在过的现代生活。但我明白，事实并非如表面那样一目了然。

祖母对火光的执念，让她熬过了最艰难的岁月，也让她受尽苦头。尤其是暮年，哪怕仅仅是将最简单的食物煮熟，也绝非易事。被无限放大的自尊和对单调事物的沉迷，让她的人生撑到最后，并终结于此。而我呢，这些年过着近乎避世的生活，并越来越安于这样的现状。

祖母跌断的是左侧股骨，人体最大、最重要的骨头，在她这个年纪，这根起支柱作用的骨头不可能在没有任何外力作用的情况下自己长好。当她果断拒绝来自他人的帮助时，便也自行掐灭了生之焰火。

祖母去世后，我在一本书里无意读到以下文字：

多年以前，有人问美国人类学家玛格丽特·米德："在您的研究中，您认为人类文明最初的标志是什么？"

询问者心里想着，玛格丽特的回答或许会是类似鱼钩和陶罐等器具或是类似衣服的东西。然而，玛格丽特给出一个令人始料未及的答案："一段愈合的股骨。"

玛格丽特解释说，在古老的年代，如果有人断了股骨，就无法生存，会被四处游荡的野兽吃掉。除非他们得到别人的帮助，否则就不能打猎、捕鱼或逃避野兽的伤害。

那天，担架来到祖母床前。母亲和我都站在那里。我们早就知道祖母的选择，但救护车和抬担架的人还是来了。随行医生说，断掉的股骨不会自己长好，除非借助手术或医疗器械。祖母充耳不闻，无论他们说什么都与她无关，甚至奉劝那两个从救护车下来的年轻人赶紧回去，别在这里浪费时间。

——我不去医院。

——我这辈子从没有去过医院。

她神情镇定，没有坐以待毙者的哀怨和沮丧。她仍然是大嗓门、睥睨的眼神，表情执拗而不屑。她放弃医院和他人救助，她放弃了生，选择死。

她在床上又挣扎了二十一天。退烧药、止痛片、白酒在她体内轮番上阵。她昼夜疼痛，白天喘不过气，夜里睁不开眼，渐渐油尽灯枯，于腊八节晴朗的冬日黄昏辞世。彼时，窗外溪水淙淙，山林沐浴在夕光里。彼时，我在城市屋宅所在的小区里散步。眼前没有河面，却有水汽弥漫，白腻透亮，如在梦中。黄昏回到家中，静坐片刻之后，手机铃声响起，告知祖母已逝。家人发现时，她双目微闭，唇口微张，好似刚刚喘出最后一口气。而脸颊、下巴上仍留有温热的气息。她刚刚离开，去了另一座山坡、另一片梦境。

那天午后，我和母亲从山上下来。冬日的阳光罕见地温煦，风吹在额头上并不冷，还有树木的清香从空气里渗透出来。我们在一条山溪前停下奔走的脚步。那一刻，母亲脸上流露出如释重负的表情，说祖母真会挑日子，多年诵经，终于功德圆满了。

一个断掉股骨的人只活了二十一天。从断骨的第一天起，生命便开始了它的倒计时。祖母被搬离旧宅，安置在新房二楼的卧室里。朝北的房间，可以望见远山，但没有阳光。阳光只停留在房子的另一面，不越雷池半步。他们会在固定时间给她送来水和食物，并更换尿不湿。后者引起她强烈的羞耻感，比断骨本身更让她痛心疾首。这让母亲感到不可思议，一个人行将就木，怎么还在乎这些。

断骨事件发生后，我回到家里，像个客人那样站在祖母的床前。我努力说出安慰的话，但没有成功。她让我赶紧去休息，不要管她。任何到她床前探望的人，都遭到她的驱赶，好像她什么事情也没有，根本不需要别人的探望和照顾。

二十一天，五百零四个小时，三万零两百四十分钟。一个人在断骨之后，在不接受任何医治的情况下，可以活二十一天、五百零四个小时、三万零两百四十分钟。这是我们之前所不知道的。祖母终究没有等到下雪的日子，她在最寒冷的时日到来之前悄然离开。

她带走了灯笼，还有经文——那是她给自己准备的"盘缠"，也是带给那个世界家人们的礼物。在白雪覆盖大地之前，她步履轻快地赶往那里，好像是去履行某项重要使命。

那年冬天，祖母屋宅所在的地方，寒冷依旧，却没有一片雪花落下。这之后很多年里，冬天都没有雪。很多时候，你会沮丧地发现，雪或许正在寻找适合它的世界，它将我们遗弃，去了一个更加明亮、温暖的世界。

（原载《人民文学》2021年第3期）

在中土

——虞弘与他的世界

杜学文

题记：虞弘墓的发掘对我们研究了解公元以来中亚与世界的联系具有极为重要的意义。此前已有许多相关的墓葬被发现。但虞弘墓是目前为止少有的经过科学发掘、有确切纪年、保留完整、能够为时代不明的相关遗存提供断代标准的考古实证，其历史文化意义非同凡响，引起国际学术界的高度重视。通过对虞弘墓葬的研究，我们可以更准确、具体地了解中亚连通中原的历史文化风貌及其交流活动情况，特别是粟特民族在丝绸之路及其沿线的活动、影响。他们是汉唐之际丝绸之路上最为活跃、最为重要的存在。

直到最后，虞弘也没有想到，在一千四百多年后自己成了名人。一生奔波四方，终于定居中土，身后葬在黄土高原上的大平原，默默无闻。几乎一夜之间，虞弘就成为国际性话题——事实上，虞弘本身就具有"国际性"。这连他自己也没意识到。

一　如此默默地在地下存在

七月，正是灌浆的季节，一场大雨顺时而至。听着沙沙的雨声，王秋生禁不住连说好雨！又要有个好收成了。到了秋天，又要忙了。忙比愁好。雨水稀少的黄土地带，下雨真是高兴的事。王郭村，黄土高原上被称为太原的城市西南处，晋源镇旁边的村庄，住着五千多口人。不远处就是早已湮毁的晋阳古城。村北有著名的晋祠，里面有鱼沼飞梁，圣母殿，有周柏唐槐。王秋生就是这王郭村的人。他在这里娶妻生子，养儿育女，常常指着不远处晋祠里冒出围墙的古树说，看那树！

雨越下越大。王秋生拿起铁锹，来到门外正在修的路南面。他想挖一条水渠，把院子里的水引走，怕泡坏了自家的院墙。路南是平展展的玉米地。一锹下去，湿透了的土比平时沉了许多。真是好雨！他顾不上雨，接着挖。可地底仿佛板结了，硬得很。因为用力过猛，王秋生打了个趔趄，差点倒在泥水里。他往手心唾了口唾沫，换个地方挖，还是挖不动。铲去上面的泥土，露出一段白色的石头。不仅白，好像还很有讲究。王秋生还不知道自己正挖在一处稀世珍宝上。他大声呼叫，村民们闻声而至，七手八脚地把地表层上的泥土铲开，立刻惊呆了——一座汉白玉石屋的歇山檐顶，在雨水的浇灌中，那么安宁，那么肃穆，那么不动声色。

实际上，村民们对这样的发现有点见怪不怪。王郭村本来就有很多古墓经常被人们在平田整地、修房盖屋时发现。这是一片埋藏了太多历史记忆的土地。1999年7月，那个王秋生难以忘记的日子，文物部门开始了对他发现的这座古墓的发掘。夏雨连绵，不时又骄阳似火。

王秋生的心,一会儿湿漉漉的,一会儿又热腾腾的。随着发掘的推进,人们终于发现了一座砖砌单室墓。里面安放的汉白玉石堂十分完整,几乎没有什么损坏。这石堂,外观呈三开间、歇山顶殿堂形制,正面、侧壁、内侧正壁及底座四周均有浮雕彩绘。此外还有汉白玉人物俑、砂石人物俑、汉白玉石柱与汉白玉莲花座等。那些浮雕彩绘人物图像,竟然是贴金的。他们不仅骑马、骑骆驼,还骑着大象;他们不仅狩猎、出行,还宴饮、舞蹈;他们深目高鼻,服装奇异,还围火而祭。他们色彩缤纷,情态非凡,与我们熟悉的一切完全不同。而在这墓葬中,还有一男一女两具人骨,为夫妻合葬。这是谁?竟如此俭朴,又如此辉煌;如此低调,又如此张扬;如此默默地在地底生存,又将谔谔地在人间争辉……

专家对墓葬中的人骨进行了检测,发现他们与蒙古人种不同。又对雕绘中的人像进行了研究,发现他们与生活在伊朗高原、阿拉伯半岛等地的人种接近。随着发掘的推进,人们终于发现了墓志——能够说明墓主人身份、经历的文字证明。其墓志盖中清晰地写道:大隋故仪同虞公墓志。其志清晰可辨。这位在地底沉默了千余百年的墓主人姓虞,名弘,字莫潘,为鱼国尉纥驎城人。虞弘,这位神秘的鱼国人士,在隋开皇十二年,也就是公元592年五十九岁的时候逝于并州太原的家中,葬在"唐叔虞坟之东三里"的地方,正是王秋生所在的王郭村。

虞弘,鱼国人。鱼国在哪里?虞弘是什么人?他为什么来到中土?

二 东方向这里汇聚,西方从这里展开

鱼国,中国的史籍中没有记载。对我们来说,这是一个陌生的存在。学者们在浩瀚的历史印记中寻找蛛丝马迹,希望能够揭开其真实

的面目。可以肯定的是，虞弘是中亚一带的人。他的文化背景不是中原，而是掺杂了波斯、印度以及中亚一带的多元共同体。其石堂雕绘有着浓郁的祆教因素，如祭火坛等。而胡腾舞、有翼神兽等均有明显的粟特文化特点。更重要的是，墓志中叙虞弘一脉"弈叶繁昌，派枝西域"，说明这是一个由西域地区迁徙进入中土的家族。虞弘的祖父为领民酋长，父亲为茹茹国之莫贺去汾。祖、父两代人均服务于不同的族群政权。这与粟特人的行踪非常一致。而虞弘，不仅穿梭于安息、月氏，亦任职北齐与隋。特别是曾任"检校萨保府"，显示与粟特的关系极为密切。种种迹象表明，虞弘应该是粟特人。

但鱼国在哪里？更多的人认为应该在中亚阿姆河、锡尔河流域被称为"河中"的某个地方。余太山对此进行了谨慎的"臆想"。他指出，希罗多德在其《历史》中提到了一个被称为"Massagetae"的族群，曾居住在锡尔河北岸，后迁至锡尔河以南。这些人"不播种任何种子，而以家畜与鱼类为活"。还有人认为，"Massagetae"就是"鱼"的意思，是一个被称为"鱼"的族群，他们以"鱼"为生。这应该就是虞弘的鱼国了。如果是这样的话，鱼国就是锡尔河边粟特人所建的一个城邦国家。只不过由于太小，人们很少关注。而虞弘，让自己的鱼国重新回归了世界。

粟特，一个神奇的族群。他们到底是怎么回事，还有许多谜没有揭开。可以肯定的是，他们是隋唐及其之前丝绸之路上最为活跃、最为重要的贸易人群。在中国史书中，粟特被称为"昭武九姓"。据说他们曾经定居在"昭武"——今天甘肃的武威、张掖一带。后迁徙至中亚河中地区，也就是人们所说的索格底亚那，是一个善于经商的民族。粟特人没有统一的政权，但有若干个相互独立却又相互联系的城邦国家。所谓"昭武"，谓其不忘故地，以故地为姓；所谓"九姓"，是史书上曾记录了九个粟特国家。尽管不同的史书所记有异,但大体一致。这些城邦国家,各以其地为姓。诸如康国,在撒马尔罕;米国,在片治肯特;此外如史国、何国、安国、石国、曹国、火寻国、戊地国等,各居所处,各有其城。实际上,"九"并不是一个确数,而应该是"多"的意思。除了以上所记之外,人们还逐渐发现了诸如毕国、穆国、拔汗国、那色波国、乌那曷国等均为粟特国家。而"曹"还分有西、东、中三国。那么,一个未见于中国史籍的粟特"鱼国"出现在我们面前,也是可能的。虞弘是鱼国之粟特人。其国应在锡尔河之南。这也许就是我们得到的真相。

但粟特最具影响的是康国,以古老的撒马尔罕城为中心。这是一个神奇的城市,充满了浪漫的情调与无穷的想象力。它地处阿姆河与锡尔河之间,位于中亚,遥接中原,路达欧非,是连通东方与西方的枢纽。多少年来,这里车来人往,物品繁盛。蚕桑之艺、阡陌呼应、机杼之声、户庸相闻,珠玉林罗、巧匠云集。东方向这里汇聚,西方从这里展开。中原、草原;天竺、安息;地中海、拜占庭;向东、向西、向南、向北。成吨的铜钱在这里铸造,形形色色的人们向这里汇集,丝绸宝货在这里进进出出。她商贾如流,美女如云;她众声喧哗,万物生辉。

至少在公元前700年,撒马尔罕已经出现。踌躇满志的亚历山大大帝曾站在它的城墙外大发感慨:我所听到的一切都是真实的。只是玛拉干达比我想象中更为壮观! 这个"玛拉干达",就是撒马尔罕。热爱东方文化的亚历山大不仅征服了撒马尔罕,还在这里娶粟特公主克珊娜为妻。考古学家们在撒马尔罕的废墟中发现了亚历山大军队的谷仓 —— 已被大火烧毁,里面还保存着一袋袋粟米。他们认为,这正是亚历山大所向披靡,在短短几年内就从地中海打到中亚的秘密 —— 坚实而又富有营养，存放十年以上不坏的小米是他们的给养。著名的法国考古学家葛乐耐特别用《诗经》中的描写来证明，指出"最早的黄河文明就是在粟米文化上发展起来的"。这小米，从东方遥远的太行山脉辗转来到了诗意昂然的河中地带。我们知道，葛乐耐的判断是正确的。

中国是粟作植物的原生地。粟米首先在太行山区生长，并传入中亚。虽然我们很难准确地说明，这种催生多种文明的植物是在什么时候传入河中地区的。但考古发现可以证明，河中地区盛产小米。在距撒马尔罕60多公里的片治肯特——粟特人的另一处重要都市的废墟中，也发现了谷仓——一个宫殿遗址的一层、二层，均有三个穹顶的谷仓，以及有四个穹顶的可以堆放谷物的储存室。这些穹顶谷仓每间约70平方米，可存放60吨左右的谷物。而这还仅仅是片治肯特的一处。是不是其他未发现的谷仓还有很多呢？法籍伊朗学者阿里·玛扎海里认为，粟作植物首先传至大夏，也就是粟特人定居的索格底亚那一带，然后才传入欧洲。无论如何，撒马尔罕，片治肯特，河中地区的土地，肥沃，多产，水草丰茂。这是大自然的恩赐。用葛乐耐的话来说，撒马尔罕古城亚历山大宫殿的土，干、红、细、密，跟秦始皇兵马俑的粉状黄土如此相似。而生长在这些土地上的谷子，也就是中原黄土地上的谷子。它们在不同的土地上养育着千千万万的子民。

撒马尔罕，因其独特的地理位置而连接东西。这里的人们对东方世界充满了难以言说的情感。据说，当玄奘长途跋涉来到飒秣建国——撒马尔罕的时候，竟然发现其内城的东门叫"中国门"。事实上，并不是那一时期的撒马尔罕城有中国门。在13世纪初花剌子模摩诃末时期，撒马尔罕城的东北门也叫"中国门"。尽管我们没有详尽的资料来说明，究竟有多少时代出现了多少被称为"中国门"的撒马尔罕，但我们还是可以从古籍与考古发现中寻找到这种特别的表达。《新唐书》的西域传中就记载了粟特何国皇家亭子中四面墙壁上的画像。其中的北墙就画着大唐皇帝。考古发现的撒马尔罕"大使厅"壁画，绘有端午节武则天乘着龙舟泛舟投粽，唐太宗带着随从在上林苑驰马狩猎的情景。用那位洋溢着诗人气质的意大利考古学家康马泰的话来说，"对于伟大的'天可汗'——丝绸之路上粟特商队最有力的保护人与盟友，粟特人心怀感恩，在大使厅壁画上歌颂一番也是合情合理的"。而中原、中土，不论是汉或者唐，或者其他什么朝代，一直都是粟特人的目的地。至少从公元1世纪以来，粟特人就开始了他们在丝绸之路上的行走，出现在东汉的中国、帕提亚波斯和大秦罗马的欧洲。他们是这条伟大路线上最活跃的人群，为这条充满艰险、曲折难测的道路注入了生命的活力。他们成群结队，他们一日四季，他们爬山涉沙，他们从撒马尔罕出发，向东，向东，再向东。

而虞弘，与很多粟特人不同。他已在父祖辈的努力中成为生活在中土的成功人士。

三 他们并不知道自己

尽管我们还不清楚鱼国的准确位置，但通过墓志对虞弘的行状有了许多了解。作为领民酋长，他的祖父是不是曾在中原地区活动，已经找不到确切的证据。我们不能简单地肯定或者否定。因为柔然也曾在山西一带来来往往。在那样的情况下，他也有很大的可能往来于中原。但虞弘的父亲曾在茹茹国任职，后任北魏朔州刺史确是其墓志中特别说明的。而朔州，已经走出了草原，是中原的门户。可以肯定，至少在其父亲时代，虞弘一家已经完成了从粟特地区往中原的迁徙。不过，这并不是一次完成的，而是数代人接力的结果。虞弘在十三岁的时候就担任了莫贺弗，代表茹茹国出使波斯、吐谷浑，但他并没有机会从河中经丝绸之路一直走到中原。当他出现在我们面前时，已经是一位少年老成的茹茹国外交官。但是，更多的粟特商人，总是从撒马尔罕，或者粟特的其他地方出发，一步一步，走向中土。

英国知名的敦煌学家魏泓有一部非常奇特的书——《丝绸之路：十二种唐朝人生》。这部充满想象力的史学著作为我们描绘了公元10世纪前后，主要是唐时十二位普通人的丝路人生，力图从具体而微的层面为我们展示丝绸之路的某些细节与活力。其中的主人公基本上来自历史文献。也就是说，他们是曾经存在过的。书中描述了一位撒马尔罕商人诺槃陀的丝路之旅，使我们能够比较具体地感受到这些粟特商人的贸易状况与精神世界。像大部分粟特孩子一样，诺槃陀在幼年时就开始学习经商，还要学习经商所需要的各种语言——阿拉伯语、突厥语，以及汉语。稍长后便跟随他的叔叔前往长安——用粟特语来说，叫胡姆丹。从撒马尔罕到长安——粟特人的胡姆丹，有四千多公里的路程，要走差不多一年之久。

诺槃陀与他的叔叔在初春时节出发。他们经过了东曹国、石国，从怛逻斯河谷进入碎叶，来到著名的伊塞克湖。从伊塞克湖继续向东，至长安有多条路线。他们选择了似乎更顺畅的一条——沿着塔里木河西翻越天山。之后，他们进入沙漠地带。只有到了那些熟悉的绿洲才能休息。一路上，诺槃陀难忘的是那些高山、沙漠、戈壁，还有沼泽。但是，无论这条路多么艰险，从来没有阻挡了人类对远方、对未来的向往。诺槃陀与他的叔父们，就这样一代一代地在这被后人称为丝绸之路的长途中行走。他们并不知道自己开创了人类交流融合的伟大时代，也不知道自己正在从事着被后人景仰的事业。他们面对寒风，头顶烈日，身背鼓鼓囊囊的钱袋，在骆驼的双峰上驮运着自己的物品，还有皮囊中的水。他们一步一步,行走。当终于看到了中原城市高大威武傲然耸立的城墙时,内心立即如释重负,一股长气从丹田缓缓舒出。他们看到了繁华的城市,以及来来往往的行人;看到了乡间的田野里正在生长的庄稼——熟悉的谷子,以及豆类、蔬菜。随着道路向东延伸,绿色越来越张扬,越来越显出生的活力。这绿也滋润了诺槃陀与他的叔父们的心。他不自觉地弯下腰,抓起一把黄土揉碎。的确,这土很细腻,绵绵的,像婴儿的皮肤,还有一点湿润。他似乎嗅到了撒马尔罕的气息——土地、河流、村庄、城市与人。再有两个月,就可以到达此行的目的地——长安。啊,胡姆丹!一想到长安,诺槃陀立刻有一种到家的感觉,不禁泪流双颊。

二十年多来,诺槃陀一直在丝绸之路上行走。他代表了最普遍的丝绸之路上的粟特商人,以及他们的经历。不过,这些粟特商人并不是仅仅把自己的脚步停留在长安。长安只是其中最重要的一个驿站。他们从来没有放弃任何一个可以获利的机会与地域。他们不仅从撒马尔罕等粟特城市往东,也同样往西,往南,往北——尼罗河、恒河,环地中海……凡是需要到达的土地,都有他们的身影。他们也不仅仅满足于长安,而且是不停地在向中原更遥远更辽阔的地域行走。利之所在,无远不至。哪里有获利的可能,那里就留下了粟特商人的身影。在北方,从今天的新疆,到今天的东北,到处都有粟特人的存在。而最重要的城市有长安、晋阳、洛阳。事实上,粟特人并不仅仅活跃于北方。他们同样会渡过黄河,跨过长江,行走在江南。沿长江南下,不断地寻找商业繁盛、市场发达的城市——扬州、南昌、苏州、广州,以及湖北之襄阳。从粟特与中土的关系来看,他们可能数代人都在从事这样的贸易活动,甚或数代人留居于中土之南北。

而我们的虞弘,就是其中之一。

四 生命诗意的放飞

从墓志来看，虞弘并没有在粟特地区，特别是鱼国活动过。他的祖、父应该在不同的时期活动于中原。而虞弘，似乎有更为复杂的经历，所任职务亦多有变。也许，他是粟特入华人士的混合体，体现出他们生活的诸多方面。

粟特人最擅长的是商业贸易。其中相当一部分人像诺槃陀一样，从事长途贩运。还有更多的入华粟特人在自己定居的城市经商。这在文学作品中有极为充分的表现。刘禹锡在其《葡萄歌》中写道："有客汾阴至，临堂瞪双目。自言我晋人，种此如珠玉。酿之成美酒，令人饮不足。为君持一斗，往取凉州牧。"山西中部，太原一带是最早种植从西域传入葡萄的地区，生产的葡萄酒尤为著名。刘禹锡的诗不仅表现出这种葡萄及其酒的珍贵，也反映了当时的好酒之风。白居易也写有"羌管吹杨柳，燕姬酌葡萄"的诗句。李白曾写长安酒肆中的西域女子，"胡姬貌如花，当垆笑春风。笑春风，舞罗衣，君今不醉安得归"。在《少年行》中，他描写那些贵族子弟"落花踏尽游何处，笑入胡姬酒肆中"。这些诗作生动地表现了在中原地带经营酒肆的胡人形象。他们应该是留居下来的坐贾胡人。

活跃在丝绸之路上的粟特人拥有多少财富？这是一个无法回答的问题。我们没有这样的统计资料。但一些史籍中透露出的信息可以让我们领略一二。据说《旧唐史》曾记载了一位撒马尔罕商人康谦。这位康国粟特商人非常善于经营，在天宝年间的资产以亿万计。我们不知道这"亿万"是计算钱币的"两"，还是计算丝帛的"匹"，但无论如何，其数额是非常大的。而康谦，也不仅仅是一个商人。他曾先后担任过度支员外郎、安南都护，以及鸿胪寺主管鸿胪卿等重要职务。粟特人并不仅仅生活在中土社会的边缘地带。他们中的很多人凭借自己的才华、努力，进入了社会运转的权力体系之中，成了不同时期的政府官员。

在考古发现的墓志中，相关的记载难以尽数。《安师墓志》中记其曾祖曾任北齐武贲郎将；《康元敬墓志》记其父亲曾授龙骧将军；《康达墓志》言其祖父在北齐时任雁门郡上仪同。迁居襄阳岘南的康氏康绚一族，可谓世代为官。其曾祖父康因为前秦苻坚太子詹事；祖父康穆为秦、梁二州刺史；父亲康元抚与康绚相继为华山太守，等等。尽管华山太守等官职是名誉性质的，但仍然是被朝廷任命的。虞弘就担任过很多官职。不仅有草原茹茹国的职务，如莫贺弗；也有内地王室任命的职务，如北周仪同大将军、左丞相府，隋之仪同三司等；他还担任过专门负责外籍事务的职务——"迁领并、代、介三州乡团，检校萨保府"。萨保府是北魏以来中原政府在以粟特人为主的西域人士聚集之地设立的行政机构，负责管理外籍事务。乡团则是政府对粟特人聚落形成的武装力量的管理组织。由此来看，虞弘确实非同一般。他出生世家，颇具才干，受到不同时期当政者的重用。中土，为他们的人生提供了至为广阔的舞台。

粟特人行走在以河中为枢纽的世界各地，往来于不同的族群与政权之间。他们善于回旋，长于沟通，因势利导，能够熟练地使用不同的语言。他们的男孩子五岁开始要学习经商，稍长要学习语言——不是一般意义上的语言，而是经商需要的各种各样的语言。虞弘的父亲就是一位从事"外交"事务的官员。他为柔然出使北魏，具有突出的语言能力与外交才华，后被北魏留用。而虞弘，亦是一位少年外交精英，曾出使波斯、吐谷浑等，与安息、月氏都有交往，所谓"翱翔数国"。

其语言才华与外交能力自然非同一般。

"胡儿十岁能骑马。"长于骑牧的粟特人，非常适应以骑兵为胜的征战要求。他们中的很多人参加了军队，并出任武官。虞弘就兼领乡团——一种具有军事意义的官职。他还担任过持节仪同大将军、领左帐内镇押并部。人们熟知的安禄山、史思明均为粟特人，都担任过非常重要的军职。一段时期，安禄山曾一身兼任平卢、范阳、河东三镇的节度使，还担任过闲厩使、陇右群牧使等管理牧马的重要职务。汉唐时期的军马是最重要的战略资源，相当于今天火箭军中最先进的洲际弹道导弹。唐王室也曾招募了许多粟特人进入军队，有很多人出任皇宫禁卫。直至唐末五代，仍然有很多粟特人担任军职。在山西发现的《大晋何公墓志》就记载说，墓主何君政的五个儿子分别任北京押衙充火山军使、随驾兵马使充左突骑十将与副将、随驾右备征军指挥使、随驾左护圣第一军副兵马使等。何氏一家不仅出任军职，且多"随驾"，在皇帝身边担任禁卫。可见其重要。最典型的是唐高宗时期的安元寿，因作战勇猛，战功显赫，成为唐高宗的亲信，死后陪葬昭陵，先后加授忠武将军、右威卫将军等职。

入华粟特人各有擅长，各具所用，活跃在中土社会的不同领域。他们不远万里，长途跋涉，进入中土。他们留恋中土，定居于中土。许多人生于斯，长于斯，终老于斯葬于斯。中土，是他们实现价值的理想之地，是他们生命诗意的放飞之地，是他们生命的终结与延续之地。无论如何，进入中土之后，粟特人成为东方社会的重要组成部分，并逐渐华化。尽管我们还不能说虞弘是一位被完全华化的粟特人，但在他的墓志，以及石堂雕绘中已经非常浓郁地显现出这种迹象。这些艺术呈现，为我们表现出另一个神采飞扬、姿态万千的世界。

五 统一的，然而又是五彩斑斓的世界

虽然虞弘不是艺术家，我们还难以说清虞弘墓石堂的雕绘是什么人创作的，但我们可以大致分析出应该是熟悉粟特文化的艺术家，或者干脆就是粟特艺术家的手笔。事实上，虞弘墓石堂本身就是一组令人叹为观止的艺术精品，其艺术呈现与想象力非同凡俗，异象迭出。其中的雕像均有彩绘，还有许多无雕像的彩绘与线描。除了雕刻之精致细腻、刀工之力劲夸张外，整体图像的设计往往超越现实，充分地诗化。这些雕像打破了具体时空的限制，又显现出统一协调的布局；注重突出主要部位，又非常着意细部的渲染刻画；既刻意于某一画幅的完整和谐，又注重整体的衔接有序，相互映衬。除了粟特文化的呈现外，也表现出波斯文化的元素，更掺杂了突厥、埃及、中原文化的因子。头戴王冠，佩有弯月与太阳饰物的贵族正骑马出行；腰系联珠纹带，手捧多曲碗的主人正与妻子对饮；身骑骆驼的突厥武士手持长弓，正将长箭射向偷袭的雄狮；手持葡萄枝，挽臂舞蹈的人们正在酿制葡萄酒；人首鹰身的祭司正面对圣火祭坛祭祀，而圣火在他们中间熊熊燃烧，烟气升腾……这些雕绘极为生动地展现了以墓主人虞弘为中心的中亚生活——出行、狩猎、宴饮、劳作、乐舞。现实与神话、劳动与祭祀、日常与理想，人与神、人与自然、动与静……它们在艺术的创造中融为一体，构成了统一的，然而又是五彩斑斓的世界。

虞弘墓石堂雕绘也非常生动地表现了粟特生活中的艺术。其中有许多表现乐舞的内容。或吹奏长笛，或演奏箜篌、四弦琵琶、直颈尖头五弦，或击鼓，以及粟特男子在小圆毡上跳胡腾舞的场景。事实上，粟特人十分热爱艺术。艺术是他们非常重要的生活方式。这种特点在

进入中原后不仅没有消减，反而产生了重要影响。元稹在诗中写道："自从胡骑起烟尘，毛毳腥膻满咸洛。女为胡妇学胡妆，伎进胡音务胡乐。"胡风胡韵成为当时之风尚。

也许在众多的入华艺术家中，曹仲达最为著名。他是粟特曹国人，什么时候来到中原我们并不清楚。但张彦远在《历代名画记》中说他"北齐最称工，能画梵像"。就是说，他在北齐时已产生了重要影响，其艺已经达到了"最称工"的境界。郭若虚在《图画见闻志》中则把曹仲达与吴道子并论，认为"其体稠叠，而衣服紧窄"。他的绘画风格表现在对人物衣饰的描绘浓墨重彩，能展现出层叠纹路，且讲究贴身，突出了人物体态的弯曲弧度，似人着衣装刚刚从水中出来。所以后人有"吴带当风，曹衣出水"之誉，被称为"曹家样"。"曹家样"，显然是自成一体的艺术样式。论者认为，这种画风是承接了中亚绘画艺术中窄袖贴身细均平行的流线型技法，以及希腊雕塑艺术中薄透贴身的风格。而曹仲达的绘画技法对内地的影响极为重大。

由粟特地区传入中原的艺术中，胡腾舞是最为人言的。尽管今天我们已经难以说清它的具体形态，但仍可从各种史料中略知一二。曾经负责发掘虞弘墓的张庆捷根据其石堂图像与各种文献，大致勾勒出了胡腾舞的样式。这种舞蹈大约在北魏时期由粟特地区传入中原，而以石国人最为擅长。舞者在一种小圆毡上腾挪跳跃，节奏极快，往往做出醉酒的姿态。所谓"扬眉动目踏花毡，红汗交流珠帽偏。醉却东倾又西倒，双靴柔弱满灯前。环行急蹴皆应节，反手叉腰如却月。丝桐忽奏一曲终，呜呜画角城头发"。唐人李端的这首《胡腾儿》描写得十分生动传神。与胡腾舞齐名的胡旋舞同样由粟特地区传入，主要是女子表演。这种舞蹈适应女性身体柔软轻灵的特点，以快速旋转为主要特征，所谓"回裾转袖若飞雪，左铤右铤生旋风"。据说唐玄宗非常喜欢胡旋舞，而杨贵妃就是一位出色的胡旋舞艺术家。除此之外，从西域地区传入内地的舞蹈还有很多，如《枳枝》《剑舞》《凉州》《团圆舞》《甘州》等。这些舞蹈，飞旋腾挪，姿态斑斓，在中原大地上流播绽放。

六 徙赤县于蒲阪，派枝西域

墓志并没有说虞弘去世的原因是什么。无论如何，虞弘，这位今天来看极为重要的鱼国人士完成了他的人生，为我们留下了宝贵的遗产。由于虞弘墓葬有确切纪年，且经过科学发掘，其考古意义上的价值极为突出，对今天研究中亚历史有着弥足珍贵的意义，引起了世界范围的关注。现在，我们还不知道，虞弘在生命的最后时刻做了些什么，又说了些什么。我们知道的只是，他的墓志中写到，虞弘一族是高阳颛顼帝的后裔，所谓"高阳驭运"。他的远祖"徙赤县于蒲阪。奕叶繁昌，派枝西域"。他以"蒲阪"，也就是舜帝之都今山西永济为自己的故乡。后来族人茂盛，有一支迁到了西域，就是虞弘一族。尽管是"粟特"，但墓志强调自己是黄帝之后，近祖是舜帝。只是在某个不为人知的时期迁往他乡。若干代后，至虞弘才又返回自己的宗祖之地。这种表述虽然并不一定确有其事，但至少可以看出，虞弘是希望人们认可他是炎黄之后的。他认为自己承续了炎黄血脉。事实上，在中原的西域人士有虞弘这种情结的并非少数，而是非常普遍。如来自粟特康国的康智，其墓志称"本炎帝之苗裔"。这就是说他是炎帝的后人。来自粟特米国的米文辩，其墓志言"米氏源流，裔分三水。因官食菜，胤起河东"，追其宗祖地为"河东"——今山西晋南地区，也就是尧舜之地。而那些并不是粟特族的西域人士也多有这样的表述。在太原发现的应该是焉耆人的龙润墓志就记载其先祖"凿空鼻始,爰自少昊之君"。据说少昊是黄帝的长子。如果龙润一族是少昊后人的话,也当然是黄帝之后。也许,在他们的一生终结之后,要靠追认先祖为炎黄一脉,才能为自己的人生画上圆满的句号。这样,他们就可以在中土的广袤大地上安息,告慰世人终于落土于宗祖血脉之地,并护佑自己的子子孙孙。

那一年,雨水充沛,阳光喜人。该下的时候下,该晒的时候晒,庄稼长得绿油油的,确是一个好年头。看着地里的庄稼拔苗、抽穗、灌浆,王秋生心里喜滋滋的。考古队在他家门前搭起了棚子,拉上了电线,对他发现的墓葬进行了差不多一年的发掘。他不知道他们在干什么,但知道他们在干一件大事。这些人,说是专家,可一个个泥里水里的,趴下跪下,要不就躺下。一会儿好像什么也弄不成,一会儿又高兴得大喊大叫。王秋生不知不觉地与他们有了许多亲近,仿佛在做一件共同的事。他请他们进院里喝水,抽烟,也和他们开玩笑。他渐渐知道墓主是一个远道而来的外国人,在这一带当过什么大官,专门管那些来中国做生意的胡人。他们王家也有这样的人。从太原花塔村迁到灵石静升镇的王氏一族,就靠卖豆腐起家,把生意做到了国外。王家大院,大得很。那依山势从下至上的院子,一排一排,气派。不过,王秋生还是更关心他的收成。秋天的时候,谷子收割了。他碾了些新米给考古队的人吃。小米金黄金黄,鼓胀鼓胀。他捧着米,冲着太阳眯着眼看。小米闪着光,蓝的,紫的,金的,铁锈红的,真是好看。好土就能长好米! 王秋生不由得说。

(原载《长江文艺》2021年第3期)

暂居者

李晓君

景 象

初冬的萧瑟感，是通过门口那槭树、榆树的叶子显示出来的——像悲苦的老人紧皱的眉头，瑟瑟风中，已经变黄的叶子尚未完全脱落，还挂在枝上，又像冷风中抖动的肩头。第二天一早，我去停车场取车时，看到车身满是落叶，那贴在玻璃窗上的叶子混合着雨水，像墙上的小广告片。冬天的雨丝，夹带着寒意侵入脖颈、手腕，衣物上全是雨痕，糟糕的天气影响着人们的心情。这个停车场，在小区门口左侧，农商银行营业部对门，总共不到二十个车位，由一个穿着蓝色马甲的女同志看管。女收费员年纪不大，但头发全白了（头上戴着一顶蓝色帽子）。天气好的时候，她坐在银行门前，手里织着毛线。每次我从贤士横街开车过来，她都会主动帮我引导，收费有时也不那么严苛，看得出来是个宽厚的女性。

现在，雨水夹带着落叶，在冷风中，将停车场、人行道制造成狼藉的景象。女收费员也坐在农商银行营业厅里避雨，享受暖气。营业厅还没有人来办理业务，银行职员穿着黑色西服白色衬衫，在玻璃后面，影影绰绰；大厅经理站在刷卡取号机器旁边，皱着眉头，正用手去拔指头上的一根倒刺。米色地砖干净、透亮，倒映着顶上悬挂的红灯笼，方形柱子上还挂着红色中国结，侧面是"严禁吸烟""禁止拍照"的警示牌。电子滚动屏显示着"欢迎光临"以及"①号窗口""②号窗口"的字样，猩红的宋体字。室内有暖气，女收费员舒适地坐在金属椅子上编织毛衣，不时地朝窗外的停车场张望。

鸿松图文数码快印的卷闸门已经打开，我和太太经常会去那里复印和打印资料，在一个十几平方米的空间里，摆满了大大小小的机器：数码直喷机、复印机、电脑、打印机。阳明东路一条街下去，到文家路北口站台，不到一公里之地，街道两边大大小小的图文数码店有十几家。数码店旁边是一家理发室——生意不怎么好，换了几个店名，也换了几个老板。再旁边是个网吧——我曾经进去过，那次正遇上家里宽带坏了，我走进网吧，通过网络直播收看欧冠半决赛（我是英超曼城队的球迷）。

益丰大药房和汇仁堂专业药房面对面，中间隔着贤士横街，它们门前也停满了汽车，隔三岔五就会有交警过来张贴罚单。药店旁边是洗脚屋，狭长的室内排着六七个躺式沙发，在白天，除了店主——那对夫妻，再无一人，而晚上，明亮的灯光下，似乎显得特别忙碌。谭记水煮门口放着几个灌满混凝土的油漆桶——为防止停车占道设置的障碍。经常会有这样的时刻，我开车下班回来，在贤士横街寻找车位（停车场车位难以满足需求，当女收费员低着头，对试图前来的车辆不理不睬时，那就表示车位已满；偶尔她也会抬起头来，扯着嗓子说，车位满了!)。来回几遍,无从见缝插针。傍晚的贤士横街,是一片停满了车辆的乱糟糟的景象。

有时,晚上我从家里出来,经过贤士横街,在猛味烧烤店旁右拐,进入一条黑黝黝的小巷子。巷子路口有个自助洗衣房、公厕,还有狭小简陋的杂货铺、早餐店,幽暗的路灯下,显示出一种蛮荒和陈旧的气象。天气好的时候,我会看到一些老人坐在屋檐底下,现在是寒冷的冬夜,这里显得更加荒凉。在贤士花园小区,住着女儿学校的一个美术老师,姓萧,比我小几岁,清瘦的脸上戴着一副眼镜,蜷曲的头发凌乱地在脑后飘着。他在这片居民房里,租赁了两间房子作为画室(他的工作室则在我们小区里),他带了十来个学生,都是实验中学美术班的孩子,他们晚上在这里学画。我的女儿跟着萧老师学过一段时间的画,每周有三个晚上在这里上课。我曾经去过萧老师的工作室,对一幅描绘着陈旧街巷的风景画印象颇深——这正是画室所在的位置,也是萧老师儿时生活的地方,他住在这里,度过小学、中学,直到读大学才离开。萧老师身上有着与这片陈旧的平民区相一致的气息。他个头瘦小,右腿前两年被车撞了,显得有点不方便,性格羞赧、内向,像调色盘上一团收缩的灰色,毫不张扬和醒目。他可能是女儿学校里最好的美术老师,平时开一辆银灰色的低价位的本田车。

现在是晚上,我行走在漆黑的巷子里,踩着地上的积水。这里的住户,以老人和租户为主。年轻人大多在外面有房子,住在更干净明亮的小区,留下他们年迈的父母在这里,只在周末或节假日来探望。再就是租户,在贤士花园农贸市场以及周围一带的小生意人,仅仅够养家糊口的普通劳动者,以外地人居多。这是片由数十栋密密匝匝的楼房构成的片区,分列在我行走的巷子两边,中间又有几条狭窄的小巷子通往外面的街道以及农贸市场。从地理上来看,是东邻贤士花园、南沿贤士横街、西邻永外正街、北沿玉带河的方圆几千余平方米的区域。这样的生活区在南昌市内不算孤例，是若干个类似陈旧生活区的一个缩影。

萧老师的画室在一楼，一栋老住宅楼的一室一厅，想来租金不会很贵。楼前沿着墙角摆着几张旧凳子、椅子，平时都是一些老人坐在那里晒太阳、聊天。门前停着一辆小四轮车，那是其中一个租户用来运载蔬菜的。我和几个家长，在漆黑的夜里，或坐在旧椅子上，或蹲在墙角，沉默着没有交流，都在看手机打发时间，等待孩子下课。下过雨的地面形成了水洼，椅子上湿漉漉的，空气中散发着一种陈腐的气味。听得到房间里电视机的声音、老人咳嗽的声音，不远处的玉带河席卷着城市的污水、从路面流下的雨水，顺流而下。我们听见萧老师的说话声，铅笔在画板上的唰唰声。几个家长，有男有女，年纪相仿，像秘密接头的地下工作者，在这个墙角会聚，除此之外，户外看不到别人。但他们并不交流，各自满怀心事，低头缅想。

雨似乎在某个时刻停了。天上乌云涌动，沉寂的夜潮湿、寒冷，人世间此刻在我心中泛起某种酸苦、复杂的味道，我似乎品尝到生活的不易。我们都是平凡之人，杯水悲欢，以匹夫之躯去泅渡属于自己的那一片窄小的水域。因为偶然的原因，走到这陌生的墙角，在一段鸡肋般的时间里，让自己抛锚在这夜的岸边。远处是城市辉煌的夜景，灯火璀璨、车水马龙，而我们站在这城市灰暗的角落，闻着空气中陈腐的气味，在陈旧楼房的垂垂老者身边，在对身边暗红砖墙、满是锈迹的楼道扶手、矮楼、小巷、电线杆的凝视中，像个隐匿者、局外人。

有一次，我们站在墙角，夜色中，突然一个学生家长（一个女性），对我说，你女儿学了多久的画啊？我女儿坐在你女儿后面，她说你女儿画得蛮好的。我记得她有一张圆脸，短头发，眼睛大大的。当她突然问我的时候，我看到她架着腿，正斜坐在一辆支起来的电动车上。

脸

如果不在房子中，我们不会刻意注意到自己的脸。房子中的浴室镜、电脑屏幕、电视机里的镜像、在厨房漫不经心收拾时印在金属厨具上弯曲的投影，甚至陷入深思时仿佛从书本纸页上浮现出一张古老的脸庞，书架前用手指逡巡读物翻开的勒口上的作者头像，以及在睡眠中仿佛从天花板上纷纷向你走来的面影……此类种种，都在提醒着脸的存在。仿佛那是一本书，让你随时进入、阅读。而在户外、大街上、旅途中，你不太会关注自己的脸——你的注意力被外部的图像、声音所牵引。只有当你独处一室时，才会真正注意到它，你会习惯性地用手去触摸脸，在镜子里寻找那仿佛变得陌生、可疑的面孔，以便确认自己的形象。

阅读脸，这一行为，何其古老。有一度，我对博物馆里陈列的古铜镜充满兴趣，揽镜自照——隔着玻璃窗，想象那镜前的影像。博物馆通常灯光幽暗，那在地底下沉睡千百年的古铜镜，现在又换了个位置继续沉睡——每次走进博物馆，在铜镜前，我都难免产生一种穿透玻璃，拾起那枚镜子映照的冲动。铜镜斑驳，泛着绿锈，看起来完全失了光芒——不免让人深深怀疑，它能否清晰地映现美人的面容？这与我们在博物馆书画厅看到的，几近暗黄的美人图感觉一样——我们看不出那超凡绝尘的佳丽形象，就像是时光的做旧，给观者展示出一个过气的、暮气沉沉的美人，一个赝品，美人不可靠的替身。铜镜古老，仿佛容颜一经映照便迅速老去。而玻璃永远年轻——这是一种奇怪的物质，有时，我们在乡下见到那种古宅——也不那么古老，一百多年的历史，房子已经老旧、颓败不堪，但镶嵌在门扇、窗格间的玻璃（有些是彩色玻璃），却还像新的一样。而古铜镜却不会这样，它一经同主人埋入地下，便彻底黯然失色，拒绝再让别的形象在那曾经光滑冰凉的深处升起。

是镜子唤醒了自我的存在。镜子重叠的形象里产生的却是孤独。在你与妻儿老小欢乐共处的时候，镜子仿佛消失了。通常，只有在太太不在身边、女儿上学去了——唯独我一个人在家时，我才会听到镜子的呼唤——我会不自觉地走到它面前，看到里面那个有时睡眼惺忪、胡子拉碴、发如飞蓬，有时目光炯炯、满面春风、轻松自若的"我"来。无论是脸颊塌陷了、还是白丝增多了、眼圈更黑了，或是神情焦虑、若有所思，抑或脸上恢复了血色、显示出一种对未来的信心和期待，脸，都在提供一种生活（和精神）状态的证明。只有当你凝视自己脸的时候，才能真正看清自己的处境，并在那一情境中，对自己的状态做出反思。虽然镜子的属性是映现，在大多数情况下，揽镜自照这一行为，得到的多是孤独。

我小的时候，对悬挂在乡间门楣上方的剪刀和镜子不解——如果镜子，不是为了使形象现身、显影，那镜子就失去了它自身的意义。我不知道，那里面藏着一种简朴但也深奥的有神论的认识——在人类学或民俗学意义上，这枚镜子不是为了照见，而是为了阻挡（使污秽和鬼怪不能进屋），具有驱邪避秽的功能。在神话故事里——无论欧洲、中东还是东亚，镜子都有着服务于超自然和异己力量而不仅仅是脸的传统。而神话的机能和怪力乱神的故事，都要通过脸来反映，只有在镜子里的形象得到确认，上述神话学的传说和故事才能成立。

有一度，我还对尼德兰画家扬·凡·艾克的《阿尔诺芬尼夫妇像》这幅画感到不解。画家在精心地描绘一对富裕的新婚夫妇同时，在身后墙壁上还画了一个精美的镜子,里面却藏着画家本人的形象。如果说这一仿佛是美好爱情的"婚纱照",葆有中世纪资产阶级兴起催生人文主义思潮的意思在里头,那么画家"恶作剧"式地在一幅充满着忠贞和宗教意义上的新婚场景里,插入自己的脸,似乎在消解着什么,是对爱情和忠贞的怀疑?是对资产阶级生活观念和情趣的戏弄?还是其他,则不得而知了。无疑,墙上的镜子拓深了画面的空间,使之具有无限循环下去的可能——从这个意义上来说,这张隐藏在镜子里面的脸,也具有无限循环和增殖的可能性。画家似乎想要让自己在无限延伸的时间和空间里,对爱情和婚姻进行旁观和审视。

通常我独处的时候,唯有书和镜子,是使我受益的。我的阅读很宽泛(但似乎也很局限),我通常喜欢同时阅读好几本书,它们有的摊开在书桌上,有的折页放在沙发上,有的(经常是好几本)叠放在床头。至于哪本会成为睡前的读物,则不一定。也许,我在客厅里关灯准备去卧室上床时想好了阅读哪本书,但伸手拿起的却是另一本。我不能保证某本正在阅读的书能完全读完。我的书柜里,普鲁斯特的《追忆逝水年华》和乔伊斯的《尤利西斯》以及《加缪全集》,购来已有二十多年了,数次决心全部读完,但都是半途便丢下了——我又拿起了另外一本书。我习惯于(和满足于)这样一种阅读方式,仿佛在家里坐下来,随时可以阅读。当目光随着文字移动时,那书中的画面(伴随着自己的脸),会在镜子般的书页上浮现——没有哪一种方式,会比阅读文字更让人欣慰和满足。

有时我会突然中断阅读,将书搁在腿上,手指不自觉地轻轻滑过书页,另一只手的大拇指和小指似乎还紧紧夹着某页纸张。我侧躺着,将眼镜摘下来,眼前一片模糊。我不断地进出卫生间,坐在马桶上,或站在浴室镜前凝思时,感受到阅读带来的短暂晕眩和幸福感。浴室的空间将室内的静谧放大，对音响的阻挡和排斥，是内心获得完整宁静的前提。帕慕克说："我对着镜子阅读自己的脸。我的脸是罗塞塔石。"这公元前196年刻有古埃及国王托勒密五世登基诏书的石头，分别用希腊文字、古埃及文字和当时通俗体文字刻了同样的内容。我看到镜子里的脸，不是历史的景深和衰落的文明，而是一种中年人——有着东方古老民族特征——寄予幻想和臣服命运的脸，是疲惫、犹疑，也是超然和平淡。有时我坐在桌前凝思——我的手机压在摊开的某本书上，手机光滑、黑色的镜面倒映着窗帘、天花板——往前俯视，一张戴着眼镜的脸在里面出现。通常我不会注意到这个形象，我在打开的笔记本前写作，我在写作《脸》这篇短文时，试图回忆自己的面容，仔细看白色的文档页面，有一张淡淡的脸的虚影，躲在文字后面。

　　脸和房子构成一种修辞、一种隐喻。脸在房子里无处不在，那是它窥探、自察、回忆的证明，脸在房子空间各个角落浮现——当它端详着眼前的绿植：蕨类、橡胶树、栀子花、金钱草、绿萝、菖蒲——当我现在，在自己家里回忆居住在郑女士出租屋里的绿植，我不能完全确认上述植物就是当时太太所种植的品种。我当时附身去看这些植物——太太出门远行，吩咐我照顾好这些花草，我仿佛是第一次见到它们似的。我记不起它们搬进我们家时的模样——它们何以长成现在这个模样，我也一无所知。说实话，我对这些植物平常并不上心，我没有种植花草的习惯——这是太太的爱好，虽然，在这方面失败的教训比成功的次数多。我端详这些绿植，脸几乎淹没到里面去了——甚至在一个透明的球形玻璃缸里。我在那浸着植物根茎的水面上看到一张古怪的脸：一张对照顾花草没有信心的、冷淡的脸。

　　我也许应该想到，一张出现在出租屋中的脸，它与房子之间构成的修辞和隐喻，毫不稳固。事实上，这空气里，还浮动着许多消失的脸——虽然消失，但依然存在，就像那位尼德兰画家描绘的阿尔诺芬尼夫妇，并没有意识到，他们在卧室里携手留下这一无法磨灭的瞬间——被画布照相般写实地留存下来，其实在那深处的墙壁镜子里，还隐藏着另外一张脸。

密语者

到目前为止，我还未曾尝试与小区更多的人进行交谈。交流的障碍，不仅对我，我发现对于很多人来说，同样如此。而有时，一个与人交流的愿望，像突然丢进湖面的石子儿一样，显得突兀和异样。有一次，在电梯里，住在我斜对门的一位女性（虽然她退休不久，但我很难用老太太这个词来形容她），暗中偷偷盯着我已经很久了，终于忍不住问起我来：你们是新住进来的啊？你多大啦？做什么工作啊？（短暂沉默）这电梯就是这样，老旧了，经常出故障。唉，过一天是一天。我起初对她稍微有些反感，对她的"盘问"感到不适（缺乏应有的尊重）。但过后一想，这未必不是出自好意，或者关心。她是个瘦高女性，短头发，黄白色的脸，穿着偏于中性化，一种政工职业者的形象。

我的这一看法在餐桌上得到印证。午餐时，我说起对门这个女性，出乎意料地，太太和母亲迅速把话题接过去了。她们遭遇了同样的"困窘"。太太和母亲也在电梯里，被这位女性善意地"盘问"（对于她来说，这是一种交流和沟通的方式）。同样地，母亲和太太感到了不适。母亲还用了老家一个词（恕我这里无法直述出来）来形容她，大意有多事、多言的意思。母亲来自小县城，一个长年工作在灶台和菜园的农妇，其貌不扬，有些拘谨和木讷，可以想见，在电梯里遭遇伶俐的女邻居的问话时的尴尬和难堪。我的太太是位观察多于言语的人，不爱讲话，喜欢独来独往，也不善于与人交流，但很有主见。她的形象容易让人产生一种柔婉、和善的印象。当她进入女邻居的视野，两人在沉闷的电梯里，从14楼伴随着电梯哐当哐当的响声往1楼下坠，那双阅人无数的凌厉眼睛的注视和"关心"的问话，不可避免。这可能不仅仅是我们家，应该是任何在电梯里引起她兴趣的人，都能获得的待遇。

她不像小区里其他的老人，一种随遇而安的、与小区的氛围贴合度很高的状态。她不是，像是一台老旧机器上松动的螺丝，总无法与机器完美地拧在一起。我见她不时地坐电梯上下，在院子里走两步，并不走远，又回到14楼，然后又下去。她像个满腹心事、焦躁不安的人似的（但她的神情却是一种恒定的平静表情）。

我们曾经离开过小区 C 栋一段日子。当我们重新回到这栋楼（已经从14楼变为9楼了），有一次，在电梯里，她"意外地"再次见到我，略显惊讶的表情写在脸上，同时"欣喜"地看着我，对我重新出现在她的视野毫不意外似的。她有个老伴，但我很少见他们一同出行，有那么两次，见到他们，一前一后，隔着好几米的距离。有一次，她主动说起她的儿子，是在外地（广州还是哪里）工作，给她生了孙子，但她不愿过去帮他们带，说自己的事情自己做（原话如此）。她似乎习惯了不黏人的生活，同时也不喜欢别人黏她。她独来独往，缺乏交流，但又喜欢与陌生人攀谈。

她的老伴身上有种老干部的气质。机关生活似乎消磨了他们生活的情趣，连夫妻间的交流也变得那么冰冷。

而其他人是一种什么状态呢？譬如，在早餐店里。有段时间，我经常去那家福建馄饨店。如果是周末，我在那里停留的时间就会长一些。那是个二十平方米的小空间，店主是位三十出头的小伙子，有一个助手——一位女性，看起来比他大几岁，从他们的表情和举止来看，不像是夫妻或者姐弟。总之，几年来，这对搭档一直配合着，没有拆散过。来吃馄饨的人——买菜的老妪、休息的上班族、学生、生活在周围的居民、老板和小生意者，他们在店里，几乎没有什么交流。如果有，比如，有一次，我看到的是一对父子，儿子像是从外地回来，我听到他们的对话像是交流职场之道和生意经，东拉西扯的，看起来很亲密，但又显示出这对父子平时疏于联系，有着亲情上的罅隙。我注意看，那位儿子，三十岁不到，比父亲更早地露出谢顶的迹象，他像是IT从业者。再有，就是恰好在店里遇到一对小区的邻居或者熟人，我们客气地交流两句，似乎也没有话再继续下去。沉闷的空气里，只听得到壁扇摇动的声音和调羹撞击瓷碗的声音。

惠民家电制冷维修部门前，倒常能看到一群人聚集在那儿打牌，包括涵平衣铺、卡西形象设计、卤鼎记、爱婴堡、小熊水果店的店主们，在下午时辰，玩"梭哈"或"斗地主"。与其说这种"亲密"状态是由沟通、交流的愿望引起的，不如说是赌资的刺激所导致的。他们熟练地洗牌、切牌，将抓在手上的扇形扑克紧紧捏住，所有的眼睛以桌面为中心，在其中汇聚，而完全不管店里的生意。那些站在身后观看的人，有一种局外人的轻松和无压力状态下的愉悦——但久而久之，则变成一种乏味、单调和无聊。输赢不定和牌面的不可重复性，是这游戏能不断继续下去的"潜力"。这古老的游戏，考验人的，不仅仅是智力、记忆、观察力，也考验着人的耐心和脾性。玩牌的人，那种在游戏时的热乎劲，在散场时迅速转为冰冷，仿佛热情的火焰突然化为灰烬。那些从牌桌前离开的人，回到各自的店里，不再看对方一眼，更不多交一言。仿佛在游戏中的失误、失利，转变为了对对方的仇视和忌恨。

有个老妪，曾经是母亲麻将桌上的牌友，是个退休老师，每天接送读小学的孙子。她不仅与母亲一起打麻将，还曾一起去理疗店里听讲座，受到骗子的洗脑。有一次，我们一起在电梯里，突然，另一位老人——一位退休老干部模样的老头，突然像是自言自语地说，这小区周边哪有什么好学校啊，都是些垃圾学校。这是个平素看起来"优雅"、持重的老头，脸上有种养尊处优的神情。这一瞬间，我发现，母亲的麻友——这位老太太，脸色突然变得绛紫，眼睛里喷射出愤怒的焰火。我似乎也感到震惊，不知道这老头突然为何这样说——他说的也许是客观事实。但潜台词是日益增多的陪读的租户对生活质量的影响，还是他自己的感受，抑或其他什么缘由？总之，他失礼的表现，使这位送孙子去上学的退休老师——老妪，感到了难堪和愤怒。而老头仿佛低语一般，脸上是云淡风轻的表情，貌似无心，只是触景生情有感而发讲了那么一句，却不知这句话像刀子一般扎入了老妪的心。

我曾读过一篇小说，对作者阐发的"门槛理论"印象颇深。"在人们通常的意识里，门槛是一个区域向另一个区域的过渡"，"其实门槛本身也是一个区域"。我在贤士花园居住的时光，正是具有"门槛"性质的。这特别的空间，和特别的时间，给我留下了深刻的印象，以至于到最后，我似乎颇留恋这个"门槛"，待在里面不愿出来了。当我离开它时，我显示出恋恋不舍。在南昌工作生活二十余年，在贤士花园居住的几年时间，才真正让我与这座城市建立较为深入的联系。在居住过的其他小区，都没有此种感受——觉得自己是个异乡人、过客，而不是它的居民。当我以一个租户的身份住进贤士花园小区，我反而拥有了更多的市民——而非过客的认同感。这种认同感，并不以我与人际关系的深入展开为特征，相反，我在这里，几乎与人没有交集，平时小心翼翼，尽量隐藏自己。

我经常回望，在老家一个乡村中学当老师的情形。那是个建筑在山顶上的中学——仿佛华莱士·史蒂文斯著名的诗歌《坛子的轶事》所描述的："我把一只圆形的坛子／放在田纳西的山顶／凌乱的荒野／围向山峰……"那中学，也仿佛成为某种哲学的象征，具有形而上的意味。在这个中学教书的时间，与我在贤士花园生活的时间差不多。教书时，我也很少与人交流——像个密语者。阅读和写诗，伴随我度过那时间。我是周末骑车下山，回到县城家中看望父母，周一再骑车回学校。每周都是如此。我在贤士花园，获得了如同早年乡村中学般的感受。两者都具有"门槛"的性质。

我试图去勾画贤士花园人们的交流，以及人际关系的展开，却发现用一个社会学用语"内卷化"来形容，较为恰当。每个人都不缺少交流的愿望，但这种愿望经常被中断、悬搁，对他人的关切有时却异化为一种"干涉"。到最后，我们每个人都成为事实上的密语者。

（原载《芙蓉》2021年第3期）

远路上的新疆饭

刘亮程

1

有一年，我们开车去阿勒泰，从天山脚下的乌鲁木齐出发，穿过茫茫准噶尔盆地，往天边隐约的阿尔泰山行进。原打算在黄沙梁吃午饭，那里的路边有几家卖拌面和大盘鸡的野店。所谓野店，就是前后不着村，饭馆的矮房子淹没在路边野草中，四周是沙梁起伏的荒漠。那时这条穿越荒野的道路旁人烟少，饭馆更少，南来北往的人，行到这里早都饿了，都会停车吃饭。我们却没饿，行车到半中午时，见路边一片瓜地，便沿便道开车到瓜地边，想买个西瓜解渴，一地西瓜明晃晃熟在地里，却找不到看瓜人，没办法买，只好自己摘了吃，吃饱了在瓜皮下压了一块钱，算是付费。这顿西瓜把我们的午饭耽搁了，到黄沙梁的野店时，都饱着，就说再往前赶，结果一直赶到了黄昏，车里人饥肠辘辘，这时候的大漠落日，就像挂在天边永远吃不到嘴的圆馕。司机说，这段路上再不会有饭馆，也不会有西瓜地。我们穿过沙漠腹地已经到了更加干旱荒凉的阿尔泰山前戈壁。

这时，荒无人烟的路边突然冒出一间矮土房子，土墙上歪歪扭扭写着"沙湾大盘鸡"。赶紧刹车拐进去，车停在院子。所谓院子，就是土屋前一小片修整平坦的戈壁，和屋旁辽阔起伏的戈壁滩连在一起。店里只一张桌子，七八个板凳。女店主的表情也跟戈壁滩一样漠然，不冷不热地说一句"你来了"，那语气像似认得你。你似乎也觉得认识她，只是记不起来。她提着大茶壶，给每人倒一碗茶，那茶仿佛泡了一天，跟外面的黄昏一般浓酽。

忐忑地要了一个大盘鸡，问多久炒好。说快得很，一阵阵。果然喝几碗茶工夫，做好的大盘鸡端上来了，那盘子占了大半个桌子，鸡块、土豆块、辣子满满堆了一大盘。四双筷子齐刷刷伸过去，没人说一句话，嘴全忙着啃鸡，忙着吃里面的皮带面。太阳什么时候落山的都不知道，小店里渐渐暗下来时，我们才从贪吃中抬起头来，彼此看看，谁学着女店主的腔冷冷地说了句"你来了"，大家都笑起来。

我全忘了坐在一桌的人是谁，我们因什么事踏上了去阿勒泰的这趟旅行，只记得吃着大盘鸡的瞬间，我侧脸看着窗外荒天野地里的彤红晚霞，地平线清晰地勾勒出大地的边沿，那是我在千里之外的小县城，时常看见的天边，我们开车跑了一整天，她还是那么远。仿佛比我在别处看见的更远。那一刻，一顿荒远的晚饭，就这样长久地留在了回味里。

多年后再走那条路，有意把时间磨到黄昏，想再坐在那小店的窗口，吃着大盘鸡看荒野落日。想再听那恍惚的一句"你来了"，沿路经过一个又一个路边饭店，一直把天走黑，那土房子再找不见。

2

大盘鸡是我家乡沙湾发明的一道大菜，说是菜，其实也是饭。新疆饮食大多饭菜不分，拌面、抓饭、手抓肉都是饭里有菜，菜饭合一。大盘鸡也一样，主菜鸡，配料辣子、洋芋、葱姜蒜，外加特制皮带面，搅拌在一起，结实耐饿，适合在路途中吃，也方便在偏远路边店炒制，剁一只鸡，配一把辣皮子，一只铁锅便能炒制出来。

大盘鸡发明那些年，我在沙湾城郊乡农机站当管理员，常被拖拉机驾驶员拽去吃大盘鸡，那些跑远路的司机，吃遍天山南北，还是觉得大盘鸡好吃。好在哪，可能就是盘子大，可以放开吃。不像那些小碟子小碗的吃法，都不好意思下筷子。那时大小酒桌上的主菜都是大盘鸡。一大盘子鸡肉摆在面前，红辣皮子青辣椒，白葱绿芹黄土豆，满满当当堆一盘，能让人胃口大开，平添大吃大喝的豪气来。

沙湾大盘鸡在20世纪90年代沿公路传到全疆各地。

到现在，好吃的大盘鸡都在路上。后来大盘鸡传到城郊僻街陋巷，生意依旧红火。城里人纷纷开车来吃，城郊乱糟糟的环境能和大盘鸡相匹配。再后来大盘鸡进了城，乌鲁木齐繁华区开过许多大盘鸡店，没多久都倒闭了。不是城市厨师手艺不好，大盘鸡本是一道乡间野路子大菜，在乡村饭馆和路边的简陋餐桌上，它一盘独大，其他菜都围着它转。到了城里的大餐桌上，七碟子八碗，大盘鸡失去了霸主位置，自然就寡味了。

有几年我们在和丰做工程，常走呼克公路，早晨从乌鲁木齐出发，到黄沙梁那一片刚好中午，在路边沙包下的饭馆吃大盘鸡。那几家店我们轮换着吃过，味道都差不多，好不到哪里，只是那个环境，太适合吃大盘鸡了，屋外摆着永远擦不干净也支不稳当的圆桌，除了路，四周是沙漠荒野。有时刮起风，空气中呼呼啦啦地响，一阵沙尘草叶扬过来，大盘里的鸡肉也随之味道丰富起来。

我有一个亲戚，就在黄沙梁北边的沙漠里，开荒种了几千亩地，说了几次让我去他的农场玩。一次我路过黄沙梁，突然想去看看这个当地主的亲戚，打手机接不通，没信号，便驱车往沙漠里开，在岔路纵横的荒漠中凭感觉行驶了三个小时，最终盯着远远的一缕炊烟来到亲戚家的农场。那缕冒着炊烟的矮房子，坐落在一眼望不到边的棉花地边，女主人正在做午饭，见我来了，赶紧让小儿子骑摩托车去喊他父亲。

不一会儿，带着一身农药味的男主人回来了，说在开机子打农药。我说，耽误你干活了。亲戚说，让虫子多活半天吧，没事。说着扭头吩咐女人剁鸡，只听房后一阵鸡叫和扑腾声。又过了一阵子，一大盘鸡便做好端上来。男主人从床底下摸出两瓶沙湾苦瓜酒，我们边吃边喝边聊着棉花收成的事，五个男人，一会儿就把一瓶子酒喝光，第二瓶喝到一半时，主人喊小儿子去买酒，我说喝好了，还要赶路呢。小儿子不听我的，一脚油门，摩托车扬尘远去。

那半瓶酒喝完时，太阳已经西斜到棉花地里。主人看着空了的瓶子，不好意思地说酒很快买来了。我说不能再喝了，还要赶路。男主人说，你来了就不要想走。我说真的有事要走。主人说，你要再说走，我就开挖机去把路挖断。

天色黄昏时，听见摩托车声，小儿子抱来一箱子苦瓜酒。我问去哪买的酒，说公路边的小商店，来回一百多公里。我们等了三四个小时，先前喝上头的酒劲都过去了，主人又吩咐剁鸡炒菜重新喝。我看天色已晚，哪都去不了了，只好任凭主人安排。

第二轮酒是在月亮底下喝开的，酒桌摆在沙地上，白天的闷热过去了，凉风从西边徐徐吹来，月光下轮廓清晰的沙丘像在晃动，月亮也在天上晃动。不知何时，同来的三个人早已躺在沙地上睡着了，司机也在敞开的车门里呼呼大睡，剩下我和亲戚举杯对饮。

荒漠之中，明月之下，两个喝高了的人，嗓音高低不平地说着明早肯定会忘记的滔滔大话，那话随月亮升高，又随沙丘起落。

我就在那时听见屋后面的鸡叫，先是一只，接着三只五只，远远地，沙漠那边的鸡叫也传过来。我看着盘子里剩了一大半的鸡肉，突然嗓子发痒，我从自己一个接一个的打嗝声里，也听见了鸡叫。

3

在新疆，最方便在野外吃的还有手抓羊肉，一锅水，一只羊，煮熟了吃，做起来比大盘鸡还简单。

一次我们到伊犁军马场去游玩，中午约在山谷里一户哈萨克牧民毡房吃煮羊肉。到了毡房，牧民说羊去后山吃草了，主人骑马去驮羊，结果一去半天。到太阳西斜，羊驮来了。招待我们的人说，羊远得很，山路也不好走。我们看着主人宰羊、剥皮，肉放进石头支起的大铁锅里，松树枝在炉膛慢慢烧着，我们耐心地等。

跟我们一起等待的还有盘旋天空的一群老鹰，鹰早在牧民马背驮羊下山时就盯上了，一直追踪到毡房前，看着羊宰了，煮进锅里，它们等着吃骨头。几只牧羊犬也等着吃骨头。还有远近草原上的牧民，他们看着天空盘旋的老鹰，就知道鹰翅膀下面的毡房煮羊肉了，一匹匹的马儿，驮着主人朝着这边溜达过来。

羊肉煮熟端上来时天已经黑了，堆成小山的一盘肉里，仿佛已经煮入了牧民上山驮羊的时间、羊在山上吃草的时间、鹰在天空盘旋的时间，以及我们饥饿等待的时间。

那一餐，我们一直吃到半夜，肉吃了一块又一块，每人面前都堆了一堆羊骨头。酒也喝掉一瓶又一瓶，都没有醉的意思。仿佛我们等了大半天的饥饿，要用大半夜才能吃喝回来。

4

我的朋友刘湘晨说过他最难忘的一顿饭。

那年他在塔什库尔干拍纪录片，要下山买摄像机电池，站在村口等车，等到快中午，路上连个车影子都没有。就在这时，山坡上说说笑笑来了五个姑娘，在路边的平地上支起帐篷，用石头垒起一个炉灶，放上铁锅，便开始架火烧饭。我的朋友不知道姑娘们给谁做饭，也不便过去问，就老老实实坐在路边等。等得快睡着了，过来一个姑娘喊他，让过去吃饭。姑娘说，我们在村里看见你在这里等车，今天不一定会过来车，明天后天也不一定有车过来，我们给你搭了帐篷，做了饭，你住下慢慢等。

我的朋友常年在塔什库尔干拍片子，住在当地的塔吉克族人家，早已领略了塔吉克人的热情好客。但这样的奇遇还是第一次。他感激地吃完姑娘们做的清炖羊肉，正打算在帐篷里住下，远远看见一辆运货的卡车开来。他多么不希望这辆车过来，最好明天后天也不要有车来，他就一直住在路边的帐篷里，每天看着五个姑娘在石头垒的炉灶上给他做饭，晚上躺在帐篷里，望着高原上的星星和月亮，做着美梦，等一辆永远不希望它过来的车。

他可能是塔什库尔干最幸福的路人了。

同样的幸福经历我也遇到过。

那次我们驾车去和不克赛尔蒙古自治县牛石头草原探路，那是一处远离县城的高山湿地夏牧场，没有正规道路，汽车走的都是羊道，羊群踩出的道大坑小坑，要把车颠散架似的。一百多公里的路，走了四个多小时。大中午时，一行人进到一户牧民毡房，男人放羊去了。我们给女主人说，能否给做点吃的，我们付钱。

女主人热情地招呼我们上炕坐下，很麻利地铺上一块白色单子，把烤馕和小油饼放在上面，沏上烧好的奶茶，让我们品尝。然后，女主人架着外面的炉子，开始煮风干牛肉。

我们出去游玩拍照。这里是一片高山湿地牧场，一块块的巨大石头，像卧在草原上的石牛，全头朝西，任由西风吹凿出头、身体和鼻子眼睛。草原上还有两个小湖泊，挨得不远，像两只望向天空的眼睛。我们玩得忘记时间，直到听见女主人站在一块大石头上高喊，声音高高地飘到天上又落在草地的大石头间。

那顿肉我们吃得很仔细，肉被风吹干，再煮熟，还是干硬的，只有小块地咀嚼，肉里有风的悠长干燥，有草从青长到黄的香，有石头的咸，有松枝烧柴的火气。一大盘子牛肉，细嚼慢咽地全吃光了。

临走时问主人需要多少钱。

"不要钱。"蒙古族阿妈说。

同行的朋友掏出五百元钱硬塞给阿妈。阿妈扭不过，就收下了。然后，她俏皮地笑着，一人一张把五百元钱塞给了我们一行五人。

像是塞给她的五个孩子。

5

那年我和一位作家在维吾尔族朋友陪同下,到库车塔里木乡采风。爱说笑话的乡会计开一辆没刹车的破桑塔纳,拉着我们在渠沟纵横的胡杨林里穿行。矮胖敦实的维吾尔族乡书记坐前面,我们同行三人挤在后排。会计用半生不熟的汉语说,你们不要担心我的车没刹车,刹车多得很,胡杨树、沙包、渠沟都是刹车。确实这样,对面过来一辆拖拉机,眼看撞上了,会计一把方向,直接对在路边沙包上,把车刹住了。

晚饭安排在塔里木河边一户农民家,两间房子,孤孤地坐在胡杨林里。我们进屋脱鞋上炕,炕桌上摆着馕和葡萄干,乡书记让我们坐上席,他和会计坐对面。我们喝着奶茶吃着馕,会计打开自己带来的几包油炸大豆和花生米,乡书记从身后摸出一瓶酒,打开自己倒一杯喝了,又倒一杯给我。维吾尔族喝酒是一个杯子轮流转,转一圈,酒瓶子交给我,我先倒一杯自己喝了,再倒一杯给乡书记,就这样一圈圈地转,几包花生米都吃完了,天上星星出来了,我以为就这样一直喝下去了,突然房门打开,主人端着一大盘煮熟的羊肉进来,接着提来水壶,挨个给我们浇水净手。乡书记说,刚宰的羊。书记带我们双手捧起做了祈祷。然后,他从腰上的刀鞘里抽出一把刀子,刃朝自己,刀把递给我。我在盘子中间最大的那块肉上割一块自己吃了,又割一块给乡书记,然后刀子递给会计,他麻利地把肉削成小块递给我们,自己也不时塞一块肉在嘴里。

肉吃好已经是半夜了,我以为该开着没刹车的桑塔纳回乡上睡觉了。可是,乡书记又摸出一瓶酒,说刚才是白喝,没有菜。现在菜来了,正式喝。

　　这场酒从半夜开始，往深夜里喝。与我同行的作家喝几杯说醉了，一歪身躺炕上睡着了。我们在他的鼾声里一杯杯地喝，他睡一觉突然坐起来，说该走了吧。乡书记见他醒了，拉住硬给他灌一杯酒，他又倒身睡过去。我们就在他睡睡醒醒间，喝了一瓶又一瓶。中间有一阵子，我有点迷糊，喝了几杯又醒过来。醒过来我突然开始说维吾尔语，他们都惊奇地看着我，这个前半夜不会说半句维吾尔语的汉人，后半夜张口就是维吾尔语。我用维吾尔语跟他们说笑，给他们敬酒，他们都能听懂我说什么，我也知道我在说什么。似乎我几十年来听到耳朵里的维吾尔语都被酒激活，涌到了舌头根上。

　　喝到东方泛白，我出去方便，看见房后胡杨树林下隐隐约约的水光，一大片，我沿林间小路走过去，宽阔的塔里木河出现在眼前。整个一夜，我们就在塔里木河沉静的涛声里喝着酒，却浑然不知。

　　我从河边回来时，听见了鸡叫。天渐渐亮起来，从水流中能看见亮起来的天色，胡杨树梢上的叶子也有了亮光。我回到屋里，见他们已经横七竖八躺了一炕，全睡着了，打着呼。那个使劲劝我喝酒的乡会计，还说了两句维吾尔语的梦话，听不清。男主人打着哈欠进来，低声对我说了句话，我听不懂，想回一句，嘴张开，说了半夜的维吾尔语竟半句都找不见。我不好意思地对他笑笑，然后，挤到炕角上和他们一起睡着了。

<h1 style="text-align:center">6</h1>

　　好多年前，我和回族画家张永和在老奇台镇采风，中午坐在路边小饭馆门前吃拌面。过来三辆马车，车上堆着空麻袋，显然刚卖了麦

子。赶车人把马拴在门口的杨树上，一伙人吵吵嚷嚷在门口的大桌子坐下，我以为他们要大喝一场，粮卖了，人人口袋里装着钱。

可是，他们什么都没要。

其中一个人往里面高喊："老板，来碗面汤，馍馍自带。"

他们从随身布袋里拿出馍馍，每人拿出的都不一样，有白面的、苞谷面的，有花卷，有馒头，摆在桌子上。老板从后堂抱来一摞子大瓷碗，一人跟前摆一个，拿大水勺挨个地加满冒热气的面汤。

"谢谢啦，老板。"其中一个说。

"喝完了再加。"老板说。

他们用面汤泡馍馍很快吃完了，我和永和吃过拌面，喝着面汤看他们赶马车上路。

问老板他们咋喝个面汤就走了。老板说，今年天灾，粮食收得少，农民都舍不得吃拌面，就要一碗面汤对付了。

"不过，他们收成好的时候会过来好好吃一顿。"老板又说。

面汤是新疆最暖人的汤，不要钱。吃完拌面，最舒服的就是喝碗面汤了，汤里全是面的味道，略咸，喝一口下去，面汤烫烫地穿过刚入胃的拉面，那些香味又被勾回来。

有一个笑话，店小二给老板说："一食客吃完拌面没付钱走了。"老板问："喝面汤没？"小二说："没喝。"老板说："那就没事。"过了会儿，果然食客急匆匆回来，让老板上碗面汤。

我在沙湾金沟河乡农机站工作那两年，每天中午到乌伊公路边的饭馆吃拌面，一次一位种棉花的农民坐在对面，和我一样要了拌面，菜和面端上来时，他先把一小半菜拌在面里，很快吃完，喊一声"老板，加面"。剩下的菜分一半到新加的面里，吃完再喊一声"老板加面"，待面上来，把其余的菜全拌进去，菜盘子拿面擦干净，呼噜呼噜吃了，又喊一声"老板，面汤"。

我被他的吃法感染，也喊了声"老板，加面"，面加了却没吃完。

听老板说，附近种地的农民，天刚亮下地，中午没工夫回家做饭，就到饭馆结结实实吃一顿拌面，然后干到天黑才回家。那一份拌面，要把上半天耗尽的力气补回来，还要撑到天黑。出那么大劲，加几个面都不够的。

路边饭馆的常客多是跑长途的司机，这顿吃了，下顿在千里之外。拌面是最能扛饿的，饭量大的加两三份面，再喝一两碗面汤，弓腰进来，挺着肚子出去。吃拌面的人，吃到加面才是最香的，加面不要钱，最后那碗面汤也不要钱。这是新疆饭的厚道，管吃饱喝好。

进到新疆的大小饭馆，主人先倒一碗烫茶，再问你吃啥。茶水也是免费的。一个不产茶的地方，竟然免费给客人喝茶。

那几年我常坐在路边饭馆喝茶，道路坑坑洼洼，汽车远去后，扬起的尘土缓缓落下来，像岁月一样，落在身上头上，我不管不顾地坐着。那时我年轻迷茫，看着远去的汽车会莫名伤感，仿佛什么被带走了，让我变得空空荡荡，又满眼惆怅。

多少年后我还喜欢在路边的小饭店吃饭，望着往来车辆，想找到年轻时的那份忧伤。我二十多岁时，在尘土飞扬的路边，想望见四十岁、五十岁的自己，到底走到了哪里。如今我年近六十岁，知道已走在人生的远路上，此时回头，看见二十岁的自己还在那里，我在他远远的注视里，没有迷路，没有走失。

（原载《江南》2021年第4期）

世上最长的大街

陈 河

1999年岁末,我开着一辆绿色的道奇旅行车,带着一个样品箱子,一头扎进了央街,开始了我在多伦多的经商岁月。

那年的2月,我带着一家人移民到了多伦多。在这之前,我在阿尔巴尼亚待了五年,经历过战乱,四个月之前还被绑架过一次,死里逃生,现在总算到了一个和平发达的国家。但是,问题接着就来了,怎么在新的地方生存下来呢?我在阿尔巴尼亚做的是药品生意,到这边就不能做了,得重新寻找门路。三个月后,我根据当地中文报纸上登的招工广告找到一家公司打工。我去打工其实不在于挣薪水,主要想学点经验门路。半年之后,我就迫不及待地辞了工,回了趟国,去了广州,去了义乌,拼凑了一只二十英尺的小货柜发到多伦多,开始了自己的进口生意。

那时候我对多伦多这个城市知之甚少。有一个事情是知道的,说多伦多市南北中轴线那条 Yonge Street(华人叫央街)是世界上最长的大街。它从安大略湖港湾开始向北，后沿11号公路延续，一路上经过众多的安省城镇，并在考昆镇转头向西，一路蜿蜒，最终到达安省的雨河和美国明尼苏达州美加边境处的国际瀑布，全长1896公里。其实说央街是世上最长的街有点勉强，因为央街真正繁华的地段没有几公里。它连接了多伦多以北几个小城市，之后就是一条普通的公路，只是沿用了央街的编号路名11号路。现在写起来央街很是诗情画意，但是当我第一次带着样品箱子冲进央街时，却是一脸苦相逼迫自己鼓起勇气，因为我是要到央街去推销自己进口来的产品。

　　央街的主要商业地段在市中心 KING 到 BLOOR，还有就是 EGLINTON 到 FINCH 之间。我第一个目标总是看准最中心的地方。我开着车在央街巡回了一下，选中了一个铺面，门面招牌上写着 SUPER SMOKE，看名字像是个卖烟的店，但是店外面挂着很多小百货、箱包，让我知道这是个什么都卖的杂货店。当时我的心情好像是个新手要去打劫银行，锁定了目标，准备下手，心跳非常快。我把车停在边上的小路上，投了一加元到咪表，只能停半个钟头时间。我赶紧推着小推车，车上装着样品箱子，跨进了店里面。这个店门面不宽，进深却非常长，货架上东西很多，玻璃柜里还有索尼电器、ZIPPO 打火机、胶卷之类值钱的东西。女店主正在忙着应付客人，她剪着短发，个子高，脸很宽皮肤很白，只能韩国人才有这样的宽银幕脸，所以我相信这是一个韩国人的店。她忙好了客人，转身接待我，那宽脸上带着笑意，让我的紧张消除了许多。我说自己是进口的，想给她看看样品。她就说快点给她看看，因为很快就有客人过来。我样品箱里东西不少，一下子看不完，店里客人不断进来，她得给顾客收钱。她很好心，没让我干等，在收款的空隙看我的样品。所以我在一边伺候着，她空了一下赶紧看一看。她说我的东西不大对她商店的路，最后只选了四把自行车U形锁。在不久之前，我在阿尔巴尼亚做的生意有时一个订单就二十多万美元，这回才几个美金的生意，居然也让我非常惊喜，毕竟是生意开了头。她告诉我她的名字叫Sue（苏），老公叫彼得，这个店其实不是他们的，是老公的弟弟杰姆斯的。虽然都是英文名字，其实这两兄弟都是韩国人。杰姆斯的公司叫"蝴蝶贸易公司"，我之前听说过的。后来客人少了，她和我聊了几句天，听我讲了在阿尔巴尼亚的简史之后说我一定会成功的。在后来的日子里，苏和彼得买了我不少的货物，一直到我最后关门结业。她这天的善意我一直没有忘记。

央街上我找到的真买得多的是印度人马克的店。这个店在圣·克莱尔地铁站附近，门面也不宽，但里面很大，生意流动也很大，店里有很多印度小伙子雇员。我第一次见老板马克时，看他个子矮矮的，雇员对他像是对待国王一样。这家伙口气很大，说他可以让我发财。他不满意我英语说得不好。我的英语是在阿尔巴尼亚自学的，的确不怎么好，再说我觉得印度英语也很搞笑。不过后来十多年我一直和印度人来往，觉得他们的英语比白人的还顺耳。马克的订单的确很不错，有时会有万把块加元，但是总会把价格压很低，付钱会拖好几个月，最后还要扣掉一部分零头。虽然这样，我还是很愿意和他做生意，因为他有两个店，另外他有一个妹妹叫卢比那，还有个弟弟叫尼克，都有很大的商店，三个人合起来订单量还是蛮可观的。后来有一回我在多伦多进口商展览会上看见马克三兄妹到我的展位上参观，我竟肉麻地对着他们说：我为你们的家族觉得骄傲。

跑央街大概半年后，我把仓库搬到了靠近多伦多有名的印度人阿明的批发公司旁边，生意开始好了起来。我在打工学经验的时候，经常看到一个身材小小的印度人，他眼睛亮亮的，秃头。我的老板刘先生告诉我这人生意做得很大，多伦多的杂货店主都知道他。所以我记住了这个名字。在开始生意不久,我需要换个大一点的仓库。仓库的地点非常重要,最好找一个批发公司聚集的地方,客人顺便会上门来。我找了很久找不到合适的地方。有一天经过印度人阿明的公司门口时,突然发现隔壁有一个带办公室的货仓挂着出租的牌子。我喜出望外,找到了这个物业的主人,是个办印刷厂的香港老先生,顺利租下了这个仓库。我把之前放在与人合用的货仓里的东西全搬了过来,在办公室还布置了样品展示区,开始有了做批发生意的门面。第一个上门来的客人我还记得非常清楚,那是个傍晚下班的时间,多伦多冬天黑得早,六点多钟就像晚上了。我突然听到有人在敲门,一看窗外是一个印度女人。她是到阿明那里进货,看到边上有个新的批发公司,就进来看看。她看了一圈,订了几样东西。她的店在一个大商场(Mall)里面,很大。她老公的店在央街上。多伦多做生意的印度人都是有点沾亲带故的。几天后,又来了个印度人。他是个大个子,年纪五十来岁,皮肤松弛头发稀疏,嘴里嚼着一种气味浓重的草果,大概是一种和中国槟榔类似的东西。他一说话就显示出是个有经验的生意人。他报了自己名字叫纳里沙,还报了自己公司的名字。他的公司还挺有名的。我在路上跑的时候认识了一个印度小伙子,名字叫卡摩尔,他告诉过我他在纳里沙的公司当过推销员。纳里沙看了我墙上的样品,眼里发出亮光,指着好几样东西说是好的货物,而一些我之前以为是好的东西他说是 Garbage(垃圾)。他一下子要了一大批货,算下来有几千美金,说明天就可以给我货款。虽然是第一次跟他做生意,但我凭直觉相信了他,让他把货拿走,果然几天后他就把一大把现金给了我。又几天后,有个晚上,我已经下班回到家里,接到了一个电话,对方也是个印度人。他说自己叫拉米,正在我的公司外面,想要看看我的货。我一听电话有点害怕,因为在阿尔巴尼亚被人绑架的阴影还在。那次绑匪就是谎称星期天来进货，我上了当被绑架走了。我回答拉米现在晚上了，我不想过去。拉米说在多伦多做小生意哪有分白天晚上，有生意就要做，结果还真把我说动了。我开车回到公司，和他说了怕被绑架的事。他说这边安全，不会有绑架的事。拉米是个锡克人，头上包着阿里巴巴一样的头巾，长着大胡子。他很喜欢说话，说自己来加拿大之前是旁遮普大学的教授。当时他开的一辆车破得不能再破，看起来随时会散架。但如果我知道不久之前他还是扛着背包坐地铁到零售店送货的话，就知道有了这台破车对他来说是一件划时代的大事了。

因为有了纳里沙这样有销售能力的客户，我进货有了方向，东西进来不怕卖不掉了，就开始进四十英尺的大柜，然后又参加一些行业的展览会，客人慢慢多了起来。现在想起他们个个都很有意思。我特别忘不了一个叫奥马尔的家伙，是巴基斯坦人，销售能力特别强。我有段时间很想让他成为我的推销员，可他已经被另一个中国人的公司雇走了，让我痛心得顿足捶胸。不过他很快就自由了，说自己要回巴基斯坦一段时间。过几个月后他又出现，到我这里拿了一大车东西，到了下午回来车空了，把一堆现金付给我。过些时候他又不见了。我也不知道他回巴基斯坦做什么，他说是在那边搞房地产，我总觉得他没说实话。还有一个有意思的人是韩国人 Jhon，他应该姓金，公司离我不远。他也从中国进口一些东西，但由于对中国不熟悉，加上资金不多，他自己进的东西有限，大部分要从其他进口商处拿货。他也给我推销了很多货。有一天他到了我的新货仓，货仓空间很大，有舞台感。他突然唱起了意大利歌剧，是非常纯正的古典男高音，声音在屋顶上缭绕，还从后面的出货门飘出来。隔壁有个白人妇女是个歌剧迷，闻声赶来说他唱得好极了。我当时也听傻了，没想到 Jhon 会唱得这么专业。他说自己当年在大学里是唱过歌剧的。

渐渐地我还有一些大的客户。意大利人开的 STANDA 公司是非常有名的,老板杰克对我很不错,有一回看中了我的一个产品,是带着宗教画像的时钟,开口就订了两个货柜。根据行业的规矩,他订了我这么多数量,这个产品我不应该再在本地销售。可是我不懂规矩,还向商店和批发店卖出一大批,结果意大利人杰克去推销时,看到到处都是这个产品。他打电话把我叫过去,大发脾气,要我 get out(滚出去)。我当时还觉得委屈,现在想想也是活该。我还记得杰克的女婿叫迈克尔,是个黝黑的意大利帅哥,他是冰球队的选手,每个周末要去参加冰球比赛。这件事给我留下印象,一个人在做生意的时候还应该有自己的爱好,我很羡慕迈克尔能每周去打冰球比赛。

生意日益兴旺了起来,但有一个问题出现了,那就是写作这个事情慢慢回到了我心里。自从1994年出国之后,我以为这下和写作可能是彻底告别了,到了外国哪有写作的机会呢？在阿尔巴尼亚的时候,基本上没有读什么文学作品,只是从大使馆偶尔借点报刊过来看看。有一回新华社驻阿尔巴尼亚记者站的李季玉送来几本《新华文摘》,里面有一篇转载的小说《诗人匈牙利之死》。当时和我一起做生意的王先生是从匈牙利过来的,读了这篇小说后大为惊讶,说这个故事写的都是真实的事情。我看了作者的名字是钟求是。我当时还不知道钟求是是谁,因为我在温州时,他还在国安局工作,因工作性质他都没和当地的作者来往。读了这个小说,我想起自己原来也是写过小说的。我到了加拿大之后,回国办事的时候会去报刊杂志亭买些《参考消息》《读者文摘》之类的消磨时光。有一回在上海火车站,我买了本《上海文学》,看到上面有篇小说《地瓜一样的大海》,作者是须一瓜。我读了一遍,觉得这小说写法和过去的小说很不一样,不大看得懂。我真成了山里的樵夫，世界已经发生了大变化。

回温州的时候经常会遇到一些老友。在1994年之前，温州的作者能在《上海文学》《北京文学》发表作品已经是最高水平，但2000年之后我回温州时，钟求是、王手、吴玄、哲贵、东君、程绍国等人已经是《收获》《人民文学》《当代》《十月》等大刊物上的常客了。温州的朋友经常会鼓励我再次拿起笔来写点什么，大的写不了写点短的也可以。所以那段时间，我还真的写了一些千把字的文章，程绍国都会给我发在《温州都市报》上。我给哲贵所在的《温州商报》也写了几篇豆腐干文章。哲贵还说舍不得一下子发掉，慢慢用。看来比起那些给报纸投稿的业余通讯员我还略胜一筹。

真正触动我回到写作的还是我的母亲。2004年初，我父母亲准备来加拿大旅游探亲，签证都已经办好，只等着订机票。我母亲说最近有点不舒服，等身体好一点再买机票。但到医院检查出来是胆管的癌症。我母亲一生都受胆囊毛病折磨，进入老年之后情况有很大好转，本以为她会安享晚年，没想到才六十九岁就到了尽头。我那年经常飞回国内，坐在病床前陪母亲。我想起了不久之前的一件事，有个在美国定居的人回到温州宣传自己写的一本书。这个人是我母亲一个熟人的儿子。我母亲说了一句话：我儿子要是写出书比他会强多了。她是不经意说的。我却记在了心里，当时我母亲可能也以为我不会再写作了，肯定有惋惜，才有这样的感叹。后来我母亲经常处于昏迷状态，我心里觉得难受，想起自己这辈子就这么做小生意下去吗？我觉得母亲肯定是不这么想的，我得去做我最愿意做的事情，我觉得自己能做得最好的事情就是写作，我得好好把这件事情想明白。所以说是在母亲弥留之际，写作开始回到了我的心中。多伦多有不错的中文环境，几十万华人生活在这里，有好多中文报纸，也有不少文学社团笔会。

我起初想以后能写些小文章在报纸的副刊上发表发表也不错。当时多伦多这边有个笔会组织搞散文征文比赛，我很用心地写了一篇散文《为金先生洗碗》。说实话这一篇可能是我写得最好的散文，但笔会的组织者欺生或者是没眼光，完全忽视了它。但这一点不重要，重要的是我开始写出了文章。程绍国后来看到这篇散文，把五千多字全文发在《温州都市报》的副刊上，版面挤得满满的，登广告的位置都给挤掉了。他还把稿子给了西安的《美文》杂志，也很快刊发了。

母亲去世后我回到了多伦多，心里空荡荡的。我决定开始写点文学作品而不只是小文章。我心里盘旋着一件事情。1998年10月那一次我被绑架后关在一个地下防空洞里，当时我的手脚都被捆绑着，眼睛上缠着强力胶带，什么也看不见。后来我的眼睛适应了黑暗，从因为鼻梁隆起而产生的胶带缝隙中感觉到一点光线，从而知道头顶上有一个光源，还感觉到有一丝丝清凉的空气从亮光处透进来，带着青草的气味，最后还听到了有小鸟的叫声。这让我知道自己所处的位置离开地面还不远。就在这个时候，我突然产生了一个念头：如果我能够活着出来，我要把这一段经历写成作品投给《收获》。我过去多次给《收获》投稿都没反应，我想这样一个用生命换来的故事大概《收获》会有兴趣发表吧？我不知道当时为什么会有这个念头，也为自己死到临头居然还想到写作而惊讶，这说明写作应该是我生命中最重要的事情。所以在决定重新写作的时候，我就开始想着上面那一个时刻。最初只想写被绑架的事，后来觉得应该把在阿尔巴尼亚的五年都写一下。十多年没正式写作，要启动时觉得写作的机能都生锈了，就像一台多年没开的老爷车，怎么也发动不起来。但我在和自己作斗争，利用了一切空隙时间去写。记得有一回我去央街马克的商店拿上一批货的货款，同时他再给下一个订单。我在晚上七点约定的时间到了店里，但马克不在，说在外面有事，要到八点半才回店里。我虽然不快，但没办法，来一次不容易，要拿回几千美元，还有新的订单，做小生意就要耐心，就决定在店里等他。我和他店里的员工都熟了，他们让我到阁楼上的一个小办公室里等着。那上面有张桌子，还有张破沙发。我在沙发上坐下，拿出了大练习本，琢磨阿尔巴尼亚那个作品。马克回来后看我在专心写着，问我在写什么，我还在读学位吗？我说没有没有，只是写着玩的。那段时间我把过多的心思放在写作上，却在生意上面铸成了一次大的错误，差点遭受灭顶之灾。

那是在2005年夏天，当时生意做得很顺，我去了一次义乌就订了五六个货柜的货，陆续发往多伦多。第一个货柜到达港口后，海关查到了里面的大部分商品都没有中国制造的标志，把货柜扣留了下来。我接到通知之后大惊失色，因为当时我除了这个到港的货柜，海上还有两个货柜在走，里面的东西都有同样的毛病，没有中国制造标志。如果都被海关扣下来，不仅是经济损失严重，而且那一个夏天就无货可卖，海关还可能把我加入黑名单，以后会严格稽查。那一时刻，我感觉自己就像《威尼斯商人》里那个传说沉了商船的安东尼奥，要等着犹太商人夏洛特用刀子割我的肉了。现在想起来，这事情完全是我粗心造成的。我知道加拿大的海关有规定严格要求标明商品制造地，在前面的几年我也是非常注意这个事情。但最近过来的货柜我没有对义乌的商家交代清楚要有中国制造的标签。我当时的雇员徐鹏安慰说这是"常在河边走哪有不湿鞋"，但我心里明白自己最近的心思分散到了写作上，做事情马虎了。这就是写作的代价。

货柜被扣留几天之后，终于发落下来，没有退回中国，而是让我组织人力物力到海关的指定仓库去把货柜里的所有货物都贴上中国制造的商标。这样的处理还算比较人性化，给你一次改造的机会。但是，货柜内有几千个箱子，几十万件货物，每一件都要贴上中国制造，工作量巨大。当时只好把所有的亲友发动起来，还登广告找了几个临时工，十几个人在海关仓库整整干了四天活，才把一大半的货物贴了从中国快递过来的"MADE IN CHINA"不干胶标签。最后海关人员看到我是在认真改正，只是东西实在太多贴不过来，就放了我一马，剩下的不用贴了，货柜第二天就放行了。后面的两个货柜也没有再检查，直接到了我的货仓。这一个好像是末日一样的难关终于过去，但是它还是给了我重重的一击，以致我刚刚恢复过来的写作欲望被完全摧毁了。

　　整整过了一年以后，我的写作心情才恢复过来，又把那个稿子拿出来写下去，最后终于写成了。稿子有五万多字，我给取了名字叫《走出阿尔巴尼亚》。稿子写好之后我想给温州的朋友先看看，就用电子邮件发给了程绍国。程绍国看了没吭声，把稿子打印了出来，厚厚一本。那几天他正和王手、吴树乔、哲贵等人前往北京给林斤澜先生祝寿，遇见了在《当代》杂志社当编辑的吴玄。他把我那厚厚的打印稿交给吴玄，让他看一看。吴玄看了后把题目改了改，变成《被绑架者说》，送到主编那里，马上就决定刊发在2006年的第二期。稿子发表后不久，我在邮箱里看到了一封来自麦家的邮件，他说我这个稿子写得很不错，国内很少看到有作者能写出这么真实而富有小说技巧的作品，鼓励我要坚持写下去。麦家当时已经很有名，我虽然在海外但也听过他的名字。他的邮件让我精神大振，我当时刚写好一个中篇小说《女孩和三文鱼》，想给《收获》却没有门路，便硬起头皮问麦家能否把我这个稿子转交给《收获》。麦家把我这个稿子交给了王彪，说有个新作者写得还不错。王彪之前在浙江的《东海》工作过，我80年代在《东海》上面发过小说，他对我还有印象。他觉得我这稿子还不错，后来经过李小林多次的指导做了修改，在《收获》2006年第6期发表出来。我当初在地下防空洞里幻想把这个故事给《收获》，结果却发在了《当代》，但最终还是打开了《收获》的大门。麦家后来还把我的另一个中篇《西尼罗症》给了《人民文学》，还让我到北京见了李敬泽、吴义勤、谢有顺等人。这以后，我沉积了十几年的写作能力爆发了一下，名字经常出现在各种杂志和选刊、月报上面。

当写作成了气候的时候，我的生意也在蒸蒸日上，有一回两个月我居然没有休息一天，都在忙着干活。这种情况下写作和生意肯定会发生冲突。我也想过自己应该摆脱出来，多招几个员工。但事实上如果多招员工，就要扩大生意规模才付得起工资。而扩大生意规模后则有更多的管理事务，要进更多货物，动更多脑筋，而且加拿大和中国时差十二三个小时，得夜里和中国方面沟通，所以最后我觉得还是维持自己干活的小规模比较好。有那么几年，我都是一边做生意一边写作，现在回头看，还是那几年写出来的作品最多。所以雷锋同志"时间是海绵"的说法还是有道理的。2006年夏天，我突然想要写长篇《致命的远行》。之前坐飞机的时候我会头晕，都要让自己尽量睡着。可在构思《致命的远行》这个长篇的时候，我强迫自己在飞机上不睡觉，用尽心力去设计小说的章节。在后来写作这个长篇的过程中，我的日程表几乎是计算到了每一分钟，用来写作的时间经常是几分钟的片段。在写《黑白电影里的城市》这个小说的时候，我每天都要在高速公路上开车送货，脑子里一直会想着这个小说里的场景，说起来也是很危险的。有一天在路上，我脑子里突然出现了一个情节，就是主人公李松因为持有手枪被德国军队逮捕，被关在曾经囚禁过米拉的同一个古堡监狱里。这一个关键的情节打通了整个小说内的时间通道，最终让我写成了这一个作品。

《黑白电影里的城市》获得了首届郁达夫小说奖的中篇大奖，这是我一生的荣幸。现在想想，我能获得这个奖真有点不可思议。首届郁达夫小说奖影响很大，是当时奖金最高的文学奖，而大奖只颁给一个人。国内的名家除了当评委的之外都参加了竞争，而我当时才恢复写作三四年，百度上还搜不到我的名字，居然拿到了首奖。这除了说明我当年的运势好，还证明了郁达夫小说奖的公正性。我到加拿大之后都没有穿过西装，为了颁奖礼上的仪式感，我里里外外买了名牌西装，很光鲜地参加了颁奖典礼，拿回了奖状。但是几天后，我脱下了西装，又去了义乌市场进货，和那些小摊小贩讨价还价，因为那个时候生意还没有结束，我还得去进货。

在我的多伦多经商生活中，去义乌是一个重要的部分。最初我也跑过几次广交会，想建立自己的产品体系，但最后发现做小生意的最好道路是去义乌，义乌已经成了世界上小生意人的圣地。那次我参加郁达夫奖颁奖大会后到了义乌，觉得眼前的义乌和过去的不一样了。之前这里只是个做生意的地方，现在却开始充满了文学的意味。我在义乌熟人不少，但没有一个人知道我是个写作者。这一次，我去了那个卖竹子制品的张国珍的摊位，在她那里我多年来买过很多竹垫子竹篮子木拐杖后背抓痒的耙耙之类的东西。我和她说了自己是个会写作的人，刚刚从杭州获奖回来。我还用她的电脑找到了那天浙江电视台的现场新闻给她看。她很高兴，说从来没想到我是这么有本事的人。但是她后来又说不觉得很奇怪，因为她本来就觉得我不像是一个做生意的人。

就像哈姆莱特面临的问题一样：生还是死？我的生意也面临了一个问题：是继续做还是不做？这一个问题不是马上能决断的事情，一直延续了好多年，但是从2006年我开始发表作品之后，内心的激情慢慢从生意上转移到了写作上。实际上,我不是一个生意人,当初鼓起勇气走上央街推销货物时,不知内心有多痛苦。但是我又是一个有责任心的人,带着老婆孩子移民国外,总要让她们过上好的日子,所以在生意的最初阶段我实在是非常用心地投入。但到了我开始写作的时候,我对于生意的兴趣减退很快,简直是到了心不在焉的地步。那时我经常在上班时间躲在里面的办公室写作,客人来了就出来应付一下。过去是来了客人我会高兴,而现在来了客人我会心烦。有的客人比较啰唆我就巴不得他快走。我也知道这样不对,但内心就这个样子。我还记得后来有一次去义乌,走在两个商城之间的一条很长的室内通道上。那天我走了一天的路,特别累,一边走一边想,我是一个写作的人,我的才华是在写作上面,为什么我要把时间浪费在这些我不喜欢的事情上面?这时有一种非常痛苦的心情涌上了心头,实在是太强烈了,以致让我无法前行,蹲了下来喘不过气来。路边走过的人都奇怪地看着我。

那年我五十岁了,人生已经过了一大半。我虽然二十出头就开始写作,但之前都是业余涂涂写写,没有条件把写作当成最重要的事。而自从出国之后,有十多年完全终止了写作。现在我终于有条件把写作当成职业,必须抓住机会,不能再浪费时间了。我走的路子是对的,先做生意把财务状况搞定,再考虑让自己成为一个职业的作家。我后来看到了《穷爸爸富爸爸》这本书,里面说的如何运用财富让自己过上财务自由的生活给我指明了方向。后来我做了一系列的安排,终于到了可以结束做了十一年的进口生意的时候了。

在结束生意的前夕,我还特别自己开车去央街送了几次货。韩国人苏的 SUPER SMOKE 多年来一直买我的货,从最初的几把锁到后来的一整车一整车买,所以我一直有感激之情。央街马克三兄妹的店多年来买了我很多东西，我也很记情，虽然马克的妹妹卢比那赖过一次账。说起赖账的事我经历过很多次，上面说到我的第一个大客户印度人纳里沙有一年突然加倍拿起我的货，好久没还货款。最后说自己公司破产了，欠了我四万多加币（合二十多万人民币）都不还了。我看他公司的确是关闭了，看他的状态也不大好，只好把账目一笔勾销了。后来他又开始做点小生意，自己开车买点货送到店里，也经常到我这边拿点货，都用了现金。他虽然赖了我一大笔账，但比起最初是他给了我信心，多年来买了我那么多的货，对我的帮助还是大的。还有上面说到的那个会唱歌剧男高音的韩国人Jhon，一直从我这里拿货，后来还不出钱来，说要把大部分的货退还给我。奇怪的是他退还给我的货是在我给他的价格上加上了利润，一块钱拿去的东西要一块五毛钱还给我，把我气得七窍生烟。但是后来我知道了，他得了一场病，做了直肠的手术，半年之内大便只能从腰间一个临时的管道里排出来。就是在这样的情况下，他还是弓着腰自己开车把货送回到我的仓库。所以我就完全按他的清单照单全收了。在多伦多做生意真的不容易，我能够把生意做起来还能把生意顺利结束，真的要感恩所有的客户。我特别要说的是这几年给我一些思想火花的人。比如我最初在那里打工学经验的刘先生，他是上海人，之前从香港到加拿大读大学，学的是图书馆管理专业，毕业后在大学教过书。但他后来觉得做生意更自由能过上更好的生活，才开始去做批发生意。还有那天在我的货仓里韩国人Jhon突然发出的天籁般的歌声，让我明白在一堆货物中依然可以存在艺术的梦想。写这文章的时候，我还在网上查了意大利人老杰克的STANDA公司，看到公司的规模越来越大，掌门人是杰克的女儿简妮，老杰克当年就七十多了，十几年过去不知是否还安好，他的女婿帅哥迈克尔是否还每周都去打冰球比赛？

我现在还能想起最后一次去央街送货的一幕。我把车停在苏的SUPER SMOKE商店门口，打开闪灯，在下午两点到四点这一个时段是可以停车送货的。我用小推车把车上的货送到了店铺里面，堆放好。有几件东西车子不好推，就用肩膀扛进来。这一回，我的心情和刚开始跑央街的时候完全不一样了。那个时候走进一家商店时内心有一种痛苦和煎熬，而现在，我已经有了自信，我找到了自己的价值，我是一个写作的人。我用送货这种方式完成了自己的救赎。

　　现在我相信央街的确是世上最长的大街，我从这里开始重新走向了自己的文学道路。

（原载《江南》2021年第4期）

有罪的人

江 子

1

在三生出事之前，赣江以西的人们都愿意认为，县城那条主要街道中文峰路上，那个名叫烦恼丝的理发店的老板三生，是个有大本事的人。从赣江以西起身去县城办事的人们打理发店门口经过，都愿意向店门口不断旋转的理发标识投去亲近敬仰的一瞥。人们早就在私底下传颂他的功德：他师从乡村理发师，却把理发店开到了县城，并且成为县城最知名的理发师。他小学文化，却能和县城的大小官员打成一片，亲如兄弟。他为人仗义，乐于助人，充分利用这一人脉，为赣江以西的许多人办成了不少烦心事。如果说这样的人都不是有大本事的人，那什么样的人才算有大本事呢？

赣江以西的不少人对三生的底细如数家珍：他是下陇洲村著名的大善人曾宪炯的儿子。他从小是一个性格孤僻、沉默寡言的孩子。他小学毕业没考上中学（这在当年是许多乡村少年共同的命运），父亲领着他去拜了村里的篾匠师傅为师。岂料他对篾匠毫无兴趣，学师两年不成。又改学理发，拜村里理发师傅刘蠢子为师，学有所成，三年师满，本该出摊去挣一口吃食，父母觉得他尚且年少，且过于内向，缺乏见识，如此出门混吃，怎么可能养活自己，让大人放心？寻思良久，把他送到了武汉他的早年因考学离家的伯父身边接受历练。他在那里待了整整十年。他所从事的工作，从他偶尔的语焉不详的介绍中得知，大概有饭馆传菜生、酒店管理等。他在那里经历了什么？这些工作，给了他怎样的历练？武汉在他的生命里，占据了怎样的位置？没有人能说得清楚。反正是，十年后，当他回到家乡，已经不再是当年孤身一人出门的少年郎，而是一名江苏籍女子的丈夫，一个满口普通话的小女孩的父亲，也已经不再是当年沉默寡言、土头土脑、走起路来悄无声息脚上好像装了猫蹼最容易被人忽略的乡下孩子，而是一个梳着分头、能说会道、和颜悦色、精明能干的有为青年。

三生来到了县城，摆出一副要大干一场的架势。他郑重其事地进行了一番考察，然后决定重新操起理发的手艺。他在县城租了一家店面，挂起了名叫烦恼丝的牌子。没多久他就租下了旁边的两家店面，并招募了几位手艺不错的理发师和洗头生。并没有花去多长时间，他就积攒了相当的名气，"烦恼丝"成为整个县城生意最好的理发店。

2

三生在县城的名气首先来自他的手艺。三生真是一个天生的理发师！他有一副几乎让所有人都喜欢的面孔：眉目清秀，鼻子挺拔，皮肤白皙，笑容温和得体。他说起话来轻声细语，声音富有磁性。他的手指修长灵巧,有个在中学教音乐的女顾客说这样的手真适合弹钢琴。他理发的动作干脆利落且富有美感,电动推剪、剪刀在他手里发出的声响就像它们是一件件微型的乐器。他理出的每一个发型都十分符合理发者的头型、年龄和身份。他也能满足几乎所有人提出的要求,只要对着他的店里的墙上贴出的众多发型图案中挑选出自己中意的那一款,他就可以理出一模一样的发型来。他的手艺很快得到了人们的认可,女人们相邀到他的理发店做头发,孩子们到了该理发的时候,都向自己的家长提出非去烦恼丝不可。那些大小官员,在参加他们认为重要的活动之前,为让自己显得精神些,都选择到烦恼丝理发。全县最大的领导,那个相貌威严的刘姓县委书记,是个头发不多几近秃子的人。他却经常向他的下属抱怨找不到合适的理发店理发。有人向他推荐了三生。自从光临过一次烦恼丝之后,他终于停止了抱怨,对着镜子露出了满意的笑容。他因此成了烦恼丝的常客。这样一来,去烦恼丝理发的官员就越来越多了。

整个县的大小官员在三生的理发店里进进出出。他们进去时面目憔悴,出来时容光焕发,天知道三生给他们施行了什么法术。在理发过程中,三生和他们愉快交谈。毫无疑问,三生有相当出色的交际能力。他谈吐得体,所谈内容丰富有趣,足球股票养生等无所不包,离县城几百公里外的大城市武汉的资讯更是了然于胸。他能够把握住交谈的分寸,所有与他交往的人,都能从他的身上获得满足(爱抽烟的客人,他会殷勤递烟,并随时从口袋里掏出打火机为顾客点上火。打火机的造型和发出的悦耳声响在当时的县城都是稀有)。他与官员们的关系越来越亲密,最终超出了理发师与顾客的范畴,更仿佛是亲友、乡党和同僚。他们的交往早已不只限于烦恼丝理发店,有人在比较私密的饭局、牌局上,也看到三生与官员们谈笑风生，不分彼此。他称呼官员们为"领导""局长""书记""主任"，而他们称呼他为"老板"。

3

三生与官员们打成一片。这一切被赣江以西的人们看在了眼里。人们普遍感慨三生的本事，为赣江以西出了如此人物感到欣慰无比。却有人惦记上了三生的人脉，抱着病急乱投医的心理仄进了烦恼丝理发店，悄悄向三生说出了自己的烦恼，渴望三生能利用自己的关系给他搭一把手。也许事情比较棘手，他对三生能否办成并不抱多大希望，可三生三下五除二就给他办成了事。

三生能办事的消息立即像长了翅膀传遍了赣江以西。找三生办事的人多了起来。县城中文峰路上的烦恼丝理发店成为赣江以西的人们与三生的秘密接头地点。他们通过拐弯抹角的关系找到三生，在三生停下手中的剪刀的当口，用十分巴结讨好的口气向三生倾诉着他们的烦恼，希望三生能用他的关系网络，像理发一样将他们的烦恼一剪了之。

20世纪90年代算得上是一个人心躁动的时节。世界依然陈旧、暗淡，就连县城最繁华的中文峰路到处都是坑坑洼洼尘土飞扬，可空气中已经充斥了许多不安的因子，有了许多新的滋长：赣江以西几百公里外的广东成为传说中捞金的宝地。县城的水泥厂已经建好，招工在即。乡镇企业方兴未艾。乡村的孩子，纷纷涌向县城的学校，指望有一个好的学习环境。房地产开发开始兴起，灰蒙蒙的县城，逐渐盖起了一些名号洋气的崭新小区。白天的街上，不断响起录像厅里传出的枪炮声、打斗声，乃至女人的呻吟声。夜晚灯光绚烂的舞厅里，有钱的人以向歌手献花的方式斗富……因为越来越不安分，人们的烦心事就越来越多：出外打工丢了身份证的人们要补办。乡村户口的人们想转城镇户口。孩子到城里读书要转学。到医院看病的要找好医生。创业青年办企业要贷款。超生的孩子要上户口。打麻将被警察逮住了希望少罚点款。春节期间跑长途客运要审批。做商业办乡镇企业的想少缴税……

三生燃起烟卷，一改他平常的和颜悦色，十分郑重其事地摊开一个笔记本，一边听着来人的倾诉，一边将对方的要求用笔详细地记在笔记本上。他因为才小学毕业，字写得当然歪歪扭扭，可这有什么关系呢。他的样子，根本不像是一个单纯的手艺人，更像是县城机关里坐办公室的干部。听完来人的倾诉和要求，他会要来人回家等消息（如果没有办成的把握，他会明确拒绝。可是这种时候并不算多）。少的时候几天，多的时候十天半月，请托之人就会得到事情结果的消息。天知道他用了什么手段，很多让人感到无比棘手的事情，都会在他手上迎刃而解。

4

办事是需要钱财的。这是不容回避的事儿——可这也是最尴尬的事儿：一件事需要多少钱财，什么时机交付才算合理？三生真不愧是见过大世面的人。他把各种事情都做好了分类，并明码标价。比如办一个转学手续，需要两三千元。超生的孩子上户口，一万块是少不了的（三生说，这可是违规有风险的事情）。找个好医生动手术，视手术大小，再定红包内的金额多寡。找银行贷款，那是按贷款金额的比例支付费用的。交付的时机，他也做了规定，就是托付之前交付，事情如果没有办成全部退回。

三生每每信誓旦旦地告诉请托之人，他并不收取任何人的好处费。他过手的费用会全部交给帮忙的人手上，而他分文不取。他之所以愿意帮忙，做这种劳心劳力的事情，完全是他这个人就看不得乡里乡亲的有难处。有难处不找上自己可以不管，找上门来自己却袖手旁观，就会让他良心十分不安。他希望通过自己的微薄之力为大家排忧解难，为自己这辈子积善成德。他并不屑于从中挣一分钱好处。他是一个理发匠，手艺才是他的安身之本。

赣江以西的人们相信了三生的话，更加卖力地宣传三生的义举。人们说到三生，不免会说到他的父亲、有名的大善人宪炯。宪炯一辈子积德行善，泽被乡里。村里的孤寡都能得到他的照顾，村里谁有困难他都可以搭把手。他做得最著名的一件事，是多年前义无反顾地收容了一大群从浙江永康到赣江以西讨生活的锡匠。他们蓬头垢面，异乡人的口音让人戒备，他们只能在凉亭野庙栖身，形同乞丐。宪炯毫不犹豫地把他们从野外请到家中，他的家因此成为永康锡匠每年必到的落脚点。外省锡匠因此对他感恩戴德，他们集体称他为"义父"。人们想起宪炯的善举，都说三生是继承了他父亲的仁义。仁义之风代代相传，这真是赣江以西这块土地上的大幸。

三生成了赣江以西的人们口中《水浒传》中及时雨宋公明式的人物——一个急公好义、古道热肠的人物。他少量抽烟和饮酒，尊老爱幼，敦亲睦友，看起来没有不良嗜好。他天资聪慧，很会办事；双目沉静，深藏不露，性格稳重，值得信任。他深谙江湖道义，严守江湖规矩。这样的人，就是为人间解除烦恼而生，为襄助他人而活（他理发的手艺，也是为了解除人们头上的烦恼）。对这样天生热心肠的人，还有什么不放心的呢？

既然三生的人品不容怀疑，人们托三生办事就没有任何顾虑了。人们像预订酒店一样，很早就把钱交到三生手上。比如孩子读书转学，本来是八九月开学前一段时间办理即可，可有人年初就把费用送到烦恼丝理发店里。违反计划生育政策怀上的孩子还在肚子里没有落地，孩子的父亲就把办户口的钱交给了三生。他们这么解释自己的举动：什么事都会讲究个先来后到。谁知道有多少事在三生的本本上排着队？自己先把钱交给了三生，就可以让自己的事儿在三生的本本上排前一些。有件事情老搁在心里可堵得慌，把事儿提前一天交给了三生，自己也就提前一天省心。

5

可是人们对三生品行的判断还是出现了偏差。正当人们满怀期待等着三生通知托办之事的结果时，有一个消息给了他们当头一棒：三生不见了。

三生不见了。烦恼丝理发店已经人去楼空。门口原本日夜不停旋转的理发标识已经停摆——它一动不动的样子，多像一条软塌塌的死蛇。关闭的卷帘门上张贴着招租的白纸。有人跑到他的住处查看，发现他在县城的租赁房也已经搬空，房东说房子已经到期，三生没有续租。有人通过联系他的父亲大善人曾宪炯及他的其他兄弟姐妹，他们都对三生离开的消息表示惊愕和痛心。三生和他江苏籍的说普通话的妻子与女儿人间蒸发。谁也不知道他去了哪里。

三生不见了。托三生办事的人们如丧考妣。其中下陇洲村的退休干部、三生六十多岁的堂叔曾叔宝闻讯立即晕倒在烦恼丝理发店门口。他的两个孙子计划在今年转学，经费早就交到了三生手里。那可是他省吃俭用积攒了好多年的退休金。前头村的杨培根在理发店门口骂骂咧咧，用尽了全世界最难听的话语。他也算得上是三生家的亲戚，是三生妹夫的堂哥。为了拿下赣江以西一个镇政府新办公大楼的建筑项目，他交到三生手上的经费不少于一万元。还有想办超生儿子户口的李麻子，渴望从乡镇调到县城学校的小学老师毛志祥，想从银行行长手里办贷款的西沙埠塑料厂厂长刘长子……他们都是托了三生办事的人。有人统计，他们交给三生手上的金额，在十万元以上——这个数字当然并不全备。一定还另有人托了三生，可因为这并不是什么光彩的事儿，他们选择了默不作声。

三生为何悄无声息地离开了县城？后来他们从同是赣江以西的客运业主张小海与在县城开钢筋店的杨春龙嘴里得知，三生其实是个赌徒。他与他们经常聚在一起赌到天亮。三生的运气并不好，这几个月来他输了二十多万元。他大概支付了其中十万元左右的赌债，还有一半没还给他们。估计是他想赖掉这欠下的十万元，干脆就来了个一走了之。

都是乡里乡亲的，又还没到伤筋动骨的地步，没有人想到要报警。但他们都想找到三生的下落。他们托人四处打听。他们有人特意到武汉三生大伯家寻找，也有人访到了三生在江苏扬州的岳父家中。可是，他们和三生的父亲和兄弟姐妹一样，都对三生的消失表示了惊愕，都不知道三生一家去了哪里。

很长时间里，赣江以西的人们依然常常谈起三生，只不过口吻已经从赞赏推崇变成了谩骂和贬损。他的赌友兼债户、客运业主张小海和钢筋店老板杨春龙，每每说起他就怒气冲冲，扬言"躲得了初一躲不过十五，欠债不还，早晚要卸掉他的一条腿"。有人事后诸葛亮，说早就看出了他来路不正。一个在武汉这么大的地方待了好几年的人，怎么就跑到这么小的县城来做个理发匠？此中难道没有什么蹊跷？他的消失，是不是从来到这座小城起就精心设计的伎俩？人们说起三生，再也不会贴上"大本事的人""大善人"这样的标签，而是统一用"罪人"代替。——开始他们说的是"那个剃头的罪人"，到了后来，这个短语有所缩短，只要有人说到"那个罪人"，大家立即知道，他要指的，就是那个因赌博欠债悄无声息地外逃的人。

……很多年过去了。赣江以西的人们依然指称三生为"罪人"，可是怨恨的情绪有了大幅的减少，对他下落的追问却与日俱增。人们都想知道，这个一夜之间消失的人，这个看起来有大本事但其实只是理发手艺不错再加上有几分江湖气的人，到底去了哪里？他又能去哪里？

6

从故乡成功金蝉脱壳的三生其实并没有走远。他偕妻子女儿来到了上海，这个离故乡只有几百公里远、他早在武汉时就造访过的城市。它庞大，容易生存，又因为与他过去的履历无关，也没有谁认识他，他根本无须担心故乡会有人通过某种蛛丝马迹找到他，是他认为从故乡出逃后理想的藏身之所。安顿好家小后他找到了一份在一家小工厂打工的工作。他当然不敢涉及酒店管理、理发这样需要跟很多人打交道的职业。就像从武汉回到故乡的县城一样，并没有花费多少时间，他就在假发工厂站稳了脚跟，一家人的生活因此有了保障。

成功逃离了故乡，三生有了如释重负之感。生活走上正轨后他开始对他几年的县城生涯进行复盘。他认为鸟儿归巢，鱼儿回渊，自己离开武汉回乡创业没有问题。他的确是抱着以武汉所学回乡大干一场的心愿。他起早摸黑操持理发的手艺。他善待每一个顾客，努力打理店面。他与官员结交，利用宽广人脉为家乡父老办事，为自己积善成德。几年来他的确没有截留任何一笔款项。他一直希望自己做一个像他父亲一样的好人。凭借着理发的手艺他的日子过得还不错。可是后来他染上了赌博，并且越陷越深，抓在手里的一手好牌打得稀巴烂，生活因此变得不可收拾。

通过秘密筹划他安全离开了故乡。并没有消耗多大的成本，他就成功地截断了那段糟糕的过往。他为自己感到庆幸。他依然是以前故乡人眼中稳操胜券的那个人。随着自己的成功离开，他与故乡的恩怨从此可以一笔勾销。他回故乡的时候两手空空，离开故乡的时候依然如此（那些预支给他的费用，他全用于抵了赌债），他没有带走故乡的分文，所以并不认为自己对故乡有何亏欠。哪里的黄土不埋人，他认为只要自己这辈子删除了那些不堪的过往，他的生活就可以重新来过。

他决定把上海当作一个全新的起点。他要吸取以前生活的教训，做一个崭新的自己。他要依然善良、本分、刻苦、勤劳，依然善待家人，尊老爱幼。他小心地管理着自己的欲望，不让它有任何的出轨可能。他再也不打牌赌博。他变得比以前更谨慎了，不再广交朋友，不再做《水浒传》里及时雨宋公明式的人物，只是安心做一个并不出名的公司毫不显山露水的小职员。他想唯有如此，他才能不让自己的行迹暴露，才能让自己真正与自己的不堪过往斩断。他希望自己的后半生风平浪静，为此他把自己的生活半径一缩再缩，直到只剩下家和工厂之间的往来。他要开始全新的、毫无风险的生活。他要全面吸取家乡的小县城的经历给他的教训。他只有三十出头，在一个崭新的城市，重新塑造一个崭新的自我，一切都来得及。

7

　　几年内他的确过得心安理得。他的收入省着花是够的。他的妻子也有了工作。他们的孩子在上学。他们开始有了一些存款。一切都在向好的方向走，就像他最初构想的那样。他以为只要继续维持现在这种局面他的生活就会无懈可击，可是他错了。

　　他的身体开始有了状况。他的心经常一阵慌乱。他会整夜整夜睡不着。他的头发白得很快。他的眼前，会经常飘过那些旧日时光里的人们的面容。他们是他的父亲、兄弟姐妹、侄子外甥。——他的母亲早已去世，他的独自在老家下陇洲村生活的、被人称作大善人的父亲宪炯，现在怎样了？几年前他发现了肝脏有点问题，可否恶化，是否有去看医生？他不告而别，并且音讯全无，不能在父亲膝下尽孝，父亲是否会原谅他？他有兄弟姐妹九人，他排行第六。他们有过怎样甜蜜的亲情！他的成长中，有哥哥姐姐们怎样的呵护！可是现在，他与他们隔着厚厚的一堵墙。他们现在都还好吗？他是否让他们蒙羞？他得不到他们的任何信息。为了避免麻烦，他不敢跟他们任何人联系。

　　他时常想起他的故乡，那个叫下陇洲的小村庄。山上有不少亲人的墓地，墓碑上该填写子嗣的位置上，写着他的名字。他的母亲生下了他们兄弟姐妹九人，一生辛苦劳顿，才六十多岁就因为癌症死去，她的墓地，是否会荒草覆盖？村庄的许多树木，他小时候掏过鸟蛋，夏天里给他撑起过浓荫。不远的赣江，是夏天他游泳的好地方。四周的田野，每到秋天，金色的稻浪翻滚。他在这里出生和成长。出外谋生后，他经常在春节、清明和中秋回到这里。可是现在，他成了回不了家的人。

　　他还会想起武汉、扬州。它们虽然不是他的故乡，但是在他生命的履历里，它们跟故乡一样重要。武汉的大伯大妈，以及堂姐堂弟，从来就把他当作真正的家人。在武汉，他还有许多同事、朋友，是他社会关系的重要部分，也是他生命的重要部分。扬州的岳父岳母及亲人们对他的善待，是命运给他的慷慨馈赠。这两座给了他无数滋养的城市，有着他最为重要的亲人，他最为重要的人生记忆。可是，因为他的出走，他再也回不去了。

他发现他因此成了一个没有来路的人，或者说，是一个被迫封存了来路的人，同时也就成了一个没有归途的人，一个哪里都去不了的囚徒——他精心选择的避难所上海，就是一座囚禁他的牢狱。一个没有来路的人怎么算得上是一个完整的人，就像一棵没有影子的树怎么能算是一棵真正的树？

他再次审视自己的过往。他发现他远不是无辜的。他过去以为他两手空空走进故乡，然后又两手空空离开故乡，他没有亏欠故乡一分，现在看来全是错的。作为赌徒，他欠着别人的赌债没还不对，用别人出于信任托他办事交给他的经费支付赌债更是不对。他不仅是江湖的浪子，更是家乡的逆子。他不仅是个债户，更是个罪人——他犯下的罪，有赌博、欺诈、肇事逃匿、不孝⋯⋯

作为债户，他要还债。作为罪人，他要赎罪。不然，他将永不得安宁。在赣江以西的人们的传统观念里，有债还债，有罪赎罪，不然，报应是早晚的事。惩罚已经开始，他常常睡不着就是先兆。如果他不赎他的罪，他不知道后面还会有什么在等待着他。

8

有错改错，欠债还钱，有罪赎罪，这是人世间的天条，更是三生的故乡赣江以西的真理。

　　三生的故乡赣江以西，远非寻常之地所能比，自古以来就是个崇德尚义的地方，培养造就的很多彪炳史册的人物，都是毕生践行圣人之学、维护高尚道德的典范，如黄桥镇云庄村金兵攻城誓死不降、被剖腹取心的北宋臣子杨邦乂，他的族孙、南宋大诗人杨万里，起兵抗清因劳成疾而死的、离三生家乡下陇洲村两里路远的老屋村明朝崇祯年间状元郎刘同升，盘谷镇谷村的李振裕一家明清二朝八尚书，阜田镇一生研究王阳明致良知学说终成江右王门代表的嘉靖状元罗洪先……他们或清廉为官，或勤政为民，或诚信不欺，或以身许国，或著书立说。这些道德近乎完美、人格堪称楷模的人物，是赣江以西这块土地崇德尚义精神的最好例证。

　　一方面，赣江以西要求仁人志士崇尚道德和仁义，做圣人和完人，另一方面，对普通人的要求却并不严苛，罪在赣江以西的观念里并不是一个可怕的词，相反，赣江以西自古以来认为人人皆有罪，罪是生活的一部分，或者说，罪就是生活本身。谁都会有遇到沟坎过不去的时候，或者不懂事猪油蒙了心走个弯路的时候。生活过不去了，如果犯个小罪就能让生活继续下去，只要不是罪不可赦，没有人认为有什么不妥。所以赣江以西的人们说到罪，口气往往是温和的，平心静气的，乃至是有点儿戏谑的，再严重一点，顶多是有一点恨铁不成钢的意思。

　　在三生的记忆里，不要说整个赣江以西，就是他的村庄下陇洲村，犯下罪的人可真不少：他的堂嫂刘足子，也就是他在武汉的大伯留在老家的亲儿子的媳妇，就犯下过弃婴的罪。她曾经生了两个女娃，偷偷怀第三胎的时候，他们多希望是个男娃。然而他们失望了。在赣江以西，一个人家没有儿子，怎么能抬得起头来？卫国婶就对这新生的女婴，有了有意识的怠慢，饿了也不及时喂，冷了也不及时添衣，终至于夭折。他们之后再怀一胎，终于如愿以偿生下了儿子。他的堂哥曾足苟，一个能背起三百斤重的油桶行走的人，受本能驱使，乘着邻居孔余生出去广东打工，他的妻子留守在家，与她勾搭成奸，是犯了通奸之罪。年纪七十多的玉婆奶奶，儿子媳妇不孝顺，生活形同孤老，就偶尔会去偷邻居家屋下的腊肉、菜地里的菜蔬，犯的是偷盗之罪。而她的儿子媳妇，犯的是虐待罪。孔家细生的女儿，去广东打工，后来实在受不了工厂里的苦，仗着有几分姿色，进了夜总会，挣着陌生男人的钱，那是犯了淫乱之罪……

然而承认人人有罪，并不意味着，赣江以西就有了对犯罪的纵容之心。在赣江以西人的观念里，欠债的人要还钱，有罪的人要赎罪。人之为人，就是要干干净净来，干干净净走，犯下的罪，欠下的债，自己应该主动清算，不然的话，自会另有冥冥之中的力量（上天）进行清点，要么疾病缠身，要么祸及子孙。这是颠扑不破的法则，人人唯有尊崇，人人都必须走在赎罪的路上。

三生的堂嫂自从生下儿子之后，就开始走上了赎罪之路。她选择的赎罪办法是种树。这些年来，她在故乡的山上种下了各种各样的树。这些树至今已经成林，让原本的荒岭充满了生命气象。她后来并没有什么不顺利，人们认为是老天爷看到了她的诚心。

周家庄叫小玉的男子不慎从自家楼上摔下来成了残疾。为了赎他的罪，他的母亲到几里外的一个叫磨盘洲的庙里住了十年。

犯了偷盗罪的玉婆奶奶每月初一十五都会去村里的土地庙祭拜，向老天爷告知自己缺衣少食的难处。玉婆奶奶依然身体好好地活在世上。有人猜可能是她的祷告感动了上天，上天赦免了她的罪。也有人认为，让她继续活着就是上苍对她实施的微小惩罚。

277

在县城汽车修理店当学徒的三生堂侄曾繁昌偷了一捆电缆出售给废品收购站，结果以破坏通信罪判处有期徒刑三年，那等于是，他用三年自由为自己赎了罪。

三生的堂哥曾足苟自从被邻居孔余生捉奸在床行为败露，因为不仅不思悔改，而且到处吹嘘，好像这样的事并不是一件耻辱，而是他好不容易获得的一枚勋章，结果，原本身体强壮的他早早就得了癌症，人们都说，那是上天的审判之力。

犯了虐待罪的玉婆奶奶的儿子在广东打工出了车祸，活生生地丢了一条腿，他的媳妇才四十多岁头发就脱得精光。孔家细生犯了淫乱罪的女儿得了艾滋病。有一个很久以前的事件说明了上天的威力：某个貌似温良的妇人生生遭了雷劈，后来人们发现她竟然是一件没有破获的杀人案的凶手——她出于妒忌杀了邻居家的幼儿，自以为把证据销毁得一干二净。

……

犯了罪经常睡不着觉的三生当然不希望得到上天对他的追剿审判，或者说，作为赣江以西的子民，他当然要遵循赣江以西的道德法则。他要尽早行动。经过了一段时间的思索，他的心里暗暗有了底。

9

离家十五年后，三生终于踏上了回家的旅程。

从上海到赣江以西并不遥远，火车只要数个小时就可以抵达，近年交通的发展使这一时间还要缩短，可三生花了整整十五年时间。

这些年来，决定赎罪的三生更像是变了一个人。他主动把枷锁戴在了头上。他对他的生活进行更大幅度的改革，比如在生活开支上做大幅度的削减。他只有小学文化，能力说起来其实不大，应付许多新鲜事已经十分吃力，挣钱的渠道和本领其实不多，要赎罪只有节俭一条路。他把自己的兴趣一减再减，连抽了许多年的烟也完全戒除。他的衣着越来越马虎，他给自己的理由是，反正不需要到哪里去，无须穿得那么正式。他的剃须刀是最简易的那种。他的交际几乎为零，因为交际需要花费，而且容易暴露自己的行迹。他几乎不旅行，不娱乐。他维持最低成本的生活。

另外，他又积极做着加法。他省下的每一分钱，都被他精心存在一个存折里。上面的数字在不断增长。这个存折有一个副本，那就是当年那个记录赣江以西的人们托付事情的本子。他一直把它带在身边，即使纸张发黄变脆，依然不离不弃。它是他以前生活的功劳簿，也是他的罪行的记录本。他在生活开支上所做的一切减法，都是为了能偿还上面的罪。他不断计算着自己省下来的存款的增长，估算着自己洗脱罪行的时间。

而岁月以加法的方式统计着他的生活。他在上海已经有了十余年的时光。他从一个逃亡者最终成为上海的真正市民，城市近郊一个两居室的房子的主人。他的女儿已经长大，到了谈婚论嫁的年龄。然后他成了岳父、外公。这也就意味着，他不再需要做他的生活的主宰。他的存折上的数字已经差不多够了。他想，他向赣江以西负荆请罪的日子到了。

当他来到当年他凭一手理发的好手艺成为知名人物的小县城时，他惊异于县城的变化：几乎所有的建筑都已经更新换代了。他当年的店面已经拆除，原本狭窄的马路得到拓宽。城市变大了好几倍，高楼大厦也增加了好多。当年的陈旧、暗淡已经一扫而光，到处是鲜活的色彩、宽阔的街道、拥挤的人群和叫卖的声音，到处是欲望蒸腾、人声鼎沸的景象。就是当年路边的梧桐树，至今也好像长大了好几倍的样子，枝叶也比当年张狂得多了。

他找到了那些把钱交到他的手上托付他办事的人。当他出现在他们面前，他们压根就不敢相认。人们发现，当年那个能说会道、和颜悦色、目光坚定、被认为有大本事的三十出头的年轻人，变成了一个双目无神、沉默寡言、唯唯诺诺的中年男子。他的背已经有些驼了，这让他看起来随时都在向人鞠躬。他的头发快全白了，这使得他看起来更加虚弱无措，让人怜悯。有人悄声说，他多像一个刚刚刑满出狱的犯人！

他从带去的行李箱中掏出装了本钱与经过精确计算的利息的信封，交到了他辜负了的人手上。他翻来覆去地说着道歉请求宽恕的话语。他是那样的真诚，以至有人十分不忍提出钱并不多都多少年前的事儿要不算了，他依然不依不饶，十分执拗地要对方收下，好像那信封里装的不是他辛苦积攒下来的钱，而是让他恨不得早日甩出去的魔咒！

他由此知道了那些托他办事的人的近况：

他的堂叔曾叔宝，一个从镇食品站退休的老人，其最老实本分的儿子在广东做室内装修，结果从十七层楼上不慎摔下致死，留下了一对没有成年的儿女。没有人知道他们一家得罪了哪路神仙，老天又为何如此安排。

他的赌友、开钢筋店的杨春龙，发了大财后不仅不思戒赌，还变本加厉多次去澳门赌博。最后一次，他输光了全部的家产，还欠了澳门赌场两千多万元，从此一贫如洗，仅靠一些以前朋友的施舍度日。

而另一个赌友、跑客运的张小海，因酒后驾车撞死了人后逃逸，至今依然待在监狱里，成为他此行唯一找不到的债主。

前头村的杨培根，成了一名全县知名的房地产商人，成了赣江以西的人们嘴里新一代有大本事的人物，县里很多有名的楼盘都由他所建。

托办超生儿子户口的李麻子十五岁的儿子已经有一米八了。

原西沙埠塑料厂厂长刘长子后来转到苏州办起了绣花机厂。他生产的绣花机，据说销售到东南亚不少国家。他本人也成为江西苏州商会副会长。可因为他没有提防财务即女婿秘密掏空了他的家底，他现在的日子据说也不好过……

——他发现这个世界几乎所有人都被更大的浪潮裹挟着，在罪与罚中奔波不已。没有人知道他们将去往何处。

只有他还待在原处，背着沉重的罪责。他不知道，这对他是幸还是不幸？

10

他回到了他的故乡下陇洲村，这个赣江以西的小小村庄，他的一生出发的地方。村子当然有些变化，比如新居增多了，但与记忆里的村庄大抵相同。当然，与十五年前不同的是，曾经人声稠密的村庄静默无声，几乎没有什么人走动。人们都去了城里，就像他那样。

他来到了村庄的墓地，跪倒在他父亲的坟前。他回来后知道了，他的父亲，那个赣江以西知名的大善人宪炯，已在八年前去世，临终前一直带着未见到他的不甘。

他以为他还清了债务，自己的罪就洗得干干净净，他与世界就从此两不相欠。可是现在他知道了，不是所有的罪都有偿还的一天。不管他怎样努力，在父亲面前，他永远是那个百身莫赎的罪人。

——他的父亲从小教他仁义、善良。他开始的确是这么做的，在县城慷慨帮人解难就是证明。可最终他不慎染上了赌博，从此被命运押解到了一条万劫不复的路上。他犯的是离经叛道之罪。

他是父亲的儿子，按理应该对父亲行人伦之礼。可是，他老了，他不能尽赡养之责，他病了，他不能侍候左右，他去世，他不能为他送终。他是犯了不孝之罪。

他犯下了永远不可饶恕的罪责。他还要用余生来赎罪。他再也没有犯错的权利了。他知道接下来的日子，他都要做一个好人，一个像他父亲那样乐善好施、善良仁义的好人。

他对着父亲的墓碑号啕大哭。他的身体瘫倒在父亲的坟前。他的白头磕在了地上。——他把这些年来岁月对他的伤害完整地呈现在了父亲的坟前。十五年来，他从没有掉一滴泪，而此刻，他的身体里似乎有一条河流得到开掘，他的泪水挂满了衣襟。

哭过之后，三生在父亲的坟前坐起。他感到身体有了一种从未有过的轻松。那是十五年来都没有过的轻松。有一种奇妙的崭新的力量在他的体内缓缓生长，那些隐形的绳索正在徐徐解开。他顿时有了新生之感。

风轻轻地吹着，似乎是一双看不见的手拍打在他的身上，要对他进行劝慰。远山如抱，似乎要把他抱在怀中。

11

我必须向大伙儿承认关于三生回乡还债的书写出自我的臆想和杜撰，或者是对我某次梦境的全真记录。事实的真相是，这个被我称作堂叔真实名字叫作三生的人，这个从小与我一起长大的人，已经从我的视野里消失有十五年了。

堂叔三生家和我家隔一条巷子。他只比我大两岁。我们是小学同班同学。从小到大，我们是那么的要好。无论他跟着村里的篾匠学做篾，还是他去学习理发，乃至去武汉投奔他的大伯我的堂爷爷，我们从来没有停止过联系。他在县城开理发店时，我正在县城机关上班，为让他的烦恼丝理发店有更多的人知晓，我在闲时还为他发过传单，资金上也搭了一把手。我在县城时候的发型都由他设计——那当然是我最帅的时候。

可我对他的近况几乎一无所知。十五年来，他的哥哥姐姐只在近期才有他的一点点音讯。他们偶尔说起他来也是躲躲闪闪。我只是隐约知道他带着一家三口在上海做工。

我不知道他是胖是瘦，头发是白是黑，额上的皱纹，随着年岁渐长，是否会增加了许多。我不知道他的背脊是变得挺拔还是依然有点驼——以前因为理发，他的背稍稍有点驼。我不知道他的胸中依然是江湖浩荡还是从此变得谨小慎微。我不知道他是否还会与人打上几把牌。我不知道他是否抽烟，牙齿是否被烟熏黄，而以前，他在理发间隙，总会抽上一两口。我不知道欠下这么多钱一走了之，他是寝食难安，还是心安理得。

我不知道岁月给了他怎样的印迹。他把自己掩藏得太好了。十五年过去了，赣江以西没有人见到过他。他留在我心中的印象，已经渐渐模糊，有时他出现在我梦里，竟然是少年时的模样。

他好吗？几乎可以断定，在上海这样对个人素质要求很高的大都市，这样一个读书少的人的境遇肯定好不到哪里去。——没有人脉，没有资金，没有信息，异乡人的他，肯定是上海弄堂里阴影中的那部分。

然而我依然怀着他会沿着赣江以西赎罪的传统回家还债、向那些当事人请求宽恕的善良愿望。如此，这个可怜的人就可以洗脱自己的罪，成为一个被赦免之人，从而解除自己心灵上的镣铐，重新找回那条回家的路，把头磕在故乡他的父母的坟前。如果有需要我依然愿意为他搭一把手，就像当年他回县城开理发店那样。

我依然希望我的家乡——有过丰厚文化传统、养育过杨邦乂、杨万里等猛士与诗人的赣江以西能善恶有报，恩怨分明，交替有序，永世流传。

我希望这让人爱恨交织的悲喜人间，天地辽阔，云淡风轻，走在风中的人能一身清白，怀着铤而走险念头的人能早日幡然醒悟，那些漏洞百出的伤心往事能有大团圆的欢喜结尾，被迫逃亡的人能早日回到家中。

（原载《作品》2021年第4期）

少年诗神

孙 郁

有一年去南开大学开会，在校园里意外见到了穆旦的雕像，一时激动不已。穆旦像在一座会议楼的背后，周围空间并不大，好像在躲避众人，独自在那里思考着什么。我觉得这也很像他生前的样子，幽微里含着深广之思。于是便想，这才是南开活的灵魂，许多曾显赫的存在一个个消失了，他却是一个永被后人想念的人。

穆旦的名字深埋在我的内心久矣，不妨说，他是我的少年时代文学的引领者。"文革"初期，因为偷偷拜读他的译文，我喜欢上了文学。在没有读到他的译作之前，我对于艺术的领悟是简单的。回想起来，我们的小镇读书人不多，如果不是因为有两所学校，真的就荒蛮得很了。到了小学三年级的时候，学校便全面停课了，此后就是漫长的革命年代，读书已经成为难能可贵的事情。"文革"中，家里的书被抄走，几乎读不到什么文学的书。母亲是中学的教员，她工作的县二中北院就在清代横山书院的旧址，古老的院落与旧式学堂都保持得很好，房屋布局古雅，回廊亦残存着一丝文气。书院正堂的东侧是学校图书馆，里面有各类的图书。奇怪的是，红卫兵"造反"，竟未烧掉那些书籍，我在这个废弃的图书馆里与几本书相遇了。除了鲁迅、艾青、汪静之的作品外，吸引我的是穆旦所译的普希金《波尔塔瓦》《青铜骑士》《高加索的俘虏》《巴奇萨拉的喷泉》《普希金抒情诗集》，这些诗作都给我电光般的冲击，诗里的世界完全是陌生而新奇的，仿佛异国里的传奇，弥漫着迷人的气息。

鲁迅的作品笼罩着黑暗，不太好懂，我还没有到理解他的年龄。艾青的作品是慢慢才觉出好来的，对于他，有一个渐渐熟悉的过程。但普希金的诗集不是这样，虽是俄国人的语态，却不存在什么隔膜感。普希金的作品没有中国文学那种沉下去的感觉，他的表达高贵而朴素，从自我生命的体味里，飞出灵思，往往直抒胸臆，世俗纷扰之苦淡去，神明之光降临。许多词语有很强烈的磁性，不相关的灵思连在一起，完全不同于古中国旧诗的境界。圣彼得堡、基辅、高加索、西伯利亚这些对我而言陌生的地方，在其笔下像一幅幅油画，含着冲荡的气旋，卷动着不安的心绪。无累的思想荡来荡去，背后有着不可名状的神异之境。这些与我周围的生活多么的不同，原来世间还有这样的存在，青年人还可以如此生活！他的文本引起我的惊奇的，多是那时不能言说的话题，比如爱情、自由、神意等词语，完全把我吓着了。关于女性礼赞的作品，还有致十二月党人的文字，有着暗夜里的热流的涌动，奔放的情感冲出重重罗网，阅之也随之飞舞起来。

最初浏览中的快慰，让我对异邦的诗文有了强烈的好奇心。知道普希金的不凡在于，能够在压抑的时代学会如何自如地表达。而且精神如此灿烂明快，飘动的灵思于乌云之上，毫无阴郁的影子。那大胆的独白，直面存在的目光，将晦气与阴暗甩在后面，心中的太阳照着一切，飞翔于南北东西。凡是世间不幸、无辜、受难者，悉受抚慰，仿佛是久违的朋友，和你轻轻地攀谈。可以说，他创造了一个迷宫，精神形态获得了诸种可能性。在巨大的精神之潮里，我们这些落魄的读者有了洗礼的爽意。那时候正是"文革"最残酷的时期，不知道如何是好的我，因之有了精神的避难所。每日读诗得到的激励，有时甚至将一切不快都忘记了。

　　普希金的作品有着不凡之气，《皇村回忆》里华美之境缭绕着玫瑰色的憧憬。他对于都市与乡村的感悟，纯然之思缕缕，以自己的爱，拥抱着世间的存在。但又爱憎分明，不是苟且无聊的墨客，能在苦思里跳出舞蹈，枯树逢春不再是梦想。他的叙事诗有许多传奇之色，像《波尔塔瓦》里玛利亚与马赛蒲的爱情，完全不可思议，凄美里的烟火，乃战乱的不幸，作者却在历史的恶里写出人性的深河，静静流动之中，泛出波澜。《青铜骑士》放眼世界的情怀，幽深的辞章有火一样的光穿透岁月之门，敞开的世界是无边之远，憧憬里有绿色的蔓延。许多年后，我到了圣彼得堡，驻足涅瓦河岸的时候，才领略了诗人的背景的神奇，一座伟大的城市与一个伟大的诗人是如此相契合，普希金就该诞生于此地。

　　70年代初沉迷于这些美妙的诗句的时候，我并未注意到译者在其间起到的作用，那时候穆旦正在受难之中，先前写作与翻译都不能延续，一切都受到了遏制。当自己知道翻译家如何转换辞章，且创造出新的文体的时候，我对他充满了敬意。穆旦的文字是我最初的文学启蒙，与其说感谢普希金，不如说要致敬穆旦，是他将域外文学以精致的汉语转化过来。他也许不知道，自己翻译的诗文，在那个时候正在抚慰着一个孩子寂寞的心。诗句的起落是带有旋律的，绝无"文革"时期流行的调子。世间的思想还可以如此表达，在我是一个不可思议的事情。我不知道这样美好的词语何以诞生于穆旦之手，从阅读他的译作开始，便影响了自己后来书写的路径。

也是从那个时候开始，我四处寻觅普希金的作品。有一次在一个同学家遇见一册《欧根·奥涅金》，真的爱不释手。这是他父亲的藏书，我很想借来，但未得应允。记得其父是县城的司法部门的干部，一向不苟言笑。"文革"那么多的书都禁了，他还保留着此作，在我们小镇里是不可思议的事。我多次恳求他，同学的父亲好像觉得奇怪，也有点绝情，严厉地说，不能借给你，不要再来了。

我第一次因为求书而不得，生出失落之感。少年间的遗憾中的纠结，就属于这次了。同学的父亲不知道我是如何喜欢普希金，以为是猎奇于域外的诗歌，在那样的时期，阅读它是不合时宜的。其实对于天底下的艺术品，十几岁的孩子是完全可以慢慢进入，甚至得其妙义的。不是每个成年人都能够意识到此点。当我后来也到了这位同学父亲当时的年龄的时候，凡找我借书的青年，能满足的，都尽量地做到，因为少年时候的那次挫折，使我终于觉得，饥渴的幼苗，是可怜的，当及时送去雨露才是。在没有书可读的年月，我们错失的精神实在是太多了。

偶然的机会，也会遇到普希金迷，那时对于我，乃意外的快乐。记得有一年春节去大连姥姥那里过年，表姐的同学小梁来家里做客。知道我读过普希金作品，便在我们面前大声朗读着《致大海》。他穿着夹克，头发留得很长，气质也有一点俄国人的样子。梁兄大病初愈，情绪有点低沉，他把自己写的诗朗读给我听，完全是穆旦的诗风，缠绵、幽婉，苦苦的诉说中有热风的吹送。我很惊异于他的坦率和大胆，而且，词语又那么优雅。我知道，在没有诗歌的年代，许多青年的爱欲是在另一个天地间涌动的。而那时候暗地里喜欢俄罗斯文学的人，获得了表达的外援。只不过他们在地下，属于以另类方式自言自语的人们。

不知道怎么，我也开始悄悄地写着穆旦翻译体的诗句。只是不能公开，在小本子里涂涂抹抹。青春期的感觉，借着翻译体流淌着。因为害怕被人发觉，题目都很隐晦，云里雾里，绕着谜语般的句子，自己感到了开心与自由。但不久还是被同学看到了，老师敏锐地发觉我的苗头，找我谈话：

"你读过什么人的诗？"

"普希金、莱蒙托夫、拜伦……"

"他们都是资产阶级的诗人，要注意了，这诗的倾向是不健康的。"

……

我知道老师也有保护我的意思，他害怕我被人视为异端者流。这个时候才知道，自己最喜欢的文字，原来是有毒的。此后，不再敢与任何人谈论外国的诗人。"文革"后期，口号诗流行，还出现了小靳庄诗歌运动，学校也跟着活动起来，搞起诗歌比赛活动。老师找到我，要写一写大众化的革命的诗歌，改改写作的风格。我找来报纸看了看，满纸豪情壮语，古诗中没有这类型的，觉得口号诗是最好作的，遂写了多首民谣体的。这些作品不需要用心血，按照流行的概念演绎即可。一般要大致押韵，铿锵有力最好，鼓动力被提倡的时期，口号诗是备受欢迎的。而我的文字，第一次上了黑板报，同学们投来了赞赏的目光。我也由此因为文字之事，获得了一丝自尊。

但这种无意中得到的虚荣，使我很快滑入到狭窄的路上，觉得以此可以得到世间的认可。所以，那时候的我在内心深处喜欢的是鲁迅、穆旦、艾青的文字，但场面上却迎合报刊的调子，词语是夸张和虚胀的。日记本里的表述是一种文本，投稿发表的文字是另外一种风格。

不过因为受到翻译文学影响，语句多少有点西化痕迹，与当时的文体还是有些差距。我到乡下插队的时候，开始在县文化馆小报发表作品，有人就说带着洋腔，是不足取的。我尽力克制自己的翻译腔，还是不能除去痕迹。不久深深感受到，用流行的语言写作，是一切写作者唯一的选择，这让我不得不放弃内心曾有的觉态，向报刊体靠近。70年代小说家唯有浩然走红，诗歌则有李学鳌、张永枚等作品流行。我写诗，不能用穆旦、艾青的风格，也不喜欢李学鳌等人，只好模仿郭小川作品。那时候还看到了贺敬之的诗集，觉得在气魄上，是可以借鉴的。于是文风不免多了郭小川、贺敬之的影子。慢慢地，和周围的语境妥协了。我没有意识到，这一去就再难回来，为了发表作品而牺牲自己先前的喜好，甚至压抑本有的热情，这样与艺术之神就已经很远了。

我在刊物上最初发表的诗歌都是应景的速写，图解政治，远离内心，甚至多跪拜之姿。我知道这是一种表演，其间也是本能起了作用。这说明思想已经被时代同化了。所思所写，非自我精神的自然倾诉，而是别人观念简单的复制。当时编辑也随意改动我的词语，加上空洞的口号，面目就不太像自己了。可是我欣然接受了这些，甚至觉得是一种荣光。这些作品也像敲门砖，给我的工作带来了一丝影响。比如可以脱产搞一点文字工作，或外出学习。这些对于当时的知青来说，都是不易得到的机会。

当我窃喜于自己的小聪明的时候，时代已经在慢慢变化。70年代末，高考恢复，艾青、穆旦才重新被提及，而且大学课堂上能够讨论拜伦与普希金了。不久朦胧诗开始出现，渐渐读到了北岛、舒婷的诗歌。我突然发现，他们是沿着民国诗歌的传统开始自己的诗歌之旅的，几乎没有"文革"词语的影子。这些新涌现的诗句是从心里流出的，穿过岁月的黑洞，以高傲的目光，点燃了灰暗之地的野火。那些被遗忘的情感方式和爱意的方式，刺激着我们的内心，由此也感受到先前没有遇见的图景。这个时候才意识到，他们拥有的感觉，自己是有过的，但早已埋没到了内心深处。一个作家应该恪守的是自己的感觉，忠实于内心的一切。但我很早就被同化于时代主流的风潮里，那些追踪时髦的诗文已显出了苍白之色。

一切都在悄悄地变化，80年代的中国，思想有了拓展的空间，出现了诸多活跃的诗人。不久就读到了一些域外诗论，许多陌生的理论令我颇为兴奋。于是开始思考诗学的某些问题，慢慢地意识到了穆旦那代人对于朦胧诗作者的深远的影响。穆旦译介域外的诗歌，是有一个梦想的，那就是改造汉语的书写手段，探索精神的可能性。联想起穆旦自己诗歌的写作，腾跃翻滚之中，绝不迎合模式化的表达，一直走在无路之途上。就探索的勇气而言，他与鲁迅有着某些接近的地方。

重返穆旦，给我带来一次精神再认的机会。也知道朦胧诗的作者们有许多是衔接了艾青、穆旦以来的传统的。艾青的诗有印象派绘画的光泽，但无处不带有现实的观照。穆旦的诗作，没有艾青的透明与辽远，但鲁迅式的内心拷问时时可见。他的文字沉浸在自己黑暗的记忆里，却又不顾影自怜，又常常瞭望窗外的风景。但那些风景不是世外桃源，而是充满了旷野里的远路、风中的枯树、异乡客、苍老贫瘠的人们。他以哀叹的眼光搜索晨曦之迹，且留住那一丝微弱的光。这属于现代诗的感觉，能够感到，他后来倾向艾略特、奥登的作品，把他们的佳作译介过来，乃内心相通的缘故。这才是现代诗人自觉的选择。而不幸，我在青少年时代，与这些精灵只是擦肩而过，却没有留住那些火种。自然，社会教育抵制了内心自由的展示，我们学会了对于内心的放弃，以外在的尺度选择表达的方式。这不仅逊色于民国诗人，与六朝以来文人的审美意识比，都是大大的退化。

当80年代的启蒙风潮卷来时，我才真正感受到了自己应当去面对什么，舍弃什么。我到沈阳读书后，有一段时间不敢写作，大量的阅读与补课，心灵被不断冲击着。在浏览与思考里，我才知道世间的精神遗产如此众多，我们这代人了解的是这样稀少，仿佛蚂蚁在深壑里走动，不知天大，难晓地阔，是可怜的一族。穆旦是在平淡中发现幽谷的人，他不惧苦难的自信，与拜伦、普希金十分接近，其本人的写作，未尝没有他们的影子。从域外诗人的经验里，他发现审美是超越道德之上的精神凝视，诗人面对世界，完全可以不顾及道学家的语录，率然地释放自己的灵思，才可打开精神之门，飞翔于自由的空间。在译介了《欧根·奥涅金》后，他深情地叹道：

普希金没有以道学家的态度来描述奥涅金，也没有以政治或社会课题来要求他。在第一章里，奥涅金的生命只是青春的生命，他还没有进入道义生命的阶段和主体故事之中。普希金在这里只单纯地、突出地唱出了青春的赞歌，而这赞歌，不管它具有怎样时代的特征（及其局限），直到今天还能深深打动我们的心，激起我们的欢乐感觉。我相信，它将如马克思所赞美的古代希腊艺术，会在未来的时代永远"施展出一种永恒的魅力"来的。

我觉得朦胧诗的作者们，大多体味了类似的感受。这一点在徐敬亚《崛起的诗群》里得到了很好的表述。直到多年后，在厦门的鼓浪屿造访舒婷的时候，曾和她坦言道，因为看到了她与北岛的诗，才知道作家该走的路在哪里，此后很少动笔写诗，也因为自己有过痛苦的经历吧。又过了几十年，在"华语文学传媒大奖"的颁奖会上，遇见徐敬亚先生，聊天的时候，提及往事，深谢他当年的文字给我的暗示，他那篇诗化的理论宣言，我至今还能大段背诵。对我来说，他是最初觉醒和走出八股语言的批评家之一。

  因了这个经验，寻找失落的存在，在我是一个命定的选择。当我做了大学的老师，和学生谈及写作的时候，总会以自己年轻时的失败为例。回溯那段灰色的历史，文章之道，乃心性之路的痕迹，精神之海是宽而广的，人有时远没有召唤出那些沉寂的存在。艺术在于从存在中去激活生命之流，并以纯然之力抵抗庸碌的存在。诗人是不谙世俗的独行者，他们厌恶流俗的恶声，拒绝外在的虚荣，精神的海永远涌动着，并升腾出暖世的灵光。自从屈原以来，无不如此，杜甫、苏轼、龚自珍的创作，也说明了此点。只是我对此领略得太晚，留下长长的足迹于歧路上，这是青年时代的不幸。我曾经希望年青的一代不再重复自己的过去，倘错失了择路的机会，就难以返回原路了。在失真的幻觉里滑动的时候，那身体的行姿是变形的。这是我们这代人给后人留下的一笔负面资产，可惜，我们一直没有很好地清理它，每每思之，真的是可叹也夫。

（原载《随笔》2021年第4期）

草本乡村（节选）

温新阶（土家族）

野　葛

鄂西的丘陵，到处都是野葛。

有的在栎树或是松树树枝上，有的覆盖在草丛上，还有的干脆就在瘠土上铺展开来。起初，不过是稀稀落落的藤叶零乱地铺在地上，没过几天，就几乎将泥土和杂草覆盖殆尽，而那藤梢还像爬行动物扬着的头，在探着前行之路，不信第二天你去看，昨天藤梢停歇的那个石块已经在葛藤的腹下了。

我是吃过嫩葛叶的，20世纪三年自然灾害的时候，采回葛藤藤梢上的嫩叶，洗净，切细，和了苞谷面打糊糊，虽然难以下咽，倒也没有什么异味。在野菜风行的当今，很多人有个理论：凡是猪能吃的人皆可吃。于是，三叶草、鹅儿肠、红花蓼的嫩叶……都可以下火锅吃，而且是美味，但是至今还没有人把葛叶当菜来吃，这就足可以证明葛叶是不适合人们食用的。

确实，葛叶的主要功能是当猪糠。夏天采回来，切细晒干，筛出叶柄和少许葛藤，把细糠贮存在木仓或是竹箩里。雪花飞舞的冬日里，放眼望去，满地一片灰蒙蒙的，看不到一星半点的青翠，此时只能撮一撮葛叶糠，盛在猪食桶里，撒些米糠，烧一壶开水，将猪糠烫过，就是猪的一日三餐了。虽非美食，却可度命，此时的猪只需度命，长肉是在明年秋天。粮食收上来了，多拌些苞谷面，到腊月就可以杀出三指膘的肥猪。

采葛叶（鄂西叫打葛叶）就成了每年夏天必不可少的活路。

我先读书，后教书，都有暑假，每年上椿树坡打葛叶的队伍里都有我的身影。

太阳刚闪边的清晨，我们沿着上河河边秧田中的小路往椿树坡而去。肥沃的水田里泥巴的膻味在空气中弥漫，农民们觉着这是特别好闻的气味，闻着这气味，仿佛就看到了端在碗里的白米饭。备足了猪糠，每年腊月杀一头肥猪，白米饭上搁两片和着豆豉炒的腊肉。饭和肉都吃了，再来一碗腊排骨汤，腊肉的香味、葱姜蒜花椒的香味混合着，还有干辣椒皮的芳香和辛辣相佐，那一碗汤，是一个时代的美味。

这就是农民的幸福，我一直以为我就是一个农民。一年365天的日子，就是在这种满足中度过，又在希冀中等待，那日子就有盼头，我就很愿意加入打葛叶的队伍之中。

我愿意加入打葛叶的队伍中还有一个原因，玉秀姐一直在这个队伍中。玉秀姐是我们村里的美人。不是现在书上写的那种美。她的脸蛋圆圆的，像一只熟透的苹果，两条大辫子又粗又长。她的胸、她的屁股、她的腿都是那样丰满而匀称，我喜欢跟在她后面看她走路，她也喜欢我读书的用功，认定我必有前途，她在山上摘的野樱都会用桐树叶给我包一包。玉秀姐除了漂亮，还有好嗓子。打葛叶快到中午的时候，人们又渴又饿，火辣辣的太阳悬在头顶，一丝云彩都没有，溪沟的水声在远处喧响，大家都在熬。这时，玉秀姐一嗓子山歌撕云裂帛般响了起来：

　　　　恋姐想姐要学乖
　　　　挑担水从屋上筛
　　　　爹说外头下大雨
　　　　妈叫女儿快抱柴
　　　　连人带柴抱进来

　　这山歌就像一片遮阴的云彩，像一竹筒解渴的溪水，也像一张金黄的苞谷饼子，解了乏，鼓了劲，提了神……

　　几乎所有打葛叶的人都来了精神，只有开德脚瘫手软更没了力气。

　　开德是前年打葛叶时跟玉秀好上的，手也拉过了，嘴也亲过了，再添一块柴，水就开了。没想到，开德的母亲把灶里的柴退了，去年乐颠颠来说媒的桂菊婶子今年硬着头皮来退亲，说门不当户不对……原来，去年春天，开德的一个远房爷爷在城里给他父亲找了一个杀鸡的营生。这城里人吃鸡讲究，不吃鸡头和鸡屁股，他就和沿江公路指挥部的司务长联手，把这些鸡头和鸡屁股卖给了民工食堂。每天杀百十来只鸡，一年下来就有一笔不小的收入，把房子翻修了一下，还置了三床新棉被，就看不上玉秀她们家了。

　　可是开德怎么也转不过这180度的弯来，寻死觅活的，他妈死也不松口。

　　那些日子，我就成了开德的倾诉对象，打葛叶的路上他总是缠着我,听他祥林嫂一般地讲述。

我跟他说,野葛和爱情在几千年前就有了联系,他有几分惊异地看着我,我就在汩汩流水声中,把《诗经》的《采葛》背给他听:

彼采葛兮,一日不见,如三月兮!
彼采萧兮,一日不见,如三秋兮!
彼采艾兮,一日不见,如三岁兮!

开德当然不懂这首诗的意思,当我给他讲解以后,他竟然大哭,他说这首诗写得太好了,把他心里想的都写出来了。

开德把《采葛》背了下来,不住地在心里吟诵,而玉秀不知道《采葛》,她脑海里只有唱不完的山歌:

枣子开花细蒙蒙
葛叶开花扯满蓬
桃花开在三月里
李花开在四月中
是花开不过映山红

她唱这首歌时,总是会想起那个午后,葛花盛开着,紫色的花蕊散发出诱人的香气。在葛叶下,开德和她拉了手,亲了嘴,要不是一只野蜂蜇了开德,真不知还会发生什么。

但是,现在,她要和开德分手了,舍不得也要舍,别人嫌你秤砣轻了,你还要死活赖在别人的秤杆上?

我把装葛叶的背篓移到玉秀姐那边的葛叶旁,想安慰安慰她,没想到她说：“用得着吗？晒了二十几年的太阳，看了二十几年的月亮，一日一月，不是明吗？我明白得很，拎得清。”

这天，玉秀打的葛叶是最多的，回家时，背上像驮着一座小山。前两年，是开德替她背重的，她背轻的，这一天，开德也追上来了，她不理他，背着那座小山一路小跑，回到家，放下葛叶，一觉睡到第二天中午。

这一觉，告别了过去。醒来已是一个新的玉秀，走起路来长辫子左一甩右一甩，山歌依然唱得嘹亮。

后来，我调到市里，再也没有加入打葛叶的队伍。事实上，随着猪饲料的普及，乡下再也没有人打葛叶晒猪糠了。

玉秀嫁到了石桥河，家里开了酒厂和豆腐店。有一年我回老家过春节，特意去石桥河看了她，她的日子过得很不错，女儿还送到镇上上小学。

开德在《采葛》的吟诵中送走一个个晴天和雨天，虽然早已结婚生子，野葛的花香一直在他头脑中萦绕，永远都挥之不去。后来他办起了葛根粉加工公司，附近的几个村几个寨子的农户都成了葛根种植专业户。玉秀娘家屋后的山坡上，也覆盖了茂密的葛叶。玉秀回娘家过月半节，一坡紫色的葛花开得正香，蜂飞蝶舞，花香醉人。娘说，去年的葛根粉卖了不少钱，村里的几个贫困户都脱了贫，开德去县上开了劳模会，还上了电视……玉秀一边吃饭一边听娘说话，吃完饭，放下碗筷就回家去了。娘望着她的背影，不是说好住一晚的，咋说走就走了呢？

时光的流逝悄无声息。

开德的儿子、玉秀的女儿大学毕业，在市里同一家公司上班，两个人好上了。玉秀想想当年的遭遇，牙咬得直响，就是上河的水倒流，葛叶在腊月开花,这婚也结不成。开德请人递了几次话,两个年轻人也去石桥河求了情,玉秀还是不同意。

于是,开德想到了我。

我在玉秀家吃了他们自己打的豆腐,喝了他们自己酿的酒,什么话还没说,玉秀先开了腔:"连你都来了,还说什么呢,一辈人有一辈人的活法,我能拿着活水不行船?随缘吧。"

于是,开德来石桥河提亲,玉秀两口子去王家田村开德家里议事。没想到,开德的小洋房周围全是种的野葛,稻场口上十几米的花架,覆盖着密密匝匝的葛叶,形成一个绿意盎然的通道,阳光从细小的叶缝里漏下来,透出几分神秘和诱惑,野葛花盛开着,扑鼻的花香让玉秀有几分陶醉。她再次想起了椿树坡的葛叶,想起那首山歌:

枣子开花细蒙蒙

葛叶开花扯满蓬……

她自己的太阳落了,现在升起的是女儿的太阳,女儿毕竟也是母亲生命的延续,女儿的花朵还是开在母亲的枝蔓上,何尝不是一种造化?想到这,便立马有了前所未有的安慰,玉秀姐笑了,笑出了当年打葛叶时的灿烂。

我是从开德家里离开回市里的,左手一壶土酒,右手两盒葛根粉。开德和玉秀来送我,他额上有了道道皱纹,玉秀姐也有了几缕白发,辫子早就剪了,她的身板也没有了往日的丰满和匀称,却依然有一种精干的美丽。

穿过葛花盛开的通道,我让他俩止步。

走了很远,我回过头来,他俩还站在那里向我挥手,风摇动着密密匝匝的葛叶,生动异常。

野葛,成为我们生活中的一首排律,它的长度和厚度都超过了两千多年前的那首《采葛》……

洋芋花

乡村的冬日,播种洋芋是一门必不可少的功课。磷肥复合肥还没有出现时,播种洋芋之前都要烧火粪——把从山上砍回来的一捆一捆被称为楂子的灌木铺在田里,将田土倒在楂子上,堆成窝窝头的形状,然后用干枯的杉树叶把楂子引燃,团团烟雾腾上天空。地面突然受热产生大量的水蒸气,水蒸气的比重较大,贴着地面向四周弥漫,像极了后来在舞台上为渲染效果而施放的烟雾。

楂子燃烧炙烤会散发出一种特殊的气味,在鄂西乡村生活过的人对那气味非常熟悉,就像一个嗜酒的人走进酒坊,深深地吮吸,让它在体内萦绕,最后一丝不剩地消化掉。那时,我们生产队有几个下乡的知青,三天两头旷工,但在烧火粪的日子里,却从不缺席。我私下问他们原因,他们说,喜欢闻这气味。

楂子燃烧的烟雾渐渐变成丝丝缕缕,最后一丝一缕都没有了,田地里只剩下一个一个的土堆。那就是一堆一堆的火粪,是播种洋芋的底肥,一颗一颗的洋芋种子在寒冷的冬日被种进泥土,火粪成了它们的温床。

过完春节,雪花渐渐变得稀稀落落,风刮到身上也不再刺疼,太阳的温热温暖了屋上的瓦片和路边的青苔,山羊的嘴唇贴着地面蠕动,仿佛真的吃到了青草。田地里,冷不丁有洋芋苗长出来了,胖乎乎的,叶片并不是平展着,而是卷曲着,有一点可爱,微风吹起,叶片有一点不经意的颤动。

春风的裙裾拂过，山上绿意开始涌动，已经有人挽了裤腿涉过溪河，柳枝婀娜的身姿映在水田的镜片里，栽秧的吆喝从湾口响到了湾顶。洋芋苗可着劲生长。母亲每天清早起床沿着田边行走，看洋芋一天一个样地生长，路边的那几株她每天都用手扠量，昨天还只有一拃高，今天已经超过了一些，母亲脸上的皱纹立马舒展了许多。突然，她看到了田中间的一株灰苋菜，很是刺眼。前些日子，刚锄过草，锄得仔细，怎会有灰苋菜呢。拔了一株，往前一看又有一株，母亲就想，这块田可能是父亲锄的，父亲喜欢吃灰苋菜，开水焯过，用腊肉丁爆炒，葱姜蒜以外还用干辣椒切细一起爆炒，佐料的芳香中混合着灰苋菜的土腥气，这是父亲的最爱。一盘灰苋菜就着一杯土酒，浑身上下都舒坦，过完一把瘾再下田去，父亲竟然哼上了小曲：

  一根树，九个芽
  上头开着九样的花
  我问大姐哪九样
  金花、银花、芍药、牡丹、栀子、莲花、桃花、李花、杏子花
  戴起九样的鲜花
  人都变乖哒……

父亲每次给洋芋锄草，总喜欢留下些灰苋菜，而且每年都要蓄一两株灰苋菜做种。灰苋菜的生命力极其旺盛，只要有一株灰苋菜熬到秋风吹拂，种子四处飘散，这块田里灰苋菜就会子孙延绵。母亲刚想可能是父亲锄草时留下的，但她马上想到父亲已经去世十四年了。这十四年里，母亲一直在和灰苋菜斗争，她自觉已经斩草除根了，今天

又冒出了几株。母亲一株一株拔起来，却没有像往日一样挖个坑深埋或者捡些枯枝烧掉，而是拿回家，洗净，切细，开水焯过，和了葱姜蒜和干辣椒炒了，盛了一大碗，还拎一壶土酒送到父亲坟前。父亲的坟埋在草屋包，一清早就有阳光光顾，晚霞烧起来时，这里的夕阳还满地铺展。父亲的坟前也有一片生长茂盛的洋芋，母亲突然看到了一株洋芋开了花，紫色的，顶在一根茎上，五朵，两朵已经盛开，三朵还是花苞……

从第二天起，母亲一天要到洋芋田看好几次，等待洋芋花次第开放。洋芋花终于遍地盛开了，母亲站在草屋包上像检阅她的队伍，看着盛开的洋芋花，皱纹舒展，喜笑颜开。我也随母亲去看过一次洋芋花，单独的一株洋芋花确实有些单调，大片的洋芋花连缀起来，不但好看，甚至有一些震撼。白色的，紫色的，从脚下一直铺向远处，像一片色彩鲜艳清晰的印花布。

母亲对于洋芋花的钟爱并非缘于审美，而是因为无法磨灭的实用记忆。在20世纪三年自然灾害时，刚过完春节，我们饭碗里的野菜越掺越多，渐渐地父亲和母亲碗里几乎看不到苞谷面的黄色，少之又少的米面尽量匀给了孩子们。人们眼巴巴地盼着收获春粮，鄂西的麦子产量低，品质也不好，麦子就种得很少，所谓春粮，就是那大片大片的洋芋。只要洋芋开花了，过不了多少日子，就可以开始挖洋芋吃了，虽然上顿下顿的洋芋也吃得乏味，但总能填饱肚子。有些扛不下去的人家已经开始"偷"洋芋了——用锄头轻轻挖开洋芋根部，选一两个稍大的揪下来，再把土重新壅上，据说洋芋还可以继续生长，"偷"上十来个洋芋就可以吃上一顿。母亲绝不允许这样，说这样洋芋的产量要少两成，我们一家就忍着、扛着，等洋芋开花再到凋落，再忍过十天半月，才开始挖洋芋做饭吃，挨饿的日子才终于结束。

第一天挖洋芋像过节日，我们兴高采烈背着背篓跟母亲来到田里。一锄头挖下去，翻过来，是密密匝匝大大小小的洋芋果，我们捡得很仔细，再小的都没有剩到田里，洋芋的植株（鄂西方言叫芛子）是上好的猪饲料，也要背回家。从那时起，洋芋芛子特殊的气味就一直烙印在我脑海里，至今挥之不去。其实，洋芋花跟它的芛子的气味大体是一样的，不过是多了一点微不足道的芳香。上中学时，我们用一根细篾穿起100朵洋芋花做成一顶王冠，献给了班上的学习委员阿蕙，那气味在我们的手掌萦绕了几乎一整天。

　　用洋芋花做装饰并不是我们的发明，而是一个叫作巴孟泰尔的人的首创。1756年至1763年，欧洲大陆爆发了所谓的"七年战争"。普鲁士军队在和法国军队的战斗中，俘虏了一个叫巴孟泰尔的随军的法国药剂师，巴孟泰尔被普鲁士军队关进战俘营中，靠着普鲁士农民用来喂猪和战俘的洋芋赖以生存，结果他居然喜欢上了洋芋。当他回到法国的时候，法国正在闹饥荒，为了度过荒年，巴孟泰尔积极向人们推荐洋芋种植和食用的方法，但当时，在法国，很多人认为吃洋芋会引起麻风病、梅毒、猝死和性狂热。在一个东部的城市里，市政府居然发布法令，严厉禁止种植和食用洋芋，私自种植，将罚重金。为了让洋芋在法国人的餐桌上得以推广，他在国王路易十六的生日晚会上，给王后献上了一束鲜艳夺目的洋芋花，这赢得了王后玛丽·安东诺特的喜爱，她在外出或参加宴会时便把洋芋花束用针插在头发上。国王在参加国事活动或接待外宾时也把小小的洋芋花插在外衣的纽扣上。一时上行下效，成为时尚，所有的朝臣都在纽扣孔里插上洋芋花，小姐、太太等则把洋芋花当作最高贵、最时髦的装饰品。在赢得了国王和王后的好感之后，1785年，巴孟泰尔在巴黎郊区，种了一大片洋芋。种植的时候，他请求路易十六派重兵守卫，不让平民靠近，而到晚上又悄悄命令士兵撤离。日复一日，重兵守卫下的洋芋田自然引起了周围农民极大的好奇心，于是当兵士们晚上撤离洋芋田的时候，就有胆大的农民去偷一些洋芋苗，种在自己的田里。这样一来，洋芋的种植竟然很快在法国推广开来，帮助法国人度过了荒年，洋芋也因此被法国人称为"地下苹果"，巴孟泰尔也因此成名。

想不到，洋芋花曾经有过这样的风光，以致成为时尚、高贵的象征。母亲当然不知道洋芋的这段历史，她更不知道洋芋花曾是王公贵族的装饰品，在她眼里，洋芋花代表着一种时令，代表着希望，代表着一种实在的日子。洋芋花是神圣的，是伟大的，是我们内心深处的神，当我们用洋芋花编制王冠的事被母亲知道后，自然遭到她的训斥：洋芋是救过我们的命的，你们掐了它的花，这不是断了它的头？不是泄了它的精气神？

洋芋在16世纪传入中国，明万历年间开始，洋芋逐渐跻身宫廷美食的行列，不过由于产量极少，仅达官显贵方能享用。当时虽然上林苑设有专司蔬菜种植的"菜户"（类似于20世纪五六十年代的蔬菜队）掌握了洋芋培育种植的技术，但是因为专门为朝廷服务的职能以及随之而产生的优越感、神秘性，洋芋的培育种植技术一直没有传入民间。直到清朝建立后，政府取缔了明代皇室的蔬菜供应系统，皇室"菜户"沦为普通农民，各种作物的种子及培育方法也不再是机密了。于是，洋芋开始走出大内，向北京周围乃至全国各地大规模地传播开来。

洋芋种植技术也是在此时传入鄂西。史料记载，道光二年即1822年，鄂西就开始种植洋芋，现在，仅恩施土家族苗族自治州，每年洋芋种植面积就达150万亩。2019年5月，全国第21届马铃薯大会在恩施召开，来自31个省、自治区及直辖市的相关部门以及加拿大、黎巴嫩、新加坡、英国和荷兰等国家的企业共800多名代表出席了会议。

会议期间，代表们参观了州农科院天池山马铃薯种植基地，那一天，洋芋花开得正鲜艳，阳光灿烂，微风吹拂，目光所及，都是摇曳的洋芋花，好看极了，也壮观极了。

我在恩施接到了弟媳的电话，说老家（比恩施海拔低）洋芋花已经谢了，母亲叫我们过十来天就回家挖新洋芋，还说母亲种的那块洋芋是我们村里长得最好的。

通完电话，弟媳又发过来一张照片，母亲站在洋芋田里，四周是盛开的洋芋花，我曾经写过一篇文章《洋芋田中的母亲》，这或许是她人生的一个隐喻。

（原载《民族文学》2021年第5期）

生生之木

叶浅韵

1

过了这一排高大的朴树,再过一排婆娑的杨柳,就是我家的地盘。阳光穿过新绿的树叶,照耀在大地上,布谷鸟正催农人忙点种。老耕牛们在里里发发(使牛时的口令,里里:向左,发发:向右)的喊声中来回忙碌,翻新过的土地像新鲜的日子。还没看见母亲的影子,就听见她的声音了。听上去她是在跟人吵架。

她拿着一根长长的竹竿子,正在恶搅板栗树上的一个鸟窝。树枝和松毛纷纷往下落,她一边搅一边咒骂,骂这些豺狗豹子都拿不着吃的雀神怪鸟。转瞬间,一个精心搭建的安乐窝迅速就被母亲摧毁了。四平村的人对不知道的鸟,在调侃和生气时就把它们统称为雀神怪鸟。空闲时刻,也就按直观感受,随口叫什么便是什么了,就像他们叫这种鸟为大花雀。

母亲说，她才种下的苞谷，第二天就被大花雀刨出来吃了。又种，还是这样。真是忙不赢早起的鸟雀啊。没有了窝，看它们可还有闲心来这里捣乱。一会儿，飞来两只黑白相间的大鸟。母亲说，快看，大花雀来了。它们跳跳跃跃地在枝头张望，找寻着它们的家园，长长的黑尾巴，比绅士们的燕尾服还好看。接着，我听见吓了我一跳的声音。那一句著名的国骂从两只鸟的嘴巴里一串串地吐出，重重地敲击着我魔幻的听觉。

这种鸟会骂人的事我之前就听婶娘们说过，她们会在某人讲话难听时说一句，你咋个比大花雀讲的还难听呀？小时候，我们听到的鸟叫声，不外是从柿子树上、梧桐树上、沙泡树上传来的"清明酒醉""民心向背""桃唤桃唤""熊柱英熊柱英"的声音，从没见到过一只会骂人的鸟儿。村子里娶来的新媳妇恰好叫熊柱英，鸟儿一叫她的名字，一村子都喜气洋洋。后来，村子里又有了个叫桃唤的姑娘，一听到鸟的叫声，她就大笑着跑出门去答应。母亲说，都不知道这怪鸟是哪年来的。第一次听见时，村子里的人觉得很新鲜，男人坏笑，女人害羞，孩子们惊奇地探寻着树上。为了避免这种尴尬，男人和女人们都不约而同地把注意力转到呵斥孩子们的声音中去。

两只大花雀还在骂，声嘶力竭地骂。失去家园的人和鸟，他们都有理由痛快地骂。骂完，各自还要建设新的家园去。我仔细地查验着那个窝，树枝搭成的框架，松毛装饰的里层，这便是鸟儿的家，它们想在此繁衍生息，没想到遇上了坏人、敌人。鸟儿的窝巢与我的先祖们初来此地时，用木头和树枝搭建的窝棚，没什么两样。都是为了躲避风雨，为了延绵不绝的希望。他们从窝棚到木屋，再到如今钢筋水泥的房子。从追求温暖实用，到赏心悦目，多少代人的辛酸都埋葬进一堆堆黄土里，留给子孙们蓬勃的愿景。

叫骂了好一气的鸟儿大概是累了，它们飞去另外的地方寻找新的有枝可依的大树。为了生活，人类与鸟儿一样，就地取材，安身立命。只有当衣食无忧时，"享受"这样的词语才开始入村入户。山沟旁边种植的茶树，是我爷爷的奢侈品。每年春天，他采茶、制茶。炕茶叶的香味里有一种安神补脑的气息，它们安抚着我爷爷的嗓子，安抚着一个个搪瓷杯里的热闹夜晚。火塘里的炭火烧得旺旺的，粗陶茶罐在火上冒着热气，煤油灯下来摆白（方言：侃大山的意思）的人就陆续进门了。我听见过母亲向爷爷抱怨说茶叶吃不消，得去街上买一些牛皮纸包装的茶叶回来。像是经过精细加工的茶叶，比我爷爷自己粗加工的茶叶更好喝。后来，那些茶叶树就悄无声息地被遗弃了。

老屋子的柱子很粗壮，它们威严地撑起了一排房子，房子里安居着爷爷的兄弟们。我曾在一个时期对这些柱子产生了强烈的好奇，一个小女孩看着陡峭的山崖，想象那些高大的松树如何成为房子的一部分。我爷爷的咳嗽一声赶一声，我奶奶说，这齁痨气喘的病还不都是这些从山上抬下来的大柱子压出来的。我去山上背柴时，对着一棵又一棵高大的松树左看右看，很想知道哪一棵能成为谁家新房子的顶梁柱子。

有一年，听说伯父家要盖房子了，别提我们有多高兴。他整天忙忙碌碌，我们也跟着嘻嘻哈哈。起初是对他手里的工具感兴趣，斧子、锯子、弯刀、凿子、推刨，使用方法各种不同。长锯短锯，声声慢慢，那些木头就神奇地变成了各种花样。当我的左手不小心被锋利的锯齿划破后，我就对锯子保持了特别的警惕，但我的哥哥和弟弟们经常淘气而笨拙地背着伯父鼓捣锯子。最令我喜欢的是伯父用推刨推下来的木刨花，还有那些各种形状的边角料子，我们用来扮家家、盖房子、做狗窝、搭鸡圈，每天都玩得不亦乐乎。

一大堆刨花，除了当燃火材料，就是我们的乐园。这不，我三哥刚从一堆刨花中钻出来，身上就像下了一场雪，头发上、眉毛上、脖子上都挂满了白色。他把最长的两条刨花粘在我的两根短辫子上，说我以后就是长卷毛姑娘了，好看，好看，真好看！我们咯咯咯地笑着，一遍遍地玩天女散花，看白色纷纷扬起、落下。伯父提着锯子和推刨过来了，猪肝色的脸上没有一丝笑意。他把锯子往地上一扔，大声地斥责，你们这些小鬼登哥，给我滚远点玩。玩米，玩面，狗都不稀罕。现在，连一堆破刨花都不放过。我三哥迅速扯掉我辫子上的长刨花，我像个没吃饱的花咩羊，张开嘴巴大哭起来。

　　我的哭声更招伯父嫌弃，他又接着骂起来。我三哥轻轻地在我耳朵边说，这个老古时人怕是又吃醉了。你快别哭了，再哭，他会拿锯子锯掉你的舌头。我伸一只手捂着嘴巴，惊恐地看着那把像是会说话的锯子。我亲眼看见它把最坚硬的木头锯断过，伯父一只脚踩上去，用双手来回地拉动，多粗多壮的木头都会掉下头来。它们长一截短一截地横躺在地上，任由伯父收拾。伯父的一根食指停在离我半尺的地方，像是要把我的脑门戳出来洞来，我闻见他嘴巴里浓烈的酒味儿。他说，我从没见过你这么爱哭的小姑娘，前几天，头发辫子被剪一截也要哭，现在你又哭些什么呢？我怕你妈一会儿拿跳脚米线给你吃，有你哭不完的。

　　跳脚米线不是米线，但我曾吃过无数次。后山上长着一种植物，村里的人叫作老米粗。春天时，它发出又直又软的细条子，夏天时结的果子像米粒大小，味道酸酸甜甜的，是我们爱吃的野果子。那些细条子就成了村子里的大人惩罚孩子们的工具，它们比鞭子用得更顺手。土墙边、瓦屋下、门背后、竹林脚，随处都看得见细条子的愤怒。它们一条条地抽打在我们的屁股上、手臂上、腿上，每抽一下，我们就疼得忍不住跳一下脚。大人们从山上回来,顺手就带回了这些细条子,竖在门背后,当孩子们不听话时,从门背后一拎,细条子就伺候在我们身上了。四平村的孩子们身上没少挨过它。

米线是村子里的奢侈品,母亲偶尔会从街上买一些回来,用韭菜白菜煮一锅,放上几片火腿,让全家人解解馋虫。由此,孩子们就惦记上了这种味道。大人都会说这一句,还想吃米线,门背后有跳脚米线呢。吃完跳脚米线的孩子们,哭完还要上山背柴,下地干活儿。有一次,母亲突发慈悲,想看看她在小儿子身上留下的记号,一掀开裤腿,白痕摞着紫痕,看得她心肝都掉在地上。嘴里却骂,你这些憨狗吃的,打你就不会跑吗?你身上没长脚吗?有本事就硬抵着,看我下次不把你打得蜕层皮才怪。

母亲这么说,并没有阻止我们下次再犯。每一天逗发母亲鬼火绿的事情,总是一桩接着一桩,今儿打破了只碗,明儿偷了人家的葵花,后天丢了作业本。数不尽的错事,让门背后的细条子一直没有闲过。有一次,母亲找不到那些细条子,她的肝火更加旺盛,一堆细篾堆在门口,气急的母亲在捡起一根细篾时,一根刺戳进了她的手掌,她叫了一声"哎哟",忙着找针挑刺去了。小弟背上箩,一个抖趄子就往后山跑去了。晚上回来,满满实实的一大背箩柴火,母亲的怒气早已烟消云散。为此,她经常表扬她的小儿子聪明,尤其在知道那些细条子是他丢在火里烧了的时候,她就更加确定了自己的判断。而我们几个,都是老实巴交的憨货色,打死都不敢逃跑。于是,小弟和母亲就像玩一个游戏,烧不尽的条子啊,山上和路边随手可摘,取之不尽,用之不竭。

半月前,母亲嫌我的头发长了,让正在理发的爷爷帮我剪掉一截。母亲说,就剪一些发梢,黄毛黄气的都开花谢朵了。我拉起头发尾巴一看，发梢果真开了些白叉。开花的头发要剪去一些，才能让根脚长得壮实，就像爷爷修剪各种果树一样，刀起发落。我伸手一摸，哇哇大哭。我怪爷爷剪多了发梢，让我的长辫子变成了短马尾。面对一个半天哄不乖的娃娃，母亲又用上了她的跳脚米线。这一次，我吃得很冤枉。连跳了好几下脚之后，爷爷拉我进怀里，吓唬我说，再哭会打得更凶更疼。母亲一边丢了细条子一边说，人也像树一样，从小不夷，到大不弯！

伯父家的地基上，伐木的声音，推刨花的声音，敲敲打打，生机勃勃。彼时，我家的大槐树上恰好来了一只啄木鸟，它用长长的喙敲打着树干，像是要与木匠们比赛似的。槐树的质地不算坚硬，不久之后，我们就看见了一个洞。为这只啄木鸟，不，我们叫它啄木官，我们还编了一个顺口溜：啄木官，黄炎炎，挑坛酒，度年边，年边长，不过嘴巴长。大人们却像是深知它们生活的不易，也有个顺口溜：啄木官，嘴长长，泡木树上称霸王，椆子树上崴断嘴。泡木树长得快，房前屋后，不出几年就有了粗壮笔直的躯干。椆子树长在后山上，生长的速度缓慢，质地坚硬，就连做燃料都比别的树木更耐火候。

我每天背着书包上学放学时，都要站在那些一天天变化着模样的木架子前看新鲜。木头的味道吸入身体里，有种踏实和温暖的安全感，像一个人刚吃饱了饭似的。但我依然看不明白，木架子是如何成为大房子，木头与木头是如何天衣无缝地咬合在一起的，木匠们都会变戏法吗？但是真没有人有时间回答一个小女孩的问题，他们都嫌我话太多，取笑我将来嫁出去怕要被人嫌弃。母亲说，要是你能明白这个，人家就请你当老木匠去了，给我好好读你的书去。

壮观的两个木架子终于搭建完成，伯父家选定了一个吉祥的日子"竖房子"，这是四平村对盖新房子的称呼。过了许多年，我依然记得那个日子：腊月十八。这个日子在两个季节之间被大人和孩子们念叨了很久。它终于到来了。青山隐隐之间，鞭炮声响起，请来挂红的老先生站在雄伟的大梁上，高声琅琅：一挂大川，有吃有穿，二挂二川，猪羊满山……吉利的话语从红布上飘落下来，掉在我们的怀抱里。备好的五谷杂粮用红布包好，已请先生放在大梁上，祈祷岁岁丰登。客从远方来，划拳猜令，像是四平村的一个重大节日。

后山上长着各种树木，参天的松树、笔直的柏树，还有许多不知名的树，各自为政，成为森林的一部分。它们的用途也各不相同，根据材质的软硬和粗细，一些用来建盖房屋，一些用来打造各式家具。家里有一只古老的箱子，是已经离开人世的某个先祖母的嫁妆。一百多年的时光让红色变成了黑色。这只箱子最特别的地方在于木匠没有用一颗钉子，只用木楔子让一个四方形紧紧地咬合在一起，成为神秘的百宝箱。奶奶把她最值钱的家当都收藏在里边，绣花线、鞋样子、丝绸、缎面、绫罗，还有几个银铃铛。

松树最多，用途也最广泛。四平村家家户户的木架房子，都是以松树为主要材料搭建的框架。谁家要建盖新房子了，木匠们背着吃饭的工具就来了。四平村出产篾匠，四平村背后这个叫铜鼓箐的村子出产木匠，村与村之间互通有无，在各自需要的领域相邀相请。伯父算是个木匠，但算不上大木匠。他们家盖新房子时，他既像学徒又像监工，忙碌在一片地基上。但我确定他又真是一个大木匠，他会做犁把手、锄头把手，就连一张四轮的牛车，都是他用木头鼓捣出来的。各种木头在伯父的手里，成为生活的好帮手。他还在高兴时，给我们每人削了一个木得辘（陀螺），一鞭子下去，得辘飞快地转啊转，我们的心都跟着转到了月亮上。

伯父每天都忙得像被鞭打的得辘一样，砌墙壁、扇瓦片、装板壁，踩楼板。石头、瓦片、木头在他的手里各有去处。我亲眼看着木架子变成了遮风避雨的地方，变成了人人口中的新房子。它在四平村醒目地站立着，像是伯父的莫大尊严。我也终于明白，原来庇护四平村人身心安宁的木屋子是这样建成的，难怪我奶奶爱说，这人盖房子也像小鸟兴家。人有人窝，鸟有鸟窝，别人的金窝银窝，都不如自己的狗窝。人们在自己的窝里找到生命的归属感，一个窝成为一个家，一个个窝聚在一起成为四平村。

没过多少日子，伯父又从山上砍回一棵松树，他要做一张新床。在几座山上寻找到这样一棵松树，又粗又直，松树上还结满了松轱辘。松树结的果多，寓意为多子多福。新床成为哥哥的婚床。又一个吉日，伯父又办成了一桩大事，给他的大儿子娶亲。

伯父家新房子的木头在烟熏火燎中渐渐变了颜色，随着生活条件一天天好起来，村子里的新房子一间一间地竖起来。盖新房，娶新人。老老少少，年复一年。父亲和母亲在伯父的激励下，也忙着盖了两间砖木结构的新房子，还浇灌了阳台，那是当时村子里最气派的房子。他们计划着给两个儿子将来娶媳妇用，每人一间。那时，他们的大儿子才上小学四年级，小儿子上小学三年级。

2

离四平村十里路的西泽集镇上有一座寺庙，"三台洞"三个字的县级文物保护标志牌歪歪斜斜，石岩上的黑色木架子在风吹日晒中已经破廊倒壁。这是一座有些年头的寺庙了，供奉着十里八乡的精神信仰。他们在这里祈风调雨顺，求家业平安。奶奶说过去的每年三月三，这座寺庙里有最旺盛的香火。方圆团转的人翻山越岭来这里赶庙会。我每次赶集经过，想着久远年代的热闹场景。同时也想起流传在这里的一个故事，神仙与木头的故事。

三台洞对面有一个洞叫仙人洞，仙人洞壁上有一个老仙人的模样，有鼻子有眼睛有胡须，无论从哪一个方向看过去，老仙人总是在对着人间微笑。洞下面有一潭碧绿的清水，晴天丽日，是白云千载空悠悠的绝妙景致。传言有一个叫吴承伯的乡贤曾在仙人洞中与仙人对弈，一盏茶的工夫，世外已是三天三夜。他们原打算在仙人洞上面建一座寺庙，以奉仙人之德。能工巧匠们把大梁挑好，准备选个日子就投入如火如荼的工程建设中，第二天，这根大梁却像长了翅膀，飞到了对面的三台洞上面。

这一件神秘的事情让人更加确信仙人的存在，人们便遵循仙人的意愿，把寺庙建到了三台洞上。三台洞的山崖肚子中洞洞相连，飞檐画壁依山而建，化外之境，别有洞天。洞下，一条清溪惠泽集镇，名曰小石河，水草丰美，鱼儿悠游。家家临水而居，浣衣洗菜，炊烟袅袅，做豆腐的熬白糖的，安居乐业。与多年之后，我在丽江见过的景色并无二致。依了水的恩泽，这里的小媳妇大姑娘们个个水灵灵的，芳名远播，贤心未断。

无从考证的传说，在乡间经历了一代又一代，人们口口相传，乐此不疲。说了一千次之后，传说便也像是真实的历史。老先生的名字和故事赫然地写进县志，通达四书五经的他在洞中设坛讲学，启蒙家乡的民众。人们对于老先生的信任，在一定程度上可归宗于对圣贤书的崇敬。如今寺庙已被重新修缮，雕龙画凤重回人间，儒释道在这里互相渗透融合，像是被木头加持过的人间香火又有了新的去向。梵音渺渺，慧知茫茫，热闹与清寂同在石阶上祈祷着故乡的四季。只是，清溪早已断成一根麻线，临水而居的小院也换成了高房大屋。

寺庙里有一棵枣树，依山而生，倚门而望，曲直有法，枝叶绮丽。很奇怪的是被鉴定为枣树也是近年的事，因为它是一棵不像枣树的枣树。至于枣子的味道，我从未尝过。或许它就不是枣树。但它却是镇寺之宝，每一个经过它身旁的人，都会不由自主地靠上去，抚摸它。

没有人知道哪一棵树会成为谁的智慧树，在不经意之间也许就结出了人类的智慧果。站在这棵古老的树下，我一次次地仰望天空，希望有一枚果实落在我的头上，敲打我的愚蠢与迷惑。数着石级下山时，我在心里想起了一些与树相关的奇异之事。好像人类的进步都离不开一棵棵树的开示。佛祖在菩提树下修成正果，精神之光便从天而泻；牛顿在苹果树下得到万有引力的灵感，科学探索之路便硕果累累；上帝为亚当和夏娃创造的乐园里，也长满了各种树，他们因偷食善恶树上的禁果，世界便为此而纷繁颠倒。就连四平村的婶娘伯母们使针线或是闲话时，叔侄兄弟们吸烟或是讲笑话时，也要站在某棵树的树荫下，仿佛这样，身体的安全舒适就有了一种精神上的依托。

有趣的是，处处山河之间生长着众多神树：龙树、母子树、夫妻树、求学树、求子树，每一棵树的身上都有一些有鼻子有耳朵有美人痣的传说。它们巍然屹立于寺庙或是村落前后，为人们送去精神的慰藉。人们依托着对天地万物的敬畏，抵抗生活的残缺，在念念不忘的回响中完成对美好的祈愿。

更有趣的是，与某棵树成为一生的亲人，让人与树木之间的悄然联系，在某种机缘巧合下成为既定的事实。彼时，小姨从一座山上下来，脸上泛着飞扬的神光。她悄悄地告诉我，夜间常常哭闹惊醒的四岁小儿，在拜了老东山的柏树为干妈之后，每个夜晚就像被神仙打了灵符，无吵无闹，一觉睡到天明。我让小朋友描述老干妈的模样，他说，好粗，好粗，好高，好高。

老东山是这座城市的一个屏障，山上也有一座寺庙，叫松鹤寺。寺庙里有千年柏树，其中有一棵柏树最粗壮，它的两边长了两株笔直的小树，像一个母亲带着她的两个孩子，被人们亲切地称为母子柏。常年四季，香火缭绕，青烟袅袅，树上挂满了红色的丝线。在跪拜和祈祷之间，这棵树就成了许多孩子的老干妈。这些孩子的名字中都要带一个柏字：柏林、柏欢、柏生……命里相缺的东西，仿佛在这里就有了补救的措施。叫一声干妈，他们吵闹的夜晚就有了一个安稳的着落。传说越久远，它们就越灵验。信仰对人类精神的统领，在一棵柏树身上，被无数人佐证。

而我更喜欢寺庙里的一株宋朝的梅花，红墙碧水之间，大雪纷飞时，千朵万朵压枝低，像是要把流年的幸福与哀伤痛快地喊出来。有一个女子，神态安然地坐在树下，当一支香烟在优雅的姿势里燃尽时，她像是得到了人间最深的法喜。树枝上，挂着一些玉米，那是专门为松鼠们准备的粮食。有一只小松鼠淡定地啃着玉米，它与她的神情是如此相似，寂然欢喜，无取无舍。我亦在四周袭来的晚祷声中，身心安然，仿佛眼前的山河与我，各自风调雨顺。

我伸手抚摸着一株六百五十岁的松柏，弯弯扭扭地向上伸展，它有个直观的名字：扭柏。这太像人类的生存历史了。在那一时刻，我像是觉得自己也成为一棵树。在一本古老的姓氏族谱中，我是"木"字辈的人。我浑然觉得自己找到了通向树木的路径，忽然就对"山有木兮木有枝，心悦君兮君不知"的诗句有了无限的欢喜心，多么悠长深邃的爱恋呀，穿越梵音抵达俗世。我抬头望向七彩云端时，像是对于人间情爱就有了某种深刻的盼望。

在四平村里，有文化的长辈们嫌这一个"木"字起名字困难，便以"木"字加偏旁部首成为辈分。于是我的兄弟们成了"荣"字辈的人，有文有武，有光有明，还兴国安邦。他们的名字中含有一个家族对后世子孙的殷殷希望，更是一种择木而居、与木为伴的深深感恩心和平常心。后来遇到同一姓氏同辈的人，他们直接以木取名，木盆、木果、木瓜大有人在，他们大呼难听。

如果女孩子可以按辈分取名，我很乐意被叫作木兰。木兰代父从军，一直是我梦中女英雄的最完美呈现。你看，我在一块木头里沉醉不知归路。四平村的先祖们为了躲避战乱灾难，从闽中辗转来到这里。最早的时候搭了一个个窝坡，以避风雨，并把四平村取名为魏家窝坡。他们伐木盖屋，以木制床、木盆、木桶、木桌、木柜、木凳、木门，代代相传。为了纪念山中之木，还把一座山命名为树家窝坡。在他们的眼里，树与人是一对患难的兄弟，都需要有自己的家园。

3

四平村的周围栽了很多果树。那些年，羡慕邻村的同学们有桃子、李子、杏子吃。还有这样一个顺口溜：桃饱人，杏伤人，李子树下吃死人。大意是要孩子们别贪嘴，不能多吃杏子和李子。因为嘴馋，拉肚子的活计，我们都挨过。大人又会说一句：不听老人言，吃亏在眼前。

小弟曾在土地上种植我们没有的果树，每一次都被母亲毫不留情地铲除了，她说，放果树长起来，庄稼就不能种了，我们没有多余的土地来种什么果子树，还骂这一群馋屁股。如今，到处种的是果树。板栗树、核桃树、桃树、苹果树、梨树、石榴树，甚至是樱桃树、杨梅树、猕猴桃树，最"土著的居民"是柿子树。它们在每一个季节结出不同的果子，成为节日的盛宴。春天，这些树上开满了花朵，白色的梨花、粉红色的桃花、粉白色的苹果花、核桃树的花朵就像老人的胡子，长条长条的。板栗树的花朵要夏天才开，也是长条形的。

夏天的桃子和梨子，秋天的板栗和核桃，唯有一种水果成熟在冬天，那就是柿子。在四平村，柿子不叫柿子，叫柿花。柿子树的叶子五彩斑斓，当它们从树上落尽的时候，柿子就像花一样，黄黄红红的，挤满枝头，像一树一树的繁花。在冬天，我还喜欢看光秃秃的树枝，当最后一片落叶离开树的身体的时候，非常沉默非常骄傲的树的形象就站在了寒风中，迎来送往，在天地之间自然肃穆，像人类的守护卫士，不带一刀一枪，自成威严。

我们都在对一棵树的仰望中，得到了最实在的收获、解馋、解渴、解恨。瓜田李下，偷了谁家的果子，就说一句，抬头的果子，弯腰的萝卜，哪个吃不得嘛。这是四平村人口中的俚语。这句随口而出的俚语为我们偷摘果子提供了最合法的依据，馋嘴的毛孩子们就从这棵树爬到那棵树。当然也有从树上掉下来的时候。教训之后的没有教训，依然是一种乐趣。

村子里的大人们嫌弃淘气的孩子见不得未成熟的果子，就说他们是小白龙过路。很长时间，我才弄清小白龙就是冰雹的意思。现在，到处是弯腰的果树，偷吃果子的孩子却越来越少。于是，我们就有了嫌弃的理由。母亲每年春天都在催她的大儿子早起嫁接各种果树，这时，她的小儿子就会说，那些年想吃不让弄，这些年，弄了也没人吃。母亲说，不吃就算，我拿到街上卖了去。事实上，在乡街子上，就没有过值钱的果子。我忘记了，这里被誉为柿子之乡和板栗之乡。卖方占领的市场，供给远远超过需求。父老乡亲们不辞辛劳，不过是为了让劳动有一些自我认定的价值，更或者往高了说是在敬畏树上生长出来的果子。

有一件有趣的事情，实在可以说上一说。四平村的核桃树分为两种：山核桃和茶核桃。山核桃夹瓤，难以取出核桃仁。茶核桃树若是不管它几年，便也变异为山核桃了。让它变回来的方法有点奇异。大年初一时，拿着斧头砍上几斧。有心的老奶奶们还要端着茶水敬献，甚至要找一个童子娃娃，站在核桃树身边，敬一口茶，问一句：核桃树，你今年给茶了。童子娃娃要应声回答说，茶了。来年，核桃树上的果实就不夹瓤了。

我对此事一直持怀疑态度，就像怀疑大花雀会骂人是假的一样。母亲说，还有你更不相信的呢，山核桃树是有性格的，你砍到哪边，哪边就茶了，另一边结的还是山核桃。然而，并非每一件事情都能得到有效印证。四平村人在口口相传中实践着生活，他们在给老人送葬起棺时，只要听道士在说某种属相的人统统回避，就会看见一些出列的人，匆匆而去，又匆匆而来。母亲说，如果样样要自己亲身检验，代价就大了去。

比如某一年，我二哥和三哥去山上砍柴，一直未归。起初，还以为他们在山上贪玩。每天中午和傍晚，前山后山上只要一听见呱啦呱啦讲话的声音，就知道是背柴的孩子们回来了。一拨又一拨的人回来了，就是不见二哥和三哥的影子。大人们抓着手电筒从山上背回两个口吐白沫、奄奄一息的孩子。原来，他们俩贪吃马桑树的果子，红色的果子是酸涩的，黑色的果子是纯甜的。他们越吃越开心，越吃越想吃，不知不觉就吃多了，中毒了。

从此，四平村的孩子们都知道马桑果不能吃多了。从后山采回一些解毒的中草药，按照些土法子，总算是让二哥和三哥都活回来了。但生性爱动的三哥并没有停止过对一切新鲜事物的好奇。没过多久，他拿着一根木棍子在磨面的机器前玩耍，看着飞速转动的皮带，他又有了新想法。他才把棍子搭上去，就传来一声惨叫，棍子穿进他的手掌里，断了。那截棍子留在他的手掌里很长一段时间，直到化脓，一个手掌变了形状，伯父才送他去城里的医院做了手术。在很长一段时间，二哥和三哥与我同学，他们俩换着去上学，二哥不想下地了，就去学堂里上几天学，他不想读书了，又换三哥去。他们晃晃悠悠地识得一些字，终于没做了睁眼瞎。

4

旱莲花有一个好听的名字叫深山含笑。春天时，白色的花瓣绽满了枝头，一朵朵从绿叶中探出头来，像莲在佛前的静谧，也似风在阳光里的欢畅。四平村后面的山上开满了这种花，他们对这种木本花的命名方式依旧是启用最直接的感官。比如，这旱莲花的名字的由来。莲花生于水上，生于旱地而又开花像莲的植物，便称为旱莲花。当然，第一个给它命名的人如果叫它山莲花，它也便是山莲花了。

还有一种叫小脚花的植物，春天时，满山坡的粉红色，像一个个风情万种的女子。仔细看那些细碎的花朵时，发现它们特别像老祖母们的小脚。四平村人的命名方式有强烈的认同感和归属感，尤其是他们对于兄弟叔侄们随口呼出的绰号。大酒瓶、木头桩、黑麻蛇、板腰四、白脸五、笨水牛，张口就叫，不带任何歧视，就像是他们自身的一种符号，比对他们名字的呼唤更为亲切。

于是，旱莲花、老米粗、索筋草、白栗树、豆结巴、豆精粮、子午花、癞蛤蟆叶，这些在书上找不到名字的植物，在四平村和方圆团转的村子里，是一个明晰的指代，一说大家都知道。最早唤出那一声名字的人，他们的肉身早已跟这些植物的根部合为一体，成为树的一部分、山的一部分。没有人记住他们的名字，但记住了这些植物的名字。

山上也生长着一些普通的植物，比如，青松、罗汉松、扁柏树。它们是山川河流的主人，割据一方，贡献生命之绿。但有一种不得不说的植物，它的名字叫爬地松。与其他高大挺拔的松树不一样，它们顺地而爬，遇岩石长枝叶，遇薄土长根须，在贫瘠的山地上，迅速占领阵地，长成一片森林。看着它们，有种绝地逢生的坚韧力量奔涌于胸中。

山巅之上，有高大的叫不上名字的乔木，它们身上长满了长长的绿色胡须，一棵棵都像有些年岁的老人了。雾气弥漫中，我们在这些帘子中欢笑、砍柴、摘花、捡菌子。也跟着母亲仔细辨认，哪一种树上的胡须可以食用，哪一种又是有毒的。圆的、扁的、长的、短的，我实在是记不住了。母亲说，倒也不算太好吃，在舌头上会打结似的。饥饿年代吃的，现在不用吃这些鬼东西了。前些日子，我在朋友的一篇文章中又有了新的认知，原来这些树上长出的胡须叫作松萝。松萝对气候环境的要求很高，必须生长于纯净无污染的地方。只是，我已经有好多年没有遇见过它们了。

每年春天，后山上开满了各种颜色的杜鹃，白色的、黄色的、粉色的、红色的、紫色的，还有一种颜色太像我小时候的那只麻母鸡的颜色，我便不能忘记自己是四平村人的习惯，马上给这种颜色的杜鹃命名为麻杜鹃。有人好奇，我就专门拍了图片传过去，随之我的大脑就迅速回闪到四平村的竹林里，浮现一只梨花公鸡和一只麻母鸡在追逐的画面。

事实上，山上那些茂盛的植物，我对它们大多是未知的。就连杜鹃花的品种，我都还没有分辨清楚。然而，终是有些事物，要成为绕不过去的弯路。比如，这些长在山上的植物，恣意汪洋生长的植物，在某年某月某一天，它们就站到了城里的某个小区，某栋大楼脚下，或是公园里，或是公路旁，成为美化亮化的标志物事，就像我在小区楼下看见的这一排排旱莲花。

从山上移栽至城里的植物，它们中的一些活了，一些死了。活着的成为盆景，成为风景，死了的成为垃圾。我第一次见到一株半死不活的大树上，挂了许多吊瓶，像一个生病的人需要输液。点点滴滴的液体进入它的身体，有一些抢救活了，有一些无可挽回地死去。死去的大树迅速被代替，活着的成为城市的卫兵。每一棵大树都有自己的故乡，只是我不知道它们在月影绰绰时，会不会怀念在山冈上的自由和寂寞，会不会想念村子里那些顽皮的孩子。

后来我习惯了看见大树上的吊瓶，习惯了看见有大树的小区，就像我习惯了自己已经是一个城里人。仿佛没有大树的小区，便少了有力量的卖点，便少了些进入世俗生活的乐趣。于是乎，大树进城便成了一桩桩新鲜事。

在一个寒冷的冬天，我回四平村，才进村口，觉得天地间空缺了许多。低头就看见了一个硕大的坑，原来陪我长大的那棵黄连木被挖走了。我和小伙伴们曾在树脚下刨过虫子，挖过地洞，躲过小雨，拉过手，打过架。夏天时浓密的树荫像一把大伞，树下的泥土上有一些细小的坑，那是有一种叫聋子的小虫，它倒退着身体钻进土里。我们找啊找啊，还编了一个顺口溜：聋子窝窝，开门给大哥。看见它的影子是我们最欣喜的时刻，小伙伴们乐此不疲。如今这棵大树不在了，像是我的童年被人无情挖走了。

母亲说，那树又不是你家的，卖与不卖又不是你说了算。300块钱，包挖起，包上车。二叔拿到300块钱时的样子，我没有看见。他对酒钱的执迷，让他丧失一些正常人的智力。缺酒钱就卖竹子，如今卖了这树。他不会明白我心中的难受，就像我不能明白他每顿必喝、每喝必醉的日子。如果我说我的童年也被卖了，二叔和我的母亲都会以为我是在说疯话。

母亲说买树的人先是看上村子里最大的那一棵大黄烟茶树的，那一棵要四个大人手拉手才能围得严实的大树，是村子里的集体财产。不知道是先有四平村还是先有那一棵大树，总之它已经很古老很古老了。祖先们一代代人都已经埋在土里了，唯有它代替他们守护着村子里的子子孙孙，开枝散叶，葳蕤生长。为了供养这棵神树，四平村下放土地时，不惜放弃树脚下这一大块肥沃土地的产量，并立下了不许砍伐的规矩。没想到，后世子孙有人要吃嘴丢了脚后跟，来打这棵树的主意了。

买家出到一万块时，村子里已经有些人开始动心了，他们在计算自己可以分得多少钱。由于大多数人对这一棵树有特殊感情，大家最终没有达成一致意见。那个怀揣许多金钱的买主在这村子里转悠转悠，在这棵树前站站，到那棵树前看看。我像是看见了树的颤抖，它们都像被拐卖异乡的女子，在瑟瑟发抖中等待命运的宣判。那个人的脑子里肯定装满了城市里的各种楼盘，楼盘之间需要一棵什么样的树，都已经种在他的脑子里了。除了四平村，其他村子里的树，也没有逃过他的眼睛。

母亲说买主后来看上的是二叔家另外一棵更大的树，价钱一口就出到800块，二叔连犹豫一下都没有就答应了。但在挖的过程中发现周围的障碍物太多，没有办法运出去。遂作罢。像是为了弥补心底的歉意，二叔向他推荐了相对较小的这一棵，买家趁机压了个低价，这生意便是成了。

买家后来还看上了另一棵树，但得知是一棵漆树时便不要了。漆树落叶时与黄烟茶树无多少区别。漆树是木匠们做家具的必备品，割开它身上的一道道皮，流出的液体可以做成土漆，用来给家具上色，土红色的嫁妆是新娘子们的未来家当。我们通常不在漆树下玩耍，有小伙伴摘了叶子就中毒的，满脸红肿，痛痒难耐。大人们说这是生漆疮了，他们忠告我们远离漆树，可免去漆疮之苦。

从那棵树丢了之后，我便花很多时间行走在这座城市的一个个小区，像是在找寻我的童年。遗憾的是，我终是没有与它再度相遇的缘分。我不知道它死了还是活着。它的命运就像四平村里那些嫁出去的女儿，她们已经不是四平村的一部分了。忙于生计，彼此相安。只有等到她们死去的时候，四平村的子侄亲人们才会组成一支浩浩荡荡的队伍去送她们最后一程，而这一棵树悄无声息地就没有了。

某一次，我路过另一个城市的一个小镇，小住两日，忽地想起四平村一个出嫁的姐姐。老天在我的念念不忘中赏赐给我一个大大的回音，我竟然在一个摊子上与她相遇了。我们几乎在同时认出了彼此，喜极相拥，互问家事。我们的根都长在四平村，我们却像叶一样被风吹向了各处。如若不是机缘，此一生，便成天涯。我们又何尝不是那一棵被卖了的树，叶落谁家院子，都是一阵阵未知的迷雾。被清苦生活折腾的辛劳，卧倒在她的白发里、皱纹里，遮不住，挡不住。她羡慕我离家相近，抬起脚就能丈量到四平村。可在我心里，我们都同是四平村的客人，与一棵不知所终的大树一样，各自飘荡。

深夜里，久久未眠，天涯芳草，处处沦落人。比起任何时刻，我都希望远嫁的姐姐能有一些更好的日子，就像我也同样期待那棵树有一些好的运气。她们都应该是一些有福气的女子，能嫁到一个好人家，生机勃勃地活着，生儿育女，过上光鲜美丽的日子，等着有一天我与她们再度相认。

楼下的春天里，蓝底白字的标志牌上写着：深山含笑。这是一个多么好听的名字呀。我仔细地辨认着，它们中的哪一棵是来自四平村后山上，曾经与我的童年和少年相遇过。每一棵都是似曾相识的样子。林业部门工作的朋友告诉我，在这片地域生长的旱莲花，大多出自我的家乡西泽。很长一段时间它们被大规模地贱卖，一百块钱一棵。父老乡亲们就忙着在山上挖这种不受保护的植物，以谋生计。

每天上下班，看着满树的旱莲花，呼啦啦地蹲在枝头上，像是与我的少年时光重新相认。极度欣喜地拍了图片，发了朋友圈。在远方工作的表哥说，要知道，我从小的梦想就是砍一棵大大的旱莲花树，做一张桌子，吃饭、写字、喝茶，多么高级呀。如今半生光阴逝去，这个梦想尚未能实现，都不知道老家的山上还有那么大的旱莲花树吗？

表哥的疑问也是我的疑问。我已经很久没去老家的山上了，更或者说我日渐退化的体能已经让我对高山止于仰望。妹妹说，这是乱砍滥伐，要罚你款的。表哥说，如果真能让我砍上一棵，我甘愿受罚。聊天就成了一个死疙瘩，一端系在表哥的梦想里，另一端系在妹妹的现实里。而旱莲花树正站在院子里，无悲无喜。

5

我家曾有一棵皂角树，巨大无比，它生产四平村洗衣服的原材料——皂角。洗衣粉和肥皂代替皂角之后，这棵树生存的合法性一时受到很大的质疑。满地的皂角横躺竖卧在土地上，像被遗弃的宠儿在树下的呻吟，被无情地踩踏，还被嫌弃它们的坚硬戳伤了土地的柔软。我的父亲母亲决定砍了它。

锋利的斧头、锯子，强壮的身体。他们围着皂角树发力、出汗。几天之后，我看见一棵硕大的树躺在一片肥沃的土地上，像一个悲壮死去的大英雄。要肢解它，得耗费很多工时。他们修枝去叶，剩下一个粗壮的树干，又一截截地把它分段切割。后来，他们又搭了一个高架子，把一段大木头架上去，画上一条条笔直的黑线，使用比人还高的锯子，换班劳作。他们不停地重复上下拉动的动作，额头上的汗像珠子一样与细碎的木屑一同飞舞，吸几根香烟的工夫过去，一块淡黄色的木板就从树干的母体被分离了。一块块被肢解下来的木板，被搬到灶房的二层楼上，搭起两个高高的木堆子。屋子里便每天都充满了皂角树特有的淡淡的香味。那是一种令人迷恋的木头的香味，我至今找不到一种类似的香水味道来怀念它。

父母亲的初衷是想把这些木头作为女儿们嫁妆的原材料。两个儿子的房子盖好了，两个女儿的嫁妆也准备好了，好像他们的日子就安稳了。遗憾的是耗费很多精力盖起的房子毁于一场大火，而皂角树木的香味又实在太吸引虫子，它们每天都在蚕食着我和妹妹的嫁妆。每当父母亲看见一小堆一小堆在楼板上隆起的像面粉一样的东西时，他们只有叹气的声音。我一直奇怪，父母亲为什么没有卖了这些木板。或许他们是在对女儿们信守一种承诺，必须把这种承诺进行到底，哪怕它们带着瑕疵。好在，他们的女儿们都在书本中找到了自己的路径，没把嫁妆这件事情太放在心上。

然而，终是要嫁女儿的。也终是要有点嫁妆的。那时，我毕业几年尚未出阁，我的父亲母亲没有着急，但四平村的老人们却着急了起来，他们丢下这么一句：哟，姑娘啊，养大牛大马么好看，养大姑娘么，难看啊。于是乎，像是为了不太难看的坐相和站相，便急急地想把自己嫁了。婚期临近时，父亲还是把那些残朽的木料翻了一遍。可惜大多都只能当柴火烧了，父亲用剩下的稍微还有点品相的木材，坚持请木匠打了八把小椅子。

一大堆木头除了成为虫子们的乐园，就是换得几把红漆光亮的小椅子。父亲让我带上四把小椅子，剩下四把留给妹妹。我嫌弃我的嫁妆太过简陋，便与父亲撒娇耍赖。事实上，我明明知道他们为了供养孩子们上学，家里又有病病灾灾的意外，已经耗尽了心力，哪里还有多余的钱财。父亲爱怜地指指我的脑袋说，你的嫁妆都装在这里了，如果要换成这"木头脑脑"的嫁妆，请你婆家开几辆大卡车来也拉不完。

如今，我看着那几把时光斑驳的小椅子，就想念有父亲疼爱的日子，有山，有天。父亲的五十三岁，是连老木头都还不能设想的壮年。在四平村，对于年满六十的老人，最大的寿礼便是做好一个老木头，放到阁楼上，以备万一。这已是心照不宣的秘密。老木头是棺材，但人们忌讳叫棺材。要么叫老木头，要么叫老材子。偶有年轻力壮的人意外死去，就得有老人的老木头要让出来，或是卖了，或是以木换木。父亲的身体装进买来的老木头里，安详、仁慈，可他还一点不是老人的样子啊。一屋子的哀恸，叫不回父亲的三魂七魄。如果时光可以倒流，我要冒着四平村的大忌，给年轻的父亲挑一块上好的木头，建造他往生的房子。

我第一次见到老木头是在一个老人的家里，那时我才七岁，去外婆家的村子串门。狭窄的屋子里，一口大大的老木头很醒目，草席子盖了半截，还有半截露在外面。老人在做饭。我像是看到一个死去的人就在她旁边。见我害怕，她脱下自己的破衣裳盖上去。看不见棺材的世界，恐惧暂时离我而去。

像是对生生不息的木头的终极怀念，人类最终的归宿也必然要进入一个小小的木匣子。在四平村，能做老木头的树通常是杉木。笔直挺拔的杉树，长在路边、沟边和墓地的周围，张家的李家的，各有标记。它们缓慢地生长着，等待着成为老木头的一天。也有人家用硕大的松树来做老木头，但终究是失了一个档次似的。实在做不起老木头的贫苦人家，也有用几块白板子做成一个匣子埋葬了的。仿佛只要有了几块好木头，便算是不薄待了这一生。

除了杉木和松树能做老木头，人们普遍认为能用柏树来做老木头是最好的选择。然而柏树生长得太慢了，村口那棵柏树，这许多年来好像没有生长过似的。偶尔会有某位老人用柏树拼拼凑凑做成一口棺木，被十里八村的老人们羡慕很久。他们认为，死去的身体放在柏木的清香里，是最高级的修造。外公沾了他的小儿子是木匠的光，得了这样的归宿。老木头做好时，想购买的人络绎不绝，外公和全家人笃定不卖，给多少钱也不卖。

四平村每年都会有死去的人，一口黑棺材停在堂屋中间，仿佛它能装下一个人的一生。亲人们见上最后一眼时，有一个"掩钉"的仪式。木钉子，木锤子。喊一声，亲人啊，你快快躲钉吧。从此，生死茫茫，阴阳两隔。我木木樗樗地站在悲伤和眼泪之外，想象一口棺材与土地融合时的种种场景。送走爷爷、奶奶、父亲、外公、外婆，还有更多的长辈，他们一个个离我而去，活着的时候，他们用木头归顺生活，死去的时候他们的身体被木头归顺。

6

湖边有许多长条椅子，时间与我都没有在任何一把椅子上坐下来。迎面走来的，他们不是一个个人，而是一棵棵树。他们代替树木在生长、奔跑、死去、轮回。

树木吸天地精华，在高山上、小河边、草地上，成为一棵树的样子，成为一片森林，成为它们自己。我们偶然坠落于人间，在城市，在乡村，在田野，我们也想成为一棵树的样子，成为我们自己。它们浩养万物精气，是为了给我们的生活带来无数便利。在无限的给予中，我们有过膨胀的贪婪。一些恶果的惩罚之后，我们需要重新构建各自生命的状态。

世界本来的样子应该是这样，人与自然的去向各有归宿，互相依存和信赖。我的笔墨游走在一堆宣纸之上，恍然像是摸在某块木头上。木头仿佛天生具有安抚人身心的特质，温暖、踏实、可靠。我想起了长在一个小镇旁边的许多柳树，有人告诉我说那是纸的原材料。人间万事万物的相通，在这一刻通过我的感知和触觉得以实证。人类被木头归顺过的生活里，一直携带着树木森森的香气，让我在某一个时刻，深刻地想成为一块会害羞的木头。

纵然是钢筋水泥的房子代替了木房子，成为城市里的另一种森林，也成为乡村的新风貌。但人们对木头的怀念，一直以各种各样的方式存在。仿制的木纹地板、木质家具、木玩偶等，木头就像时时都住在我们的身体里。我们依着它，生长，生存。

如今，我每天离不开的茶叶，像是已经习惯在心底种上一棵古茶树。每当茶与水相融，它们的清澈与甘洌，会让我的油腻与衰老暂时停止奔跑。在安静的晨昏，梦回一种情态，山高水长，水流云在。

像是捧着一杯茶，我就能以木头的思维进入时间的纹路。当一把木梳子别在我的头发上，我却四处寻找它，直到一面镜子告诉我真相。骑着马去找马的日子，终于要来了。如果在将来，人的骨灰都可以撒在某一棵树下，长成一棵树的一部分，即使死了，也可以当成柴火烧。敢情也是好的。

（原载《芙蓉》2021年第5期）

缓缓归途

塞 壬

当我说出爱,那是告别的意思。

父亲打电话来说,村子拆迁的事定了,最迟明年年底要全部迁走。电话里,他其实说了一堆闲话,春风拂面,透着百事心安却又被逼无奈处处少不得要他操心的傲娇感。三月三,龙泉寺做法事,被请去写毛笔字写到全身酸痛,事后赢了老和尚几场麻将才见好;帮着你叔父家把半边空出的老宅子租给了一个养大闸蟹的江北人;中风卧床八年的小舅公过完年就去了,应邀写了块碑文,想让你给看看;末了,他叹了口气说,家门口的香椿芽已打了几回,拌豆腐、炒鸡蛋轮着吃,眼看就要老了梗,你妈妈就想着你在广东是吃不上的。啊,如今哪里还有吃不上的东西呢?每一次的电话,最终会落到一个不言自明的滚烫意念:我跟你妈妈想你了。因为疫情的缘故,我有两个春节没能回家——这是最长的一次。长到让他们徒生了某种恐惧感:害怕有些事来不及。我连连应道,5月回。5月回。微信突然响起了视频邀请的铃声，这是第一次跟父亲视频通话。我抖抖索索地接通，屏幕里出现两张满是沟壑的脸，紧紧挨着，我至亲的两个人——想伸手抚屏，却不知为何手僵在那里。两年未见，他们更老了，满目霜雪。我从未如此近距离地面对这样两张脸，他们也同样如此近地看着我。只觉得心脏被烙了一下。先是巨大的沉默凝在那里，而后母亲开了口，她的嘴唇几乎贴着屏幕，直直地喊出我的名字：红啊！那声音异常大，惊雷一般，吓得我一下子把脸弹开，无非是一堆反反复复的叮咛，屏幕有点晃，父亲的声音隐着极大的克制……我说不出话，一连嗯了几声后，只得草草地说要工作了便匆匆挂断。

仿佛被硬生生捉住，脸对脸，避无可避，任凭真情无蔽流露，这样的时刻我无论如何都不会去面对。甚至是，连文字也痉挛起来，卷起了触角，不愿意去碰。但父亲说了一件重要的事，拆迁。他几乎是以雀跃般的语气向我宣布这一消息，并没有丝毫惋惜，毕竟是盼了多年的事。跟村里所有人一样，沉浸在补偿金和搬至还建楼即将迎来全新生活的眩晕里。最重要的是，祖祖辈辈的农民，到了这一辈，终于都成了真正的城市人。

只有我，听到"拆迁的事定了，"之后就不安起来。这种不安无法说出，它矫情，不合时宜。我是一个不合时宜的逆行者。从此以后，对我们来说，"耕作"这件事将一去不返，"田园"这个词将消逝在未来的命运里。啊，我记得村志上写的，村子是明末清初从江西修水迁过来的，长江滨畔，黄村，四百多年了，还有一年，所有的一切将被时光的尘埃掩埋。一个疯狂的念头闪过心际：辞掉工作，回黄村，陪着年迈的父母度过它最后的一年。我要守着它，守着这最后的时光，看着它一天天变短，我要慢慢地告别。让时光回溯到三十年前，回到我离开它去外地读书之前，我要让往事一帧帧还原，让一些人、一些久远的故事重新拼合回到那里，让长江在清晨重新醒来，让一片固堤的杉林在风涛中层层返绿，让落日再次照着极静的四野，让一个村庄顶着我的姓氏回到生命的源头，回到我的人格最初形成的地方，那个最初我意识到有"我"的时刻。在楚剧凄怆的唱词里，应和着黄昏老祖母哭一般的招魂腔，穿越无数个梦境的雾霭，抵达澄澈而又忧郁的少年时期。我所恋的，并非所谓逝去的乡村文明，以及渐行渐远的楚巫文化，这些，留给我们的早已是迅不可捉的空漠背影。而留存在血脉中的某种天真、热烈、敞亮与忧伤，正是我再次回望这小小乡村最隐秘的深情。

四百多年，也只有我能够为它留下这一鳞半爪的文字了，微渺如尘。在中国，这样的乡村太多太多，拆迁，人们都搬进楼房，门对门地关起门过日子。但那些乡村都不是湖北省黄石市西塞山区石磊山村这一个。都不是。这一个，是我在那里生活了二十七年，然后又用二十年不断回来又离开的地方。这一个，占了半个我的生命却能支撑起我整个的人生。这一个，是出生地，是家园，是我第一声喊出爹娘的地方。我想起后来的那些新鲜的生长，那些痛哭，那些无畏、挣扎，还有不计后果的坚持与守望。终究，它们都是来自沉入血液底层的某种特质。浓稠、烈性而又充满铁质和盐的那部分。我是如何成为我的？我如何能写出它？就像一湾逝水，如何截取它曾经的模样？再也没有比此刻更完整的打量了，此刻它俨然一具就要成形的尸体。四十七年，我惊叹我竟活得如此之久，仿佛四百年那么久，那么久远的人和事，我竟身在其中，比如太祖母，她是我经历的第一个死者。四十多年了吧，我记得她那地狱般阴郁的声音，因久久不肯死去的那张变形而狰狞的脸。她拽紧着我们每一个活人不松手，像是给家族施下古老的咒语。她的死有一种远古的黑色气息，以至于溯及生命之源，我就感受到了这种不祥的气息。而今,我俨然到了送走一个又一个故人的年纪了。在这暮色四起的归途,生命凋零抑或再生,我将走走停停,或哭或唱,用文字留存一些人、一些事,还有最初的我自己。

1

我坐在一棵高大的苦楝树上,用一块碎镜片去照婶娘的脸,她正在院子里剥麻。强光落在她的脸上,她睁不开眼,只得闪躲,用手驱赶,可那强光紧盯着她照。最后,她站起身昂起头来骂我。骂完,她忽然柔声唤道,我的儿,快快下来吧,锅里有煎好的米肠,等你哥哥回来可就没了。我刚捉到一条翠绿色镶金边的小蛇,把它绕在手腕上当镯子,它因舔了我的汗液,小小的扁脑袋肿得近乎透明,晕乎乎的,非常可爱。相对于蛇,人的体液也是有毒的吧。可我婶娘说,那只是你有毒罢了。我的婶娘她已死去多年了。啊,此刻我正在叙述的回溯中,记忆的阀门一打开,第一个走进来的人竟是婶娘。时光的倒带,最残忍莫过于发现太多的温柔已被轻易辜负了。即使是亲生母亲也从未唤过我一声:我的儿啊。

我刻录了米肠的味道,精确到近乎一种完美的数字概念,以至于我后来在别处吃过的所有米肠都无法对上那一串密码。那是一种在浑然不觉中会连舌根一起吞掉的美味。干荷叶垫着,用拇指和食指拈起,整块入口,吃完,唇上就是一圈莹莹的油光。这大肠,是祖母带我去驼子木匠家接生,那家人打发给我们的回礼。我在心里刻录了所有那个时候人和物件的影像,包括他们灵魂的气息。现在抖开它,像是仰望着浩瀚的星空,它们都在各自的位置上,那些在记忆深处发光的星星,是我珍藏一生的宝藏。

祖母推门进来了，光柱斜打在她的身上，她看上去神采奕奕，梳着平整的矮髻，穿靛蓝大襟褂，肩上搭着洗干净的素色麻袋，她往上拉了拉袖套，弯腰下去换了双浅口布鞋，然后回过脸来跟婶娘说着话，驼子木匠过来报信，老婆要生了，打算带着红（也就是我）去接生，祖母独宠我，用她的话说，红是最像她的人呢。主家会准备很多好吃的，炒花生、煮鸡蛋、炸面果，还会打豆腐花花。我是祖母指定给她暖脚的人。整整一个冬天，我这个小火团子给我的祖母暖脚。祖母身上的味道真好闻啊，有锯末烟熏过的木头香，她常抓上一把锯末灰放进手中的火篮沤火，这样可以使火篮中的木炭烧得慢一些。漫长的冬日，那些烟环绕着她，蒸着她，使她的头发、衣服、皮肤都是这种烟熏的木头香气，甚至渗进了她的灵魂。即使此刻是夏天，早已不用火篮，可这股锯末烟熏的气味还在。细细的，幽香。我婶娘身上的气味也非常好闻，她人生得白胖，那是一股蒸熟的白馍的香气，软软的，从她的胳肢窝那里散发出来，我经常傻傻地追上去嗅。我母亲身上是一股寒冷的樟脑的气味，她的衣服都有笔直的折痕，一散开就是那股味。我不喜欢。那是一种把人隔开的味道。因为我是女孩，头胎，母亲一直对我不冷不热。我没有被母亲抚摸过的记忆。只是多年后，她好像对我苏醒了一种母爱，那种唯有女人彼此懂得的怜惜。

驼子木匠是村里的杂姓，姓明，他们十几户人家，沿着龙泉河而居。一路柳树成荫，鸡鸣犬吠，有大水牛伏在树脚安详地吃草。不过几百米就到了，驼子木匠在门口迎着祖母。几个婆子上前寒暄了几句，她们就进了里屋。驼子木匠三十好几了，娶了个外乡的聋哑女人，这是头胎，他看上去非常紧张，说话语无伦次。前来帮忙的妇人在烧水，猪已杀好，白白净净，破膛剖开，倒挂在门口的樟树杈上。地上的血水、猪毛，混着脚印，一片泥泞，还未散尽的腥膻，淡淡的，笼在这欲明未明的某种快要哭出来的喜悦当中。

一群孩子早早地来到了他的家门口，拍着手，围着木匠讨要煮熟的红鸡蛋吃。那驼子一迭连声地说，都有，都有，在煮，在煮哪。他搓着双手显得无措又慌张。跂着脚向前，往里面的房间张望，被女人们推着赶了出来，他只得低着头，一个人往旁边的小木屋走。我跟了上去。

这就是驼子木匠干活儿的地方了。一张剁得满是伤痕的大板桌摆在正中，上面有一个漂亮的黑色木马。这个木马跟我所见的所有木马都不同，这是一匹身姿俊美凌空飞翔的天马，昂头长啸，四肢雄健。驼子居然给它安上了一对翅膀，它的鬃毛和甩起的尾巴很有神采，那种奔赴，像是远远地去向内心所期待的某个地方。我后来才懂得，它大概就叫梦想。翅膀精美，苍劲有力，它像鹞子那样张开，正在调动体内积聚的力量。我一下子就挪不开眼睛了。这是驼子送给儿子的礼物。此刻，只剩下打蜡抛光这最后一道工序了。驼子拿着涂了蜡的绒布轻快地蹭着它的全身，每一个细部，来回摩挲，反复搓捻。他的样子深沉、虔诚，仿佛在侍弄着一个高等的瓷器。

这马太漂亮了，我从来没有见过长着翅膀的马，它能飞上天吧？我好奇地问。

驼子没有抬头，好像没打算回应我的话，他自顾自地说，戏文里唱的，西楚霸王项羽兵败，在乌江自刎，他的坐骑乌骓因悲伤过度而跳进乌江殉主。乌骓是天下第一宝马，它有情有义，不事二主。这个戏，我是明了的，唱霸王的人正是我的小祖父。他突然停下手中的活儿，抬起头来看着我说，我准备给儿子取名叫：明骓。话说完，他竟满脸通红。见我惊愕，他又慌忙拿出墨斗，找了根细木棍在地上写了一个大大的"骓"字。因笔画太多，他蘸了几次墨才将它写清楚。

然而，我还是不认识这个字。驼子木匠因人称"小秀才"的我没能跟他达成共鸣而表现出重重的失落感。啊，我何等聪明，忙说，好名字，天下第一宝马的名字从此它就跟咱姓明了。

驼子木匠这才满脸欣慰地笑了笑，他拿起绒布继续着手上的活儿，接着往下说。他本就是一个特别会谈古的人，而且常讲一些不正经的。尤其他讲的牛郎织女，有一个说法是我在别的版本里所没听到的，当然，那是我成年之后才理解的一个秘密，大意是，织女动了凡心其实是指觉醒了女人的天性，于是她深陷在与一个凡人的性欲中不能自拔。此刻，这个驼子却没有半点不正经，他仿佛沉浸在一个梦境里。

那乌骓的魂就在长江里。等明雅出生后，我就让他骑上这匹天马，你看，它驮着小明雅一路跑啊，一直跑到了西塞山的山顶，这时一条彩虹横在江面上，只有长了翅膀的乌骓才能飞过彩虹桥进入江底，那里有供着乌骓的神殿，你只要对着它许愿，许最高的那个愿，人不能贪心，去许发财、长命百岁的那种愿，只有诚心才能如愿。

那要等到麦子收割后的第一场雷雨，红色的木槿蓄足了一夜的精气在清晨开花，它开成一片花海。雨后，那条最明艳的彩虹跨在江面上。小明雅要赶上那个好时候，骑着他那黑缎一样发光的天马纵身跨过那道彩虹桥。那样的话，他就有如愿的一天。

我听得如痴如醉，满眼都是星星。可是，我的父亲为什么就没有给我准备一个如愿的礼物呢？我不禁羡慕起这个还未出世的小明雅了，这么好的日子已经稳当地摆在这里了，只等着他出生。

——我的父亲他什么也没有留给我。我委屈地嘟哝着。

哈？驼子木匠突然笑出声来，他的丑脸笑得变了形：红啊，是世上顶顶聪明的姑娘啦，你看看你，顶顶聪明的脑袋，人家说你能把书倒着背回去，又能顺着背回来，这是任谁都比不过的呢。

我更沮丧了,因为这个聪明我都让人讨厌了。正说着话,忽听得祖母的声音急切地从窗边传来,生啦,明驼子,大喜啊,是儿子呢。那驼子一下站起了身,冲着我大声喊,红啊,明雅他来啦。一瞬间,这个大男人竟当着我和祖母的面失声痛哭起来。一种从未有过的感觉镇住了我。那一年,我十一岁,我见证了一个叫明雅的男孩的诞生,我第一次意识到,对于一个生命的诞生,我那个地方的人,是如此朴素地满怀着祝福,如此虔诚地等待一个彩虹般的希望。

2

我并不清楚铁路是几时修到我们那里的,两列,并排着,一直蜿蜒着伸向远方的厂房。钢铁厂运煤、运废铁都是由一个车头钩着十几箱车皮一路呼啸而过,它吐出一串串浓浓的黑烟,伴着远去的长鸣,像一个怪兽那样孤独而忧伤。出村,去上学,去集市,去供销社,我们就要沿着铁轨一路走过去。

我喜欢踩着窄窄的铁轨笔直地往前走,挥舞双臂平衡着身体,一路尖叫,那是一种展翅欲飞的感觉。设想着左边是浩瀚的水,右边是炽烈的火,无论掉到哪边都会死掉。然而,我从未顺利地走完那段铁轨,要么是掉进深水里淹死,要么就是掉进火海里烧死。每一次都是沮丧收场。有一回我碰到了倔子(本名叫李昌隆,因脾气倔,宁愿被打死也不告饶,大家就叫他倔子)。倔子在铁轨上迎面向我走来,不一会儿,我们俩就在窄窄的铁轨上抵住了。

你下吧,我左边是水,右边是火,下了就死了。我几乎是命令的语气。

对面的小子答:我左边是饿虎,右边是狼群,我下也死了。语气中没有一丝退让的意愿。

我愣住了,这个小游戏除了我之外,居然还有另一个人也这么玩。但我素来是霸蛮惯了的,父亲是大队书记,祖母是村子德高望重的老太太,很多人是经了她的手来到这人世间。我自小备受宠爱,谁也不怵。更何况,这个伢子在村子里常被人欺负,谁都瞧不起他,而且,他那么瘦弱,就几根骨头撑起的一个小小身板。于是我强硬地重申:你必须下。

那男孩穿一身破旧的蓝布衫,他头发很长,直遮了双眼,这时,他抬起头看着我,我从未如此清晰地看清那张脸,眉是眉,眼是眼,明亮干净,额头安详,他笑起来的样子有一种柔和的氛围,眼睛亮晶晶的,对于我的傲慢,他一点也不恼。我听见他轻声地说,其实我们可以都不用下的。他向我伸出了一只手。

我被那样的笑容打动了。不,我被一种温柔的力量摄住了。依他言,我把左脚往后滑了一步,他拉着我的一只手,一只脚踏进我的双脚之间,另一只脚悬空做了一个旋转,他想把彼此的身体交换到相反的位置,然而铁轨太窄了,我们都没有站稳,双双跌落。所以我们俩都死了。死了的我们倒在地上望着天大笑不已。

这个伢子,果然不会轻易屈从于谁。

就这样,我跟伢子成了朋友,有的时候,你无意中打开一个人,你会惊喜地发现,他是一个宝藏。伢子跟我同年级但不在一个班,他父母早逝,跟着哥哥姐姐过活,哥哥娶了嫂子,嫂子很刻薄。伢子的日子不好过。

但是,你在他的身上从来就看不见"日子不好过"这几个字。相反,他的姿态是:我的快活你们根本不懂。人们讨厌他嘴贱,爱占口头上的便宜。他以贫穷和高傲自诩,并把这种贫穷说成是一种美德,应该要受到人们的尊敬。我因为时常能吃上鱼肉,老是被他瞧不起,还说,红,你应该为自己感到羞愧,你这个寄生虫。倔子每天有做不完的事,放学要打猪草、放牛、割柴,还要去田里浇水、松地。对着无所事事的我,他翻着白眼鄙夷地强调:你活着应该感到羞愧。我正要追上去打他,他突然跳开一米远,对着我做了一个制止的手势说,你不能过来,现在,你跟我隔着万丈冰崖,你要上前,会掉下去被冰锥刺死。这是我跟他两个人之间的游戏,我不能无视规则肆意践踏。我无奈地看着他笑,因为,我知道在别人眼里,除了高傲之外他什么也没有。但我知道,高傲是他的全部。如果我像其他人那样嘲笑他的高傲,那样我会失去倔子。他身上秉承了一种很高级的审美,虽然那个时候我不太懂,但我已经感受到这种审美散发出一种磊落、敞亮的气息,让我敬畏。

有一回,倔子放牛不小心把牛弄丢了,等找到牛时,牛糟蹋了人家的庄稼,人家找上门要赔偿,倔子的哥哥气得就把他打个半死。倔子认打,跟我说,这回是活该。我看他挨了打,还被饿了一天,眼窝陷得更深了,就邀请他去我家吃饭。刚巧祖母炖了排骨藕汤。他一听就不乐意了:我凭什么去你家吃饭啊?

就凭我求你去啊。我深知该如何跟这样的人相处。

是你求我的,那我只好去喽。

我们村有三个姓,主要姓黄,明姓就十几户人家,这李姓才七八户,他们住在水库堤脚下,种了大片的柑橘。跟明姓一样,几百年了,我们从来没有嫌隙。虽然我们供的祖宗不同。祖母看见孩子身上的伤,她咬牙切齿地把他哥这个天杀的骂得狗血淋头。下得去狠手哇,亲弟啵,不晓得轻重的小畜生。祖母把排骨码在倔子的碗里,满满当当,催着他吃,我怕倔子不好意思当我的面吃,于是就端着碗走到屋外。

那个夜晚，我懂得了一个道理，当一个人拿你当朋友，他就会在你面前露出他的弱。我们吃完饭，并排坐在铁轨上，夜空晴朗，满天星子，有软软的风吹在我们脸上。我把准备好的一盒夹心饼干送给了他。他马上要拆开跟我分享。

不是刚吃过饭了吗？你留着自己吃吧。

这是我第一次吃饼干，所以要跟你一起吃啊。你看，我一个人偷偷地吃饼干，那样的快乐无人知晓不是太可惜了吗？他看了我一眼，说道，我跟红，一起经历了好多个第一次呢。

我很好奇，忙问，还有哪些第一次？

你是第一个面对我的不顺从却又不恼的人。你这个人呢，人家顺从，你反而会瞧不上眼。所以啊，我找到了让你高看我一眼的秘密。我第一次觉得活着这件事还挺有意思。实际上，我过的日子真是糟糕透了，牛马都比我强。啊，饼干真是太好吃了，太好吃了。又甜又脆，这世间怎么能有这么好吃的东西呢，能吃上这样的好东西，那些苦日子又算得了什么呢？

我惊讶得说不出话，这个人在我面前卸掉了那高傲的硬壳，把他的脆弱展现出来。他居然说出，相比饼干的美味，苦日子根本不算什么。在一块饼干面前，尊严和节操统统不值一提。

可是，听了他的这番话，我丝毫没有嘲笑他的想法，我竟难过地想去拥抱他。

我读不了初中啦。明年，我哥让我去建筑队挑泥灰桶。先当学徒。

这话，我接不了。我只能沉默。因为以我的立场，我所说的每一句安慰都会显得别扭，即使我是顶真诚地说，也不合时宜，非常别扭。我皱着眉头，一筹莫展。他见我这副表情就笑了起来：我本来就不是一个会读书的人，跟你比不了。不如早些去赚钱养活自己。

一阵风吹来,我听着这话腔调有些走音,不似平常。不,我分明听出这笑声里的哽噎。这个话题太沉重了,我们陷入了巨大的沉默。

哎,红,我跟你说一个秘密。你要保证千万不能说出去。

好的,我起誓。我拿天上的星星起誓。

星星不行,你必须拿你的心起誓。

那我就拿我的心起誓!

你知道老骗匠家关着个姑娘吧。老两口把姑娘关在屋里,不让她出来玩。她常趴在竹篱墙上往外面看,泪水涟涟的,真可怜,就是那个长着大黑眼睛,被关在屋里的姑娘。

我当然知道,那姑娘叫莉丫。是我黄家另一房的外孙女。我的一个堂姑不检点,没结婚跟野男人生下了莉丫,她把孩子扔给了父母,然后嫁到了外地,几乎没回来看过她。只是,倔子为何要提起她呢?

倔子继续说,她跟我一样是没有爹娘的,她跟我一样经常挨骂,人家骂她野种,她跟我一样是被人瞧不起的。所以我跟她是天生的一对。天生的。红,你知道为什么别人总是骂我和她那样的人吗? 是因为他们知道,我跟莉丫是一家人,是一样的人。我们天生是一对儿。

于我,这真是一个惊天的秘密。可是,它竟让我如此难受。身体如同万蚁咬啮,一时间快要撑不住,整个人就快要炸开。我的脸在抽搐。跟我共同有着诸多第一次的男孩,居然认定别的姑娘跟他是天生的一对。然而,我的表情他竟毫无察觉,继续往下说。

我太心疼这个姑娘了。我甚至没有这么心疼过我自己,我把她放在心尖尖上,每一天都炙炙地痛着。如果不是那两个老东西总打她,不给她吃饱,如果不是她娘狠心不要她,如果不是有那么多恶人冲她吐口水,如果她不是这么悲惨,我是不会喜欢上她的。我才不会稀罕一个富贵的姑娘呢。我跟她都是一条腿走路的人,只要在一起了,那我们就变成两条腿走路的人啦。第一次听到如此痴傻而又赤诚的表白。我震惊得一句话也说不出来。他回过头来叮嘱我，这事儿你可千万不能对别人说啊。

我意识到，我对他的喜欢跟他对莉丫的喜欢根本不是一个层次的事。可是，我不甘心啊。于是我厚着脸皮地追问了一句：如果我也跟莉丫一样悲惨，你会喜欢上我吗？

他愣住了，继而爆笑：红啊，你是个好命的姑娘，喜欢你的人会多得不得了。你也不差我这样的人去喜欢啊。末了，他敛住笑，神色黯然地说，可是莉丫，除了我，这世上肯定再没有第二个人去喜欢她的。

那一年我十二岁，我弄清楚了爱情，它是一种灵魂高度契合的东西。虽然那个时候，我还不知道这东西叫作爱情。它只关乎灵魂的质地。我了解它带来的痛苦，无解，像一个黑洞——你无法取代那个人，不是因为输赢，而是因为不同。当你觉得跟一个人会有共同的命运，这才是爱情的开始。

我第一次因为有好命而被人嫌弃了。因为这个好命，我感受到某种歧视和美学上代表丑陋的那一面。我在傀子赤裸而热烈的表白里感受到了一种高级的朴素美学，那就是人作为弱者的美以及苦难命运的凄美，这跟他先前自诩的清贫之美如出一辙。很多年之后，我感叹，这是生而为人多么稀缺的品质。在我漫长的成长岁月里，像傀子这样的人，我是第一次遇到。直到后来，我再也没有遇到过第二个。

这里提到了莉丫，我还是想把她的故事一口气说完。有的人出现在你记忆中，她的故事就是一口气可以说完的。这个喝了很多打胎药硬是没有被打掉硬是要出生的孩子，我们都知之甚少，她趴在竹篱那里，眼泪汪汪地看着过往的行人。她很少出来，五岁才勉强能说清楚话，又瘦又小，像只猫。看着你时，一双小鹿般湿润的大眼睛，视网膜仿佛在微微地震颤。但她似乎什么都不害怕，她就这么安静地注视着这人世间，那是一双即使你把她塞进虎口都不会流露出恐惧的眼睛。

因为一次极偶然的机会，我被她的外祖母要求照看莉丫一个下午，她要赶着去看戏。她把一个九岁的孩子塞给我：作孽，这恶讨债的，折磨我这个老太婆。不许哭！她怒睁双眼，扬起手作势要打人，我转身用肩膀一隔，把孩子护住。老太婆放手，捡起地上的小板凳看戏去了。

孩子很轻很轻，像一团棉花绒一样轻。她不太说话。但分明叫了我一声姐姐，非常清晰。低头吃我给的红番茄，她啃得满脸满手都是汁液。我拿毛巾给她擦，想逗她说话，问道，你是喜欢公公还是喜欢婆婆？

公公。她木木地喊出。

为什么是公公？

婆婆打我，掐我这里。她指了指手臂，我把她的袖子往上撸，看到手臂有乌青的印子。

公公摸我这里就给糖吃，好多糖吃。她指了指下体。

十二岁，我意识到这是一件很不妥当的事情，虽然很模糊，说不出个所以然来，但我觉得应该告诉大人。我连忙去找母亲，却没找到，只看见婶娘在院子里筛豆子，就跟她说了这件事，婶娘的脸一瞬间变得很吓人，她叮嘱我，这事千万别说出去。千万。她赶紧到我屋里，蹲下来，把孩子紧紧抱在怀里。

后面的细节我全然不知道。这事是闷声进行的，没有声张。祖母参与了，她跑进跑出的，附耳跟一些人说着悄悄话。半个月后，我的堂姑回来把莉丫接走了。再见到她时，已是十年后，美丽的姑娘，正跟同伴说着话，眉飞色舞的，笑声清亮。人家指给我看：老骟匠家的外孙女儿，长成大姑娘了。啊，平安长大就好啊，总算。只是她永远不知道有一个小小少年曾那么深深地爱过她。

3

我们那个地方的人啊，各种各样，都是喝洪武井水长大的人，怎么就那么不同呢？有的人悲伤，你却看到他笑，有的人笑，但他眼角有泪花。后来，这些人的哭哭笑笑，个中滋味我都一一尝遍了。无数个人的悲喜最终凝成了一个我，无数个梦境叠加最终定格成一张潆漫而松弛的脸，我相信，一些过往的人和事都会在这张脸上留下印记。我之所以会慢慢地衰老，是因为在一步一步的归途中，我释放了影子、声音还有泪水，还有那曾紧贴长江之堤的最初元气。不论我青年时期在异乡如何驰骋腾挪、淋漓泼洒，我依托的，还是那些个满目含泪唱着楚剧，翩跹着碎步，在酡红的醉意里一声一声唱出人间悲喜的人。在家族的微信群里，不时有丧报传来。近几年，越发密集。当我回溯至时光的深处，那些活过的人，他们不知道，留给我的是怎样的回响，我成了一个这样的人，跟他们每一个都有关。

收废品的长子叔也走了。我们那地方叫瘦高个儿的人长子。长子矮子，癞子麻子，不避讳，大家都这样叫。我长子叔挑着担子四处收废品，他吆喝着走村串巷，有时在傍晚时分，他看见我和弟弟还在村外野，冲啊跑啊的，天黑了也不肯回家，他着急地喊，快回去，姆妈要喊吃饭啦。我们哪里肯听，他就放下担子，像捉小鸡一样把我们捉进筐，一路挑回家。箩筐打着转，扁担一颠一颠的，长子叔一路唱着楚戏，哼着胡琴，头上顶着微弱的星光，把我们挑回家。我长子叔啊，他有时收不到废品,空着筐挑回来。

他的鼻尖常年有一滴没有滴落的水,擦了还有。那一滴水,多像他的命运,单薄、孱弱,还有清澈见底的悲伤。几年前,长子婶从屋顶晒台上摔下来,折了腿,她大多时候躺在床上。他们生了一窝孩子。

祖母攒了一堆水泥纸袋,还有老木柜子拆下来的紫铜,足有三斤多重,搭锁、拉绊、铆钉,还有四角的镶边。祖母说,换了钱给我买冰棒吃。她用一个镐头把捆好的水泥纸挑上肩,我捧着纸包的紫铜,祖孙二人一前一后往长子叔家走。长子叔远远地看我们来了,忙进屋把凳子、小桌子搬了出来。他向祖母问了日安,说道,三婶娘(祖父在大家族排行老三,所以祖母被下辈人统称为三婶娘),屋里乱,孩子们怕生,三婶娘在外面说话敞亮些。

祖母坐定,往屋里瞟了一眼问道,你屋里人能下地了?

前两日变天,那腿只怕又狠了。长子叔摇摇头,他声音很低,说,孩子妈怕花钱诊病,嘴上从不说脚痛的,可是我都看见了,她那脚痛得打战。祖母忙说,你先别急,我回头让钱老中医过来看看侄媳,你别急啊。说着,她接过我手上的紫铜,摊开来放到桌子上。长子叔一把捂住紫铜,往怀里一拢,抬眼跟祖母乞求道:三婶娘,这回是真的没有现钱兑给你了,我打个欠条,等年底卖了猪……

我说长子……祖母打断他的话,她站起身,环顾了一下这破败的小院,你六个娃都要读书啊,供得起啵?两个大娃能去建筑队挑灰桶了吧?

——那不能啊,不能的。那怎么能?长子叔顶撞祖母:我熬死了血也要让娃读书的,六个,一个不能少。他依然低着头,但这话口气很绝,没有商量的余地。

祖母叹了口气,但她笑了。长子啊,你倒是个有志气的人,看得远,你是有出头的那一天的。

一阵风,他鼻尖的一滴水滴到桌上,又有一滴迅速续到那个位置,浊浊的,正欲滴落。长子叔朝屋里喊了一句:幺儿。一会儿,一个穿开裆裤的光脑壳小子赤脚踉跄跑出来,他望着祖母笑嘻嘻地喊了一句,三奶奶好。祖母应了声:乖。长子叔对着孩子的耳朵说了句什么,一会儿,长子婶扶着门框出现了。

祖母站起了身,她忙上前去扶那个生病的人,几个月不见,长子婶就瘦得剩一把骨头,嘴唇发白,两眼是深陷的黑洞。祖母大吃一惊,忙让她回屋躺着。长子婶虚弱地笑了笑说,三婶娘来了,我怎么好躺在床上啊。

祖母站在那里一动不动。她是识人的,这个面相,只怕大限将至了。她转过身,把脸靠近长子叔:长子,多久没听你唱《百日缘》了,今天就唱来听听吧。

《百日缘》是多么不祥啊,祖母居然要听这个戏,这是夫妻离别的戏啊。他忙不迭地说,好,好,三婶娘要听我的戏,真是给了面子,今天管够。他站起身,把桌椅移到边上,腾出场地。祖母叠手坐好,敛声静气,等着长子叔的戏。

长子叔年轻时唱小生、武生,快四十岁的人了,如今筋斗翻不动,腰也下不去,叉也劈不开,想来,这几年分田到户,他一个人种几亩地,不眠不休,身体已经快垮了。祖母曾说,你长子叔年轻时在台上唱戏,人家是用真银圆往台上砸的。姑娘小媳妇看着他迈不开腿。

突然,一声"呔"开了场。长子叔用手一指,那是一声悲愤、凄怆的喊叫,一股长长的、充盈胸腔的哀鸣,一时间,我们三个人笼在一种"入戏"的氛围里。

李长庚……李……长庚……
看起来天上的神仙也无情
恨槐荫不该为媒证
太白不该来主婚
活活逼死小董永
如今不如碰死在槐荫……

我第一次感受到这高亢的唱腔里,有一种气贯如虹的悲壮。那挑眉,怒目圆睁,颤抖的手指,疾走的碎步,像是踩在刀尖上,董永与七仙女生离死别的痛,让人肝肠寸断。祖母由衷地喝了声彩,她眼里含泪,跟长子叔说,董永和七仙女不管天上地下是从来没有分开过的。

她问,可还记得《访友》的那一折?长子叔说记得。祖母说,我今天戏瘾犯了,咱娘儿俩就唱这出访友吧。这是《梁山伯与祝英台》访友的一折,因我家是唱戏的,祖父、叔伯、堂姐、婶娘大多上过台,所以这出戏,我也熟。我堂姐祝生唱得极好。

长子叔应道:嗯,咱唱。他转过头去揩鼻尖的泪水。

祝英台:梁兄施全礼弟不敢承当,叫人看香茶快到书房。

梁山伯:弟在杭州啊,读书时是男子穿戴,回家来变了裙钗,哎呀,叫兄难解猜呀。

祝英台:在东楼与嫂嫂一场争论,为的是啊,女扮男装到杭州读文,儒巾头上戴,蓝衫穿在身,打扮多齐整,行到了十里凉亭歇马观景,偶遇着梁大哥你驾到凉亭……

梁山伯:弟兄们同拜先生哪。

祝英台:先生在上面坐,啊呵,师娘她发笑声……

梁山伯：师娘她笑什么啊？

祝英台：她笑你连一个男女都分不清……

梁山伯：哎呀，我的贤弟，你晓得愚兄我是一个老实人哪！

…………

很意外，祖母竟唱得如此俏皮。娇羞，声韵，眉梢含春。真是祝英台附了体，像是换了个人，完全不是家族中威严的祖母。我一回头，发现长子叔家的木窗上挤着三个小脑袋。被发现后就全都缩了回去。

祖母弯下身把水泥袋上的镐头抽了出来，转身对我说，红，这一趟我们赚啦，我们回家。长子叔待在那里，正要上前说什么，祖母伸出手堵住了他：长子，今天是我们赚了你的。你吃亏喽，回头我叫红再收些水泥袋替你补上，还有煤渣里有一些废铁，也补给你。祖母拉着我往外走，把那个说不出话的人留在院子里发呆。

出了院门，祖母难过地低声啜泣。

冬天将至，我家后院的柴垛上码着两堆锯好的枞树干，那是有人在夜晚偷偷用板车拉过来的。等你循声去看，只听得一阵慌乱的脚步声，和几个躲躲闪闪的小脑袋。

4

我似乎不止一次地在梦中哭过。然后在哭声中醒来。我哭，不为别的，只为有人打翻了我手中的鱼丸。腊月二十几，我们就开始筹备在祠堂祭祖，先是把池塘的水抽干，捞鱼上来打鱼丸，祭祖的供品不能没有鱼丸。祭祖就要舞狮，家族的叔伯聚在祠堂排演狮舞。舞狮，打占山拳，游街，是要闹年的。我们家的狮子也四百多岁了。有十几年未出窠了吧,狮子睡在祠堂的阁楼里,积满了灰。

正月里,拜年的客人来,主家端出一桌菜,独这碗鱼丸是看菜。所谓看菜是指主家待客的诚意,客人要礼让,按规矩顶多只能吃两粒,然后要夸赞:好丸子,顶好的丸子。这是赞主妇的。只有鱼丸才配得上做看菜。多年之后,这丸子不稀罕了,规矩也跟着改。于是主家不停地催促说,都吃了吧,不兴留,锅里还有。

我得说一说这让人魂牵梦绕的鱼丸了。我发明了一种豪横的吃法,像糖葫芦那样,用打毛衣的竹针穿起丸子,拿着几串一路招摇地在人群中走过,一口两粒,在孩子们垂涎的目光中残忍地吃光。有一回被祖母看见了,她狠狠地训斥了我,说我不该炫耀食物。我吃独食,还欣赏着别人对美味食物眼馋的丑态,祖母说了一句很重的话:这是贱格的品性。这句话像刀子一样落在我身上,我的无地自容、我的羞愧,这些意识一瞬间苏醒——实际上,我是一个道德感极强的人啊。即使三十多年过去了,我依然没有办法彻底地从那句话中走出来——贱格。它伴着我多少年了啊,它怎么就洗不掉呢?真可怕。

从塘底捞起来的花鲢只能用来打丸子。它身上除了一个头,就没有叫人稀罕的地方。拿来腌,在太阳底下晒,它就不停地往下滴油,滴完油后就剩下干干瘦瘦的一片。看着晦气。夸我那个地方的女人,有这么一条:打得一手好丸子,粒粒圆。这粒粒圆说的不仅是丸子,还意指这女人好手法,做事有板眼。

打鱼丸,鲩、鲤皆不及花鲢。花鲢白,细嫩,厚肉,多油。要不是没有鱼丸不成宴,要不是不拼鱼丸就瞧不出哪家女人出息,还有谁会愿意做这磨人的劳什子呢。

把花鲢去头、尾,平铺,用刀从鱼背部往下划,得两块长条净肉。鱼骨处,用刀下锋将骨缝的肉一一剔出,直至一副完美骨架现形。把它跟鱼头和肥尾一起炖，那个味道此处不表。皮下的红、黑一律刮掉。刀要是钝，那是边刮边骂。

花鲢的肉细刺密布。每一根刺都要挑出来。拿两把菜刀，用刀背在鱼肉上交替敲打，敲出浆，敲成茸，鱼刺就脱了。一根根拣出来，总有丁点肉丝连在刺上面，掐住，用指甲刮。到剁纯肉末时一下子就畅快了，难免还哼起戏来。好比是，走了大半天崎岖山路总算到了宽敞的大马路上了。

对着光看，肉末要细腻温润，用手指捻，没有丝连，纯末。用刀反复掀开一片一片地看，细细撒抹，把手打湿，抓一把看，不沾手就剁好了。最磨人的还在后头。一想起就手臂发麻。腹诽不已。

多年后，我吃过江浙的鱼丸，纯鱼肉。鲜甜，入口即化。入口即化差不多是词穷的表达，以至于它非常抽象，毫无特色。我们的鱼丸如果从盘中滚落到地上，它会做临死前的挣扎，弹上一弹。它在嘴里是不会化掉的，要嚼，夹在齿间轻咬，牙齿能够感受到绵绵的弹力。

婶娘教给我一个独家的秘法，关于加红薯粉的比例。这是历经无数次失败后的精准配方。粉轻了，丸子没有质感，粉重了，那就是一坨面疙瘩。婶娘教我把肉末平铺在一个盆里，画十字平分四块，然后抠出其中一块，往里面填平红薯粉。

魔鬼般的业障终于来了。往盆里打进一个蛋清，撒一点点盐。然后开始漫长的搅拌生涯。我习惯逆时针，旋转。它需要力气、耐性和好心情，某种惯性而伴随着甩头节奏，一二三四，一二三四。不行，太慢了，把盆抵在桌上，旋转整个身体，旋转整个世界，任两眼一黑，一口气到底，然后，接着一次又一次。直到手掌融在盆里，成为肉浆的一部分。手抽出来，带出一大片黏体，还发出一种声音，类似脚深陷进泥田，拔出来时那个暧昧的声响。腰酸，手臂麻。最后是如释重负般地吐着长长的气。

试水了。虎口挤出一个丸，用汤匙取出放进锅里的冷水里。好丸子，生的就能浮起来。如果粉重了，它就沉了底，那个懊恼无以言表。等它煮开，丸子全浮在锅面上，细沫翻滚，一个个白白嫩嫩，很乖的样子。好丸子，生丸与熟丸差不多大，粉轻了，丸子就会胀大。

咬开，有一点点蜂窝状。汤水，鲜甜。吃丸子不放油，洒点葱花。它这么磨人，只能生在味蕾的云端。平常少有人打丸子的，待到年关要祭祖，全村的丸子都在那一天打完。女人倾巢出动，男人劈柴，好大阵仗，有仪式感。祖母烧火，大铁锅炖着鱼头豆腐汤，热气腾腾的，女人们撸起袖管，在雾气缭绕的祠堂别院里用菜刀在案板上敲敲打打，笃笃笃，笃笃笃，声音此起彼伏。她们说说笑笑，雾气打湿了她们的脸，亮晶晶的，像是被山雨淋过。娃们冲进冲出，追鸡逐猫，谁要是哭了，那做娘的，就从竹箕上拈起一粒鱼丸子去堵他的嘴。

我记得，老祠堂翻新那年，有一个离乡近二十年的人突然回来了。我的小堂叔，他跟着村里的小寡妇跑了的。我的小堂叔原先真是个响亮的人啊，就因为那件事，一时间成为一个说不得的人，仿佛他的名字是一件秽物，脏，碰不得。然而有些人，有些恨，是经不起时光的淘洗的，像他那样响亮的人，时间长了，人们提起他会说起那些发光的过往，像传颂一个英雄那样赞叹。我们迷恋旧时光，只是迷恋那时的人和那时的自己。无情的只是时光啊。

我们家的狮子也有四百多岁了吧。腊月就要扎好，整整一个腊月，我们在祠堂排演，舞狮，打拳，还有各种兵器的演练。到了正月初五，狮子出寨，我们就要去村外的庄子巡游、表演，让这欢腾的狮子给人们带来喜庆与祝福。狮子进了村庄，家家户户都要摆上香烛，奉上供品，爆竹声响，把狮子迎进屋里转上一圈，那狮子跳上供桌，仰头，舞动身体，大嘴开合，像喃喃细语，仿佛在接通福祉的神灵。锣鼓喧天，人声鼎沸，持狮球的童子对着主家说一堆吉祥话，狮子直立，打滚，首追尾，翻跟斗，应和着韵脚的辞章，最后童子跨上狮身，在密集的锣鼓声中威武地走出屋外。

一阵伤感涌上来。我流下眼泪。在异乡多年，我看见很多地方的龙狮舞、麒麟舞、土家拳都申请了国家非物质文化遗产，而我家的，已然寂灭了。唯有我的文字，这些零散的碎片，打捞一个人，拼起一段往事，而后，让记忆的火烧掉它。埋葬。它就只属于我一个人了。

小堂叔是那个舞狮头的人。他一纵，能纵到两张叠起的桌子上。狮子直立时，狮尾的小伙子坐在他肩头，脚下，小堂叔能踩稳狮球。他之后，就没有人能做到了。狮子刚扎好时真漂亮啊，金纸剪成的流苏层层披在身上、脚上，细密精梳，狮头像火红的焰，怒睁着黑色的圆眼睛，墨汁画的长长的睫毛贴在眼睑上，可以眨动。张着大嘴，里面贴着红绒布剪成的长舌头。金色和火红，本就是特别耀眼的颜色，一抖擞，腾挪跳跃，似有万道祥光，那是真正的神兽。然后，关于胡子，这是有说法的。祖辈们说，四百年，我们的狮子不敢称老，所以染的是黑胡子，但我们也不会染成红色妄自作小，或者染成白色自诩为爷，在人前托大。

有一年的正月十五，外乡有一头狮子来我们村里贺岁，我们以最高的礼遇迎接了这头狮子——在村口摆上整只小乳猪和糯米酒作为供品。然而这是一头染了白胡子的狮子。族长、叔伯们面上不悦，但人家是客，所以没好发作。待客人表演完，就带着他们入席吃饭去了。等他们出来，发现狮子的白胡子被人泼了墨汁。客人瞬间就翻了脸，叫嚣着要揍扁我家的狮子。让我们家狮子跪地赔礼。

啊，这真是一个被我们家传颂了一遍又一遍的故事啊，每个人讲得都不同，每一个人都讲得比前一个人要好，这样，一个比一个讲得好，时间久了，最好的那一个已经好到云端上了。如今我再讲已然是无法超越。但是，关于最初的成长中尊严的意识，关于性格中那坚毅的部分，关于荣耀、勇气、血性，人格的雏形，这一切，就在那个时候，根植于我心中。而这些，在我多年之后的生命历程中，它们易折的特质，使我处处碰壁。我性格里，一直保有那种澄澈的深情，即使是在满心风雪的中年。你是一个什么样的人，你人格的质地，又是什么样的人格赋予你的呢？我的黄村。

我们家的狮子终于爆发了。

十九岁的小堂叔走上前，拍着胸脯说，墨汁是他泼的。想揍扁我家的狮子，那就请求一战。

对方老者看着眼前的年轻人：双手抱胸，气质俊朗，目光镇静，虽没有挑衅的意思，却有毫无畏惧的坚定。族长也发话了，客家，你们上门称爷，失礼在先。谁是爷，我们比了再说。我们不以多欺少，一对一。

对方无法退却，只得应战。他们定了规则，谁先抢到对方狮口中的珠子为胜。胜者是爷。

所有的孩子都能把这一段讲得精彩纷呈，他们手脚并用，眉飞色舞，还在口中自伴锣鼓，咣起咣起，咣咣咣起，咚咚咚咚，咚咚起，锵锵起。占山拳中的扫堂腿、飞踢，几次踢中对方，小堂叔根本不急着抢珠子，几番戏弄、游走，让对方的狮子出尽洋相。他纵身跃上叠起的两张桌子，足有两米高，任下面那只无能狂怒，随后，他又找准时机稳稳跃下，径直跨在对方狮子的身上，用双腿夹紧身下的两人，使他们不能动弹。小堂叔够野，竟把对方的狮头生生拆掉，露出里面舞狮的人那张满头大汗的脸。小堂叔和他的狮尾，两个年轻人，狠狠地用屁股往下坐，最后逼着对方趴在地上。毕竟年少，终归是淘气了些。

面子赢回来了。最后到了认爷的环节，族长、叔伯在那里等着输家的承诺。我小堂叔说了一句很帅气的话：当人家的爷有什么意思呢？得饶人处且饶人。族长气得直翻白眼。

我的小堂叔一夜之间红遍十里八乡。四百多年，我们家的狮子从未如此扬眉吐气过。这也是他这个人一生中最高光的时刻了。人们只记得他舞狮的样子，在记忆中，他就是那头神兽，能够给我们带来福祉和吉祥的神兽。他走之后，狮子就委顿了，再也找不到一个能舞好狮头的人，后来勉强仓促上阵的人，因为有了前者的比较，有了一个无法取代的人曾立在那里，所以那个位置一直是空置着的。他多么像孤傲的狮子，做世人眼中离经叛道的逆子，在诅咒中坚持自己的人生。他可真是一个响亮的人啊。因为重建祠堂回来了，到底心里还是认祖宗的。多少年了，人们最终发现，那么多的恨与咒骂却变成一个可怕的事实——我们失去了他，也失去了狮子。对家人来说，失去儿子、失去兄弟要比死守那种狭隘的道德、家族的脸面要痛心得多。

只是，那狮子，小堂叔如今也是舞不动了。能舞动狮头的人，那是一个多么轻盈的灵魂啊。世事，人生，每一个人都是负重前行，谁的命运背后不是千疮百孔？

我听见寂灭的声音，在心里，它轰的一声断掉了，如此干净。我看见一些渐行渐远的背影。我也身在其中，时光消逝迅不可捉，我也终将步其后尘，归于尘土。

5

一个村庄的消失是缓慢的。像落日那样缓慢。最初是工业的进驻，它圈走了我们的土地，裸身的农人就这样农转非进入了工厂，成为终身铁饭碗的工人。现在的孩子们也许不懂这意味着什么，这是人性的毒药、炸弹，直指毁灭。这是要出人命的。每一个家庭只有一两个入职指标，按长幼顺序来。残酷的是，嫁出去的女儿是没有资格享有指标的。而且，姑娘争不过嫂子。那个时候父亲是村支书，掌握着全部指标的分配。这是一个可怕的权力，他的铁腕，使得家里每一天都鸡犬不宁。有妇人拿着农药，扬言要死我家里；有七旬老者给父亲下跪，磕头如捣蒜；更有甚者，抬一口黑色的棺木堵着我家的大门……

人性的参差我不想多说。临时改年龄的，突然娶亲的，父子反目，手足相残……不一而足。我已经是高中生了，从窗口望去，人们在争吵、诅咒，哭天抢地。这其中人性的酷烈、狰狞，已让我不寒而栗。而我也是有私心的。比如我的傻子堂妹淑兰，再比如偻子。我也是有求于父亲的。可是，每个家庭都自己决定了把指标给谁。外人管不了。

一种既亢奋又绝望的情绪笼罩着我们。

我家没有合适的人拿指标。白白浪费了太可惜。我跟父亲说，我要改年龄，改大一岁。父亲何等精明，他忙问道，你想把指标让给谁？父亲从来就不相信我会辍学进工厂。

我要给淑兰。

胡闹！你给了她，她也过不了体检那一关啊。

那你先别管，给我弄一个。

我的堂妹跟我同年，她五岁那年得脑膜炎烧坏了脑子，从此，原本聪慧可爱的姑娘就变成一个傻子了。看着慢慢长大的淑兰，她那么好看，那么温顺，真让人心碎，我婶娘经常一个人偷偷地哭泣。我家淑兰并不完全是一个傻子，她会割柴、剥麻、喂猪、洗衣服，她把自己收拾得干干净净的，看上去体面得很，不像个傻子。她叫我姐，无事一遍一遍地叫，我就一遍一遍地应着她，一点也不烦。我跟她一起长大，一路护着她，不让别人欺负。我的宝贝妹妹啊。

婶娘听说我给淑兰弄到了指标，她又哭又笑，又哭又笑，最后她抱住我连连叫唤，我的儿啊，就知道你会操心你妹妹，我就知道啊。

然而，我妹妹终究是没过体检那一关。我就是头铁，不听劝，执意要把指标给了妹妹，父亲的一堆话，我一句也听不进去。那个时候，我的血液降到冰点，我不知道等待她的会是怎样的命运。有些人，你能看见他往深渊里坠落，你向他伸出手，可是，你够不着他。你跟他，在某一瞬间就经历了生离死别。两年后，我叔叔收了四千块钱彩礼，把我妹妹嫁给了一个养鸭的中年鳏夫。我家姑娘十八岁，出嫁那天，她把脚紧紧缩着，不肯着地，她人也往婶娘身上缩着，但还是被人硬生生拉走了。我的叔叔是这样一个人，在生活极其艰难的那几年，他把生产队过年分的两斤肉提进深山，一个人生火把肉烤着吃完才回家；他出工偷懒，喝了酒就骂人，要是打牌输了，连我婶娘都打。堂姐祝生初中没读完，就被他从学校拉回家了。他就是这样一个人啊。祖母口中的孽障，他人命运中的劫数。读过我的散文《悲迓》和《羊》的人都知道，我的祝生姐姐和淑兰妹妹都死了。

我想把指标给倔子。他家的那个已给嫂子了。

倔子没有读中学，他很早就去建筑工地挑泥灰桶。后来他四处打零工，骑一辆飞鸽牌自行车，风一样疾驰而过。见到我，他还是很皮，嬉笑着问我愿不愿意晚上跟他去林场偷梨。

有时你注视一个人，在他身上，完全看不到一丝苦难的痕迹。他跟你说着你闻所未闻的新鲜事，你一脸惊讶，他哈哈大笑，他笑得直拍大腿。而你，只想流泪。你了解他敞亮的性格，那种视苦难的命运为尊严的审美，那种灵魂的质地，一笑起来，就会露出柔和的氛围，仿佛在说，哪怕仅仅只是活着也是很好的事情啊。

十七岁，他看着我，表情严肃。他当然知道这是一个天大的福祉。然而他却跟我说，红，如果我把指标让给我姐姐，你会同意吗？

我怔住了。慢慢缓过来——我大致是了解的，他的姐姐嫁到邻村，生了两个女儿，娘家又无父无母没有根底，所以备受欺凌。如果姐姐能成为一个有铁饭碗的工人，那——不言而喻。

所以，这个整天笑嘻嘻的少年，其实……他的世界早已满目疮痍，却哀而不伤。我是不愿意去细看他这个人的。更不可以试探性地问及缘由。我们还是潦草些好。还是维持他所给出的样子就好。

行啊。怎么都行。我潦草地应着。

可是，隔了一段时间，我琢磨了一下个中的滋味：即使不为姐姐，倔子大概也不会要这个指标的。不，是肯定。对他来说，那更像是嗟来之食。有些人是不适合靠近的，你一进，他往后大大地退一步。因为尊严。

但他永远不知道，我成为我，成为一个感伤而又温柔的人，成为一个注视着苦难命运就会默默流泪的人，这些是跟他有关的。我还因此懂得了笑的含义。

6

啊，我这一路竟一下子走到了成年。而后的一些年，工厂慢慢地推向村庄的腹地，不用吵，不必闹，适龄的人都可以进工厂了。再后来，竞岗，合同工，跳槽，成为一个工人，似乎并没有那么了不起。而我们都成为住在村庄里的工人，甚至手里还有少量的耕地。很多人开始往外搬，去城市买房，老屋租给外乡人。孩子们都说普通话，家里的院子里都停着小轿车，关着门，不相往来。外乡人竟占了一半，他们在工厂附近打零工、做生意、开养殖场，在这里也有十多年了。村口有超市，出门有小吃街，每天送快递的三轮车跑进跑出，晚上广场舞散后有夜宵摊，麻将室彻夜明灯。这是我的出生地，它如此熟悉又如此陌生，一些人故去，一些人新生。新的姓氏涌进来，我们不共一个祠堂。他们带来了好笑的口音，带来了我们同样熟悉的人性，烦恼和喜乐，冲突和亲睦。我看到寥落，同时我又看到繁兴，这里已经繁衍出一种全新的人文生态。然而，即使是这样，它也要走向消失了。

我还是回来了。这漫长而缓慢的归途。我忆起最初我是如何成为我的，那些往事和那些人，它们因我的记忆一一活过来。洪武井犹在，我的父亲母亲已经老去。我听有人叫我红，那声音明晃晃地从长长的记忆甬道传来，哐啷一声响，仿佛打开了旧时光。一种迅疾回到过往的意念流遍全身，所谓相逢，就是忆起，就是永不遗忘。在我孤独的喃喃自语里，那种情难自抑的失声痛哭久久地将我淹没。

（原载《芙蓉》2021年第5期）

世人皆以东坡为仙

潘向黎

记得是上世纪80年代，父亲的书房里曾经悬过一幅字，是他一生的老师、曾经的系主任朱东润先生的手书。那是苏轼的《赠孙莘老七绝》之一：

嗟予与子久离群，耳冷心灰百不闻。
若对青山谈世事，当须举白便浮君。

朱先生写好这幅字后，就放进一个牛皮纸大信封，送到了当时我家住的复旦大学第四宿舍门房。那幅字写得好，父亲觉得——"那气势说高山苍松，说虬龙出海，都既无不可又不够贴切。"（潘旭澜《若对青山谈世事——怀念朱东润先生》）朱先生的字上没有写年月，但父亲的文章中说是1987年，因为父亲记忆力极佳，所以不会错。也许是想起了苏轼当时的痛苦处境，也许是因录苏诗而不自觉地融入了苏体风格，这幅字与朱先生平时的温润蕴藉不同，显得笔墨开张、骨力刚劲，有苍凉而傲岸的味道。父亲当时对我说：这是苏东坡在文字狱"乌台诗案"之后，侥幸保住性命，被贬杭州，写给同样因反对王安石"新法"而倒霉的好友孙觉（字莘老）的。前两句如同白话，不用解释，后两句诗说：咱们对着青山饮酒，如果谁谈起世事，就罚一大杯。因世事不可说，说亦不尽。我对父亲说："朱先生选了这首诗写给你，是特别看得起你啊。"父亲沉默了一会儿，回答："苏轼和孙觉是难友，朱先生和我'文革'时也是。"

我是看着朱先生的这幅字，把这首诗背下来的。正如我儿时背的第一首东坡词，《水调歌头·明月几时有》，也是通过父亲的手抄页背下来的——是的，手抄页，不是手抄本，因为当时并没有"本"，就是直接写在质地粗糙的文稿纸的背面。

苏东坡，有人说他是大文豪，有人说他是大诗人，有人说他是大词家，有人说他是书法家，有人说他是诤臣，有人说他是一个好地方官，有人说他是居士，有人说他是美食家，有人说他是茶人，有人说他乐天旷达，有人说他刚毅坚韧，更有人说他以上诸项皆是………而在我看来，苏东坡是我从小就知道，并从父辈的态度中感觉到他是非比寻常的人；后来，我明白了他的独一无二：苏东坡，是每个中国人都想与之做朋友的人，是尘世间最接近神仙的人。

我生于闽南，闽南人说晚辈不谙世事、懵懂糊涂，会说："你怎么像天上的人！"虽然是批评、讥讽甚至责骂，但我由此从小知道，人，有地上的人，还有天上的人。苏轼，正是一个"天上的人"。我有证据：他自己说了，"我欲乘风归去"。一般的凡人与天的关系，最多是妄想着"上去"，所以叫"上天"，而他是"归去"，天上，是他的来处，是他应该在的地方。

苏轼。苏东坡。坡公。坡仙。

这人其实是说不得的，一说就是错。顾随在1943年写的《东坡词说》文末，认为苏词"俱不许如此说"，自己"须先向他东坡居士忏悔，然后再向天下学人谢罪"。苦水先生何许人？他尚且如此说，闲杂人等怎敢再说一个字？

一直坚信：对苏轼，绝口不说才是正理。热爱东坡的人，一提他的名字，彼此交换一个眼神，相视会心一笑，才是上佳对策。

这位"天上的人"，热爱他的人那么多，研究他的人也多，而且研究得那么透，"前人之述备矣"。但人是人，我是我，一万个人眼中有一万个苏东坡，再思洒脱如东坡者，也许会说："东坡有甚么说不得处？"便也不妨一说。

东坡和水，缘分特别深。

也许是因为他出生在四川眉山，"我家江水初发源"（苏轼《游金山寺》）；也许是作为南方人，自幼感受到"天壤之间，水居其多"（苏轼《何公桥》）；也许是因为他和水特别有缘，"我公所至有西湖"（秦观《东坡守杭》），"东坡到处有西湖"（丘逢甲《西湖吊朝云墓》）；也许是因为流水的美，与他的明快心性和艺术气质特别契合；也许真的应了那句话——"仁者乐山，智者乐水"，东坡不但是一个仁者，更是一位智者。

东坡爱水。谈自己的文章时用水的比喻——"吾文如万斛泉源，不择地皆可出"；他谈好文章的标准，也用水的比喻——"如行云流水，初无定质，但常行于所当行，常止于不得不止，文理自然，姿态横生"。后人用"苏海"来评价他的诗文，很恰当，也正对了东坡的脾性。读东坡文章，其迈往凌云处、酣畅淋漓处、妙趣横生处、闲远萧散处，总要各人自己去体会，但最要体会的是那种像水一样的灵动、开阔和自由。

东坡多写水。他一写水，笔端就分外精神。《赤壁赋》中"清风徐来，水波不兴""白露横江，水光接天"等句不说，只看他的诗词，到处都有波光和水声。

且看他写湖："江南春尽水如天，肠断西湖春水船""凤凰山下雨初晴，水风清，晚霞明""微风萧萧吹菰蒲，开门看雨月满湖""水清石出鱼可数""水光潋滟晴方好，山色空蒙雨亦奇""菰蒲无边水茫茫，荷花夜开风露香""水枕能令山俯仰，风船解与月徘徊"……

且看他写江河："惟有一江明月碧琉璃""夜阑风静縠纹平""江涵秋影雁初飞""半壕春水一城花""霜降水痕收，浅碧粼粼露远洲""一千顷，都镜净，倒碧峰""岷峨雪浪，锦江春色""霜余已失长淮阔，空听潺潺清颖咽""隋堤三月水溶溶""竹外桃花三两枝，春江水暖鸭先知"……

且看他写浪与潮："乱石穿空，惊涛拍岸，卷起千堆雪""有情风、万里卷潮来，无情送潮归""雪浪摇空千顷白""夜半潮来，月下孤舟起"……

且看他写雨："黑云翻墨未遮山，白雨跳珠乱入船。卷地风来忽吹散，望湖楼下水如天。""天外黑风吹海立，浙东飞雨过江来""墨云拖雨过西楼""欹枕江南烟雨""疏雨过，风林舞破，烟盖云幢""潇潇暮雨子规啼""雨洗东坡月色清""急雨岂无意，催诗走群龙""雨已倾盆落""烟雨暗千家"……

且看他写溪："照野弥弥浅浪""山下兰芽短浸溪""北山倾，小溪横""连溪绿暗晚藏乌"……

看他写激流："有如兔走鹰隼落，骏马下注前丈坡。断弦离柱箭脱手，飞电过隙珠翻荷。四山眩转风掠耳，但见流沫生千涡。"

看他写泉:"雪堂西畔暗泉鸣""独携天上小团月,来试人间第二泉""劝尔一杯菩萨泉""但向空山石壁下,爱此有声无用之清流""桥对寺门松径小,槛当泉眼石波清""倦客尘埃何处洗,真君堂下寒泉水"……

水最大者为海,看他写海:"东方云海空复空,群仙出没空明中""登高望中原,但见积水空""云散月明谁点缀？天容海色本澄清"……

水最微者莫过露,看他写露:"曲港跳鱼,圆荷泻露""草头秋露流珠滑""月明看露上"……

东坡的诗从题材到风格都丰富,名作很多,只选几首来说,虽近乎以瓣识朵、由珠窥海,但其中有我理解东坡诗词的入口,聊记于此。

和子由渑池怀旧

> 人生到处知何似？应似飞鸿踏雪泥。
> 泥上偶然留指爪,鸿飞那复计东西。
> 老僧已死成新塔,坏壁无由见旧题。
> 往日崎岖还记否,路长人困蹇驴嘶。

人生行止不定,去留充满偶然,留下的痕迹也必将在时间中消失,确实令人感到空幻而惆怅。但只要心里依然清晰保留着旧痕,则旧事依旧在记忆中鲜活;共同经历过"往日"的人,只要彼此都"还记"那段往昔,则一切都成了可以分享的人生体验。

前人多说此诗"富有理趣"(周裕锴语),其实更可以从中领悟东坡的多情和善解(悟)。对"路长人困""往日崎岖"尚且如此恋恋不忘,则人生何事、何时、何种境地不可记取,不可回味？什么经历没有价值、没有意义？所以他在另一首诗里写道："我生百事常随缘""人生所遇无不可"（苏轼《和蒋夔寄茶》）。重情而不执于情，于无趣处发现乐趣、领悟理趣——理趣有时候对诗意是一种威胁，但在东坡这里不成问题，他的感觉（感性）依然兴冲冲的，理趣只增加了对人生体悟的深度。

东坡对人生的热爱和对日常生活的强烈兴趣，超尘脱俗的胸怀，加上擒纵杀活的文字本领，所以其诗常明净爽利而清澈，有一种透明的美感。写景者，如传诵极广的《饮湖上初晴后雨》《惠崇〈春江晓景〉》，如《舟中夜起》亦是，又如《六月二十七日望湖楼醉书》亦复是。状物者，如《东栏梨花》《海棠》皆是。

万不可死心眼，只认定坡老单单就是写湖、写雨、写梨花、写海棠，定要看出此老心胸广、气象大，和大自然是够交情的真朋友。君不见同时代人带给他多少磨难与伤痛？幸而有大自然对他始终公平，始终善待。

以下两首诗最要对照参读：

出颍口初见淮山，是日至寿州

我行日夜向江海，枫叶芦花秋兴长。
长淮忽迷天远近，青山久与船低昂。
寿州已见白石塔，短棹未转黄茅冈。
波平风软望不到，故人久立烟苍茫。

全然写景，而心情自见。顾随对这首诗评价不高，但这诗其实好，尤其适合念出来，一念，那种笔法流转之美，那种云烟迷蒙心事苍茫之感，就都出来了。

六月二十日夜渡海

参横斗转欲三更,苦雨终风也解晴。
云散月明谁点缀?天容海色本澄清。
空余鲁叟乘桴意,粗识轩辕奏乐声。
九死南荒吾不恨,兹游奇绝冠平生。

经历了人生的几番大起大落、无数煎熬和解脱,前诗那种身不由己、颠沛流离时的惆怅和迷惘,已经不见了,到了人生的最后阶段,苏轼进入了"天地之境"。

正如朱刚《苏轼十讲》所言,"一次一次悲喜交迭的遭逢,仿佛是对灵魂的洗礼,终于呈现一尘不染的本来面目。生命到达澄澈之境时涌自心底的欢喜,弥漫在朗月繁星之下,无边大海之上。"

"何似在人间","在人间"谈何容易!人间给了东坡太多的黑暗、恐惧、痛苦、无奈和辛酸。看到这位谪仙留在人间,到了人生的最后,没有悔恨,没有悲凉,了无遗憾,全无挂碍,而是这样得大解脱,得大圆满,得大光明,得大自在,真是令人欣慰、震撼和感动的。

从"我行日夜向江海"到"天容海色本澄清",生命的意义实现了,人生的境界如此圆满。

苏轼一生留下四千八百多篇文章、两千七百余首诗,三百多首词,他的诗那么多,自然不可能每首都好。东坡写诗常常一触即发,而且写得快,他自己也说要快——"作诗火急追亡逋,清景一失后难摹"。不但不是每一首都好,就是那些相当有名的,有时艺术上也不高明,比如《寓居定慧院之东,杂花满山,有海棠一株,土人不知贵也》,据说是他平生得意的一首,每每写以赠人,我觉得东坡"每每写以赠人"

是真，但怀疑选这诗的原因未必是"平生得意"，而出于手录诗词的"技术"考量：因为这首够长，七言28句，有196字，赠人如果写小字，选字数这么多的作品正适合。因为全诗太不经意，感情浮泛，间有俗笔（比如以"朱唇得酒晕生脸，翠袖卷纱红映肉"写海棠，既不幽独，又不清淑，意境全无，快不成诗了），明显酝酿不足加锤炼不够。他才大，真任性，且一任到底。前人说苏轼"凡事俱不肯著力"，他创作状态一贯自信而轻松，结果好的就真好——出色且自在，不好的就有点草率。

他是天才，什么都"不肯著力"，而"做诗应把第一次来的字让过去"（顾随语），在杜甫凝神"把第一次来的字让过去"的时间里，东坡早就一挥而就，然后喝酒去了。我辈终不能夺下坡公酒杯，让他再去推敲润色。况且许多时候，在他那样困苦绝望的处境中，"我写故我在"，靠着写诗、填词，也许还有给朋友写信，这位诗人才能活下来。还有什么，比让人活下来更重要的吗？没有。诗不是每首都好，打甚么紧！泥沙俱下又有何妨，那江河不是还在奔流吗？

终于要说东坡词。东坡所作词比诗少多了，但其词一般被认为是"此老平生第一绝诣"（陈廷焯语）。在我看来，东坡诗、词，主要是重要性不同。读诗若不读东坡诗，虽有损失，但可以读唐诗来大致弥补；但读词若不读东坡词，哪怕读遍了晚唐、北宋、南宋的词……那损失还是无法弥补。

过去一提到东坡，就贴一个"豪放派"的标签，这个已经有不少方家力证其非，有的说"豪放"二字今古理解不同，有的说其实东坡能婉约亦能"协律"，有的则说当时根本不存在豪放派……但还是顾随说得最痛快：分什么豪放、婉约？根本是多事。（顾随《苏辛词说》）

事实是：才华、豪气、雅量、情思具备的苏东坡，是词的解放者，他提升了词在文坛和社会上的地位，第一次让词和诗一样自由地抒情言志，第一次在词中完整地表现了一个士大夫的健全人格，第一次在词中表现了"浅斟低唱"和"盈盈粉泪"之外的社会生活和人生感悟。

东坡词，若论名气响，一阕"大江东去"，一阕"明月几时有"，是并列冠军。正如顾随所说，《念奴娇·赤壁怀古》"震铄耳目"，最震撼，而《水调歌头·明月几时有》则"沦浃髓骨"，最感人。

对这两阕，朱刚的解读更进一层，值得注意：前者之"多情应笑我，早生华发"，"虽是一片无奈，但这无奈的多情之中，仍有未尝泯灭的志气在。因为只有志气不凡的人，才会对过去了的不凡的历史如此多情"；而后者"人有悲欢离合，月有阴晴圆缺，此事古难全"，可以解读为："人世生活的本来状态就是不如意、不完美的，从来如此，也会永远如此。不但不该厌弃，正当细细品尝这人生原本的滋味。所以，'但愿人长久，千里共婵娟。'"（朱刚《苏轼十讲》）

两首《江城子》，一首"十年生死两茫茫"，一首"老夫聊发少年狂"，一沉挚悲凉，一雄豪奔放，都很著名，可不去说它。《蝶恋花》之"天涯何处无芳草""多情却被无情恼"万口脍炙，也不去说它。

坡公无人能及处，在于特别善结又善解。凡文艺作品，其实往往都与"结"有关，也未必到"情结"的地步，但必有"心结""思结""情绪结"，有所结，才发为作品。如今常说"感悟"，其实"感"与"悟"是两回事，作家诗人，因为感性发达更易深于情，所以感常常就是结，而经一番思量才"悟"，这是"解"。感得深，就是进得去。悟得透，就是出得来。这一番作为，并不容易，有的人进不去，有的人又出不来。一般人要么不擅结，要么不擅解，高手常常也是一阵子结一阵子解，有时候结不深，有时候解不透。而东坡善结又善解，甚至一边结，一边解。他真是七进七出，如入无人之境。

这不是天生的。天生解得开、透得出的人,哪里会有?

刚流放到黄州时,东坡的心情是非常悲凉的——

世事一场大梦,人生几度新凉?夜来风叶已鸣廊。看取眉头鬓上。酒贱常愁客少,月明多被云妨。中秋谁与共孤光。把盏凄然北望。(《西江月·世事一场大梦》)

又是寂落和孤冷的——

缺月挂疏桐,漏断人初静。谁见幽人独往来,缥缈孤鸿影。惊起却回头,有恨无人省。拣尽寒枝不肯栖,寂寞沙洲冷。(《卜算子·黄州定惠院寓居作》)

若有所待地"北望",能不能"北归"却由人不由己;"拣尽寒枝不肯栖",是有持守,但"寂寞沙洲"如何是长久安身之地?现实和精神的出路在哪里?这两首词,都是"结",没有"解"。

若尽是如此,便是柳宗元,而不是苏东坡了。

望江南·超然台作

春未老,风细柳斜斜。试上超然台上望,半壕春水一城花。烟雨暗千家。　寒食后,酒醒却咨嗟。休对故人思故国,且将新火试新茶。诗酒趁年华。

看东坡如何结,又如何解,后半阕可以看得清楚。尤其"休对",分明是一边结一边解了。

浣溪沙·游蕲水清泉寺，寺临兰溪，溪水西流

山下兰芽短浸溪，松间沙路净无泥，萧萧暮雨子规啼。
谁道人生无再少？门前流水尚能西！休将白发唱黄鸡。

"暮雨""白发"是暗结，以"流水尚能西""休将"明解。

临江仙·夜归临皋

夜饮东坡醒复醉，归来仿佛三更。家童鼻息已雷鸣。敲门都不应，倚杖听江声。　长恨此身非我有，何时忘却营营。夜阑风静縠纹平。小舟从此逝，江海寄余生。

酒后夜归，进不了家门，这是现实中的小意外小困境，本不足以入词，但是东坡的愿望，不是尽快进门倒头而卧，或者越墙而入用手杖对家童教训几下子，而是超越现实得失计较和无尽尘世纷扰的心愿。于是低处的结从高处豁然得解。

这一路最好的代表，恐怕是这一阕——

定风波

三月七日，沙湖道中遇雨。雨具先去，同行皆狼狈，余独不觉，已而遂晴，故作此词。

莫听穿林打叶声，何妨吟啸且徐行。竹杖芒鞋轻胜马，谁怕？一蓑烟雨任平生。　料峭春风吹酒醒，微冷，山头斜照却相迎。回首向来萧瑟处，归去，也无风雨也无晴。

以"莫听""何妨"解起,解在结先,随结随解,一路解来,最后已经不需解了,因为已经无结,到达超然物外之境。有人觉得这是通达,其实不是,通达是包容是气度,仍有是非,东坡已经放下是非;通达是不论境遇好坏均努力想开,而东坡完全超越了境遇。没有风雨和晴天之分,境遇也无所谓荣辱穷通,一切都是人生的一部分,无所谓风雨,无所谓晴,人便在境遇之上了。这样"解",真透彻。

此外,《虞美人·有美堂赠述古》("湖山信是东南美")、《南乡子·重九涵辉楼呈徐君猷》("霜降水痕收")、《西江月》("照野弥弥浅浪")、《鹧鸪天》("林断山明竹隐墙")等,也皆是这一路。

东坡当然有深情,但他不沉溺,沉溺就容易钻牛角尖,东坡一生样样都会,唯独不会钻牛角尖,他有雅量有逸气,故不论是分别还是相逢,即事抒情,总归于圆融朗润的高致。

八声甘州·寄参寥子

有情风、万里卷潮来,无情送潮归。问钱塘江上,西兴浦口,几度斜晖。不用思量今古,俯仰昔人非。谁似东坡老,白首忘机。

记取西湖西畔,正暮山好处,空翠烟霏。算诗人相得,如我与君稀。约他年、东还海道,愿谢公、雅志莫相违。西州路,不应回首,为我沾衣。

清人郑文焯在《手批东坡乐府》赞叹:"突兀雪山,卷地而来,真似钱塘江上看潮时,添得此老胸中数万甲兵,是何等气象雄且杰!妙在无一字豪宕,无一语险怪,又出以闲逸感喟之情,所谓骨重神寒,不食人间烟火气者。词境至此,观止矣!"

以下两阕也是风格清雄、意境阔大,兼豪放飞扬和浑融蕴藉——

水调歌头·黄州快哉亭赠张偓佺

落日绣帘卷,亭下水连空。知君为我新作,窗户湿青红。长记平山堂上,欹枕江南烟雨,杳杳没孤鸿。认得醉翁语,山色有无中。　　一千顷,都镜净,倒碧峰。忽然浪起,掀舞一叶白头翁。堪笑兰台公子,未解庄生天籁,刚道有雌雄。一点浩然气,千里快哉风。

沁园春

孤馆灯青,野店鸡号,旅枕梦残。渐月华收练,晨霜耿耿,云山摛锦,朝露漙漙。世路无穷,劳生有限,似此区区长鲜欢。微吟罢,凭征鞍无语,往事千端。　　当时共客长安。似二陆初来俱少年。有笔头千字,胸中万卷,致君尧舜,此事何难?用舍由时,行藏在我,袖手何妨闲处看。身长健,但优游卒岁,且斗尊前。

人总以苏辛并论,归之于豪放一路,又多以东坡"大江东去""老夫聊发少年狂"为证据,其实不然。就连顾随,虽指出苏辛"不得看作一路",但也是拿"大江东去"来对照,说其中的"乱石穿空,惊涛拍岸,卷起千堆雪"三句,"其健,其实,可齐稼轩";其实以上三阕,其纵横之气,顿挫兼飞扬,刚健复柔婉,神完气足而自有远韵,苏轼都是辛弃疾的老师。当然,弟子未必不如师,大可并驾,甚至后来居上,但总要认他是老师,不可弄颠倒了。

行香子·述怀

清夜无尘,月色如银。酒斟时、须满十分。浮名浮利,虚苦劳神。叹隙中驹,石中火,梦中身。虽抱文章,开口谁亲。且陶陶、乐尽天真。几时归去,作个闲人。对一张琴,一壶酒,一溪云。

这一阕许多选本不选,可能因为太单纯了。其实这种天真的气息,澄净的氛围,虽然缺少一些弦外之音,但这是苏东坡本性里的单纯和透明,非常洁净可爱。相比之下,那阕著名的《水龙吟·次韵章质夫杨花词》("似花还似非花")倒真意思不大,所谓"和韵而似原唱"(王国维语),也不过说把一个章质夫彻底比下去了,这于东坡而言还值得大惊小怪? 词本身意境狭小而感情空泛,顾随也说"直俗矣",并不见东坡本色手段。

然则东坡之本色手段,尽在上面所说的种种 —— 在清旷超脱,在飘逸自如,在圆融朗润,在顿挫兼飞扬,刚健复柔婉吗? 又不止于此。还在一股仙气 —— 有情有思兼其心自远,能将眼前事写出天外韵。东坡每每因今昔变迁、人生短暂而思及时间和空间、真实和梦幻、过去和未来、此在和永恒,时时感受到人生行旅的深沉况味,更难得这铺天盖地的恍惚迷离,东坡竟还他一个铺天盖地:一世界的空灵,澄澈,光华流转,一尘不染。

永遇乐·彭城夜宿燕子楼,梦盼盼,因作此词

明月如霜,好风如水,清景无限。曲港跳鱼,圆荷泻露,寂寞无人见。紞如三鼓,铿然一叶,黯黯梦云惊断。夜茫茫,重寻无处,觉来小园行遍。 天涯倦客,山中归路,望断故园心眼。燕子楼空,佳人何在,空锁楼中燕。古今如梦,何曾梦觉,但有旧欢新怨。异时对,黄楼夜景,为余浩叹。

洞仙歌

　　冰肌玉骨，自清凉无汗。水殿风来暗香满。绣帘开，一点明月窥人，人未寝，欹枕钗横鬓乱。　起来携素手，庭户无声，时见疏星渡河汉。试问夜如何？夜已三更，金波淡，玉绳低转。但屈指西风几时来，又不道流年暗中偷换。

　　这两阕，得一个"活"字，更占一个"仙"字。这股仙气，东坡实实有，辛弃疾实实学不来，也不必学。稼轩还自做稼轩去，东坡有一个便好。

　　东坡与米芾曾在扬州相遇，有一番令人忍俊不禁的对答。米芾对东坡说：世人都以米芾为"颠"，想听听您的看法。东坡笑着回答：吾从众。

　　如此便是苏学士明白教示了。若东坡问我时，我便答：世人皆以东坡为仙，吾亦从众。

（原载《钟山》2021年第5期）

在那个湿漉漉的平原上

庞余亮

早春的盐巴草

比起漫长的夏天，漫长的冬天才是这个湿漉漉平原的真相。比如那些破冰而行的捕鱼人，竹篙从水里拔上来，瞬间就结满了滑溜溜的冰。

四面环水的村庄的冬天的确难熬，但比人更艰辛的是那些畜生们。鸡好办，它们会去寻找灰堆扒食。狗也好办，因为它鼻子好使。

猪是最难受的了，它饭量大，偏偏饲料总是满足不了它。人都吃两顿了，泔水还能有多少？好久不去机米了，米糠眼见着往下少。稻草轧出的草糠是非常难下咽的。母亲就和上几勺子沤好的芋头茬（父亲深秋时分连夜用铡刀铡出的芋头茬泡出来的特殊饲料）。芋头茬的味道肯定也是不好的，但猪还是吃下去了。

沤泡在瓦缸里芋头茬也少了许多。村庄里除了公鸡的打鸣声，就是猪们在拼命喊饿的声音。本来可以年前卖掉，可太瘦了，卖掉很不划算。要是在夏天，我可以去拾猪草，一筐又一筐，往猪圈里背。一半被猪吃掉了，一半被猪踩成了肥料。

田野里没有绿茵茵的猪草。父亲却要求我们去捡拾那些枯在灌溉渠边的盐巴草。灌溉渠有浅浅的水，盐巴草长得好。

那是一个特别寒冷的早春天，别人家过年走亲戚，我们一家却在破冰，摇船去田里扯盐巴草。父亲说，猪瘦了，但盐巴草里有葡萄糖！不信，你们可以嚼盐巴草，最后嘴巴里是甜的！

的确有点甜……可又是谁，告诉了文盲的父亲盐巴草里有葡萄糖？也许是父亲猜的。因为我们村庄的人，都迷信葡萄糖。

村庄是满的，田野是空旷的。田野里没有人，那寒风吹得更为猖狂。扯盐巴草的手指都冻僵了，根本用不上力——熬过了冬天的盐巴草的力气比我们还要大！

那一天，我们从荒野中扯了很多盐巴草。好像我们战胜了它们，但到了夏天，还会有许多盐巴草会蔓延出来。

盐巴草，多像穷日子里的那些顽强。

有很多年，我一直想把盐巴草的学名找出来，但一直没找到，后来我终于在乱山似的书房里找到了盐巴草的学名。盐巴草只是它在我们那里的小名，在其他地方它并不叫这名字。它的标准学名叫狗牙根。

有的地方叫它为爬根草。

云南人则把它叫作铁线草。

铁线草，我喜欢这个名字，像铁线一样，扯不断，也得用力扯的铁线草哦。只要一想起来，它们就像地球上的经纬线爬满了那片湿漉漉的平原。

最先醒来的虫子

惊蛰时节，在这片湿漉漉的平原上，最先醒过来的是哪个虫子？

有人说"蛋"字下面的"虫"是"长虫"。即蛇同学。也有不同意见，为什么不是蜈蚣同学呢？蚯蚓同学？青蛙同学？或者，蚂蚁同学？要知道，这些睡懒觉的同学都在等待雷公校长的鼓声哦。

比如蛇同学，越冬常常因陋就简，随便将就。在那个湿漉漉的平原上，我竟在土墙缝里摸到一排蛇蛋。如子弹样的椭圆形的白壳蛇蛋，并排粘在一起。我记得是四枚，我在众伙伴的怂恿下打开了蛇蛋，有蛋清也有蛋黄，蛋黄里已有小蚯蚓一样的幼蛇。这是冬眠前的蛇生下来的。

相比蛇同学的粗心，蜈蚣同学准备更充分，蜈蚣们会钻洞，钻得很深很深，钻到寒冷无法侵入的深度，有时候，能钻到1米深的地方。不吃，不喝，不动。如此沉睡的时候，蜈蚣最怕的是公鸡。公鸡是蜈蚣的天敌，它们的利爪总是在旷野里扒拉。如果蜈蚣冬眠的地点太浅，正好是公鸡的食物。蜈蚣为五毒之一，为什么公鸡不惧怕蜈蚣？父亲说，蜈蚣和公鸡是死仇。

为什么？

父亲说不出原因，就像他说不清他如此地辛苦劳作，却依旧喂不饱他饥饿的子女们。

蚯蚓同学与蜈蚣同学类似，它们的冬眠常常会遭遇钓鱼人的暴力拆迁。很多钓鱼人，在那么寒冷的冬天，将浮到水面上晒太阳的鱼钓上来，总觉得有乘人之危的味道。

作为歌唱家和捕虫专家两栖界青蛙和癞蛤蟆，它们冬眠时会异常安静。在石头台阶下,我发现过扁成一张纸的癞蛤蟆,真成了张薄薄的癞蛤蟆纸!它们把喉咙里的歌声也压扁了吗?它们的骨头呢?它们的内脏呢?后来学到"蛰伏"这个词,我一下想到了这张扁成纸的癞蛤蟆:最低的生活标准,最艰难的坚持,还有沉默中的苦熬!

有精品房的蚂蚁们越冬准备超过了人类。在入冬之前,它们先运草种,再搬运蚜虫灰蝶幼虫等这些客人,请这些客人到蚁巢内过冬。但它们的友情不是无私的,而是实用的,蚂蚁们将这些客人的排泄物作为越冬的食物。等到贮藏的食物吃得差不多了,雷公校长的鼓声就该响了。

但如此精心如此努力的蚂蚁们,如果遇到我们手中的樟脑丸,如果碰上了我们淘气的一泡尿,它们会立即被淘汰,没有惊呼,也没有叹息,连一声悼念都没有。

生存不易,梦想更不易,都得好好惜生。春雷响了,正好九九,久违的温暖总会这片湿漉漉的平原上的众生感慨不已。

父亲说:没有闲时了。

是啊,九尽杨花开,农活一齐来。到了这个季节,就没有闲时忧伤了,也没有闲时快乐了,季节不等人,一刻值千金。

恍惚之间,这世间最忙碌的虫子,是在这片湿漉漉平原上过日子的人。

浩荡的春风吹遍

过了慢悠悠的正月,就是快步奔跑的农历二月了。拿冬天爱睡懒觉的太阳来说,到了春天,太阳这家伙像是和我们比赛似的。每次起床,都不好意思伸懒腰了。才七点钟啊,平原上的太阳就升得老高老高的了。一大把，又一大把的暖阳泼在我们的身上。

春风来了。

春天，就是风一阵一阵地刮过来的。我们在减衣服，而我们的视线所及之处，柳树们多了绿辫子，而苹果树桃树们还长出了花衣裳。在这些绿辫子花衣服之间，最灿烂的就说金黄金黄的油菜花了——向阳坡上的油菜花们率先开始了金黄的合唱。

那些还没合唱的油菜们，则一个个像长颈鹿。那些长颈鹿，就说美味的菜薹。打猪草的我，总是饥饿的我，常常掐一段菜薹，撕去外皮，汁液饱满的油菜薹，比萝卜好吃。相比纯绿色的菜薹，比较有味的是暗红皮的菜薹。往往这样的菜薹，有股野性的甜。有时候我嚼着菜薹，有几只野蜂会出现在我的身边，嗡嗡嗡地抗议，抗议我们吃掉了它们未来的蜜源。

但谁怕谁呢？

我怕的是父亲的巴掌：浪费这些菜薹，会响雷打头的！

我还是喜欢风，浩浩荡荡的春风，还给我们带来了去年的老朋友：燕子。

呢喃的燕子们并不怕这春风，回到故乡的它们斜着身子在春风里飞，把自己变成了一把把紫剪刀。这些紫剪刀在田野和我们的堂屋里来回地穿梭，它们比我们在田野里忙碌不停的父母亲还要忙。

母亲说，燕子们只在好人家垒窝。

说到好人，我总是不好意思看在我家飞进飞出的燕子。我感觉自己够不上母亲所说的好人，我不仅偷吃过菜薹，还拔过公鸡的翎羽，捣毁过野蜜蜂藏在屋檐下芦管里的蜂蜜。

春风依旧在吹，我们家新燕子窝垒好了。

小燕子们就要孵出来了，春风还在吹，浩浩荡荡的风声中，我还听到了野兔们的笑声。为什么一定是野兔？我没跟母亲说。我怕母亲笑话我：你什么时候听见兔子在笑？

我真的听见了。

有一个晚上，浩浩荡荡的春风把我们家的一个草垛给刮没了。

一根草也没有了。

它们都飞到哪里去了呢？

仅仅剩下草垛的底部，去年的稻草们遗留下的稻粒们已发了芽，像是长出了一簇绿头发。绿头发丛中，遍布了句号一样的黑色野兔粪便。

我真的没听错，春分那天，浩浩荡荡的风吹遍了这个湿漉漉的平原，带走了我们家草垛，还带走了那些跳跃在麦田深处的野兔们的笑声。

暮春的平原是最佳的掩体

暮春的平原是最适合躲藏和掩护的。

长高的麦子们，结了籽荚的油菜们，都是天生的掩体，只要愿意，怎么躲藏，都是不会被发现的。

不会发现，就会被寻找的玩伴所遗忘。

更多的，并不是遗忘，而是被家长叫走了，打棉花钵，需要下手。

有一次，我就被玩伴彻底遗忘了。本来听到玩伴焦虑的呼唤声，我还紧张、兴奋。再后来，玩伴的呼唤声越来越远了。

先是寂静捆住了我，再后来是不安，我背后的汗渐渐收干了，四周全是长大了的陌生的庄稼们：它们什么时候变成巨人了？

好在我看到了正在长大的蚕豆，还有攀缘得好高的豌豆。

那个被玩伴遗忘的下午和黄昏，我吃下了平生最多的蚕豆和豌豆。我得出一个结论：嫩豌豆甜，而蚕豆再嫩，也有一股青草的味道，留在我们的舌根处，挥之不去。

有个这样的遗忘，我开始迷恋如此的遗忘，幸亏蚕豆和豌豆们长得很快，几天的工夫，它们就咬不动了。

于是我开始寻找更多的食源，我尝过类似豌豆的"荞荞儿"，又叫野豌豆。野豌豆实在不好吃。我还吃过油菜荚里的籽，那小小的籽还是青绿的，又小，就放弃了。

——饥饿年代的胃啊，有着令人惊诧的消化能力。

蚕豆和豌豆其实都是外来的物种。"荞荞儿"或者野豌豆，倒是我们祖先常吃的，叫作"薇"。古人们常常"采薇"救荒。"采薇"最好的时节就是暮春。但我们也忘记了，就像我们把那个在平原深处躲迷藏的孩子给忘记了。

石磙上的男孩

油菜几乎是一个上午黄掉的。

麦子们的麦芒在太阳下闪闪发光，像是刚刚理了新头发。

新蚕豆。新大蒜。全是新的。

父亲给我的感觉也是新的。他一改过去的严肃，突然将我抱起，然后扛到肩膀上。路在我的视线下快速地向后退去。我不知道父亲将我抱到哪里，也不知道我究竟犯了什么错。我听到我的小小的心，在瘦弱的胸膛里，来回地晃荡。

转过一条巷子，是屠夫的家。很多人围在那里，似乎在杀猪。但听不到猪的叫声。

父亲挤过人群，忽然将我扔下。在向下坠落的过程中，我无奈地闭上了眼睛。在众人的哄笑声中，我睁开了眼睛。原来我被父亲扔到了盛稻麦的笸斗里。

哄笑的大人们说我连苗猪都不是，最多算作小青蛙。

父亲叫抬着笸斗的人报出我的毛重。

我的体重实在太丢人了。父亲说，说你是狗，你不是狗。说你像猫，你比猫的嘴还叼。从今天起，不允许坐门口，必须每天三碗饭。

我坐门槛的次数其实不多的。还有，我实在吃不下每天三碗饭，但我肯定超过田鸡的重量。大人们的哄笑声令我记下了对青蛙的仇恨。

但青蛙们总是在育秧苗的水田里高声合唱，仿佛是在嘲笑我的瘦小。我想去捉住它们，但又不能去育秧苗的水田去。有时候，扔一颗土坷垃过去，青蛙停止了合唱。也仅仅是下课十分钟的时间，那些青蛙又开始合唱，嘲笑我的声音几乎令全村人都知道了。

我把所有的仇恨都放在了蝼蛄的身上。蝼蛄和青蛙有相似之处，丑陋，叫声难听。更重要的是，蝼蛄是害虫，无论证明消灭，都不会引起父亲的反感。

蝼蛄被我几乎消灭完了，立夏节气到来了。

好玩的斗蛋开始了。

尖者为头，圆者为尾。蛋头斗蛋头，蛋尾击蛋尾。虽然我的个子最小，我的蛋常常是斗蛋的常胜将军。

我没有斗成蛋。我再次被父亲捉过去，将我带到空旷的打谷场上。打谷场上，除了去年的草垛，就是硕大的石磙了。这石磙，又叫石磙将军。

父亲说，你给我脱光了。

我脱光了衣服，真的像一只又瘦又小的青蛙。

父亲说，你给我坐到石磙将军身上，你将来的力气比石磙将军还要大。

于是，光着身子的我坐到了石磙上，石磙给我的感觉相当怪异，我坐立不安。但有一只蜘蛛拯救了我，它快速从我的身体上攀缘过去，还用蛛丝努力将我绑住。

我没被这只有野心的蜘蛛绑住，但我的力气依旧很小，更不可能达到石磙将军的力气。那个湿漉漉的平原上，坐在石磙上的我，似乎是蜘蛛做过的一个梦。

沉默平原的轮廓

立秋之后，虽然还很热，但早晨起了变化，尤其倒在搪瓷脸盆里的水，到了清晨，比前一天晚上凉了许多。

夜晚的变化就更明显了。黄昏的云比立秋前的云多了妩媚，多了妖娆。母亲信誓旦旦地说："那是仙女们在银河晾洗她们的漂亮衣服呢。"

真的吗？

晚上乘凉时，母亲又指着渐渐明朗的银河说："你看看，那是天上的银河，你看看东岸有个人，他叫灯草星，他的肩头有根扁担，他的挑的是很轻很轻的灯草。"

扁担在哪里？

顺着母亲手指的方向，我们看到了三颗星星。中间的一颗有点红，像一个小伙子由于用力涨红的脸。

母亲又说："西岸有个石头星，他挑的是石头，但他过了河。"

母亲接着就讲了灯草星和石头星这一对同父异母的兄弟故事。晚娘偏心，让自己的亲儿子挑很轻很轻的灯草，让继子挑很重很重的石头。偏偏银河的风太大了，挑灯草的儿子反而没能过了河。

听了故事，我们都沉默了很久。我们都长了一副和母亲一模一样的脸，根本不可能是母亲的继子。母亲话中有话，意思是叫我们不要嫌弃她分配给我们的活重。如果挑了灯草，那就过不了银河了。

大人的名字应该统统叫："常有理。"比如，只要我们跟他们闹点别扭，他们总是说"冬瓜有毛，茄子有刺"，真是各人有各人的脾气。

谁也不想做冬瓜，谁也不想做茄子。银河里的仙女们可不想见到如冬瓜一般或者如茄子一般的我们。七月七的晚上，躺到茄子地里可以去银河里见洗衣服的仙女，更可以去摸金元宝呢。

七月初七的晚上，弯月如钩，流萤遍地，我们都在田野上转悠，谁也不会真的去躺到茄子地里去。抵近处暑节气的田野变了许多。原先的密不透风，稀疏了许多。刀豆架上的刀豆越来越像一把削铅笔的小刀。没人感兴趣的黄瓜独自黄着。冬瓜们在耷拉的瓜叶间露出了多毛的白肚皮。还有南瓜，它们的藤爬得太随意了，结果也太随意了，如果不注意的话，很多时候，会被它们藏在草丛中的实沉实沉的南瓜绊个大跟头。

最令人惊奇的，是母亲种下的矮个子的盘香豇。它是豇豆中最特殊的一种，个子矮小，结出的豇豆不是笔直的一条，而是自然弯曲成一个圆形，就像烧香中的那种盘香。盘香豇产量不高，但味道比笔直如尺的豇豆好吃。为什么它是这样的豇豆？田野上，其实还有想不通的东西。比如灌溉渠边的半枝莲，为什么只开半边花？半枝莲是常见的，盘香豇不常见，过了处暑，母亲就不让摘了，她要留种。

到了处暑，盘香豇枝头的豇豆渐渐干枯，与盘香越来越有了差异，因为每一粒果实在枯瘦的豆荚下露出了自己的轮廓。

是的，很多事情都现出了各自的轮廓。远处的稻田，稻田隔壁的棉花地，棉花地后面的高粱地，高粱地隔壁的向日葵地。它们快生长了一个轮回，马上要转场了。

坟地边的草都结满了草籽，它们纷纷低伏下去。

就这样，一个夏天被草丛覆盖的坟地也有自己的轮廓。

（原载《草原》2021年第5期）

青稞肖像画

祁建青

冰奇葩

你说这里有个小秘密，一般都不太知道。你压低的语气里透着清冷，犹如来自脚下雪野初春的地层。你说："我们的青稞种在冰上。"

这哪是什么小秘密啊？分明就是当代农业耕作的一则奇闻。统统在冰层上播种，然后，无须匪夷所思，在冰层上出芽生须。像上演一出冰上大型芭蕾，在冰上扭动腰肢伸展造型。与冰嫁接结缘，冰山一角，玄妙莫测而生机无限。知情的人，回头你我还是得守口如瓶。

节气虽过了春分接近清明，也不见一丝春天的影子。一组冰巴巴的数据显示：3月25日、30日，两天中，冻土层厚度的上下限，分别是零至七十五、零至七十二厘米。内行一眼能看出，这就是"冰冻二尺"还绰绰有余。而且融冻缓慢，五天仅三厘米。非一日之寒上冻，更非一日之劳可以解冻。青稞籽种就是在这些天，不管三七二十一，一粒不剩全部播进。

青稞与冰，冤家路窄。一个大麦家族的传奇生涯就此开始。一反常规种在冰层之上，而非回暖通融的土壤怀抱里，主人此刻心里是酸是甜还是苦？我一时无法知道。

首先，主人一家是完全知情，但也为此捏一把汗。庄户人从开种至收获，都捏一把汗。但主人会告诉你，"怕没有"（方言：不要紧），他们无所不知。其次是主人完全确定，因此，接着"怕没有"，还有一句并没有多少力量的口语："你甭害怕"（甭，方言发音 báo）。隆冬般的早春夜，外面冰天雪地，天寒地冻；屋里炉火彤红，暖暖融融，一家子慢条斯理喧着话儿，瞌睡袭来打着盹儿。地里稞芽咋样了，有什么动静？这就是第三，完全不用管，你该睡睡、该吃吃。

当然，气温总体在回暖中。可那是蜗牛式的，爬行徘徊仅有几度，晚间凌晨，又要骤降。清明那几日，猛跌至零下七摄氏度。零度与冰点，各类绿植的生路被活活阻断了，就连强劲生猛的野草，也蜷缩着不得动弹。沉睡与死寂，唯青稞孤军一支，下面卧着冰，上面顶着霜雪，深深陷入重围。

晚些播种可以吗？当然不行。若待土壤基本解冻，播种就生生延误了时机。分三步走的下种、出苗、分蘖，直至吐穗，锁定七月初，必须吐穗。播种晚步步晚，还能再迟吗？高低使不得。

"你甭害怕"，是因为害怕就在那里。用甭害怕提醒一下害怕，诚实的正话反说，因为再怎么害怕，也没有用。

难道说这都是真的？我和大伙儿将信将疑，手持铁锹，嗨一声挖去，果然哪，浅表层下，土壤冰冻硬实如铁！这等硬实与坚厚，即使大马力机械带动犁铧作业，亦随意奈何不得。霎时间我彻底明白了，再没有比这更担心害怕的了。把一件十分担心害怕的事情压给了幼弱籽种，不啻是一场破釜沉舟、豁将出去的豪赌。不是人们太胆大冒险，而是青稞太胆大冒险。

种在冰上，是青海北部青稞的一大怪。怪就怪在，地处高原高纬寒带，冷冻程度自南向北递增，而春暖亦照此迟归递减，本就是不待见庄稼的所在。

然而有一条，说啥也难以割舍，那就是被唤作"黑土""黑油土"的肥得流油的土壤土质。人们如获至宝，一组激动人心的算式目测即得：平展加上开阔，然后，因地制宜加上因时制宜，大丰收几乎唾手可得。如此埋头专注，只问耕耘不问收获，转眼间，成就了堪称杰作的高原冻土农业，也许还是世界之最。

是向冰说了不，还是义无反顾拥抱了冰？青稞的破冰之旅，一个充满生命哲学与美学光环的诱人课题，直接挑战情商智商。农业学者和文人们一样兴致浓厚，角度有所不同，心思目标相像，此处应有一篇文笔暖人的精彩专业论文。莫道英雄不问出处，小秘密包含着一个大秘密，业界和世人高看一眼的祁连山青稞，展示了卓尔不群的气质。

鬼使神差，说话间，不知何时我已经跪在地里了。手捏一把田土，铲刨来的和着冰碴的田土，再握会儿它就会变软，湿漉漉地显露出土壤的质性。

有些受不了这种直渗手心的冻感，只有曾被冻哭过的人才能体会到。想那冰寒至深处，此时冻伤的籽种会不会比比皆是，疼痛是不是连日渗透了大地？各位眼见为实，土壤和籽种，抗着寒，经着冻，牙关紧咬一起挺住。刚才，我拨扒开土层，想能窥探得一点点芽期的模样。俯身侧耳，屏住呼吸，什么也没看见听见。据说，籽种一入土，立刻就遁形。播入的籽种何止千千万，随之一粒都不见。

但我已触摸到了冻层。毫无疑问,蛰伏的稞种就快出头。土地,整体如布下谶语。种子苏醒,或浅睡,根芽窸窸窣窣伸入探出,都是秘而不宣的造化运作了。那里面,有一片片低低的光亮,在冰体上蠕动游移或沉浸;还有一阵阵弱弱的炸裂爆响,精微连续、波次震荡而惊心动魄。恍若睡梦里,新生降临,浑然不知——稞麦出苗,撕扯于土地加冰层,正吃劲角力于绝地并挣脱。一如娘生娃儿,娘痛苦万状、声嘶力竭,爹捶胸顿足干着急,一线生机指望都悬于母子身上。实话呀,这一阵子,人心人力已经够不上、管不着了,统统交给种子也交给土地了。

我由蹲跪转而匍匐下趴的身体,已五体投地。五体投地,我很愿意。天地垂爱,揽我入怀。和青稞一起土生土长,我是谦恭的青稞种植者后裔,我不跪拜谁跪拜。愿与青稞三生三世交情不断,今生之约意味着来生还要做兄弟至亲,来生必不能错失。

播种后的原野,物象纯净,能见度通透。雪白的云团缱绻在空中,天空是柔情蜜意的蓝。冬去了,春来了,寒冷、痛楚逐渐消弭四散,温暖、舒服悄悄萌生滋长。这一跪,正是时候。亲切的达坂山,亲切的冷龙岭,我的双臂能够一揽入怀。这一跪讨巧又讨喜,跪了地,跪了天,跪了祖先,心意满满尽至膝下。是的,有很久没这样跪了。这捧心捧肺的礼仪轻易哪儿有?仅为慈悲的大地之母、青春永驻的土地、孕育复苏的祥瑞时节,我神清气爽,跪姿庄重。请不要管我,我就想这样多跪一会儿。这一跪,跪了小小稞苗,跪了亲亲的种青稞的人。这一跪拜,胜过所有感谢、感激、感恩的语言。

种在冰上便是开春免去深耕翻地,意即不必大张旗鼓破冰。让冰层继续安睡,还是打破原有的宁静?既要三思量力而行,又要考虑土地的感受。坚厚冻层一时啃不动,就叫青稞慢慢去啃吧。最了解土地且有把握的还数自家青稞。拿冰一点儿办法没有的时候,转身培育青稞，也是有意无意让土地再睡会儿，多睡会儿，何乐而不为。

智慧与情感一旦加入，对农田劳作便会聚精会神甚至流连忘返。怀揣一团火，寒冷得以整合折叠，寒冰和青稞结盟，是优胜资源的强强联合。无异于手捧聚宝盆，拿到金钥匙。庄户人脑子活络气力多多，不用排除法或反向思维法，而是用提前法：今年紧随秋收，尽快实施机耕作业。这个秋翻，也是替代来年一场的春耕。要快点儿抓紧呀，因为秋冻亦即冬天很快会到来。说来道去，青稞耕种面临的是一个左右前后双两难。

强调一下，这就预留了数寸有余的疏松表层。田野观察一目了然：农田里的沟沟坎坎状地表，一个冬天光热吸收可达最大值，极有利于在开春保持松软。届时，只需耙平整理，将稞种播入即好。

劳动者秘籍在手，青稞化险为夷。虽然颇费周章，却也轻松。老老实实的笨办法，不露声色的大智慧，典型的空间换时间，就那么七八日、十来天，青稞的夺命时速，足矣足矣。

结果就是这样，巨型冰床冰体之上，稞种们裹盖着薄厚合适、冷暖相宜的棉被子。虽说，要命的依然在下面，然而，紧挨冰层，奇迹还是会千呼万唤始出来！天地有着响亮的掌声喝彩，一粒都没有冻着吗？没有。也没丁点儿冻伤，抑或有，都一一扛过去了。幼芽银光闪闪，亟待单叶破土，个个楚楚动人，满眼的惊艳。一时安抚心疼唏嘘不已，啧啧称奇。

冻土就是冻土，常达零下十几、二十几度。再看幼芽嫩苗，愈发好得不能再好。必是那幽幽寒气之功，要么就是种子自带热度，要么是种子比冰还硬、比冰更冷，就这样切实扎入。自小本事就比天大，所以一生备受喜爱。

"种在冰上"这事儿,确是大地作业一篇,雪州神话孤本。

除了季节性冻结,地层内部还有个永冻层,乃是多少万年的极寒化成。而众多冰盖冰川,才是一方地理气象的主宰。深远的毗邻覆盖,密切的水乳交融,遗传基因里有无一个稀贵的"冰雪基因"广布?我有些说对了,无论植物、动物还是人类,身体灵魂里都有一副喜冰爱雪的"冰雪内核",既干干净净、透透亮亮,又舒舒服服、美美滋滋。

喜冰爱雪,高天极域,飞翔奔跑,生命无不喜乐欢情。耐寒宜凉,冰雪神殿,舞蹈歌唱,凡万物莫不为神祇而有灵,是故,凡不接近、无神性的生灵,无法降生生长,不能开花结果。

疑惧炎热,温暖耐受性敏锐,肌理诉求与对当下全球变暖之忧惕,迫切深刻不谋而合。

作家罗曼·罗兰曾感言:"我不说普通的人类都能在高峰上生存,但一年一度他们应上去顶礼。"不错,唯有占比极其微小的这群人,能将神话打破。与高原群山众水并肩存活,灵性骨性当如何孕育培养?认识需要加深,原理需要吃准。看看野生植物,在冰碴里熟透。在冰碴里采收的蕨麻果,颗颗香甜,名副其实乃"人参果"。拜大自然所赐,冬虫夏草根植冬天,离开冬天是何物?还是个虫。雪莲花,认定了一个雪。前者熟好冰里,后者吐芳雪中,在雪中的历练和在冰中的修为,越近乎极端环境地界,越有惊世骇俗的终成正果。

孕育青稞的土壤子宫,至为洁白晶莹的冰雪产床——有道是,"女儿是水做的骨肉"。借用一下:"青稞是冰雪做的骨肉"。这就十分厉害了。曹雪芹先生若有知,定然甚为欣喜。为青稞大发诗意,先贤才子少不了,可惜文本卷帙流传甚少。那就让我们一起来多为青稞说点儿话吧,念叨念叨青稞的功德,感知感知种植者那一份情怀。请不要老说青稞是出身贫寒的孩子,是让人倍感交集、闹心又放心的孩子,是顽劣皮实冷热不知的孩子。不要再说这个：青稞还未出世，就赢在了起跑线。

天空又有雪花飘落。高原上的雪总比雨多。日照翻倍总是炽烈。自是循环流畅的雨水，冰镇净化的洁水，体恤敬惜的圣水。极端值下，寒冷亦是一种温度。青稞的出生问世，如一场冰雪童话剧。它们有没有啼哭？大概全都是笑着来到这世界的。笑代替哭，终归也是一个意思。这一片，那一片，时间有先后，情形一个样，孩子们陆续在冰上出生入世了。怎么搞的，一念及青稞种在冰上，我便不由自主泪涌而出？放心吧，都好好的。只是，泪水很充盈，情愿为青稞流。

"奇葩"本作美好褒义，不知何时何人因何审美作审丑，贬损化"被奇葩"。须知，"奇葩"一语所含之唯美，并不仅为不同寻常、非常出众，更是指人间罕有、独一无二。

奇葩奇葩，花上之花。它们这样亲密抱团取暖，一面抗冻免疫，一面蓄温加热。青稞首要的粮食特性，正是其遥遥领先的热能量值。这首先是籽种，像火苗，每一粒籽种胜似火种。在长成真正的青稞之前，淬一次火，经历了冰火两重天。基因造化虽说强大，一切归零从头开始。决定一生的第一堂功课，交给了好学生。这朵奇葩，愈冻愈冷愈欢，愈欢愈神愈美。冰里投胎发育，冰上完成幼年，一个命"苦"又命"硬"的励志故事，以前少有人问津，以前总是司空见惯没当回事儿。对不起青稞，人不是什么时候都那么知情。

刚才谁说的？冰体如此坚硬，又如此滑溜，一株株稞苗，会不留神滑倒。

完全意料中，会滑倒很多次。幼小的苗芽儿们，此刻有没有被冻得龇牙咧嘴？或恰恰相反，有没有自得其乐、乐不可支？谁能知道啊——倘若，寒冷跌破极限，或阴天过久，日照不足，冻层硬结出现逆转，怎么办？好了，再不啰唆了，痛楚与欢欣，唤醒与复活，它们只需要安静，再安静。田野四下静谧如斯，我们的声音太大。

青稞军团之剑叶旗叶

青稞作物"剑叶""旗叶"的字面含义，使得习以为常的庄稼与农事活动，平添几分军事意味。满目的"剑"与"旗"，茂盛静谧的广阔田野，仿佛立时兵马涌动杀声四起。

尤以"剑"字表征是锋利，寒光烁目，"杀伤力"无比。依字典，唯一释义锁定"古代兵器"，直指青铜或铁；"旗"字更一展快意张扬，凝聚众团队意愿的图腾标志，一呼百应。此二字与"叶"组合，口念目读，毫不牵强突兀，反觉精当，朗朗上口，天衣无缝。不免心生佩服，将兵家术语安顿到普普通通的庄稼头上，这业内高人，是一位标准军迷，或老行伍出身？均有点儿像。

如此，农田里的枝枝叶叶摇身变换，既犀利锋锐，又飘扬飘逸，古今成败的劳动付出和军旅征战意义叠加，指望的就是这样的旗，以及剑，缺一不可。

关乎盛衰存亡，绿绿的薄薄的叶儿，柔中有刚、身手利落，亮出兵刃家伙，竖起领军之旗。一片庄稼，有刀有旗，奋力拼杀，高举前冲。一片、一大片庄稼，兵将阵仗，气势蔚为壮观。可知以前，我们都小瞧小看它们了，全然不知晓，作物们在干什么、怎么干的。只晓得它们始终在原地站着，从成活到成长，在等人伺候，靠天吃饭。真是"靠天吃饭"吗？作物们情何以堪。原来，事实全然不是这个样子。事物作用往往已充分发挥，且一马当先，走在了前面。是谁在第一线保卫我们的粮食？谁在第一时间里和最要紧处，替我们扛着顶着？一目了然，每一株稻麦都是勇士，整体上才会有这样惊人地一致，从成长到成熟，执剑者是它们，扛旗手是它们。它们的阵容气派，已然超过各种有限的想象力，仪仗严整、步伐坚劲、歌声嘹亮。

无疑，青稞险象丛生的境遇，须以浑身解数奋击一搏。向上，向下，向左右前后，躲闪，招架，作物们以静制动，从未静止不动。厮杀拼抢是常态，危机险情伴随左右。昼夜奋战，人类肉眼不见者，当有十之八九。防卫与还击，最好最有效的，就是拥有一把剑。庄稼有这把剑，随时亮出来，给自己一个交代，给身边伙伴一个交代，多么踏实，多么自在。

我心目中的粮食崇拜金字塔——吃饱果腹，活命养命的物质生存依赖，为基本层级；爱粮惜粮保粮护粮的情感层面，构筑塔腰；积攒深刻的民族家国和历史人文精神价值认同，凝聚塔尖。塔尖闪耀夺目，折射出被称为艺术抽象的丰富神态与个性审美。

"四四方方一座城，城里住着百兵。"谜面子掩饰闪烁，另一版本的老谜底儿，田郭城池，青禾葳蕤。方才是，剑叶丛丛，旗叶丛丛，情愫妙哉，声势壮哉。一队队人马，会师抵达，安营扎寨，鼓角相闻。放眼望去，步卒步卒、车兵车兵，都是披甲武士；刀斧手、盾牌手、弓弩手，都是侠义勇士；掌旗官、击鼓军士、执戟郎，都是敢死猛士……军旅情结的片段移植，召之即来，挥之即去。皆是战将记忆，脑海梦幻，战至正酣。战将战将，胸有精兵百万，已得韩信要领，不让高祖刘邦。足见，生产活计里的平凡琐碎，微微然兵法韬谋以至兴亡之道大焉。一岁庄稼里有一支军队、一场战争和一个国家，剑叶旗叶，何止四两拨千斤。

也挺纳闷，这两个熠熠生辉的名词，《汉语字典》《现代汉语词典》均无收录。"旗叶"没有，"剑叶"也没有。幸而翻找《辞海》有。"剑"

字词目有"剑叶：亦称旗叶、止叶"。所以又遗憾，《辞海》"旗"字词目里，"旗叶"一词亦无。不该有的忽略，今后修订中可否考虑补上？

剑叶，小麦、大麦分蘖到最后那片叶子，长于顶端如立剑一般，故谓之。不过，这只是表象表意。实质是，剑叶包裹涵养着母穗穗朵，像胞衣胎盘护卫推举胎儿，这片叶子功能责任实在大了去了。致命环节处，倍加提防、呵护为上。它应当像剑，而且就是剑，一把锋利、意念顽强、嗖嗖作响、指向精确的剑。

剑起剑落，过命的交情，不容怠慢，而必将被正式命名归入人类文化宝典。文字自有奇效，只有文字能帮我们形成表达，一锤定音。当吐穗完成，剑叶使命结束，想一想，还能一成不变唤它作剑叶吗？依然必须借助字词，这几乎是字海里捞针，又像是信手拈来——

以"旗"接"剑"，意义形态转折，实非"旗"一字莫属。吐穗，如婴儿临盆，全体作物都生养啦！叶子们华丽转身，集结号又吹响。旗，不能不领异标新、哗哗招展。需要一起来仰望与祭拜，需要更加紧密地跟随和领引。植物界不存在不值得敬畏的生命，一草一木皆为先锋。庄稼也开一种花，"穗状花序"其貌不扬，已褪去那种花团锦簇。庄稼一生，原先也可以花团锦簇？嗯，它们是告别鲜花，由剑叶变旗叶的庄稼，它们只需要旗帜，只需要从胜利走向胜利。

"剑叶""旗叶"，值得拿来炫耀。有名分的庄稼，仍需响亮的标榜。这属于人类的德行还报。"民以食为天"，"农业是国民经济的命脉"，古今主张，坚定不移。相比，"饭食既是营养又是良药"，经验厘清，左右服人；一句"食不言寝不语"关切日常，偏重仪表、吃相与教养养成，实则体现了对于饭食的尊重和激赏。

今天的语式渐进，已由"要好好吃饭"转换作"要吃好饭"。表明，挑剔与选择到了又一层级，靶向再度校准，丝毫没有偏移。其背后靠山，无外是农业产能的承诺与担当。说句公道话，有关食物品种及份额的配比，实际早已精确至每一张嘴。一如空气、阳光、水分之生命必需，庄稼、粮食、食物三位一体，须得充沛裕如、源源不断。方才是，一日三餐而不是一日一餐、三日一餐，须得取之不尽，用之不竭。当今中国，衣食无忧的日子，食文化一路盛行，你想吃什么？回答是"随便"。脱口二字，承载问答新义。与碗中的货食同构，挑剔又变作了无，好似"不择食"美德成习。"就像天天在过年"，餐桌上的流行语，若干年后，可能就是这个时代的光荣标签。

万事妥帖有靠，尽可放手索取。"食不厌精，脍不厌细"地百般占有享受算个甚？再而三的任性才是真。满大街放开吃，各时节争抢彩头吃，跨距离追踪寻觅吃，吃的是环境，吃的是氛围，吃的是情调，好像也不过尔尔，什么都没发生。

弱弱问一句："你会惦记老家地里的庄稼吗？"咱们的庄稼，敌与友历来不少，一样多。敌人不可低估，不能动不动忘乎所以。有时，庄稼分明正面临一场完败。一些年份里往往是惨胜险胜，也就很不错了。素日里的剑拔弩张，阳光下的刀光剑影，夏天的主题主场，各地庄稼大军排山倒海所向披靡，没有功亏一篑，没有全军覆没。一片叶子带来的学问，不乏得失盘点和情感总结：为生存大计，一道门槛设置，"剑叶""旗叶"，立意醒目跃然纸上。

同一片叶子的两张金名片，递过来古今粮食的安全理念，依然忐忑再三。先知先觉的先天之名，作物们模范带头、以身作则，天天挂在身上，处处落实行动。一件忧心忡忡，似乎本不属于庄稼的事。它们付诸行动，无论人有没有、在不在。人要是忘了就忘了，不过，有一部分人打死不敢忘。也并不打紧，归根到底，唯庄稼行，一切才算行。

时序阶段，性状更迭，见微知著良知一贯。旗叶，哪怕有些残破，它也是一面旗，真正的旗。一语中的，你看青稞的旗叶，到最后临了，大多已显残破。

青稞弯翘的剑叶，更如弯刀。高原大气象，雪线风透骨，烈日溅火星，青稞豪横拔剑出刀。宝刀刀刃，宝剑剑锋，时常磨砺且擦拭一新。唯见青稞，比小麦宽的叶子，比水稻墨绿的叶子，一天到晚明光锃亮，百日千里，纤尘灰土，不落不染。

高原草原，青稞军团，劲旅一支，兵贵神速。山地行军路上，马儿萧萧、旗儿飘飘。它们在冬春之季擂鼓布阵。用整个夏天展开攻防和冲锋。发起冲刺在秋天。很早就有人精准定位，这是一场战争。灾荒、劫掠、瘟疫，不见硝烟的战争；病痛、创伤、死亡，流血不止的战争。这场战争打了很久很久。战术招式，保持古典，以及古典才有的不败经典。那是一种古金属冶炼工艺锻造、锤炼的兵器与武艺，符合现代人审美，一向魂牵梦绕，屡屡切中下怀——好一个今非昔比的陆战野战，年年必有一战。好一个"只有军令状，没有免战牌"。好一个"马放南山刀枪入库"。偃旗息鼓，是入冬以后的事儿。现在，理论上说，一株株青稞最后伤痕累累，是一个个倒下又爬起的兵；实际看来，所谓旷日持久的战役战斗，常态之下，却是一片风和日丽。每次硝烟散尽，谦谦君子兮归来，化干戈为玉帛，还是那一身老军装，一身褪绿洗白泛黄的老军装。收获完成时，忽而反应过来：面前的它们，个个已是身经百战，且分不清谁是士兵、谁是将军。

生命生殖，一向精准，遍布季节的繁育紧锣密鼓，稞麦个个好样的。结穗的籽实，持续的滋养注入，粒粒饱满。籽实，活性的胚胎，非一般粮食，物质精血之交互结晶，是受精卵。一枚枚受精卵，是它们唯一的赐赠，是它们对这个世界唯一的奉还，作物无隐私可言。瞅瞅，受精卵，个头足够大、足够养精蓄锐、足够迷人炫耀了。劳作者的含辛茹苦巨大付出，似乎到此就可以轻描淡写一笔带过了。

一个本该守住的秘密可以说破：青稞为家传自留种。耕种管理全程既为产粮消费，也为育种繁殖。收获新粮，好中见优，选种留种头等大事。全部稞麦都是乡亲们的最爱，都可以成为种子。但是不，那长成出落上佳的，才是心头之肉，才有幸被留作种子。高原上的孤本，百病不侵刀枪不入，越活越蓬勃，越生越标致、出众，皆因始终有一个自己的剑叶，有一个自己的旗叶。

由根须到枝节到顶端，那才是美妙的巅峰落脚开花处。早先的智慧思维对于事物的涉猎覆盖，几乎没有盲点，遥遥领先。已有的认知还要不断深入阐释。要潜心复读复习，知识是常新的，"你可以躺在知识上睡大觉"。知识的恩赐只给予渴求的灵魂，你可以笃定一心，不停重复这一项劳作。总之，已有知识足够用，你可能会毕其一生扑在青稞一件事上，这就很够意思，这就会很有很有意思。

麦田里劳动生产的诗意范例，拔剑披荆斩棘，举旗高歌猛进。成长和成熟的过程与意义，约略也是剑为始而旗为终。没有剑、没有旗的生命生存，不可思议，无足挂齿。

瑞 兽

植物静守，动物游走。两者间一定在哪儿发生接壤交叉，遇见并错过。

我仅沿山底和田埂独行。田埂，进入田野的唯一自由小径，隐秘小径。青稞丛中与山体以下，稞枝叶穗，灌木草丛，足印，气味，声频，种种痕迹悄然散布若有若无。

这几片青稞地，有数万亩计，不易觉察地指向不远处。那是威震八方的老虎沟口：左右山峰岿然对峙，山门一对天然洞开。又遥见，有更高大的雪岭皑皑闪现。必是上山虎、下山虎盘踞出没的主峰所在，寒气习习、虎虎生威，令来者心生敬畏、望而却步。

别紧张，其实没事儿。老虎沟无虎。虎纯为传说，雄视八极的冷龙岭，也没有龙。是前人们的意念构思连接古今，大地山系乃天神真身，坐视镇守久矣。这一认知在另一本书里，但经典一页，莫过于眼前：方位、走势和体量，无不是一个万世恒泰的安妥。龙虎气嘘缥缈周遭，我还是满满希望，有真的猛兽狮虎踱步，在我之侧亦步亦趋，彼此相安无事。

由老虎沟传出的雪豹消息，我一年多后才得知。这期间，我只埋头关心青稞。就像我一个人的青稞地，它们若记住了我，会说："去年、前年你也来过。"和青稞彼此唤醒钩沉，彼此指认端详。老虎沟之虎，冷龙岭之龙，这些昆仑灵瑞之兽，神遣幼兽巨兽，都是青稞叙事中的角色，复活而活泛。年景里的盛事，该来都得来。祁连雪豹，不必蛰伏潜守，听人说，它就是青稞的另一影子或"伴儿"。

时在2018年5月28日18时许，野外监测仪拍得雪豹下山照。护林员阿尚发来截图二帧，记录当日"18：41：02"、"18：41：03"两秒间，第一幅，一只雪豹匆匆径直下山；第二幅，它竟扭过头来，回视镜头。难道它对此人工设置了然于胸？

很有趣，一个只有人脑才会有的错觉冒了出来：以为刚才有两只雪豹，一前一后跟着下山去了。是的，斜阳西下快要落山时，雪豹们该去山底饮水了。这是个惊人发现，但消息并未不胫而走。那个镜头以及镜头后面的人，有资格发现记录，无权满世界张扬。那么，我们的雪豹，至少还有另一只在巢穴。保守估计它们应该有一个小小的种群。

没遇着老虎踪影的护林员，却被雪豹一眼撞见。祁连山雪豹下山，似乎前所未有，似乎早就该出现。难道，我痴迷投入，盯着青稞不放，就是在冥冥中期待、预感和守望雪豹归来？

这是离青稞最近的雪豹了。我的青稞啊，却原来，你有雪豹陪伴。听起来是这样离奇陌生而遥远：青稞一直有雪豹陪伴。它不仅有山兔、野雉、狐狼，或草原雀、鹰隼以及蜂蝶之类。在雪豹陪伴下生长，在高原大境何足为奇，然而，一种农作物能享有如此待遇，仍不禁使我倍感振奋、喜出望外。

回到青稞地，眼里瞅青稞，心里想雪豹。如今已非空穴来风，曾经的那几天、那几月、那几年，雪豹光顾了青稞田。它远远望着我，仅仅是望一望，看到了我在青稞田边，似乎放了心。一度，它贴近稞田，与我悄然并行，我却茫然无所知。想到这儿，我有些后怕，但没有汗毛耸立。这特别可遇不可求，我庆幸我这么想，也许这不是猜测，恐怕就是真真的事情。

忽而，眼前头，一株青稞穗头噔地抖动了一下。随之，一撮儿青稞穗，跟着有所晃动。想起了这话：谁动了我们的青稞？哦，不必大惊小怪，大约是一只受惊的蚱蜢弹跳而去，是一缕热旋的气流掠过。或恰是，与我到来引发的物理场量微妙改变有联系？像一个未遂的蝴蝶效应，与我思想雪豹的心理活动有所呼应，一个超验的"雪豹感应"，转瞬即逝……

有回，在玉树南部昂欠县的牧人家，一女子在逗一只小野狼崽。她想摸一下，狼崽凶悍，几度欲摸，扭头就咬，就再不敢摸。女子说："这东西要能摸一摸，会沾到福气。"她管狼崽叫"这东西"，有些不好。但她后面的话很好。我也很想摸一下，却停住缩回了手。还有一次在可可西里，远见一头野牦牛昂首站立，同行者啧啧赞叹，望远镜里细瞅，正是一头"金丝野牦牛"，尊称青藏"黄金神兽"，得遇，甚吉。没摸上，或者，就是摸上了，能不能算作数？能瞅上一眼，就算是那么老远，亦足矣。动物世界与人，再近也远，再远也近。

一年过去，雪豹消息再未出现。雪豹敏锐，阿尚也认为，它不应随便被监测到，但过后它知道该怎么做。被人以低概率监测到，是一个低级错误。野生动物们理应享有至高的隐私权，容不得随意侵犯。这属不属于偷窥？偷窥总是不好的。雪豹，你要多加小心。虽说保护体系严格周到，我还是要说，雪豹雪豹，你要藏好。

雪豹应无恙。人类的邻居盟友，与人井水不犯河水，有清高的好名声。感觉上，它若即若离深深敬重着人类。有人说那是出于惧怕，我不认为。我敢断言，雪豹的世界里还没有什么值得它惧怕。它只是更懂得收敛，小心翼翼而已。

叙述至此有了转折，人类深深敬畏敬重雪豹，一个契约式共识由来已久。高级生命基于对等认同的互尊自尊，至此能够得出审视确认：在雪豹和人类之间，存在着相互崇拜并相互吸引的精度对应。而进一步得到印证的是，青稞恰恰亦处于这一尊贵的智识之中，它早先已被牧区众生奉若神明。请看，这便齐了：雪豹、青稞和人，相互吸引而且相互欣赏、相互崇拜，结构构建了雪岭草原最隐秘、稳固而悠久的黄金三角模式。

想不到，动物、植物、人，以这种意义关联进入我的作品。不，是我被幸运之神指引，那是至高无上的雪线巅峰，顶尖的雪豹、顶尖的青稞、顶尖的你，秘境际遇三老友，一条纽带经久维系，相互支撑，相互认领。大高原宏观物理空间之形而上格局，是完美主义和唯美主义的存在，正乃"大地上诗意地栖居"的理想境界。

这该是第四者的视野命题：凡生命必须美，换言之，无美的生命不值得存在。"诗意地栖居"核心旨在，美乃内外兼修，一如雪豹华丽的皮毛、青稞贵气的缨穗，就是为了能够吸引我们来欣赏与崇拜。凡生命皆用情用心，自然界披露给我的文学秘语：雪豹在这样感觉，青稞在这样感觉，所以，我们才这样感觉。

发问往往要陷入愚蠢：一切出自谁的手笔？人的？神的？没错，都是。高端鉴赏的心旌摇荡，精微刻画的神情灌注，天天的欢情四溢，时时的相拥密语，一种张扬得不能再张扬的外形，个性袒露而性情恣肆，让满世界欣赏崇拜。凡生命都值得欣赏崇拜，让我从稞穗穗芒开始，锋尖儿上的诗意解剖，标本为当年新采。取自田野的研究过程，标本似还活着，穗芒应该活着。我没有显微镜、天平以及化验杯、试剂诸物，但对于青稞穗，一把直尺足矣——

这麦中之麦的针矛刺芒，极度夸张神异。每粒颖果都生有一根长芒，与大青虾长须相似。我量出了它的长度，短的二十厘米，长的达二十九厘米。其穗实部分，不过十多厘米。而一枚籽实大小，仅零点七至零点九毫米，不足一厘米。偌长的稞芒，偌小的籽实，比例反差令我大跌眼镜！

穗芒有数，一朵六棱稞穗，有近六十枝穗芒（亦即，它总共结有近六十颗籽实）。一朵青稞的长芒束，飘逸一绺，若甲士盔顶之璎珞，那个神气活现，那个傲然潇洒，那个美，那个俊。

把青稞、小麦、稻米籽粒放一起，形状与大小竟相似。顿觉欣慰，麦类大家族的亲近度，传递给我愉悦。可为何，其他麦类皆为短芒甚至无芒，对青稞如此设计用心，如此情有独钟，不由我不服膺长叹。

一枚颖果生就这么长的穗芒，有这必要吗？肯定有。万物皆有用，绝非等闲摆设，一定有大用。如此无所不用其极，仿佛天生神秘杀手。当然也许，仅仅是一种装束修饰，只为了美观。前面不是说了，只为了吸引我们来欣赏而长得好看，像男人的胡须、女人的头发，可以说后来纯粹就是为了修饰好看。

我想到了虎须。天哪，我怎会想到了老虎的胡子？风马牛不相及，青稞与任何人触摸不到的兽中之王，有了一对一的比拼。"老虎屁股摸不得"，老虎唇须可近得？野性灵性之胡须，伸向空气的触角，信息探测器和感应接收源。青北祁连山老虎沟青稞，与那出没于大昆仑的龙虎瑞兽，芒须里必有不为所闻之故事秘密，是物质的、物理的，肯定也是非物质的、大神话的。

我有点儿走火入魔了。稞芒与虎须，最多也会是一样长短，而不可能稞芒超过虎须吧？又出乎我意料了，一根虎须据查约十五厘米长，那么，一根稞芒的长度几乎就是虎须之两倍，两倍！

青稞和种青稞的人，你该陶醉了。这等芒须生成获得的光合作用，会是超倍的。空气的呼吸效率亦会是超倍的。诚然，水分的吸收同样是超倍的。它还可能伸向诸如叫作暗物质之领域，是触角和抓手。研究证实，它就如一些植物裸生的气根，是抗寒抗低氧的有力舌须，在空气中捕获籽实所稀缺的极微量养分元素，功不可没。

该轮到我陶醉了。青稞芒针做到了无法做到的未知所有。敌人和对手，有形又无形，其另一重要功能，必在于自卫抵御。青稞遇到了挑战，极大的挑战。看看，这是它不怒自威的样子，决绝无敌的优雅表情。

还记得鲁班因草叶割指启示而发明锯的典故？稞芒的锯齿，两侧上下边缘皆是，倒钩倒刺的力道强度，一般草叶望尘莫及。割麦时得提醒：千万莫叫孩子误食，若卡喉里，穿走尖钻，危情剧烈鱼刺莫如。

貌似某种大型猫科动物？青稞的密码图幅画龙点睛，一副掠食性动物面孔，悄然显影浮出——肖像青稞，兀自孤独踱步而抖须太息，毛色粲然呼之欲出。

雪州农作物之王，冰雪予以加冕与授衔。所有的麦类作物——小麦、稻谷、高粱、玉米等等，次第退下高原舞台。那是很久以前，回落到平原低地的稼禾们，被阻挡在极地风雪之外。大自然雄视万物而长盛不衰的法则，青藏高原那一次突变崛起的大礼赠送，青稞而今愈发火辣撩人，愈发显赫喧嚣。先锋青稞，不管是过去的"神的化身"，还是今日的"王使之神"，愿这一通文字厘清原委，或抛砖引玉，"已经准备好再次见证造物主概念的变化了"。抒情歌手和赞美诗人，将纷至沓来、层出不穷。请记住，下一次，我要请你来青稞田边一坐，并告诉你：有一头雪豹，刚刚从这里走过。

我和青稞有一场奇缘。在动物与植物的边界，它率领我逾越。不必待到成熟收获，不必待到烈酒酿成，大白天下的稞麦成像，也狰狞，也祥瑞，也鲜活，也逗趣。我如孩童般数叨罗列：心目中的植物青稞，系动物转世之隐身，是狮子、老虎、棕熊、大象？大象不属于，那还有的，是猞猁、荒漠猫、草原狼、豹子？

是的，不由分说，就是豹子——不是美洲花豹，不是非洲猎豹，是青藏高原雪豹。

我只认定雪豹。大领域护卫逡巡者，只做遥远的长久的驻守和瞭望。下种，出苗，分蘖，它为先知；抽穗，授粉，灌浆，只它嗅得青稞自生至熟的气味。而青稞，只以长须发射接收超物质讯息给雪豹。诸君见笑，我的最新研究发现成果：高原青稞一族，麦类作物里的成年雪豹……

（原载《人民文学》2021年第7期）

藏一只蟋蟀在耳朵里

法蒂玛·白羽（回族）

"嚯嚯嚯，嚯嚯嚯——"蓦地，听到蟋蟀的叫声。

居于青藏高原，小城气候炎凉，即使初夏，雨下得久了还会变成纷飞的雪花。青杨的叶子刚刚展开青绿嫩黄的小手掌，细密的茸草间只有蒲公英打着小黄伞，像一群赶集的小丫头，挤挤挨挨的。马兰花才冒尖儿，骨朵儿是瘪的。松枝的新芽还顶着褐色的小帽子。而我，也才翻出柜子里尘封的遮阳帽，这样的季候，怎么能听见蟋蟀的叫声呢？

是神思幻听，又或者是某个路人手机的铃声吧。

"嚯嚯嚯，嚯嚯嚯——"我牵着女儿的手路过十字路口，砖缝里挤出的一丛青草在清风中萧萧爽爽。

对面楼群投下的大片阴影覆在小小一片青苔上湿湿凉凉。

佛阁藏药厂阔大的院子里，两口大大的水缸空空寂寂卧在葱茏的松柏间，笃定得像两个入定老僧。

无论如何，蟋蟀的叫声仿若游思。不真实。

蟋蟀在我们这里盛夏七八月间才有卖的，装在麦秸编的六角形小笼子里，一堆堆麦黄色的小笼子挑在一根长棍子上。卖蟋蟀的都是临夏人。相距一百多公里，甘南在青藏高原屋檐上，临夏却一路过渡到一马平川的黄土高原，地势平坦，四季分明，地理风物都似两个世界。过了土门关，就入了临夏地界，风"唰"的一下就暖和了，地里牛羊少了，苞谷拔节，小麦抽穗，钻天杨使着劲儿往高里长。不知那些蟋蟀是不是出自临夏本地的乡野，又或是从气候更煦暖的四川、山西、河北等地运来的，反正来甘南卖蟋蟀的都是临夏人。

蟋蟀贩子戴着和蟋蟀笼子一样颜色的麦黄色宽檐草帽，他们大都皮肤白净，眼神狡黠，口齿伶俐，亲热大方。只要有人往那摊前一瞅，不论穿戴讲究还是寒碜，口袋里有钱没钱，实心买主还是看客，他们都一视同仁，一口一个"姑舅！乡亲！"地叫着。尤其看见怯怯地扯着大人衣角的小孩儿时，叫卖得更带劲儿。"买不买过来看看哟！看一下，又不要钱！"而那悬挂在竿子上的数十个精巧的麦黄色草笼子，让远远盯着笼子使劲儿看，却怎么也瞧不清里头的蟋蟀的小孩心情焦灼，直咽唾沫。恰恰那时，蟋蟀们"曜曜曜，曜曜曜——"此起彼伏地赛着叫，似无数只小蚂蚁在孩子心上爬来爬去。奶奶不让我们靠近卖蟋蟀的小贩，说那人"太精灵，鬼大！""不买成呢，你让娃娃看一看哟！"蟋蟀贩子才不理会大人们戒备的眼神，果断大方地挑一只草笼子塞到小孩儿手里，任你看个够，听个够。"听听不要钱嘛！"听一下当然不要钱，谁还能管得住蟋蟀的叫声呢？

"曜曜曜，曜曜曜——"风带着蟋蟀的叫声一股脑灌进耳朵里。哎！那一片广阔的原野就在眼前了。万亩青稞荡着青波，豌豆枝枝蔓蔓缠绕着，开满羞涩娇俏的花，粉的白的，都欲展翅。黄灿灿的是油菜，嚼一根在嘴里，甜中渗出丝丝嫩嫩的辣。万头攒动的是狼毒花。然后，看见那个牧羊的老人了，他戴着一顶小白帽，下颔微扬，一把稀疏花白的山羊胡微微翘起，身子斜倚在羊群旁边。茸草青绿的平缓山坡，雨水给予它们亮度。没有任何杂质，那山坡仿佛刚刚隆起，依旧带着海水的咸度和贝壳的光泽。他和羊群都沐在那光泽里，好似一尊亘古不变的雕像。天黑尽时，白白的月亮贴在明净夜空，旁边凝着几粒亮亮的星星，风的清音掠过草尖和俯伏的草木，掠过我的耳际。嗬——我随那声音走远了。

"看呐！它在那儿！"女儿兴奋地叫道。

顺着她的手指，我看到路边二楼的窗沿上露着一个鲜红的三角顶儿，那是麦草笼子被淘汰后比较时兴的一种养蟋蟀的小笼子，造型像座小亭子。半支彩铅高低的小六角亭，用鲜绿或鲜红的塑料做的六角顶盖儿，从底到顶镶嵌几根比牙签粗的小木棍，中间三根可以活动，可充当门。流水线上组装的东西，整齐干净，却不如从前的麦草笼子与蟋蟀更相宜。

"天气这么凉，怎么会有蟋蟀呢？"我喃喃自语。

女儿却说："这有什么稀奇，网购的呗！"

我随即在一购物平台搜了一下，果然有"活体蟋蟀"卖，一只四五十块钱。

从此，晴日早晨路过那栋楼，必能听见蟋蟀鸣叫。我有时忍不住驻足，和女儿依在青杨逐渐散开的绿荫里听那蟋蟀苍劲辽远的欢唱，"呀，是风来了——云来了——是原野！是蝴蝶！"女儿陶醉地闭着眼睛，仰起粉扑扑的小脸蛋，细密的长睫毛上好似闪动着淡淡的流光，整个人都明亮起来。她甚至扬起手臂欢快地跳起来，像一片迎风起舞的绿叶子,又像一头扎进春天里撒欢的小羊羔。清晨一瓣一瓣盛开,清澈的光阴在叶面脉脉流动,闻不到,却觉得馨香扑面。蟋蟀一叫,便是一片清新的天地!

"是谁这么幸运,能养着一只蟋蟀呀?"女儿不无神往地瞅着那窄窄的窗边上露出的红色顶盖儿。猜想那只蟋蟀是黄色的还是绿色的,蟋蟀的主人是位耄耋老者还是顽皮的小孩儿。"是老人吧,"我说,"因为小孩子都去上学了,你的同学们现在都在学校里呀。"女儿的星眸瞬间黯淡了。庚子大疫,举国哀艰,女儿恰恰在疫情期间生病了,半年时间往返于本地和省城医院,反反复复住院出院,加之新冠肺炎疫情带来的种种恐慌焦虑和求医不便,住院期间更是身心焦灼,疲惫万分。虽为顽疾折磨,所幸逃过手术,五月中旬终于出了医院,在家药物治疗慢慢休养。

不知源于天性还是因为在病中,她对这蟋蟀的叫声感知竟如此深微。我像她一般大的时候,同身边其他小孩子一样,对蟋蟀的叫声常常只有两种反应:充耳不闻,或者,烦!买来玩一阵儿就不怎么稀罕了。小孩儿喜爱蟋蟀,多是因为好奇,看那虫子除了整日叫着,叫声重复,再无其他有趣之处,便失了兴趣,又会找其他新玩意儿去。我有一位女同学,暑假回兰州老家,最恨姥姥养蟋蟀。兰州夏天热,蟋蟀叫得欢,姥姥常常摇着扇子,在蟋蟀的叫声里打盹,像是回到幼时乡间藤花凉棚下,很是惬意。小姑娘却因心烦,晚上蹑手蹑脚朝那蟋蟀笼里喷一下杀虫剂,次日,老人无限感伤地拎起僵死的蟋蟀喃喃自语"怎么会死掉了呢?昨日还好好的"。那位女同学人长得漂亮,父亲在一家大单位工作,母亲开着一家缝纫店,她总是穿得很时髦很漂亮,在班里成绩也好,骨子里有些骄纵。给蟋蟀喷杀虫剂的事儿是她亲口告诉我的,那是因为她在我家廊檐下的扁豆藤间看见了我爷爷的蟋蟀笼子。

爷爷是酷爱养蟋蟀的,每年盛夏时节,老人比我们都期待蟋蟀贩子的到来。新买来蟋蟀,爷爷总是要回味着比较品评一番:"这只比去年那只翅膀短些。比前年的腿长,个儿大,颜色更绿些。"老人靠在炕角一摞棉被上,拎着刚买来的蟋蟀笼子对着窗户细细地瞧里面那只屈腿鼓眼的虫子,相待之心比孩童都细腻专注。他曾拿放大镜仔细观察过蟋蟀,发现蟋蟀不像鸟,并不是用口舌发出叫声的,他告诉我们,蟋蟀的翅膀下藏着一对"小镜子"(翅膜),蟋蟀的叫声其实是翅膀摩擦那对"小镜子"发出的。他盯着笼里翠绿的蟋蟀可以看上大半天,好像手里拿了一台小小的放映机在看电影,很入神。有时正在吃饭,蟋蟀叫了,他会举着筷子听上半天,听着听着,脸上的每条皱纹都舒展开来。他不养猫狗,不恋花鸟,腰腿好的时候喜欢养一群羊到山坡上静静放牧,后来得了腰椎结核病,做手术后的几十年时间只能在炕上坐着,下炕已经离不开拐棍了。

买蟋蟀在我的童年里,是个"事儿"。虽不比过年过节,但那天总是印象深刻的。总是要在七月里的一个晴天,天空蓝得像要流下来,路边的山坡上撒满了金币一样的小黄花,银线似的野草诗意地摇曳着完全散开的紫色穗子,风一吹,一些亮闪闪的光落了,另有一些又闪耀起来。就连土路上飞扬的土都沾着光,如薄霞轻绮。那一天变化最大的是爷爷,极少出门的他被奶奶打扮得浑身簇新,穿上熨烫得整整齐齐的中山装,一丝不苟地扣好每一粒黑塑料纽扣,就连卡着脖子的风纪扣也是要扣紧的。他自信而庄重地拍拍衣服的前襟,再蹬上奶奶做的崭新的千层底黑布鞋,换上洗得净白的小白帽,取出炕毡下的木梳将一把胡须细心梳理得根根分明。忽然间,爷爷就变了,腰背被挺括的衣服拉直了似的,佝偻的身躯变高了,从头到脚焕发出一股又洁净又挺拔的神气。他拄着被我们反复拭擦过的拐棍,仰着头,眼里升起一星泪水一样晶莹的光。那样子,哪里像个久病卧床的人呢?我甚至在他身上闻见一股清爽醒脑的香味,像草原上河水的气息扑面而来。哦,我忘了,他刚刚打了香皂,洗了头,刮了脸,每个毛孔都洁净了……奶奶看着爷爷,"人靠衣裳,马靠鞍"的话一出口,两滴眼泪就溢出了她皱巴巴的眼角。

一路上,两人走走停停歇歇缓缓,我们三个孩子小鸟一样围在他们身边,耐不住性子,一会儿飞远了,又回头飞回来,心情也像小鸟一样自由自在。到了挑蟋蟀的时候,爷爷会把权利让给我们,为了让我们尽兴,他总会拄着拐棍儿站在一边看着我们挑。正应了孩子一时好奇的天性,我们底气十足地冲到蟋蟀堆前,放开手脚在几十个草笼子里拎起这个,放下那个,乱挑一气,兴奋得半天瞅不准一只。爷爷就在旁边佝着腰,拄着拐棍儿,和蟋蟀贩子有一搭没一搭地闲谝。话题断断续续,因为蟋蟀贩子都不会专心地去听爷爷说什么,他们要眼观六路、耳听八方,吆喝买主来买蟋蟀。有一次,爷爷跟蟋蟀贩子谝蟋蟀也有性情。那贩子就乐了,说:"那虫子还不都一样的,吃、叫、拉屎?还有啥性情!阿爷您倒是说来听听。"爷爷就说,万物都有性情,就是黑乎乎的一个字,它都有平仄呢!蟋蟀贩子点头应付着,边听边吆喝着买主。听着听着,那人眉毛一挑,惊异地说:"哟,阿爷您不得了,今儿个我算长见识了,您慢慢地挑,别人一只十块,给您八块钱!"爷爷说,那看起来大同小异的虫子除了颜色、大小不同,触角长短等体征之外,还有聪明的、老实巴交的、害羞的、好胜的、温和的,弄得跟人一样有脾性,那脾性让蟋蟀的叫声相似而又不同。温和的蟋蟀叫一阵儿、缓一阵儿,不急不躁,音色也悠长明亮。老实巴交的,叫得随性,声音也忽尖忽亮,听着不流畅,不舒坦。"你听这只,就是个争强好胜的，叫声急促尖锐，扎人耳膜，不歇气！"蟋蟀贩子"嘿嘿"笑着，佩服得直点头。最后，我们买了爷爷挑的那只蟋蟀。回家路上，姐弟三人一边嚼着香甜的苞谷秆子糖，一边抢着拎蟋蟀笼子往前跑。回到家，才发现两位老人落在后面了。嘻，我们只顾着自己高兴了。

　　挤在一起头碰头地玩一会儿新买来的蟋蟀，解了稀罕气儿，草笼子就被我们潦草地挂到檐下密密匝匝的黄药子藤下，喂养蟋蟀从来都是爷爷的事儿。记得他总是挑院子里刚刚结出不久的碧绿的嫩豆荚来喂蟋蟀，嫩豆荚里层的膜是要细心去掉的，那样豆荚才水嫩甜美，蟋蟀爱吃，怕蟋蟀吃撑了，他一次只往笼里塞指甲盖儿大的一小片。除了豆荚，他还会把梨子切成小小的薄片喂蟋蟀，他曾听人指点说给蟋蟀喂点儿辣椒，辣劲儿一冲，蟋蟀就会一直叫不停。他相信吃了辣椒的蟋蟀会像人一样辣得额头冒汗，血流加速，释放出潜藏的能量来，然而他不愿为一己的喜好去为难一个小生命，让它随着自然、随着天性叫着。万物都在赞美，蟋蟀的叫声是自然赞美诗中的一章，花香脉脉，叶雨沙沙，鸟鸣啾啾，草虫嘤嘤，天籁至美。爷爷从没喂过蟋蟀一粒辣椒丁，他会嚼大豆来喂蟋蟀。尤其入秋后，秋虫萧瑟，蟋蟀的生命急速萎缩，爷爷将那依然翠绿但叫声迟缓的蟋蟀看成像他一样的老人，一个年年来陪伴他的老朋友，分外怜惜。因为大豆富含植物蛋白，他就每日嚼一粒大豆喂蟋蟀，以助虫子抵御季节的肃杀，到底有没有用？不得而知。只记得那时他的牙齿差不多都已掉光，每日对着蟋蟀笼子，干瘪的嘴巴连同颌骨倾力磨动，艰难地将豆磨成糜。他嚼得很专心，从不说话，甚至控制着连唾沫也不敢咽一下，两颗残缺的大牙嚼出的豆糜沙沙的，垫上一片绿菜叶放进笼子里，蟋蟀可以享用一整天。

有蟋蟀的夏天爷爷不寂寞了。甘南气候寒凉，即使在盛夏，蟋蟀晚间也是要早早拎进屋里挂到毛巾架上的。早晨红红的日头晒干花瓣上的清露时，爷爷才会将蟋蟀从屋里拿出去挂到檐下扁豆藤下。扁豆叶子稀疏清爽，但每一片叶子都很舒展，透着光的叶片间开着一串串纤巧的橘色小花，藤蔓也不似廊檐下黄药子那般虚张声势，没头没脑地遮蔽着阳光。扁豆藤很紧凑，一片扁豆藤将阳光筛得满地星星点点，不温不火。爷爷将他那把老藤椅也随蟋蟀挪到扁豆藤下。阳光一晒，蟋蟀就开始叫了，老人就靠在藤椅里听那悠长明亮的叫声，他微仰着头，双目微阖，意态悠远，阳光洒在他的脸上、身上、手上，分外温暖，分外仁慈。

有一天，我放学早，提前回家了。从门外就听见蟋蟀的叫声，推开大门，只见整个院子都浸在夕阳橙色的柔光里，院子被光包裹着，豁亮温暖。光沿着泥墙渗下来，裸露的陈年麦草泛起微微金光；光拂过橘色的金盏花丛，那些花仿佛就要燃烧；光一不小心洒在小径上，每粒卵石都像刚刚淘洗过，亮亮津津的。光安抚着一切，牵引着一切，就连菜地里通常无精打采的大白菜也齐刷刷挺立着，绿得通透。鸡舍里的鸡群莫名地安静，小花狗从窝边探了探头，不吠。"喔喔喔——喔喔喔——"只有蟋蟀欢畅地叫着。还是那只蟋蟀吗？我有点儿不敢相信。我从未听过那样的声音，似有一种魔力。那是带着翅膀的声音，苍劲辽远又轻盈明亮，它要带着我飞起来了。我被它带到空灵的自然里，有些恍惚，有些心惊，感觉眼前的一切连同自己就要消融到一种更大的存在里了。

这时，我看到了爷爷。一个小小的、小小的身躯，灰衣灰裤，缩在扁豆藤下的藤椅里。在偌大的庭院里像一个灰点，只有那顶小白帽还亮着。他垂着头，闭着眼，显然是沉浸在蟋蟀柔亮的叫声里了。蚊虫在他周围嘤嘤嗡嗡，他不用手边的白牦牛尾掸子驱赶，任由它们飞来飞去。他的一只腿微微蜷曲着，另一只伸得很直，脚边就是碎砖围砌的小花坛，花坛里盛开着颜色深紫的、浅黄的，酷似面具的小老虎花，像一只只蹲踞的小兽，在微风里轻轻抖动，仿佛要伺机而动。

　　我忍不住细细地瞧他，我从没那样细细地看过他！那是一个裹在灰色制服里瘦弱龙钟的老人，他的肌肉正在一寸寸萎缩，骨头一日日在老朽，岁月和顽疾交缠着磨蚀着那羸弱的生命体。我仔细地看着他，那顶薄薄的雪白的无檐小帽，仿佛生来就在他头顶上，是他的铠甲、他的护苫、他生命的一部分。沿着帽檐，鬓角凸起的青色血管包裹在紫铜色的皱巴巴的皮肤下，像一条滚烫的河流贯穿老迈的躯体，贯穿着他整个的人生。他的一只眼窝深深塌陷着，那是一只失明已久的眼睛，据说是始于一次惊心动魄的意外，一支走火的枪夺走了他的光明，这是他一生避讳的话题。皱纹从脖颈从鬓角从眉心四面纵深，偷偷篡改了他原来的模样。始终精神的是那把疏疏朗朗的青白胡须，我一直奇怪，他那么老了，为什么那把胡须就是倔强着不肯老，银白中一直夹杂着丝丝青灰。他很珍视这把胡须，沐浴净身后一定要用木梳反复梳理一番，仿佛一个见证。他静静地蜷在藤椅里，那把藤椅是他忠实的老伙计，陪伴了他很多年，每根深褐色的藤条上浸染着他们互相打磨的光泽，深沉的、柔韧的、清明的光泽。物与人同。光影偷偷飘移过来，老人脚上的圆口黑布鞋现出一层毛茸茸的金色，黯淡的灰色衣褶里也藏起丝丝缕缕的金色，每一粒游尘都带一点儿光。卧在藤椅里的老人，慢慢融进那柔光里。蟋蟀不叫了，四周出奇地安静，一切怕是要融化了吧？泪水蒙住了我的眼睛。忽然我看到他松弛的下颌微微一动，干瘪的嘴无声地张开，那把山羊胡也跟着翘起来，他笑了。空洞洞的牙床缩在唇边，像偷偷含了一块糖，有点儿顽皮，有点儿陶醉。

"听，蚂蚱的叫声。"他闭着眼睛喃喃自语。

夏日短促极了。《诗经》曰："蟋蟀在堂，岁聿其莫"，又有诗云"晨风怀苦心，蟋蟀伤局促"，说的都是天气将转凉了，秋虫哀鸣，这一年也将匆匆岁暮。一入农历九月，爷爷先于蟋蟀开始叹息惆怅。白露过后，天空就变得高远了，云像惊怯的小兽躲到了远处山头上，山野的面容也蒙上了水汽和寒色。都凉了。山间的风凉了，风中的草凉了，草尖上的露珠凉了，花上的翅膀也凉了。蟋蟀叫着，开始叫得很缓，晒在太阳下好久，才力不从心地叫一阵子。霜降后，便再也听不到那声音了。怕大家伤心，爷爷总是偷偷收拾掉那只再也叫不出声的蟋蟀。我们从不曾见过死去的蟋蟀，就连空蟋蟀笼子也不曾见过。因霜降而惆怅的爷爷，却从未因空空的蟋蟀笼而悲伤，唯天道有序，万物才顺好。但有一年秋天，因为一只蟋蟀的死，引发了一场小小的风波。

事情是这样的，那年暮春开始，市场上忽然有人卖起花来。刚开始是卖大丽花根，奶奶就买了那裹着泥巴冒着点儿嫩黄的根块，种到花园里。很快就长成郁郁葱葱一大窝，接着打了骨朵儿开出了喜人的花。奶奶平常就喜爱莳弄花花草草，院里种满了长寿菊、荷包牡丹、小老虎花、萱草、虞美人等十来种花，朴素的日常因那些花花草草变得生动明亮，充满芬芳。从前市场上没有卖花的小贩，奶奶就东一家西一家讨来一些小苗或种子，务劳（养育）娃娃一样务劳着，等种子发芽长大，长成茂盛的一片，开出各色小花，老人又会喜滋滋地将一盆开得正艳的花给邻居送过去，邻里因此十分亲睦。

爱花的奶奶秋天从市场偷偷买回来一盆菊花。那是一盆我从未见过的菊花，硕大的花骨朵儿包得紧紧的像婴儿的小拳头，还未打开的花瓣渗着淡淡的绿，开出的每一朵花都像碗一样大，重重叠叠的花瓣一层层次第散开，一片融融冶冶的黄，每一瓣还俏皮地翘着，像纤长的小勺，又像美人的玉指。着实惊艳，着实惹人喜欢，当然价格不菲。奶奶到那摊子前来来回回看了好多遍，才狠下心搬回了家。

她像抱着价值连城的宝物一样将那盆花抱回了家。怕被爷爷看见，蹑手蹑脚把花藏在堂屋的一个角落里，她瞅着花，眉间的皱纹一会儿拧成一疙瘩蜘蛛，一会儿又变成小鱼朝四面游去。纠结的她叮嘱我千万不要给爷爷说菊花的事儿。我听话地点着头，但一转眼就忘了。而且那么明艳的一盆花爷爷怎么会视而不见呢？再说，爷爷肯定也没见过这么美的菊花，花园里的九月菊开得跟铜钱一样小，爷爷见了这么大这么美的菊花一定会喜欢的。我把奶奶的嘱咐抛到脑后，骄傲地告诉了爷爷那盆花和它不菲的价格。爷爷一听，脸"唰"的一下就黑了，当时就跟奶奶吵了几句，奶奶抹着眼泪一晚上没给过我一个好脸看，我知道自己闯祸了。可是爷爷平常不是总是夸我从不说谎，爱说实话吗？然而那天我分明感觉到，说实话也可能是不好的，不受人待见的。

我再也不想看见那盆菊花了！

吵了架的爷爷和奶奶晚上都忘了挂在扁豆架下的蟋蟀，次日，一架白霜下挂着的蟋蟀笼子变得硬茬茬的也染了霜。那是养了多少只蟋蟀也不曾发生过的事儿。爷爷为此恼着奶奶，半天不跟她说话。我为自己的过失万分愧疚，就连吃饭时也不敢抬头。饭卡在嗓子里咽不下去，我反复拨拉着碗里的面条忍不住就哭了。"住下！"爷爷黑着脸呵斥了一声，我战战兢兢地收住啪啪滚落的泪珠。爷爷变得凶巴巴的，眼睛里惯常的善良、温情和那久病卧床的无助，都变成了威严。我禁不住一阵哆嗦。奶奶开口了："别吓着娃娃，怪我，都怪我。""买都买来了，还怪什么？这个月羊肉不买了，就吃清淡些。花俊得很。我就是孽障（可怜）那只蚂蚱，竟活活给冻死了……"

爷爷并没有怪我。他只是心疼那只蟋蟀。说实话是对的。

从小到大，我们姐弟几个无论犯了什么错，只要肯说实话，都是可以得到原谅的。说实话，在我们朴素的家庭教育中比什么都重要。爷爷喜欢说实话的人。爷爷炕头有个橱柜，其中一个抽屉是专门放药的，里面花花绿绿地放着一些虎皮膏药、药片、胶囊和黑乎乎的药丸，我小时候又笨又馋，偷吃抽屉里的山楂丸是常事儿。吃完山楂丸，我又发现一种红色小药丸特别好吃，含在嘴里吃糖一样慢慢吃，那药丸味道很特别，刚开始甜甜的，后来有股蛋黄味，最后越来越酸，那滋味虽比不得糖好吃，但也是诱人的！一瓶药丸被我偷吃掉一半的时候，东窗事发了，爷爷不是心疼他的药，而是怕我们偷吃药中毒。幸亏那是一瓶维生素！气头上的爷爷拎着棍子吓唬我们，问是谁偷吃的？我怕挨打，不敢承认，泪花却满满地在眼里打转。忽然爷爷放下手中的小棍子疲乏了似的坐到藤椅里唤我，我怯怯地走过去，哽咽着说："是我吃的，因为甜，像糖。"爷爷心疼地抚摸着我的头，低声说："想吃糖，爷爷给你买。以后可不敢偷偷摸摸。我们回族啊，从小要守着真，讲着真，冥冥处在看着呐。"后来从书上学到了"信义"，学到"人而无信，不知其可也。""信近于义，言可复也。"等等，都与懵懂时听过的那句话相似而契合，从此心生敬畏，一生不敢苟且。

那盆菊花开了很久，一直明艳艳的，感觉它根本就不想凋谢。和无微不至地照顾蟋蟀一样，两位老人每日晨昏都忙着将那盆花搬出搬进，屋里屋外跟着阳光转圈圈。那盆菊花像蟋蟀一样一直跟着爷爷。爷爷在炕上，菊花就摆在炕桌上，硕大的黄色花朵映着老人黝黑干枯的面庞，温柔得像月光。爷爷在逐渐干枯的扁豆架下晒太阳，菊花也跟着在檐下暖阳里散发着一阵阵甘凉清冽的香气，仿佛在悄悄地与老人交谈，爷爷常常对着菊花眯着眼睛笑着，满脸的皱纹也像一朵盛开着的菊花。

顺着自然，蟋蟀走了，菊花谢了，爷爷也走了。爷爷去世后有一段日子时常会有陌生人来家里探望，听奶奶说那些人有些是爷爷年轻时的战友或同事，有些是他曾帮助过的人。其中有一位从四川赶来的老干部，说起爷爷时又是惋惜又是佩服"老马就是骨头硬，不然官就做大了"。他说爷爷年轻时脾气耿直，性子又烈，常常因为说实话而得罪人，先后被免职、被下放到边地牧场，受尽排挤和打击。据说，离休前他还跟单位里一位善于溜须拍马的干部动起了手，打了人，受了处分。当时有好心人劝他找领导求个情，竟被他轰了出去。我惊讶地听着那位白发苍苍的老干部的话，感觉他在说另外一个人。我不知道我那常年佝偻着腰的爷爷，仿若一粒小灰点的爷爷，整日在枯寂里面对着一只蟋蟀、一盆花的爷爷，也曾风光过，当过局长、当过乡长；也曾那般勇敢过，敢说实话、敢做敢当。唉，我竟从没有见过他挺直腰杆的样子！

"嚯嚯嚯，嚯嚯嚯——"那只蟋蟀叫着。

我想起多年前的那个黄昏，爷爷在蟋蟀的叫声里仿若孩童般的笑，漾着纯真和醉意，整个人都融进了自然里。这世间总有些人，一生走得真挚走得纯粹，即使经过复杂艰难世事的考验，也能静静地观照着万物，对人间充满盎然的兴致，仿若淬火后的铁，映衬着内心最纯粹的光辉。

"听，蚂蚱的叫声。"他说。他一直把蟋蟀叫作蚂蚱。后来我查过，每年我们养的，不是蟋蟀，不是蚂蚱，是蝈蝈。管它叫什么呢！我闭上眼睛，任那苍劲辽远的声音带着我飞起，这一次我满心渴望，不再害怕。

我真的看见了，我看见那个小小的我，正沐在一片橘色柔光里，很多很多铜钱大的菊花都开了,那么真实,我几乎能闻到一丝甘洌清新的香气。它们在风里轻轻摇曳,我也在其中轻轻摇曳,蟋蟀又开始叫了……

"太爷爷真是个幸福的人啊!"

"为什么呢?"

"我觉得太爷爷的耳朵里藏着一只蟋蟀呢!"女儿天真地说。

却似捅破了一个秘密。

(原载《民族文学》2021年第8期)

无尽烟火

杜怀超

马 路 街

  对于成熟的城市来说，一条街道的生长，不是一蹴而就的，也不是几幢高楼大厦积木般搭建的空隙；就像一棵树，迎着风沐浴着阳光、月光在光阴里缓慢生长，从新生种苗到后来蓬勃葳蕤，直至参天耸立，撑起一方独立的天地之荫。

  我理解意义上的街道，除了建筑之外，她需要拥有道路、临街店铺、居委会、菜场、医院、周围定居的人群还有水席般的过客，以日常角度，靠近或抵达烟火袅绕。比如马路街，一条我租住大半年光阴的街道，在不到两公里长的宽阔街道及其周围，集聚着医院、菜场、停车场、地铁、饭店、宾馆、杂货店、小型超市、修理铺、馄饨摊、卤菜店、保洁公司、批发铺、居委会、派出所、休闲公园、快递公司等等。如果忽略路两边三三两两的梧桐树、凌乱的灌木丛，还有一些被切割成若干方块、参差不齐的简易店铺,街道是如此的坦诚与直观,像根一览无余的直肠子,坦荡荡的,毫无城府、丘壑可言,而相对于弯曲幽深来说,是不是意味着某种遮蔽与隐藏?比如始终缄默的路面、矗立云天的楼宇,还有反复出现的车辆和东奔西走的人潮。

如果这种坦荡或幽深,与马路街身旁的若干巷弄勾连起来,我指的是跟它紧密相连的太平巷、绣花巷、五福巷、文思巷、复兴巷等纠缠起来,包括其中无数细碎的、散落的、无声的、喑哑的、逃逸的或正在消失的一切,是否这就是一条街道从根系到枝蔓的全部图景?从空中俯视街道,你会发现,街道是鲫鱼粗壮的脊背,小巷是锋利的腹刺,空间的丰满与时间的骨感,组成或沉重或轻盈的肉身,从灵到肉,从肉到刺,扎入生活釜底,疼痛或麻木、沸腾或冷酷。曾经很长的一段时间里,我骑着城市共享单车,与这些骨、刺纠缠着,在无数个孤独的昼夜里。

我在叙述这一街道时,妻子已经康复出院,离开马路街回到苏州家中。人的一生充满着很多无法窥知的玄秘与诡异。若干年前,妻子像一只春天的燕子,停歇于这座城市,倾注她的青春和热血;谁也不承想,多年以后,重返这座古老城市时,它以拯救的方式,给予妻子抚慰与重生,这是时间里的偶然还是一种天宇里存在的命理?这就像农人,在大地上撒下若干个种子后,注定会有一颗种子,长在你必经的路上,以春华秋实的面孔回赠你当初的付出。我不得不承认,人世间没有一粒种子会无缘无故地落生,无缘无故地睡眠。

马路街的一端,是一家大型综合性医院,以直角的方式,成为这个街道的核心部分,就像那块叫石敢当的石头,蹲踞在高大建筑的拐角处,在阴影里镇守神秘与莫测。妻子在这里走过她生命里最暗淡也最光亮的一段历程。两百多个日子,从马路街穿过棉鞋营南巷,然后抵达棉鞋营36号。这个熟悉而又陌生的城市街道里，我们以租住的方式，带着疼痛介入她的内部。

进入一座城市的方式有很多，如地铁、高铁、轿车、单车，当然还可以徒步。我这么突兀地引出单车，是源于我对地铁、高铁感官上的麻木与隔阂，徒步劳累的畏惧。其实多年来我日常的出行多是以地铁和高铁的方式为主，我把它们归结为某种僵硬的、可以移动的铁皮箱子，箱内是陌生的面孔，天南海北的方言；箱外是城市、世界和烟火。我和城市之间，隔着的是一层又一层坚硬的铁皮。《装在套子里的人》里的别里科夫，追求与世隔绝或者苟且偷生，都与我无关；相反我对生活与城市、城市与世界的理解，是没有任何隔阂的，是肉身与路面的亲密接触，发出闪电般的火花，或是歇斯底里的尖叫，放大生活的丑陋与不堪，都是我们必须要走过的一段路。所以，单车的选择，成为我贴身走近城市的某种考验和选择。

单车相对于徒步，有着明显的时代性，比徒步快，又不失去对城市的体悟。骑在单车上，像一只只小蝌蚪游弋在人群的河流里，那么弱小，那么无助，随便一阵人流或者车流，都会把它卷走。这种以钢管为主体结构的代步工具，在肉身双脚的驱动下，随着路面颠簸、拐弯、漂移等，带动肉身的震颤、疲惫和疼痛，深入城市的毛细血管。这是不是一种肉身的转身？这种经验我多次在现代人小资一族的城市笔记里读到，许多人正以背包、单车的方式，与城市来个近距离的接触，或者有人以赤脚、裸体等行为艺术，抵达对某一座城市的感知与解读。

实际上我对单车的理解，或以单车对城市的认识与理解，我是后来在骑行一段时间后逐渐体悟到的。我对单车的选择，当初完全是一种物理距离上的考虑。从常府街地铁口到马路街医院，这段路说长不长,用软件导航下,不过两公里而已。对于一个爱抽烟的人来说,顶多一支烟的工夫;对音乐爱好者来说,耳机里放完第二首歌曲;如果对于一个徒步健身的人士来说,这点运动量还远远不够,是不可能排到运动软件的封面。就是这段舅舅不疼、娘亲不爱的路,出租车不愿带,公交车开不到。对于每周都要经过十来回的病人家属来说,不再是音乐悠闲、锻炼养生,而是体力的严重透支和心力交瘁的惶恐。如果不想徒步,骑单车是唯一的方式。

从常府街地铁口出来,迎接的,始终是一排排列队等候的共享单车,黄的、绿的还有蓝色的,清一色的左转向,向着地铁口张望,像某个恋人在暗中等待,充满着忐忑、慌乱、不安和清冷的孤独。因为我每次从这个出口出来后,时间的指针指向午夜。我要在这午夜的街头,骑上一辆单车,迅速地赶到医院去。这一路上,要经过巍峨矗立的江苏大厦、广场舞浓烈的郑和公园,还有一条挤满小商小贩、店铺林立的绣花巷,然后来到马路街,医院就在马路街的一头。当然我也可以从白下路走,穿过人车拥挤、狭长精瘦的五福巷抵达医院。我更多的时候,选择走那个有着不少菜场的绣花巷进入,街头拐角处有一家水果店,几个创业的大学生开的,我总要买上一些。

我曾多次回望,那些停在地铁、医院、超市等附近或黄或绿或蓝的单车,好像拥有着上帝的视角,带着害羞和体贴,码在你出行的街角、路口和门外,像某种约定,老朋友的体贴、妻子般的守候。上天给予你伤痛,万物赠与你抚慰。那一刻,我对单车及造物主是感激涕零的,对城市的温感一下子上升起来。

午夜的南京,路上人影稀少,安宁、静寂。陪伴夜归的人,是站直身子的路灯,在黑暗中睁大昏黄的眼睛;橘黄色的光,弥漫着温暖。我很享受从常府街地铁口到医院的这段路,曲曲折折,幽幽暗暗;除了路灯的热情，我还可以跨上单车，双脚奋力蹬动，在飞速的旋转中，两旁的高楼大厦，偶尔冒出的出租车，还有一些暗中模糊的黑影，统统抛在脑后，前方只有我这辆疾驰的单车。飞一样的速度里，沉重的肉身似乎获得片刻的轻盈与上升。

很长的一段时间里，我对单车是迷恋的、依赖的、忠诚的。妻子进入化疗阶段后，输液，成为她时间里的主宰。一天多至七八瓶、少至四五瓶的药水，从点滴开始，切割时间，从清晨开始，到午夜结束。大量的药水，加快她的头发逃逸、零落和不知所终。她的世界里，除了白墙、白大褂和透明的液体，不再有其他的色彩。主治医生曾忠告我，妻子的病目前没有什么大碍，药水也是一种辅助预防性治疗，最大的免疫力量，是来自亲人的关心与陪伴。他的话，开启了我从苏州到南京接近一年的长途奔波。我一天天一次次地丈量着两城的距离，像那个推石头上山的西西弗斯，不断地推上去，然后又一泻千里地滚落下来。时间一长，我对距离就有了心得，如高铁、地铁上的这段路程，人是充满着强烈的疲惫感、无力感、颓废感甚至还有绝望感，再要紧的事，你也只能顺着高铁沉重的喘息与奔驰，地铁的停顿与穿行，一步一个脚印地向前赶，不会慢一分，也不会快一分，不急不躁。高铁、地铁不会因为你内心的十万火急，你的刀绞心痛，就会加快体恤与悲悯的速度。你能做的，是无奈地静坐在座位上，保持一种顺其自然或听天由命的绝望。时代的进步，城市的发展，随着万物互联，人已经变成其中的一个部分，不再是主宰者、驾驭者，万物抵达平等的地平线。我庆幸，从常府街到马路街还有这样一段距离，像一个跳出生活轨道的顽皮孩子，流浪在外。没有地铁、公交和轨道车辆，只有单车。

这是一段我唯一可以主宰和控制的物理距离。

不曾料到，一个小时高铁的漫长，却赶不上这地铁口到医院两公里的时间长度。这段物理距离里，身体像台古老的机械钟，时针、分针还有秒针，三把细长锋利的尖刀，在心脏深处挖搅、切割和撕碎，尤其是秒针，以马不停蹄的速度奔跑，声音铿锵，推土机般一点一点地吞噬你的空间。扇形面积逐渐在缩小、缩小，压迫感、无力感还有虚脱感潮涌，随时有窒息的危险。那个时候恨不得自己能一步登天，一分一秒都不想耽搁。即使把车轮蹬得快如闪电，人和单车合成一支离弦的箭镞，我还是感觉到时间的飞奔而去。

快点，快点，再快点！有个声音在耳边呼啸，我朝着医院方向弓着腰蹬动轮盘。

推开病房的门。妻子说，你今晚比昨晚正好迟到了三滴。我不在她身边，她就一个人数着水滴。我不到，她不睡。

三分钟的单车路程。有时候慢两秒，有时候快三秒。这是我反复掐准的时间，也是双脚与单车之间的约定和坚守。妻子不相信，胡扯？我夸张地对她说，那还能有假？导航指路，反复骑行也不是一天两天呢。妻子凝视着我，不用那么急，慢点骑，这里有医生护士在呢。

我把脸转过去揉了揉眼睛，然后又转过身对妻子说，你记着，出了地铁，我三分钟就能赶到你身边的。

我兴奋地对她说家里的新闻，你知道吗，你不在家的日子里，我们家小区门口也设有共享单车点，从小区北门到星塘街地铁口，再也不用步行啦。

妻子住院，儿子高三。这迫使我不得不在两座城市之间来回奔波，他们都是我生命的支点。这样一来，我常常要在一大清早上坐最早一班高铁赶回苏州家中，接送儿子上学、放学、吃饭，然后再乘坐高铁夜里赶回南京。清早回，夜里来。这样的生活节奏，以至于我常把高铁想象成上苍伸向人间的长臂，摆渡众生。一离开医院，微信成为我和妻子之间联系的唯一方式。只要有一点时间的空闲，我就会给她发微信，在高铁、地铁里发，在我骑单车的时候发，随时告知她我即时的动态：上高铁了，到南站了，乘上地铁了，到医院门口……

共享单车真好，有了它，这一截路我们就能走好。我坐在病床前，妻子握着我的手说，等她好了，我们一起骑单车上下班。我使劲点头，然后拉上窗帘，掖好妻子的被子，熄灭灯盏。旋即轻微的呼噜声响起。

羊皮巷

羊皮巷，准确地说叫羊皮巷菜场，马路街之外另一个熟悉的地方。距离医院三公里处不到，是地面一层改造而成，距离新街口只有咫尺的距离。作为地标性的街口，她的名字，意味着繁华、时代、前沿和哲理，是无数人到南京的网红打卡地。而现在，低到尘埃的菜场，与高到云端的街口，站在一起，是否有着某种隐秘的表达？羊皮巷菜场也不是很大，三四百平方米而已，摊点众多，种类齐全，肉制品、时蔬、干货、水产等应有尽有。

两百多天的马路街生活，让我对南京大街小巷的菜场有了清晰的路线图，方圆三公里的区域，几十家的菜场，像一张密密麻麻的蜘蛛网，暗结于我的内心。我对羊皮巷菜场至今念念不忘，她的名字打动了我。我没有深究过名字的由来。是过去杀羊晒皮的巷子，还是像羊皮一样的菜场，充满着呼喊、疼痛以及弱小的悲哀与绝望？在这样的菜场买菜，面对着各种菜，我有点恍惚，每一种菜，都像是一尊佛，需要我们以凝视的方式，或者某种仪式，把它们请到妻子的碗边。

我只买土菜。按照妻子的吩咐，就是乡野里长的，接受大自然光照的，没有化肥、农药和激素的蔬菜。生病后，她的胆子越来越小，对什么都充满着敬畏与恐惧。在她的认识中，万物都是强大的，唯有人类自己是孱弱的。任何一个不堪，都会让肉身遭到伤害与打击。不是为了补充必要的动物蛋白质，她是轻易不去吃动物的肉与内脏。她转而迷上吃土菜。理由是，乡下的土菜长得泼皮，吃了长，长了吃，吃完了来年又是蓬蓬勃勃。人吃了它，没有多少负罪感。

土菜，有人也叫农家菜。土或者农家，这些字词的内部，隐秘着某种朴素的哲学。有人以为，土是落后、朴实、真相和自然的混合，是没有虚假、激素、膨胀、农药、化肥和算计的面孔。城市化进程里，还有我们印象中的乡村么？商品的大量涌入，乡村的内部早已发生了裂变，没有哪一种庄稼、蔬菜不带着城市化的印记。比如农药、化肥、膨大剂、苏丹红等。正是因为这个土字或者农字的面孔，在距离高度发达的城市高楼和商业圈的背后，农家乐、民俗、乡土菜馆还有乡村度假区等等各种以土或农的招牌，从城乡接合部密匝匝地冒出来，一方池塘，几亩菜地，还有羊圈鸡圈里饲养的动物，一切都是农家的面目呈现。这种从田地、羊圈到餐桌的距离，在众多食客的心里，就像一道黑色的闪电，或者是从左手到右手的想当然，完全沉浸在梦幻之中。他以为在餐桌上吃到的时蔬，还有鸡鸭鹅都是当时看到的它们，吃的是野草、虫子，喝的是澄澈的自然水，呼吸的是蓝天白云。庞大臃肿的都市，像个怪兽，在不断地蚕食着越来越瘦小的乡村。

不管城市如何发达或者繁华，在层层叠叠的小区楼宇之下，即使有大型的超市，菜场是注定要有的，如新街口菜场、白下区菜场、夫子庙菜场，这些就像是大家闺秀般，还有一些便民的、散乱的菜场，地摊一般的龟缩在城市的某个街角，随着卷帘门的合上和拉下，完成便民菜场的定义。像这样星星点点般的菜场，小区的周围，你一不小心就会发现它们。它们就像切入生活的一枚铁钉，操着各地的口音，讲着生硬的普通话，冰冷而又温情地走进楼宇、小区和餐桌。

　　妻子住院的一年里，我屡屡光顾羊皮巷菜场，就像一本厚重的羊皮书，一次次地打开与合上。确实如此，我正是把羊皮巷当作生命的课本，封面是羊的皮，内容呢，不只是一些菜蔬、豆制品和肉类、鱼类等等，还有一些莫名的喊叫和忧郁的面孔。每次我骑着共享单车，从低垂的卷帘门下，弯着腰钻入光线还很暗淡的羊皮巷菜场，那份感觉仿佛是一种割裂和撕裂，在掀起的卷帘门背后，我以为是一张在风中晾干的羊皮，凝固的皮质上依然有着无声的嘶叫，叫声震颤人心，就像我路过的几家肉铺，锋利的刀下，一块块白白红红的猪肉，皮肤发出撕裂的响声，从我的头皮和肉身上划过，传递着莫名的痛感。躲避、逃避、溃败或者狼狈，都是我那一瞬间的内心图景。我只好迅速地逃离，疾步走向其他的蔬菜摊点，远离那种声音还有猩红的血汁。矫情？我也不知道这是不是，在这背后还有无法遮蔽的恐惧和巨大的不安。

　　我时常对着蔬菜摊，一遍又一遍地徘徊着、思索着。面对着摊主热情或者冷漠的询问，不知所措。太热情，你总觉得这里面隐藏着一种陷阱，是价格、斤两还是质量问题？比如蔬菜是反季节的，不是农家土菜；普通的山药当作铁棍山药卖；再如鲫鱼是家养的，说是野生的，分明是挂羊头卖狗肉；再如还有的猪肉抹上羊油，说成羊肉等。种种因素，你只好装作路过。如果是太冷漠，一副吊儿郎当、爱买不买的态度，这自然让你望而却步。买菜久了，自然就患上买菜综合征，看着一菜场的菜，刘姥姥进大观园似的，不知如何下手。

　　妻子知道我的窘境，背着岳母她告诉我一个秘诀，跟着一帮老太太身后买菜。妻子虚弱的声音，让我心生惭愧。三十多年来，我还没学会做菜买菜。妻子在岳母面前保护着我，即使她现在还躺在医院八楼的病床上，在点滴的下坠中。这也成为我以后买菜的秘诀。再踏进羊皮巷、夫子庙等菜场，我就开始巡睃下菜场的顾客，寻找那些资深老太太的声音，跟着她们的菜篮子后面，等待着摊主的回应。果真如此，每次买回来的菜，都能得到岳母和妻子的赞许。

在羊皮巷或者其他菜场，我始终觉得顾客不是上帝，尤其是像我这样的菜鸟，跟班的角色，就像个弱势个体，或者是肉案上的那块猪肉，随着刀起刀落，皮开肉绽或者五马分尸，直到消失。我始终记得，在妻子住院的日子里，我对羊皮巷的光顾成为一种短暂而永恒的约会。医生告诉我，病人身体虚，目前能吃点鱼虾极好。肉是白肉，虾是河虾。我们崇拜地看着医生，希望在医术之外，给予生活饮食上更多的指点。那是靠近夏季的路口，河水开始回温，河虾开始产子，更多的河虾开始远离河岸、渔网以及一些我们所不知道的秘密。买河虾成为我那个五月里艰巨而神圣的使命。带着河水的生命，还有晶莹的光亮，竖着长长的触须，我就像一只河虾般，骑着共享单车，穿行在白下区的周围，猎犬或鹰隼般的目光，要把每一处建筑看透，把每一个路人看透。繁华的街道、汹涌的人流、川流的车辆，还有大呼小叫的商铺，一切都是静寂的，耳边除了呼呼的风声，其他都是河虾的影子，灰色而略透明的影子，就像莫言笔下的那个透明的萝卜。

跑了七八个菜场后，在孩子舅妈的指点下，抵达羊皮巷。孩子舅妈在南京一家医院上班。在我外出的日子里，她曾冒着五月的阳光，买到一份难得的河虾。我按照她的路线图，在巷子外面的一家水产铺前停下，果真，在灰暗泛红的水盆里，发现了一网河虾。店主歪着头，斜叼着一支香烟，看一眼东边升起的朝阳，不断地把鱼虾开始向外摆开。我憋着呼呼的喘气，压低嗓子，揣着那帮老太太的江湖经验，用早上五六点的声音问店主，什么价格？一百一十元一斤。那是我买河虾历史上最贵的一份,成为妻子和岳母每次笑话我的谈资。

看着粉红晶亮的河虾,一只只抿入妻子的口中,化作蛋白质,化作红细胞,化作强大的免疫力,流入经脉,流向身体的各处,羊皮巷的名字从心底瞬间闪亮起来。

(原载《草原》2021年第8期)

又到伊犁

单三娅

又到伊犁了。这是第三次，我与王蒙一起回到他的故地，他的忘不了的巴彦岱。

2013年，巴彦岱镇修建了"王蒙书屋"，如今已成为旅游景点和教育基地，出版社常有捐赠。今年7月上旬，江苏凤凰出版传媒集团又捐赠了一千三百册各种版本的王蒙著作。捐赠仪式那天，在王蒙书屋小院的凉棚下，我们见到了肉孜·艾买提、哈力·艾买提，还有乌孜别克族的曼苏尔老师、汉族的金国柱和妻子张淑英等等。五十六年前的老相识们团团围住，握手、拥抱、问候、流泪、大笑。透过人群，王蒙招呼我："来，给你介绍一下，这是我写过的一批朋友们。"

其实我们是见过的，这次，我又仔细端详了一下。肉孜·艾买提穿白衬衣，戴紫花帽，脸色黝黑并刻着较深的纹路，他规规矩矩戴着防疫口罩可是为了说话又拉到下巴上。王蒙的小说《哦，穆罕默德·阿麦德》中有他的影子。小说中的穆罕默德·阿麦德是那么完整的一个人：机灵俊雅，读诗说汉语，爱与女社员调笑，倾囊而出善待他人，在大锅饭年代用小坎土曼，在按劳取酬年代用大坎土曼，他当面顶撞干部为自己辩护，他向往过好一点的生活差点被打成"特务"。总之，他不是老实巴交的人，但他是好人，"绝无狭隘的地方民族主义"。小说结尾王蒙写道，他的妻子回南疆娘家探亲去了，他伤感地说，如果妻子不回来，他就到伟大祖国去"到处流浪"。我问王蒙，他的命运怎么那么让人遗憾？王蒙说，人生有这一面啊！眼前的他，如果年轻时多情善感，如今也是成熟的老者了。

迎面走过来的大胡子，高大伟岸，他就是当年的民兵队长哈力·艾买提，一看就是个爽朗人。他是王蒙《边城华彩》中民兵连长艾尔肯的原型之一。虽然家境不大宽裕，艾尔肯没有经常回请其他社员，但却永远是聚会上最受欢迎的人，他"又能喝、又能唱、又能说笑话……但又绝不流于庸俗"。艾尔肯曾有得意手笔，就是让王蒙写批判稿给村里赢得了三十张看"批判电影"《冰山上的来客》的票，结果社员们浩浩荡荡、快快乐乐，与民兵一起高喊着"批判批判"，骑着马去伊宁市绿洲影院看电影，度过了美好的一天。

哎，这次不见了老支书阿西穆·玉素甫，他2019年离世了。上次王蒙与他拉着手很久不放的情形我还记得。别的民族名字我常常说不清，唯有阿西穆·玉素甫这个名字，我记得不含糊，因为王蒙没少提他，说他是土改时的积极分子，没多少文化，办事却很有水平，正派廉洁。王蒙知道他有病，生活困难，上次回京以后，逢到过年，给他寄五千元，当地送钱的同志还给他拉去了煤。老支书肯定知道，他当年领导的汉族小伙子一直惦记着他呢！

还有一些故人，王蒙再也见不到了。他回忆录中写过的在一个屋檐下共同生活了六年的房东穆敏老爹和阿依穆罕妈妈，王蒙1981年回伊犁时看望过他们，后来妈妈双目失明后去世了，老爹也不在人间了（《虚掩的土屋小院》）。还有能说大话又能干的依斯麻尔，多年前就英年早逝了（《好汉子依斯麻尔》）。

王蒙笔下的新疆，远不止我们所见所想的欢歌笑语的样子，那是五味杂陈、阴晴圆缺、春夏秋冬的全部生活。小说《淡灰色的眼珠》中，木匠马尔克一门心思要让得病的美丽妻子起死回生，不惜倾家荡产，结果连妻子托付的深爱他的姑娘最终也没能得到他的眷顾。在《爱弥拉姑娘的爱情》中，对于不顾家人反对远嫁天山公社的爱弥拉姑娘，虽然世俗都认为她没有善始善终，但是王蒙从她付出的代价中体会到了她曾有的幸福。他写得最动情还是他的房东二老——穆敏老爹和阿依穆罕妈妈："我觉得他们给了我太多的东西，使我终生受用不尽。我觉得如果说我二十年来也还有点长进，那就首先应该归功于他们。他们不贪、不惰、不妒、不疲沓也不浮躁、不尖刻也不软弱、不讲韬晦也不莽撞。"（《虚掩的土屋小院》）这是多么高的评价和自省。在《这边风景》中，王蒙塑造和提到了七八十个人物，其中有胸怀宽阔而且智慧的伊力哈穆，有温柔坚强的雪林姑丽姑娘，有被艰难的日子磨炼了的委婉坚忍的乌尔汗。除了维吾尔族，他还写了汉、哈萨克、锡伯、俄罗斯各族各色的伊犁儿女。王蒙在新疆，不是干部下沉，不是体验生活，他在伊犁是一名公社社员，各族群众对他不掩饰，喜欢与他喝上一杯，喜欢向这个汉族"老王"倾吐内心，从不避讳谈自己生活道路上的挫折。他们有着质朴善良、讲礼貌、重情谊的优点，想办法把日子往好了过，把难事往开了想。可是他们又有着不讲效率、时不时动个小心眼儿的弱点。王蒙能够同情他们的欢乐与忧伤，了解他们的质朴而狡黠，知道他们的快乐与艰难。

在新疆的十六年中，王蒙有八年在伊犁巴彦岱度过，其间担任过副大队长，叫作新疆维吾尔自治区伊犁哈萨克自治州伊宁县巴彦岱红旗人民公社二大队副大队长。王蒙说，伊犁是好地方中的好地方。怎么个好法，王蒙深有体会。伊犁是肥美的河谷，是戈壁荒滩上的绿洲，王蒙与社员们一起，四时农忙，永远有干不完的活儿。很难想象当时瘦弱的王蒙能当多大的劳力，但他确实受惠于体力劳动锻炼，他的肩臂胸都挺厚实，不单薄，至今八十多岁的年龄，不大出现肩疼腰疼这样的问题，直让我这个六七十岁的人感到惭愧。他回忆过在大湟渠的龙口会战，写到过扬场、割麦、植树、浇水、锄地、挑水、背麦子、割苜蓿、上房梁……这些要劲的活儿，他全干过！

在中国版图上，北京之去新疆，一东一西，不知几千里也。而伊犁，又更是在新疆的紧西边了。在人类为交通奋斗了几百年之后，如今从北京到乌鲁木齐，坐飞机也还要三个半小时呢，再到伊犁，则还须一个多小时的飞行。王蒙说，第一次到新疆，先从北京坐火车到西安，沿途穿过保定、石家庄、邯郸、郑州、三门峡，到了西安住上店，游了大雁塔，再出发，经西安、天水、兰州、武威、酒泉、乌鞘岭、嘉峪关、哈密、吐鲁番，最后到达乌鲁木齐。乌鲁木齐再往正西六百公里，才到伊犁，紧挨着边境了。每次我懵懵懂懂坐大半天飞机到了新疆，都不禁要在心里问一句，王蒙当年怎么下得了决心带着全家去新疆？当然我知道，他说过，是为了争取一个更大的写作空间，也为了到一个完全陌生的地方，实践毛主席"经风雨、见世面"的号召，于是他自我放逐来到遥远而有魅力的新疆。但这毕竟是从地域到心理的一大转折，某种意义上也是人生一大挫折，而且竟然是多少有些主动的选择。还是得说，对于王蒙来说，奋斗高于退缩，追求心大于平常心。

由王蒙与伊犁的这层关系出发，我的好奇心又使我由点射面地拓展，丰富了对新疆对伊犁的更多认识。

到伊犁，不能不想起一个人，那就是林则徐。这位有着清醒的民族国家意识的清朝禁烟功臣，一生中多被重用又屡屡遭贬，也曾被遣戍伊犁踏上漫漫征途。伊犁林则徐纪念馆位于伊宁市经济合作区，占地很大，一片开阔。民族英雄林则徐像屹立馆前，他未戴官帽面部微斜仰视远方，身后墙上镌刻着他的《伊江除夕抒怀四首》。伊犁三年期间，在推广先进农业技术，助力当地生产发展的同时，他敏锐地意识到英俄外部势力对我新疆领土的觊觎是一大隐患。过去我只知左宗棠自筹资金收复新疆，但是在林则徐纪念馆，我又找到了左宗棠收复新疆的原始动力。1849年林则徐再受启用，但他因病告假休养，在从伊犁返回家乡的路途中，曾约久闻其名从未晤面的左宗棠于湘江小舟上一见。一个是赫赫有名的六十五岁的一品重臣，一个是抱负萦怀未曾施展的三十七岁后生。据记载，1850年1月3日的长谈，家事国事天下事，无不壮怀激荡、同声相应，终使林则徐以"西定新疆，舍君莫属"相托。之后不到一年，林则徐病逝，二十八年后的1878年，左宗棠打败了英俄支持的入侵者阿古柏，收复新疆。当讲解员讲完这个故事，我在心中直呼，这真是一次天衣无缝的壮志传递！使命对接！而这不负重托之人，当时仅只是布衣一介而已！

新疆从来就不是一片静土。自汉代并入中国版图之后，至清代左宗棠收复之后设省，至现代人民民主革命时期，这片广袤多元的土地上，不断地演绎着割据、分裂、融合、斗争的故事。新中国成立以来，处于祖国西大门的新疆伊犁地区，风云激荡，在国家认同与中华文化认同的主流之下，一直有着分裂势力的暗流涌动。在《这边风景》中，王蒙就有关于上世纪60年代伊塔事件的描写。但是最近几年再回新疆，我们看到的是干净整洁的农村街道，置身的是花团锦簇的村民小院，听到的是各族人民满意的心声——新疆毕竟与祖国一起走向了小康。当年边民处逃的关口霍尔果斯，如今成了国际贸易大动脉的繁忙口岸。

虽已是知交零落，虽然从新疆回到北京已经历时四十二年，虽然已经进入耄耋之年，王蒙依然不断回来，不断回到他逆境中的福地，不断捡拾着新疆记忆，温习着伊犁和新疆各族人民恩人般的关切。他见到他们时那种回到过去的兴奋，那种相亲相爱、满眼泪水的动情，使旁观者也为之洒泪。他常说，困难挑战只是一时的骚扰，新疆各族人民的团结，伟大祖国的凝聚统一，永远不可战胜。

掰馓子喝茶吃瓜果，大家围坐条桌，永远有说不完的话。哈力·艾买提夫人有心地挑选了一条咖色披肩送给我，我戴着它，与王蒙和几位老友的夫人在巴彦岱红旗人民公社二大队队部前留影。

王蒙常常对改变了自己一生的抉择而满意。为什么不呢？新疆不是他的逆境地而是他的一个生命高地。新疆的太阳，给了他足够的钙质和强壮；恩重如山的新疆人民，给了他温暖的生活和情感；新疆同胞的语言和表达方式，使他增加了对不同语言的感受与修辞能力；甚至新疆人自强不息自恃有术的嘚瑟劲儿，也给了他生活的激励。十六年的财富足以惠及一生，十六年同甘共苦的人民，成为他永远的念想。

（原载《文汇报》2021年8月30日）

传统中国，何为真实？

赵冬梅

大家好，我叫赵冬梅，是一名历史学者，现在北大历史系教书。今天我讲的话题是：传统中国，何为真实？

事实上，我打算用一个非常复杂的方法，来讲一件非常简单的事情。我自己也经常批评学者们有时候会用非常复杂的方法去解决很简单的问题。但是，我今天要谈的这个问题，是必须用相对复杂的方法来解决的 —— 我要谈的就是"传统中国的真实观"的问题。

什么叫"真实观"？真实观就是有关"真实"的观念。特定时期、特定地域的人们对于"如何是真实表达"有着约定俗成、不言而喻的共识，这种共识就是斯时斯地的"真实观"。"真实观"决定了我们如何表达"客观发生"。

也就是说，在"主观表达"与"客观发生"之间横亘着"真实观"，"真实观"决定了"主观表达"与"客观发生"的符合程度。翻译成传统话语，就是"义"决定了"文"与"事"的关系。

"文""事""义"这三个词来自哪里？下边的内容有一点点"掉书袋"，请大家暂且忍耐。《孟子·离娄下》有这样一段：

> 王者之迹熄而《诗》亡，《诗》亡然后《春秋》作……其事则齐桓、晋文，其文则史，孔子曰："其义则丘窃取之矣。"

这一段的意思是说，圣王的时代消逝了，用《诗》来表达记忆的"《诗经》的时代"也随之消逝。紧随其后的，是"《春秋》的时代"，《春秋》是历史记载的通称，当时有所谓"百国《春秋》"，而孔子所删订的《春秋》是《春秋》的最高形态。

孟子用"事""文""义"三个词来解读孔子《春秋》。"其事则齐桓、晋文"，《春秋》所记载的对象是"齐桓晋文"为代表的春秋五霸时代的客观发生。"其文则史"，《春秋》的文字，也就是它的表达形式是史书。而贯穿于其中的"真实观"，就是"义"。孔子自言"述而不作"——他只传述旧有的记载而非创作。但是，孟子引用孔子的话说"其义则丘窃取之也"，也就是说，《春秋》之"文"对"事"的记载之中贯穿了孔子的"微言大义"。

孔子生活在一个礼崩乐坏的时代，他删订六经就是试图恢复、建立理想秩序。但是，在那样一个时代，孔子周围的"客观发生"和他想要建立的理想秩序之间存在着巨大的鸿沟。在《春秋》中，他努力以"文"来表达"事"，从而达到阐释"义"礼、建构理想秩序的目的，这是非常困难的。孔子所面临的，是一个重大的表达难题。

而儒家认为，孔子是完完全全地做到了的。那么，孔子究竟是怎么办的呢？在这里，我们举一个特别小的例子。鲁宣公十一年，发生了楚庄王诛杀陈国乱臣夏征舒事，《春秋》经文记载如下：

>   楚人杀陈夏征舒。丁亥，楚子入陈。纳公孙宁，仪行父于陈。

这里的"楚人"和"楚子"，指的都是楚国的国君——楚庄王。楚庄王的正式封爵是"楚子"，可是《春秋》经文第一句称他"楚人"而非"楚子"。

为什么称"楚人"而不称"楚子"？儒家对于孔子的微言大义是这样解释的："诸侯之义不得专讨"，当时仍然是一个以周王为天下共主的时代，诸侯不能擅自征讨，楚庄王入陈并未取得周王的许可，属于"非礼擅行"，《春秋》作为"正经"，必须加以贬斥，所以一上来先称他为"楚人"，不用尊称。

那为什么后面又用"楚子"来称呼楚庄王了呢？夏征舒杀了陈国的君主，楚庄王率领诸侯杀掉了陈国的乱臣贼子夏征舒，尽管没有取得周王的许可，但他是"以贤君而讨重罪，其于人心善"——楚庄王所行之事具有积极正面的意义，在当时的形势下又是可以接受、值得褒扬的。

传统儒家因此认为，《春秋》经文的叙事维护了理想秩序，其"义"正，因而是值得赞美的。可是对于今天的我们来说，单看《春秋》经文，"楚庄王入陈"这件"事"的面目仍然是模糊不清的。它究竟是怎么发生的？到底发生了什么？我们一头雾水。

还好，《左传》对这件事有更为详细的记录。接下来，我要继续"掉书袋"，跟大家一起读《左传》。

《左传》记载："冬，楚子为陈夏氏乱故伐陈。"陈国发生了夏征舒之乱，于是楚子率领诸侯伐陈，"杀夏征舒，轘诸栗门"。《左传》所记的第一件事是楚庄王入陈去讨伐乱臣贼子，第二件事是杀夏征舒。接下来,《左传》记录了《春秋》经里所没有的第三件事,这就是"因县陈"——楚庄王趁机占领了陈国,把陈国变成了楚国的一个县。明明是去讨伐乱臣贼子的,却占了人家的土地,这就是大大的不义了。

这时候,楚国有一个非常有信义的臣子申叔时。楚庄王率军入陈之时,申叔时正在出使齐国。申叔时回国以后,向楚庄王复命完毕,扭头就走,丝毫不提入陈之事。这让楚庄王很纳闷,他问申叔时:"大家都来祝贺我,你为什么不祝贺我呢?"于是申叔时就说:"夏征舒的罪过是很大的,'讨而戮之,君之义也',你入陈杀他,做得都对。可是你讨完罪臣之后却贪图陈国的富庶,占领了陈国,这件事情做得不对。"申叔时就"县陈"之事劝谏楚庄王,这是《左传》所记的第四件事。

最后是第五件事。楚庄王从谏如流,"乃复封陈,乡取一人焉以归,谓之'夏州'",他恢复了陈国,但是从陈国的每一个乡都取了一名陈国人回来,在楚国建立了一个"夏州",以资纪念。楚庄王"复封陈"之后,还召回了公孙宁和仪行父两位流亡在外的陈国臣子,以安定刚刚经过大乱的陈国。

通过《左传》的叙事,我们了解了整件事情的来龙去脉。两相对照,我们会发现,《左传》所记的五件事情"入陈""杀夏""县陈""申谏""复陈",在《春秋》经中有所表现的只有"入陈""杀夏""复陈"三件。并且,《左传》的叙事是按照时间顺序推进的——楚庄王得先"入陈",然后才能"杀夏",可是在《春秋》经中,却首先是"楚人杀陈夏征舒",然后才是"楚子入陈"。《春秋》经的叙事不仅漏掉了"县陈"和"申谏",还有时序的倒错。那么,我们该怎样理解《春秋》经的漏略和时序倒错呢?

在回答这个问题之前,需要解决另外一个问题。孔子漏掉的情节,是楚庄王因为贪欲占领了陈国，又在申叔时的劝说下恢复了陈国。楚庄王"县陈"又"复陈"，个中曲折，孔子究竟知也不知？

孔子是知道这件事情的。《孔子家语·好生篇》记载：

> 孔子读史，至楚复陈，喟然叹曰："贤哉楚王，轻千乘之国，而重一言之信！匪申叔之信，不能达其义，匪庄王之贤，不能受其训。"

孔子读史，读到"楚复陈"，发出种种感慨，说楚庄王是一个能听纳的贤君，而申叔时本身又是一个信人，所以他的劝说才能够打动楚庄王。那么，子知此事，何以不书？孔子知道这件事情，为什么不加记载呢？

《左传》说，孔子这样写是"书有礼也"，孔子的书写必须符合礼、符合义，符合他的真实观。西晋的杜预对此做了更为细致的解释：《春秋》经重视的是，在整件事情中楚庄王"不有其地"——不管中间发生过什么曲折，结果都是楚庄王并没有占领陈国的地方。杜预还说："没其县陈本意，全以讨乱存国为文，善其得礼也。"孔子漏略了楚庄王占领陈国的行为，只记他讨伐乱臣贼子这件正义的事情，就是要表彰楚庄王最终的"得礼"。这就是《左传》所说的"书有礼也"，那些"没礼的"就不书了。

在孔子这里，"义"绝对是第一位的，所有的叙事都是为了维护他心中的理想秩序。为了让"文"对"义"的彰显更加有力，《春秋》经的叙事必须是简约的，要尽可能略去细节和过程——因为说多了就漏了。在这样一种指导思想下，"主观表达"对于"客观发生"的漏略、拣选以及重新编排都是允许的。

这样一种真实观，是一种道德至上的真实观，为了"道德之美"可以不惜损害"事情之真"。这种真实观，在本质上是功利主义的，它带有强烈的目的性。孔子的目的，就是要"使乱臣贼子惧"，通过叙事来彰扬礼义秩序。

这种真实观贯穿了整个传统中国，从孔子的时代一直到明清，占主流的都是这种道德至上的真实观。

我是学宋史的，所以选了几个宋朝的故事跟大家分享。首先我们来举一个政治实践中的例子。北宋的第三个皇帝宋真宗刚刚即位的时候，他的宰相叫李沆，副宰相叫王旦。各地会把情况报到中央来，由李沆、王旦筛选后，再向真宗报告。在这个筛选过程中，只要遇到灾害、遇到不好的事情，李沆都会上报，好的事情他就不一定说了，把真宗搞得一天到晚都愁眉苦脸。王旦觉得没必要，就说："本来情况没有这么糟，干吗老吓唬皇帝呢？"李沆回答他说："我们的皇帝还很年轻，如果不让他知道天下是如此艰难的话，他就不一定会去干什么了。不留意于声色犬马的话，搞不好就大兴土木、兴兵开战、修庙拜神了。"王旦当时颇不以为然，可是在李沆离世以后，他所说的却都一一应验了。

由于李沆的先见之明，宋朝人称他为"圣相"。我们能知其名的宋代宰相很多，但是能够被称为"圣相"的，只有李沆一人。而他之所以被称为"圣人宰相"，一个很重要的原因是，他在向年轻皇帝奏报国情的时候，只报忧不报喜。

李沆的奏报是选择性的、功利主义的、道德至上的，但这是被肯定的。这是传统的真实观在政治实践当中的一个小例子。

接下来我们看一个稍微复杂一点的例子。王安石曾经为禁军高级将领冯守信作过《冯守信神道碑》。作为一位和平时期的禁军将领，冯守信一生之中最重要的功绩，就是修河——黄河决口了，冯守信带人去抗洪抢险，顺利地堵上了决口。

王安石是大手笔，深谙个中之道，懂得怎样以典型意象来刻画人物。我们来看看他笔下的"冯守信修河"：

> 当此时，河决滑州，天子以为忧，问谁可使者，公自言："少长河上，能知河利害。"诏以公为侍卫亲军步军副都指挥使……知滑州，兼修河都部署。河怒动埽，埽且陷，公坐其上指画自若也。遂号其部人，以一日塞之。天子赐手书奖谕。

危急之际，冯守信挺身而出，主动请缨，临危受命，被任命为"修河都部署"，也就是黄河滑州段抗洪抢险前线总指挥。"河怒动埽，埽且陷"，黄河怒吼着奔向堤岸，大堤就要垮塌了。在这个时候，周围是慌张的面孔和惊恐的呼号，而冯守信却端坐在大堤之上，指挥自若，他的部下也很给力，一天之内就把黄河的决口堵上了。朝廷为此举行了庆成典礼，皇帝亲笔批示，表彰奖励冯守信的修河功绩。

治河的事情发生在1019年。1021年，冯守信去世。王安石的《冯守信神道碑》作于冯守信死后三十九年。那么，冯守信治河，真的是成功的吗？

事实上，就在冯守信堵上决口之后，"议者咸请再葺"，大家都觉得有问题，认为还应该再修一下。作为修河都部署，冯守信的回答非常绝妙，他说："吾奉诏止修西南埽，此非所及也。"你们说的那个问题在东北边，皇上命我来修的是西南埽，东北边不归我管。也就是说，早在1019年的当年，大家就对冯守信修河的效果存在巨大争议。

到第二年（1020）的六月，黄河流域又下大雨，经冯守信治理过的滑州河段再次决口，"害如（天禧）三年（1019）而复甚"，发生了跟

1019年一样的决堤之灾,程度更为严重。朝野舆论一致认为,这就是冯守信的问题,"人皆以罪守信焉"。

以上这些信息,来自《续资治通鉴长编》。在冯守信死后147年,南宋的历史学家李焘作了这部详实可靠的北宋编年史,告诉了我们冯守信治河的真相——失败!

可是,王安石的《冯守信神道碑》却把他描述成治河英雄,给他画了一幅了不起的画像。当然,神道碑也好,墓志铭也好,都是一种定制写作,它是孝子孝孙拜托那些大手笔的人为死者所写的一种"英雄事迹展览"。这种定制写作,"允许只说部分的真实",只求"赏善",无须"罚恶"。但是,即便如此,我们仍然会好奇,王安石究竟是否知道真相?

1020年黄河再度决口的时候,虽然"人皆以罪守信焉",冯守信却并没有因此受到责备,他还升了官,被封为威塞军节度使。直到1021年八月过世,朝廷都没有追究过冯守信修河失败这件事。而且,在死去三十一年后,冯守信得到了"勤威"的谥号。"威"是表彰他的武干,"勤"是说他尽忠职守。而在冯守信的四大"勤威"事迹之中,比较重要的一条就是修河。

由司马光执笔的《冯守信谥议》说:"白马之河,漏为横波。堤防之劳,太尉重焉。"在冯守信死了三十一年之后,朝廷的礼官司马光,在讨论冯守信这个人的"盖棺论定"的时候,仍然承认他的修河是成功的。所以,我认为,王安石不存在故意说谎的可能。

在成书于冯守信死后一百四十七年的《续资治通鉴长编》里,我们看到了他修河的真实结果。当然,李焘绝不是第一个发现和记录冯守信修河真相的人,他是有所本的——在以宋朝《国史》为基础的《宋史·本纪》和相关志书中,在宋朝人讨论黄河治理、讨论水利工程的记载中，还是记录了这一次修河的失败。

于是，有关"冯守信修河"事，就出现了两种表述：一种存在于冯守信的履历传记中，止于1019年的那场庆成典礼，一个英雄被定格，被放大，被历史所铭记；还有一种表述存在于《国史》的本纪和志书中，止于1020年黄河再度决口，"人皆以罪"冯守信。

在"冯守信修河"的例子中，我们看到，出于不同的目的，对同一事件可以呈现出完全不同的表达。但是，这两种表达背后的真实观是一致的 —— 为了善和美的目的，可以隐藏真实、牺牲真实。

再举一个例子。1040年，大将刘平在宋夏战场上失踪，北宋朝廷经过调查，认定刘平已经殉国，追认为烈士。1051年，刘平之子请求朝廷给父亲进一步的褒奖。作为礼官和史官，司马光奉命核查刘平殉国事迹。在调查的过程中，司马光发现了一个令他感到震惊乃至愤怒的事情 —— 在宋朝最重要的两种官方记载《时政记》和《起居注》中，都没有记载宋夏之战，以及宋夏战争爆发后，北方大国契丹的趁机勒索。这样一桩关系国家命运的大事件，在最重要的历史记录当中竟然只字未提！

年轻的史官和礼官司马光决心负起责任，亡羊补牢。他跑到枢密院（相当于宋朝的国防部）去"追寻本末"；然后，又跑到史馆去找他的上司也就是史馆修撰孙抃，提醒孙抃补足本朝历史记载的缺失。孙抃回答他说"国恶不可书"。于是，补记之事就这样被"按"下来了，仍然付诸阙如。

我们在谈到古代的史官时，常常会认为那些优秀的史官都是秉笔直书的，而孙抃却说"国恶不可书"，并以此为由阻止了年轻史官司马光的补记请求。那么，孙抃究竟是一个怎样的人呢？他是一个胆小避事、不负责任的史官吗？

不一定。在苏颂所作的《孙抃行状》中，记录了这样一件事。孙抃曾经在"经筵"（也就是皇帝的读书班）陪伴皇帝读书13年。读书班中曾经有一个习惯，就是读史书，涉及历代兴衰，每次读到"衰"、读到亡国情节的时候，就会跳过去不读。孙抃则认为，古代的史官记下这些衰乱败亡的事情，就是为了给今天的人借鉴，如果这些都跳过不读，那么，记录就没有意义了。在孙抃的坚持之下，这些前代的"国恶"不但要读，还要重点解读。

如此说来，孙抃绝非避事之人，他也是一个非常正直和优秀的士大夫官僚。但是，他又说"国恶不可书"。由于他的坚持，宋夏战争以及战争期间的宋、契丹、夏三国博弈，在之后在很长一段时间之内仍然是漏略不载的。

我们在讲中国的史学传统的时候，常常会说我们有一个"秉笔直书""如实记载"的"实录传统"，而历史记载之所以出现了一些重大的漏略，是因为统治者、当权者的干预。在这里，我想要补充的是，"恶不可书"其实是一种具有相当普遍性的选择。孙抃，作为一个平均水平的，甚至比平均水平还要略高一点的史官，他也认为"国恶不可书"。联系前面讲过的例子，不仅仅国家的恶、父祖的恶、尊者的恶、死者的恶，其实都"不可书"。

这就是我们传统的那种道德至上的、功利主义的真实观。如果"真"不是美的、不是善的，我们可以选择忽略不说。这种真实观允许选择，允许漏略，于是，就有了这样一种可能——向前一步，再向前一步，"制造事实"也是可以想象、可以允许的。

这就要说到下一个故事"范吕解仇"了。这个故事有四个主人公，分别是吕夷简、范仲淹、欧阳修和范仲淹的儿子范纯仁。范仲淹、欧阳修基本上是同辈政治家，吕夷简是他们的上一辈，范纯仁是他们的晚辈。

在范仲淹和欧阳修的成长过程中，对吕夷简不良行为的指摘和揭露，是他们政治生涯中一个很重要的行为。他们最初的贬谪也都是拜吕夷简所赐。所以，在很长一段时间里，范仲淹、欧阳修和吕夷简是"正邪不两立"的。

到了1052年，范仲淹过世，欧阳修受范家的委托作《范仲淹神道碑》的时候，发生了一件非常有趣的事情。

吕夷简和范仲淹曾经是敌对的。但是后来，宋夏战争爆发，吕夷简是宰相，他任命范仲淹去陕西出任边防大帅，重整宋朝防务。范仲淹奉命前往西北前线，途经首都，曾经面见吕夷简，二人有过一次面谈。之后，在范仲淹等人的努力下，宋朝恢复了边境的安宁。

关于这次短暂的会面，欧阳修在《范仲淹神道碑》中写下了这样一句话："二公欢然相约平贼。""相约平贼"是真的，但是，"二公"真的"欢然"了吗？

这个，真不好说。

范仲淹的亲儿子范纯仁说："没有这事。我爸爸从来没有'与吕公平也'。'请易之。'拜托欧阳叔叔把这句删掉。"

欧阳修是怎么回答的呢？他说："此吾所目击，公等少年，何从知之！"这是老子亲眼所见，你一个小屁孩，知道什么！

再看范家的反应。范纯仁真的就把相关的二十多个字删掉了，才把这篇神道碑刻到石头上。按照当时的习惯，刻石之后还要制成拓片，分发给亲友。范纯仁把拓片送给欧阳修，欧阳修说这个"非吾文也"，我不是这么写的！

"二公"相见，是否"欢然"？说实在的，范仲淹死了，死无对证。

我个人更倾向于范纯仁说的可能更接近真实，毕竟是亲生儿子，可能知道父亲心中所想。

那么，欧阳修为什么坚持要用文字来制造"欢然"，制造一场可能并不存在的和解呢？

原因很简单，欧阳修想要一个"欢然"。年轻时的欧阳修是一个非常尖锐的批评者，非黑即白，对于自己看不惯的事情会大张挞伐，不计后果。但是，到了1052年，作为一个更成熟的政治家，欧阳修已深深地知道和解与宽容的价值，他想用文字来制造一个"欢然"，并且希望把这个"欢然"刻到范仲淹的纪念碑上去，让相关各方都看见，再从石头上深入人心。欧阳修希望能为政坛带来"欢然"，带来政治和解的氛围。

这是已经进入成熟状态的政治家欧阳修的想法，血气方刚的范纯仁还无能理解。

欧阳修的做法，就像晚唐的罗隐在《谗书重序》中所说的："君子有其位，则执大柄以定是非。无其位，则著私书而疏善恶，以此警当世而诫将来。"这其实是传统时期中国"君子"的一贯理想，他们对于文字抱持着一种过高的期待，希望用文字来整顿世界秩序、拨乱反正。而这种理想，向上可以一直追溯到孔子。

从孔子一直到明清，在整个传统时期，占主流的都是这种功利主义的真实观。我们总是主张，要从"客观发生"中去选择那些符合善和美的标准的事情，以善和美的方式来表达。这种真实观理应做到不捏造、不回避，在求美求善的同时不能损害真。但是事实上，我们却看到它有时难免越界，甚至出现"制造事实"的情况。

以上就是我对于"传统时期真实观"的一个小小的研究。学者通病，说得有点复杂。用句简单的话来说，就是传统时期的真实观允许甚至鼓励对于事实的漏略、拣选和重新编排。当然，我不能说"传统中国是不追求真实的"。事实上，这句话本身就是错的。我想说的只是，传统中国所追求的"真实"，和我们今天所理解和追求的"真实"是不一样的。我们所追求的真实，是"符合客观发生"。而传统中国并不追求仅仅"符合客观发生"的真实。这种真实观可能会妨碍中国人进行深刻的分析性的思考，也可能会阻碍我们对于自然的探索。

追求客观真实，需要更为复杂、更为成熟的思考方式。

在这些年的历史研究和历史写作中，我越来越坚定地相信，"历史"在很大程度上其实是由"偶然"造成的；因此，历史学者所能贡献于公众智慧的，其实是细节和过程 —— 只有在细节和过程当中，我们才能不断地接近真实。我们进入现代的中国人，应该有勇气去直面真实的世界，因为真实本身就是有力量的，就是善和美的。最后跟大家分享的这张照片，是我儿子刻在黄铜笔杆上的他的座右铭："在生命中，不断探寻真实。"谨以此语，与我心爱的少年，与诸位共勉。

谢谢大家！

（"一席"第100期演讲稿，2021年9月25日）

另一种自然

李青松

> 自然就是自然，但是，自然也是一切。
>
> —— 题记

象 牙

20世纪60年代初。

西双版纳某傣族村寨。芭蕉掩映，鸡犬相闻，炊烟袅袅。

是日中午，寨民岩先勇正蹲在火塘旁抱着水烟袋，咕噜咕噜吸烟。岩先勇是傣族，面部黝黑，满口黄牙。头用黑布裹着，脚上穿一双草鞋。水烟袋是用粗竹筒做成的，竹筒是新竹筒，皮绿绿的，竹节与竹节对接分明。咕噜咕噜。岩先勇用力吸了几口，烟雾从鼻孔喷出来，在火塘上空停了片刻，就被梁上挂着的腊肉吸去了。

他的嘴巴从水烟袋的端口移开，用黑黑的大拇指将烟丝往烟锅里续填了几缕,按了按,然后,抬头看一眼那块黝黑的腊肉。腊肉上落着两只苍蝇。苍蝇的脚蹬了几蹬,就将腊肉上的一滴油蹬了下来,落到了火塘的火里——噗!火苗炸开,升腾出蓝色的火焰,像是一条龙在舞动。岩先勇咧开嘴,露出满口的黄牙,笑了。

忽然,只听得窸窸窣窣一阵响,哗啦一声窗子被推开了。接着,咣当自己又关上了。岩先勇起身看看,什么也没有啊,以为是风,就回到火塘旁抱起水烟袋,刚要继续吸,哗啦一声,窗子又开了。他惊得瞪大了眼睛,因为一只巨大的脚掌伸进了屋里,原来一根竹刺扎进了那个巨大脚掌底的肉里。他立时明白是什么意思了,便放下水烟袋,双手用力把那个竹刺从粗鄙的脚掌上拔了出来。那是一只大象的脚掌。

三天前,也是这头大象,曾大闹寨子。

"野象来啦!""野象来啦!"只听咔嚓一声,大象撞断了寨口一棵杧果树,接着,轰隆一声,一座谷仓塌了半边。大象挥动着巨大的鼻子,发疯似的横扫着面前的一切障碍。那对锋利的象牙,在阳光下闪着寒光——愤怒的大象实在是太可怕了!可是,它为什么愤怒呢?

这时,有人拿出破铜锣、洗脸盆一阵猛敲,也有人挥起锄头、砍刀、长矛,高呼杀杀杀,还有人端起老火铳朝天鸣放,企图把它吓走。然而,大象根本不害怕。它转身向人群冲去,寨人四散而逃。大象把人丢下的脸盆一脚踩瘪,然后嘭一脚踢出老远。

砍柴回来的岩先勇背着一捆柴进寨,正赶上壮汉们跟大象对峙。岩先勇知道,大象一般不主动伤害人、搞破坏,它今天进寨一定是有原因的。他摆摆手,让大家散去。他走上前去,把一串香蕉丢在大象面前。大象猛地挥起鼻子,在空中停留了片刻,就轻轻放下了。鼻孔

449

嗅嗅那串香蕉，并没有卷起来吃。大象看了一眼岩先勇，眼神里透着某种哀婉。它晃了一下头，打了个响鼻，掉转身子，朝寨子外面的丛林走去。岩先勇暗暗注意到，那头大象走路时的步履一晃一晃的，似乎是前腿的一只脚掌上有什么问题。

他万万没想到，三天后大象居然来向他求助了。

这会儿，岩先勇往拔出竹刺的脚掌伤口处敷了草药，然后进行了简单包扎处理。那头大象却扑通一声跪在他的面前，这是干什么呢？岩先勇丈二和尚摸不着头脑了。不过，他从大象的眼神里看出，大象好像还有什么事情需要他帮助——莫非林子里还有受伤的大象吗？岩先勇便骑到那头大象的背上，大象慢慢起身，缓缓而行，驮着岩先勇沿着一条羊肠小路，向热带雨林深处走去。

小路旁边的荒草里，堆着圆滚滚的象粪蛋，一个一个比人脑袋还要大。该消化的东西都吸收到了体内，未能消化的树籽草籽和粗纤维就排出了体外。一些种子经过了象的肠胃处理后，就很容易发芽了。大象在什么范围活动，就在什么范围把种子播撒。象粪蛋，也是甲虫最爱吃的食物。一个粪蛋够一群甲虫享用几个月了。

不过，这头大象的肚子里有些空。竹刺造成的疼痛，难挨，几天来它无心觅食，更没有排出一个粪蛋。

这下好了——脚掌上的竹刺拔出后，浑身舒坦了不少。当它驮着岩先勇走到一块林间空地上时，便停了下来。前面双膝跪地，岩先勇从大象背上跳了下来。只见大象开始用前掌刨地，用象牙掘地，渐渐地，土里就露出了三根白色的东西。

大象用鼻子卷起那三根白色的东西，送到岩先勇面前。

那是三根白色的象牙。

老 鼠

民谚曰：船之将沉，鼠亦相弃。

—— 意思是说，老鼠具有未卜先知的本领，轮船启航前，如果有群鼠纷纷弃船上岸，那就预示着此船可能有灾难要发生了。不过，泰坦尼克号沉没之前，老鼠没有发出预警，因为泰坦尼克号是刚刚打造好的新船，头一次出航就与冰山相撞，于是，惨剧就发生了。或许，船上的老鼠还没来得及出生呢。

2004年印度洋大海啸发生前的一天，有渔民遇见海岸上有成批成批的老鼠向高山上转移。也有渔民看到，老鼠惶惶然往树上攀爬。"远看，黑压压，树枝都压弯了。"

然而，长期以来，老鼠与人的关系，一直不怎么融洽 —— 鼠目寸光、贼眉鼠眼、无名鼠辈、狼贪鼠窃、抱头鼠窜 —— 这些成语，话里话外透着厌恶和不屑。人讨厌老鼠，老鼠无时无刻不处在危险中。老鼠过街，人人喊打。因之总是在人的居舍打洞吗？因之总是偷吃人的食物吗？似乎也不尽然。

老鼠确实干了不少坏事。老鼠把草原搞得千疮百孔。老鼠把农田糟蹋得不成样子。老鼠在水坝上制造隐患，导致溃堤。老鼠咬破电缆的绝缘层，用含油的破布和火柴做窝，引起火灾。老鼠爬到电线开关上磨牙，造成短路，使整座城市陷入黑暗。本来嘛，猫是老鼠的天敌，可是，近年猫被老鼠欺负、猫被老鼠咬死的事情屡屡发生。自然的逻辑也要发生反转了吗？

更可怕的是，老鼠传播病毒，向人类发动鼠疫战争。人类，对老鼠充满了敌意。老鼠，从来都是人类诛杀的对象。可是，千百年来，老鼠的数量从来就没有减少，相反，倒有越来越多的趋势。真是怪事。

老鼠的繁殖能力和适应能力，超出我们的想象。地球上的老鼠有多少呢？没人做过调查，恐怕也无法调查到结果。然而，科学家却说，如果一对老鼠所生的后代全部存活，并且继续繁殖的话，那么三年后，一个空间里的老鼠就能达到三亿五千万只。啧啧，这个数字是有点吓人呀。老鼠的生存几乎不择条件——寒舍、陋室、残垣、旷野、地下、水中、树上，都可以是它们的住处。

它们从不挑剔，往来随意，自由自在，其乐陶陶。

或许，城市里的老鼠要远远多于乡村。因为老鼠发现，城市为它们提供了所需要的一切。越是人多的地方，获取食物越是容易。于是，越是人口密集的城市，越是老鼠的天堂。

事实上，我们对老鼠还知之甚少。且不说老鼠在科技试验和医学试验方面为人类"捐躯"，光是排除战争遗留下的地雷的英勇表现，就令我们自叹弗如。

如果说战争是恶魔，那么战争遗留下的地雷，就是恶魔生下的蛋。这个蛋，一旦开花，瞬间可以让肢体残缺，可以让家庭破碎，可以让生命完结，可以让大地奏出悲歌。

排雷鼠通过敏锐的嗅觉，能准确判断地雷所在的位置。排雷鼠排雷，就像摘西瓜一样简单，手到擒来，易如反掌，准确率几乎是百分之百。它们机敏灵动，挖掘本领强悍。一只排雷鼠二十分钟的工作量相当于一支排雷工兵旅五天的工作量，而且安全、可靠、效率高。

我们应该放弃固有的傲慢与偏见，改变对老鼠的看法。蒲松龄讲的一个故事倒是挺有趣，不妨看看——

见二鼠出，其一为蛇所吞；其一瞪目如椒，似甚恨怒，然遥望不敢前。蛇果腹，蜿蜒入穴；方将过半，鼠奔来，力嚼其尾。蛇怒，退身出。鼠故便捷，欻然遁去。蛇追不及而返。及入穴，鼠又来，嚼如前状。蛇入则来，蛇出则往，如是者久。蛇出，吐死鼠于地上。鼠来嗅之，啾啾如悼息，衔之而去。

这段话不难懂，就不用翻译成白话了吧。

是的，在某些方面，人，不如鼠。

在十二生肖中，鼠列首位。鼠之后才是牛虎兔龙蛇马羊猴鸡狗猪。这并非古人胡乱排序，也并非老鼠窃取了子属，而是自然法则的选择。开天辟地之前，天地混沌一片。老鼠时近夜半之际出来活动，将天地间的混沌状态咬出一道缝隙 —— 渐渐地，缝隙里便有了鲜活的光。

当我们睡着的时候，老鼠却醒着，并且奔波忙碌着。

有道是：鼠咬天开，黎明即来。

蛤 蚌

长白山富尔岭有条河，叫富儿河，流向西南注入松花江。富儿河水流平缓，寡言少语，不急不躁。话说清朝光绪年间，有一支八旗兵，经此泗河调防。月夜，河面上人头攒动，马鸣萧萧，水中火光密如繁星。无人举火把，何来火光呢？俗语云，水火不相容。此河却水里有火，火里有水，众疑为怪。待过对岸后，回首依旧。

一个叫富尔汗的小卒悬望良久后，悄悄跟首长报告说："此河必有珍珠！"

"何以见得？"首长问。

"水中火光即是珍珠所发。可入河捕之？"

"为什么不呢?——准。"

富尔汗脱衣赤条入河,泗水奔火光而去。不多时,得蛤蚌而归。察蚌体内果然有珠。首长甚喜,传令兵员统统下河,按火光去采,得蚌无数。蚌蚌皆有珠。大者如鸽子蛋,小者如米粒。将官兵员皆欢腾不已。

为何富尔汗能由水里的火光判定有珍珠呢?这缘于他对珍珠的了解。珍珠的形成,与蛤蚌的痛苦密不可分。

本来,沙粒是沙粒,蛤蚌是蛤蚌,两者没有必然联系。但是,富尔汗自小在河边长大,深识水性,也深谙捕鱼采蚌之道。他知道,沙粒无意间进入蛤蚌体内后,便会粘在蛤蚌硬壳里面的外套膜上。这时,蛤蚌的痛苦就开始了——它必须分泌出一种叫作珍珠质的物质来排斥沙粒,才能减少痛苦。然而,无论怎样排斥,沙粒是无法出去了。这样,珍珠质就会不断分泌下去,日日,月月,年年,岁岁。不断分泌的珍珠质将沙粒一层层包裹起来,珍珠就一点点形成了。

珍珠,一向被尊崇为珍品宝物,因争夺珍珠甚至爆发过战争。据说,恺撒大帝于公元前五十五年发动的对英国的战争,一大原因就是他听说苏格兰的河里盛产珍珠。罗马时代,上层的贵妇均以拥有珍珠首饰为荣。也有用珍珠强身健体的,成吉思汗率领铁骑西征时,每日都服用珍珠粉,滋补壮阳。

珍珠是会发光的,即便在水里,它也是会发光的。于是,寻光采捕即可得之——这就是富尔汗的见识。见识可以帮助一个人做出正确的判断。

事实上,蛤蚌本无太大价值,肉也不怎么好吃。我小时候在河里捕过蛤蚌。肉抠出来,扔进锅里煮,结果越煮越硬,嚼也嚼不动。一恼火,就都喂鸭子了。我捕的蛤蚌,体内从未抠出过珍珠。可见,珍珠不是轻易就能得到的。蛤蚌就是蛤蚌，但它创造了珍珠，就不是通常意义的蛤蚌了。也许，没有沙粒造成的痛苦，蛤蚌便不会产生珍珠。蛤蚌的生命及其价值，也因珍珠的出现而得以延伸，并有了美感和夺目的光彩。

那支八旗兵驻防后，以珠易银，充作兵饷，乐哉乐哉。

富尔汗有功，提拔为官。什么官呢？大概相当于现在连部管兵饷管伙食的司务长吧。

猴 怒

太行山腹地，某林场。山高坡陡，森林广袤，也有猕猴、野猪、狍子出没。森林里的主要树种是油松，松果满枝，颗颗饱满。松果是好东西，籽儿可以育苗，也可以熟食。

每年松果成熟的季节一到，天刚放亮，林场职工就上山采摘了。出售松果是林场的大宗经济收入，林场上百号人口主要靠松果养活着呢。然而，令林场场长头痛的是，每年采摘松果都要发生一些事故。因为人工采摘必须爬树，稍不留神，就有人从树上摔下来。前前后后，已经摔伤二十余人，摔死的也有七八个了。断腿断臂的职工越来越多，没了男人的寡妇也越来越多。

在其位，谋其政。场长寝食难安——必须得改变采摘方式了。可是，怎么改呢？有人给场长出主意说，不妨让猴子上树去采摘，人在树下捡拾即可。场长一听乐了，说，这主意好。于是，弄来一批猴子简单训练几天，就上树采摘松果。果然效果很好，甚至松果产量还多于往年。

场长走路也哼哼几句小曲了："天上星星千万颗，树上猴子多又多，树上猴子干什么？它把松果抛小哥。"

某日，一个外号叫"瘪嘴"的职工跟场长神秘地报告说："山上发现宝石。"

"什么宝石？"

"腊八蒜宝石。价格很俏！"

"腊八蒜？"

"不是腊八蒜，是像腊八蒜的宝石。""瘪嘴"从兜里掏出一块宝石递给场长，场长接过宝石朝太阳看了看。

"嗯，还真有点像腊八蒜的颜色。哪座山上发现的？"

"断头崖。"

场长一惊，说："那上面可是没人能上去。"

"不一定吧！""瘪嘴"说，"今年松果是怎么采摘的？"

"断头崖上有猴子吗？"

"有，二十余只，是一个家族。这颗宝石就是猴子从崖上抛下来的。"

"问题是怎么让它们把宝石抛下来呢？"

"逮一只猴子，折磨它，激怒崖上的猴子，它们就会往下抛石头，这样连宝石也就抛下来了。"

"就依你计。"

次日，场长及"瘪嘴"等一干人，缚猴子一只，来到断头崖下。仰视之，果然崖上树林里有猴子簌簌窜动。"瘪嘴"大叫几声，故意引起猴子注意。不多时，崖顶一排棕色的脑袋，齐刷刷向下看。

场长说："动手！""瘪嘴"折磨之，猴子疼痛难忍，哇哇乱叫。崖顶群猴见之，一片喧嚣。随之，有零星石块投下来。

少顷，"瘪嘴"又再度动手，故意给崖顶的群猴看。这时，崖顶的群猴被彻底激怒了,吼声如潮,石如雨下。

崖下,场长等一干人未及拾起宝石,就抱头鼠窜。慌乱中,"瘪嘴"躲闪不及,被一枚石块击中了嘴巴,满口牙齿,只剩下一颗。

从此,"瘪嘴"的嘴巴便彻底瘪了。

长 嘴

某林区,护林员老孟巡山时,眼见两只长着獠牙的公野猪在打架。大个儿的长嘴,略小个儿的花腰。它们翻腾着厮杀,几个回合下来难分胜负。獠牙撞击声,咔咔咔!很沉闷。是争夺地盘呢,还是争夺某只母野猪呢?老孟很好奇,干脆坐在一根倒木上看个究竟吧。

两只野猪打架太过投入,根本就没在意不远处有一双眼睛在看着它们呢。野猪打架用的武器就是獠牙,一挑,一撅,一扫,一拍,招数不多,主要看哪个更有耐力。

老孟看呆了。

只见"花腰"急速向悬崖奔去,"长嘴"以为"花腰"力气不支,败走了,哪里肯放过呢,便疯狂追赶。追到悬崖边上时,"花腰"突然一闪身,"长嘴"扑空了 —— 直接扑到悬崖底下,没影了。

那悬崖足足有五层楼房那么高啊!

"呀呀!不好!"老孟大叫一声,"妈拉个巴子的,花腰真坏!"叫声惊动了"花腰",它看一眼老孟,掉头就跑,几秒钟后就消失在山林里。老孟起身,三步并作两步跑到悬崖边上向下看 —— 崖底全是灌木丛,扑下去的"长嘴"砸断了很多灌木,一个黑乎乎的东西躺在地上。

那一准儿是"长嘴"了。

老孟急火火赶到崖底,一摸"长嘴"的鼻孔,已经断气了。

于是，老孟喊来几个护林员，大家七手八脚把"长嘴"抬回了林场场部。场长见之，高兴不已，说："好啊！改善伙食！"就命人在场部的院子里架起一口大锅，柴火烧得旺旺。嘴里叼着烟袋杆儿的老人、怀里抱着娃娃的少妇、鼻孔淌着黄鼻涕的小孩，也赶来看热闹，院子里洋溢着欢声笑语。

大锅里的开水烧得翻滚，热气腾腾。

"来来！把野猪放到锅里煺毛。"场长撸起袖子，指挥几个小伙子下手抬野猪。哪知，"长嘴"刚放进锅里，被滚开的热水一烫，一个激灵，居然活了。它嘴里喷着白沫子，从锅里翻身跳起来，一下蹿到地面上，接着，又连续蹿了几下，就蹿到场部大院外面。眨眼间，就钻进一片玉米地，逃遁了。

"找！"

场长带着老孟等人在玉米地里进行了地毯式的搜索，直到太阳落山，也没找到"长嘴"的踪影。场长看看时候不早了，就摆摆手，收工吧，各回各家——唉，野猪肉没吃成，大家很是沮丧，但也没办法呀。

半年后，老孟发现，夜里总有个黑影时不时潜入林场家属区，猪圈里的猪哼哼几声也就没有动静了。但奇怪的是，并没有发生什么偷盗案件，老孟也就没有声张，更没有跟场长报告。

次年开春，林场职工家里养的母猪，都莫名其妙生出一窝小野猪崽儿。那小野猪崽儿个个长嘴，欢实、野性、浑身还有一股松油子味儿。

猫 鱼

沈阳之北，巨龙湖。岸边一老者持竿垂钓。屁股坐在香蒲团上，眼睛东看看，西看看，很放松的样子，可是他的心思全在那钩上。此翁是垂钓高手，远近闻名。

我在一旁静静观察。人钓鱼，我看钓鱼的人钓鱼。钓鱼的人，睨一眼，也觉察到一个看钓鱼的人在看他。

老者钓的鱼都是猫鱼。顾名思义，猫鱼即是头部及形体像猫的鱼。酱炖、清蒸，味道好极了。奇怪得很，在巨龙湖岸边垂钓者无数，猫鱼独独上此翁的钩。老者身后等待买鱼的人，排成长队。蜿蜒数里有点夸张，十几米长还是有的。

老者钓猫鱼，猫鱼钓喜欢食猫鱼的人。猫也喜食猫鱼。未见猫，猫在钓猫鱼人家里的沙发上睡觉呢。

说到猫鱼，我想起小时候的一件事。某年夏季，大雨滂沱，三天三夜不停。天漏了。爹忽闻院里有啪啪啪起跳之声，观之，是三条猫鱼在雨中的地面上快活地乱蹦。怪哉，宅院附近无河无溪，也无塘坝，鱼从何来？一解，雨稠，即为空中的河，猫鱼可翔之；一解，空中的鸟，遇暴雨，即变作水里的猫鱼了。

爹讲这个故事那年，我七岁，听得瞪大眼睛。

老　屋

大别山脚下燕庄。

若干年前，呼啦啦，村里土坯旧房全部拆除了，盖起统一标准的砖瓦结构的新屋。一幢幢、一户户、一家家，左看一条线，右看一条线。然而，村头大榆树底下一座老屋却没拆。墙上写着一个大大的字——拆！此字笔画粗壮，有不容商量的意味。不过，近前仔细一看"拆"字后面，还有两个字——不得！笔画瘦、薄，但很坚韧。从字迹看，"拆"是一个人写的，"不得"是另一个人写的。

一年夏天，我途经燕庄，看到这座老屋，引起我的兴趣。直觉告诉我，这座老屋一定有什么故事。不妨探访一番，了解一下情况。轻叩柴门，一老人家开门将我迎进屋里。老人家姓许，七十余岁——就叫他许爷吧。

"别人家都住上了新房，你家的老屋是不是也该拆啦？"

"不能拆！"他指着屋顶让我看，"拆了，你说这东西该咋办？"

我抬头一看，怔住了。

屋顶房梁上居然有好几个燕子窝，每窝都有七八个粉红色的小脑袋露出来，唧唧唧唧叫个不停，透着顽皮和几分稚气。我数了数，一共七窝。大燕子在屋里穿梭，飞来飞去，不断把捕到的蚊虫衔到窝里喂食雏燕。屋外的大燕子急匆匆飞进来，收拢翅膀，稳稳落在窝边上，动作轻盈准确。霎时间，窝里的小脑袋们吵闹着伸长了脖子，张开口袋一般的小黄嘴，边摆动边吵闹，争着要吃的。

燕子妈妈嘴对嘴把小虫子送到小黄口袋里。小宝宝急不可耐，三下两下就吞咽下去。然后，吵闹着再要，直到吃饱，就静静地趴下了，就藏起来了，小脑袋就隐了，不再露出来了。而大燕子呢，就箭一样飞出，接着觅食去了。

"好啊！这么多燕窝，这么多燕子。"我忽然想起了小时候，大人让猜的一条谜语：嘴像红辣椒，尾像剃头刀，天天都在土里宿，离土还有丈八高。谜底就是燕子窝——用泥垒成的，垒在离地一丈八尺高的屋梁上。

"过去，燕子垒窝不愁。现在老屋全拆了，燕子没处安家了，就挤到我家这座老屋来了。"

"新屋不是一样能筑巢吗？"

"怎么垒窝啊？新屋前脸后腰是个四方块儿，屋顶悬空，全硬化了,不露梁,不露檩子,不露椽子,全封闭了,风都不透,燕子根本无法垒窝。即便垒窝了,光滑滑的也挂不住。"

我不语,觉得老人家说得在理儿。

"我们村之所以叫燕庄,是因为自古这里就是燕子的老家。早先,村里七十户人家,有六十户住着燕子。每年都有上千只燕子出生。燕子年年回来,吃害虫护庄稼,是功臣呢!可是,现在呢,全村的燕子就剩下了我家这七窝了。"老人家越说越伤感,眼眶也湿润了,他说,"如今,盖房子光考虑气派、洋气,人住着图舒服,根本不考虑燕子的垒窝问题。这是不对的。自古人燕同居,共存共荣。可是,人过上了好日子,却把燕子甩了。这是不对的——早晚要出事情。"

"有道理,有道理。"

老人家问我:"见过龙吗?"我摇头。"见过伏地龙吗?"我再摇头。

"我这老屋里好东西多着呢!我带你看看。"老人指着老屋的灶台,说,"喏,这底下就是。"

原来,乡村老屋的灶口,都是烧柴的。木柴、秸秆、蒿草等木本草本可燃物,均可当柴。柴烧出的东西叫火龙,火舞动,龙就是活的。火熄了,龙就伏于土了。

年头久远的老房子,灶台自然也就老。

老灶台灶底中心烧得最红的那一块土,就是伏龙肝。老人家说:"这不是我说的,是李时珍说的。伏龙肝有什么用呢?伏龙肝是一味中药,专治腹痛腹泻、便血。灵验得很,几剂就可治愈。"他长叹一声,"可是,如今呢?唉!"

是呀,乡村的灶口已经很少有烧薪柴的了,都改成了烧天然气,啪,一点火,蓝色的火焰就燃起来了。省时省力,不用去搞柴了。

伏龙肝渐渐退却到药典词典里了,其物渐渐难寻。

告别老人家，告别老屋，我的脑子一直想着一个问题——在现代化进程中，我们一路丢掉的东西，还少吗？恐怕远远不止燕子，不止伏龙肝吧。

倏忽间，两只燕子从空中飞过，呢呢喃喃，掠过大榆树的树梢，落到了老屋屋脊的老瓦上。它们明年还会回来吗？即便明年能够回来，老屋还会在吗？

虎 威

何谓虎威？这个问题不太好回答。

还是从虎说起吧。古人认为，虎一生只产一胎。生一子者为虎，生二子者为一虎一豹，生三子者为二虎一彪。彪，似虎非虎，比虎凶，比豹猛——彪，谁见过？

没见过也不要紧，世上有凤凰吗？但却有凤凰牌自行车。世上有龙吗？但却有龙的传人。

虎之性格孤僻，独来独往。每只虎都有自己的疆域，以虎尿和"挂爪"留痕划定疆界。"一山不容二虎"——这里的虎，应该是指雄虎。雄虎疆域意识极强，绝对不许另一只雄虎侵入自己的疆域，否则将有一场恶斗。雄虎生殖器生有倒钩刺。它和雌虎欢爱时，因那尖锐的刺钩钩住雌虎的阴道，钩刺是反向的，所以很难拔出。待用力拔出，阴道被刺破，鲜血直流，雌虎痛不欲生。

雌虎接受惨痛的教训，再也不敢欢爱了。

欢爱一回，风流不二——在自然中，老虎是最自律、最节制、最能控制自己欲望的动物。

虎是山林中的王。虎啸能使百兽胆寒。它行走时步履稳健，步态里充满底气和自信。或许，这种底气和自信，是源于它的利齿利爪利尾的强悍无比吧。

昔时，长白山林区常有药商出没，收购虎骨。虎骨与牛骨放在一起，绝难区分。有猎户图高价，屡用牛骨充虎骨。然而，药商自有办法。什么办法呢？让狗来鉴别——将骨头抛给狗，狗叼起来就走，一准儿为牛骨。反之，狗不敢近前，且哀鸣不已，夹尾远遁，此骨，必是虎骨了。

也有驯马者，用虎肠做马缰的。虽为烈性桀骜之马，可一旦戴上虎肠马缰后，四腿乱抖，浑身虚汗，纵使再大的脾气，顿时尽消。

未见虎，威却在——此乃虎威也。

斗　鹰

人人知道龟兔赛跑的故事——龟兔赛跑的结果：乌龟赢了，兔子输了。就速度而言，无疑应该是兔子赢，但它中途睡了一觉，疏忽大意了，乌龟慢慢赶上来反超了它。乌龟取胜的法宝，在于三个字——不停顿。

乌龟属于杂食动物，也食菜蔬，也食谷物，也食肉类。乌龟最爱吃的肉，是鹰肉。嘴里寡淡的时候，就在河边晒太阳。乌龟晒太阳，跟别的动物不同。别的动物是趴在地上晒后背，它是把自己搞反了——四脚朝天晒肚皮。其实，这样晒太阳是非常危险的，天敌来袭之时，且不说翻个身不容易，就是把自己搞正了也要耗费一定时间，即便全速逃遁，恐怕也来不及了。

是呀，这个天敌往往就是鹰。

乌龟晒肚皮时，会反射出白亮亮的光，很容易就被空中觅食的鹰发现目标。鹰于是闪电一般俯冲下来,叼住乌龟的头。瞬间,乌龟的头就欻的一下缩了,缩进盔甲里。鹰嘴就被乌龟的铠甲钳住了,疼痛难忍。然而,到嘴的肉是绝对不能放弃的。鹰抖动翅膀叼着乌龟起飞了。空中,鹰的翅膀下,乌龟悠荡悠荡。乌龟慢慢调整自己,将藏在铠甲里的尾巴伸张出来,卷曲着,用尾尖一下一下刺鹰的腹部,然后用侧面,咔哧咔哧,锯鹰脖子上的肉。原来,乌龟的尾巴是有锯齿的,那分明是一把钢锯呀。

乌龟会算好时间,在落地那一刻把鹰脖子上的气管锯断。鹰,一命呜呼了,乌龟也在瞬间安全着陆了。乌龟伸出头来,眨眨眼睛,睨一眼四周,张开嘴巴不紧不慢地开始享用美味了。

猞猁

吐痰成钉,撒尿成冰。

冬季,大兴安岭林区。天,嘎嘎冷。

一只饥肠辘辘的猞猁溜进林场职工老马家的鸡舍,叼起一只芦花鸡就蹿到墙上,拟逃之。芦花鸡哀鸣不已,翅膀扑棱棱奋力挣扎。

老马出门一看,怒火满腔,抄起一根烧火棍,杀将过去。猞猁叼着芦花鸡腾地一跃,一条弧线就划向了后山。老马哪里肯放过呢,撒丫子就追。猞猁隐入一条石洞里,发出撕心裂肺的嚎叫。趴石洞口往里望,里面黑咕隆咚,什么也看不见。只是,里面有动物呼吸吐出的热气挂在石洞洞口,成了白白的霜。

老马用烧火棍往里捅了捅,似有软乎乎的感觉,但烧火棍无论在里面怎样乱搅,那猞猁就是不出来。

这时,老马九岁的儿子闻讯,也呼哧呼哧赶来了。

老马把烧火棍往儿子面前一戳，说："往上撒尿！"儿子哈着气，就往烧火棍上撒了一泡尿，末了，还打了个激灵。老马把烧火棍迅速插到石洞里，用力拧。拧拧拧。在拧的过程中，烧火棍上的尿液已经结冰，并把里面猞猁的皮毛紧紧粘住了。最后，老马猛地一用力，把猞猁拉出了石洞。定睛一看，不是猞猁，是一只獾。不对啊！明明看到是猞猁叼着鸡钻进去了，怎么拉出来的是獾呢？老马忽然想起来了，獾有冬眠的习性，也许，獾早就在里面呼呼睡大觉呢。

老马往烧火棍与獾粘连的部位踹了一脚，烧火棍与獾就分离了。獾颠颠跑了。

老马把烧火棍又戳到儿子面前："再撒！"儿子脸憋得通红，撒出几滴，再抖，就没了。无奈，老马只好背过身去，哗，一大泡尿就出来。老马迅速将烧火棍插到洞里，再拧，拧拧拧。再用力一拉，可拉出的又是一只獾。

到底有几只獾呀？老马有点蒙了。如此这般，这般如此，獾又给放生了。

看来用"撒尿"法不行了——因为儿子没尿了，自己也没尿了。得换个法子。他吩咐儿子说："去，回家取一条麻袋、一个麻雷子。"麻雷子就是一个响的爆竹。一入冬，林区家家都备这东西，时不时就放几个，日子过得有点响动。也有鞭炮，也有"二踢脚"，也有烟花，也有"钻天猴"。

很快，儿子呼哧呼哧返回来了，将麻袋和麻雷子递到老马手上。"麻袋你先拿着，等一会儿捂洞口用。"老马一边说着，一边掏出火柴，嚓，就把麻雷子的捻儿点着了，顺手投进洞里，然后，扯过儿子手里的麻袋，用麻袋口把洞口捂上。只听嘡一声闷响，麻雷子在洞里爆炸了。啪啦啦，一个东西钻进了麻袋里。

465

"妈拉巴子的，可逮着你啦！"老马把麻袋口收紧，生怕里面的东西跑了。老马背起麻袋刚要转身，洞口又欻地蹿出一个东西，三两个跳跃，就钻进了后山的林子里 —— 是那只猞猁。

麻袋里是什么呢？老马更蒙了。

不会又是獾吧？老马打开麻袋口一看 —— 是瑟瑟乱抖的芦花鸡。好家伙！芦花鸡，居然还活着。

臭 鼬

臭鼬以臭著名，臭是它的防身武器，也是它的生存本领。长着黑白斑纹的臭鼬，即便狮子、豹子也离它远远的，不去惹麻烦。一般来说，臭鼬白天睡觉，晚上外出觅食。它吃昆虫，也吃青蛙，也吃鸟和鸟蛋。

其实，臭鼬从不主动发起攻击。当它判定对方靠近自己有一定危险的时候，就会伏下身子低下头，竖起尾巴，用前爪跺地，啪啪！啪啪！发出警告。警告未被理睬，它会很生气。接着，它就呼呼喘着粗气掉转身子，翘起尾巴，喷出刺鼻的臭屁气液。

此臭，可造成对方眼睛短时间失明，甚至昏厥。

好家伙，距离五米内，它的臭屁气液可以准确击中目标，鲜有失手。厉害！

恶臭可在一公里范围内弥漫，久久不散。

有一种说法认为，臭鼬只有前面双爪蹬地时，才能喷出臭屁气液，一旦前面双爪悬空，它就喷不出臭屁气液了。一位动物学家做了一个实验，他趁臭鼬不注意时，欻的一下把臭鼬倒提起来，使其前后四爪都处于悬空状态，可臭鼬照样噗的一声喷出臭屁气液。

一般来说，臭鼬只在森林、荒漠和草原活动。不过，饥饿难耐之时，臭鼬也会窜到公路觅食，但后果往往是悲惨的。面对驶来的汽车，它也是用先警告后喷臭屁气液的套路，希望把汽车吓走。可是，蛮横的汽车哪里吃它这一套呢，一脚油门冲过去，它就成了肉饼。

臭，不是万能的。在所谓的现代文明面前，臭鼬的臭救不了自己。

然而，话说回来，把它碾成肉饼的汽车基本上也就不能要了。因为汽车前盖上是臭鼬的臭，前灯上是臭鼬的臭，车轮上是臭鼬的臭，挡风玻璃上是臭鼬的臭，后视镜上是臭鼬的臭，车门上是臭鼬的臭。

臭鼬的臭，瞬间亲吻并吞噬了汽车的一切。洗不掉，漂不掉，擦不掉，刮不掉，剜不掉。

汽车成了臭车。

雁 落

三江平原。天高地远，甩手无边。

风力发电机涡轮叶片，有气无力地转动着。似乎缺乏睡眠，不在状态，精神不饱满。也有的干脆不转，发呆。

然而，虽然有气无力，甚至发呆，但它却能创造出电。

远看，平原上的风力发电机群，像秋天收割后的高粱茬子，一垄垄，一排排，一座座。换个角度观之，也有点像古代军队的布阵，横一队，竖一队，横竖交叉又一队。刀枪剑戟，杀气腾腾。

风力发电的原理是什么，我哪里能说清楚呢？不过，不管什么原理，有一点可以肯定，那就是 —— 抓住风，狠狠折磨风，狠狠压制风，然后，使风的野性子爆发出来，就转化成了电。风发出的电，即风电，还有一个优雅的名字 —— 清洁能源。

地球腹腔里越凿越空了 —— 煤凿出来了，石油凿出来了，矿石凿出来了。有用的东西，无用的东西，还有什么没凿出来呢？凿凿凿！如此这般地凿下去，地球腹腔迟早要塌瘪下去。风电，对凿说不。风电的出现，带给我们意外和惊喜。

空气是空气，风是风。空气流动起来，就成了风。风，心情好的时候，就是微风；心情糟糕的时候，就是狂风；愤怒的时候，就是飓风，就是台风。风，是好东西，也是坏东西呀。风电呢？当然是好东西中的好东西。

然而，在风力发电机下，张田俯身拾起一只死去的大雁，看着血糊糊的翅膀和雁头，很是伤感。三年来，这是他在这座风力发电机下第二十七次拾起死去的鸟了，累计起来：三十三只。不光是大雁，也有猫头鹰、游隼、海雕、野鸭、山雀、长嘴滨鹬、白天鹅。

一般来说，大雁总是飞得很高，而且飞行平和，无声无息。它怎么就被风力发电机涡轮叶片绞杀了呢？

群雁飞行井然有序，在动态中保持一种队形，舒缓向前。雁队排列成阵，可以减少空气的阻力，又可以减少飞行的疲劳。或者是"人"，或者是"一"。头雁位于"人"的顶端，最先劈开空气，它是雁队的领袖。但头雁也不是固定的，若是体力不支，过于疲劳，就退后跟队休息，换上其他状态饱满的雁轮流在前面开道。

张田拾起的那只被涡轮叶片绞杀的雁，是雁队的头雁吗？还是掉队的孤雁？

张田是一位自然摄影爱好者，经常在这一带观鸟、拍摄。张田也是我的朋友。据他观察，风电基座附近一百米范围内，物种远低于更远一些地方。风力发电机涡轮叶片对鸟类的绞杀，主要是在大雾天、雨雪天以及狂风肆虐的天气里。这些糟糕的天气，很容易影响鸟飞行时的视线，造成误撞。

生态恶化与能源短缺之间，也许没有必然联系。但是，在开发新能源的过程中，怎样尽量减少悲剧的发生，确实不能无视这个问题。

张田告诉我，他小时候家里养鹅，有二十五只。有一天放鹅回来，数数，二十六只。搞错了吗？怎么多出了一只呢？他又数一遍，还是二十六只。他仔细一看，鹅群里多了一只黑嘴壳子的灰鹅。那只灰鹅翅膀受伤了，不知从何处何时混入了他家的鹅群里。他的母亲给这只受伤的灰鹅上了药，还精心包扎了伤口。一段时间后，灰鹅的伤痊愈了。令人意外的是，灰鹅居然还悄悄产下了四枚蛋。接着，还孵出了四只小灰鹅。小灰鹅毛茸茸的，头上没有肉瘤，脚蹼和腿部是乌黑的，嘴壳子也是乌黑的。特别的是，在颈项的背侧有一条明显的灰褐色羽带，叫声敞亮。

嘎——嘎——某天，当灰鹅听到了空中的雁鸣，竟扇动翅膀腾空而起，飞上蓝天加入雁阵的队伍中，远去了。

原来，它不是家鹅，而是一只野生的大雁。

"碧云天，黄花地，西风紧，北雁南飞。晓来谁染霜醉？总是离人泪。"王实甫的唱词写得总是那么哀婉。

当然，鸟被风力发电涡轮叶片绞杀的现象，离"物种毁灭"这样的词还相距甚远，中间隔着许多东西呢。然而，全球变暖、海平面上升、冰川解体、病毒肆虐、物种剧减等地球衰败的一些迹象却日渐显露，已是不争的事实了。地球上的人，已有七十亿。因人类活动等原因，每小时就有三种生物在地球上灭绝。当物种一个一个消逝的时候，人是多么孤独呀！人，好日子不多了吗？怎么办呢？

嘎——嘎——雁鸣提醒我们，又一个春天来了。天空中一会儿是"一"，一会儿是"人"。但愿它们一路平安！

天空没有留下翅膀的痕迹，但是，鸟已经飞过了。

狼

老家村名叫前那木嘎土。

20世纪70年代，由于生态状况严重恶化，饥肠辘辘的狼便常常窜进村里，干出一些惹是生非的勾当，刘家王家韩家的羊啦猪啦，时不时就被狼叼走一只。家家户户羊圈猪圈的墙上，便用白灰涂上一个一个的白圈圈。那是村民利用狼多疑的心理，用白灰涂的。即便这样也防不胜防，前那木嘎土的村民没有一个不恨狼的。

张三炮更是恨得咬牙切齿："妈拉巴子！非宰了它不可！"

那年冬天，他在自家的羊圈里反披着羊皮袄潜伏了三个夜晚，终于摸清了狼的活动规律。

张三炮是我们村里的猎手，腿脚不太灵便，光棍一人，整天背杆老枪，在村里村外一拐一拐地转来转去。我们这帮小嘎子有时跟在他的屁股后起哄，赶也不走，他便把老枪对着天空嗵一家伙，吓得我们立刻作鸟兽散。而张三炮呢，则噗地吹一口枪口冒出的硝烟，嘴里骂一句"妈拉巴子"，舒心地笑了。那杆老枪与法国电影《老枪》里的老枪可不一样，《老枪》里的老枪太过考究、太过奢华了，张三炮的老枪太土气了，糙得很，跟人家的老枪没法比。先用一根细铁丝把枪机探透，然后装火药，装铁砂，再将兔子粪末灌进去，啪啪，拍拍枪筒，让兔粪末把铁砂压实，最后将纸炮子压在枪机上，机头一叫，就可以随时搂火了。

是日夜里，狼又来了。狼先是在羊圈周围绕来绕去，见没有什么危险，就向圈门靠近，圈里的羊叫着，乱作一团，狼愈加大胆地翻越圈门跳入圈内。说时迟，那时快，张三炮用力一拉早就架设在两个木桩间的绳套，狼嗷的一声，被吊在空中。"妈拉巴子！看你厉害还是我厉害！"张三炮从黑影处抱着那杆老枪站起身来，嘴里骂着。

狼拼命地嚎叫，那声音异常沉闷，带着凄惨的颤音。张三炮的老枪对着黑夜，嗵！又是一家伙。好嘛，前那木嘎土的夜晚被一团火光炸开了！村民们闻讯赶来，几个愣头抡起棍棒就要把那狼结果了。张三炮说，且慢，整都整住了，让它死还不容易吗？它吃了那么多的羊猪，咱们得出口恶气！有人赶紧把马灯递过来照亮，张三炮慢悠悠地点燃一支用报纸边边卷成的旱烟后，吩咐人找根雷管来。不多会儿，有人把雷管递到张三炮的手上。张三炮拿在手里反复把玩着，一口一口地把那支老旱烟吸完，另一只手在嘴角抹了抹，嘴角的烟叶末子就被抹掉了。张三炮的每一个动作都被围着的人看在眼里。那个夜晚，张三炮真是威风八面。

张三炮把一根导火索接在雷管上，嘴里骂着："妈拉巴子！老张三（彰武人把狼称作张三），这回就看你的本事了。"几秒钟后，轰的一声巨响，狼被炸倒在血泊中。狼无力地眨了几下眼睛，便一命呜呼了。

这是一个残忍的故事。

打那日起，故乡的人们再也看不到狼了。后来，我听说张三炮不再打猎了，而是当上了村里的护林员。背着那杆老枪，看山、护林子，整天在沙坨里樟子松林带里一拐一拐地转悠，两只眼睛瞪得溜圆。然而，通直通直的樟子松，让贼嘎子们看着眼馋啊，月黑天，弄一棵到城里，少说也值几十元。但不知是畏惧张三炮和他的那杆老枪，还是别的什么原因，贼嘎子们谁都没有下手。

那些高大的樟子松就那么安安静静地长着。偶尔，有松鼠在枝干上跳来跳去，不小心碰落一颗松果，也是常有的事。

褐 马 鸡

褐马鸡 —— 国家一级重点保护野生动物，保护规格堪比大熊猫。

在中国，除了晋之管涔山、黑茶山、太岳山和中条山等狭长区域，其他地方少见踪影。在古籍中，褐马鸡曰"鹖"。《禽经》里，称其为"毅鸟也，毅不知死"，也就是说褐马鸡有"斗死不怯"之习性。这真是奇怪的鸟，相争相斗时，没有输赢，只有一死。

古时候，帝王常常用它的羽翎做成"鹖冠"奖赏给打仗有功的武将。雄赳赳，气昂昂，威武凛然。

褐马鸡白天在林下觅食，沙棘果、橡子果等是它的最爱。它也能飞翔，但飞翔不是它的特长，距离超过一千米，一准儿累得掉下来。飞一两百米刚刚好。它夜宿于树上，双爪紧紧抓住树枝，依然睡得很香。

它不会做巢，即便做，也无非是树下腐殖层或落叶层上胡乱刨出一个坑，就算是巢了。而这也只是为了产蛋和孵蛋用，并不是完整意义的家。我们该怎样理解这种奇怪的鸟呢？它的天敌很多，黄鼬、黑鼬，还有各种猛禽，都可以把它和它的蛋吃掉。

可以说，它的生存格外艰难，时时处处都可能存在丧命的危险。

然而，褐马鸡并非温顺、乖巧的鸟。

褐马鸡脾气暴烈，生性好斗，具有同类相残的本性。如有一鸟受伤流血，群鸟不是同情它、照顾它、呵护它，而是围攻之，并置之死地，不留活口。为何对流血的同类如此残忍呢？不得而知。据说，鲸鱼也有此类现象。

我在管涔山时，看见一个保护区的鸟舍里有一铁笼，问之用途。当地朋友告诉我，铁笼是救助受伤褐马鸡的"安全屋"。褐马鸡争斗时，如有受伤流血者，饲养员便将其急置于笼中，与众鸟隔离，避险，确保安全。

褐马鸡是山西省省鸟，晋人皆知，非晋人知道的也不少。在管涔山、黑茶山、关帝山等林区，行人在路上常见走失的雏鸟，拾之，送救助站，每年都有多起，已经不是新闻了。

汽车在山间公路行驶时，见褐马鸡横过马路，司机便停车观之，为其让路。山西朋友尹福建告诉我，褐马鸡是管涔山林区标志性的野生动物。这些年，褐马鸡数量呈逐年上升趋势。过去不足一千只，现在经红外线设备监测，种群数量应在两千八百只左右。

我说："也许，这里是地球上褐马鸡种群最大的一支了。"

"嗯，差不多，还没听说哪里比这里更多。"

"对，其他地方只是零星的小群。"

尹福建说："褐马鸡的生境要求非常苛刻。种群数量增多，意味着管涔山的生态系统越来越好了，生物多样性越来越丰富了。"

我问："褐马鸡到底有什么价值呢？"

"就像大熊猫一样，大熊猫有什么价值呢？恐怕真是一下难说清楚。"尹福建沉思片刻说，"褐马鸡从不发生鸡瘟，这是科学至今无法解释的。"

"它的遗传基因一定很特殊吧？"

"是啊！科学家们正在对它进行研究，也许这需要很长时间。"尹福建说，"我们能做的就是先把物种保护下来，待科学发展到一定程度，褐马鸡身上更多的价值，自然会被发现。"

貉

在成语里，貉的形象不怎么光彩。比如，一丘之貉就是贬义，释为同一个山丘上的貉，彼此相同没有差别，都是坏东西。

我小时候见过貉。村里人挖壕沟时，挖出了貉。貉的样貌既像狐，又像狗，面部有一块"海盗似的面罩"。眼神忧郁，叫声低沉，性情冷漠。可是，它怎么会是坏东西呢？它没有坏的劣迹呀！

貉还有一个别名，叫"土车子"。

看看这个别名就能知道，它挖土运土的本领超强。但令人不解的是，它从来不给自己造洞筑巢，而是借居而居。废弃的地窨子、野窝棚、土炕烟洞、空树洞、河坎下的裂缝、塔头草下的悬空处……那些避风御寒的地方，都可能是它的借居场所，尽管不太雅观，不太讲究。

实在找不到借居的地方，它就寻找獾洞寄居。"借"与"寄"是不同的。借居至少还是有尊严的，而寄居基本上就没有什么自己的尊严可言了，要看人家的脸色的——寄人篱下，说的就是这个意思。哪有白白寄居的呢？哪有免费午餐呀？獾一看貉来了，好呀，就开始造洞吧，即便有洞了，还要往深里造，往豪华往高档搞。獾造洞，貉不能光看着吧，就帮忙打下手，呼哧呼哧出力气。

獾造洞时要清除杂物，要挖掘大量的土，而貉主要担任向外运土的任务。貉运土时往往先躺下，四脚朝天。貉的身上毛长茸厚，四肢伸直正好形成一个"槽"。獾将土抛到貉肚皮上的"槽"里，装得满满的。然后，獾把貉连同"槽"里装满的土推出洞外。貉再翻身把"槽"里的土卸掉——也许，"土车子"的别名就是这么来的吧。

如此反复，反复如此，直到把洞造好，貉才能入洞寄居。寄居，也只能是在洞口处，冬天要为里面的獾阻挡寒风。然而，貉并不计较，它已经很满足了。

正是由于这一特性，貉在城市里也找到了自己的栖身之所。

上海某小区里，野生的貉生活得自由自在。居民跟它们相处得和谐融洽，几年来，从未发生过貉伤人事件，也从未与居民养的狗和猫发生过冲突。居民遵循"三不"原则——不靠近，不投食，不干扰，各自相安无事。起初发现时，那个小区只有两只貉栖身在一栋旧楼的废弃通风口里，五年过去了，它们已经繁殖了二十余只。它们昼伏夜出，从不惹是生非。常常是排队出小区，又排队回小区，讲规矩，讲谦让。它们吃垃圾桶里的食物，也吃河道的鱼虾，也吃树丛里的昆虫。

有时，居民散步，也有貉跟着，但跟着跟着就不跟了。貉，另有自己的世界呀。

"居民小区，毕竟不是动物园呀。"防疫部门担心貉会传播病毒。貉栖身的那座旧楼本来应该维修了，但小区物业考虑到维修施工过程中的噪声可能惊扰貉，将维修时间推迟。

然而，这是个问题，那座楼总是要维修的呀。小区物业正在广泛征求居民意见，试图寻求一个两全其美的方案。

野生动物进入城市公园，进入居民小区，似乎已经不是什么新闻了。在北京，和平里东街十八号院里，我多次看到黄鼬在雪松树下觅食，也看到野兔在草坪上跳跃的情景。多年前，我在沈阳工作时，有一年冬天下大雪，一只野鸡飞进单位大院，到食堂门口觅食。几个小伙子意欲捉它，我摆摆手，示意他们不可。我们静静地看着它刨食土里的米粒、菜根、菜叶，它似乎也不在意门口的这些眼睛。那只野鸡吃饱后，振动着翅膀，飞出大院，飞到对面北陵公园的树林里去了。近年，城里那些圈起来尚未开工建设的园区，还有因种种原因停建的园区，更是成了野生动物的乐园。狐狸、狼、猞猁、黄麂、狍子、野鸭、野鸡、鹌鹑等兽类和禽类野生动物，争相前来落户。夜晚，无数的萤火虫如同星星般闪烁于林间。我想，所有这一切，不光是城市的一些角落的生态变好了的缘故吧？

也许，城市变宽容了，善的灵魂醒来了。抑或，本来这里就是野生动物的家园，某个声音召唤它们，它们又回来了。

该怎样认识文明呢？也许，一个社会的文明程度如何，取决于我们对待野生动物的态度。

貉，改变了我们对野性的认识。

貉，改变了我们固有的思维和逻辑。

那个小区里树木葱茏，灌草繁盛，还有一个小水塘，经由一条小溪与外面的河道相通。水是活水。河里鱼虾蟹尽有，偶尔也有野鸭、水鸟光顾。小区本身就形成了一个小的生态系统。哦，生物多样性，不完全是美好。但是，也不全然是糟糕。貉在此处落脚，自有一定道理。

可是，最早的那两只貉是从哪里来的呢？无人能说清楚。恐怕这永远是个谜了。

在我们的身边，在一些被我们忽略的角落，生存与竞争，以及融入与回归的故事，每天都在上演。

一切都是自然的合理安排。生命现象曲折而复杂，相互依赖，又相互制约。一种难以描述的神秘莫测的东西，渗透到地球的方方面面，将生命系统的各个部分，巧妙地贯穿在一起、组合在一起，从而使世界成了一个有机的充满活力的整体。

所有的生命形态都自成目的，并都渴望生长、发展和繁衍生息。正是因为那个神秘莫测的东西的存在，当空间与时间并置，刚刚消逝的生命现象又重现，美好的事物在等待和期盼中如期而至。也正是因为那个神秘莫测的东西的存在，喧嚣与骚动、混沌与明朗、灾难与新生、糟糕与融洽、困惑与如意、卑微与崇高、毁灭与创造，总能在动荡不定中找到平衡。

那个神秘莫测的东西是什么呢？其实，只要你怀有一颗敬畏、真诚、善良和慈悲的心，你就已经有了自己的答案。也许，每个人的答案不尽相同，那也没关系。不过我要提醒的是，无论何时，无论何处，无论那个答案是什么，那个答案的前面，一定还有四个字。因为，世界上所有的法则、所有的定理、所有的发明、所有的科学、所有的智慧，都与那四个字相关。哪四个字呢？

——相信自然！

（原载《人民文学》2021年第9期）

上 香

赵荔红

1

除夕中午,我在楼下大喊一声"妈——",就听见母亲边答应着边响亮地喊父亲:"哎——来了,来了——阿妹仔到了,阿紧,去开门——"

父亲母亲笑盈盈齐整整地站在门口,一股暖烘烘的菜香涌出门来……门上两边高挂着"赵"字红灯笼;春联是父亲折红纸拿毛笔新写的、有沾湿的糨糊痕迹;客厅里摆着灼灼红掌、累累橘果树,南天竺垂挂着串串玛瑙红豆子,沙发上一溜儿大红福字缎面坐垫,几上摆着福橘、红心火龙果、陕西红富士,窗玻璃贴上双鱼红窗花,窗框边垂着布绒小红牛……母亲笑得像一朵菊花,忙不迭来抢我们的行李,大红毛衣裹着她短短的圆圆的身子。

我家乡过年,其实是从腊月二十开始,洒扫、洗刷、备年货、做糕团，直忙到年二十九，是一年中顶顶重要的家祭。家祭从午夜十二点，也就是大年三十零点开始，祭祀分三台，一台祭天地，供品有荤有素，不少于十种；一台祭祖先，全素的果蔬杂粮；一台祭灶王爷，在灶头祭，俗话说，"与其媚于奥，宁媚于灶"，灶王爷管一家一户的吃喝用度，得要好好祭。预备供品，最为忙碌，早几天就开始了，年夜饭反倒简单。

祭天地最讲究，父亲取一张红纸，端正坐下，用钢笔写下供品——

干果12碗：蜜枣、红枣、木枣、香菇、莲只、京尖（莆仙话，即干黄花菜）、花生米、山楂片、冬瓜糖、桂圆干、葡萄干、盐橄榄；

鲜果6盘：红富士、大杨桃、皇帝柑、冰糖橙、火龙果、红心柚；

素食6盘：寿面6捆（莆田手工线面，扎线面的红绳不能取掉），番薯发糕6个（红糖色，点缀红枣、瓜子仁、中间抹红），仙桃6个（米糕状如仙桃，咧口，桃尖点红），麻花8条，蛋糕6个，红团6个（莆田过年必吃糕点，团团圆圆之意，米皮搓圆，加馅捏口，印模，蒸熟，涂红，红豆馅印莲蓬模、绿豆馅印水仙花模、咸糯米馅印双鱼模）；

荤食10盘：整鱼（鲤鱼或鳜鱼，炸至半熟，须连头带尾），整蟹（煮红，10只脚绑好少一只都不行），整鸡（公的，脊背涂红，头颈扎好，状如仰头打鸣），豆丸12个（豆腐杂肉糜等搓圆，蒸或炸熟），春卷6根（粉丝或萝卜丝加肉丝等，油炸），另有土笋冻、煎牡蛎、荔枝肉、水氽墨鱼（整只）、干捞草虾（连壳）。

客厅南窗下，早早就摆好一张漆红八仙桌（以前爷爷是摆在天井或露台，承天立地），父亲母亲着上正装，洗面净手，预备要开始家祭。供品已装盘，老两口穿梭往返于厨房、厅堂，将供品一件一件双手捧过来，摆在八仙桌上，干果一溜在北，荤食居中，鲜果朝南，再前一排布上酒盅碗筷，两边各放一盆盛开的水仙花，最南一排中间是香炉，左右各一支红蜡烛。一切准备就绪。母亲坐在沙发，不时看看闹钟。她终于叫起来："老令公（老头子），动作阿紧点，人家都放炮了。"父亲说："呐急急，还有10分钟——"说归说，还是拿了鞭炮下楼去等，将近零点，城镇中稀稀落落响起鞭炮声，母亲趴在窗户、伸长了脖颈看——楼下鞭炮噼噼啪啪欢叫起来，火药味白烟气涌进窗户，母亲咧嘴笑着咳嗽着，对进门的父亲说："很响，很响。"穿红毛线衣的母亲，站在两盆青绿水仙花间，她低头点上红烛，抽出三根供香，绕到八仙桌北面，地上一只蒲团、一个火盆。母亲向窗而立，捻着三根香，双手合十，神容庄重，默声念诵着祈祷一家平安吉祥的话，念诵完，朝上拜拜天上诸仙、朝下拜拜地间诸刹，又向家里东南西北四个方向各拜三拜，而后跪在蒲团上，磕了三个头，起身，将香插在朝南香炉中。然后是请出一排金灿灿的贡银（中间排80只元宝，贡银头折成三角形），同样是默祷，跪拜，拜完，在火盆中点燃，直看着贡银燃烬。火光、烛光、灯光，将红衣母亲的脸映照得红红彤彤，虽是寒冬，厅堂暖烘烘的，弥漫着鞭炮火药味，水果食品的香味，燃烧的红烛、供香以及贡银的香气，挨近水仙花时，还能嗅到她的清甜香气。大年二十九的家祭，是除夕夜前奏，天地诸神、列祖列宗享用了供品后，才是一家人的团聚，若是越过这一层，神明未食，人倒自顾自吃起来，就是不敬，年三十全家人"围炉"聚餐，就显得不那么心安理得。

我和先生除夕中午到家，家祭早已结束。母亲说，我们是"客人"，不晓得规矩，每年她都会代我们向神明祈福的。其实我从小看爷爷奶奶祭祀，长大后就喜欢逛寺庙，嗅着香烛气味，便觉得安心，不说对神明不敬的话，不对着神像拍照，这似乎无关信仰或迷信，而是一种自小养成的习惯，违背这些习惯，会觉得不安。祭祀，拜拜，与爷爷奶奶、父亲母亲的生活，密切地结合在一起，是我的故乡记忆，也是我生命的一部分。

　　我洗了手,来帮母亲准备年夜饭。穿红衣的老太太,胖胖的,短短的,在厨房厅堂移动 —— 红团一个个叠卧在圆篾匾里,线面一捆捆排在八仙桌上,像是预备上台的着白衣扎红头绳的舞女,浸泡着的红菇、香菇、干木耳,瘪瘪的蛏干在水中慢慢胀发,剔好肠线的虾仁,挑去碎壳的牡蛎,高压锅里焖着那只祭祀用的大公鸡,母亲眯着眼盯着油锅,拿胖而短的巴掌在锅上感觉油温,碗碟中盛着炸好的香芋片、豆丸子、荔枝肉,正准备下锅煎的整条的海昌鱼……

　　吃了年夜饭,看了春晚,到午夜十二点,陪父亲到楼下去放炮仗,一年才算结束。若是以往,炮仗声此起彼伏,一直要响到天亮,次日开门,门口铺了厚厚一层鞭炮红纸屑,年初一是不许扫去的。如今城镇不许放炮仗。老百姓总要偷偷放一点,否则似乎没过年一般,原要放一千响的,快快放个三百响,意思意思,至于烟花,就算了。父亲很理解地说:"不给放,也好,也好,否则一晚上都睡不着……"躺在床上,听父母亲在厅堂里走来走去,拖动椅子,关闭窗户,遥远的鞭炮声,稀稀落落地,这里一行,那里几句,如小石子不时坠落水潭……终于清寂无声了……窗玻璃映出阳台灯笼的柔和晕红,水仙花已搬到床头柜,姿态挺拔轻盈,清甜的花香,弥漫在小小房间……

　　母亲探进纱门,说:"不要看手机,阿紧困!明早还要去上香。"

2

　　在花香中醒来。有一瞬间,不知身在何处。水仙花在暗影中,像是一群少女,垂着青涩眼睑,努力挺拔着正在发育的纤细身子。母亲早就起来了,有炒菜落锅的声音,有油氽紫菜、花生米的香气。对面楼有人在拉二胡，竟是《曲尽陈情》，熟悉的旋律，总有让人伤感的地方。

大年初一要早起吃线面。母亲说，初一不起早，一年都懒惰。儿时她天麻麻亮就捞完面，就来拖我们，"起床吃面啰！穿新衣服啰！"睡眼惺忪站在床头，母亲给姐姐穿好了，再给我穿。穿新衣自然欢喜，面却吃不下——八仙桌上已排好六碗面，没回家的姐姐姐夫，也是一人一碗面一双筷子。面是手工线面（长寿面），不能折断，整捆过滚水煮透捞出，拌上麻油或葱花熟油，先在碗底铺上炒青菜（新年发青），再裹进拌好油的线面，面上铺成双成对的肉片、鸡块、豆丸子，一整个金黄荷包蛋，一小撮炸好的黑紫菜，再点缀一小把油氽红皮花生米。母亲无视我的斑白头发，照例要说一句："面要吃完，否则长不大。"吃面时不能喊太干要喝汤，否则新的一年出门就遇雨。

吃完面，母亲换下旧年的红毛衣，穿上出门才穿的有金玫瑰花的大红毛呢外套。又翻出一件年轻时穿的红呢西装给我，说，过年要穿红，一年才红焱焱的。过年母亲有许多禁忌，忌打碎碗，忌吵架拌嘴，忌哭泣，忌说不吉利的话。她试图用手抹去我额头的川字纹，说："莫要眉头忧忧，越忧越没。"

穿上红衣的我，陪母亲去上香。这是年初一顶顶重要的事。

从工业路拐到六一西路，顺塘北街走到尽头，一过涵华西路，就是城隍庙。紫荆花、鸡蛋花开得正好，人家墙头翻出一丛丛紫红三角梅，杧果树才结了小小的青果子，躲在阔大叶片间，轻易不能发现。家家户户挂着红灯笼、贴着簇新门联，许多店面要到年初三才开张。母亲紧紧拽着我的手，似乎一脱离她，就会出危险，我跟在母亲身边，似乎从未出过远门，而她，似乎依旧严厉、健壮如老母鸡。站在十字路口，母亲说："等等，等车过完了我们再走。"我说："妈，这车能过得完吗？"她不时停下来，与某个相熟的红衣婆婆打招呼，介绍说："我的小女儿、小女婿——"红衣婆婆总善意而好奇地看着我们、叨叨着："看呐年轻……习素（模样）呐客客！"意思是我们在外待久了，模样姿态都是一个"客人"了。

城隍庙，在莆田涵江城区中心。附近的鉴前街、宫下路、保尾路，都是旧时商业街区，有沿河民居，实验小学，花鸟市场，农贸菜场，汽车总站，小商品集散地；城隍庙对面，过涵华西路，还有个小小的天主堂，是幢民国建筑。如今附近，一幢幢高楼拔地而起，还建了个八爪鱼形状的巨型商场。节日缘故，商场边搭了个台子，全城年轻人似乎都聚在那里，一个金光闪闪的女子在打碟，发出令人牙酸的刮碟音响，混合撞击心脏的电音节奏。城隍庙陷落在高楼中间，在钢筋水泥裸裎的商场边上，显得又逼仄，又不协调，好似一片尚未清除掉的苔藓。

这个城隍庙，又称鲤江庙，清代建筑，城隍爷是唐朝名将张巡。庙外珵开阔平整，正对庙门，有个戏台，逢年过节，人家做寿，莆仙戏演个二三天，诸如《状元与乞丐》《春草闯堂》《庵堂认母》等老剧目，锣鼓闹热，梅花高胡亢奋，喇叭扩散着莆仙唱腔，看戏的多是老人孩子，站着看，或搬来条凳，或坐在自行车上看。儿时我跟爷爷去看戏，也是站着看，一看一天。庙旁有棵大榕树，平日里老人聚在树下，打牌下棋的才几个，围观者更多，看人打牌下棋，如早春的倾斜光线，有平宁的懒散，那种光景，都是我儿时熟见的。总觉得，以往的时间，几十年，上百年，都是缓慢流过，往后的时间，则是加速度运行。今年疫情，没有戏，戏台上冷冷清清搁着几张条凳。想要看戏的阿爷阿公，散坐在榕树下、条凳上，大年初一又似不合宜打牌，便只闲坐着吸着纸烟，袖着手晒太阳发着呆。

城隍庙前已聚了不少阿姨婆婆。庙门洞开，门前却拦着一道不锈钢栅栏，三个红袖章男子横在栅栏前，隔一二分钟就举起喇叭喊道：

"大家在这里排队，疫情期间，不能开门，希望大家理解。大家就对着门拜拜，心意菩萨全部知道。"没人质疑、抗议，面向庙门，阿姨婆婆们安静有序地排成三队，她们穿着各种各样的红毛衣、红呢外套，大红最多，也有紫红、橘红、洋红，等等，胳膊上大多挎一个黄色进香袋，没有带香和金箔纸的，可在右边台子上，花29.8元买一份套餐：天金一叠，供香一把。

母亲终于排到第一排。她双手合十握着一整把供香（原该每个神像上一支或三支香），没有蒲团，无法下跪，只能对着门内神明，凌空而拜——她一腿直立在前，一腿在后，双膝一起微微弯曲做下跪状，曲了三次，身子也随之抖三抖，又转身，向后，向左，向右，对着四方神明，微微曲三次膝拜三拜；又从香袋中取出一整叠天金，将天金双手托过头顶，向东西南北神明，屈膝，敬奉，嘴里念诵着一家子每个人名字，念诵着神明保佑风调雨顺、出入平安、老小无病无灾之类的祈福话语。排在后面的阿姨婆婆全都静静等待。母亲如此做了两遍，离开队伍，走到靠近戏台的一个贡银炉边，再次诵念、祈祷，拜三拜，点燃供香天金，一起扔进火炉内，眯着眼看着烧尽。而后，她走到一排桌子前，捐了一笔款，看着那人写上名字，这才离开。这一套程序完成后，母亲神情松弛下来，四面张望，看见我们站在榕树下，马上绽放喜悦的笑脸，张着她短而胖的手，向我挥着："妹呀，走过来——"

站在榕树下，看着阿姨婆婆们有序安静地排着队对着庙门上香，好似一串移动的玛瑙佛珠，一粒珠子完成使命后，就退出珠串。新年伊始，岂能少了向神明祈福的过程呢？没有上香祈福，旧年既没完满结束，新年也没得好开端。至于是否进到庙里，供奉的是什么神明，并不重要。母亲们相信，只要尽一份心，只要虔诚念叨，天上地上诸神明，都会吸到香火、知道心意，祈福话语必定全部收到，福报必会如甘霖般撒向大地众生。城隍庙门开不开有什么关系呢？既是神明，岂会被一道门挡住对世人的慈悲与怜悯呢？！

3

我们打车前往凤凰山石室岩寺。"石室藏烟"是莆田二十四景之一。凤凰山即大象山，在莆田城厢区西面，儿时觉得山很高，石室岩寺很远，如今已属市区了。当年狭窄的泥石小路已是条平坦车道，七十来岁老母亲，看看可以直接开车上山拜菩萨，喜笑颜颜。

石室岩寺，是莆田一座重要寺庙，不独因其悠久，还与玉皇大帝有关。北宋时已有，后毁，明中期重建，清代不断修缮。如今所见的，应是重修于上世纪八九十年代。我儿时熟悉的老庙，前有大雄宝殿，奉的是佛祖，后面是凌霄宝殿，主祀玉皇大帝，佛道兼顾的寺庙，大陆南方常有，台湾也多见。如今老庙边上，新造了个千手观音殿，庙前台埕也扩展了许多。年初一和初九，是信众上香祈福时日。尤其年初九，乃是玉皇大帝生日，我家乡习俗，若在年初九零点于凌霄宝殿上得头炷香，这一年就会特别有福气。故而从年初八夜里，信众们就纷纷上山，有举火把的，有拿手电筒的，也有舞龙队敲锣打鼓舞着龙上山的。从山下看，星星点点曲折连成一线，真宛如游龙上山呢。

寺庙居然是开的，太好了。人多，拥挤，却不嘈杂，阿姨婆婆们忙碌地穿梭在各个神像、香炉、蜡烛架、贡银火炉前，在神明面前，她们的神情总归是肃穆安详的。母亲挨个对着神像跪拜、上香、祈福、燃天金，佛祖，观音，四大天王，玉皇大帝，等等，一个不落。对母亲而言，不管是哪个神仙菩萨，见着神像便跪拜，有香炉便上一支或三支香，做这些，并不需要什么知识，关键得有份虔诚心，人行善了，虔诚了，神明自会给予福报，既然是神明，仁慈之心便是无边广大的。拜完主殿，寺后有台阶上行，上面还有一座殿，陪母亲拾级蹬道向上攀行。

上到一个平台，从山体伸出一块舌状巨石，下面是个石室。岩石两边，各有一棵古榕树，枝桠相交，无数细长"胡须"，密密垂放下来，许多气根已扎进岩石中。这便是石室岩。据说唐朝时即有南禅宗的妙应禅师来此，劈石室静修，两只猛虎闯将进来，妙应拿禅杖度化之，成了坐骑，故而石室岩也有称"伏虎岩"的。"石室藏烟"又是怎么说？一说是寺庙香火极旺，半山腰上常见白烟缭绕；另一说是，春夏梅雨时节，石室外炎热，室内又寒凉，尤其早晚温差大，水汽凝结，似雾似烟，源源不断从石室涌出。但爷爷的故事是，山腰盘踞着一条巨龙，山体是龙身，龙首伸到石室岩那，石室就是龙嘴，岩石是龙舌，"龙舌岩"上的古榕树，乃是龙角所化，那巨龙成天大张着嘴，向外喷吐着白烟；又说，兴化平原本来是个大海，石室岩临近海平面，那巨龙日日趴着，拿舌头去汲海水，大海眼看着干涸下去，持续汲下去，怕不是连东海也要吸干吧？！玉皇大帝就派天神下来镇住巨龙，还在"龙舌岩"前盖了一座北极玄天上帝殿，据说山上还能看见巨大的神仙脚印呢！儿时听爷爷说到龙，语气郑重，表情神神秘秘，心中便有几分畏惧，上山时，生怕会撞见天神，生怕那巨龙突然活转了飞走，连带我一并卷走。人们对神明，往往敬而远之，神明果真降临，反要弃之奔逃的吧？所以，向神明祈祷这些事，母亲总是自己做，在她内心，或亦害怕神明降临，孩子会扛不住的吧？

如今"龙舌岩"前也有一个殿，应即明代"北极玄天上帝殿"旧址，边门有"北极宝殿"四字，殿正中有"凌云别殿"竖匾，供的是四大天王及玉皇大帝。母亲去上香，我登上"龙舌岩"，上面的六角乘风亭依旧在。山风吹过，老榕树哗啦哗啦颤动着枝叶。龙嘴并没吐烟，烟是从庙宇中袅袅而出的，空气中有燃烧的供香、金箔、灯油的气味。南方冬日，干燥、温暖、通透，阳光将老榕树叶片映照得闪闪发亮。小亭子左前方，耸立着一座七层方形砖塔，乃明代所建，与整修一新的庙宇比，落魄，荒颓，外围的木质回栏塔檐早已脱落，光光地裸着砖，矗立在庙宇后方，让人想起孙悟空变成小庙后，无处隐藏的尾巴竖成了旗杆。砖塔中央是空洞的，好似天井，从塔底可直望到天空，如今没人进到塔内，杂草丛生，好似镇压或埋藏着什么精怪？第四层塔身上凸起的断裂砖块上，站着一排白鸽灰鸽，也不忌惮神灵，也不忌惮凡人，兀自梳理着羽毛，转动着小而灵活的脑袋，警觉地瞪圆眼睛，莫有情由地飞起、降落。

当年我和秧子，就是这样坐在亭子，山风清凉，庙宇静寂，我们正处于青涩、幽暗、蠢蠢欲动而又多愁善感的花季。砖塔而外，是上山之路。我同秧子最后一次上石室岩，在高考结束后。上山时，碰到四个人抬着一具空棺；下山时，又碰见他们上山，棺木沉甸甸的，一队送葬者，披麻戴孝，一路哭唱着，一路撒着纸钱。我和秧子只是好奇，并不害怕，我们刚刚十八岁，尚未了解死亡，正幻想着新的生活，未来正如夏花绽放。回家后，告诉爷爷路上遇到棺木，爷爷问，是空棺还是实的，我说，实的。爷爷就笑着说，是实棺，是实官。不久，我和秧子分别收到大学录取通知书，似乎应验那日所遇是个吉兆。……坐在小亭子，山风清凉，老榕树哗啦哗啦颤动着枝叶，当年的泥石小路已成平坦大道，扎羊角辫的小姑娘，也已花白了头发——亲爱的爷爷，若你泉下有知，告诉我，我是否如你所愿是有出息的？

老榕树遮蔽了"凌云别殿"的一半屋顶。鱼鳞似的青灰屋瓦，在阳光下闪闪发亮。暗绿枝叶间露出枣红庙墙，土黄色沙石平台，着大红、赭红、紫红、洋红色衣裳的阿姨婆婆们忙碌地穿梭往来,有从观音殿、大雄宝殿、凌霄宝殿上来的,想去"凌云别殿"进最后一道香,有在"凌云别殿"拜拜好了,忙着要下去,她们斜背着明黄绣像进香袋,手捧供香、蜡烛或天金,一律是面容庄重。母亲在其中,我很容易分辨出她大红毛呢外套罩着的臃肿身子,这个平凡一生的妇人身上,始终强劲地跳动着一颗善良、坚毅、吃苦耐劳的心。

母亲站在一角,低头凝神数着手中的香,考虑还有几个神像没有拜,千万不要有遗漏……我从榕树枝桠间望下来,看红衣的母亲们一点一点、一串一串,来回移动,如散散聚聚的花朵,如流动的散碎的珍珠。这样的忙碌穿梭,自有一分宁静,自有一种恒常的坚韧的人世悲喜。在新春午后,一年的开端。一切都在变,秧子和我在变老,母亲也在老,唯有母亲们的祈福,循环往复不变。因为这样的不变,我们的心,才多少有所安定。

4

我们最后一站,是到位于市中心的文峰宫上香。又称文峰天后宫。两岸及海外妈祖返乡,去往湄洲妈祖祖庙前,都要先到文峰宫驻驾;新修妈祖庙或新塑妈祖像,也要到文峰宫举办分灵仪式,故而官方地位尊崇。住在莆田城厢区的人自来认为,有妈祖护佑,便心安顺遂。

文峰宫位于文献东路、大路街交界。大路街自来繁荣,儿时磨得泛光的青石板路已是条无趣的水泥道,沿街还保留可拆卸的木板门店面,只是店面外,又排一排小商品货柜,将一条"大路",挤得满满当当相当狭窄。儿时觉得这条路特别宽敞,是名副其实的"大路"。我正是从这条路,拐进一个小弄堂,去往文献小学念书。小学班长就住在大路街，站在街上，大叫一声"朱学森"，他就答应着从仅容一人的黑魆魆小里弄探出肥白大脑袋，圆睁着高度近视眼四下茫然乱找，二楼木窗户照例会打开，照例有脑袋探出张望。

文峰宫斜对面的凤山寺，是新修的。寺边有条西墙巷，却是我极熟悉的。奶奶的缝纫厂就在那儿，缝纫厂高、深、不敞亮，成堆的新旧布料，一排排的缝纫机。有多少次，爷爷从缝纫厂抱回家一堆待缝钉的棉袄内芯，或成叠待裁剪的帽舌。建国后公私合营，爷爷自然是关闭了一直经营的米粮小店，被安排进凤山街粮店，却被查出曾加入国民党，爷爷说他根本不知啥时加入过，总之名字在列，爷爷就失去了工作，又无法经商，便只是做些零工、赚点小钱贴补家用。这些事，爷爷从不与我说，在我心中，他总是乐呵呵的，会许多种乐器，说戏文讲掌故，样样好。在爷爷家的底楼过道，就着日光，冬天他缝钉从奶奶缝纫厂搬来的棉袄内芯，夏天就剥蒜皮，成筐成筐的蒜摆在过道，我下课了也剥，满屋子的蒜味。

如今缝纫机厂位置，开着一家小吃店，斜对面有个数码照相店。当年，那里原也是一家二层楼照相店，爷爷称呼老板娘"照相珠"，以往邻居要做几十年、一两代人，爷爷家的楼房就是从"照相珠"家盘过来的。"照相珠"有张宽而扁的大脸，齐耳短发梳得一丝不苟，她依门立在石台阶，爷爷牵着我的手，正穿过小巷，她就含笑招呼说："去买春卷皮哦。阿妹有乖，一对眼睛长得好看……"

西墙巷是条很短很窄的小巷，走到尽头，是东大路（凤山街）。向右拐，去往我就读的莆田一中，向左，走不了二十米，就是爷爷家。原是幢二层楼房，底楼砖土，二楼木质。除了睡觉，木大门总是敞着，外面还有一道木半门朝内钩住，我得站在第二个石台阶，跐起脚尖，才够得着钩住木半门的钩子。多少个群星璀璨的夏夜，爷爷临街坐在竹椅上，摇着蒲扇拍打他的大肚子，我就缠着他讲故事，他肚子里装满了故事，才会那么大。爷爷说，妈祖姓林，名默，是湄洲岛打鱼人家的女儿。某日，大白天的，坐着睡着了，怎么摇也摇不醒，母亲大喊她的名字，她忍不住答应了一声，醒了，就哭了，说父兄在海上遇见风暴，她腾云半空中去救，一手抓一个哥哥，嘴里还叼着父亲，答应一声，嘴里的父亲就掉到大海中去了……爷爷说，文峰宫的妈祖最灵验，日本人打进来，全城人躲进文峰宫，日本人竟不敢进。又说，莆田的妈祖脸是红的，台湾的妈祖，脸却是黑的，为啥？因为妈祖不愿离开家乡去台湾，生气了，脸都气黑了——我后来在台南，见到的妈祖像，果然都是黑脸的，想起爷爷的话，就笑起来，其实恐怕是泥塑土质不同的缘故吧……爷爷奶奶过世了，老楼拆了，门前的两棵大柳树也不在了……如今临街是一排带店面的水泥楼房，爷爷家位置，是一家牛肉面馆，大年初一，还落着锁。

母亲累了，我们走到奶奶缝纫机厂位置的小吃店，吃点东西，小憩。老板娘衣着清爽，身子苗条扁平，头发细直，动作麻利，嘴巴很甜，勤勉热忱，是很典型的莆田妇人，应是有固定工作，雇工回乡去，老板娘就亲自来顶班的。我点了一份炒米粉，是正宗兴化细米粉，香菇、豆芽等配菜也很地道，又点了炒花蛤、海蛎豆腐汤、香炸荔枝肉，燕皮馄饨放汤，漂着葱油、小虾米。母亲一边吃，一边点头，宽和地说："味道不错。"先生非莆仙籍，自是分不出好歹。只有我很挑剔地唠唠叨叨，说海蛎少、豆腐多，燕皮馄饨的皮是冰过的，馅又太少，爷爷包的馅要肥美得多，燕皮是专门到顶务巷一个婆婆那儿买，站着等她现做现买。

文峰宫妈祖庙始建于南宋，现存的是清式建筑。大门两旁一对抱鼓石，门簪上有"文峰宫"牌匾。进门是天井，光线直接打进殿堂，很敞亮，地上铺着闽南家常大红方砖。主殿面阔三开间、进深两间加神龛等，殿内立有四根涂金柱子，斗拱为一斗三升。神龛、銮驾好似儿时睡觉的架子床，木雕是红漆金饰的人物花卉图案。主供的妈祖神像崭新，神容饱满，凤冠霞帔，这是封王显圣后的模样。庙中还供有一宝，是宋代樟木雕妈祖像，高72厘米，身着霞帔，头梳高髻，妈祖在宋代被封为灵慧、昭应等夫人，这尊樟木像即着夫人服饰。据说此神像迎自"白湖顺济庙"，常常显灵，百姓们也都相信文峰宫妈祖庙的灵验。

妈祖原是莆田湄洲人，一个渔女，在莆田人心中，是离自己最近的一个神明，就觉得她更能体验人生疾苦。人们来向妈祖祷告，孩子高考、女儿生孩子、儿子结婚、生意顺遂、亲人生病，种种样样，皆说与妈祖听。母亲也是一个渔女。她跪在妈祖像前，双手合十，双目微阖，嘴角翕动，默念着，很长时间，才突然醒转似的伏下身去拜了三拜；光线从天井倾斜下来，照亮地上的红方砖、跪在蒲团上的红衣母亲，将她虔诚倾诉的面容照耀得闪闪发亮。妈祖在神龛那儿，端坐着倾听——那年在台南天后宫，我也见一个年轻女子，跪在妈祖前，将昨日与婆婆的口角，与丈夫的应答，自己的心思，一一二二，全对着妈祖说，当时庙中，除了我和先生，就是她一个，全不顾及边上有人，沉浸在倾诉中，声音越说越响，妈祖如同一个亲人旧友般，她可以毫无顾忌对着她倾诉的——上完香，在功德箱中投进钱币，母亲露出满意的笑容；见红漆供桌上点着许多莲花灯，母亲稍稍露出羡慕神色，先生就去买了两盏莲花灯，一盏母亲点，一盏我来点。莲花灯光将母亲的脸映得通红，与妈祖庙中的吉祥红是一样的。

从文峰宫出来，向右顺文献路走几分钟，与十字街交界处，即是古谯楼，宋代兴化府的城门楼，现存为清代建筑。楼上如今是莆阳书店所在，兼营茶馆，陈列些莆仙籍书画家的字画。走了一天，完整上了一遍香，母亲松弛下来，就露出疲色。先生去买茶，我和母亲坐在八仙桌边等。楼内宽大清静，除了我们仨，还有二对情侣边喝茶边看手机，小声说着话，若非站在楼上俯视街道，真不知身处闹市。母亲说，她是第二次上古谯楼，第一次是当年武斗时，楼上一派，楼下是另一派，奶奶站在十字街，仰头喊她名字，叫她赶紧回家。

莆田被称为文献名邦，古谯楼是个见证，据传宋时某年，古谯楼紫光冲天，那年一城中举十六人。读书人多，做生意人多，是我家乡人特征。站在古谯楼，下面是怎样一个繁杂闹热街区啊——正对的十字街上横呈着各样商铺、排档、杂货摊，横着的文献路，车流人流拥堵，喇叭鸣个不停，色彩难看、奇形怪状的商店楼房堆压在一起，"走过路过不要错过——"电音吆喝循环播放着……清寂的古谯楼，掉落其中，好似要被商业浪潮冲走了一般。我指给母亲和先生看，哪是我儿时看电影的电影院，哪是与爷爷买菜的市场，从十字街哪处拐进一个小弄堂，秧子的家就在那里，多少个日子，我与秧子头挨着头，躺在被窝里，一起收听广播《简·爱》……我指指点点，只是大致方位，某个瞬间我都怀疑，那些影响过我生命的地方、人事，是否当真存在过；对母亲和先生而言，他们不曾进入这个城市内部，那些地名不曾影响他们的生命，只是个抽象符号，对我的叙述，便只是含混地唯唯。

一切都变了样。再也回转不到过去了。世界加速度在旋转，在变，我试图停留在过去，又怎么可能？假若不是陪母亲上香，唤回我的些许记忆，再过些年，一切都将了无痕迹了。站在古谯楼上，向下大喊一声，声音也将迅速淹没在众声喧哗中，就像一颗石子，坠落下来，没进深湖……

（原载《边疆文学》2021年第9期）

故道之上

沈 念

倘若世上真有魔法，它一定隐藏在水中。

——洛伦·艾斯利

1

雨后泥泞，原本崎岖的路更加颠簸，皮卡车几次打滑，冲不上一道小坎坡。司机车技虽好，但嘟囔着小埋怨："今年无论如何，要花点钱把这条路修修了。"说到钱的问题，车上一片沉寂，突然看到几只戴胜鸟穿林掠枝，不知谁一下就将话岔开了。

管理站的老朱执意站在尾厢，不愿挤车里的座位。"习惯了。"他轻描淡写。我几次回头透过后窗看他，双手扣紧车顶扶栏，身体半蹲坐，屁股贴着小腿根，脸上神情淡然。他个子瘦长，在车的摇晃下，更像一根被大风甩动的树枝了。

平时他们就是沿着这条路到来的。从县城到长江边是两个小时车程，渡船登岛，乘车或骑摩托沿着被杂草遮挡的路披荆斩棘，跑上二十分钟后到一个临时登船点，有动力的小木船顶多乘坐六七人，还要在长江故道上行驶半个小时，无缝衔接，也要花三个小时到达这个被水双重隔离的管理站。我没想到，他们就这样跑了好几年。

夏天暴晒，开阔的江面炙热漂浮，手不小心触碰到那些金属物件，火焰般的烫手。管理站的房子是一长排，坐北朝南，青灰色墙身，蓝色瓦顶，像根扁担两头挑着火柴盒形状的房屋，一间是多媒体会议室，一间是餐厅会客室。前坪周边栽的树还没长高长大，太阳直挺挺地砸下来，风平浪静，所有的热度都反射到了刺眼的蓝房子上。

新趸船泊在故道的中间，去年底买的，旧的那条趸船年久失修，有一天突然说沉就沉了。蓝房子建成前，大家的吃住都是在船上，夜间蚊子趋光，钻进屋内，或者说早就潜伏在角落。老朱几乎整宿不能入睡，虽然非常乏困，但经不住蚊子的轮番袭击。裸露在外的皮肤，被叮咬得红包肿痛，似乎不再是自己的手脚。长夜煎熬，直到天边熹微，蚊群撤退，那些被拍死的残尸落地，如满屋星辰。老朱走到甲板上，精神恍惚，水面摇动，圆红的太阳也变作不规则的形状。这样的夜宿体验情绪十分糟糕，同行的老潘也经历过一夜艰难，临走时感慨，想不到平时这些江豚保护工作者就是在这样的环境里生活，若换作是他，早做了逃兵。

因为我们的到来，厨房里忙得热气蒸腾，传话的人说，再过一刻钟，就可以开餐了。上桌后，望着满桌鱼肉菜蔬，我心里有些过意不去，食材都得靠他们从外面带到岛上，弄出这一桌饭菜，路途的麻烦可想而知。

老朱年纪最大，却选了进门的地方坐下，一声不吭。大家七嘴八舌,他嘴角挂着微笑,是最好的听众。他1963年在县城南边一个小镇出生,十四岁那年举家搬到岛上的向阳村,十九岁就在村里当上了民办老师。时间最经不住计算,他的履历告诉我们,他在这座江岛上生活整整四十年了。早听说了他的资历老,我悄悄多看了几眼,面相瘦削,两鬓白发掺杂,藏着极大的隐忍与亲和,薄嘴唇嗫嚅却少言寡语。因为瘦,法令纹像刀錾出来的断裂深谷,却依然看得出老朱年轻时的英俊帅气。20世纪90年代,他招工进了渡务所当轮机员,每天开着渡轮,不分阴晴雨雪,江上往来,独钓四季。冲垮堤垸的洪水改变了这一切,村民全体移民,他的技术员身份被县里的洪泛区管委会收编,后来下派到新成立的江豚保护管理站。听到这个安排,老朱脑子里轰隆地炸开了:"保护江豚?"他突然意识到,江豚是要消失了吗?

小吴站长让老朱说说江豚,老朱放下筷子,发了一下愣。我看到他面前透明的玻璃杯,杯中水的边缘向上弯曲,一个漂亮的弯月面。杯子旁是两团凸月状的水渍,相互推搡,又相互吸引。

"那时候在江上跑船,经常看得到江猪子,往后是越来越少。"老朱说。

江猪子是当地人对江豚的昵称,老朱说的也是实情。长江江豚种群数量在过去是走的一条持续下降曲线,1991年约2550头,2006年约1225头,2012年约505头。十年前,世界自然基金会(WWF)项目官员韦宝玉提供的数据被人当作"危言耸听",道出的却是科研考察后的事实,那就是仅洞庭湖的江豚就以每年15%的速度减少,所剩不到100头。

江豚会彻底消失?从过去驾驶渡轮时常能看到身影,到一个物种的灭亡,从同事们嘴里翻来覆去的"生态修复、迁地保护",还有从全国各地赶来的专家博士们反映的情况,老朱过去从来没想过这个看似简单却很复杂的问题。他睡在趸船上的某天夜里突然惊醒，盯着窗外，墨绿的夜空，深邃的世界一言不发。他的双耳开始轰鸣，那是他的轮机员工作留下的后遗症。渡轮是柴油动力，离他的驾驶舱不远，在抗洪救灾最忙碌的时候，他一天要在江上跑四十多趟。这一趟趟下来，他的耳朵里灌满了风声雨声，以及人的喧哗，汽车的轰鸣，最多的还是轮机马达山崩地裂的声音。

声音这些年并没离他远去，正如这一段江面，非常熟悉的风景，以至总觉得缺少了些什么，他有时会茫然，像江面起雾时航标灯的隐约闪烁。原来在他心里，长江水域中的所有，人和自然界的一切，都该是和谐相处的。他不知道为什么会遇到这个现实问题。老朱心里，眼前的江水之上，变与不变，也都是活着之上。

2

一江水，一张总在变动的"风浪地图"，老朱看了四十年，比看到妻子孩子的时间还多。有时一觉醒来，看到的世界不是东边的日头照亮的，而是闪闪发光的水倒映出来的。记忆像涟漪荡漾开去，又从岸边反弹回来，相遇撞出一个个水面凸起。老朱觉得自己就在这些"凸起"上跑来跳去，每天看着同一片江面，却不会两次看到相同的景象。

1998年岛上溃堤倒垸时，他必须守着渡轮，风雨中一趟趟把受灾的人运出去，把救灾的人送进来。他在疏散的人群中没看到妻儿的身影，那种担忧烧灼着他的胸口，是此生最漫长而难挨的日子。有邻居告诉他，妻儿安全，只是房子垮了。与水为邻的人经历多了，房子再建，农田再垦，退水之后太阳照常升起。可灾后重建几经论证搁浅，政府刮起强劲的移民之风，人都要从岛上退出来。他把家搬到了几十公里外的地方，他的工作没变动，还是守着这条江，还是在孤岛和陆地、漂泊与岸之间穿梭来往。

岛更早之前与陆地还有条路连通，从一旁流过的水域是长江下荆江段，这段河道弯曲的历史由来已久，河床少汊，河身像条肥胖的蠕虫，30多公里的几字形河段，颈部距离却只有3.5公里。我看过一张旧地图，红色标示的河段，特别醒目，像医生在身体手术部位做出的标记。喜马拉雅山顶的雪水，经岷江、大渡河、金沙江等水系的汇聚，奔赴数千里而至，水流也对这段弯曲不满，在过去的百余年里，自然裁弯的冲刷、冲垸有过十余次。1968年声势浩大的一场裁弯工程，在两年半后形成新的主航道，长江水流从那个叫上车湾的"颈部"酣畅淋漓地宣泄直下。岛成了孤岛，四面环水，也变成了一块真正的飞地。旧的通道在这片水域留下了一条故道，经过人类的算法改造后多余的长江故道，地质衍变中的一次人工改写。

老朱用树枝扫开几颗石子，在地上画出故道的形状。故道长约30公里，宽约1公里，东支宽西支窄，东支纵向长16公里，西支纵向长14公里，连接长江的西支串沟长两公里，水位的同升同降就靠这条串沟平衡。洪水期，江水入故道，故道呈"冂"形，到了枯水季节，西支就不通江，故道像一个倒L形。高水位时江面大约50平方公里，低水位时约35平方公里，江面以中线为界，北边外侧是湖北监利县管辖水域，因为紧邻一个叫何王庙的村庄，湖北人习惯称呼何王庙故道。南边内侧是湖南华容县管辖，因孤岛命名，叫集成长江故道。故道成了一条独立的水路。

当年的那场洪灾，过后的十余年时间里，有人陆续回来，岛上到处是临时搭起的棚子，沟汊里布满地笼王、迷魂阵、养鱼、养虾，强横的人圈地收割芦苇，欧美黑杨、意大利杨突然遍布成林，鱼类资源背后的复杂利益,三角债扯皮,谁也不愿走,谁也碰不得,县里花大气力整治劝导,矛盾重重,纠纷不断,仿佛是一个永远解不开的死结。

"不是所有的渔民都胡搅蛮缠,他们也活得艰难。"老朱是懂得这种艰难的,长江流域捕捞实施地方保护,外地渔民禁入,于是一窝蜂挤去了洞庭湖水域,高峰期达到10万渔民,天然捕捞量在20世纪80年代不到2万吨,逐年递增,到2000年达到了8万吨,过度捕捞远超出了鱼的再生能力。加上水质污染加重,鱼也不如过去好吃,卖价上不去,渔民日常开销增加,有的渔船路经芦苇场上岸,一年要交芦苇损失费1200元,加上船只污染费等各种费用,一条船没三四千块打不住。

小吴站长是两年前到的管理站,以前在乡政府的七站八所工作,年轻爱学习,看问题能落到症结上。他颇有心得地说,人与自然之间生发的矛盾,在水流之地演变成资源环境问题,不外乎可以总结为上游与下游、左岸与右岸、调蓄与泄流、防洪与灌溉、灌溉与养殖、行洪水力利用与航运等矛盾,这些问题在漫长的历史岁月中,几乎应有尽有,不同历史时期都会遇到。

水土流失、江湖淤积、竭泽而渔等引发的鱼类资源萎缩,及江豚、候鸟生境变糟这些现实疑难,变成了曾经生长在这座孤岛上的悲伤与哀鸣。小吴站长不是彻头彻尾的悲观主义者,转过话头宽慰我们:"历史的问题,历史也在不断解决它们。"老朱突然插嘴:"历史和人解决不了的,大自然会自我修正。"

3

没有风,水面上哗啦作响,像浪与浪的撞击。春天到来后,睡在趸船上，老朱半夜常会被同一种声音惊醒。水的内部有很多声音。但他认定听到的是江豚的呼吸声，嗞嗞嗞嗞，放松而迟钝，噗哼噗哼，有时也会变得粗重而急促。从鼻孔喷出的水流，像一支支箭镞射破夜空。他还认定那是同一头江豚。他像中了邪那样，半夜屏息凝听那些动静。有时他翻身下床站到船舷上探看，水面发出蓝幽幽的光，看不到黑灰的鳍背划过的痕迹，看不到拱出水面的惊喜，但那宽广的呼吸如钟表般响在耳旁。老朱跟同事说，怕是江豚到了交配的时节了。三月至五月是江豚的黄金交配期，肉身靠近、碰撞、分开，力与爱的声响在水下像一面大鼓，声波震动着水下的生物和水上的船只，让人对这水下物种打开想象之门。

江豚比人更早地生活在长江之上。长江的舞者，最古老的定居者，留下模糊的背影。古代关于江豚的记载最早是在东汉许慎的《说文解字》中出现的。说的是江豚出产于朝鲜沿海和长江流域鄱阳湖至洞庭湖一带。在《魏武四时食制》中，江豚"常见首出淮及五湖"，可见曹魏时除长江流域几大湖泊外，淮河中亦有江豚。江河湖泊的格局，在地理演变中发生了腾挪，与长江干流的隔离，最直接的结果是，江豚仅分布在长江中下游干流及仍然通江的洞庭湖和鄱阳湖中。江湖水文多变，江豚的命运无法改写。

没有天敌，基因退化，居无定所；这种属鲸目、齿鲸亚目、鼠海豚科，纺锤形身体，头圆额凸、憨态可掬的淡水豚引起关注，和另一种在长江栖息的国家一级保护动物白鳍豚的消失有关。20世纪80年代初，湖北省嘉鱼县渔民胡家兄弟在洞庭湖口捕获一条雄性白鳍豚。中国科学院水生生物研究所接到信息，立刻派专家将这头取名"淇淇"的白鳍豚运到了武汉。淇淇由此成为世界上第一头人工饲养的白鳍豚，有人也称它为"长江女神"。在很多人心中留下活泼可爱的印象的长江女神，在2002年7月14日安然离世。淇淇的离世，实际上是敲响了白鳍豚存亡的警钟。

4年后的冬天，中科院水生生物研究所、长江渔业资源管理委员会和瑞士白鳍豚保护基金会合作，组织来自世界各国的40名鲸类专家，开始了一次堪称史上最大规模的长江淡水豚考察。他们从城陵矶出发，水上行船38天，行程3400公里，配备有世界上最先进的观测设备。这次国际顶尖级的科考合作，摆在专家面前的一个残酷结果，是零发现。人人都在追问，为什么会是这样？但也没人能站出来回答。专家们沮丧地离开，几乎都没人回头看一眼身后的江流和湖泊。2007年8月8日，组织方正式宣告：长江白鳍豚"功能性灭绝"。美国《时代》周刊将其列为当年全球十大灾难之一："这是人类历史上第一种因人类活动而消亡的脊椎动物，也是近50年来第一种灭绝动物。"

老朱记得是春节看到的新闻，在乡村辞旧迎新此起彼伏的鞭炮声中，像是有一群密密麻麻的蝗虫飞过，心中那片稻田顿时枯黄萎谢。有个在省城工作的学生见到老朱，问他一个问题，接下来江豚会不会消失？他哑口无言。还是学生说话了，叹着气说可惜了，这种在长江生活了2500万年的唯一淡水豚幸存物种，已经列为极危等级，说不定哪一天真会绝尘而去。老朱的肩像被一拳重击，顿时低垂下来。

4

老朱见识过水上的各色人等。天气突变，渡轮暂休时，有些渔民的船会靠着渡轮避一避风雨，也邀请他进到舱里煮锅鲜鱼喝杯自酿粮食酒。那些年，他交的朋友里渔民最多。

好几年前，我偶然一次去洞庭湖走访，认识湖上最后一位用鸬鹚捕鱼的匡爹。他说年轻时在长江故道谋过生计。我问老朱对此人有没有印象，没想到他们还是比较熟的朋友。匡爹从小就与父母以水为生，船是他流动的家。二十岁驾船顺水漂到了故道，当过一年摆渡工。岛上的人甘愿去邻省的地盘，远比到隶属的华容县城要便捷得多，匡爹那时还是年轻的小匡，每天驾船往返。老朱说，那时故道的水很清澈，渔民捕捞也比较温和，按季节捕鱼，去小留大，没有迷魂阵、地笼王、高丝网。他印象中的青鱼草鱼动辄上三四十斤一条，鳜鱼也捕到过八斤十斤左右的，那是鳜鱼王，三角头，怒目阔嘴，牙尖嘴利，无胆少刺，鱼身青绿斑纹中浮泛着金属光泽，里面的那一块鳜花，其实是幽门盲囊，形状灿烂，神秘讨喜。后来河床淤积，有人搞网箱养鱼，水里投的肥料也多起来，水面上总是浮着一股不清爽的鱼腥气味。再后来就乱套了，故道水深，鱼也藏得深，有人用电打鱼，大功率的设备，鱼被击中后翻着肚子浮上水面，大鱼小鱼白花花的一片。有一次，对面何王庙开了一艘围网船，从江东边往西边拖，将半边江的鱼捞了个干净。江豚保护区建立起来后，网箱养鱼明令禁止，那些竭泽而渔的迷魂阵等工具都拆了毁了，水里的鱼才有了安静的生活。

匡爹和江豚结过"梁子"。老朱咯咯笑起来，问我知道不。我连忙问，到底是怎么一回事。他说，匡爹在摆渡时经常看到江豚成群地追逐出没，并没想那么多，有一次划了一条小船捕鱼，网还没撒出去，结果船摇摇晃晃，他站立不稳，人又被网拖着，失了平衡，结果人仰船翻。他丢了网，游到小船旁，看到几头江猪子绕船游了几圈，然后在水面上翻了个身远去了。他跟岛上的老班子说起这件怪事，江猪子是不伤人的，无缘无故的，拱他的船，是个什么原因。老班子告诉他，成群的江猪子吃鱼之前都会将鱼赶到一块，趁鱼群慌乱，它们就瓮中捉鳖般捕食。一定是你撒网下去的那块地方，正是它们也在捕食的地盘。江猪子聪明得很，你跟它抢吃的，它拱船吓吓你，让你长长记性。

"原来鱼有刺。"这是匡爹的口头禅。他说自己搞清缘由后，再往后，知晓了江豚觅食的规律和秘密，捕鱼也不往江豚出没的线路上走了。那几头江猪子似乎也认得了他，还经常得意地在他的船附近出没。

江豚最喜欢吃二到三两的小鲫鱼、小鲤鱼，还有毛哈鱼、玉筋鱼、银鱼等鱼类和虾。觅食时，它游动速度很快，潜水很深，一旦露出水面，发现小鱼后会来一个猛冲，然后快速转体，尾鳍击打水波驱散鱼群，然后继续追赶猎物。它的头摆动灵活，在细微的摆动中定位，而鱼吞入嘴后，调整鱼身，将鱼头正对咽喉方向快速吞下，有时也会吃入多条小鱼后，再一次咽进肚中。吃饱后的江豚会浮在水中，缓慢地游动，享受美餐后的片刻休憩。安静的时候，它发出很大声地呼气吸气，从头部的鼻孔里喷出很高的水浪。如果几头江豚集体捕食时，会摆开阵型，甩头摆尾，成扇形包围追赶。密集成群的小鱼在被追赶时，慌乱中浅浅地跃出水面，像是向前翻滚的银色浪花，闪闪夺目。老朱说的这个场景被我记住，闭上眼睛，眼前似乎有一块银布，在波浪般的抖动中甩出一颗颗闪光的星辰。

水养活了所有漂在水上的渔民。每天看水的喜怒哀乐，浩瀚无边，这也养成了渔民豪爽的性情，天不怕地不怕，水是他们的工地，也是他们的大床。匡爹多年前就搬到采桑湖，靠几只鸬鹚捕鱼为生，和那些以非法捕捞手段打鱼的渔民相比，他对水有着一种敬畏，这种敬畏也许就来自他与江豚之间的那次交集。长江故道的江豚保护区2012年建立后，面积有2700多公顷，渔民也从那时起陆续去往他乡。保护区两年后申报升级成省级自然保护区，长江故道被确认为最适宜江豚迁地保护地。一江之隔，湘鄂两地联手保护江豚，老朱参加的第一次"打非撤违"专项整治行动，1500口网箱、10万平方米网围被拆除，捕捞渔民全部撤出核心区水域。波平浪静，阒寂无声，从此渔民在这片水域销声匿迹。

5

一条渔政快艇从趸船停靠处驶过来，接我们上船，往东支江面行进。我们要出发去看江豚了。船开动后，轰鸣的动力在水面留下滚动的白浪花。水和浪互相追逐、变形，风中传来它们的快乐唱吟。声音像是来自天空的云影，藏在水镜里的波纹，又像是对命运深度的探测与呼喊。

我跟老朱说，我儿时在家门口就见到过江豚。

老家镇上傍着的藕池河，最终也要流向洞庭湖和长江。船运来往，在一个小镇制造着喧闹和生机。父亲的工作与田野有关，他跟运化肥的船舶回来，在饭桌上第一次说起乘船见到的江猪子一家三口。我起初以为是会游泳的猪，或是没见过的鱼，父亲说是一种哺乳动物，学名叫江豚。这是我第一次听说这种有着三岁孩子智力，能微笑着在水中翻滚的动物，非猪非鱼，头部钝圆，黑色光滑的滚圆身体，没有一片鳞甲，长着短而阔的吻部、一样长的上下颌，据说肉肥而浓腥。镇上有些早晚在河边散步的人、捕鱼的人、运船上的人，在附近的水域看到江豚的身影，人们会用惊喜的语气来讲述所见。

黑猪。白猪。

黑白猪。

江豚的脊背是青黑色的，在跃出水面换气的瞬间，被光照透，散发出那种发亮的银灰色。我们追着喊："黑猪！"当它翻身露出白色的肚腹，我们又追着喊："白猪！"那些少年结伴出游的日子，我们会沿着长堤寻找，晨曦和旭日、落日和晚霞在身前身后，河水如镜，映现水上，油画风景。我们的目光在水面上逡巡，等待一次拱出将水面撕开，等待一个优美的弧度连接过去与现在。江豚有时会跟在嗒嗒响着的机动船后追赶，船尾的两道白浪里，黑灰色的身影愉悦地摆动着"丫"形尾鳍，连绵绽放的水花溅飞到半空中。

我期盼镇上有渔民能捕捉到一条江豚，至少这样可以仔细看清全貌，但镇上的渔民都不约而同地摇头。他们像对待江湖神灵一般，早就立下了不捕杀不食用的誓言。外公那时在米厂当过磅员，家住在堤边，渔民上岸买生活用品都会在他家门口落个脚抽支烟。他们和外公有一搭没一搭地说着打鱼的故事，我就在一旁静静地听着。渔民说，江猪子最有家庭责任感，小江猪子遇险，母江猪子不会抛下它离去，公江猪子会莽撞地尝试营救。没有人会去捕江猪子，听说大湖上有渔民恶意捕捞江猪子后船毁人亡，也有人误伤江猪子被认为犯了禁忌，都要烧香祈祷谅解，严重的会卖船改行。

老朱说，世间行当，都有讲究。起风变天，气压降低，靠增加呼吸频率来吸氧的江豚会跳得老高，老班子把成群的江猪出水叫"拜风"。湖上的传说众口相传，就成了一条隐形的规矩。以后渔民出湖，若遇江豚跳得老高，这就是报警，趁早收帆歇网，靠岸返航。江豚的出水习性，也让它在长江、洞庭湖上被赋予了河神崇拜的象征意义。

6

渔民对水的"敬畏"在后来的渔业生产中消失了。没有节制的捕捞是常态，也是人的畸形心理。渔民喜欢用高丝网，孔细网密，连狭长的毛哈鱼、油刁、沙鳅、虾子、小黄古鱼也有来无回。

我有位在媒体从业的朋友，说起想写一部渔民的故事，类似博尔赫斯的《恶棍列传》。每一个渔民都是一滴水，每一滴水都有它的传奇。我们早几年一起走访过许多湖上渔民，后来也有人投身江豚保护协会的志愿者工作。渔民也要生存，不是所有的渔民都是挖空心思的利益主义者。江豚保护中心聘请的巡逻员江哥也是协会的一位成员。几次下湖，我坐过他驾驶的船艇，在长谈时听他讲湖上故事。

江哥十四岁就在茅丝铺一带的湖上捕鱼，当时流行放卡子钓，削得又薄又细的竹篾片，一根篾片上插一粒发了芽的稻谷，鱼上钩咬稻谷，篾片就会张开，一下卡住鱼嘴的鱼就挂住再难逃脱，放一次可能收上来百多斤鱼。二十几岁，江哥改行贩鱼，每天下半夜就跑到渔民船上收鱼，赶早送到南岳坡，当时的鱼价格都是几角钱一斤。在水上漂了几十年的江哥也是洞庭湖的活地图，哪片水域有暗礁，哪里要多高的水位才可行船，如同一本账，了然于心。他还有个专长，一眼就能辨清常见鱼种是家养或野生。有一年，他下湖回来，走过湖洲，看到几个砍苇客抓了一只黑色的鸟，他从来都没见过这种鸟，就从他们手上花钱买回来；请保护区的专家一对照，是东方黑鹳，一年飞来洞庭湖过冬总共才七只。黑鹳是被废弃的丝网缠住了脚，受了伤，花了半个月治疗，养好伤后放飞了。他也救护过浅沟困住丝网挂伤的江豚，几年前到鹿角，还听到渔民私下议论江豚沉尸的事。反复打听才弄清楚，是一头江豚误撞高丝网，鳍缠在其间，不得动弹，困死水中，渔民怕追责，就用石头绑住江豚沉到湖底，没料石头轻了，过了几日，江豚浮了上来，像一块刺眼的亮斑。

长江十年禁渔前，迷魂阵、地笼王几经打击几乎没有了，但最怕的就是高丝网了。江哥过去一直有个心病，当地渔业队在君山水域筑起来拦鱼的鱼堤，俗称"壕坝"。长达十公里的土堤往湖心延伸，没有合拢的口子，原本是东洞庭鱼洄游的一条必经通道。壕坝一修，涨水时鱼游进坝内，落水时"瓮中捉鱼"，那些长江天然繁殖的幼鱼进不了洞庭湖，鱼的洄游之路也被截断。不仅是鱼，渔民来往也须从此经过。那道布袋口中间深，两边浅，挂上麻篓，枯水季节，24小时可以不断起鱼。这条壕坝的水下巨网，直到2012年才被渔政和江豚保护协会的联合行动打击取缔。平常水面上只能看到大木桩，水下像一个大口袋，晚上看不清，桨容易被挂住。此前也常有渔员伤亡事故发生。有一次，一对从湖北过来贩虾的夫妇行船至此，船尾拖着砣砣篓，螺旋桨被网挂住，速度有些快，产生的力道大，一下子人仰船翻，夫妇丧身水中。

非法捕捞放肆的年头，也有人私下交易买卖江豚。江豚虽然不好吃，有恶腥味，但有药用价值，江猪子油对烧伤烫伤治疗效果很好。靠声呐定位的江豚，过去在湖上跑的大船多了，遇到两三条大船并行时，江豚会迷乱失去方向感，很容易被螺旋桨的大铁叶片刮伤。

2006年至2012年，江豚数量日趋减少。当捕鱼成为一个产业，尤其是枯竭式捕捞，人豚争食的矛盾就尖锐起来。"江豚到哪里去了，不能说不见就没有了，死了也要有人收尸吧？"江哥加入了市江豚保护协会，成为第一批发誓保护江豚的十一个渔民兄弟中的一个。水上出没，昼伏夜行，风险未卜，没有谁敢打保票。"有危险才需要我们上啊！"渔民兄弟没读过书，但懂理，大家东一句西一句，凑出一份"生死状"——

"我志愿加入保护江豚志愿者行动。在行动中，听从指挥，团结一致，不违章，不喝酒，驾好船，穿好救生衣，确保人身安全。有难同当，生死与共，在巡湖过程中，若有人出现意外伤亡，所有人都应尽全力救助他并抚恤其家属、子女。特立此状。"

江哥签下"生死状"的夜晚，回家的路上，头顶星辰闪烁，脚下的路总有微光照亮。渔民上岸、转产,那些离开的人都有了新的奔头,但他知道这辈子不会离开从小就在一起的水,他在水上还将继续晒着烈日吹着风淋着雨。水里不要再有捕掠滥杀了,应该只有生长。身份的转换,渔民兄弟对生态环境保护的意识变得截然不同。有一天,协会统计出一组数字,把他们吓了一跳。"十年来,协会巡逻队直面危险,雷霆出击。共巡逻1956余次(夜晚626次),打捞江豚尸体14具,成功阻击电力捕鱼等非法捕鱼230多起,清除滚钩11万多米,清理迷魂阵、密阵1340多杠28200余米;参与人数1万余人次,有来自全球各地的志愿者。"

大家七嘴八舌,有唏嘘、慨叹,有骄傲、自豪。特别让人振奋的是,科考数据显示,2018年长江江豚数量回升到1012头。江哥感到胸中有一股游荡的充沛之气,潮湿的眼睛,模糊地浮现过去许多个记忆交错、斑驳的白天黑夜。那些过去的时光,化成水中的一朵浪花与一片水波。水里有世界上所有的事物。他觉得对水,陡然多了许多别样的期待与亲近。

7

夏日午后的恍惚时刻,小吴站长和我讲起管理站的工作艰辛,路远奔波、缺编少人手还是其次,最让他揪心的是如何从求生存到求发展的转变之难。原本要申报的国家级保护区,有人担心保护区的约束性条文给地方发展限制太多,县里突然变卦搁浅。这成了他的一块心病。江豚保护是个生态系统工程,不是国字号,国家层面的资金和政策支持落不了地,管理和专业技术人员的能力提升不上去,做不到深度管护,故道的迁地保护已经有了影响力,好风凭借力的机会一错失,保护工作难免如蜻蜓点水。

上船后，水面阵阵清风漾过，泛着银色的粼波，长长短短，层层递递，像是没有尽头的摇曳稻浪。小吴站长的江豚忧思，仿佛是把平静的水面打开，让人看到一个个小漩涡在越来越快的加速中撞得水花飞溅，融合成一个大漩涡。

"不是每一次都到看到，下午天热，江猪子更愿意待在水下。"小吴站长给我们打预防针，提醒减慢速度，"江豚有时只是浅浅地跃出水面，露出一个月牙状的背影。故道核心区水域的江豚从最初的4头，迁徙、繁殖到了32头。12.5公里长的核心区两头有大拦网，这个面积最大可承载100头江豚生养栖息。"

"故道水域也许是江豚的最后一块净土，如果作为长江生态系统的旗舰物种，在这里得不到生存的支撑，有一天也就不能支撑人类的生存。"

"江豚种群数量的减少，会使其发生近亲繁衍而失去适应性，走上灭绝之路。"

从轮机员变成江豚保护工作者，老朱接待过许多水生生物的研究专家，专家说的话，他都记在心里。流域环境变化、气候监测、工业污染、基因变异、采砂破坏、食物链……过去从来没听过的这些新词，老朱装进脑子里。他把它们看作水的呼救，一个物种面临消失前的呼救。他常常会紧张，这种紧张却让他懂得平庸的生活里总有些事情的意义不一样。

天空中耀眼的蔚蓝，在水上投下一块块移动的影子。船上的几双眼睛像雷达仪探测着水面上可能出现的异常，心是吊着的，连呼吸也不敢大声。有人说，看见江豚会带来好运。岸边高大的树冠，在水面倒映出多姿多态的树影。跑了接近半小时，应该是快到东支的拦网位置了，一无所获，小吴站长指挥驾驶员掉头，降低引擎动力，减少声响对江豚的刺激。江豚是靠声呐信号来探测环境和捕食的，它发出高频脉冲信号就能回声定位，这种定位既模糊又清晰，而发出低频连续信号也是时间连续信号，听上去像是小羊的咩咩声，又像轻柔的鸟鸣声。

故道在很长的年月里没有了江豚。江豚数量的减少，过往人与水的生态纷争，似乎让远游的江豚遗忘了这里。保护区建立后的规划设想逐步落地，航运、采砂、捕鱼等人为活动禁止，水环境向好，万事俱备，只差江豚。中国水生所在2015年的3月和12月分别从鄱阳湖和天鹅洲保护区捕捞四对八头江豚迁入故道保护区。这次跨越湘鄂赣三省的江豚迁地保护，在国内首次实施，从捕捞、体检、暂养、运输到释放全流程，都制定了严密的预案和实施前培训。参加江豚迁地保护的人，有中科院水生科学研究所的专家、研究生、渔民和各地保护区的工作者。

老朱这位旁观者和见证者，听着"迁徙"途中的故事：围网时不可围捕五头以上的群体，拉网要上宽下窄，抬运江豚的网架，前后两侧要分别留置侧鳍网洞和尾鳍口；车上要不停给江豚降温，半小时计数一次呼吸频次，帮江豚调换姿势；特制的水箱避免碰撞挤压，身体的一半置于水中，一半外露水面；运输车上配备有海绵、担架布等，前有警车开道，后有应急备用车……

首批从鄱阳湖来到故道安家的四头江豚雌雄各半，年龄最小的三岁，最大的十二岁。老朱现场看到它们沿着斜斜的滑道游向水中，对这片陌生的水域，江豚像是充满好奇的孩子，在疾速的游动中翻滚跳跃，溅起的水花落入水中，向外送出一圈圈美丽的涟漪，那拱出水面的光滑背脊，在阳光下如黑金般夺目。

那些日子，老朱从专家的嘴中对江豚的栖息生活有了更多的了解。江豚约五岁达到性成熟，妊娠时间超过十二个月，寿命在二十岁左右。江豚的交配是从追逐开始的，雄豚翻滚、侧游、仰游，尾随在雌豚的腹部及尾鳍前后，水面水花四溅，波浪涌动。身体的碰触、亲吻，两头江豚腹部相对，靠近生殖裂，爱的前戏结束，激情时刻到来，雄豚在相伴游动中完成结合仪式，这时的水面却变得异常平静，两分钟后，交配结束的江豚缓慢浮上来，深深地呼吸，又依依不舍地离开。

专家还津津乐道江豚的分娩过程。接近分娩期的雌豚的呼吸频率会短且急促，食欲减退，常平静地停在水面，身体左右轻微晃动。分娩前一天，雌豚的阴道口会有乳白色液体流出，分娩时刻，雌豚会在水中急游、翻滚，然后停下来，过几分钟再次急游。每次急游都伴随着用力，幼崽被挤出体外，会向上游动，雌豚在朝相反方向游动时拉断脐带。幼崽顺势冲出水面，呼吸第一口大自然中的新鲜空气。这个分娩过程持续时间一般有两个小时。

第二年8月，故道有一头小江豚出生，这个幼小生命的到来，在老朱心里，就像是自家添了新丁般的喜悦。他那些天的巡湖一次也不落下，想看看那对江豚母子的模样。老朱最先看到一大一小两头江豚相伴游动，没过多久，小江豚顽皮地趴到妈妈的背上，露出水面呼吸时，像是一艘潜艇浮上来，有时它们会游到靠近岸边的浅水处，母豚身体侧向一边，露出另一边的鳍肢，小江豚则乖顺地贴向腹部，这是母豚的哺乳。从望远镜里看到这一幕，回到站里，他绘声绘色地讲述眼睛记录下的情景。此后每次遇到江豚，他会让驾驶船的同事将发动机关掉，让船随水漂动，不去惊扰它们原本拥有的自由。

折返时，小吴站长示意我们密切关注靠南的水域，隐约会有江豚浮上来换气。江上天气突变，从远处看到几团乌云追赶着，烈日渐渐没了光泽，乌云几乎在眨眼之间，就笼罩在故道之上，风拍打着水浪，我们的船艇大幅度地左右摇摆。大雨说下就下，噼里啪啦，参与到风浪的混战之中，浪向远处奔跑，像一片片青色屋脊向前推动，然后多米诺骨牌般倒下。这时，被雨水淋湿的江流上，一片斑点飞溅，雨声喧闹，浪尖皴染着水面的一切，即使有江豚浮出来，我们也无从真切地看清它的样貌和动态。

船艇在狂暴的风雨中缓慢地返回管理站驻地。雨终于停了，我们却到了该离岛返程的时间。下雨的间隙，远处的江面却是半江晴日半江风雨，涟漪在雨点里荡开。在长江故道寻访江豚而不遇，或者说是擦肩而过，调皮的水中精灵故意玩起躲迷藏，小吴站长似乎比我还遗憾。"江豚在，这片水就有了生命。"这是他最朴素的心愿。五年时间，迁地而至的江豚开始把这里当成了家，繁衍、生息，江豚的数量在增长，故道的水像是有魔法的水，江豚是水中的魔法师。但到一定的量，管理站成员的专业能力挑战也会更大。小吴站长还有一个生态旅游的品牌设想：到长江故道望江豚、观候鸟、看麋鹿、览长江、游湿地。但县里决策层摇摆不定的态度依旧困扰着他，地方经济发展与保护区升格之间微妙的矛盾像一张密不透风的网。他知道，前进路上的阻难和堑沟，还需要时间跨过。

我加上小吴站长的微信，看到他在朋友圈抒发胸中"块垒"，大概是压在心头太久了，也可视为一个基层自然保护区工作者的吁求：

又要提到江豚保护了，与湖北监利保护区相比，可能他们在晋升国家级保护区所做出的努力得到了市县领导的认可。很多工作迈步推进，甚至有些工作受制于我们的被动配合而搁浅，而集成江豚保护晋升工作却被非专业人士打入了冷宫，理由是怕环评影响到核电项目的发展。据我所知，江豚迁入保护区时就已通过县政府、核电项目指挥部等相关部门一起报批省环保厅，一方面说明迁入江豚并不制约核电发展，另一方面如有制约也是生态优先、环保先行的原则。

撑开"长江大保护"这把保护伞，相信也没有谁会无视长江生态发展的旗舰物种江豚的存在。南京市国家级江豚保护区就处于市中心，不但没有遏制经济发展，反而成了带动经济发展的一个杠杆。更何况我们直线距离有十六公里之外，与其把集成江豚保护区作为飞地边缘化，不如发展强大，把湿地、麋鹿、江豚保护打造成城市名片，得天独厚的湿地，两个国家一级保护动物，以及我们的母亲河。多么珍贵的自然资源啊！就没有人惋惜吗？（我要噙着泪水感慨。）

雪藏在湘鄂两省交界处的天然湿地，会"鹿"死谁手？还是有慧眼识"猪"的领导来发现这块宝地呢？！

小吴站长的忧虑，是面对现实，也是面向未来。那天临别时，我与他说，专业的人先干好专业的事，生态的恢复和保护是一条没有尽头也是越走越宽阔的路，与地方发展的矛盾在时间里终将获得消解。我握着那双生着硬茧的手，似有一种信任与期许的力量在传递。荒野之地，水是孤独的风景，但因为有了水中精灵江豚，这种孤独被涂上了丰富的色彩。

老朱还有六年退休，退休后还会不会返聘继续干下去，他并不知道。但每次巡湖见到"微笑的天使"江豚，他会感觉到特别开心。如果不是因为到了管理站，不是与故道江豚那么多次的亲密相见，不是看到那些纷至沓来的人投入到江豚保护中的深情，他不会是今天的他，不会认识到另一种生命的珍贵。渔民上岸，就地保护，减少人的活动干扰，江豚的生境已然比过去好了很多。保护江豚，既是为了保护这个可爱的物种，更是为了保护人类赖以生存的环境。老朱与身边朋友说到母亲河长江与江豚，眼睛里自然就会散发出许多自信的光芒。这种光芒是因为他已经改变,也是他在改变着自己。

那天离岛上岸,老朱跳下车,微笑着打完招呼就一个人往前走了。有人轻声惊呼,月亮升起来了。半轮月儿挂在半空,素白而沉静。西落沉入地平线的太阳,还留恋着它的战场。看到老朱被夕阳拉长的背影,我想起留在孤岛上的小吴站长以及管理站工作的每一个人,都是披荆斩棘的哥哥,他们的寂寞和坚守,会被时间记住。

我没来得及问老朱的家离此地的距离,他已经走到远远的前头去了。他往前走的公路两旁,是齐膝高的青青稻田,而我们身后的故道之上,跃动着一根根金线似的光。人和水流,还要继续在广袤大地上行走着。

(原载《青年文学》2021年第10期)

张骞的道路：从西安到敦煌

杨献平

凉州怀古

所有的怀古都是怀念自己，如此而已。到凉州，现在的武威，我有一种似曾相识的感觉。但之前，确确地没有去过。在雷台汉墓的地宫之中穿行，一个人观看时的感觉，好像在替墓主人巡视一样。在马踏飞燕和兵俑车辇仪仗的雕塑面前，骨头里也响着忽远忽近的马蹄声。而出城到天梯山石窟的路上，我又想到马贼，甚至在这里驻牧过的诸多游牧民族如乌孙、大月氏、回鹘、吐蕃、党项、羌等等。最好玩的，我总觉得自己就是当年河两节度使王忠嗣将军帐下的一个兵士。

关于这个人，现在知道的很少了。他父亲名叫王海宾，也是一员猛将，却在松州，即今天的四川省松潘县与吐蕃作战的时候壮烈牺牲。他战死的原因，是薛讷、杜宾客、郭知运、王晙、安思顺等人嫉妒王海宾的战功。起初，以王海宾为先锋，而后故意不加增援，致使王海宾遭敌围困,力战而死。时,王忠嗣年方九岁,被李隆基收为义子,在宫中,与太子李亨同吃同住。后王忠嗣为河西节度使,韬略战术,勇谋过人,多次击溃进犯的吐蕃军队,使其不敢再越边界。李隆基时期,国家强盛至极,边疆将帅获得军功,而获得个人升迁,蔚然成风;边境将领常故意骚扰和激怒吐蕃,从而引发战争。王忠嗣为河西地区最高军政统帅,在任上固边强民,屯田置物,常说:"今(与吐蕃)争一城,得之未制于敌,不得之未害于国,忠嗣岂以数万人之命易一官哉?"且"尝谓人云:'国家升平之时,为将者在抚其众而已。吾不欲疲中国之力,以徼功名耳。'"此外,王忠嗣也曾上书李隆基,云安禄山必反,宜早做防范。被李隆基贬为汉阳(今武汉市汉阳区)太守的第二年,王忠嗣暴卒,年四十五岁。

王忠嗣被免去职务到最后莫名其妙地暴死,皆是上下谗言与构陷之原因。时李林甫为宰辅,唐军又在石堡城即今青海省乐都区作战失败,主将董延光将过错推在了时任河西节度使的王忠嗣身上;李林甫担心王忠嗣会抢了他的位置,遂在李隆基面前极尽谗言,李隆基怒,下诏押解王忠嗣入京,拟处斩,后其属下哥舒翰以自己的"官爵赎忠嗣罪",使得王忠嗣得以幸免,但不久也暴病而死。就此,《旧唐书·王忠嗣传》云:"忠嗣因青蝇之点,几危其身,谗人之言,诚可畏也!"

悲夫!用人之人,必是人中之人,上上之人,大智之人。一般人等、王侯将相,即便谋略空前,也还只是一个所谓权谋者、一个所谓的帝王的棋子而已。王忠嗣之可惜,不仅是李隆基一个人的,也是整个帝国的。然而,就是这样一个人,其身后遭受的冷遇也令人觉得悲凉。类薛仁贵、秦琼之人,与之才略相比,何其等而下之,而民间传说之多,附会之说,不胜枚举。英雄果真寂寞,人心最难测量。至天梯山上,拜谒临水的大佛,心中庄严,虔诚油然而生。与当地朋友说起高僧鸠摩罗什，我就急着想去拜谒鸠摩罗什寺了。寺中，据说有他的舌舍利。天梯山中的佛像和佛龛，大抵是鸠摩罗什在后世的变相。我俯身拜谒。心里念着愿天下苍生健康平安，独没有求财。直到现在，我还是一个不怎么热衷于钱的人，即便是在经济最困难的时候，也没有想着如何发财。但我只对自己的基本保障担忧。一个人，一生所有所耗，大抵是有定数和定量的。这一点，也是佛家的思想。

令我没想到的是，我居然邂逅了一位民歌王子。他叫赵旭峰，也是一位小说家，同时也是天梯山石窟管理局的干部。他的民歌唱得端的是令人心醉。"送哥送到红柳滩，红柳滩上红柳多。红柳叶子往下落，红绸裤裤往下脱。"又如："三更里来灭了灯，亲哥哥用脚蹬，尕妹子也是个明白人，心里边知道你想的啥坏怂。"如此等等的歌词，却令人觉不到一点的色情味道，反而心神空冥，肉身洁净。我也忽然明白，真正的俗，其实是不令人心生邪念反而会感恩并且消除内心的罪孽的。听到动情处，我对赵旭峰说，你唱一首，我喝十杯酒！最终，只能是大醉，夜里回武威，是诗人谢荣胜把我背上楼的。早上醒来，方才知道，睡在谢荣胜家里。这份情谊，我至今不敢忘怀。仔细想，这是我迄今为止酒喝得最多的一次，另外的，大抵是一种无意识的醉或者"投机"。次日早上，吃酸汤面，觉得解酒。再去拜谒鸠摩罗什。

这个天竺人，果真是天降之奇才，其年幼时，三果罗汉曾预言说，鸠摩罗什三十五岁之前能够恪守戒律的话，将是一位不世之人，佛法由他传遍苍生，并会亲自超度多数人。事有凑巧，鸠摩罗什三十五岁那年，吕光大军入西域，俘获鸠摩罗什。吕光逼着鸠摩罗什与龟兹国公主婚配。鸠摩罗什不从。吕光令人以烈酒灌醉鸠摩罗什。鸠摩罗什被迫破戒。随军至凉州路上，鸠摩罗什曾告诫吕光说，部队宿营之地，不太好，将有洪水至，伤数千人。吕光不信。果真，夜间洪水滔滔，数千人丧生。这时候的武威,名曰姑臧。吕光返回,苻坚为姚苌逼迫自缢身亡。吕光趁机自立。

当年"正月,姑臧大风。(鸠摩罗)什曰:不祥之风,当有奸叛,然不劳自定也。俄而,梁谦、彭晃,相系而叛,寻皆殄灭。至光龙飞二年,张掖临松卢水胡沮渠男成,及从弟蒙逊反,推建康太守段业为主"(释慧皎《高僧传》)。如此等等,鸠摩罗什之殊异才能,每每言准,不可思议。至吕纂灭,后秦姚兴迎鸠摩罗什人长安。姚兴要求鸠摩罗什留下"圣种",以锦衣玉食供之,并女色围绕不辍,逼迫其再次破戒。鸠摩罗什无奈,然其意志坚定,虽身惹繁花,仍旧坚持翻译佛经,并自喻说:"譬喻如臭泥中生莲花,但采莲花,勿取臭泥也。"(引处同上)

鸠摩罗什大抵是自释迦牟尼之后,在中国影响最大的天竺高僧。其第二次破戒,信佛者效仿,也娶妻生子。就此事及现象,鸠摩罗什则吞钢针之后对众人说,谁可以如我这般吞钢针而不身死的,可效仿。如此等等,颇具魔幻色彩。十二年间,鸠摩罗什"凡所出经论三百余卷。唯十诵一部未及删烦。存其本旨必无差失。愿凡所宣译传流后世咸共弘通。今于众前发诚实誓。若所传无谬者。当使焚身之后舌不燋烂"(引处同上)。他的舌舍利便存放于武威罗什塔。

我将身去拜谒,面对高塔,心中静气盎然。念想鸠摩罗什一生传奇,此等人物,此等造化和功德,千年不遇不说,具有强烈的天赋神授的意味。以此推论,人之为人,自然有其活着的方法策略,也是有其难以言说的命运轨迹。《高僧传》中记载:"什尝作颂,赠沙门法和云:心山育明德。流薰万由延。哀鸾孤桐上。清音彻九天。"这心山明德、清音九天,实在是令人神往的至高境界。

对于鸠摩罗什之破戒,如我在当时,大抵也会效仿。这就是智者和愚者、神者与凡人的区别,也是领袖与常人的区别。离开武威的时候，忽然又想起霍去病，武威为其所开河西四郡之首，然霍去病却未能如鸠摩罗什之功德广大，也是泽被众生与沙场杀戮之霄壤差别。我很无聊地想，倘若能够遇到当下武威市的决策者，必定建议他们为王忠嗣立一尊雕像，并广传其事迹。国之良将，因其正，无流蜚之事，世人便少牵强附会，以至于如此才略之人，身后竟然也如此的寂寞，实在令人心有戚戚。

当然，今天的武威城中，还有众所周知的西夏碑，也颇令人伤感。战争使得很多人丧生，而民众，也常常成为殉葬者。可怜盛极一时的西夏，长期与辽金宋分庭抗礼，其疆土也曾为西北之最大，可惜，最终却沦亡于蒙古大军铁蹄，自此一蹶不振不说，且后裔也难觅了。

列车向西，古老的凉州——今天的武威渐去渐远，在古老的走廊上，大漠戈壁，夕阳残照，万般恢宏，也万般地苍凉、浩瀚。闭目假寐之际，不由想起并小声吟诵岑参不怎么出名的《凉州馆中与诸判官夜集》一诗："弯弯月出挂城头，城头月出照凉州。凉州七里十万家，胡人半解弹琵琶。琵琶一曲肠堪断，风萧萧兮夜漫漫。河西幕中多故人，故人别来三五春。花门楼前见秋草，岂能贫贱相看老。一生大笑能几回，斗酒相逢须醉倒。"车过山丹，想起众多如美丽乳房的山丘，青草披拂，风一吹过，便是一道道的绿浪，匈奴人曾在此驻牧，妇女用"红蓝花"来涂红嘴唇。如匈奴冒顿单于最宠爱的那个阏氏，大致也是用过的吧。也就是这一位阏氏，在冒顿的匈奴大军于大同白登山围困刘邦十万大军的时候，陈平用计，使人贿赂她，而终使冒顿大军网开一面，刘邦及其部众得脱。不然，历史大抵是会改写的。

但历史永远都不会改写，即便是冒顿在白登山擒获并杀死了刘邦。历史，尽管看起来无序，可细读之间，其中的诡异和蹊跷，实在令人匪夷所思。关于焉支山，我在多年前来过一次，并写了几句诗歌："焉支焉支，小小的匈奴／佩戴羽箭的人群，在草地上尾随野鹿和狼群／焉支焉支，杀戮的军团／在高原的核心，用战刀和铜器侵略外围／焉支焉支，逃跑的孩子和老人／有一些羊肉落进流水，血液洗白了祁连山的月光和凝眉／焉支焉支，我坐在一块云上，看到大地的庭院里／一大片向日葵，青稞青青，闪亮的鸣镝／这可能也是一种原罪，于今，人类还没有好好忏悔。"

丝路上的金昌

这当然是一条著名的、伟大的、贯通古今中外、光华灿烂的道路，德国人李希霍芬把它称为"丝绸之路"。相对于这条道路形成的历史，李希霍芬的命名是短暂的，但学界却异口同声、毫不犹豫地接受了它。丝绸之路，伟大而浪漫的名字，从古老的中国一直延伸到埃及、地中海沿岸，甚至出现了史前时期的法老墓葬。在历史蒙昧时期，丝绸与黄金等价，是另一种货币，通行和风靡于整个欧亚大陆。十字军有过东征，丝绸路上其他民族也掌握了这项技术。在高仙芝，甚至整个唐帝国在"西域"遭到彻底失败的"怛罗斯之战"时期被俘虏的中国唐朝军士杜环，带着中国的技术，沿着欧亚大陆向西直达波罗的海，然后由海路返回。在他的《经行记》当中，记载了一个中世纪的中国唐朝人，在世界上的孤独行迹。

正如法国的于格叔侄在其《海市蜃楼中的帝国》一书中所说："每一个前往丝绸之路的人，归来时总是与众不同。"这句话的间接意思是，凡是动身去到伟大的丝绸之路上的人们，无论成功还是失败，归来之后，他们都携带了无尽的传说，也经历或者创造了某种奇迹。因此，古老的丝绸之路向来就是创造奇迹的地方，更是文明和物质，流转世界的早期通道,尤其是在海洋横亘于人类的脚步之前的那些年代。雪山、大漠、驼铃、绿洲、湖泊、草原,以及暴风雪、尘暴、雪崩,马蹄上的骑士与冷兵器,商旅眉毛上的尘土,干裂嘴唇上的血渍,和亲者的车轮,卷起狼烟的战斗军团,游牧队伍,犹如蛇群奔行一般的白尘……啃食苜蓿的汗血马、跳胡旋舞的异族歌姬、出塞作战的诗人、凶悍的盗马贼、杀戮的弯刀、诵经的僧侣,如此等等,"北风卷地白草折,胡天八月即飞雪……峰回路转不见君,雪上空留马行处""大漠孤烟直,长河落日圆"。多少诗篇汇集的博大与悠远之地,构成了丝绸路上璀璨的光辉,并且与日俱增,一直普照着人类的今天。

从古长安出发,越过秦岭,进入伏羲之地,再到兰州,渡黄河,乌鞘岭宛如剑鞘,山顶的白雪似乎人类内心绵延千年的哀愁。河西之地,做过国都的凉州,是李世民家族的发祥地之一,再向西行走,迎面而来的大戈壁像是一块巨大的生硬的铁板,赫然横在眼前,给人以迎头重击。荒芜之地,向来与死亡紧紧关联,瀚海泽卤,象征着某种人生甚至人类的绝望和沮丧。可是,早些年间,这里完全不是现在的样子,至少有水源、草地、树林,虽然一直在风沙中被侵蚀,但仍旧有人在这里生存和居住。

周朝的时候,这里的民族被称为西戎。这个名字现在听起来陌生而又带有诗意,可在周人眼里,却是经常骚扰他们边境、劫掠财物的居住或者游牧在西边的蛮夷之族。即《祭公谏征犬戎》中所谓的"薰育戎狄攻之,欲得财物"是也。《诗经·采薇》也说:"靡室靡家,猃狁之故","岂不见戒,猃狁孔棘"。《孟子·梁惠王》亦有"太王事熏鬻,文王事昆夷"等句。

在金昌站下车,回身一看,就可以看到一座大山,上半部分洁白而苍茫,下半部分则显得黝黑,且沟壑纵横。这就是祁连山。出自匈奴语系，意思是"天山"。"天"就是匈奴信奉的最高的神。法国历史学家勒内·格鲁塞《草原帝国》中说："像斯基泰人一样，匈奴人基本上是游牧民，他们生活的节奏是由他们的羊群、马群、牛群和骆驼群而调节。为寻找水源和牧场，他们随牧群而迁徙。他们吃的只是畜肉（这一习惯给更多以蔬菜为食的中国人很深的印象），衣皮革，被旃裘，住毡帐。他们信奉一种以崇拜天（腾格里）和崇拜某些神山为基础的，含糊不清的萨满教。"

西方学者大部分带有不可掩盖的傲慢，这在他们对于中国的叙述和观察当中，时常会出现。勒内·格鲁塞也是世界著名的学者，但其在叙述萨满教时候，口吻是轻慢和自以为是的。实际上，萨满教是真正的原生性宗教。它和基督教、道教、佛教等完全不同的是，萨满教没有创始人，完全是在某种社会和自然环境下，人群自我发生的一种以神灵的崇拜和信仰为基础的宗教。

昆仑山乃是万山之宗，昆仑山是中国之"祖龙""祖脉"所在。《山海经·大荒西经》有云："西海之南，流沙之滨，赤水之后，黑水之前，有大山，名曰昆仑之丘。有神，人面虎身，有文有尾，皆白，处之。其下有弱水之渊环之，其外有炎火之山，投物辄然。有人戴胜，虎齿，有豹尾，穴处，名曰西王母。此山万物尽有。"道教将之作为元始天尊和混元派的道场。

这也说明，原始的万物有灵的信仰和崇拜，不只限于匈奴人，更不只限于中国人。为祁连山命名的匈奴人，他们以为天地自然万物都是有灵性和具备某种力量的，如庞大的山系、寥廓的牧场，以及身边的水流、巨大的石头、人难以攀登的巨大石崖、超出经验之外的树木，以及难以用常理和生存经验解释的人事物。我不觉得这种信仰和神灵崇拜有什么不妥，特别是当人们处在蛮荒和蒙昧时期，产生一种基于身边万物，以及天地之间的有神论的信仰和崇拜心理，对人心何尝不是一种安慰？好在，我们所在的这个世界，乃至这个人类社会，已经发展到了无所不能、无所不可的程度。科学的越来越神通广大，技术能力的无孔不入，以至于人类的生活空间越来越趋于透明化。

这当然是好事，同时也是悲剧。

因此，用现在的眼光来观察山川河流，乃至整个世界的存在方式、人类的未来，以及诸多事物的内在性与发展性，已经是一件非常容易的事情了。如对祁连山的考察和概括，已经不再像匈奴和古民族那样笼统指认，而是以科学的方式，测算出它的具体长度和宽窄度。简要说，祁连山东西长800公里，南北宽200公里到400公里，海拔在4000米至6000米之间，其西端为当金山口，与新疆的阿尔金山脉相接；东端则衔接黄河谷地，秦岭、六盘山与其相邻。自北而南，分别有大雪山、托来山、托来南山、野马南山、疏勒南山、党河南山、土尔根达坂山、柴达木山和宗务隆山等多座高峰，其最高峰为疏勒南山的团结峰，海拔达到5808米。

这一座宛若游龙的山系，至张掖肃南，便与今之金昌相接。也就是说，金昌乃至河西走廊的每一座城市，甚至村镇和沙漠戈壁，都是同气连枝，不可分割的。有赖于祁连山雪水的融化和潜行，干旱的河西走廊才具备了人居的基本条件。换句话表达，有了祁连山，河西才有人的存在，才会在丝绸之路兴盛时期，积攒和输送更多的文化和文明，即使在现在，祁连山仍旧是河西诸多城市村庄的母亲一样的存在。

而转身过来，在金昌市的西北，是另一个高耸之地。它的统称叫作阿拉善台地。这一片处在巴丹吉林沙漠和腾格里沙漠之间的绿洲——即便是被漫漫黄沙分割成许多个小块水草地的荒芜之地，其历史也是深厚的。阿拉善这个名字，也出自匈奴语系，即贺兰山的音转。

匈奴强盛之时，它的贺兰部驻牧于此。可以想象，贺兰山、龙首山、曼德拉山上至今留存的岩画，大抵也有匈奴人的痕迹。而靠近现在金昌的部分，则是匈奴休屠王的驻牧地。在秦始皇时期，这里名为北地郡。

随后是汉武帝的胜利，这一带也尽入西汉帝国版图。每一块大地上，都浸漫着无数的鲜血，也都埋下了无数的骨殖。将士和边民，战争的胜利和失败，民族和民族，政治集团和政治集团，胜败得失，都是以牺牲诸多的人命为基本代价。在很多人眼里，阿拉善高地，只不过是一片荒凉的大漠瀚海，只不过是一纸仓央嘉措的传说，以及关于弱水河的动人故事，还有额济纳每年十月的金色胡杨。而它的悲壮悲情历史乃至深厚的文化底蕴，一点都不亚于世界的任何一个地方。再论及居延汉简，阿拉善高原，也真的是人类的精神富饶之地。尽管它在很长的时间内，总是沉浸在无尽的黄沙之中，在形如深井的天空下，与狂浪无际的风尘沙暴、发菜、锁阳、苁蓉、甘草、双峰驼及肥硕的牛羊一起漫步于浩浩荡荡的时间。

（原载2021年第5期《中国作家》）

十里江山

罗张琴

1

"骎骎""怔怔",凌晨三点,夜的宁静被诸如此类的粗线条声响打破。

她起床了。她自言自语大声说了四句话,还大声关了两扇房门、六扇橱柜门并踢翻了一个垃圾桶。

她显然是有意的,有意让你知道她起床了,有意"逼"你起床面对面地抗议她。只是目的,你却不明。这些年,你大概早已从一弯烂漫欢快的小溪变成了一条不动声色的长河,遇事总是一副静水流深的样子。这样目的不明的声响又算得了什么呢?你一言不发,将"有意"轻轻用平稳的呼吸吹开、拂远。

发出巨大动静却被消弭于无形,仿佛满身力气砸在了一堆棉花上,急性子的她,干脆直接推开了你的房门:"我本来不想吵你,但睡觉前又忘记说今天要起早卖菜的事,等会你送奥特曼上学。千万记得!"

"嗯,好。"你波澜不惊,应承下来。她想再说点什么,还是停住,迟疑两秒后,她带着她卖菜的那些家当,"咣当"一声,出了门。

她是你的婆婆。你知道,她迟疑是想表达歉疚。半夜三更搅扰人,总是不好。你当然也明白了,她之前有意为之的动静,不过是想激发你的怒气。人愤怒时,容易吼叫。只要你一嗓子吼出去,她心里悬着的那块歉疚石头也就顺利落了地,她便可以心无挂碍、专心致志去卖她的菜了。顾虑重重的卖菜,与世上所有瞻前顾后的事情一样,不仅让人心里不踏实、不享受,更容易使人长久活在忐忑憋屈里。尽管只是个农妇,但无论在乡间、在县城还是在省城,她从不压抑自己。兵来将挡,水来土掩;有话就说,有气就顺;吵得赢就吵,打不赢就跑。能屈能伸的她,一辈子活得敞敞亮亮。

不过,搬来南昌前,对她是否适应省城生活,你依然还是有担忧的。一个目不识丁的老人,不会讲普通话的同时,审美空白,心思马虎,脾气倔强,处世生猛,除却善良、能干及累积出来的一些经验,她似乎再没有什么能拿得出手的好牌。当然,你一直把这些担忧深藏在了心底,当你的爱人调不过来,你必须给她足够的勇气和信心,毕竟,南昌的家,只你跟两个年幼的孩子是撑不住的,会倾斜的,她来了,一座屋子的四梁八柱才齐整,屋子齐整才能换一家人四平八稳的生活。

调省城,机遇难得,错过不会再有;去省城,孩子们能有一个更高起点,家庭可谋更好未来……关于这些,年过六旬的她,心里跟面明镜似的。所以,无须你做更多思想工作,她自己早就在大张旗鼓做着准备了。

她并没有舍不得你的公公。她向你调侃过自己的命运,说生来命苦,家道凋零的娘家什么都没有,却又能硬生生塞个地主成分给她;

她对你的公公一无所知，只听介绍人说他是贫农兼带还有过继给烈士作义子的一份光荣，便像捡了个大便宜似的迅速嫁了；嫁过去才发现，这个家里里外外大体是她一个人操劳着。

于她，放不下的，只有土地。这个地道的农民，一辈子对土地充满执念，在她心里，费心养大的孩子，翅膀硬了就会飞；飞得近，还能拱拱羽毛，远了，边都挨不着；不会离开她的永远是土地，种水稻、种烟叶、莳树苗，再苦再累，只要手脚还能动，付出就有回报，土地是从不欺她的。在她心里，勤力稼穑的快乐远大过于含饴弄孙的甜蜜。

2

奥特曼刚出生那会，你还在县城上班，她没办法，放下锄头，离了乡。

县城的家，只有阳台，没有土地，她过得很不自在，才周二、周三哩，就开始收拾自己与奥特曼的行李。周五下午一到，一分钟不耽搁，逃也似的奔回老家，回乡后的她，仿佛是那入了水的鱼，一路敞着嗓门和乡人打招呼。她将你的奥特曼往孩子堆里一放，戴张斗笠，扛把锄头，拎袋化肥，背个药桶，利利索索，就去地里忙活。

她不止一次向你提及门卫老戴，总羡慕并嫉妒老戴夫妇能在宿舍院子里开荒，侍弄偌大一块菜地。她越来越无精打采，越来越失魂落魄，常常无端就骂起自己来，说自己百无一用，过的是"坐吃等死"的生活。她口吐怨言，说老戴夫妇做人不凭良心，领着宿舍门卫的薪水，却一天到晚在自家菜园子里头栽花种草。土地是农民的根基，农民是扎根泥土的植物，你深深理解她，觉得站在阳台上发散怨气的她，既合理又悲壮。

"妈，你看看，能不能在附近也找块空地？"你的话让她眉开眼笑。很快，她就在你宿舍前后，整理出了三处大小菜园，还和老戴夫妇成了要好的朋友。园子里的菜，除却日常餐桌所需，她还用作人情，再往后，居然扎成捆或论斤而卖了。她日渐饱满，连浮荡在空气里的笑声都水汽充盈。

你清楚记得，搬离县城时，她将三处园子托付给老戴夫妇，有一双憋了几十年的红眼圈，泄下了全部的闸。

对于南昌，以及南昌背后意味着的庞大未知，她其实有紧张，会不安。你观察到她特意去县里的大超市买了身好衣裳、一双真皮皮鞋，并特意去装修豪华的某理发店花高价钱剪了发。出发那天，是盛夏，车里开足了冷气，约两百公里行程，她一个劲冒汗，一口水不喝却叫停了两次服务区说是要上厕所；下车，她抬眼望了一下三十几层高的楼盘，没有站稳，慌里慌张，踩脏了你家彪姑娘的白球鞋，抓疼了你家奥特曼的小手腕。当你放弃远处公立幼儿园而选择离家最近、不用坐公交就能到的私立幼儿园时，她明显长舒了一口气。

你交代初来乍到的她，要端庄持重，要文明舒缓，同时，更要谨慎克制，心怀警惕。起初，她一丝不苟地配合执行着，不敢有丝毫偏差、丝毫孟浪。当然，这样做，她并非为了自己，骨子里，她其实是天不怕地不怕的，用她自己的话来说，做人，一不偷，二不抢，三冇坏心思，四能自食其力，走遍天下都不怕。她不过是想为你及孩子们攒个口碑，挣点面子。直到某个周末，带奥特曼在小区玩耍的她，目睹了一对老夫妻的争吵。起因据说是丈夫怀疑妻子拿了他放在厅柜上的38元钱，而妻子说没拿。他们互不信任，相互数落，以"38元钱"为原点，发散到日常相处的方方面面，继而上升到性格缺陷、人格缺损、品格缺失……越吵越激动的两个老人，突然就拉扯着"拜天"。所谓"拜天"，是民间较为粗暴的一种赌咒发誓仪式。他们双手举过头顶,轮流向老天爷发着"若我拿的钱,天打雷劈""若我冤枉了她,出门就让车撞死"的毒誓。

"嗒",门锁一开,她撇开奥特曼,率先冲了进来。左脚踩右脚,浅口皮鞋的右只"噗"一声脱向地板,有零星几粒泥丸滚落下来;左脚悬空,用力甩几秒,浅口皮鞋的左只沿一根粗暴弧线,"啪"一下,差点砸在奥特曼的鼻梁上。"奶——奶——!"奥特曼号叫。"吵——死——!"她丝毫不理会抗议,越过客厅,径直来到你的小书房。"呀肋(哎呀嘞),大城市的人怎么这样哩?不过38元钱。想想,还比不得我们乡下银(人)。"她像发现新大陆般,用极高的音量向你夸张评论所见,"之前坐电梯,碰过几次,穿得齐齐整整,对人冷冷清清。我怕自己土气,怕自己没文化,从来都不敢跟他们讲话。谁知道他们竟是咯样(这样)!跌股(丢脸)。跌股(丢脸)。"说这些话的时候,她的腰板挺得直直的,眉眼写满不屑。你断定,那一刻,一颗城里人不如乡下人的种子,已然在她心里生根发芽。

不再怯场的她,勇敢伸出天性中外向、生猛的触角,在方圆十里之内,用自己半生不熟的乡音普通话,辅以夸张又精准的肢体语言,热情又质朴地试探着这个城市的反应。仿佛谍战片里最有能耐的间谍。

3

"阿嚏!"你打了很响一个喷嚏,你摸索遥控器将房间的温度调高两度,并拍了拍奥特曼有些被惊动的睡姿。

夜,是那样无聊。无聊的你,在黑夜里睁大眼睛,推测喷嚏的成因。嗯,80%是出了门的她在嘟囔你。因为,喜欢痛快的她最受不得别人的波澜不惊。哎，不对，与其说她是在嘟囔你，不如说是她对看不见光阴的愤愤不平。她一定很难理解，光阴里究竟藏着个什么厉害玩意，能让她待见的大儿媳妇——你，从一只跟她性格雷同的爆辣子变成一杯了无争斗生趣的温开水。

据你老公说，她是从你们定亲那天起喜欢上你的。那天，两家亲戚聚完餐，正三五一群，手拉着手，站在马路边上，轮流发表着假装熟络的临别宣言。两辆三轮摩的，心急火燎地挤过来揽生意，发生了剐蹭。剐蹭就剐蹭呗，干吗将口舌引发的拳脚之争祸及无辜人群？二十出头的你，没记着自己是准新娘子，得矜持，眉毛一挺，大衣一扔，第一个冲上去理论，唇枪舌剑间似乎还一掌推远了某个失控的拳头。她当时就乐了，跟你老公说，咯女俚（这女孩），找得好。急性子，敢担事，冇恨心。

嘿，老人，眼真毒。秉性耿直的你，确实有一说一、爱憎分明。对待是非曲直，你最推崇孔子的"以德报德，以直报怨"。天地悠悠、古往今来，对待"怨"的方式，你以为再没有比老夫子"怎么舒服怎么来"的方式更为率真的了；你最无法忘却的银幕形象，是电影《九品芝麻官》里的包龙星，你总说是那些场妙趣横生的经典骂仗让他的可爱举世无双。天知道，你有多渴望自己能做个快意恩仇的女侠士，或者干脆就是个睚眦必报的小妇人。

彼时，因为有些文字功底和表达能力，你被举荐从学校借调进了机关。某天，经过体育场，你目睹了某领导怪异的运动姿势和围观下属们荒谬的吹捧言语后，实在没能忍住，放声大笑起来。天性所至的大笑，`让你一笑成名，你因此有了一个名号：没吃过油盐的二愣子。慢慢，"没吃过油盐"背后的凶险，一波接一波地，显露出来。

举荐你去机关的教育局长，曾告诉你"借"是"老虎借猪头，有借没还",是"一年半载,无大错就会调";而你所经历的"借"却是前不着村、后不着店,一借五六年。五年多来,人人似乎都管得着你,但人人又是你指望不到的;五年多来,你事事要做且必须得好,偏偏到了每次年终测评,都有人特意知会你不用参评,仿佛你只是一个努力的影子而已……在漫无尽头的"借"里,你挣扎又无助,能干又自卑,你变得谨小慎微,变得顺从沉默,变得压抑怯懦,你锐气尽失,棱角尽平,你始终都在担心,不知道你命运的哪个环节会在什么时候因为你的"率真、莽撞"而卡壳。你恐惧卡壳,就像恐惧缚在身上的无形绳索。

正式调入的那天,不会喝酒的你,主动把自己灌醉。醉里不知身是客,满船清梦压星河。醒来,你对着窗外的蓝天白云狠狠发誓,这辈子,打死也不再"借"了。然而,命运它就是个可爱又可气的老顽童。你想打死不"借",他偏要让"借"成为你不服输的命数。边借边考,边考边借,几乎贯穿你所经历过的全部职业生涯。

你一步一个脚印,在职场里艰难跋涉,苦苦突破。而突破点大多集中指向你所喜欢的写作。走走在《想往火里跳》中写过,作家不是一种静止的状态,出过多少书,有过怎样的名声,都没法帮助一个写作者固定在作家的位置上,一直待在那里。这句话说到你心坎里去了。是的,你必须不断地写写写。只有写,才能证明你的才华还在。只有才华依旧,你的未来才有坚不可摧的基础。披荆斩棘的疼痛里,充满了动荡的荒寒与无边的孤寂。别人追剧你在看书,别人锻炼你在构思,别人游玩你在码字。睡不着、掉头发、嗜甜,胸部因焦虑而板结硬块,脸色蜡黄到油腻……一篇完成,不过是西西弗斯的石头推至山顶的短暂踏实。很快,你又将开始新一轮推着石头上山并做好被石头一遍又一遍砸坏自己的准备。你越来越害怕失败,越来越害怕江郎才尽,你常常担心会不会有一天，自己所有咬牙坚持的一切都付与东流水。

更使你难过的是，生而为人的许多时候，树欲静而风不止。总会有一些人，扯着"木秀于林，风必摧之"的人性大旗，在点滴可能的机会里，打压你。

你深刻理解人性的两面，就像悲悯这些年在梦中不断与人吵架的自己。

4

譬如，刚刚，在你的婆婆发动声响之前，你又一次在梦里与人酣畅地吵着架。

梦里，你是复仇者联盟，你两手叉腰，双目圆瞪，嗓门高昂，言辞犀利，不顾情面，气壮山河，很快就将那个在现实中欺负你的坏人衣冠里的各种"小"榨了出来。你两眼放光地看着那匹草泥马从起伏的胸膛跑出，飞过老屋屋顶，在南山岭呼啸驰骋。

梦是一面照妖镜，你每在凌晨两三点醒来一次，它就出卖你一次。你下意识地抹了一把脸，无汗。接着，又将双臂轻轻抬起，无伤。你趿着拖鞋，去餐厅喝了一大杯水。

此时此刻，世界上，究竟有多少人因为惦记生计而醒？又有多少人正做着一场接一场对抗现实的梦？你突然很想好好地抽根烟。虽然你从未抽过，但这丝毫不妨碍你对一根香烟近乎病态的渴望。想抽烟这件事，跟梦里与人吵架，给你的感觉是一样的。事实上，自"借"开始后的二十余年里，你几乎从不与人吵架。吵架，需要天赋，而你嗓门细、泪点低、底气荡然无存。

嘴角扬起一阵苦笑。隐匿的角落里，脆弱无所遁形。这真使人沮

531

丧。奥特曼一个转身，搂住你的脖子，你看着他平展甜蜜的嘴角，嘴角竟又很快上扬。你突然无比羡慕起凌晨三四点欢天喜地去卖菜的你的婆婆来。不是贩卖的卖，是自给自足、自种自卖的卖。

在你家小区东边，隔条马路，有一块拍卖已久却未开发的商用土地，一直用高高的围墙圈养着。你不曾留心，以为里面圈的只是荒地，谁知，竟是比南山岭还要大上几倍的菜园子。关于南山岭，你在《岁月里的空心菜》一文详细描述过：南山岭不是岭，它是我们村的一处大菜园子……它是你已故姑婆的精神疆域，是你最爱的故土家园。

她起先也压根不知道围墙之内藏着自己朝思暮想的菜园，直到有一天，东边住五栋高层的邻居邀请她去家里玩。一路参观到阳台，一探头，眼都直了。乖乖，一畦绿，一畦绿，绵绵延延，像波涛，似春雷，强烈冲击着她的心海，她忍不住惊叫起来。之后，失魂落魄的她，常去菜园附近转悠。她不停跟人套近乎，并顺着各种各样的梯子（菜地无门，在里头种菜的人家都自备了梯子）往围墙高处爬。骑上墙头，坐稳，一个反手，帮人拉扯梯子搁里头墙面，再顺着梯子下到菜地。踏上菜地的她再挪不动脚，她一边一个劲夸人种菜手艺好，一边主动帮人运水、除草、择菜，从不求回报。

精诚所至，金石为开；人终究还是讲感情的……坚持着这些朴素真理的她，一个月后，果然打动了某"地主"，让出三垄地给她种。她有种开心到要飞上天的感觉。她迅速吩咐你给在老家工作的爱人、小姑子、弟媳妇打电话，让他们帮着置办种菜所需的各种工具、种子，还有化肥。接到电话的你的爱人，跟她在微信视频里大吵了一架。

"寸土寸金的省城，你一老人家想学别人当地主，做梦吧！"

"别人让土地，我自食其力，不犯法！"

"再过几年，就七十了，享享清福，不好？"

"你外婆九十岁了，天天做，身体更好！"

"爬上爬下，磕着碰着怎么办？"

"生死有命，福贵在天。"

"大超市什么没得卖，要你种？"

"你不稀罕，我就拿去卖。"

"这个家要是沦落到需要你去赚钱，不完蛋了！"

"你是你咯，我是我咯，我上有娘亲要孝敬，下有子孙要看顾。"

……

你盯着据理力争的她看了许久，鼓起掌来。你很快挑边站，成了她最可靠的同盟。然而，你万万也没想到，取得完胜的她会率先将"攻城拔寨"的霍霍刀枪指向家中那方小阳台，你最为中意的小阳台。

时常，你会很矛盾地喜欢那些看上去很矛盾的词，比如：玲珑与笨拙，沧浪与清流，江山与草堂，风致与粗糙。选房子时，你特别渴望能遇见那样一幢恰如其分的房子能将这些意境风韵融在一起，就像这些年你和她很融洽地相处在同一屋檐下一样。

你捂着为数不多的银子，去选楼盘，选来选去，总觉得差了那么一环。直到某天，你站上这方小阳台：繁花低处开，绿树江边合，滔滔赣江的水汽越过天桥扑面而来；抬眼望，蔚蓝天空辽远得近乎失真，仿佛梦想在星辰大海里翻涌；低眉处，是喧闹而有序的十字路口，红灯停，绿灯行，警示之间，芸芸众生悲欣交集地赶着路，恍兮惚兮，似有菩萨藏匿于透明的落地玻璃中……你内心缺失的那环，瞬间被严丝合缝地扣上。假如大厅不做任何隔断，假如地板一铺到底，假如打通搁置空调外机的过道堆放杂碎，假如用落地白纱配小阳台的落地玻璃，再摆上若干盆生机盎然的绿意盆栽……你以最快的速度买下并在假如的推进里装修好这幢房子。

看看她的强势改造吧——将两幅飘逸的落地白纱"呼啦"两响,靠边收紧,并各打一个大结高挽起来;用许多五颜六色、奇形怪状的包裹将小阳台填满;把那些株绿意盆栽一盆接一盆地从小阳台挪去大阳台,再从大阳台挪到屋子外,最终沦为野花野草的养料。

5

一个夕阳很美的黄昏,万物由远及近,披上一层薄过一层的柔媚金纱。在这层金纱的映衬抑或修正下,一切色彩喧嚣,被彻底过滤。

穿着红花短袖上衣、橙青条纹长裤的她,以及摊在她黑乎乎大脚丫子间的新旧不一、颜色各异的硬币、纸币,以及收着她蓝色拖鞋、包裹、纸箱、酒缸的小阳台,凑在一起,不再显得难看,反而生发出一种奇异的温厚来。

"不数了,不数了,总共不过几十块,数得作死。"她见你回来,胡乱将地板上的元角分用脚一拢,扯过旁边箱子里藏着的一只塑料袋将钱一卷,扭个结,丢在了一边。

她很想克制,但却实在没能管理好自己的表情。瞧瞧,越咧越大的嘴早早让脸上的喜悦开出两朵大花来。你用脚指头都能猜到,她的南昌卖菜生涯正式开始了。

"呀肋,读过书的人就是聪明。"她在讨好你。

"说吧,需要我做什么?"你看着她。

"呀肋,呛弄(怎么)咯么(这么)直接哩。"她似乎觉得刚才的讨好有点用力过猛,"城里人真懒,出门钱都不带,买什么都用手机。我今天头回跟着别人去菜市场卖菜,买几根葱的问我要码,买半斤椒的问我要码,买把白菜的也问我要码,我不懂得,他们放下菜就走了,搞得所有菜都没卖圆（完），只好全散给别人吃了。你可不可以帮我作一个码，那种一扫就能收钱的码？只要成本不超过五百元，费用我出。"

你从小包里掏出收款码给她。串着红脖带的卡套里的收款码，仿佛一张极具象征意义的代表证。她一把接住，孩子气地很快将它挂在了脖子上。戴上收款码的她，眼里都是星星。一闪一闪的小星星，将她的脸照耀得闪闪发光，那些黑乎乎的老年斑、干巴巴的难看褶皱似乎瞬间神采飞扬起来。你跟她说，很像代表哇，一辈子没当过代表的她，只冲你傻乐。乐到中途，突然转场，说你形容得不好，它不像代表证，更像和氏璧。你忽然觉得没文化的婆婆很多时候其实比你活得高级。

麻雀虽小、五脏俱全的菜市场坐落在十里江山小区里。不远，就在你小区斜对面，过两个红绿灯。有了收款码的她，地越占越多，卖菜都快卖疯了。她特别宝贝这个挂在脖子上的码，当有别的卖菜老人要借扫一下时，她总觉得自己送给别人天大的人情。她不会使用智能机，收款码是你的，你是她的账户先生，一到家，就迫不及待让你查验收成，她尤其关心别人借扫的那些笔，那可是她预先就垫付出去的。你告诉她有，她就显摆自己是个人物；倘若说没，她会惆怅得连做饭的心思都没有。

她谁都不怵。先是吐槽城里老人没啥可横，抖来抖去不过抖子女的威风；再是鄙夷城里女人精作（精明），买把豆角都要掐头去尾，她气不过，会一把将菜从人手里夺下，说是看着心里不痛快干脆不卖；最后，竟跟你叨叨起菜市场税务管理员的不是来，说每天早上八点开始上班的税务，总要收她五元钱摊位费，简直就是穷银（人）头上搁把勺——天上落点露都要劫走的坏人。

不知是哪个缺心眼的跟她支着儿,让她凌晨三四点赶到菜市场,尽量将菜卖给菜贩子,菜贩子实在不收,天亮后还有早起买菜的人,好歹赶在八点之前卖完走人,就不用交摊位费了。可怜她竟一拍大腿,如梦初醒般地大喊:"真价(绝)!"又好气又好笑的你,担心她黑灯瞎火出意外,自毁同盟,转个身站在对面,强行制止她再去卖菜。

不能再去卖菜的她,在家气鼓鼓磨了两天,莫名其妙,就生起病来。那种病来如山倒的架势,把你吓坏了,架着她跑医院打了好几天点滴。本来越活越生气的她,仿佛一夜之间苍老了十岁,背又弓得像一只老虾了。

大眼瞪小眼、相看两无言式的对擂,你的婆婆明显干不过你。干不过你的她有天就跟你说起她做的梦来。你大吃一惊,因为她曾说过,她从小到大都不会做梦,也不喜欢做梦。她还说,做梦是自欺欺人,是一个人阳火不盛的表现。阳火不盛是几个意思呢?大概就是指一个人因能力不足、心气不够、欲望过多而导致的畏畏缩缩的屃样吧。

她竟然开始做梦了,而且还是一个与你大吵一架的梦。

6

在她委屈巴巴的讲述里,园子里的那些菜,每一株苗、每一片叶子在每一个凌晨三点都会散发微弱光芒。那些微弱的光芒,一束一束,持续汇聚,成了照亮夜晚的明灯,能点亮她人生的所有希望。

喜欢坐在时间溪水里垂钓天上星辰的人,不可以劝勤劳的人节制勤劳。好比,无数个夜深人静的暗黑时刻,从电脑屏幕上反射出来的束束蓝光,不也照亮了你码的字,燃烧了你对文学的赤子衷肠吗?假如有一天,有人不让你写,又或者你再也写不出来,会不会你也生出一场大病，活成生无可恋的模样？你心有戚戚。你想起泰戈尔说过的一句话："鸟以为把鱼举在空中是一种善行。"你突然觉得，自己是一只把鱼举在空中的鸟。你突然有些羞愧，你懂的只是人生哲学，她懂的却是人生。

你向她表达歉疚，重新支持她开始卖菜生涯。

窗外，虫鸣在夜海里掀起微澜，你头枕微澜，回味并琢磨着你们的梦。

人生如海，海海无边。生、老、病、死、爱别离、怨长久、求不得、放不下，貌似正常的日子之下，每个人内心深处，都会涌动一些无法宣泄的风暴。在你的理解里，一方面，梦是被压抑的天性，是现实中各种不如意的累积。另一方面，梦又是风暴之下，既可围困又能解救每个人的潮水。做梦，就是一场场撑船渡海的自我救赎。而梦境所系之地，应该指向你人生底气最足处。

你每次梦里与人吵架，地点从来不是成年后的生活圈、工作圈，而是固定在儿时老屋、南山岭，这使你很有些难过。因为，从某种意义而言，这意味着成年之后的你，始终没有获得过真正的安全感。离角色最近、离自己最远的中年的你啊，伴随推土机的轰鸣声，南山岭早已变形为并排而行的水泥公路，而老屋也随姑婆的离世破败不堪。斑驳的墙面，就像斑驳的岁月一样，再也回不去了，属于你的十里江山，究竟该指向何方？

而你的婆婆，一个大字不识的、年近七旬的、进城不久的农妇，头回梦里与你吵架，居然直接就将场子摆在了十里江山的大门口。是的。不是她出生的野背村，不是她住了几十年的阆田村，不是她儿子工作的县城，不是你们现在一起住的小区，而是她常去卖菜的菜市场所在的十里江山，这是否说明，只要她能在那里卖一天，她就能持续拥有江山永固的信念?

　　理直而气不壮,理不直而气壮。这里头都是命运。你记不清是哪个作家写过的这句话了,你只在这一刻无端感慨起来。中年的你,真该好好向你的婆婆学。学她活得简单,有想法就争取,有委屈就表达。从来,简单就通达,通达就快乐;学她对土地的热爱,始终如一,不像你,对于写作,常常心生怀疑;最紧要,是学她当一天地主卖一天菜,永远快乐地活在当下,过往的辛酸,该死的未来,不过只是你来我往、穿堂而过的一阵风。只要你心不动,定力常在,这穿堂之风又能耐你何?

　　就这样想着,天竟然就亮了。你随手拿起一本书,慢慢看,感觉像是打开了一个全新的世界。

(原载《湖南文学》2021年第10期)

古琴记

韩 玉

北方三月天,殿阁依旧寒凉。想念幼时故乡的小火炉,红红的炭火散着木香,有微微温暖的气息。近来很少能静坐一个时辰,春天气息扰人,万物生,病也生。古人信生而勿杀,要怀着欣欣然的心思看草长莺飞、虫鱼繁衍、杨柳醉春烟。像天地一样,看尽人间万象而无言。

不想说话时,最好弹琴。一早,天气薄阴,有远云淡雾。吃过早饭,又喝了一杯茶,茶罢调琴。每逢天色不明便喜欢弹《酒狂》,它是小曲中最富激荡气息的,曲人作狂态,仿佛珠贝一颗终于照破山河,可以破一破阴霾天气。曲意仍然不脱魏晋高士之风,与阮籍相比,嵇康遵循儒道,阮籍更狂放不羁。从小被教育要规矩,守道而行,凡事不能逾越,安静老实得像只地瓜,如今天时人事相催迫,仍旧安静。所有人间情义,人性短长,真的都通晓,也正因如此,心虽热眼却冷了。真希望自己活得更像阮籍一些。

每次弹《酒狂》，总想起苏曼殊。有人说他禅堂参悟，妓院得道，其实他一直未得道，心里缺少一些东西，遍寻不到，想四处漂游自救。走遍天涯，却无所归依。据说苏曼殊甚至不肯让那些女子碰他的衣服，出了禅堂到了青楼，不过欲以此温暖自己而已。参而不得的苦让人始终矛盾着，无论身在何处，心总像浮萍柳絮。

苏曼殊的情诗，句句寂寥到骨髓："还卿一钵无情泪，恨不相逢未剃时。""日日思君令人老，孤窗无那正黄昏。""多情漫作他年忆，一寸春心早已灰。"每读"一寸春心早已灰"，都忍不住泪下。与生俱来的悲寂感，使他即便寻到天之涯、海之角，也是空劳无果。有时真愿意他如阮籍一样，多些酒人的狂放与潇洒，以疏放琴声代替寂寥的八云筝，抚平伤痛。琴声清和，可做一剂良药。

《酒狂》泛音一节是空灵出世的天外之音，食指打在琴弦上，以为也要成仙了。古琴三音，散音松沉旷远，令人起远古之思；泛音如天籁，空灵渺远，有清冷入仙界之感；按音丰富非凡，吟猱绰注，细微悠长，时而如夜静人语，时而如人事，缥缈多变。泛音如天，散音则同大地，按音如人，三音就是完美的天地人三籁。

暮春浅夏，杨花落尽，满城碧绿，长松荫庭，白日闲闲，这是盛夏来临前天公赐予的最好几日。赶很远的路到另一座城，听人弹琴。偌大舞台上，柔和的灯光下，一桌一椅，一琴一人，老先生一身汉服，精神饱满，骨骼精奇。双手置于腹前，深深一躬，神态闲雅、平和，仿若深潭波平。每一曲毕，必重回后台，调匀气息，再健步回来，调弦正音，曲曲如此。坐在台下的人，闭目凝神，仿佛听见水鸣清涧，花开幽谷，雪落山川，心思寂静得可感受天地万物极细微的触角。晚间回味白日听琴，仿佛有山间水畔园花之感。

有琴师说，手挥目送，纯任自然，随气流转，不自知其然而然，这才是到了化境，方可言琴。琴有无我之境，任气尚气，天地万物，包括人在内，都是一段气息，生是化气成形，死了，气息即消散于天地之间。随气流转，自然是抚琴的最高境界，琴人中怕没几人能做到。

楼前园子里花色已褪尽，唯矮矮的鸢尾花见缝插针，盎然出一段孤独的藕荷色。鸢尾花不远处有几株白玉兰，此时也是绿叶满枝，那肉嘟嘟的花朵，它曾经来过。玉兰盛放，在某个暮色模糊时，悄然折过一枝，清水插瓶几日，摆在琴旁，清香绕琴，琴与花惺惺相惜，也是一段好风致。

友人问我，为什么喜欢短文？答曰，无司马曹公之才，便望以少少许胜多多许。早年甚喜管平湖的琴声，就像有人所说，他对绰、注的运用尤为简练，多用短而少用长，自然简净，这绝非易事。越是听得久，越懂得他的琴音清越、寂静，仿佛于世事纷扰不闻不问，常憩幽谷，临水湄，卧舟中，栖林下，当清风明月，揽幽兰黄竹。

唐代刘知幾，也信奉文约意丰，说《汉书·张苍传》中"年老，口中无齿"，可改为"老，无齿"。人生常常无事生非，生出多余。多余了，还会美么？朋友问我这话时，是夏季午后，我为调一种青绿颜色，躲在农人的黄瓜架下，仔细地看着老绿的黄瓜叶子，碧玉般的小葱叶子。忽然悟出一理，任何简单、简约之事，都是贴近自然，自然而然的。

夏天在山中躲暑气。下过两天小雨，听小溪东流，涨水响声不绝，叮叮咚咚，如一脉世外清音，淙淙向远。早年出过本书，名为《清音》，向往晋人"山水有清音，何必丝与竹"的隐逸放旷。今日想来，山水声音、丝竹声音、金石声音，皆为上天所赐，属于天地的清音。

午后在溪边闲坐，看两岸夹树，水草青碧。如此清景，正可读书弹琴。近来爱弹《神人畅》，据说是上古唐尧做乐，神降其室与人欢乐共舞。"畅"体又有达则兼济天下的意味。此曲神奇之处是仅用五根弦，而十三个徽位的泛音、徽外音，无所不用。泛音的清灵飘逸，仿佛飞来一缕仙音，徽外音又预示天神无所不在。曲调苍古雄健，又清莹透亮，如江河布地，日月经天。弹此曲，心仿佛出离此世，直回远古苍苍境地。

夜里山窗下翻书，又念起《广陵散》，可惜无缘听那天籁。《广陵散》本是为刺客鸣，多杀伐气。嵇叔夜不容于世，临刑前以此曲明志，曲意更幽深难测。后人倾慕"嵇琴阮箫"，小说里临摹了一次又一次那样的缘分。嵇康好言老庄，尚奇任侠，为琴着魔，以一双打铁的手奏出广陵绝响，绝非流于形式的装点门面，他骨子里是好清恶俗的。

古人说嵇康一殁，《广陵散》从此绝矣，不仅是曲谱失传，更是如嵇康那般慷慨重义，端行节制的人也失传了。《广陵散》曲意是刺韩王的故事，聂政、荆轲这样的义士，多令后世仰慕，嵇康身上也有种"道理贯心肝，义字填骨髓"的忠诚侠士风骨。听过今人演绎的《广陵散》，韵味怕十不及其一吧，到底心性不同。

听琴音识人，高士一曲，大有光风霁月的襟怀，听得出性行高洁。世间总有些情谊超出世俗，在山巅在明月在清溪，有江水泱泱的风流气度，所以才有伯牙绝弦的传奇。古人高山巍巍之韵，像元好问笔下的丘雁，其忠贞绝世，非寻常莺莺燕燕可比。

书上说周瑜即使饮酒，得了几分醉意，也能听出抚琴演奏的差误。故时人谣曰："曲有误，周郎顾。"不少人欲得周郎顾，时时误拂弦。欲求知音赏，就故意弹错，到底知音难求。

陶潜常携一把无弦琴，表明远离尘寰，不求荣达的隐遁之意。苏轼虽推崇陶潜，却对此不以为意，说不弹奏也可明了琴中真趣，还将无弦琴带在身上，刻意而为，反是不够通达。

若论通达，圣人何如。孔子奔走列国，一日行经山谷，见众草丛杂，兰生其间，于是感慨高洁之士，却与庸常为伍。他认为兰为王者香，应与贵洁为伴，遂作《幽兰操》明志，感叹自伤。千载以后，韩愈再作《幽兰操》，赞诵孔子，琴声中有千古圣人不息之志。夫子与韩愈，算是隔代知音。

友人去潇湘，寄信说已至湘江九嶷山。晚间弹琴，特意择了《潇湘水云》《湘妃怨》两首曲子，反复弹奏。《湘妃怨》有解释秋风的意趣，静夜听此曲，潇潇动客愁。曲意是深情的，舜帝南巡，娥皇、女英思念不止，往寻沅湘，始知夫君已死于苍梧葬于九嶷山，二人悲伤不止，相携而亡。虽是传说，却有人间不泯之至情。夫子曰，"求仁得仁，又何怨，"后人作《湘妃怨》，说的正是娥皇、女英情深磊落，而实实不怨也。一个人能有此深情，一生中能得此深情，也是知音之遇。

平日常弹的曲目，喜欢《潇湘水云》《酒狂》《渔樵问答》《普庵咒》《神人畅》等。最钟情《渔樵问答》，每次弹这首曲子，可以端坐一个时辰，不觉疲倦。琴音一起，浑然忘却周遭。仿佛清晨雾散，山巍巍，水汤汤，伐木丁丁，一舟荡出柳荫来，欸乃之声自指下清清流出，渔樵二人悠然自得之态，如在目前。曲音清逸洒脱，有飘然尘外之感，又仿佛道出一段世情：兴废有若反掌，青山绿水则固无恙。千载得失是非，渔樵一话而已。此曲宜清风明月下怀古时弹奏，更适合心间无事、襟怀流水白云时弹奏。

史上为人称道的渔樵，有严子陵、朱买臣。严子陵一生不仕，隐于浙江桐庐，垂钓终老。汉光武帝刘秀多次请他出山，都被拒绝。去过桐庐，正是春风浩荡，山明水丽时候。富春江上重重似画、曲曲如屏，一叶轻舟破水，白鹭点点烟汀之上，如此这般仙境，当年不算虚老了严陵。让人感叹君臣际会无非一梦，古今到头皆是空名。唯见远山长、云山乱、晓山青。严子陵过的是一壶酒、一张琴、一溪云的日子，这样的洒脱通透，令世人徒生羡慕。

旧时人抚琴，必择静室高斋楼头林石，山巅水涯，再遇着天地清和的时候。衣着也如霓裳羽衣，轻纱似梦，与琴的气息融洽契合了，心不外想，才拨动七弦。琴声似青鸟出谷，风动天籁，清越悠远的一派合和气象。坐中有佳士，左右种修竹，白云初晴，幽鸟相逐，绿荫下枕琴眠，是古代多少士人的佳趣。如今抚琴的环境与心境，倒是随意了许多，很多时候也不大讲究了。

凡世里的人，如身缚绳索，心上下有蛊和符咒，唯有山水可解。山水非丝也非竹，但山水有清音，重峦叠翠里有《出尘记》，更有白云无心而出岫。友人居山中，每年秋季，便去采摘野核桃。一次夜晚回来，记录山中所遇所感，"刚才，一个青年女子背着一只藏青色长形布袋，裙裾曳曳飘然经过。她刚刚从草径那头的山坡上露面时，我恍惚以为是一个女道士，继而判断是一个女渔翁。待她到了我跟前，一问，才知她背着的是一把古琴。她的笑答里，不无嘲讽。我瞬间在心底骂了自己一句，'真是俗物。'她可能是从村落底部的银珠河而来，面临一河流水，纤纤玉手张素琴。那琴声想必是好听的，可以让枝柯舞蹈猛兽低眉，可惜我来迟了"。

旧居旁有小山，不高的山顶有个大平台，几块青石，累累花木，夏日覆浓荫，秋来木叶辞柯，月上中天时，更是好去处，一派清风明月无人管的清爽。秋风乍起，二三友人携琴茶、竹椅、茶壶、云泥火炉，去那里小坐放松。有人拾柴生火，烧水煎茶；有人临风端坐，素手调琴。火炉的呼呼声,壶水的咝咝声,伴着流水一样的琴声,大有霜天晓角,水亭清绝的况味,又像道家拂尘,拂掉累日来的烦躁与疲惫。然而这样闲散如仙的时候,实在不可多得。

每种乐器都有禀赋。笛声凄清,洞箫幽怨,琵琶分明怨恨曲中论,古琴清和淡雅,空灵悠远。清、和、淡、雅,清和为主,和为贵。中国传统文化尚仁,仁是和,是慈,是宽,琴中有道在焉。

琴有时也是隐士的化身,隐士远遁山林,避离尘世,修得一身清骨,心无尘念,俨然古琴清静淡雅之道。清静和,也是东瀛茶道的修为,作为修身养性的道器,琴与茶是一而二,二而一的事。

前人认为琴乃道气,学琴即是悟道。古人制琴,原以治身,涵养性情,去其奢侈为要。所谓琴者,禁也。禁止于邪,以正人心也。琴棋书画,琴居首,正人心,修性情。正人行邪法,邪法亦正法;邪人行正法,正法亦邪法。可见不论什么法,人心要正。

张子谦弹琴日记:"晚归,家人皆外出,四壁俱静,夜色如水,虫声寂然,不可多得之时也。理琴十余曲,身心舒泰,琴我俱忘,一年中不知几度有此境界。"安静的环境,无事来扰的心境,于琴人而言,实在珍贵。他的琴道,与饮酒相似。酒须独饮,方是滋味,能生百种情肠;二人对饮,酒中有情谊;多于三人,是市井朋友群聚,酒趣已失,混乱嘈杂不足道,却不失江湖情怀。琴与酒,都需一个"静"字,然而此意也只能对知者言。

上古《卿云歌》是一幅圣人治世的正乐,有政通人和的清明与对美德的崇尚。舜帝在位第十四年,行祭祀之礼,忽然钟石变声。乐未罢,疾风发屋,天大雷雨。帝沉首而笑曰:"明哉,非一人天下也,乃见于钟石。"于是举荐大禹行天子事,并与百工相和而歌。钟石之变声,暗示虞舜逊让,卿云呈祥,明示大禹受禅。可见钟石之声自古是正声,有辉煌宏大气象，后世渐渐演变得宽泛了许多。

很久没看见月亮了。窗外嘈杂扰人清静，索性关窗闭户，独对青灯。架上藤萝，案上琴书，虽无明月照墙，然一室幽致，亦绝胜深山。俗务恼人，心思颇不宁静。抚弦以消忧，小曲《秋风辞》正应此时心境。一股淡淡的悲秋气息，从屋子里漫卷出来，秋风、秋月、落叶、寒鸦，构成一幅清秋怀人之景。曲子用李白词，"入我相思门，知我相思苦。长相思兮长相忆，短相思兮无尽期。早知如此绊人心，何似当初莫相识"。可惜有些闺怨，更喜欢曲子原来的词，"秋风秋风秋风生，鸿雁来也，金井梧桐飘一叶，叹人生能有几许光阴"。境界仿佛更悠远绵长，想象秋风又起，梧桐叶落，月白于霜。有人长袖轻拂，脚步慢转，正遇到另一个感慨之人，二人于秋风明月下相视浩叹，人生几何，奈何奈何。造化有意，明月玲珑，自然、悠长而清冷，才是秋风辞的意蕴。

有人将《秋风辞》曲意化在一段深情的文字里。今番良晤，兴致不浅，他日相逢，再当杯酒言欢，就此别过。那人袍袖一拂，飘然下山。其时明月在天，清风吹叶，树巅乌鸦叫声凄然，有人再也忍耐不住，泪珠夺眶而出。正是"秋风清，秋月明；落叶聚还散，寒鸦栖复惊。相思相见知何日，此时此夜难为情。"不满足，未得到，将疏离，生残缺，皆是遗憾的美学，是不舍的心痛，但又必须化作一腔轻别离与决然的洒脱。《梅庵琴谱》说，此一小曲风行一时，源于其指下滑音最富，风格迥异寻常。我私心以为，此曲滑音太繁已成一病，是病则痛。

去年有段时间，一个人常在山中闲步。经过寺庙，门前一僧，布衣仙貌，神色宁静，在廊檐下坐着，寺内传来袅袅琴声，琴声仿佛使他入定了。那个下午与他听琴吃茶闲话，于红尘中牵衣带水之累颇能释解，看似平常的一句话，经年后我仍记得：既已行至此，需在此处解。临去时他送我经卷一册，并题："禅房有路宜频到，此外不堪行。"此后一年不曾遇见他。三春去后，又交孟夏，信步故地，禅房人迹灭，径前草木深，眼前所见已非旧时形容。不免黯然，想打探他的踪迹，又觉枉然。人生憾事莫不如此，当时望月人何处，琴音依稀似去年。想起旧事，耳边还记得那时琴声，以为古琴声，近似梵音，有洗却三千烦恼的力量，它的前身也许就是能解释人间愁苦的贝叶经卷。

　　某年中秋夜，听琴箫合奏。演出结束已入夜，曲终茶凉，台下人影参差。琴声清远，箫声幽怨，勾起无限遥想。天上一轮圆月水洗过一样，明月琴声互相映照，真是佳境。一路走一路仰望，却被前面的人催得不自由，说一个月亮有什么好看，只好匆匆赶路。

　　这座城市里，多少个中秋见不到好月了，头顶的一轮谁说不是儿时家乡的那个呢？可惜那些旧事旧情连同月夜，匆匆不知去了何处，让人留下满腔怀想。唯一可喜的是，偶有这样的日子，听到久违的琴声，见到朗朗清月，聊补了遗憾。

　　《红楼梦》中贾母见月至中天，比先前越发精彩可爱，便觉如此好月，不可不闻笛，命人将十番女孩子传来。音乐多了，反失韵致，只用吹笛的远远吹起来就够了。需拣那曲谱慢的吹来越好。只听桂花阴里，呜呜咽咽，袅袅悠悠，发出一缕笛音来。

　　音乐要慢要缓，好的汤要文火慢炖，好的风景，长长的路，慢慢走细细看。有些书要徐徐地读，人老书黄。老旧的东西那样慢，急不得。

　　回到家，意犹未尽，翻出《红楼梦》读起来。前八十回，曹公写到琴棋书画，起个名字也有意味，抱琴，司棋，侍书，入画。元春入宫后，曹雪芹从未在古琴上落墨。迎春擅棋，探春能诗书，惜春会画，皆有描写，唯没有古琴，曹公想是不通琴。高鹗对此心领神会，精心写过琴事。

自古善听者，有子期、师旷，更有妙玉。妙玉和宝玉在潇湘馆外听琴，黛玉忽作变徵之声，激越而悲凉，妙玉听后哑然失色道，音韵可裂金石，太过恐不能持久。正说时，听得君弦"嘣"的一声断了，妙玉抬腿就走，宝玉追问，妙玉道：日后自知，不必多说。或许此一变徵之声，正预示日后黛玉香消玉殒终成定局，琴声即心声。

宫商角徵羽五音中，徵声最是激越高昂，唯有荆轲使秦，风萧萧兮易水寒那样的悲壮激烈，方为变徵之声。易水之泮，送行兵士皆垂泪涕泣，是生人作死别。一闺阁女子，悲秋情绪，无须如此。大概作书人一段心声情绪而已，散我不平气，洗我不和心罢了，倒也不必深究。

夜深了，琴声虽是淡的，到底怕扰了别人家清梦，索性抄琴谱。有人认为琴谱是天书，上界来的奇文，凡俗识不得。琴谱，是遗世独立的高山湖水，因其高逸，没有归属。

鲁迅在除夕日记中写道："夜独坐录碑，殊无换岁之感。"沉浸于抄古碑，暂疗孤寂聊可忘却周遭罢了。殊无换岁之感，我是不信的。一年已去，但凡有感触的生物，于这西风又换时节，能无感慨？抄琴谱，虽因喜好，聊可寓目，心底也划过一丝流年暗换之感。

都说世间好物不长。古琴、琴谱算是佳物吧？江山易主，时序更迭，至今依旧安在。并非好物不长，大抵世间佳物得其所归，方能长久。古琴汉字谱，在曹柔手里，一变为减字谱，使用至今。号钟、绕梁、绿绮、焦尾、落霞，虽已湮灭，而琴韵在师旷、孔子、伯牙、司马相如、蔡邕、嵇康、丘明、李白、杜甫、宋徽宗手中，一代一代声泽后世。我有嘉宾，鼓瑟吹笙。窈窕淑女，琴瑟友之。自上古及今，余韵不歇。齐桓公藏有多张名琴，尤其珍爱号钟，令人敲击牛角歌以助乐，自己奏号钟呼应，牛角声声，歌声凄切，号钟则奏出旷世悲音，两旁侍者无不感动得涕泣垂泪。司马相如以"绿绮"弹奏《凤求凰》，令卓文君大为倾心，最终梁燕双飞。

壁间一把仲尼琴，随我近十年。当初为琴取名"流水断"，存着几分良好的愿望。古琴不经历百年，其纹不断，琴有断纹，才是炉火纯青的好琴，希望我的"仲尼"百年后依然能清音绕梁。百年之后，琴或许尚在，人早已不知魂归何处。世间之不快、不忍、不舍，想想琴之断纹，又算哪般？

琴至唐代为盛，唐琴断纹以蛇腹断居多，又有冰纹断、流水断，牛毛断鲜见，再古又有梅花断，其纹如梅花，想必很好看。"大圣遗音"琴为蛇腹断，"飞泉"有冰裂断，唐琴"枯木龙吟"乃小蛇腹断，"独幽"兼有牛毛断，"宝袭"兼有流水断，它们都在天之一角，属于自己之所，安然静待。也许未来某一日，虎兕出于柙，山河音韵齐发，将会有一场上古琴音盛事，真是令人无限期待。

我自幼好乐，六七岁时，父亲请人教授二胡，学至《赛马》，忽然觉得，一个女孩子，拉起二胡，随着节拍摇头晃脑，有失端庄，于是辍学。又教学中阮，偌大个中阮，立起来比我还高，圆圆的一大个，吃力抱着，勉强够到琴弦。

常常是晚饭后，父亲哼唱一首曲子，我抱着中阮，忍着手指疼痛，配合着他的唱腔，咿咿呀呀声传窗外。"昏睡百年，国人渐已醒，睁开眼吧，小心看吧。"心情无比激越，琴声无比孱弱。后来电子琴、口琴、脚踏琴，都学过一二。秋季水岸边，芦苇在风中摇曳，芦花飞白，坐在水边吹口琴，父亲采摘芦苇秸，编着各种小器物。那样的秋水，那样的芦苇，那样的琴声，至今不忘。远行他乡，他又请人亲制一管洞箫作我的陪伴。

洞箫一直壁间蒙尘，不敢碰触，箫曲听得也少，箫声过于悲切，不懂也罢。前人写箫声，得来真切，"箫声咽，秦娥梦断秦楼月，年年柳色，灞陵伤别"，"其声呜呜然，如怨如慕，如泣如诉；舞幽壑之潜蛟，泣孤舟之嫠妇。"如此箫声，令人情肠大动，少了一点寿者相，不是人人禁得住的。

弹琴不仅是弹琴，琴韵需依赖性情与积淀。学琴需读书，然读书亦需沉稳内敛，切忌恣意轻狂。轻则不重，不重则不贵。琴、茶、书、画，皆器耳，世间器物皆能贵人，然亦需人自贵。

伏羲作琴，神农作琴，黄帝造琴，唐尧造琴。舜作五弦之琴，以歌南风。五弦，内合五行，金木水火土，外合五音，宫商角徵羽，象征君、臣、民、事、物五种社会等级。文王增一弦，武王伐纣又增一弦为七弦，文武二弦，以证君臣之合。琴乃重器，不仅仅是雅玩，最早出现于周朝，除用于郊庙祭祀、朝会，也盛于民间。窈窕淑女，琴瑟友之；我有嘉宾，鼓瑟鼓琴；琴瑟击鼓，以御田祖；椅桐梓漆，爰伐琴桑；琴瑟在御，莫不静好。

五色令人目盲，五音使人耳聋，五味令人口爽，驰骋畋猎令人心发狂，然而圣人未尝废此四者，因为可以寓意耳。寓者，寄托也。寓意于物，不留滞于物，才是君子气度。华元献"绕梁"古琴给楚庄王，庄王得琴，日日陶醉琴乐之中，一连七日不朝，置君国大事于不顾，王妃樊姬痛陈沉醉之弊，庄王最终醒悟，忍痛割爱，命人以铁如意捶打琴身，琴碎为数段，绕梁从此绝响。我总是惋惜那琴，到底太无辜。

邻家顽童将画作在我的琴弦上。七根琴弦变作赤、粉、黄、绿、蓝、黑、紫。其他颜色轻易洗掉，唯有粉色百般不去，索性粉色便粉色吧。古人也未必有如此戏事，好比芭蕉雨，杨柳烟，也是一景。

友人邀琴友小聚，抚《普庵咒》一曲。听人说，《普庵咒》一曲不可夜里弹,更不可夜里听。

仲夏夜晚,巷子口路灯昏亮,晚香玉在静夜里更香了。绿茵茵的纱窗,灯影疏疏落落,巷子深处飘出小曲,胡琴弦子,悠悠而去。卷帘出望,弯月疏星,风露漫天。高树花径上,有人宴坐抚琴,琴声仿佛小溪西流,人也一时干净清亮,天地万物皆不入心,天地万物都在我心。绿槐间知了停止鸣叫,像是在静听琴音。如水的晚风轻拂,树梢挂着一弯新月呢。

(原载《山花》2021年第10期)

投 帖

徐晓华（土家族）

喜帖上一手好字。

我也看不出哪里好，横看竖看都顺眼。

红烛映墨痕。有人认出笔迹，是煤炭客吴大毛写的，点似铁锤竖像钢钎，撇捺如抡锤时蹬的八字步。

老家人爱打比方，说起葫芦就是瓢。蛮腔蛮调的议论，引来投帖的过礼先生搭白，就是他写的，一对糯米粑五斤苞谷酒，从煤场请家里去，树皮样糙的手，红纸却裁得周方四正，小学生用的毛笔，提起来就写，头上的煤渣子直往纸上落，更好玩的是，糊得黪黑的一盏矿灯做了镇纸。

看帖的客人就感叹，清江河水太养人了，河边的煤炭客当得先生用。

也是，写喜帖原是村坊礼生讨饭吃的本事。说得文绉绉的，其实跟城里人印的名片差不多，无非新郎官姓甚名谁，生辰八字，受过么子教育，在做么子事，品行如何。婚期头天，男方请人写好，放入红漆礼盘，由过礼先生押过来，女方的主亲主戚在堂屋里迎了，贴堂屋正墙上。贺喜的人一看就晓得新郎官的锅底灶门，免了一一介绍，也省得人打听，这桩婚配是不是两全其美。

投帖，不叫送帖，一字之差，承袭着河边人家低头娶亲、抬头嫁女的婚俗。投，来得明明白白，敞敞亮亮，五亲六戚、左邻右舍前放低了身架，恭谦诚恳，仪态庄重。男婚女嫁，固然是两个家族、一对璧人的热望，于河边人家，却不尽然是私事。村庄是张网，新搭的小家，是网上的一个结，有个小动静，整张网就会抖起来。

礼品厚薄，长相丑俊，村人也关心，盯住的却是人品，是不是本分勤快，有没有容人的胸襟，奔头足不足。百来户的石板场，说小不小，说大不大，从清江河岸爬上长岭，一面斜坡，九里山路八道坎，十几姓人，筋连着骨，藤缠着树。素没往来的人碰一起，几句野白，扯出姑养舅生、叔养伯生的关系，并不为奇。即或没有血缘和亲缘，也可能上几代人有瓜葛，盐道上当挑儿有过命交，水路上放木排结的生死情。一家开亲，百户见喜，一桩美好姻缘，润泽的不只两家人，也不是一姓两姓，而是古往今来村庄焐热的人情世故。

看热闹的人，有的说十好几年不见投帖的礼信，二平子又兴起来有么子意思。被我隔房的军叔笑眯眯地指教了一句，怎么说话呢，中华泱泱大国，自周公制礼作乐，礼为天地之序，国为礼仪之邦，往小里说，礼，是这方水土的脸面。有人便附和，老先生说得不错，婚嫁大事，没得纲常还不乌七八糟吗，传出去丑的是石板场人。

众人看热闹，总管进来喊，帮忙的莫打野呔，装烟的伺茶的调席的，各执其事，怠慢了客人，老板罚酒了莫怪。二平子就在大门口哈哈连天地说，哪里舍得罚，今儿我当老板的一张脸，全靠大伙儿撑起。

话音没落地，掀天的锣鼓就响了起来，噼噼啪啪的鞭炮炸得震耳心。

回来小半天，挤在熟人堆里叙旧去了，没注意到二平子换了新衣服，红衬衣套藏青西装，平头上的短发上了摩丝，一双凤眼在方脸上转得亮铿铿。前年回老家见面，我还说他不禁老，额上的皱纹镶得进一根竹筷子。正在二十四个秋老虎关里，他们一家人在新屋场砌墙，二平子当瓦匠，莲花搅砂浆，俩女儿挑砖，个个晒得流黑汗。坐工棚里聊，才晓得屋场是三年前就买了的，花了八万块，老屋让给了哥哥大平子。三间正房加一偏房，带简易装修、买家具，八十万未必下得来。问他办这么大的事，要不要大帮小凑。他说，暂时不需要，有好多麻就搓好粗的绳，有好大块铁才打好大个钵，比着箍箍画鸭蛋，拿人家的香炉敬自家的神，不是石板场的做派。我很惊讶，两口子都在屋里种田，又没出门打工，还供小姑娘在城里读书，哪儿来这么多收入。莲花说，累出来的呢。真的累吧，难怪看上去比我还显老。累，土里能刨出金块吗。二平子没给我算账，朝莲花努了努嘴说，亏得二伯伯给我穿了个牛鼻纤，没她牵引，莫说修新屋，只怕老屋都坐垮了。

比方打得丝丝入扣。小牛儿喂到岁半，冒了尖尖角，时刻找石壁擦痒，就要穿牛鼻纤，教犁田打耙。林子里寻根花椒树，剔一截拇指粗的枝，剥皮后小火烤软，一端削尖横穿过牛鼻孔，两端绕疙瘩避免脱出，拴上绳子，再犟的牛就有了管束。纤绳一拉，使左不右，叱进不退。花椒树辛辣，不长虫子不怕烂，不坏牛鼻子，又耐磨，穿一回好多年不用换。

年轻时的二平子，和犟牛哪有分别，偏偏听莲花的使唤。

二平子一直给我母亲喊二伯伯。我大他几岁，一路当放牛娃长大的。母亲在时，两家来往多，自然清楚二平子的根往哪方扎，叶往哪方绿。半个月前打电话接我喝喜酒，重三遍四说要遵旧俗嫁女。我是赞同的，孤儿寡母的一家人，爬过深沟翻过坎，第一场大事，要操办得圆圆润润，响响亮亮。

真不容易呢。二平子的爹也是个煤炭客，十六岁就钻了煤炭洞，家里穷娶不上媳妇，翻四十岁门槛，才找了河对岸的一个老姑娘成了家。那姑娘小时候得脑膜炎留下后遗症，薅草分不清麦苗和青草，锄头落地苗也剔草也铲，蒸饭不晓得水好多米好多，话也说得呜噜呜噜，听不明白。堂方四邻的人跟着急，这对人日子怎么过。上天有好生之德，傻媳妇接二连三生了两男一女，娃娃们穿着披块搭片却遮不住眉目清秀。只是落地就遭了罪，生的是一顿，熟的是一餐。二平子十一岁那年，煤炭洞塌方，他爹被煤渣埋了。村里人掏了七八天，掏出来哪还认得？二平子的娘也跟到了煤场，嘴里含含糊糊喊着，还当众脱了上衣，跪下身子，把血肉模糊的丈夫搂在膝上，拿衣服揩那张黑糊糊的脸。额头现了，口鼻现了，左脸上的一块胎记，也现了出来。二平子的娘就把脸挨着那胎记，嘴巴里更起劲地呜呜啦啦叫。

大平子说，娘喊我爹莫睡了，一路回去吃饭。

他们的傻娘没有哭。在场的人开初也没哭，不知道谁忍不住抽泣了半声，安安静静的煤炭场子，就泼起了大雨。

我母亲和年长的村人合计，凑份子钱买了副杉木棺材，把二平子的爹装殓了，葬在煤场边上。那副漆黑的棺材，高矮粗细，和不见光亮的煤炭洞，有什么分别呢。没有扎花圈，也没插岁竹，更没立碑。垒好盖土，两兄弟把他爹拖了半辈子煤炭的竹拖篮，扣在坟头。用过的四把镢头，二平子扛去铁匠铺，找易铁匠打了三把挖锄。铁匠说，到底是挖了乌金的，钢火好呢。

给两个儿子取名大平子、二平子，女儿取名福枝，图的是个平安幸福。谁知道呢，老天爷也有打盹的时候。只要再往前拖几步，就见得到洞口的亮光了，就晒得到洞外的太阳了，差那么一口气啊。

三个细娃，一个傻娘，往后的生活怎么安排？小组长望着月朗星稀的天，骂了句，可恨的苍天，不晓得个轻重！喊二十一户人家商量半夜，有了结果，光靠吃政府的照顾不行，把二平子家的责任田换到屋边近处，每个户主十天一轮，抽空去二平子屋里，支应家务，带着傻的大的小的选种积肥，下种薅刨，打麦割谷。轮到我母亲去，忙完田里活路，会在傍晚做一顿好吃的饭菜上桌，陪他们吃的时候，说些素朴的道理，教几个娃娃把日子过理顺。

吃的是什么？粮食。粮食哪里来的？田里种的，土里长的。不种有没有收的？没得。有田土，还要舍得下力气，土里有长的，仓里有堆的，锅里就有煮的。我们有力气，攒劲种。人啊，得有口不服输的气，蒸饭一样，加把硬柴催猛火，气来圆了饭才熟。二伯伯，我们会烧火蒸饭呢。光混个口食不行，过日子要有划算，哪时候吃红苕洋芋，哪时候吃荞子麦子，千万不能寅吃卯粮，还要学喂猪子牲口，我给你们送头小猪儿，早头夜晚几兄妹都要打猪草哦，到过年的时候，人家有年猪杀，你们也有年猪杀。真的吗，我们会有年猪杀？真的，土地老爷啊，不嫌穷的，只嫌懒的。

树影婆娑，星空在上。围着我母亲，几双清澈的眼睛，亮闪闪地眨。

大平子过来装烟，打断了我的回想。

还是一张瘦脸，花喉咙，声音扎耳心。晓华哥，把你启动了，上班那么忙，怎么得空。我说，再忙也得回来打个照面，人到人情到，起码的规矩呢，看你忙进忙出，也插不上手。侄女的好日子，做伯伯的该忙，你也晓得，我一辈子单打鼓独划船，就盼弟兄姊妹的后人们好，到我百年还山，总有人抱灵牌子。

晒了五十几年的太阳，大平子说话稳成多了。

当年，二平子媳妇莲花是大平子相中的。请媒人去说，进门就被莲花娘挡了回去，这门亲哪开得？是个鸡蛋还要放个稳处，同屋居坐，哪个不晓得大平子油滑，靠不了实。媒人被问蒙了，只好打起淡哈哈圆场，也是，大平子像水上的葫芦叶，漂浮了些，那二平子呢？一旁的莲花小声嘀咕，人家二平子又没请您来说。媒人就大笑起来，反正脸厚不挨饿，看来这媒人衣服还是穿得成。莲花娘说，只怕你穿不成，称秤还要认个定盘星呢，真要提，也要他二伯伯来保个亲。

媒人没打中转，径直去我家。母亲听了来龙去脉，没马上点头，托媒人带话给二平子，舀水不上锅，是水瓢漏，一把漏瓢泥浆水也装不住，还接得住金水银水吗，想成家，拿出个男子汉气概来，把老的小的带好，把田种好。还看两年吧，是稗子只会荒田，是谷米才会压仓。

大平子怄了气，打个铺盖卷出了远门。有人说他在城里蹬三轮，有人说在温州鞋厂，还有人说他在山西挖煤。一走，说不是的人就有了，好不懂事，也是二十几的人，丢了傻的小的，一个人出门享福，要不得哦。我母亲听到冷言风语，就说，大伙儿带大的娃娃，心是红的黑的还看不透吗。

母亲真不是替大平子说话。两家隔道山梁子，做饭时屋顶冒的烟还往一处飘呢，三个娃娃几个时候不在眼前晃？哪样的德行不清白吗。

二平子结婚，请我母亲去投的帖。找军叔写帖子时却犯了难，那么个家境如何下笔？母亲说，莫曲里拐弯的，照直说吧。军叔点头赞同，还是二姐有见识，要得，礼大，莫过于无欺。结果，帖子写成了浅白的顺口溜：

"二平子，穷新郎，四口之家住在石板场，身长七尺有力量，家底薄真困难，乡亲面前不隐瞒，水看势头山看脉，看人还要长远看，种田锄地蛮内行，坡上坎下肯帮忙，孝敬老人心善良，乡亲扶邻里帮，肯定能打翻身仗，贤惠的亲家多包涵。"

帖子请上华堂，亲友读了笑我母亲说，开天辟地才看到这么写喜帖的，二平子请放牛娃写的吗？母亲赔着笑脸说，红纸黑字，管它谁写的，一点雨儿一点湿，多包涵，多包涵，莫咬文嚼字了。新娘房里，莲花拉着我母亲的手恳求，二伯伯，嫁过去家境差、负担重我都不怕，他要不长进，您要帮我收拾他。母亲爽快地答应，放心，犟牛还怕穿牛鼻纤呢，我帮你准备一把竹条子，不往前奔，抽他！

母亲是有气性的人。新婚才半年，二平子散荡的脾气犯了，走人家吃酒，和一帮人躲在阁楼打牌，鸡子叫二遍还没回家。怀身孕大肚子的莲花喊上我母亲去接他。母亲冲上楼把牌桌子掀了，轰走了那几个吃油滑食的人，才揪起二平子的耳朵，一口气拖到他爹的坟前，喊他跪下，问他要家还是要赌博打牌，自己想清楚，想不清楚就不要起来！

次日早上，母亲去看，二平子走了，墓地清扫得干干净净。去哪里了？母亲不放心，往二平子家去找。翻过山梁子，就听到二平子在门口吆牛：嘿，才下田就偷懒吗，我还一夜没挨床呢！

一浪一浪的阳光铺在犁沟里，闪亮的犁铧跟着黄牯牛往前钻。土坎上，莲花背一篓子猪草，呼哧呼哧往家里走。母亲站在沾满晨露的小路上，看了他们好一会儿，才猛然想起，屋里的几头肥猪还没喂早食，只怕把垛圈板都啃缺了。母亲裹着微风往家里跑，身后飘起了一串山歌：

      一对（呀）八哥（是）蹦（呀）蹦蹦跳，
      歇在（呀）牛头（是）看（呀）看热闹。
      黄牯（那个）摇头它不走（啊），

陪我（那个）直到日落土。
耕田（那个）只为养家口（啊），
只盼（那个）秋来大（呀嘛）大丰收。

大平子一走五年，到大侄女满周岁才回石板场。先到我家，和我母亲说了半天话，红着眼圈往家里去。他家住的是地主的大屋场，九户人家分住上下院，中间原有四合天井。到屋边，场坝里坐的客人都起身望着他，像见了陌生人。大平子望着眼前的老屋，也认不出来了。三间垮楼乱壁的土墙屋，变了两层半的砖墙屋，院子围了竹篱笆，爬了些秋菊金灿灿地开，缠在桂树上的眉豆荚一串串紫蓝紫蓝的嫩。莲花抱着女儿迎过来，教女儿喊，伯——伯，伯——伯。他突然红了脸，接过侄女，呆呆地看着那粉嫩的脸上，一双凤眼活脱脱就是二平子的。

那时候，他们的傻娘担了一担井水，大声哼着听不懂的曲儿，走过开满野棉花的土路，晃晃悠悠往家里来了。

莲花说，娘在哄孙女呢。喔喔喔，吃果果，红的是樱桃，黄的是枇杷，那个紫的呢，一双眉豆角。那调子，吃奶的时候就听得熟了，含含混混的，却每个音都烙在心口。

莲花小二平子五个月。生莲花时，她娘四十出头，当爹的大龄得女，喜欢得不得了，天天下河打鱼给莲花娘熬汤发奶。不管怎么补，乳房就像断了水头的枯井，挤也挤不出几星奶水，哪供得到娃娃吃。缺奶水，莲花嘴还刁，不爱吃奶粉，只好捣米糊糊喂，满月时，亲戚们看莲花那张蜡黄的脸，都皱了眉头，只怕这女娃子不好养。有天早上莲花爹去二平子家借犁头，正碰到他的傻娘撩起衣襟，往地下挤奶水。好几股乳汁从鼓胀的乳房里喷出来，把她身前的泥地淋得湿漉漉一片，浮起的乳香，漫在破败的院子里。二平子躺在傻娘身边的摇篮里，一张红嫩的脸，饱饱满满，露在外面的手臂，肉乎乎的，比藕节子粗。心里疑惑，跑到灶上看，煮的么子稀奇东西吃的，肯发奶水。揭开锅盖，炖的半锅南瓜，油星也没漂一颗。莲花爹苦笑一声说，真是天慈地善呢。回家给莲花娘讲了，莲花娘顺口说，把娃娃送过去求几口奶吃吧，也不白吃人家的，你多帮忙做些田里的重活路，有好吃的东西也分些送过去，都是养儿盘女的，她比我们苦得多。莲花的爹送莲花去吃奶，莲花娘还不放心，悄悄跟在院外听。听到莲花止住了哭声，听到莲花用力吸奶的声音，又听到二平子的傻娘，含含糊糊地哼起了歌儿。那声音好熟，哦，是母亲哄儿的声音，又像母鸡唤小鸡的声音。

没得半个月，莲花哭得响亮了，小脸长得柳红丝白的。莲花爹高兴得天天下河打鱼，打多打少都赶大的送过去。莲花妈也不吱声，暗地里还是托人打听发奶的偏方。

个人的娃个人喂，哪个母亲不这样想呢。我母亲算是看到莲花妈的心里去了，有天专门去把二平子和莲花抱在一起，逗两个娃，大的会扶着木凳走几步了，莲花也会张开小嘴巴笑。我母亲轻言细语对莲花妈说，你啊，担心过余了，看娃娃们长得几多旺相。

酒席上，我母亲破例受了二平子敬的一小杯苞谷酒，一口喝了才从怀里掏出几张欠条，对二平子说，大平子回来了，这些欠条就当大伙的面还给你，我一大家人吃饭，哪有钱借，都是大平子汇给我的，你整老屋，娶媳妇，有你的操劳也有他这些年的血汗，怕你不长进，要我瞒着你的。

二平子盯着大平子看了半天。精瘦的脸上，刻刀都抠不下来丁点肉，想来在外头的生活也过得疲苦。大平子怀里的侄女，被谁掐了一下似的，哇哇地哭起来，哭声好大，惊起门口椿树上的一窝喜鹊子，喳喳喳地叫着飞起来，三只、五只，成了群，结了队，飞进了绸缎子样的天空。

总管在喇叭里喊坐席了。是客是主，听我说几句哈，不论远道而来，还是跟前邻近，我代表二平子感谢大家捧场，马上开席了，场子逼仄，一排开不下，还是老哈数，嘎嘎舅舅、姨妈幺姨、后亲后戚、远处的客先请了，各人族间、村坊邻居挨哈饿，莫见气哈。

还是兴的传统礼数，坐请席。来的客，不分亲疏远近，非请不入席。院坝里架了棚子，头排开六席，上座为宾，下座为客，左右席为主家。调席有大讲究，当总管的得熟悉主家亲族的枝枝叶叶，谁是主宾，谁当主陪，辈分次序，疏忽不得。比如陪后亲后戚的是族上同辈人；也有散客，要把年纪上下互相熟络的请一桌坐了。硬是饿慌了的，跑灶门口找下厨的舀碗饭压压饥，也没人笑话。哪个吃抢席，要被人戳背脊骨，说饿牢里放出来的，没家教。

村庄里，不怕丢东丢西，丢不起的是一张脸。手头窄时，脸挡得住一拨债主子；差粮食吃，脸是一篓子苞谷洋芋；农忙时节，脸又是一坡转工的乡亲。不论做什么行当，家底子厚不厚实，不分高下三等，做事踏实，处事公道，说话算数，那张脸村里人就认了。讲礼信，是长辈定下的许多规矩之一。走路对面来了年长的，要侧身候着，来人过去了才能走；上坡下岭，或是雪路泥路，遇到老人妇孺背挑东西，不管有没空，要帮忙送到平坦处；外村人问路，指个方向还不行，要送到岔路口，夜里，得扎一把火篙相送。人前人面的言谈举止，还有近乎苛刻的要求。上桌吃饭，喜欢的菜，只能斯斯文文地夹一小块，先放回碗里才准吃；一桌人吃饭，要一路下席，碰到喜欢喝几杯的，就干等着，若是冬天，脚丫子都冻僵了。也遇到很无奈的时候，有个雪天，我上学遇一中年人，背一篓子红苕上街，喘得气都出不赢，我帮他背上了陡峭的连三坡，压得我一点气力都没了，就说，后面都是平路，我要赶时间，您慢慢来，谁知道他说，娃娃，你好人做到底，街不远了，把我送拢吧。我才十二三岁，背七八十斤，一架陡坡上来，跟他一样喘气，只好硬扛，送他到了街口，赶到学校，三天后腿还疼。后来才知道那人哮喘病犯了。经历多了，明白礼字好认，好写，也好记，要做到行不逾矩，真不简单。这样逼出来的礼节，是村庄的一脉相传，透了生活的细枝末节，入了人的五脏六腑，倒让人生的行走，少了许多艰险孤独，多了意想不到的关爱护持。

请席，让坐一桌的人，透根透底，开口晓得个性缓急，端杯晓得量宽量窄，动筷晓得喜荤喜素，以至于菜蔬的麻辣咸淡，也是清楚的，围桌而坐，同席为客，叙旧、扯白，不必躲躲藏藏，不必想半天才敢说话，情分，就在酒浓菜香中绵绵密密地漫上了心头。也有平素连田挨界闹了嘴的人，都来吃酒，总管便眼睛眨几眨，特意把两人请在上席，找信得过的乡亲做陪客，互相之间若还是冷眉冷眼，一个身子往左，一个身子往右，大伙儿会说为人没气量，眼睛只看得到脚尖尖。有三个人劝，五个人和，还有什么放不下的，一顿饭吃完，两个人你敬烟，我倒茶，说话开了笑脸。过不了几天，来我家耕田，去你家锄草，又成了抬木头争着抬大头的好邻居。连田处界，同乡共井，村人之间难免有擦碰，而这些古老的乡村礼仪，代代相传，悄无声息地滋润着人际关系，消气除怨，祛疤去痕，护持着乡土社会的和和美美。

习惯了坐请席，要是去城里吃酒，多半得挨饿。管他生人熟人，按去的先后，十个人围一席，一桌桌坐满，酒店才会上菜。席上看左看右，看前看后，多是生面孔，顶多说句把客套话，自顾自埋头吃喝。吃得快的也不会等，扯张餐巾纸擦擦嘴，扬长而去。吃饭细嚼慢咽的，还没添饭，看看大厅里走得差不多了，哪好意思再吃，饿起肚子往回赶。本该斯文庄重的仪式，搞得打仗一样慌忙。闲聊中有人说，城里哪有乡间悠闲，时间之神在每个人的鼻子上穿了根牛鼻纤，绷紧了往前拉，由不得谁想走就走，想停就停。也许是吧，快节奏的生活，眼里瞄着目的地，一路狂奔，哪有空看身边的景致。再说，你认不得我，我认不得你，谁斯文，谁饿相，没人去计较，吃饱就是目的。这，或许是乡土熟人社会与市井生活的必然差异吧。

我那一席，总管安排大平子来执壶，一桌陪客是穿叉叉裤就在一起的伙伴。酒还没斟，你看我，我看你，都笑了，白发不认城里乡里，个个头上像打了霜的包包菜。坐旁边的友三叫上了我的小名，过一甲子也认得你三黑皮！唉，几十年风不吹雨不淋的日子你是白过了，比我这个太阳下晒整天的还黑。大平子边倒酒边说，坐办公室又哪样，未必有你日子快活，你住的房子像花园别墅，收入更比不得，你今年和二平子扯伙种的贝母，卖一半就过了十万吧，是他一年的收入。再说，种田的时间是个人安排的，想歇气就歇几天，惦记么姨妹、大姨姐要去看，只要嫂子不扯皮，不用给谁请假，没人记你旷工，扣你工资，这逍遥日子，晓华哥想都不用想。友三抿了一口酒，点头说，也是，当年他考学出去我们还羡慕得很，今天能坐在一张桌子上吃饭喝酒，说明我这个农老二不得比三黑皮差好多。

几声三黑皮，喊得我浑身通泰。几十年时光反转，一群野小子，坡上找刺果，滩上摸夜鱼，好不快活！陡然我就明白了一句话，永远都长不大，一定是回到了村庄，回到了小伙伴的身边。河边走出来的人，一辈子能走多远，飞多高呢，村庄呼一声唤一句，好比一群遍山吃草的羊儿，日落黄昏要归栏。背驼了，腰弯了，口齿不清了，走下坡，爬上坡，出去三里五里，总有人认得你这张脸，有人直呼你的小名，这便是生养之地。村庄于我们也是一样，大路宽了，小路荒了，老屋拆了，新楼高了，树林密了，孩子们当父母了，可你在哪里摔一跤，分分秒秒就有人来拉扯你。趴在井里喝口水，去园子里扯根葱蒜，那敦实的泥土味，瞬间把几十年的来来去去，周周转转，全都揉成眼前的一幅画，白云舒展，清江奔腾，土地浑厚，礼乐典雅。

主不请，客不饮。劝去劝来，大平子把各人劝得有了醉意。友三却不饶他，拿过酒壶，斟了小半杯说，这杯酒啊，早就想敬的，你啊，为一家人做的事，大伙儿看得清呢，只是，你也该成个家了哦。大平子咂了一口酒，摇头说，不晓得我屋里当年的情况吗，两兄弟都娶媳妇，只怕一个都娶不进门，拿么子安住人家姑娘的身，更不谈安心了。一股养命水，养不活两丘谷，荒哪丘，种哪丘？长兄当父，千百年的说教，我读书少，本事小，可挑上肩的担子能放下吗，挑多少是多少，挑多远算多远。是的，都说我这个人轻狂，但我还晓得我的出处！

岁月长久，地老天荒，村里的人，越活越清白。

旁边一席声音大了起来。原来一群老人家搀扶着老太太上席了。各席的人都忍不住看过去，多年没见，老太太的脑筋好使一些没，是不是年轻时那样，上席就天一块肉地一箸菜地捞？哪有机会看出来！同席的老人家们精明呢，不等老太太伸筷子，就这个夹菜，那个斟饮料，让老太太根本不得空。嘴巴停不下来，眼睛耳朵也没得闲空，来敬酒的一拨又一拨，有人喊奶奶，有人喊婆婆，有人喊姨妈伯娘，好享福哦，后人这么孝敬，您肯定要活一百岁呢。老太太好像听懂了什么，擦了擦嘴上的油，傻傻地笑了出来。

席上有个和大平子同屋的婶娘说，吃个人奶水长大的儿媳妇就是好，过事这么忙，一大早莲花就去老屋，给傻婆婆梳了洗洗了梳，里外换了一身新，一步步牵到新屋来的，今天这席上要缺了她，酒菜都不香的。

这时候,总管端了杯酒过来,冲老太太喊,二婶娘,您老熬了一辈子,现在儿孙满堂,恭喜您哦!

傻老太太未必听懂了。可那双深陷的有些浑浊的眼,隐隐有泪光。

我没过去敬酒,默默看着老太太吃得有滋有味。算年纪,老太太八十有二,还能大块吃肉,大口扒饭,不只身体好呢,饿过肚子的人,对粮食的感情真不一样。不论吃相是否雅,孙女的大喜日子,她往席上坐,就是一家人的福气。这家人,可是二十一户人家从陡坎下拉扯上来的,在她家当过临时家长的人,健在的已不多了,她多活一天,村人的念想就长一天。她来村庄的几十年光阴,穷也好苦也好难也好,总不是大家伙扶着走的?撑过了大浪险滩,水平船稳的日子到了,就该活出滋味来。这样看来,她那张饱经沧桑的脸,那张投给这个人世的帖子,到今天,谁说不是一张大红的喜帖呢?

有人过来给我敬酒了。多是些叫不出名字的年轻娃娃。大平子介绍才晓得是哪家的。突然冒出来这么些年轻面孔,我还纳闷呢。友三给我讲,这要怨你,回来少了,你以为还是早前,村前村后只看得到皱巴巴的几张脸,现在出去转几圈,田地里做活路的,场子里忙的,车子里掌方向的,年轻人占了多半,走路都扫起一阵风呢。

我真是高兴,年轻班子终于回来了。屋修得好,要有人住;路修得宽,要有人走;产业再大,要有人接手办。靠几个老头子老太太守得住几年?再大的竹林,没得笋子发,总有一天老竹子回原,竹林不就荒了吗。过去大伙儿想方设法跳出的农门,想方设法摆脱的农民身份,为何在下代人身上实现了反转?站起来看一眼河东河西,那田野那庄稼,那些房子那些路,答案清白明晰,村庄再不是困苦、贫穷、落后的代名词,而是让人能活得更好的家园。

二平子和莲花引着大姑娘——新娘子过来敬酒了。许是这一家人满脸洋溢的喜气感染了我,十几年滴酒不沾的我,爽直地举起了酒杯,一饮而尽。

故乡糙辣的苞谷酒,原来是这样甜!

(原载《民族文学》2021年第10期)

深厚的解说

—— 金克木的文化神游

黄德海

1

至1985年底，20世纪70年代末开始重新写作的金克木，已出版《印度文化论集》《比较文化论集》，旧文加新作，深入印度文化的具体，将所思所感整理一过；完成《读书·读人·读物》《"书读完了"》并即将写出《谈读书和"格式塔"》，将读书经验贯通发挥，触处旁通，明艳不可方物。及至编订《旧学新知集》，回顾平生所学，虽有老境迫近之感，却明显意犹未尽："我从小到老读书一直没有读进去，原来是因为不明白读书就是读各种世界解说，书中世界并不就是生活的现实世界。又只知道把读书当作解说世界，却不知道读世界也是读书，读解说。'实迷途其未远，觉今是而昨非。'无奈'夕阳无限好，只是近黄昏'。不禁有'厚地高天，堪叹古今情不尽'之感。"

写上面这段话的时候，金克木早已过了古稀之年，除上面提到的遗憾，他还经常感叹力不从心，时日无多。当然，熟悉金克木的人早就知道，虽然他"总是说自己老了，眼花、耳聋、气喘，甚至不久于人世。（据言这样的话他已说了好几年。）读他的文章，听他聊天，又何尝见得半点老态？"果然是这样，1986年开年不久，金克木就在《中国文化报》上发表了《文化问题断想》，开始了一段意气洋洋的文化神游之旅。用他后来的话说，算得上"老去学雕虫，九年徒面壁。岁月纵无多，河山不我弃"。

文章第一部分，很能见出金克木壮心不已的心绪，也可以意识到他的当下关怀，并揣摩他为什么要写这些文章。"二十年前发生过连续十年的史无前例的大事，既有前因，又有后果。我们不能断言，也不必断言，以后不会再有；但是可以断言，以后不会照样再来一个'史有前例'了。历史可能重复，但不会照样，不会原版影印丝毫不走样，总会改变花样的。怎么改变？也许变好，也许变坏，那是我们自身天天创造历史的人所做的事。历史既是不随人们意志为转移的，又是人们自己做出来的。文化的发展大概也是这样。我们还不能完全掌握历史和文化的进程，但是我们已经可以左右历史和文化，施加影响。若不然，那就只有听天由命了。"

第二部分谈文化传入的中间站作用："历史上，中国大量吸收外来文化有两次。一次是佛教进来，一次是西方欧美文化进来。回想一下，两次有一点相同，都经过中间站才大大发挥作用。"佛教传入，主要通过古代所谓西域，即今天的新疆到中亚，"西域有不少说不同语言的民族和文化。传到中原的佛教，是先经过他们转手的。……青藏地区似乎直接吸收，但实际上是中印交互影响，源远流长，藏族文化和印度文化融为一体，那里的佛教和中原不同。蒙古族是从藏族学的佛教，也转了手。"欧美文化于明末清初的直接传入未能落地生根，后经维新后的日本转入才充分发展。直接从欧洲吸收且有大影响的，也经过严复和林纾有意或无意的改编。这"好比电压不同，中间总得有个变压器。要不然，接受不了，或则少而慢，反复大"。

对外来文化，中国不但需要中间站，还有强烈的选择性。比如佛教传入，"二道手的不地道的佛教传播很广。本来没有什么特殊了不起的阿弥陀佛，只是众佛之一，在中国家喻户晓，名声竟在创教的释迦牟尼佛之上。观世音菩萨也是到中国化为女性才大显神通。玄奘千辛万苦到印度取来真经，在皇帝护法之下，亲自翻译讲解。无奈地道的药材苦口，传一代就断了。"欧洲文化最开始在中国流行开来的，是并非一流的《巴黎茶花女遗事》和《少奶奶的扇子》。这现象看起来奇特，其实自有文化根源，"我们中国从秦汉总结春秋战国文化以后，自有发展道路，不喜生吞活剥而爱咀嚼消化"。

非常可能，《文化问题断想》是金克木长期思考文化问题的一个提纲，或者是他新意识到的文化问题的摘要，类似一个简明的自我提示，很多方面都没有充分论述，却有一种莽莽苍苍的开创之感。文中提到中间站和选择性，有点像我们意识到却没表达出来的事情，说破了似乎卑之无甚高论。把这个说破放入比较文化的研究里，我们是不是隐约可以意识到，外来文化传入，并非只有固定的冲击—反应模式，还有金克木说的这种方式，或许可以称作涌入—变压—选择模式？不知道按照当时或如今的学术标准，这可否称得上原创呢？沿着这个思路钻探下去，能够走到多远呢？

2

应该是写完《文化问题断想》之后不久,金克木一气呵成,完成小册子《文化的解说》,开始完善前文提出的各种问题。小册子共收文五篇,主要讨论"中外文化或说两种文化的对比、对撞或交流问题"。写作的主要动因,是时讳之后,他常常想到所谓"文化"的问题,"两种文化相撞不但是近年来的热门话题,而且是中国现实所面临的问题。我们处在这问题中已经一百多年了。问题不是新的,也不是旧的,旧问题不断出新花样"。也就是说,远因是近代中国面对的"三千年未有之大变局",较近的原因是"厘清那些现代咒语的来龙去脉"(朱维铮语),近因则应该是尚在持续的文化热。

上文所谓的新角度,从第一部分"如何解说文化"看,应该就是当时方兴未艾的符号学角度。后来金克木反复申说,他谈的是符号,不是符号学,"不过讲到文化方面的一些符号的意义,由此引出一些对文化的看法,也就是一种解说"。也即符号学本身并非主要内容,对符号的解说才是:"符号的意义是加上去的,不是固有的。这种意义是向外扩散的,是可以变换而且经常变换的。没有孤立静止的符号。只有在社会通讯活动中才显出符号。由此引出符号意义和代码译解的问题。文化符号的意义译解也就是文化的解说问题。"这大概就是小册子命名为"文化的解说"的原因。

第二部分"传统文化、外来文化",从20世纪末开始算总账,提到了近代史上的各路风云人物,包括康有为、章太炎、辜鸿铭、王国维、严复、蔡元培和孙中山等。康、章学问根柢在传统,却都讲外来文化,试图以中译解外,将外变为中,去取的核心是"今","看来是以外变中,其实是先以中变外,再以变了的外来变中"。辜、王的知识结构与上面两者不同,"两位都受过外国文化教育,应当说是对于外国文化的理解程度超过,至少不亚于,对中国文化的理解程度。两人表面上仿佛是外国人归化了中国。……他们都是以外讲中而不是以中讲外"。这两组看起来做派、方式大不相同,内在却有相似之处:"康、章是由古而今,由中而外;辜、王是由外而中,由今而古。方向看来相反,内容实际一致,都是传统文化和外来文化矛盾冲突的不同表现。"

严复兼通中外,既对当时的欧洲近代文化有深刻了解,他翻译的书,"读后可以得到欧洲十九世纪学术思想的要领";谈传统文化也能点中要害,"他对于'皇帝'这个符号有深刻理解,说自秦以来皇帝都是大盗窃国,是'窃之于民'"。不过,严复却并不因此主张民权,反而拥护君主,最后列名"筹安会",拥护袁世凯称帝。因此,虽然相比起来,严复的知识结构最为均衡,对中西双方都有高明的见解,但跟前面四位相似,不管在中西交流的路上走得多远,最后"都在中国传统文化面前无能为力"。

部分走出传统文化限制,完成一系列革新的,是蔡元培和孙中山。"出于中国文化而又能转而投向欧洲文化,回头又能将欧洲近代文化的精神用于中国,终身没有丧失信念之人是蔡元培。"他进士出身,却出国深造,深入学习日本和欧洲近代文化,辛亥革命后任民国政府第一任教育部长,后掌北京大学,对教育进行大刀阔斧的近代化改革,"他的'兼容并包'原则使北京大学成了新政治文化中心。……他没有多少学术著作。他的著作是大量新人才。他不塑造人才,不制盆景,只供给土壤、阳光、空气、水。"孙中山的思想远远超出时代,能够在当时的中国情形下着眼于对内对外的交通运输,要求货畅其流。"他是坚决而有远大见识的民主主义者,认为民主政治没有人民思想的开放和交流(开通民智)是不可能的。"

无论上面提到的各位思想多么深入或领先，为什么"除了孙中山一人以外，都在君主、民主问题上难于突破？章太炎和许多人将民主和'排满'相连，对于怎么民主并不明确认识，好像取消清朝皇帝便自然是'共和'，亦即民主。孙中山早年也曾寄希望于李鸿章，后来也提出所谓'训政'。他自己任非常大总统、大元帅，自任中国国民党总理并将名字写进党章，如同终身职。这些岂不是对君主传统文化的迁就？为什么会这样？"沿着这一问题，金克木提出，需要对文化作"自内"的解说，即两种文化相遇，由内部的文化因素导致两者是共存吸收还是水火不容。接下来的第三节"科学·哲学·艺术"和第四节"宗教信仰"，从四个方面来考察中国内部的文化思想因素。

略去具体分析，来看金克木勾勒出的中外文化核心处的不同。对西方来说，"由犹太教——基督教而传播到差不多全体欧洲人心中的常识之一是《旧约·创世记》中的伊甸乐园。在那里，人类始祖亚当和夏娃自由自在生活，唯一的禁戒是不许吃智慧树上的果实。这个乐园理想的原则便是：除了明确禁止的事以外，做什么事都自由。……于是除不犯上帝和耶稣的禁令外，人的行动是自由的。自由的限制只是不妨碍他人的自由。（因此严复译弥尔的《自由论》为《群己权界论》，确有识见。）这是欧洲'百姓日用而不知'的常识。这是近代思想的起点。"中国则反之，"《论语》中提的孔子的原则是：'非礼勿视，非礼勿听，非礼勿言，非礼勿动'。'礼'规定了一切。一切内包括视听感觉对象，不仅言论行动，更不必说思想了。'礼'是一切。'非礼''无礼'都不准，不许乱说乱动。后代一直遵循这条原则，也成为常识。"两者差别极为明显，"一个是除了禁令以外都自由。一个是除了规定以外都禁止"。

西方文化正是因为有上述的核心因素，宗教改革后，"人人可以直接和上帝对话，不用教会插在中间代表上帝，这就引来了近代的'天赋人权'的民主,而不是古希腊、罗马那样小城邦全民投票和元老执政的民主"。由此,艺术上出现了文艺复兴,科学上提出了日心说,哲学上怀疑思想出现,个人的位置开始突出。三者的发展,"和上述的自由、平等、无罪推定相呼应,引古证今,由今推古。在近代开始时期,宗教的气氛很浓,教会的统治很严厉,著书必须用古文(拉丁文)才能使各国人都看得懂,这些怀疑思想和个人观念便是一阵新鲜空气。在这样的空气下,自由贸易的经济蓬勃发展,转而促进了科学在技术上的应用,机器发明出来了"。中国缺少和欧洲近代对应的这一段,"零星的思想火花各代都可以有,不能发展为文化思想。个人享乐不等于'个人主义'。自私不等于'人权'。中国的文化史上没有出现欧洲的近代"。

第五节"世界思潮",考察了科学、哲学、宗教和艺术上的各种世界思潮,辨识其20世纪以来的新变,尤其指出文化的矛盾冲突问题。"最可惊的还是文化的矛盾冲突。随时随地都有,或大或小,甚至于在一个人身上。这大概是因为当前交通和通讯的特别迅速使全世界如同一个大杂院。还能紧闭门窗只出不进的,只有零零落落的小户人家或则大户围墙中的小院落,但也堵塞不久了。一旦决堤便有洪水淹没的危险。美国向来是文化大杂烩。欧洲人至今还以居高临下的眼光看世界,其实是自欺欺人,迟早要吃亏。……世界已经成为一片,文化矛盾不能是哪一国独家所有或则独家所无的。"

小册子写毕于1986年11月,要再过七八年,亨廷顿才提出他著名的"文明冲突"论(Clash of Civilizations)。我们身经的现实则是,2001年,"9·11"事件;2003年,美国对伊拉克发动军事行动;2021年,美国从阿富汗撤军……因文化矛盾而起的地缘政治问题不绝。或许,这就是金克木当时担忧的显现。那时的未来,已经是我们置身的现在:"到二十一世纪,人类要更多认识自己,必然会广泛、深入研究这类文

573

化矛盾情况而不容闭上眼睛忌讳和遮掩或用新符号贴上旧货色了。"

3

《文化的解说》之后，金克木新作不断，并于1991年连续出版了三本小书。《文化猎疑》和《无文探隐——试破文化之谜》，金克木明言是前书的延续。《文化猎疑》前言谓："写这书（按《文化的解说》）以后三年多来又写了一些文章。现在先辑出这十二篇，仍然是从不同角度不同方面继续探索。"《无文探隐》说明是："这里的八篇文章，以《试破文化之谜》起，以《从孔夫子到孔乙己》结，可以说是《文化的解说》的续篇。"《书城独白》虽未谈与前书的关系，但从内容来看，仍然是对文化的深入解说，不妨看成同一思路的产物。

这三本小书的重点，首先是对前述文化选择性的强调："我越来越觉得，传统文化和外来文化相遇时的变化中主体的选择性是首要的。这是由承受外来文化的一方的内部决定的。这内部倾向又是由其中绝大多数人的千百年积累下来的习惯决定的。"在跟人谈话时，金克木也不时提到这个问题，"不管有多少外来的东西，承受者还是自己。若自己一无所有，那外来的也就不成其外来了。无主，哪来的客？不比较旧，怎么知道哪是新？"

拿中国、印度和日本来说，同在19世纪中叶受欧洲文化猛烈冲击，后来的演变却迥乎不同。印度少数读书人直接读英文，大部分不识字的人"照旧遵循着千百年来的思想和行为的习惯道路过日子"；日本"强迫全国人接受基础教育，消灭文盲，使大多数人能够接触外来文化"；中国则把洋书和洋枪、洋炮、洋火等"一概当作'洋鬼子'的'洋货'，又要用，又憎恨"。"对中、印、日三国来说，外来的文化是一样的，而且都是用大炮轰进来的，接触者的心理倾向，特别是大多数人的心理倾向，却各有不同。"造成如此不同的情形，就是因为文化有选择性，也就是传统有内在倾向。

谈到传统的内在倾向时，金克木反复提到的，是"大一统"："中国从周秦以来便是习惯于大一统的。这是从上到下根深蒂固的中国特有的思想，只能枝节修改，很难根本动摇，更谈不到拔除。这几乎可以说是中国的立国之本，不亡之道。"这一倾向追究到文献的根，便是《公羊传》："汉代首尊的《春秋公羊传》的'尊王攘夷'思想深入人心，尤其是有书本文化的人之心，而同书的'大一统'思想更为突出，'国'更盖在种族之上。'夷''入主'之后，过一段时间便成为本'国'之人。'尊王'原是为了'一统'。"

有意味的是，"大一统"思路跟"天"有关："众星无不运行，但彼此的结构关系不变。有变（'荧惑''客星'等）也仍在大系统内，终于能复归于稳定。因此天、人合一，互相对应。……就宇宙观说，这种思想可以上溯周易卦爻和甲骨卜辞，都是将宇宙建造为一个稳定的系统。外来的佛教、祆教等都缺少自己的'平天下'的政治大纲领，因此都可以纳入这个大系统中。这种'天道'是不是以人解天，以天解人，天上人间交互投影，是不是中国文化中哲学思想的一贯核心呢？在各个层次上围绕这个天下大一统的政治哲学核心也许是中国古代思想家的共同努力方向吧？"

对人天关系来说，《史记·天官书》不妨看成总结性文献："《天官书》先分天为五宫：中宫和东南西北四宫。中宫是北极所在，无疑是最重要的（为什么？大可玩味），所以首先举出'天极星'。一颗明亮的星是'太一常居'之星。这一带是后来所谓'紫微垣'，即帝王所在之处。'太一'旁边的星是'三公'，后面是'后宫'。……一观天象就知道，居中而尊者的作用不见得比围绕着它的大,可是没有这个居中者让全天星辰围着它转又不行。若要团团转,就非有个轴心不可。《天官书》开宗明义第一段便表明了中国古人的这个思想。这是说不出而又人人知道的。这岂不是《春秋》尊王的根本思想?"

确立了天上的位置,人间秩序也就可以排布:"孔子、有子、曾子和子夏、子贡等大儒把人和人的关系结构作了'音位'式的排列。不是分析一个个'音素',而是在所排的音位符号关系上加上'忠、信、(义)','孝、悌'等符号而总名之曰'仁'。各种关系的总体结构是平行的'家=国',也就是'孝=忠'。用老百姓的话来说就是上和下、官和民的关系。(恐怕中国无论什么古书都没有完全脱离这个'上、下'符号关系。)孔子要求学习的大概就是这个。这看来是美妙而完整的结构,是国家社会的正轨,也就是'本立而道生'的'道'。他们要把一切人纳入轨道。"排除其中的价值评判,用《易经》的话说,这不就是"天尊地卑,乾坤定矣。卑高以陈,贵贱位矣"?

以上仅举荦荦大端,差不多已经能够看出,传统文化的内在倾向,已经在金克木心中形成了一个从天上到地下的模型。"我们的思想习惯是喜欢有个'象'",那是不是可以说,传统文化的内在倾向,已经在金克木心中成"象"了呢?或者不妨说,《文化猎疑》从中、西、印的具体文献和社会情形深入,分析各自文化对外来文化选择的内部因素;《书城独白》讨论《史记》《列子》《红楼梦》及通俗作品,分析中国文化的内在结构;《无文探隐》从庙堂谈到监狱,追踪深隐于中国人心底的思维倾向;包括写完三本小书之后集中谈论八股文,讨论《春秋》与线性思维的关系,探究秦汉之际的功能函数等,都是金克木试着描摹自己心中那个已成之"象"。

这个描摹的过程,对传统文化的内在倾向多有批评,却并非无端的幽怨，而是起于金克木从孩提时即藏于心中的疑问："为什么中国这样一个文明大国却会受小得多的日本的欺侮呢？从老师讲课和清末民初一些书中常看到说希腊、埃及、印度、中国，还有犹太、波斯，这些文明古国都衰落了，唯一没有亡国的只是中国，但也岌岌可危，时刻会被列强瓜分，那时中国人就会当悲惨的亡国奴。……为什么《书经》的《尧典》《禹贡》那么早就有了系统的天文和地理知识，而现在中国还要向外国去学天文、地理呢？……为什么连文字都从中国借去的日本竟然能'明治维新'成功，而堂堂中国的'戊戌变法'却归于失败呢？为什么中国有那么多人（汉族）会癖好裹小脚和吸鸦片以致被外国人看不起还'自得其乐'不怕亡国呢？"因为有实在的关心，金克木就不是单纯地指出传统文化的诸多积弊，也从中挖掘出了一些值得深入思考的部分，比如他后来反复提到的长城文化和运河文化的比较。

《文化的解说》中谈到孙中山的时候，已经提及这两种文化，"若说中国传统中有长城式文化和运河式文化，孙中山采取的是发展经济、文化以至政治的真正强盛国家（不是一个朝廷、王室的兴亡）的运河式文化路线"，强调的是"通"。《范蠡商鞅：两套速效经济软件——读〈史记·货殖列传〉》，则有更细致的比较："我看商鞅和范蠡这两套'软件'，一是长城、兵马俑式，有坚固的阵势，却不灵活，因而同时又脆弱。另一是运河、流水式，或有江有湖式，很灵活，善投机，但缺少实力，若看错时机又很危险。……说流水文化不如说江湖文化，有江还得有湖，才是'积居'。又通，又存，不填塞，不挖尽，有节奏，是音乐，不是噪声。"

虽然看起来是说两种文化互有优劣，但结合别处的说法，很容易看出金克木的倾向。"长城文化隔来隔去，隔不断，长城以外的地方还是归中国了。万里长城，成了游览的名胜古迹。不能老搞禁、阻，要提倡运河文化。提倡'通'的文化。"后来，金克木写过一篇《请禹治文化》，重点强调"通"的重要性："古时洪水为患，鲧用堵塞法治水失败，他的儿子禹用疏导法治水成功。其实禹不过是使水顺流归海，也就是通。水多而通，不成为洪水，水少而不通，仍然会漫出河道。……通是虚的，活的，是经济，又是文化。请禹来治文化总比请华佗来开刀要好些吧？"

4

前文说到传统文化内在倾向的模型，有一个问题已经呼之欲出，即这些内在倾向只属于读书人，还是绝大部分中国人都有？这其实是金克木这一时期非常关心的问题："文化并不专属于知书识字的。不读书本的自认没有'文化'，其实在文化中地位也许更重要。离开这些人的思想行为习惯倾向去谈文化，在文盲极少的现代日本或者还有点根据，在中国和印度都不见得符合实际的全貌，因而对变化很难看出苗头，也难以解说结果。"中国人多数向来是不识字或者识字很少，很多识字的人也不太读书，但并不说明这些人没有"文化"，只是他们的文化跟"有文的文化"不同，金克木称为"无文的文化"。

应该是因为对各种不同类型文化的深微了解，金克木很少只相信书本上说的，思考问题更贴近于人的具体行为，因而会关注到书本之外的各类问题。"讲哲学（外国字）也罢，讲思想（中国化了的外国字）也罢，有两套。一套是书本里的名家著作。这可能是顶子、尖子，也代表了不少普通人……另一套是书本里没有专著的普通人的思想。他们有行动，也有言论，但不识字，或则不会写书。"这两套不是截然分开，而是联系在一起的："文化的记录是文字的，但所记的文化是无文字的。文字的文化发展自己的文学。无文字的文化也发展自己的文学。有文字的仍然在无文字的包围中。"

有文的文化和无文的文化结合起来,会形成深层的心理因素,读书人和不读书的人都受其影响。这层心理因素,金克木后来称为民俗心态:"他们的心态的大量表现就是长期的往往带地域性和集团性的风俗习惯行为或简称民俗。这不是仅指婚丧礼俗、巫术、歌谣,这也包括习惯思路以及由此表现出来的行为因果。"要推测行为因果,需要从有文考察无文,进而深入思考人在面对外来文化时的选择性。"不妨试试从非民间的查出民间的,从少数识字的人查出他们所受的多数不识字的人的心态影响。可以说是要从有文字的文学书中侦查不大和文字发生关系的多数人的心理状态、心理趋向。换句话说,就是要从文学中侦查民俗心态。也许由此可以测出民俗心态是不是决定我们对外选择(包括改造)的一种力量,是不是暗中起作用的因素。"

民俗心态一旦形成,就仿佛具有了魔法,个人在其中如同陷入梦魇,全没了自己的本来面目。"信时个人和别人一样。疑时也是个人和别人类似。越是各个人自以为独立用尽全力,越是给许多别人增添力量,结果是比个人毫无自主完全听从别人时献的力量更大。波涛滚滚是由于每一水分子的推移,可以'无风三尺浪'。若所有水分子都等待风来才动,那会成为湖沼中的水。由风卷起狂涛,狂涛再也大不过风力。疑也罢,信也罢,其实是一回事,都跳不出民俗心态,即众人长期习惯的心理倾向。"

与此同时,民俗心态既经生成,就不会轻易改变。"民俗心态确实存在而且愈久就愈深愈厚,很不容易猛然变革。前面所说的一些古书和信息场现在都属于历史了。但民俗心态是不是都变得那么彻底?"一系列难以改变的民俗心态,也就造成了文化选择的内在倾向:"凡是和原有多数人心态联系得上的，不论什么面貌，从哪里来，都比较容易接纳而自起变化，联系越多越容易结合。否则会拒而不收或加以改变。但不管面貌变得多么彻底，民俗心态却难得很快大变。我们中国是不是也会这样？"这是否说明，要想更切实地认知或消化外来文化，不能急于求成，要先深入了解自身的民俗心态？

从前面谈论的传统文化的内在倾向模型，到这里提到的民俗心态，金克木从不是脱空立论，而是把两者结合起来，考察了许多具体问题，比如"文""武"之间的隐显。"有文的文化中不但藏着无文的文化，而且还有大量的'武化'。文显武隐。'崇文''宣武'相辅而行。隐显并不是两层，甚至不是两面。说表层、深层不等于说显文化、隐文化。'隐'不一定是潜伏在下，只是隐而不显罢了。解说文化恐怕不能不由显及隐。"由此，"不知隐文化，难以明白显文化。即如战争也是忌讳的，总要宣扬文治而讳言武功。愈是武功盛，如永乐、乾隆，愈是讲文事，修《永乐大典》《四库全书》"。

又如历史上的治和乱，看似两种不同的趋向，其实跟文化的地域性和板块结构有关。"政治上经济上统一'场''序'必须具备成熟的足够的条件。第一要件便是活人。兵马俑不是活人，只能在墓中和死人在一起。活人有合乎六国的'序'的，有合乎秦'序'的，不像俑没有分别。统一文字并通行隶书再设立'博士官'确是合乎需要而又具备可能，但若以为这就够了，那是只知其一，有文的文化，而不知其二，无文的文化。那些无文的大多数人呢？仍然处在板块文化之中。……秦使天下为一国，文化上不能适应。文化是以经济为基础而与政治相应，又内含喜乡音而守乡土的民俗心态，所以分立不断。……文化场是活人的民俗心态力量的集聚，不能任意指挥的。"

再如三位青史留名的人物和他们制定的三条规则，主导了长时间以来中国的民俗文化心态。第一条是孔子提出的忠孝,"君父是一体,所以这二字实是一事,就是忠于一个活人,在家是父,在国是君。这要无条件的,主动的服从,崇拜"。第二条是秦始皇的一统天下,"将孔子常称的'天下'具体化。他的一切言行都是照齐国公羊高对《春秋》第一句中'王'字解说,'大(动词)一统也'。越来越成为绝大多数人的心态。开口闭口'天下'。分裂也不忘'一统'"。第三条是刘邦"杀人者死,伤人及盗抵罪"的约法三章,"这个立法的对等原则是极其重要的,是孔夫子和秦始皇都想不到的。这在中国历史上是破天荒的。这是从家族本位转换为个人本位的第一声呼唤。……孔夫子、秦始皇、汉高祖,'忠''一统天下'、对等'抵罪'(报仇),是不是在中国两千几百年来的民俗心态中根深蒂固?是不是中国的三大神?"

不必再举下去了,以上的例子已足够说明三本小书的内容。"猎疑""独白"也好,"探隐"也罢,甚至他此后写《八股新论》,包括晚年的大量其他文章,都是追问传统文化的内在倾向和民俗心态的不同侧面,寻根究底,触类旁通。这些文章合起来,大体能看出金克木对传统文化的判断和转换的期待。虽然他谦称,"这里的文章很单薄,够不上'深厚的解说'(thick interpretation)",但思维灵动多变,视野开阔通达,处处予人极大的启发,完全当得起他自己看重的这一提法。

5

金克木对文化"深厚的解说",1991年之后还有很多,在深度、广度和精确度上都有发展,但关注的核心没变,也就不用再继续举例了,有心人可自行翻看。不过，20世纪90年代完成的"九方子"三篇（《九方子前篇》《九方子后篇》《三访九方子》），化实为虚，正言若反，纵横而谈古今，还是让人忍不住说上两句。需要预先说明的是，九方子即九方皋，经伯乐推荐为秦穆公寻千里马，相马不看性别颜色，只管能不能日行千里。

三篇文章里，金克木假托奇遇，"记者近来忽然有幸遇见一位高人。他具备超级特异功能，不愿透露姓名，知道我的愿望，为我安排了一次访问"。首次见面，双方没有通常的寒暄，通篇是信息量巨大的问答——或者说是九方子的独白："我说的马的骊黄和牝牡都不对，去的人怎么知道是那匹马？为什么他牵马回来才试出果然是一匹所谓天下之马？""千里马有什么用？秦穆公为什么要找千里马？伯乐为什么又举荐我？他要千里马去干什么？伯乐知道。我也知道。所以韩信也知道。诸葛亮也知道。唯有你不知道，白白过了两千多年。你还是个什么新闻记者，连旧闻都不明白。古时的马你都不懂，还想懂未来的人？未来还要看马，知道不知道？"

再次访问，九方子化身公羊高，并说自己也可以是孙悟空。"九方皋、公羊高、孙悟空本是一个人。这个，你没法懂。你想不到我给秦穆公找的天下之马就是公羊高讲的大一统，也就是孙悟空保唐僧取来的真经。佛经是幌子，掩盖着真经。唐僧回国送给皇帝一本《大唐西域记》，这不是天下吗？孙悟空天宫海底南海西天都到，不比天下还大吗？"这些话已经够奇怪了，但接着，九方子说民人的祖师爷是赵高，待秦二世继位，"你们的祖师爷便把长了角的叫作马了。从此原来叫作鹿的就成为马了。你们现在还有逐鹿中原的说法。那鹿就是我给秦国找到的天下之马。"结合上文，我们是不是可以确定，这正是上面谈到的一种民族心态？

滔滔不绝的九方子，在第三次访问里，谈到了上面提到的一种隐文化："中国有编年的历史书。书里记载，讲的多是好话，做的多是坏事。骑的是马，偏叫作鹿。年年打仗，叫作太平。不懂这个，怎么懂过去那些话，那些事，那些人，又怎么懂得现在，怎么懂得未来？中国人的说法、想法最切近实际，有意把变说成不变。你们不发挥自己的这种长处，使千里马真正再大跃进一步，难道这也要让给外国人，自己只夸耀祖宗？"

不只如此，九方先生还未卜先知，谈到了当代前沿问题，指出了现代千里马的秘密："现代千里马靠的是伏羲老祖宗画的乾坤阴阳二分法，也就是零和一或无和有的算学。可是从零到一之间的路很长，有许多不明不白的中间站。这几年有人把这类东西装进了算学或者你们叫作逻辑的玩艺儿里面，叫作什么模糊数学、模糊逻辑。其实不对，这不是模糊而是让模糊变准确。这玩艺儿钻进了所谓电脑，千里马又增加了功力。可是还差一步没有大跃进，大爆炸。这一步就是要能算出内就是外，鹿是马或马是鹿，零和一可以对换。这才合乎实际。所有计算都是依靠不变，实际上一切都在不停地变。"

三篇九方子我读过多遍，越读越觉有味，很多乍看起来无法理解的话，仔细分辨起来，几乎都能够以某种方式还原到金克木致力思考的问题上。这些对应就不一一指出了，其间巧妙的转换，有时几乎称得上神行不测。不妨拿记者问现代秦国在哪里举例，九方老先生的回答真是出乎意料："在二十一世纪。这是照你们的说法。美国有个身体。英国剩个脑袋。两个拼凑起来。一个姓邱的给一个姓罗的出主意。这叫'合纵'，对付秦国。西边有个威廉谋划先霸欧洲再打天下。东边有个明治谋划先霸亚洲再打天下。这两个娃娃不懂马。谁能成事，要看谁能找到我。"答案有了，但问题是，秦国究竟在哪里？

《文化的解说》结尾，白发老人在悲观里透露出点儿乐观："不论战争怎样频繁，世界上绝大多数的人心仍然是要求和平的。总有一天和平力量会显出胜过战争力量。也许比二十一世纪还要遥远，但是只要人类存在下去，这力量就会大起来。"三次访问结束的时候，九方子于昂扬里显出忧心："秦王要强好战，现代战争更是比赛千里马的快跑。谁能先看清对方就能先发制人。然而我能使你看错，指鹿为马，那我就能后发制人。你堆积大量破坏物不过是炸毁你自己。你把自己当作了敌人。鹿比马快，可不是马。"那么，未来到底是值得期待还是需要忧心呢？"天上传呼归去也"，善猜谜题的金先生已经驾鹤西去，剩下的问题，需要我们自己来好好思量。

（原载《延河》2021年10期）

九死南荒

孔 见

1

绍圣四年（1097）二月二十四日，东坡一家欢欢喜喜，从寄居的嘉祐寺搬到白鹤峰脚下，一座有着二十间房的新居，结束了惠州三年，在官舍与寺院来回搬迁的日子。正厅"德有邻堂"和书房"思无邪斋"的牌匾，一看就是主人的石压扁蛤蟆体，隐含着碾不垮的韧性。送走前来祝贺的友邻，东坡移步右侧的思无邪斋坐下。此时夜深人静，窗外是虫子莫名的吟唱，他感到自己的心终于踏实下来，一家人总算有了归宿。可惜朝云命薄，等不到这一天，不然，应该是她沏上一杯热茶的时候。

自从1093年，妻子王闰之和高太皇太后相继过世，苏东坡就如同失去保护神那样，从权力高坡一路滑跌下来。诰命接二连三，先是外放定州，第二年发配岭南英州，紧接着再贬建昌军司马、宁远军节度副使、惠州安置，不得签署公事，从一个三品大员沦为从七品罪吏。在惠州，一家人先是寄住在官舍合江楼，半个月后移到嘉祐寺的旮旯里。第二年，因为表兄、广南东路提刑程之才的过问，重又搬回合江楼。表兄调离之后，合江楼便不好住，于是又重回嘉祐寺，就像猫生崽一样搬来搬去。

嘉祐寺后山有座亭子，叫松风亭，常年风声呼啸，如有天人絮语，周围景致颇好。一天，东坡无事，便往山上行去，想到亭子间歇息。然而，爬到脚软气喘，松风亭仍在树梢之上，于是停下步来，心中忽然生起一念："脚下之地如何歇息不得，非要到山上亭子间不可？"于是心中豁然，人"如挂钩之鱼，忽得解脱"。有了这本地风光的禅悦，他便绝了北归的盼望，想着在惠州安顿下来，改变眼下一家人流离失所的状态。为此，他郑重其事请道人暗中寻访，在白鹤峰下找到一块依山傍水之地，倾其所有，在道观遗址上筑起了这座新居。甫一落成，就修书通知苏迈，带着长幼二房眷属南下团聚，心里则想象着"子孙远至，笑语纷如"的场景。

不得签署公事，意味着手中权力已被剥夺干净。对于那些入世太深、终日汲汲于功名利禄的人，是一种沉重的打击，但似乎还伤不到东坡的哪一根骨头。天生我材，人不用我，不正是自我受用之时？从北方进入岭南，要跨过大庾岭。此山虽然不甚著名，但峰峦雄奇，气势磅礴，睥睨海外。站在高处放眼环顾，东坡心中的豪情便洒脱开来，晦霾之气扫荡一空："千章古木临无地，百尺飞涛泻漏天……而今只有花含笑，笑道秦皇欲学仙。"（《广州蒲涧寺》）他一路放情山光水色，吟诗作赋，直达贬所，没有一点惨遭不幸、落魄潦倒的样子。在惠州，除了到集市上买便宜骨头回来烹煮，呼唤当地友邻畅饮，他还遍尝岭南美食，全然是一个吃货嘴脸。当年杨贵妃千里红尘才能吃上的荔枝，在这里轻易就能饱食,而他对荔枝的痴迷程度,一点也不亚于三千宠爱集一身的胖美人。绍圣二年(1095),荔枝上市的季节,东坡写下了两首关于荔枝的诗,一首是《食荔枝》:"罗浮山下四时春,卢橘杨梅次第新。日啖荔枝三百颗,不辞长作岭南人。"在另一首长诗里,还宣称:"我生涉世本为口,一官久已轻莼鲈。人间何者非梦幻,南来万里真良图。"仿佛此次流放,是把他送进了仙山,完全体现不出任何惩罚的意图。再下来写出的句子,"花褪残红青杏小,燕子飞时,绿水人家绕。枝上柳绵吹又少,天涯何处无芳草"(《蝶恋花·春景》);"报道先生春睡美,道人轻打五更钟"(《纵笔》),透露出的,俨然是一个神仙的逍遥境界。这在当朝政敌章惇他们看来,苏某是存心向他们秀存在感,带有挑衅的意味。他非但不愁肠百结、丧魂落魄,还快活成这个样子,说明贬谪岭南,尚不足以惩戒此人,打折他的那根傲骨,让他趴在泥里悔过自新。因此,除了杀头,唯一可行的就是把他抛到海水里去。

新盖的房子水土气重,人会睡得很沉。但这好觉睡不满一个月,新任惠州太守方子容就带着随从,到德有邻堂前宣读了新的诰命:责授琼州别驾,昌化军安置,不得签署公事。此番被贬的人甚是不少,弟弟苏辙也被贬为化州别驾,雷州安置。就连死去多年的宰相吕公著、司马光、王珪,也被追贬到海南岛上。尽管这些年一贬再贬,几乎成了寻常之事,但对于此次放逐,东坡还是颇感意外。方子容是他新交的朋友,不知是真有其事,还是出于同情安慰,悄悄地告诉东坡:自己的内人虔诚信佛,有天夜里梦见一个大士前来告别,说他将陪苏子瞻远行,七十二天后就有诰命下来。今天恰好是七十二天。看来事情已有前定,先生不必过于伤心。

环顾刚落成的新居,和正在院子里嬉戏的孙子,东坡沉吟良久,然后莞尔一笑。作为一名居士,虽然未证"涅槃寂静",但此刻深深地领会了"诸行无常,诸法无我"。以前,他不止一次说过"吾生如寄",其实内心还是想把握住自己,现在这一点把握,恐怕也必须撒手,将身世全都交付出去,当作不系之舟,任凭风浪颠扑了。此时此刻,他想起了陶渊明的诗句:"纵浪大化中,不喜亦不惧。应尽便须尽,无复独多虑。"不仅做好到海南岛的准备,也做好了死在海上的准备,大有舍命陪君子,你让我走十里路,我就陪你走二十里的意思。他心底那股豪迈之气,不是那么容易压得住的。

由于所有的家底,都成了白鹤峰新居的砖块,东坡不得不四处筹措前往贬所的盘缠,甚至向广州太守王敏仲求援,请其将薪俸中折支成实物的部分提取出来。完了便把一大家子托付给长子苏迈。想到此去不太可能再回惠州,他专门到朝云墓前,燃上了三炷香,深深地鞠上一躬,吟诵自己为她写下的诗句:伤心一念偿前债,弹指三生断后缘。这个不幸的女人,从十二岁起,就一直陪侍在他身边,三十二岁便命归黄泉。在四五个侍妾中,其他人早都陆续告退,唯有这个女子情深意长。

四月十九日,东坡携幼子苏过,登上了离开惠州的木船。苏迈带全家人到码头送别,望着远去的身影,岸上的人都恸哭起来。怀着必死决心的东坡,也不禁流下了清泪。此时的情景,就像他后来给友人的信中叙述的:"某垂老投荒,无复生还之望,昨与长子迈诀,已处置后事矣。今到海南,首当作棺,次便作墓,乃留手疏于诸子,死则葬于海外,庶几延陵季子,嬴博之义,父既可施之子,子独不可施之父乎?生不挈棺,死不扶柩,此亦东坡之家风也。"(《与王敏仲书》)尽管遭到如此重击,他仍然不改豪放的秉性。

沿着官道抵达梧州,东坡获知子由刚从这里离开,正在赶往雷州途中。想到很快可以见到思念多年的弟弟,他的心情十分喜悦,流出了这样的诗句:"莫嫌琼雷隔云海,圣恩尚许遥相望。平生学道真实意,岂与穷达俱存亡。天其以我为箕子,要使此意留要荒。他年谁作舆地志,海南万里真吾乡。"在表达手足之情的同时,抒发了不为命运穷通改变的道心,和把万里之外的流放地,当成安身立命的故乡的自觉。

五月的一天,兄弟二人终于在滕州相见,泪水消解了数年来的顾念之苦。他们一边畅叙幽情,一边向雷州赶去,颠颠簸簸走了近一个月,才到了雷州半岛的徐闻海岸。当天晚上,东坡的痔疮发作,躺在床上辗转呻吟。子由心疼表情扭曲的哥哥,整个夜里都不能合眼,给他念陶渊明的《止酒》诗,劝他为了健康把酒给戒掉。此前,在《劝子瞻修无生法》一诗中,他也宽慰过哥哥:"谁言逐客江南岸,身世虽穷心不穷",希望他好好修炼无生法忍,出离人间苦患。从行仪上看,子由比哥哥更像一个居士。

绍圣四年(1097)六月十一日,天气晴好,东坡登上了南行的渡船。在摇晃的甲板上,他向子由挥手致意,说出了孔子当年的那句话:这难道不是吾道不行,则乘桴于海吗?但熟知他履历的人,则会想到他在黄州时写下的词句:"小舟从此逝,江海寄余生。"

2

苏东坡是一个宋朝的士子,要想理解这个人物,须对宋朝的文化有所了然。这个朝代对于中国人文历史,意义十分重大。如果说先秦是中华文化的原创期,那么,宋朝就是中华文化的成熟期、高峰期。宋朝文化的璀璨,不仅体现在物质方面,中国的陶瓷、丝绸、茶叶三大宗,源源不断地吞噬着全世界的白银;还体现在非物质方面,儒道释三家汇流的文化大格局形成。先秦时期，学派纷呈，百家争鸣，出现了思想领域潮流纵横、汹涌激荡的局面，其中以儒家与道家最为代表。后来的统治集团或推崇道法，无为而治；或独尊儒术，辅以刑法，出入于老庄与孔孟之间。

东汉末年，佛学东渐，至南北朝开始兴盛，出现"南朝四百八十寺，多少楼台烟雨中"的景象，但也发生北魏太武帝灭佛、北周武帝举儒拒佛的事情。隋唐时期，随着玄奘、法显、义净等人西天取经行动的完成，佛学典籍较为完整地移译过来，教法也有了系统的传承，形成禅宗、唯识宗、天台宗、三论宗、律宗诸宗林立的态势。但佛家与儒家、道家之间，尚未相互贯通，文化上的排异反应时有发生。李唐宗室尊老子李耳为祖宗，因此多数皇帝信奉道教，迷于炼丹食气，饮汞吞铅，以求长生不老，对佛家持审慎乃至排斥态度。武宗时期，甚至出现在道教人士的蛊惑下，大规模灭毁佛教的情况。但也有唐太宗、武则天、唐宣宗等帝皇，鼎力护持和推行佛法，使之得以弘扬。唐朝代表性诗人，如王维、孟浩然、白居易等，皆有不浅的佛学背景。

进入北宋之后，佛家获得了中华文化的认同，成为三大主流法脉之一，有了官方出版的体系完整的《大藏经》，儒道佛三家汇流的局面终于形成。在融汇激荡之中，佛家淡化了来自印度的山林气息，将儒家的纲常伦理，纳进因果报应和福德资粮的范畴，成为其世间法的内容；将大乘佛法普度众生的理念，融入儒家的治国平天下，不再像原先那么激越，一味要绝尘而去，出离世间苦海。儒道体系中也吸收了佛家的因果报应、三界轮回的内容，在修身的一维，借鉴了禅坐观修的方法。在宋朝，一个文人士子，不论信奉哪一种学说，对其他二教也绝不陌生；不论他以哪一教立身，都会参照其他二教的方便。就学者而言，关学的张载，洛学的二程，尽管皆以儒立身，对佛道颇有微词，但平日里进学的功课,除了持敬存养,都有静坐观心的内容,并非纯粹的儒家。至于道家功夫,在炼神还虚方面,也吸纳了佛家四禅八定、观心破境的功夫。总之,在宋之前,儒道佛三家在中国,基本上呈纵向直流的态势,到了北宋之后,才真正实现横向的交汇融通。正是这种汇通,使华夏文化的洪流更加波澜壮阔,宋朝也因此成为中华文化的高峰期,而苏东坡正是波峰上涌出来的人物。在宋朝,儒道佛三家学说,是一个文人的必修课。与苏东坡同朝的文人,如欧阳修、王安石等,学养也兼具三家。他们的人格成长,都从三种文化流脉中汲取营养。苏东坡就是从这种土壤里生长出来的。

作为一个进士,他必须精通儒家经典。实际上,他对六经之首的《易经》,和《论语》《尚书》《中庸》均有深入的研究,后期还撰有专门的论作。至于与道家的缘分,未出生之前就结上了。按照苏洵的叙述,他婚后数年无子,于是供奉一个姓张的仙人,才有了苏轼和苏辙。八岁正式入学时,东坡的启蒙老师就是道士张易简,课室设在天庆观北极院。他的同窗好友陈太初,后来也做了道士。传言他问道十分精进,证得了很高的道果,入寂时说走就走,尸解羽化,如一片云彩飘向太虚(苏轼《道士张易简》)。老子与庄子的著作,东坡谙熟于心。尤其是庄子恣肆的语言,感觉就像是从自己心里流出来的。他的代表性著作,如《前赤壁赋》《记承天寺夜游》《题西林壁》以及陶渊明的系列诗作,都是以道家境界打底的。"且夫天地之间,物各有主,苟非吾之所有,虽一毫而莫取。惟江上之清风,与山间之明月,耳得之而为声,目遇之而成色,取之无禁,用之不竭,是造物者之无尽藏也,而吾与子之所共适。"(《前赤壁赋》)"庭下如积水空明,水中藻荇交横,盖竹柏影也。何夜无月?何处无竹柏?但少闲人如吾两人者耳。"(《记承天寺夜游》)没有道学的修养,哪能写出如此空灵的句子!

至于佛家，渊源就更深了。峨眉是佛教名胜，东坡家中早有供佛，父亲苏洵师从云门宗大德圆通居讷，和宝月惟简；母亲程氏更是信仰虔诚的教徒，在家禁止杀生。因此，苏家院子里气氛祥和，时常有鸟儿飞来做窝下崽。父母逝世之后，东坡兄弟都到庙里做了功德，把他们生前喜爱的物品捐了出去。比东坡晚几年被贬海南的僧人惠洪，在《冷斋夜话》一书里记载：东坡从黄州移往登州时，打算路过高安顺便看望子由。子由和住在洞山的云庵和尚、住在圣寿寺聪慧法师，在同一天夜里做着同一个梦：有人喊他们快去迎接五祖的高足戒和尚。第二天，当三人还在疑惑之中时，东坡要来高安的信便送到了。四人相会之后，东坡说起母亲怀上自己时，曾梦见一个右眼失明的僧人到家里来。七八岁时候，他也曾梦见过自己，身披袈裟在山上行走。说话间，云庵和尚忽然想起，五祖弘忍的弟子戒和尚，正是瞎了一只右眼，且最后就圆寂在高安大愚寺，至今差不多五十年时间，而东坡此时刚好四十九岁。从此，东坡在写信时常常以戒和尚自称，显然是把事情当真了，所以后来在六祖真身像前，才有了这样的说法："我本修行人，三世积精炼。中间一念失，受此百年谴。"（《南华寺》）

3

在大约四十岁之前，尽管具有佛道的文化背景，苏东坡还是以一个儒者现身于世。由于过人的天赋，他二十岁上就在科举考试中名列前茅，并以诗赋名动京城，连当世文魁欧阳修都要给他腾挪位置。仁宗皇帝读过他的卷子，便认定此人是未来的宰相。因此，他入世的起点甚高，也十分得志。然而阅世不深，任事待人不免书生意气；自视才高，凡事爱发议论，如刺在喉不吐不快。挟着如日中天的声誉，话分自然斤两不轻，轻易发表批判意见，便容易造口业，招惹是非嫌恶，给自己带来逆缘。但在东坡看来，这是臣子在给朝廷尽忠。王安石变法后，东坡给神宗皇帝上了万言书，给自己惹来了麻烦。为了避免政见歧异引起的摩擦升级，他请求外放，觉得这样耗不起，还是地方政治气氛宽松，可以做些实际的事情。每到一处，他都"勤于吏治，视官事如家事"（《密州通判厅题名记》），"以济物之心，应不计劳逸"（《与王庆源十三首之三》）。认为"事有关于安危而非职之所忧者，犹当尽力争之，而况其事关本职而忧及生民者乎？"（《上文侍中论榷盐书》）当然，也不免游冶山水，吟诗作赋，乃至与歌伎饮酒诵诗。

熙宁八年（1075），东坡任密州知州，这是他第一次担任一个地方的主官。此时，该州连续七年大旱，蝗虫铺天盖地，席卷乡野，如同世界末日。他亲率官民筑堤引水，疏浚河道，挖掘井泉，以缓解苦旱之情。还多次携下属前往卧虎山，举行庄严的祈雨仪式，亲自念诵祷词。或许是精诚所至，天地为之动容，还真下来了好几场雨，那可是真正的甘霖。同时，他还上书朝廷，详报灾情，请求免除当地的秋税；组织百姓使用火烧等各种土办法，扫除蝗虫大军。

在救灾之余，他还不改诗人本色，写下数量不少的诗词，其中就有《江城子·密州出猎》。"酒酣胸胆尚开张，鬓微霜，又何妨？持节云中，何日遣冯唐？会挽雕弓如满月，西北望，射天狼。"词句中透露着一股掩抑不住的豪迈与张扬，让对手们感觉到他逼人的抱负。密州期间，他还流着眼泪，沿城墙捡拾三四十个孤儿弃婴，到家里来抚养。对儿童生命的关怀，贯穿苏东坡的一生。在黄州时期，他成立了一个儿童救济会，请富人捐钱，请和尚管账，请当地妇女领养。并且致信黄州太守，请求官方出台措施，制止溺死婴儿恶俗。

两年后，东坡调任徐州知州，到任不久，黄河的洪水跟随而至，耗资五百万缗的排洪工程溃决，工程负责人畏罪自杀。来势凶猛的黄河水，在徐州以北约五十里的地方决堤，以排山倒海之势，冲毁大片村庄与田园，直逼徐州城下。水位一度高于城内的街道。知州苏东坡不顾个人安危，带着市民加固城墙，数十天夜不归家，住在临时搭建的工棚里。以与城池共存亡的气概，阻止了富人们弃城逃亡的企图。在人力不济的情况下，他亲自前往皇家禁卫军营地，会见主帅，请求他们出兵支援。

1089年，苏东坡以龙图阁学士身份出任杭州太守，兼浙西军队统领。杭州位于钱塘江口，又是京杭大运河的起点，为水陆交通要隘，商旅云集，人口超过五十万，密度甚高。春夏之际，往往有瘟疫流行，控制不好，将是一场恐怖的灾难。十八年前当通判的时候，他对此深有感触。这次作为主官赴任，他首先想到的就是建一所公立医院。他划拨一笔款项，个人捐出五十两黄金，在城区中心建起了一所叫"安乐坊"的医院，由精通医道的道士主持，公家给予一定的报酬。

杭州的几处水源地，多与钱塘江入海口相连，涨大潮时，海潮倒灌，饮用水就出了问题，居民只能花钱购买从西湖运进城来的水，可并不是谁都能够付得起费用。东坡为通判时，州府曾经兴建过一个简易的工程，用竹管将西湖水输入城区。但这种权宜之计，很快就废了。此次，东坡主持重修这项工程，输水管用陶瓦制作，经久耐用。他还利用自己的军职，调动一千多名士兵参与工程建设。不久，就在城区建成了六个饮用水库，让所有市民都能喝上干净的水。接下来，他继承前辈诗人白居易的遗志，大规模地整治西湖，清除厚积的淤泥和杂草，并筑起一道诗情画意的堤坝，成为千古佳话流传至今。

"嗟我昔少年，守道贫非疚。自从出求仕，役物恐见囿。"（《次韵答张传道见赠》）尽管是在少年时代，东坡就曾一度彷徨过，到底应该遁入山林隐身修炼，还是登上庙堂参与治国平天下。但是，一旦决定投身仕途报效国家，便以身相许，肝脑涂地在所不惜。在一篇文章里，他表明了这样的心迹："古之君子不必仕，不必不仕。必仕则忘其身，必不仕则忘其君。"（《灵璧张氏园亭记》）每上一任，或是每到一地，首先考虑的都是社稷黎民。即便是在惠州，手中权力已经剥夺得一干二净，他也借助自己的影响力有所作为，而不耽于无何有之乡。

惠州东江与西江各有一座浮桥，是此地的交通枢纽，然已失修多年，无法通行，往来的人划舟渡江，沉船溺水事件时有发生。东坡探明情况后，致信表兄程之才，请求广南东路划拨建桥所需八九十万元款项，再请罗浮道士在信众中募资，重建了这两座桥梁。竣工之后，他专门撰写了诗文。此外，他还推动惠州太守詹范，将战乱时代弃身野外的数百具无名尸骸，收拾起来重新下葬，请僧人举办超度仪式，使他们不再做孤魂野鬼呼号于旷野。给死去的人尊严，也是对活着的人的一种尊重。

作为一个儒者，东坡的行仪上承先秦原儒，活泼而富有生气，有鸢飞鱼跃之象，在实践中善于权衡通变。汉武帝独尊儒术之后，儒学从一种民间思想，上升为一种国家意识形态，众多儒者因此失去原先放达的风度，拘泥于纲常伦理的枝节，落入窠臼之中，变得迂腐起来。由于有了佛道思想的通变，东坡的儒学显得通达大方，洒脱自如，迥异于同时代的程氏兄弟。在司马光的葬礼上，他与当世鸿儒有了正面的冲突。葬礼专门延请程颐主持，这位大儒不许司马光儿子立于灵柩旁，向前来吊唁的客人鞠躬还礼，认为这种沿用数百年的习俗，不符合孔子时代的古礼。子孙倘若贤孝，就应该悲恸欲绝，哪里还能出来抛头露面。那天，朝廷在太庙的大典结束后，东坡带着翰林院与中书省的官员，前去司马光家吊唁，却被程颐拦在门口："'子于是日哭，则不歌。'你们难道没有读过《论语》吗？"东坡上前回敬："《论语》并没有说：'子于是日歌，则不哭。'"把程颐呛了回去。在灵柩前作礼完毕，东坡看不见司马光儿子，打听起来，才知道是程颐不让出来见人。于是在众人面前笑话说："伊川可谓糟糠鄙俚叔孙通！"意思是说，程颐糟践了叔孙通修订的汉代礼仪。弄得程颐下不来台，因此也与二程及其弟子们结下怨气。程颐虽然职位不高，门生却遍布朝野。

苏东坡的宦海生涯中，并没有做过出格的错事，唯一被人揪住不放的罪过，就是文字里流露出来的不平之气。如果是出自普通文人，兴许不会被人当作把柄。但是他人望太高，而且持不同政见，加上行为过于任性，不顾及微妙的人际关系。不论官阶升到什么级别，苏东坡都还是以文人学者自任。学者与官员不同，学者以求真为使命，不论何时何地，都要口吐真珠，表达实情；但官员考虑的权宜之计，此一时彼一时的策略，说话讲究分寸的拿捏，照顾方方面面，人前人后，在什么时间什么场合说什么话。东坡总是像个孩子，要说穿皇帝的新装。终其一生，他都没有完成从书生、学者向官员的转型，进入集权政治结构规定的角色里去，使用与之相应的话语体系。他曾对太后诉苦："臣欲依违苟且，雷同他人，则内愧本心，上负明主。若不改其操，知无不言，则怨仇交攻，不死即废。伏望圣慈念为臣之不易，哀臣处此之至难，始终保全，措之不争之地。"（《乞郡札子》）这是对自己行状的一种解释。其实说与不说是一种选择，以什么方式、在什么场合、用什么口吻说，更是一种智慧，特别是在集权体制之内。

文字的才华给东坡带来巨大的声誉，特别是欧阳修逝世之后，他已然成为当世第一文豪。在公共语境里，他占有的话分越来越重，人也活得越来越占地方。在这种情况下，说话应该更加审慎才好，但他依然不管不顾，锋芒凌厉。他似乎意识不到，当自己的影响力超过上司和同僚时，人们已很难按体制规约的方式来对待他了。彼此都是进士出身、善于诗赋的文人，被你压着也想有翻身吐气的时候。越名教而任自然的行为方式，给他招来了暗地里的嫉恨。因此，东坡与对手之间的对立，除了政见的歧异，很大程度上还有意气的成分。"乌台诗案"是他经历的一场生死劫，但甫一出狱，他便诗兴大发，称自己"却对酒杯浑似梦，试拈诗笔已如神"。在一首看起来是反思本人过错的诗里，把对手戏称为"少年鸡"："平生文字为吾累，此去声名不厌低。塞上纵归他日马，城东不斗少年鸡。"自我的优越感，和对别人的鄙夷与不屑，溢于言表。此时的东坡，对于世道人心，实在还看得不够通透，他的犀利让一些人感到芒刺在背。

在公事活动中，表达政治见解，评价人事，本应就事论事，但他带入了浓烈的感情色彩，说起别人的坏处淋漓尽致，在修辞上极尽讥诮挖苦之能事，显得过于嫉恶，有失宽恕。他把对立面比喻为"饥虱""奸佞小人""国之巨蠹""诈伪骗子"，甚至是追腥逐臭的"蝇蛆"，吃腐鼠的乌鸦。而在将对手妖魔化的同时，却以君子麟凤自居，不屑同流合污。在任翰林院知制诰期间，他拟了八百多道圣旨，大多都可以当文学作品来欣赏。其中掺入了不少私人情感色彩。譬如贬谪吕惠卿的圣旨，说此人"始于知己，共为欺君，喜则摩足以相欢，怒则反目以相噬"；"党与交攻，几半天下"，形容惟妙惟肖，但失之分寸把握。吕惠卿东山再起之后，反戈一击，倒打一耙，也并非人情不可以理解。追赠王安石死后哀荣的圣旨，称其"网络六艺之遗文，断以己意，糠秕百家之陈述，作新欺人"。本来是追封的圣旨，还要加入一些嘲讽之词，以抒泄个人意气，对一个过世的先辈，未免失之刻薄。这些方面，需要有人给他补上一课。

相比之下，司马光的气量明显大度许多。司马光与王安石，算是政治上的死对头，但他在病榻上以宰相名义下的最后一道指示，却是这样写的："王安石为人并不甚坏，其过端在刚愎自用，死后朝廷应以优礼葬之。"

虽然政见不同，但王安石个人操守堪称君子，并非居心险恶之徒。他上书皇帝、提出改革主张的出发点与立意，原是为了"因天下之力以生天下之财，收天下之财以供天下之用"，改变宋朝国力衰弱的状况，尽一个忠臣的责任。不管他提出的方案是否正确，一旦为皇帝采纳，就转化为一种国家行为。神宗皇帝没有经过朝臣的充分论证，就大张旗鼓地推行变法，那是他不成熟的表现。由于朝中重臣老臣大多反对变法，王安石只能起用一些资历浅、德望低的新进人物，如吕惠卿、曾布、章惇等。这些缺少感召力和政治智慧的人，为了新的举措能够推行下去，除了使用剪除异己的手段，还能想出什么更好的办法？而在为数不少的异己中，苏东坡是一个人望极高、爱大声说话的人，不治治他，让他出局，废掉他的武功，变法还能够进行下去吗？一旦他卷土重来，位极人臣，我等还能有好果子吃吗？但这个人行为端正，做事踏实，几乎不可挑剔，只是诗文言论豪放任性，不修边幅。于是，所谓"乌台诗案"就合乎逻辑地炮制出来。李定、舒亶等人，从苏某的诗文中断章取义，找出一些句子，如"必不仕则忘其君"，"农人三月无盐吃"，还有燕子与蝙蝠的暗喻，和指责青苗法的言论等，牵强附会加以发挥，弹劾他辜负皇恩，蔑视朝廷，包藏祸心，专唱反调，罪名便自然成立。如此，苏轼也就"万死不足以谢圣时，岂特在不赦不宥而已"。

元丰二年（1079），苏东坡以"文字毁谤君相"罪被拘捕，从湖州押送汴梁御史台牢狱。押送途中，性情刚烈的他想到纵身一跃，跳入江中，一死了事。但冷静想来，觉得这样不仅连累家人，自己也洗不清白。皇帝对东坡的为人有基本的判断，并不轻易听从他人处死东坡的进言。据说，神宗曾经派人潜入牢中，观察东坡的举止，发现他睡得很香，鼾声如雷，表明他胸间并无梗有亏心之事。加之皇后临终前，称道苏氏兄弟是先帝看中的宰相之才，提醒他不要听从谗言，冤枉好人。此外，张方平、司马光等大臣也为东坡求情。因此，东坡终于还是躲过这一劫，在狱中蹲了一百三十天后，获得释放，流贬黄州。此事虽然看起来是一场虚惊，却深深地触动了东坡内心，让他不能不重新审视自己的生活。

4

"乌台诗案"是苏东坡人生的一个转折，在此之前，他是一个具有佛道修养的儒家，他的人生价值，体现在投身社会，参与国家治理，改善民生的方面。从佛学的角度看，这其实是一种入世修行的方式。这种方式不同于掩门闭关，青灯黄卷，而是将自己全然交付出去，纵身于风口浪尖，应对各种因缘际遇，在拿起放下之间，扯出胸臆间缠绕的葛藤，检验自己是否心无挂碍，远离颠倒梦想。这种磨炼，不是内守幽闲的清净境界所能取代的。东坡把自己一生遭受的打击与不公，当作是往世所造罪业的果报，也视为磋磨自己心性的石头。实际上，入世过程一再给他带来挫折，差点断送身家性命，同时也暴露了自己的偏执和习性，证明自己并没有像诗里所写的那样，"已向虚空付吾身"，还给自己留有猫腻。内心的执情，倘若不能在暗室里自我勘破，也就只能通过外在的劫难来了断了。

元丰三年（1080），从鬼门关捡回一条老命之后，四十三岁的东坡被贬黄州，寓居在定惠院内。面对浩浩荡荡的长江水，他开始对自己的人生反思，从治平的方向转身，收摄魂魄，退回到修身的领域。他的文字有这样的记载："余二月至黄舍。馆粗定，衣食稍给，闭门却扫，收召魂魄，退伏思念，求所以自新之方。反观从来举意动作，皆不中道非独今之所以得罪也。"通过对参政以来一些事情的反省，他深深感慨自己："道不足以御气，性不足以胜习，不锄其本而耘其末，今虽改之，后必复作。盍归诚佛僧，求一洗之。"（《安国寺记》）于是，他开始静坐，并系统阅读佛学的经典。"初到，一见太守。自余杜门不出，闲居未免看书，惟佛经以遣日，不复近笔砚矣。"隔一二天，就到城南的安国寺里焚香默坐，进入物我两忘、身心皆空的境界。他还曾到一个道观里，闭关七七四十九天。僧人参寥子专程到黄州来住了一年，跟他交流学禅的心得。经子由介绍，还有据说已经活了一百二十岁的道人，也来与东坡会面。和方外之人一起喝茶饮酒，少不了谈些玄之又玄的话题。在他们的影响下，东坡甚至还用朱砂、白矾、雄黄、磁石为原料，炼起了丹药。陶渊明的作品，原先只是泛泛而读，如今看了进去，觉得妙不可言，以至于将其认作自己的前身，分不出你我来。有了佛道文化的滋养，加之陶渊明诗文的激发，东坡的精神境界与文学才情，都得到很大的升华，《前赤壁赋》《定风波》《临江仙》《念奴娇·赤壁怀古》《记承天寺夜游》等传神之作，和书法作品《寒食帖》，将他的文学艺术推向顶峰。这些作品将佛道的高妙意境加以演绎，转化为富有感染力的文字，让阅读它的人陶醉其中。

如寄的人生旅程中，黄州算是东坡居住时间较长的地方。他在长江边开垦十亩荒地，踏踏实实当起了农民，把自己红润的脸晒得炭墨一般。他还修建茅草屋数间，号称"雪堂"，自封"东坡居士"，将侍女王朝云纳为小妾，悠然过起了居士的生活。当然，作为一名资深的吃货，他还自己酿酒，时常到集市上买来便宜的肥猪肉，自己烹制"东坡肉",与当地文人雅士一起,唱起了《猪肉颂》来,把罪臣的生活过得滋润有味,一点也没有亏欠自己,不像厌世者那样憋屈,度日如年。

元丰八年(1085),神宗皇帝逝世,年幼的哲宗继位,太皇太后高氏临政,任命司马光为宰相,召回旧党,放逐新党,废除变法条款。仿佛祖坟上冒青烟,苏东坡与苏辙的地位一路攀升,苏东坡先后担任中书舍人、翰林学士、知制诰,知礼部贡举,成为三品大员。眼看旧党得势之后,不加厘析地一味废除新法,打压新党,他再次提出谏议,对旧党执政后暴露的问题予以抨击。元祐八年(1093),哲宗皇帝亲政,新党重又得势,章惇拜相。不知什么原因,这个一度是东坡好友的人,此时已然成为他的死敌,而早年被东坡看出的那股戾气,也从他狭隘的心窖里散发出来。不能见容于新旧二党的苏东坡,意识到功高身危,名重谤生,只好选择回避,再度请求外放。自此之后,他的社会地位一再滑跌,个人身世也随之被抛,他的精神生命,也像一味药膏,经历了九蒸九制。

黄州八年,佛学成为东坡的精神建构中,继儒道之后的又一支柱。至此,中国文化的三大主脉,都汇入了他的血管,滋养他的脏腑,可以调动来应对各种境遇变化。自黄州起,特别是元祐八年(1093)外放之后,他身上佛道的修养渐渐彰显出来,几乎遮蔽了儒者的本色,并最终在海南时期深入他的骨髓。他的成就主要体现在人格的完成,和诗文的著作。他六十五岁的人生,大抵可以粗分三个段落,前二十年是人生的准备阶段;中间二十多年是进入国家权力体系,参与社会治理,建功立业是阶段;后期近二十年是独善其身,完成人格,传承文脉阶段。苏东坡似乎更加重视后者,自称:"若论平生功业,黄州惠州儋州。"

5

尽管苏东坡以豪放著称,但要跨越白浪滔天、暗流涌动的琼州海峡,还是颇感不安。渡海之前,他专门到伏波庙进香,祈请两位开琼将军之灵的庇护。登船之后,起伏跌宕,坐立不是,与跟歌女泛舟西湖完全不同,"舣舟将济,眩栗丧魄",感觉天旋地转,随时都有被颠覆与淹没的危险。心始终是悬着的,没有了方向和陆地上的踏实感。这种无依无傍,双手没个把抓的状态,对他而言是完全陌生的。这或许就是《金刚经》所说的无所住,但他还不能做到无所住而住。他想,这恐怕是被流放到海外的原因。好在当天风浪不大,潮流悠缓,下午便顺利抵达琼州海岸,在海口靠岸了。在苏过的扶持下,东坡踏着跳板登岛。魂魄初定的他,回头一眼望去,只见水天苍茫,心中生起从未有过的凄怆,一种天地悬隔的孤独感,一种呼天不应、喊地不灵的遗弃感,骤然袭来,让他倍生伤感。在后来的追忆中,有这样的表述:"吾始至海南,环视天水无际,凄然伤之,曰:何时得出此岛耶?"(《试笔自书》)这一天,是绍圣四年(1097)六月十一日。

琼州(今海口)府官员张景温派人来接应,还说要为他接风洗尘。东坡以信回复,表示婉拒:"自以罪废之馀,当自屏远,故不敢扶病造前,伏冀垂察。"(《与张景温书》)在琼州府城东边的客栈里,东坡停留了十几天时间。其间,琼州副使黄宣义等前来探望。没事的时候,他就到州城内外走走,观察当地的风物人情。他发现,城区内外水面不少,但多为牛羊鸭鹅所用,十分浑浊,且气味难闻。居民饮用水要靠打井,每天早晚,汲水的人排成长队。于是他临时起意,试着寻找干净的水源。功夫不负有心人,在城墙东北角附近,他果然找到了两处涌泉。酌水掬饮,泉质相当甘润,只是周边的淤泥、灌木和废弃物需要清理。他把这一发现告诉当地官员,希望他们组织人力整治。后来,人们运来石头,在泉眼处筑起一个蓄水池。这"双泉"中的一眼,至今仍然保存在海口五公祠内,泉流源源不断,常有粟米般的小气泡浮出水面,因此得名"浮粟泉"。

经过一阵歇息,东坡一行从府城出发,沿着官道前往三百里外的儋州。他发现,海南岛地面虽然狭小,天空却比中原要辽阔,感觉像是没有封顶似的,深得令人晕眩,云彩洗过的一样干净。相比之下,也许是因为有个皇帝罩着,汴京的天空压低了许多。一路上他坐的是轿子,摇摇晃晃地在烈日下赶路。六月下旬,是海岛最炎热的时节,蒸腾的暑气使人浑身乏力,昏昏欲睡。东坡不知不觉中迷糊过去,做起一个梦来,梦中竟然听到有个声音在念诵诗篇。随着一阵不知何处吹来的风,降下了一场急切的太阳雨,晶亮的雨丝飘进轿里,凉意让他醒了过来,脑子里还依稀记得一个对仗的句子:"千山动鳞甲,万谷酣笙钟。"于是,他一路上加以发挥,演绎成一首完整的诗篇:

> 四州环一岛,百峒蟠其中。我行西北隅,如度月半弓。登高望中原,但见积水空。此生当安归,四顾真途穷。眇观大瀛海,坐咏谈天翁。茫茫太仓中,一米谁雌雄。幽怀忽破散,咏啸来天风。千山动鳞甲,万谷酣笙钟。安知非群仙,钧天宴未终。喜我归有期,举酒属青童。急雨岂无意,催诗走群龙。梦云忽变色,笑电亦改容。应怪东坡老,颜衰语徒工。久矣此妙声,不闻蓬莱宫。

这是东坡在海南岛写下的第一首诗,表达了一个流放者,陷于穷途末路,四顾茫茫,不知何日才可以归去的心态。同时也以海天的寥廊与人生的渺小，来宽慰自己的愁肠。那场凭空而起的太阳雨，被想象成美妙的仙乐，带来了酣畅的快意，似乎暗示着归期终将会到来。显然，诗人虽然说过"海南万里真吾乡"，但内心深处还是渴望有一天，能够被赦免归去。这是一种复杂的情感。东坡清醒地意识到，为了收容被抛弃的身世，让自己不至于没着没落，生活在别处他方，像一个无人认领的弃儿，在盼望与期待之中度日如年，就必须遵照佛家随缘与恒顺的原则，把流放地当成出生地来安身立命。但是，毕竟这里处地荒凉，远离亲人朋友，缺少对等交流的知己，难以施展自己的才情抱负，实在不是久留之地。因此，他心中还存有一念，想象着还有北归的那一天。如此看来，他的心仍然有所待，达不到庄子的绝待境界。

海南西北属于平原地貌，东坡一行走走停停，传说岛上有犀牛和大象，但都不见踪影。七月一日那天，透过路边的茅草，终于看到一座山峰，从平地突兀而起。轿夫告诉他，这就是儋耳山，意味着流放的终点昌化军治所快到了。东坡让人停下轿来，舒展一下身子骨。他发现，草丛中到处散落着焦灼的黑石头，仿佛是从天上掉下来的，于是联想到了女娲补天之事，随口占了四句——

突兀隘空虚，他山总不如。
君看道旁石，尽是补天余。（《儋耳山》）

一座低矮的丘山，几块路边的烂石头，经过东坡点石成金的想象，便显出了雄奇的气象来。看来，他放旷的襟怀，并不因为遭遇的不幸而有所畏缩，坡翁依然是"一蓑烟雨任平生"的坡翁。

6

得到昌化军军使的许可,东坡父子暂时租住官舍伦江驿馆,一座早已破旧不堪的房屋。按照惯例,逐臣每到贬所,必须立即给皇帝上表,说明情况,披露心迹,感戴恩德。这种文字他已经写过多遍,但这次写的《到昌化军谢表》,还显得相当沉痛:

> 今年四月十七日,奉被告命,责授臣琼州别驾昌化军安置,臣寻于当月十九日起离惠州,至七月二日已至昌化军讫者。并鬼门而东鹜,浮瘴海以南迁。生无还期,死有余责。伏念臣顷缘际会,偶窃宠荣。曾无毫发之能,而有丘山之罪,宜三黜而未已,跨万里以独来。恩重命轻,咎深责浅。此盖伏遇皇帝陛下,尧文炳焕,汤德宽仁。赫日月之照临,廓天地之覆育。譬之蠕动,稍赐矜怜;俾就穷途,以安余命。而臣孤老无托,瘴疠交攻。子孙恸哭于江边,已为死别;魑魅逢迎于海外,宁许生还。念报德之何时,悼此心之永已。俯伏流涕,不知所云。臣无任。

除了一味地引咎自责,赞颂皇上彪炳日月的仁德,同时也道出了自己的凄凉处境,希望能够有机会报答浩荡的恩情。东坡此时的姿态,确实已经低到尘埃里去了。在强大的权力场里,许多坚硬的事物都会变形,话语更难做到句句由衷。想必这篇表书,东坡一度反复踌躇,着实费了不少心思。除了不得不写的表书,东坡还给许多一路帮助过自己的朋友写信,包括雷州知州张逢,以表"感服高义"之情。在人情世故方面,他从不马虎,也不敷衍,总是做得心到意到气到。

夏秋之交，正好是海南的雨季，伦江官驿聊胜于无，但屋顶漏阳泄雨，一觉醒来枕边落满枯叶。此番情景，说起来诗意盎然，处身其中却难以消受。夜里下雨，四处滴答，瓦罐瓢盆应接不及，屋里没有个干爽的地方，人都快成了个落汤鸡。此番情景，都不敢向旁人说出。新任的军使张中，进士出身，富于人文情怀，眼看一代文豪沦落到这般田地，实在心不落忍，派出军士翻修官舍，使东坡父子得以安身。然而，官舍毕竟不是久居之处，床榻之下叽叽嘎嘎，仍有不安之感。

昌化军在海岛西部，是黎汉杂居的偏僻之壤。刚到这里，东坡面临的境遇，就像他在给亲友信中描述的，"此间食无肉，病无药，居无室，出无友，冬无炭，夏无寒泉"（《与程秀才书》）。因此，"资养所给，求辄无有"（《与程全父书》），当地百姓顿顿吃番薯芋头，连田鼠蝙蝠都抓来做烧烤。要在这"六无"之地生活，仅靠琼州别驾一个罪臣的微薄薪水，实在难以应付。为了添置必要的用品，购买所需的食物，东坡不得不变卖从大陆带来的家当。平生好酒的他，卖掉了一套酒器。唯有一个荷花造型的杯子，制作精妙，数十年来伴随他春风沉醉的光阴，抚摸再三，实在舍不得出手。为此，还专门给这个杯子写了一首诗。这些年来，命运一路对他的打劫，接近于如洗的程度。他必须在劫不走的剩余物上，找到自己的立足之地，让自己到天涯海角还有路可走。他想到了禅宗祖师的一句话："去年穷犹有立锥之地，今年穷连立锥之地都没有了。"那天在海上，他深深体会到，手中连一根救命稻草都抓不到的感觉。在那种感觉中，人要么淹没于汪洋之水，要么就飞翔于蓝天白云，但那双抓不住稻草的手，还是想要抓住一根稻草。

初到儋州，风土迥异，人情陌生，加上几次生病，父子二人与外界没有什么往来。东坡本人的情绪显得低落许多。在给张逢的信里，他描述了自己的状态："某到此数卧疾，今幸少间。久逃空谷，日就灰槁而已。"而在一首诗的序言里,则有这样表述:"至儋州十余日矣,淡然无一事,学道未至,静极生愁。"(《夜梦并引》)夜里醒来,对着窗外的长庚星默坐良久。落寞的心态滋生愁绪,这让他怀疑起自己的道行,尚不足于降伏其心,断除烦恼。不过,这是自己真实的存在,与其以石压草,莫若让它抒发出来,化成一首诗词,在吟诵中烟消云散。他的词风,不知不觉中变得婉约起来。

或许是天穹高旷的缘故,岛上的月光透出一种夺命的皎洁,空明程度胜过承天寺的月色。身体好些的时候,待儿子睡熟,他常在夜里独自披衣出行,在如水的清辉下,像一尾鱼四处游走,全身沾满白晃晃的磷光。有时惊动人家院子里的狗,以为是盗贼进家,引发一阵气势汹汹的狂吠,全城的狗也都一齐呼应起来,大有惊涛拍岸之势。当地的人甚感疑惑,他们暗地里都在议论,这个深夜不归之人,在月光里衣袂飘飘,如同幽灵一般,到底是要寻找什么东西?

熙宁元年(1068),东坡离开家乡眉山,朋友蔡襄为了给他一个念想,特地在他家门口种下荔枝树,表达故乡亲友对他归来的期待。那棵树一天天、一年年长大,三十年过去,想必已经十分葳蕤,合抱不过,但东坡一直都没有回去过。至于那些少时的朋友,恐怕也已经凋零无几了。由于一生多在颠沛流离之中,像一只离群的飞鸿,从很早时候起,东坡便开始思考,流亡之中如何安身立命。从佛学的角度,这是一个关于自我与我所的问题。他何曾不想像陶渊明那样,不为五斗米折腰,找一处远离尘嚣的田园种豆、采菊、酿酒,把自己灌个烂醉,倒在篱笆脚下,不知今夕何年。但内心又存有愿想,既然到了这个地面上来,还是希望能够做些加减乘除,对同一个天空下的生灵有所安慰;同时,也渴望在烟火人间经历些事物,消受些乐趣,磨砺自己的品性,窥探造化的阴谋,从而把这个世界看个透彻,不再为之魅惑与懊恼。

自从第二次出川，他人生的旅程，似乎越来越背离故乡的方向。也就是说，他总是生活在异地，离故乡越来越远的地方。家门口的那棵荔子树，成为遥不可及的橄榄枝，在梦境中招摇。作为一个士子，投身社稷庙堂，进入权力中心，报效国家黎民，是他的夙愿，但从元祐八年（1093）起，他一路被踢将出来，不断被边缘化，从权力的掌握者，变成权力的囚徒。似乎不论是家还是国，他都依傍不上。徐州、密州、杭州、湖州、黄州、颍州、扬州、定州、英州、惠州，在这一连串的地方，他都如丧家之犬匆忙走过。惠州三年，他原本就绝了北归的盼望，筑起一座房子准备终老，却怎么也想不到，还会被流放到大海之上的孤岛。似乎上苍非要让他绝了收拾魂魄、在世间建立家园的念想。多年来，他一直参不透"应无所住而生其心"这个谜题，到了六十岁之后，似乎明白了过来。一颗心要想得到自由，就必须"拣尽寒枝不肯栖"，任何境地，包括至高的宠荣与无限温柔之乡，所有的一切都是寒枝，都不能有所住。即便是身体，也不能成为心灵的寄托，因为"长恨此身非吾有"；而"吾所以有大患者，为吾有身也"（《老子·十三章》）。于是，心只能住于无住，而所谓无住，也就是自住，即心归于心，心安住于心，才可以自足自立，拥有无条件的自由。一旦在心外有所建立，终将招致分崩离析。在岭南时期，他便写下这样的词句："万里归来颜愈少。微笑，笑时犹带岭梅香。试问岭南应不好。却道，此心安处是吾乡。"好与不好，不再关乎岭南岭北，而关乎心安与不安。安身的问题就转化为安心，只要心安立于自性，何处不是自己的故乡！

在前往海南的路上，他就决意把这个最遥远的他乡，变成自己安心的家园，把儋州的父老，当成自己的乡亲，全然地融入当地社会，化为一介草民。"素富贵行乎富贵，素贫贱行乎贫贱，素夷狄行乎夷狄，素患难行乎患难，君子无入而不自得焉。"(《中庸》)运命无常，人只能随遇而安，处在富贵境地，就过好富贵的日子；处在贫贱境地，就过好贫贱的日子；处在夷狄地区，就过好夷狄的生活；处在患难之中，就过好患难的生活，什么地方都能活人。在海南，插根扁担都还能开花呢。于是，他有这样的认同："我本儋耳氏，寄生西蜀州。"在《和陶归去来兮辞》的引文中写道："盖以无何有之乡为家，虽在海外，未尝不归云尔。"在《和陶拟古九首》也有这样的表达："问我何处来，我来无何有。"明确表示，他要以无何有之乡为自己的家乡。如果是这样，天下到处就都是自己的家乡了。

初到儋州时写的《和陶还旧居》，更加充分地流露他的心迹："痿人常念起，夫我岂忘归。不敢梦故山，恐兴坟墓悲。生世本暂寓，此身念念非。鹅城亦何有，偶拾鹤毳遗。穷鱼守故沼，聚沫犹相依。大儿当门户，时节供丁推。梦与邻翁言，悯默怜我衰。往来付造物，未用相招麾。"人生在世，本来就是暂时的寓居，还是让心回到心里，将心外之物托付于造化，用不着到处去招魂喊魄。弟弟子由也与哥哥灵犀相通，在给东坡的和诗里，有着这样精到的句子："此身所至即所安，莫问归期两黄鹂。"(《子瞻闻瘦以诗见寄次韵》)

在风云叵测，舟楫不便的时代，岛屿是孤独无依的象征。上岛之初，东坡曾经环顾苍茫云水，困惑于不知何日才能出离。现在，勘破了无住而住之后，内心破壁而出，顿觉豁然开朗，四通八达，不再被孤岛境遇所拘困。他把这份心得写成一篇笔记："吾始至南海，环视天水无际，凄然伤之，曰：'何时得出此岛耶？'已而思之，天地在积水中，九州在大瀛海中，中国在少海中，有生孰不在岛者？覆盆水于地，芥浮于水，蚁附于芥，茫然不知所济。少焉水涸，蚁即径去，见其类，出涕曰：'几不复与子相见。岂知俯仰之间，有方轨八达之路乎？'念此可以一笑。"（《试笔自书》）文章颇得庄子之余韵，写作始终是他参究物理人情的习惯方式。

7

就像东坡暗自预感的那样，伦江官舍并非久留之地。尽管已经逐入大海，仍然还有眼睛在紧盯着他。把持朝纲的章惇等人，对于旧党并不放心，恐惧他们东山再起，卷土重来，以其人之道还治其人之身。于是派人到岭南各地明察暗访，希望能抓住把柄进一步惩治，甚至将其诛杀，以绝后患。一个叫作董必的官员，查访的重点是苏氏兄弟。苏辙在雷州租住当地人的房子，被他构陷为强夺民居，因此被迁放到循州去。雷州知州张逢，因为款待过苏轼兄弟，也被停了职。董必原想亲自到儋州追查东坡，但身边有人说了一句："谁都是父母所生，谁都有自己的孩子啊。"他听了心中一震，便改派一个小吏前往。尽管如此，东坡还是被赶出官舍，帮助过他的军使张中，也被撤换了职务。事情就像惠州时发生过的，只是更加严重了，而且连累到他人，这让东坡心里很是过意不去。

其实，伦江官舍，尽管付了租金，东坡心里还是忐忑，一直暗自寻访可能的住处。他曾经走进城北一处弃荒的园子，主人不知去了何方。因为久无人气，里面长着野性的桄榔，还有几棵大树，缠绕着粗壮的老藤。有黑鹤、斑鸠和叫不出名字的鸟，在密叶里扑腾，发出古怪的叫声。或许是这种怪叫，或许是隐隐有不祥之感，犹豫再三，他还是放弃购买的念头。毕竟，这是一笔不小的开销。但现在，他必须像鹩哥一样搭建自己的窝巢了。

由于言语不通,与当地百姓的交流,多限于脸部表情和手势。到了儋州之后,东坡发现父子二人的表情丰富起来,手脚也生动了许多。但他们对当地社会的进入,却是通过一个人来完成的。这个人叫黎子云,是儋州城东的一名书生。有大文豪自大陆过来,作为当地为数不多的读书人,黎子云自然要去亲近,拿自己的拙作来请教。在地老天荒的穷乡僻壤,有好学的士子可以交谈,东坡更是高兴,这让自己从失语的状态里出来。子云的哥哥子明,大儿子与继母关系违逆,几年前就离家出走。东坡得知此事,便让苏过到圩市上买了些羊肉,把他们都拉到一起来喝酒。在他的调和下,一家人终于和好如初。

在子云家里,他借到了自己喜欢的柳宗元文集,还可以喝到当地人酿的米酒。因为东坡经常光顾,这里渐渐成了读书人聚会的地方。有时,他还会带上张中,一同走进隐蔽在幽篁深处的陋室。优美的环境,显出了黎家的破败,除了一些翻旧的书册,其余可谓家徒四壁。于是大家合议,筹资建造一座房屋,作为雅集的会所。东坡当场就拟了个堂号:载酒堂。诗情酒意氤氲其中,进来的人都闻到了扑鼻芬芳,他们乐意成为东坡的弟子。

看着新建的载酒堂,东坡想到,应该搭建一间差不多的房子,来给自己遮风避雨。在一首和陶诗里,他不无动情地写道:"借我三亩地,结茅为子邻。舌倪可学,化为黎母民。"被赶出官舍后,父子二人,一时没有着落,只好露宿在城南的一片桄榔林里。桄榔是一种野性十足的棕榈,叶条恣肆,随风缭乱,几乎不能攀爬。桄榔林里风声呼啸,蚊蚋成群,不只有金环蛇、眼镜蛇、四脚蛇出没,见了人还懒得走。但附近有清冽的泉水和婆娑的古榕,榕荫下还有一个道观。于是他买下这片地,要在上面盖房子。有了这个意思,众人的力量便汇聚起来,包括那些以他的学生自诩的士子。甚至有一个叫王介石的,从潮州地方专程渡海过来求学，恰巧赶上，便好好表现了一番。张中也挽起袖子挖泥，这个即将离任的官员，把良知看得比什么都重要。周围的人家纷纷送来所需的木材、茅草，表示对这个邻居的友善。一座隔成五间的屋子，没几天就建起来了。

这座与载酒堂相望的茅草屋，被命名为桄榔庵，简陋到"仅免露处"的程度，完全无法与惠州白鹤居相比。但里面的每一根茅草，都蕴藉着人间的温情与美意。终于有一块安稳的地方住下了，种上自己喜爱的植物，东坡和儿子都相当知足。他撰写了《桄榔庵铭》，让儿子与他一同斟酌。铭文描述了当地令人畏怖的环境："日月旋绕，风雨扫除。海氛瘴雾，吞吐吸呼。蝮蛇魑魅，出怒入娱。"也对安居生活做出禅意的阐发："以动寓止，以实托虚。放此四大，还于一如。东坡非名，岷峨非庐。须发不改，示现毗卢。无作无止，无欠无馀。生谓之宅，死谓之墟。"在行动之中心存禅定，以实在之物承载还虚之神。放下地水火风构造的幻象，归心不生不灭的一真法界。容貌行仪丝毫不变，同样可以示显如来真意。无加造作，也无须停心耽于空寂之境；自性本来圆满，没有需要填补的亏欠，也没有需要去除的多余。东坡并不是我真实的名字，岷山峨眉也不是我的居所，这间新建的庵房啊，活着的时候就叫作家宅，死去之后就成为废墟。这篇铭文，不仅意象奇特，义理也十分通透。

有了比杜甫家还好一点的茅屋，算是在儋州地面扎下了根，接上了海岛地气，成了真正的"黎母民"，东坡的心情便怡然许多。他领养了一头黑嘴唇的狗，喊它"乌喙"，威风凛凛地跟着他出出入入。他"老饕"的本性也暴露出来，开始烹饪各种美食，为人间烟火唱起了赞歌："庖丁鼓刀，易牙烹熬。水欲新而釜欲洁，火恶陈而薪恶劳。九蒸暴而日燥，百上下而汤鏖。尝项上之一脔，嚼霜前之两螯。烂樱珠之煎蜜，瀚杏酪之蒸羔。蛤半熟而含酒，蟹微生而带糟。盖聚物之夭美，以养吾之老饕。"（《老饕赋》）此外，还到野外挖采天门冬来酿酒。但当地有一样东西，是老饕吃不消的，叫作蜜唧，将刚生下唧唧作叫的幼鼠，蘸着蜂蜜直接吞吃。他看着便作呕，想起苏武在漠地里，饿到只好掘鼠洞，吃老鼠剩下的食渣，便有了些许感慨。

周边邻居你来我往，给他送来牡蛎、芋头、山栏米酒和各种土产，读书人更是喜欢到庵里来聊天说话，领略主人吞云吐雾的风仪。东坡虽不胜酒力，却十分好饮，而且喜欢欣赏别人的醉态，"见客举杯徐引，则予以胸中为之浩浩焉，落落焉，酣适之味，乃过于客"（《书后》）。酒兴一发，他会推门出去找人畅饮。"醉饱高眠真事业，此生有味在三余。"（《二月十九日携白酒鲈鱼过詹使君食槐叶冷淘》）此时此地的他，已经把简单地活着，当成真正的事业；把生命本身的春风沉醉，视为最高的成就。

三月三那天，东坡酒兴上来，提着一壶酒出去转悠，没想到家家户户都上坟祭祀，只有老秀才符林在家。于是，两人便就着一碟小菜喝开去，直到醉意酣畅才跟"乌喙"一起晃着回来。有一天，在桄榔庵独酌之后，还不尽兴，就脚踏云彩出门去，一路串了好几家的门，直到兴尽意阑，才又回来挥笔赋诗。这回，他在醉意中找到孔颜乐处："莫作天涯万里意，溪边自有舞雩风。"（《被酒独行遍至子云威徽先觉四黎之舍三首》）有了浴于沂，咏而归的意思。至此，东坡似乎已经乐不思蜀，成了海南儋州地方一个头戴斗笠的草民，找到了"真吾乡"的感觉。

元宵节晚上，柴门砰砰响起，来了几个老书生，问他："良月嘉夜，先生能一出乎？"东坡欣然同往，在皓皓的月光下，"步城西，入僧舍，历小巷，民夷杂糅，屠沽纷然"，把烟火浓浓的小镇都看遍了。回到家里，已经是三更时分。儿子的鼾声大作，睡得正香。东坡把手中的拐杖往门边随手一撂，放怀大笑起来。苏过迷迷糊糊爬起身来，问他为何而笑。他应答说："自笑也，同时也笑韩愈钓不着鱼，就想着到更远的地方去，岂知即便走到海里，也不见得能钓到大鱼。"言下之意，鱼已在此，何劳远钓！这等黑话，只有禅者才可心领神会。

随着东坡生活世界的打开，许多奇异的事物涌了进来。在和陶诗里，提到有一个人，幽居在高山云端，看起来形容枯槁，神气却十分饱满。在路上相逢的时候，这个被东坡称为"黎幽子"的方外之人，笑话他到穷乡僻壤还戴着楚楚儒冠。尽管话语不通，在比画中还是能听得出，"黎幽子"说他是个贵人，可惜龙凤落到了草莽里。分手时还送他一块吉贝布，告诉他今年的海风将特别寒，要注意保暖。有一次，东坡喝酒归来，在撒着牛粪的路上，碰上一个到田间送饭的阿婆，肩上的扁担翘得老高。东坡招呼她说话，没想到这个阿婆竟发出深深的感慨："翰林往日的荣华富贵，都成了一场春梦了吧！"这让东坡为之一惊。这些生活在边地的黎民，尽管没有读过孔孟之书，心中的智慧却不见缺少。他把这个老妇人称为"春梦婆"。从这些人事中，他感到这个地方"风土极善"，而且人也活得比别的地方长寿一些。

虽然并未正式收徒授课，但前来桄榔庵求学、游于苏门的士子越来越多。其中最有名的要数琼州的姜唐佐。昌化学子，后来成为海南第一个进士的符确，传说也曾问学于桄榔庵，但不见有确凿的记载。姜唐佐是一个气质温和的读书人，为了从东坡这里汲取更多的学养，他自备资粮和书籍，专门从海口来到儋州，住留了半年多的时间。日日跟随东坡左右，随时咨询各种知识，将自己的习作提请老师点拨，回去之后还送来好茶，深得老师的喜爱。东坡曾向旁人称赞：想不到海外有这般出色的士子。临走时，东坡将自己的画像送给他，并题写了两行诗句:"沧海何曾断地脉,白袍端合破天荒。"预言他将来定能考取功名,到那时,再把诗给他续完。姜唐佐果然不负师望,成为海南的第一个举人。遗憾的是,那个时候老师已经不在人世。为了弥补遗憾,他专门致信苏辙,请其代为补全诗篇,使这首意义特殊的作品得以完整。"沧海何曾断地脉",琼州海峡愤怒的波涛,并不能阻断中原贯通海岛的气脉。这个句子,后来为丘濬、钟芳等海南才俊所援用,成为他们的文化自信。

8

人思想的开展,需要有一种对话关系,自言自语的状态,最终会趋于无语。与当地百姓与文士的交往,让东坡接上了地气,使他身上承载的文脉,在荒岛上得以流播,但他的思维需要对等的交流,他的灵魂需要开合呼吸。子由既是他血脉相通的弟弟,也是他精神暗合的知己,他曾经称:"我年二十无朋俦,当时四海一子由",是四海之内唯一的知己。两人一个性格刚放,一个沉静宽柔,恰好可以互补,彼此"举意辄相然","出处同偏僊",心性十分默契。一直以来,兄弟间都有诗文与书信往来,相互关怀慰藉,也相互交流切磋。到海南之后,东坡时常"念彼海康,神驰往从",文字的互通更加频繁。听说弟弟最近瘦了,哥哥便立即赋诗一首,说瘦成仙风道骨,就可以骑上黄鹄飞回家乡,手足之情溢于言表。子由更是敬爱这个哥哥,把他当成师友。乌台诗案发生时,子由一边帮他照应家小,一边上书皇帝,说自己早年失怙,与兄长相依为命。现在他被捕入狱,全家人都惊恐万状,担心遭受不测。哥哥不论在家还是为官,皆没有大的过错,只是秉性愚直,好谈古今得失;触景生情,吟诗作赋。请求皇上予以宽恕,赦免他的死罪，给他洗心革面，侍奉明主的机会。自己愿以陛下授予的官职，为哥哥赎罪。（参见《为兄轼下狱上书》）东坡在狱中，是子由给他送饭。兄弟俩约好，如果情况陡然恶化，就送去东坡一向不喜欢吃的鱼。哪知有一天子由没空，请朋友代劳，送进来的竟然是一条鱼。东坡也以为自己死期将至，便给子由写了诀别诗，将家人托付，表示来生再做亲人。

到了海南之后，子由总是劝东坡做减法，又是不要喝酒，又是不要读书，和光同尘与当地人同乐，"归去有时无定在，漫随俚俗共欢欣"（苏辙《东楼》），都快把他当弟弟看了。苏氏兄弟这种情感，自古至今，都不多见。

到海南的第二年，东坡偶然得到一块沉香，造型酷似一座小山，是品质上乘的海南沉。他给它"沉香山子"的名谓，专门写了一篇赋，一同送给海对岸的子由。称海南沉金坚玉润，鹤骨龙筋，膏液内足，非占城其他地方沉香可比。沉香是宋代文人雅士的至爱，海南沉更是沉香之王。《沉香山子赋》和丁谓的《天香传》并列，以雅致的语言，揭示海南沉香的妙蕴，赋予饱满的人文内涵。古人相信，道德涵养醇厚之人，内心会散发出令人陶醉的幽香。而君子与君子之间的交往，便是以芬芳之气互相熏沐。东坡给弟弟的这份礼物，实有深意存焉。子由六十生日前，他还送去一根造型特异的黄子木拐杖。东坡病逝之后，苏辙常常黯然独坐，感叹"归去来兮，世无斯人谁与游？"如同伯牙失去了钟子期，高山没有了流水。

东坡在海南有两个知交，一个是地面上的子由，另一个则是天上的陶渊明。他曾经说："吾于诗人，无所甚好，独好渊明之诗。"认为陶氏的作品"大率才高意远，则所寓得其妙，造语精到之至，遂能如此。似大匠运斤，不见斧凿之痕"（见惠洪《冷斋夜话》），艺术造诣极高。对陶渊明的为人,也感触良多,以为渊明形神似乎自己,仿佛是自己的前世。从任扬州太守起,渊明之灵便如影随形,跟随着他的脚步。他开始了和陶诗系列的写作,并表达对陶氏生活的向往:"我不如陶生,世事多缠绵。云何得一适,亦有如生时。"(《和陶饮酒二十首》其一)在海南,陶渊明的诗集是他的枕边书,和陶诗数量多达五十七首,此外还有《和陶归去来兮辞》《和桃花源记并引》等文赋,大约占他和陶作品总量的一半。这些文字,是跨越六百多年,两个灵魂之间的隔空对话。

中国历代诗人中,凭借先天灵性进行创作,成为鬼才、怪才、异才、天才的不乏其人,但要成为大家、大成就者,还必须依仗深厚的文化背景。先秦最杰出的诗人屈原,依靠的是儒家修身养德,心怀天下的精神,为了江山社稷肝脑涂地、虽九死其犹未悔的初心;唐代的李白,依据的是道家越名教任自然,与天地打成一片的浑然大气,但也同时怀有在世间扬名立万的愿想;杜甫儒佛兼治,却以儒立身,将佛家的苦谛和悲心,纳入儒家的天下情怀,关切现世人间的苦难;陶渊明本是道儒双修,以道为本。然而,在入世过程中无法摧眉折腰,削足适履,顺应官僚体系的运行规则,只好选择全身而退,回归田园以求独善其身,放怀山水之间,以诗酒自慰,过一种怡情适性的生活。由于身后文化背景的缘故,他们看起来像是即兴而发的作品,其实蕴藉深长。然而,背景资源过于单一者,回旋余地往往不够开阔,难以应对社会生活的跌宕变化,消化不好芜杂苦涩的人生经验,因而容易招致挫败,陷于困顿无奈之中。屈原、李白、杜甫、陶渊明皆概莫能外。

当自己的治国理念不被君王接受,初始的愿望受阻庙堂之上时,屈原的人生便无路可走,在被抛弃的同时顺势抛弃了自己,投身于汨罗江的寒水中。李白曾经入山问道，但其一生始终放不下世俗的功名，在身边一些人的煽乎下，自我感觉飙升："仰天大笑出门去，我辈岂是蓬蒿人"；"天生我材必有用，千金散去还复来"。以为自己是宰相之才，可以治国安邦，最终招来的是尊严的辱没，只能在酒醉之后到深潭里去捞月。杜甫以伤碎之心记录了人间苦难，却无法改变目睹的悲惨，甚至面对妻儿都无能为力，又没有出离之心，只能埋没其中，成为苦难世界最焦灼的部分。魏晋时代，老庄思想盛行，陶渊明深受熏陶，"少无适俗韵，性本爱丘山"（《归园田居·其一》），与世俗生活格格不入。尽管熟知儒家经典，也曾有过"猛志逸四海，骞翮思远翥"（《杂诗》）的时候，一再入世任事，但都无法适应人际复杂的利害关系，与官宦生活的虚伪造作，只好回归田园，做一个"晨兴理荒秽，带月荷锄归"的自耕农。实际上，这四位杰出诗人的人生，最终都走到了山穷水尽。他们当中，屈原大夫选择了放弃；陶渊明选择了回退；李白与杜甫则选择了无奈的承受，既不能兼济天下，也无法独善其身。

　　与他们不同，东坡的修养兼具儒道佛三家，可以回旋的精神天地海阔天空。就诗文艺术而言，东坡与上述诸贤的造诣在伯仲之间，甚至低于李杜；但思想文化学养，却大大超出他们。就儒学而言，他远胜于陶渊明和李白、杜甫，甚至屈原也不能出其右。因此，在入世任事，主政一方，造福于民的方面，可谓功业昭然。道学的方面，虽然没有像李白那样，专程到崂山洞里去问道，但静坐修定的功夫，和养生方法的运用，在文人当中算是最为深入的。至于佛学的方面，他则走得更深，于禅的参悟多有所得。一旦入世兼治的道路受阻，他转过身来独善，依然柳暗花明，不至于山穷水尽。当然，义理上的解悟，代替不了事相上的透脱，要想从一度深陷其中的境界抽身出来，恐怕还需要借助外力。这个节点上，文人中能帮得上忙的，也只有陶渊明一人。

东坡之所以远离权力机构,并不是主动的选择,而是在政治斗争中失势,被远远地甩了出来。与东坡被放逐的情况不同,陶渊明是自我放逐。由于直率的个性,在权力体制下难以舒展,活得憋屈,才自愿从中抽身,返回荒芜的田园。从骨子里讲,东坡向往无拘无束的逍遥境界,同时也渴望在世间有所建树,不甘于默默无闻。陶渊明对田园生活的诗性书写,和他的安贫乐道,不与圣人同忧的生存状态,对于世俗功名尚有未尽之意的东坡,无疑是一剂解药,助他打消内心的幻想。他胸臆间那股壮烈之气,需要岛上清凉的海风来淬火,也需要东篱下的菊花来冲淡。但陶氏所描绘的生活图景,对于东坡来说,是可望而不可即的。那种图景带有某种理想化的成分。实际上,由于个人任性的选择,失去五斗米俸禄的陶渊明,日子过得十分清苦,有时候不得不找邻居赊米下锅,酒更是时常断顿。虽无所累于世,却有所累于身,还累及身边的亲人。一家大小跟着自己忍饥挨饿,过着"环堵萧然,不蔽风日;短褐穿结,箪瓢屡空"的日子,如果内心并不是特别冷漠,他的灵魂恐怕也很难得到安宁,这也许是他之所以嗜酒如命的原因。唐代诗人王维曾这样说他:"生事不曾问,肯愧家中妇。"(《偶然作》)在临终前,陶渊明还是向儿子道出了心底的愧疚:"吾少而穷苦,每以家弊,东西游走,性刚才拙,与物多忤。自量为己,必贻俗患;黾勉辞世,使汝等幼而饥寒。"(《与子俨等疏》)只要还在借酒浇愁,就不是真正的达观与超脱。

"一饱便终日,高眠忘百须。自笑四壁空,无妻老相如。"(《和陶和刘柴桑》)虽然一个是自我放逐,一个是被他者放逐;一个在山中,一个在海外,但在天高皇帝远、远离权力角逐与市井喧嚣的边地,两人处境还是颇为相近的。况且彼此都是心直口快,不能虚与委蛇之人。

东坡自己曾这样坦白:"予尝有云:言发于心而冲于口,吐之则逆人,茹之则逆予,以谓宁逆人,故卒吐之。"(苏轼《录陶渊明诗》)诚如杜甫所云:"宽心应是酒,遣兴莫过诗,此意陶潜解,吾生后汝期。"(《可惜》)陶渊明的诗深得酒中之妙意,将陶渊明引为千古知己的东坡,心中之月还有云霾遮覆的时候,北望思归之情也需要开解。对于他和陶渊明而言,诗与酒都是离不开的慰藉之物,彼此间的诗歌唱和,犹如月光下推杯换盏的对饮,也似是太虚中的结伴神游。

9

在儋州,东坡仍然致力于儒学的研究,继续完成《易传》《论语》和《书传》的阐述,还阅读历史,臧否古人,对周武王与孔夫子,都有独到的评议。在佛道的参修方面,更是下了不少功夫。综观他的一生,可以说有三个不同的向度:一是以儒兼治天下;二是以道独善其身;三是以佛自渡渡他。面对皇帝与治下的百姓,他是一个有担当的儒者;面向自然的山川风物,他是一个逍遥的道家;静坐下来,面对自己的本来面目,他是撒手入寰的罗汉。通过这三个角色的转换,他自如地应对不同的境遇,身世虽穷心不穷,不至于陷入进退失据、运转不开的死局。到了海南之后,东坡入世建功立业的路途基本被封堵,无法在社会事业方面有所作为,整个人生转到独善与自渡的方向。

就肉体生命之独善而言,他使用的主要是道家的方法。初到儋州,便关起门来息心默坐,"日就灰槁而已",渐渐进入空无的境界:"蒲团蟠两膝,竹几阁双肘。此间道路熟,径到无何有。"早晨起来时,还舌顶上颚,朝着东方吐纳唾液,汲取初升太阳的光华,像一只月宫里的蟾蜍。多年来,他始终坚持的是三件事:一是"晨起理发",早上起床慢慢地梳理头发，使耳明窍通；二是"午窗坐睡"，中午在窗前坐睡，渐渐进入无何有之乡；三是"夜卧濯足"，晚上睡前用热水泡脚，使气血通畅。当然，从道家修炼体系看，他走得还不够深入，在炼精化气、炼气化神、炼神还虚三个层次里，他浅尝辄止。

东坡仔细读过嵇康的《养生论》，在儋州还写了《续养生论》，强调平衡心肾火水关系和肝肺龙虎关系的意义。其中有的说法，似乎是个人的创见，如：心火为正，肾水为邪，倘若心火主宰生命，人就能够持正；倘若肾水主宰生命，人就会走邪堕落。嵇康是中国历史上难得的美男子，因为拒绝与司马家族合作，十分重视养生的他，在四十岁上就被砍于东市。东坡接受他节欲的观念，把女色视为戕生的利斧，以为"丑妻恶妾胜空房"，并以养神作为养生的根本。《东坡志林》记载，在与人谈到修行时，东坡曾如此感慨：养生难在去欲，其余皆不足道。西汉时候，苏武被匈奴所拘，放羊于漠北，还与胡妇生下一个混血的孩子。

在东坡的一生中，除了某种需要处理危机的时期，其他时间，尽管公务繁忙，也从未放弃过对自身生命的消受，美酒、肥肉、清风、明月、歌伎，一路伴随他的脚步。在条件允许的情况下，他几乎没有辜负过自己，就像他未曾辜负于别人。他是一个有道之人，但从来都不是一个苦行僧。他敢于面对各种艰难困苦，但不会主动吞食苦果，拒绝已经来到眼前的好运。

东坡相当重视饮食与药膳，经常就地取材，做些补益身体的膳食，为自己和身边的人开方疗疾，效果颇佳。在儋州期间，有个人在打架时身受内伤，话不能说，稀粥和汤水也喝不下去。东坡用了接骨丹和活血丹，那人服用之后吐出黑血，便好转过来。但东坡毕竟是个任性之人，也有一些照顾不过来的事情。就药酒而言，他经常服用热药，未尝一日不喝酒。一个阶段,喝酒吃药少了,就天天生病,可见对酒药已经有了依赖,脸上也有了酒红。喝酒吃热药,会加剧痔疮的痛楚,但他一生都无法把酒戒掉。他曾这样自嘲:"我亦困诗酒,去道愈茫渺。"

绍圣五年(1098),东坡初贬海南,道人吴复古专程渡海过来,与之相会。这个专业的修行人,1077年和东坡不期而遇于济南,从此成为道友。其人亦佛亦道,行踪不定,道行叵测,惠州时曾经不吃不睡多日,如同神仙一般。在《远游庵铭》中,东坡对他做过这样的描述:"吴复古子野,吾不知其何人也。徒见其出入人间,若有求者,而不见其所求。不喜不忧,不刚不柔,不惰不修,吾不知其何人也。"他在儋州与东坡同住了三四个月,谈论养生之道。但无论养生是否得法,人都固有一死,此间终非永久彷徨之地,他希望东坡能够进入出世间法的修行。

虽然坐上功夫不甚深入,但东坡在参禅方面心得颇多,与当世诸多高僧皆有来往。在杭州通判期间,东坡常到寺里听海月大师惠辩说法。每次听了,"则百忧冰解,形神俱泰",如同通体被清水沐浴过的一般。据东坡《赠上天竺辨才师》一诗记叙,他的二儿子苏迨,长到四岁还不能行走,是专请印度高僧辨才摩顶之后,才像小鹿一样奔走起来。东坡施舍了一些财物,辨才则回赠一款歙砚,还郑重劝他:"愿公归廓庙,用慰天下忧。"辨才圆寂之后,东坡请僧参寥代为祭奠,并构筑灵塔供奉。该塔铭由苏辙撰文,东坡书写,欧阳棐题额,被称为"三绝碑"。

东坡到黄州时,佛印禅师正好住持庐山归宗寺,没事的时候,苏东坡便乘渡船过江,与禅师品茶论道。有一次,东坡踏进归宗寺时,恰好遇上佛印禅师升座讲法,佛堂挤满了信众。禅师对他说:"苏居士,瞧！这可没你坐的地方了。"东坡听出话中的机锋，立即回了一句："既然如此，那就暂时借您四大和合之身一坐如何？"

佛印想借机勘验东坡，同时也治一治他的狂恣，便出言："我这里有个问题，居士若答得出来，我便把身子给你当座位；若是答不上来，你官袍上挂的那条玉带，就得解下来做个纪念哦。"苏东坡自信满满，让佛印随便问。佛印问道："刚才居士说要借我四大来做座位，可经上不是说：'四大皆空，五蕴无我'吗，请问居士到底要往哪坐呢？"东坡心流被截，一时语塞，只好解下身上的玉带。据说，这玉带至今仍留存于金山寺内。

东坡与佛印的公案甚是不少，传说东坡与佛印走进天竺寺，看到观音菩萨塑像手持念珠，便问："观音菩萨既然已经成就，为何还要手持念珠？"佛印回复："手持念珠是为了念圣号。"东坡追问："念什么圣号？"佛印回答："念观世音菩萨圣号啊。"东坡还问："他本身就是观音，为什么还要念自己的号呢？"佛印答道："求人不如求己呀！"显然，在禅的证悟方面，佛印更胜一筹，难怪神宗皇帝专门赐予高丽磨纳金钵。东坡贬逐惠州后，佛印给他写了一封诚恳的信，劝他尽快放下世缘专修佛法："人生世间，如白驹过隙。功名富贵，转眼成空，何不一笔勾断，寻取自家本来面目？"

"风蒲猎猎弄轻柔，欲立蜻蜓不自由。五月临平山下路，藕花无数满汀洲。"诗僧参寥子以《临平道中》一诗令东坡刮目。东坡太守徐州期间，参寥子曾去拜会，东坡带着官妓请他宴饮。一次聚餐，参寥子未到，东坡觉得不能尽兴，便让官妓马盼盼带着笔墨去找，要他赋诗。参寥子提笔一挥，写下了"禅心已似沾泥絮，不逐春风上下狂"。贬谪儋州期间，参寥子欲渡海来访，东坡有感路途遥遥，一再推拒，称余生必定还能相见。事实上，他们此后便各自凋零了。猪肉与歌伎，乃人世间两大俗物，东坡大雅大俗，酒肉穿肠，时常与友人携伎在西湖上踏歌游冶。有一次，途经净慈寺，竟然带着一帮歌伎直入禅堂，又唱又跳，把大通法师弄得啼笑皆非。

在徐州、颍州、惠州等地，东坡都曾有过放生。到了海南之后，也仍然坚持。一次，抓鱼的人，在儋州城南的水池捞到二十一尾鲫鱼，提到桄榔庵来要卖给他。东坡正好与朋友在谈天，便高高兴兴把鱼买下来，一起到北伦江去放生，还念诵《金光明经》，给这些水族做了皈依。这些事情，和组织救济孤儿，革除溺婴恶俗一样，体现了他作为一个居士的慈悲情怀。

东坡是深具禅意与法味的诗人，写诗是他参禅悟道的方式。他的许多诗词，体现了不同次第的悟境。以庐山为题材的三首诗，便是表达参禅悟道的三个阶位。第一个阶位，是常人所处的迷惘的状态："横看成岭侧成峰，远近高低各不同；不识庐山真面目，只缘身在此山中。"身陷纷繁万象之中，由于立场视角等偏执，看不清事物的全部和自己的本真面目。第二阶位，是通过亲身阅历，在曾经沧海之后，消解身心的渴望与期许，回归于见山是山，见水是水的平常心："庐山烟雨浙江潮，未到千般恨不消；及至到来无一物，庐山烟雨浙江潮。"第三个阶位，即是证悟之后的境界："溪声尽是广长舌，山色无非清净身；夜来八万四千偈，他日如何举似人？"色空不二之时，一切现象都是如来法身的化现，一切法皆是佛法，到了当下即是，不修不整的圆满境地。当然，对于东坡而言，这都是见地上的解悟，还不是一种证量。就像他在《大悲阁记》里所说的："虽未可得见，而理则具矣。"

东坡还试着用禅意来诠释儒家思想，以达到相互贯通。"思无邪"是孔子对《诗经》的破题之言，也是儒家追求的境界。惠州白鹤居落成后，东坡曾以"思无邪"命名自己的书房，写下《思无邪斋铭并叙》：

"夫有思皆邪也，无思则土木也。吾何自得道，其惟有思而无所思乎？"到了海南，他又在《续养生论》里进一步发挥："孰能使有思而非邪，无思而非土木乎？盖必有无思之思焉。夫无思之思，端正庄栗，如临君师，未尝一念放逸。"他将有觉知而无杂念、不放逸的心，作为无邪之思加以行持。

东坡毕竟是个人物，即便被流放到海外，在中原朝野，被关注度始终不减。关于他的传闻，坊间多有流传。由于他在佛道方面颇用功夫，与方外之人多有往来，因而传闻愈加离谱玄乎。有一种说法，传他流放海南之后，在某个夜晚开悟得道，驾着一叶孤舟，悄然入海而去，渺然不知所终。有人还信以为真。

10

元符三年（1100）初春的一个天，儋州城里的百岁老人王六翁，早早就来到桄榔庵，鹤发童颜的他穿得特别齐整，为的是要告诉东坡："夜来观星象，公当还内。"（《乾隆琼州府志·释仙》）过些日子，东坡自己也做了个很特别的梦。逝世多年的老丞相、魏国公韩琦，骑着一只白鹤，从云中向他飞来，说了这么一句话：因为接受任命，和你一同去担任要职，所以前来相报。说完便掉头远去。韩琦是东坡十分敬重的大臣，生前对他赏识有加。从梦中醒来后，东坡对苏过说："北归中原，当不久也。"他打开置在床头的坛子，一股浓郁的芳香冲了出来，这是他入住桄榔庵后自酿的天门冬酒。不待菜肴，他便以勺当杯喝了起来。

过了些天。黎子云兄弟无事前来相邀，到载酒堂会饮。酒刚过半巡，不知从哪里飞来一群五色雀，在院子里叽叽喳喳唱了起来。五色雀在当地被视为瑞鸟，平常极少能够见到。它们随一阵风飞走之后，东坡举杯朝空中说："如果你们是为我而来的，就再来聚一下吧！"结果，这群五色雀又哗啦啦飞了回来。东坡的命运，仿佛已经牵动了天上人间。

事实上，支持新党的哲宗皇帝于正月初九驾崩，其弟赵佶在向太后帘前即位，并于一个月后大赦天下，名单中就有东坡，再次证明女人是他的保护神。海南天高地远，东坡得知消息自然要晚许多，但他冥冥之中也有预感："近日颇觉有还中州气象"。他让苏过备好笔墨纸砚，还上香祷告：如果我能重返中原，我抄写平生所作的八篇赋，当不错漏一字。抄完一读，真的是一个字儿也不错漏。如今，确知自己被赦，心中的狂喜溢于言表："霹雳收威暮雨开，独凭阑槛倚崔嵬。垂天雌霓云端下，快意雄风海上来。"（《儋耳》）此般心情，无异于杜甫闻官军收河南河北。可见，三年来，尽管有意把海南当作自己家乡，内心仍然绝不了北归的念想。在昌化军城东南，有一座名叫朝天宫的道观，东坡有时会来到这里，与杨道士一同打坐听涛。每当心静下来，思归之情便浮出水面，于是起座，临轩远眺，写下这样的诗句："时来登此轩，目送过海席。家山归未能，题诗寄屋壁。"（《司命宫杨道士息轩》）现在终于不再盼望了，然而，面对儋州的父老与亲友，却又有了几分眷恋与彷徨："我本海南民，寄生西蜀州。忽然跨海去，譬如事远游。平生生死梦，三者无劣优。知君不再见，欲去且少留。"（《别海南黎民表》）

听说喜欢夜游的大先生要离去，儋州父老乡亲，都提着大大小小的礼品来相送。有米酒、糍粑、野果等各种土特产。《遁斋闲览》记述："初离昌化时，有数十父老，皆携酒馔，直至舟次相送，执手涕泣而去。"由于不便携带，东坡大都以心领婉拒，并与他们一一握手泪别。

五月间，神秘的道人吴复古，不知从何得知东坡被赦的消息，专程渡海过来，陪他北上。苏门四学士之一的秦观也来信，希望能够在雷州半岛徐闻海岸见上一面。此时关于东坡的诏书也已经送达，调他赴廉州安置。他和儿子收拾行李，偿还借阅的上千册书籍，应当地人士之请，提笔为神宗皇帝册封的峻灵王写下庙碑，并向西稽首遥拜，感谢山川之神给予的护佑，便开始动身。相比来的时候，他多带了一样东西，那就是形影不离的黑唇狗"乌喙"，兴许还有几块"鹤骨龙筋"的沉香，这是海南雨林木气精华的凝结，也是宋代士大夫们的至爱。

东坡一行途经澄迈老城通潮阁，于六月抵达琼州府城（今海口）东边的三山庵。惟德法师取庵下的泉水，泡茶为他洗尘，入口时清明的感觉，让他想到四百年前流放至此的李德裕。因李丞相喜欢喝惠山泉，便将此泉叫作惠通泉，以为纪念。他还和众人一起，到三年前发现双泉的地方，泉源如沸，上面建起了亭子。琼州太守陆公请他题名，他取了《诗经》里的"洞酌"二字，寓意悠远。应当说，海南岛的文脉是东坡开显的，这跟他在海口府城发现的双泉，似乎有着某种隐秘的关联。

在府城，东坡盘桓了三天时间，探访了自己得意门生姜唐佐的家，到府城与白沙津之间的龙歧村（今海口市海府路），向伏波将军庙进香祭祀。他原本计划在澄迈通潮阁渡海，后来，或许是听了吴复古的建议，改在海口登船。六月二十日夜，他写下流放海南的最后一件作品：

参横斗转欲三更，苦雨终风也解晴。
云散月明谁点缀，天容海色本澄清。
空余鲁叟乘桴意，粗识轩辕奏乐声。
九死南荒吾不恨，兹游奇绝冠平生。（《六月二十日夜渡海》）

这一日天气晴好，波平浪滑，他们顺利抵达徐闻的递角场。门生秦观已从郴州赶来，在港口等候多时。失散多年，有生之年还能重逢，二人都感慨良多，有说不尽的话语。秦观还把新写的《自作挽词》给东坡看。以为只是戏作，没想到，比东坡小十多岁的秦观，在一个多月之后就猝死于北归途中。临终的时刻，他只是觉得渴，水都来不及喝就上路了。秦观之才一生襟抱始终不得舒展，这让东坡无比痛惜。吴复古陪东坡渡海之后，便飘然离去。然而，当东坡来到清远峡的时候，这位奇人却突然出现在眼前。这次，一向身体很好的吴复古忽然示疾。东坡问他身后之事，他只是微微一笑，便溘然长逝。这样，海峡两岸之间，一个护送他的人，一个迎接他的人，都与他永别了。这都是东坡料想不到的，但更让他想不到的是，不满一年，他又将与这个世界永诀。

北归的路上，辗转颠簸，酬酢甚繁，前来拜会的人应接不暇。就连自己一度的死对头章惇的儿子章援，也给他来了封长长的信。他老子此时已被流放雷州，因为声名狼藉，曾经构陷苏辙侵占民居，当地百姓连房子也不愿租让给他，情状堪称可怜。现在，外面到处传说东坡即将拜相，恐怕报复加害于他。此时东坡尽管寝食难安，还是给章援复信，称："某与丞相定交四十余年，虽中间出处稍异，交情固无所增损也。闻其高年，寄迹海隅，此怀可知。但以往者，更说何益，惟论其未然者而已。"还将自己所述的《续养生论》随信送去。可见心量之宽。看来海南岛之后，东坡真是像自己所说的，冤亲平等，眼前见天下无一个不好人了。也不知一度要置他死地的章某，收信之后做何感想。

尽管东坡略通岐黄之术，给自己开方下药，身体还是每况愈下，四肢肿胀，甚至咳出鲜艳的血花来。他似乎感到来日不多，为自己写好了墓志铭。七月十八日，他将三个儿子叫到床前说："吾生无恶，死必不堕，慎无哭泣以怛化。"流贬岭海期间一度为他祈祷的维琳法师，从杭州赶来常州，劝他多多念诵佛号。他以为"大患缘有身，无身则无疾"，只要放下此身就好。在他看来，此生已无足道了。临终之际，维琳法师凑近他的耳朵，说："千万别忘了往极乐世界去。"苏东坡还话："西方净土不是没有，只是这里头着力不得。"旁边有个朋友说："这个时候，先生还是着力为好。"得到的回答是："着力即差。"这是他在这个世界说出的最后一句话，其中的意思，也只有禅者才能明白。显然，东坡并不打算到什么地方去安家落户，而是希望自己死得透彻一些。从此，他也许就像自己所想象的那样，再也"不依形而立，不恃力而行，不待生而存，不随死而亡矣"（《潮州韩文公庙碑》），进入"无所往而不在"的境地。

11

东坡在海南的生活，从事相上看，相当平淡，除了安居茅庐，与当地黎人百姓混居同乐，品尝美食，静坐养生，以诗酒自娱，在社会政治经济并无什么作为，更不具有传奇性，实在看不出"兹游奇绝"的地方。因此，海南之行的殊胜，应在于其内心的跌宕与转折；在于他的精神世界有非同寻常的洞天打开；在于他捡到了无人知晓的宝物。正如秦观所言："苏氏之道，最深于生命自得之际。"但按照东坡的表述，他在南荒之地经历了九死一生。这其中的死不是身死，而是心死，他死掉了许许多多手中抓握的事物，死掉了重重建立起来的自我，扯断了胸臆间枝繁叶茂的葛藤，并在九死之后获得一生，死透之后成了个大活人。于是，死亡因此变得更加伟大，死亡成为一个值得庆祝的节日，死亡本身就是一种诞生，如同花朵的开放。

如前所述，东坡的人格修养，涵盖儒道释三家。要完成跨度如此之大的文化人格建构，除了思想见地上的进学，更要紧的是行履功夫，也是说，不仅要读万卷书，更要行万里路，将理与事打成一片，进入华严宗所说的事理圆融法界。这就必须深入走进人间炼狱，将身心付与劫火的煎制与冶炼，关在斗室和洞穴里是无法完成的。东坡的人生跨度极大，不论是悲欢离合，还是进退沉浮；不论是位极人臣，还是身陷死牢；不论是志得意满，还是落魄江湖；不论是宠荣倍加，还是罪辱交集；不论是利害得失，还是生杀予夺，他都亲临其境，充分地经历体验，深得个中的况味。就像神农尝百草一样，他几乎遍尝人间的甜酸苦辣。从庙堂之高，到江湖之远，一个完整的社会截面，他都用生命一寸寸地度量过。尤其是到了海南，他的身世被抛弃在蛮荒的孤岛，无援的绝地，生命前期获得的种种堂皇披挂，到这里已被剥得所剩无几，几近赤裸。但在这死绝空亡之地，他仍然能够收容自己，并安身立命，把异乡边地当成故乡来生活，还大有乐不思蜀的意思。命运带来的一切不公，他都照单买下，不再怨天尤人，更不自艾自弃。这也是他和李德裕等海南岛上的流放者不同的地方。

因为没有被各种飞来的无名物所击倒，挫折和灾难，都成了他的造化，成就其纵横驰骋、大开大合的心量。因此，他对这个世界的改造，并不大于这个世界对他的改造。作为命中的最后一劫，海南岛的流放生涯，是他人格完成的地方。在天涯海角的桄榔树下，就着自酿的天门冬酒，通过对一生经验的细嚼慢咽，通过对边地非人生活的忘我融入，通过与陶渊明天上人间的对话，他将儒者的济世，道者的独善，与释者的慈悲与解脱，汇入自己的人格，实现了世间法与出世间法的贯通，独善其身与兼治天下的对接，成就左右逢源、任何东西都拘不住的活法，这就是"兹游奇绝冠平生"的含义所在。"守法而不智，则天下之死法也。道不患不知，患不凝；法不患不立，患不活。以信合道则道凝，以智先法则法活。"（《东坡志林·信道智法说》）他正是怀揣这个既凝又活的法宝北归的。因为怀揣着这个法宝，东坡在三教汇流的宋朝，完成了对中国人概念的重新定义。或者说，他成了一个完整意义上的中国人，成为中国文化的人格标本。在他之前，中国文化人格是儒道二元互补结构；到他这里，是儒道佛三家会通，或者说三位一体的结构。从此之后，一个以中国人自任的人，倘若不兼具三家修养并且融会贯通，与时俱进加以活泼运用，其精神人格就不是健全的。

通过世间法与出世间法的融会，东坡将世俗物质生活与神圣精神生活结合在一起。他既可以与佛道高人静坐参禅；又可以与娼妓泛舟西湖，吟唱新词；还可以与左邻右舍饮酒吃肉，消受人间烟火的快乐；他上接天气，下接地气；既可以神交古人，逍遥于无何有之乡，与天地精神相往来；又可以投身社会事务，修路搭桥，救助孤儿。他既能够放下身心，将一切托付于天命的造化，如无系之舟任意东西，又能够全然提撕起来，奋不顾身地奋斗在灾难降临的第一线。他既不畏怖死亡，又善于享受当下，活得摇曳多姿，风情万种，到哪里都是个大活人；他上可陪玉皇大帝，下可以陪田园乞儿，把生活的两个极端打通，并自由出入其间。他要追求的是"地行即空飞，何必狭日月"的自由，和维摩诘那样于世间出世间的大自在。猪肉乃世间最俗气之物，但经他烹制的东坡肉，吃起来一点也不油腻。

东坡时代，对三大文化矿脉都有深入的挖掘，将儒道佛三家学说作为知识加以吸纳，成为饱学之士者大有人在，但将其内化为一种精神人格，外化为社会行动和日常生活形态，在显学界，能够做到的似乎只有东坡一人。周敦颐、二程兄弟，还有东坡二儿子苏迨的导师、接绝学开太平的张载，理论上的建树至今遗泽甚深，但于人格气象和日常行履方面，也在不同程度上有所拘泥，很难说已达到圆通的境界。东坡出入儒道释三教，和世间法出世间法二谛，政治生活中是一个进取的儒者，日常生活中是一个逍遥的道家，精神生活中是一个超然的居士，因此他亦儒亦道亦佛，也非儒非道非佛，不以哪一个文化身份自拘，落入窠臼之中。

　　当然，东坡虽然是一个通家，却不是一个完人。他对三大文化资源都有深入的开采，却不能说已达到穷理尽性的止境。就像他自己所说的："望道虽未济，隐约见津涘。"（《和陶止酒》）他对于国家有大情怀，放不下天下江山任人踏践。在晁说之所写的苏过墓志铭上，有这样的叙述："或曰：先生南居而乐焉，非也。先生忧国爱君之心日加，循省而生郁结，则何敢乐？"（晁说之《苏叔党墓志铭》）东坡自己填的词里，也有"一万里，斜阳正与长安对"；"君命重，臣节在。新恩犹可觊，旧学终难改"这样的句子。对于现世生活，他也有诸多牵挂与眷恋："归去复归去，帝乡安可期。鸟还知已倦，云出欲何之？入室还携幼，临流亦赋诗。春风吹独往，不是傲亲知。"（《归去来集字十首》）包括自家后院的亲情与天伦之乐，他都有所不舍，不能做到一尘不染："斜日照孤隙，始知空有尘。微风动众窍，谁信我忘身。一笑问儿子，与汝定何亲。"（《和陶杂诗十一首》）细辨起来，空空如也的境界里，也有尘埃扬起。元丰六年（1083），朝云给他生了个儿子。在给幼儿洗身的时候，东坡写下一首诗："人皆养子望聪明，我被聪明误一生。唯愿孩儿愚且直，无灾无难到公卿。"（《洗儿诗》）既希望他生性愚直，又希望能够在世间出人头地，可见内心矛盾，还是不能免俗。可惜的是，这孩子未满周岁就夭折了。

"天生学道真实意,岂与穷达俱存亡?"东坡一生追求真谛,不轻易接受某种现成的教条,把自己弄成一个教徒模样。对于儒家的一些学说,他仍然有所保留,指出"儒者之病,多空文而少实用"(《与王庠书》)。对于道家玄之又玄的境界,与云端上的神仙国度;对于佛教所言的超出三界外、不在五行中的真如法性,他还没有身临其境的亲证。因此,他的信仰中隐约存有疑情,有时甚至觉得"仙山与佛国,终恐无是处"。初到黄州的时候,在答复一个叫作毕仲举的人的信中,他说出了这样的意思:对于佛经,我过去也曾读过一些,"但暗塞不能通其妙",只是取其中一些粗浅的义理来洗涤心灵。这就好比农夫锄草,锄掉之后草又会长回来,虽然似乎没什么益处,但毕竟比没锄要好一些。以前,陈述古先生喜欢谈禅论道,自以为已经证到至高境界,因而鄙视我的见解。我跟他说:您所谈论的,犹如吃食龙肉;而我所学的,却是吃猪肉也。猪肉与龙肉之间有大差别,然而,您整日空谈龙肉,不如我现吃猪肉来得肥美,而且能填饱肚子。不知道您从佛经中得到了什么?是为了出离生死与三界轮回,成佛作祖吗?还是与我等俯仰于天地之间?学习佛道的人,期望获得的是宁静和通达。宁静近乎懒惰,通达近乎放旷。当然,求学之人或许未能得到期许的结果,却先得到了类似的东西,并非没有害处。因此我也常常怀疑自己。(参见苏轼《答毕仲举书》)言下之意,他还是想将猪肉烹饪好,看看能否当龙肉来吃。

黄州雪堂建立起来后,东坡写了一篇《雪堂记》,文中记叙他迎来了一个非同寻常的客人,是否是参寥子不得而知,或许就是他内心的自我对话。客人说,你有聪明,用在自己身上就可以了,为什么还要用到外面来呢?声名就像风和影子一样,是不能把抓的,这连小孩都明白,可你为什么还留恋它,把自己套进藩篱里?东坡回答说,我以为自己脱离藩篱已经很久了。客人反斥道：权势、声名、阴阳、道德都不足以成为藩篱，能够牢笼我们的，其实是自己的心智。你在这个院子里建造厅堂，是想用来安排自己的身体吧？你在堂里绘画雪景，是想用以安放自己的内心吧？如果身要靠厅堂来安排，形体就已经被束缚起来；倘若心要靠雪景来唤醒，神就无法凝聚起来。这样，雪堂的建造，非但对你无益，反而加深你的蒙蔽。东坡回答：我建堂画雪，只是为了将远处的景致收入其中，以怡情适意而已。人性情的舒展，其实就在万物生化、日月升沉之间。你说的是上乘之道，我说的是下乘之理。但我能够做到你所做的，你却做不到我所做的。

这段在一般人听来云遮雾罩的对话，挑明了东坡对佛道的理解。他是以佛道来治心，或者说降伏其心的，无意要弃世绝尘而去，追求方外的秘境；也无意在自然变化与社会生活之外，去寻觅玄之又玄的众妙。他要的是入世的禅法，可以游刃有余出入于动静有无之间，将无为之法融入有为之中，即色即空，色空不二，于挑水担柴，洒扫应对之中不昧菩提法性；能够做到"遇物而应，施则无穷"，即使在极其局促的角落里，也有回旋的天地，于"短篱寻丈间，寄我无穷境"（《新居》）。这符合大乘佛法的精神，就像《法华经》里所说的：一切治生产业，皆与实相不相违背。问题的关键，不在于事相的分别与拣择，而在乎心性的塞通。

仿佛是天命的驱使，东坡要到海南岛上来，才能走完他万里路最后的一程，从而完成建构中华文化人格的使命。而那个时候的海南岛，是以抛弃的方式，置之死地，让他挣脱自性所依恃的事物，从无何有之中生起无住的大心；是以剥夺的方式，让他窥见彻底剥夺之后的剩余物，来成就他自我的超越，获得"从无住本，立一切法"的安放。万卷书已经读遍，万里路也已走尽，书与路之间也已贯通一气。在海口登上北归渡船之际，东坡的精神生命实际上已经完成，并因此获得永恒。他人生的止归，既不在南，也不在北，而在乎南北之间。

作为作家，东坡可谓深得文字般若三昧，尤其善用凝练精准的词语，来表达微妙的感悟。他的写作，大多是对自己经验的提炼。由于人生两度起落，历经命运的九蒸九制，他提炼出来的文字，具有一种精神治愈的效能，在某种情况下，是可以当药来服用的。

东坡的写作不仅仅是凭借天赋灵气（尽管这方面他禀赋充盈），还依靠思想的领悟力对经验的深度消化，以及由此获得的通达。因此，他的文气酣畅，如同泉涌。正如他自己所述："吾文如万斛泉源，不择地皆看出，在平地滔滔汩汩，虽一日千里无难。及其与山石曲折，随物赋形，而不可知也。所可知者，常行于当行，常止于不可不止，如是而已矣。"（《自评文》）东坡的诗文，不仅文采旖旎，而且别具见地，意趣横生，元气淋漓。他是中国文学史上少有的智慧型作家，颇得庄子妙传。这方面，他有充分的自觉："天下之事，散在经子史中，不可徒使，必得一物以摄之，然后为己用。所谓一物者，意是也。不得钱不可以取物，不得意不可以明事，此作文之要也。"（见《韵语阳秋》）相比之下，文化思想底蕴不足的作家作品中，辞多意少，境繁义枯的情况相当普遍。东坡堪称诗哲，他的作品将微妙的诗情，与深邃的哲思熔为一炉，艺术动作难度极高。像他这样的作家，古今中外都不可多得。在古代中国，也只有相对开明的宋朝，才可能出现这样个性恣放的人物，尽管他也因此遍尝苦罪。但是，倘若生于明朝，早不知被碎剐多少次了。哪怕是活在清代，他也没有那么多个头颅可砍！令人沉思的是，中国历史上的所谓治世，差不多都是政治经济意义上的。思想文化的繁荣，往往出现于乱世之中。

话说回来，东坡是一个大家、通家，还是一个玩家。玩得起来，是真正通达的表现。除了诗文、政论、哲学，他对烹饪、酿造、岐黄之道也皆有所得。但生命有限，学问无穷，他毕竟不是一个完人，不是在每一个方面，都取得与文学齐肩的成就。就医学和养生而言，尚有需要深入探寻之境。他在常州时给自己开的三味药：人参、茯苓、麦冬，对于一个湿热很重的病人，不见得是很好的组方。对此，今人不应该苛求，但也不必一味拔高，将其神化。

12

带着捡到的宝物，带着九蒸九制炼成的心丹，东坡离开了海南岛。他走之后，这里的天空似乎显得更加空旷了。他曾经授业解惑的载酒堂，后来被改造成儋州东坡书院。在海口，他和苏过寄宿的琼州府城金粟庵，元代时也辟为东坡书院。到了明代万历年间，这里便建起了"苏公祠"，供奉他的神位，幼子苏过和学子姜唐佐作为配祀位列左右。海南岛上，以东坡命名的道路、村庄、水井、桥梁，不胜枚举，可见其人文遗泽之深。可以说，海南岛与中原大陆的地脉，是东坡来后才接通的。他的不幸，确实是海南人的大幸。直到今日，许多人都还觉得，三年的流放，时间还是太短了。如果不是那么快被赦免北上，他也许还能多活一些年头。

（原载《十月》2021年单月号第6期）